NORA ROBERTS

Avec plus de 294 millions de livres traduits en 20 langues, Nora Roberts est connue dans le monde entier et, aux Etats-Unis, pas une semaine ne s'écoule sans que l'un de ses romans ne soit classé sur la prestigieuse liste des meilleures ventes du *New York Times* et de *USA Today*.

Star incontestée dans le monde de l'édition, elle a reçu de nombreuses récompenses et distinctions littéraires. Sa saga familiale « Les MacGregor » a été applaudie par la critique et a déjà remporté un immense succès aux Etats-Unis.

PRÉSENTATION DES PERSONNAGES

Entrez dans le clan très fermé des MacGregor. Ouvrez sans plus tarder *Trois mariages chez les MacGregor*, et découvrez avec Laura, Gwendolyn et Julia que leur grand-père Daniel MacGregor est encore et toujours un incorrigible marieur !

QUI SONT-ILS ?

Laura MacGregor :

Elle a suivi la même voie que ses parents, Diana Blade et Caine MacGregor, et termine ses études de droit. Sa rencontre avec Royce Cameron, venu installer chez elle un système de sécurité, est un véritable coup de foudre… presque aussi violent que sa colère lorsqu'elle apprend que Royce n'est pas là tout à fait par hasard.

Gwendolyn Blade :

Fille aînée de Serena MacGregor et de Justin Blade, raisonnable et discrète, elle a choisi de devenir médecin comme Anna, sa grand-mère. Dès qu'elle croise l'écrivain Branson Maguire, venu se renseigner sur le travail en milieu hospitalier, elle devine que c'est Daniel qui l'envoie.

Julia MacGregor :

Ses parents, Shelby Campbell et Alan MacGregor, lui ont transmis leur goût pour le travail bien fait. Sa passion : restaurer les vieilles demeures avant de les revendre. Avec l'aide de Michael Murdoch, artisan et… meilleur ami de Daniel MacGregor. Pourtant, lorsque Michael se fait remplacer par son fils Cullum, elle ne flaire pas le piège qu'est en train de lui tendre son grand-père.

NORA ROBERTS

Trois mariages chez les MacGregor

éditions Harlequin

Cet ouvrage a été publié en langue anglaise
sous le titre :
THE MACGREGOR BRIDES

Traduction française de
MARIE-CLAUDE CORTIAL

Photos de couverture
Château : © FREE AGENTS LIMITED / CORBIS
Lac : © RONALD W. WEIR / ZEFA / CORBIS

83-85, boulevard Vincent-Auriol, 75013 PARIS — Tél. : 01 42 16 63 63
Service Lectrices — Tél. : 01 45 82 47 47
ISBN 978-2-2808-4262-4

LAURA

Prologue

D'après les mémoires de Daniel MacGregor

Quand un homme atteint sa quatre-vingt-dixième année, il est tenté de regarder en arrière, d'évaluer sa vie, de méditer sur ses succès et ses erreurs. Il se dit souvent : «Et si j'avais fait ceci au lieu de cela ?» ou « Si seulement je pouvais recommencer !»

Eh bien, je n'ai pas le temps de me livrer à ce genre de réflexion absurde.

Je regarde devant moi, comme je l'ai toujours fait. Je suis un Ecossais qui a passé la plus grande partie de sa longue vie loin de sa terre natale. L'Amérique est devenue mon pays. J'y ai créé une famille, élevé mes enfants. J'y ai vu grandir mes petits-enfants. Pendant près de soixante ans, je n'ai aimé qu'une seule femme, j'ai vécu avec elle, je l'ai admirée, j'ai travaillé à son côté.

Mon Anna est ce que j'ai de plus précieux au monde. Entre nous soit dit… nous avons eu une vie formidable.

Je suis un homme riche. Pas seulement en termes d'argent, possessions et propriétés de toutes sortes, mais en termes de famille. La famille a toujours compté plus que tout. Mon Anna et moi avons eu trois enfants. Deux fils et une fille. Ils sont ma fierté, qui est presque aussi importante que mon amour pour eux.

Cependant, je dois admettre que j'ai dû, à un moment donné, rappeler à ces trois fortes personnalités leur devoir envers la lignée des MacGregor. J'ai le regret de dire que mes enfants ont été un peu lents dans ce domaine, et que leur mère s'en est quelque peu inquiétée.

Ainsi, grâce au petit coup de pouce que je leur ai donné, chacun d'eux a fait un excellent mariage. Par excellent, j'entends qu'ils ont trouvé l'âme sœur, et ces unions nous ont apporté, à Anna et à moi, deux autres filles et un autre garçon, eux aussi de bonne souche, que nous aimons presque autant que nos propres enfants.

Aujourd'hui, Anna et moi avons onze petits-enfants, qui adoucissent nos vieux jours, et que nous avons vus devenir adultes.

Cependant, ils font comme leurs parents, ils ne se décident pas à remplir leur devoir, à comprendre l'importance du mariage et de la famille. Leur grand-mère est préoccupée nuit et jour. Mais comme je ne suis pas homme à laisser ma femme dans l'inquiétude, j'ai longuement réfléchi à la question.

J'ai trois petites-filles en âge de se marier. Elles sont belles, intelligentes, en bonne santé, et elles font leur chemin dans la société, ce qui, d'après Anna, est aussi important pour une femme que pour un homme. Avec Laura, Gwendolyn et Julia, nous avons dans la famille une avocate, un médecin et une femme d'affaires. Je dois dire qu'elles sont aussi brillantes qu'adorables, c'est pourquoi il est de mon devoir de leur trouver à chacune un mari exceptionnel. Rien de moins.

J'ai remarqué trois jeunes hommes bien sous tous rapports. Ils viennent tous les trois d'une très bonne famille. Ils sont beaux, aussi, ce qui ne gâte rien. Je les imagine déjà passant la bague au doigt de mes petites-filles. Ils formeront des couples parfaits qui me donneront de magnifiques bébés.

Mais chaque chose en son temps. Je vais m'occuper d'elles l'une après l'autre. L'enjeu est trop grave, je dois faire preuve d'autant de patience que d'habileté.

Je vais donc commencer par Laura. Après tout, c'est l'aînée. Si ma petite Laura ne respire pas le parfum de la fleur d'oranger à Noël, je ne m'appelle pas Daniel MacGregor.

Une fois qu'elle sera installée, ce sera le tour de ma chère petite Gwen. J'ai un garçon en vue pour elle. Quant à Julia, c'est elle qui a la tête la plus dure, mais je travaille à la convaincre.

Je vais les aider dans la mesure de mes faibles moyens. Je ne suis pas un entremetteur, rien qu'un grand-père préoccupé qui arrive à l'hiver de sa vie, et j'ai bien l'intention que cet hiver soit le plus long possible. Je veux voir pousser mes arrière-petits-enfants.

Et comment cela sera-t-il possible si ces filles ne se marient pas ? C'est décidé, je vais m'occuper d'elles, et Anna ne se fera plus de souci.

1.

La sonnerie retentit huit fois avant de pénétrer dans un coin de son cerveau endormi. A la neuvième, Laura MacGegor tendit péniblement un bras hors de la couette. En tâtonnant, elle trouva le réveil et enfonça la touche d'alarme.

Mais la sonnerie continua. En grommelant, elle fit glisser sa main fine sur la table de chevet de bois de châtaigner et finit par saisir le combiné. Elle le colla à son oreille et murmura d'une voix endormie :

— Allô !

— Il a sonné dix fois !

Laura fit la grimace et se mit à bâiller.

— C'est vrai ?

— Dix fois ! Une de plus et j'appelais police secours. Je te voyais déjà dans une mare de sang.

— Je suis dans mon lit, marmonna-t-elle, furieuse, en s'enfonçant dans l'oreiller. Je dors. Bonne nuit, grand-père !

— Il est bientôt 9 heures du matin.

Daniel MacGregor venait de reconnaître la voix qui lui avait répondu. Maintenant, il savait laquelle de ses petites-filles était encore au lit, en plein milieu de la matinée.

— Laura, ma chérie, il fait un temps magnifique. Tu devrais en profiter au lieu de perdre ton temps à dormir.

— Je ne perds pas mon temps !

Il prit un ton à demi fâché.

— La vie passe très vite, Laura. Ta grand-mère s'inquiète à ton sujet. Pas plus tard qu'hier, elle m'a encore dit qu'elle n'avait jamais l'esprit en paix.

Il fit une pause. A vrai dire, Anna ne lui avait jamais rien dit de tel. Mais ce n'était pas un gros péché que de se servir d'elle pour arriver à ses fins quand il s'agissait du bonheur de sa famille. Après tout, ce n'était pas sa faute si ses petites-filles ne perpétuaient pas spontanément les traditions si appréciées des MacGregor. Il était bien obligé d'intervenir.

Laura marmonna :

— Je t'assure que je vais bien, grand-père. Je dormais, c'est tout.

— Eh bien, il est temps de te réveiller. Voilà des semaines que tu n'es pas venue nous voir. Tu nous manques. Ce n'est pas parce que tu es une grande fille de vingt-quatre ans que tu dois nous oublier, ta chère vieille grand-maman et moi.

Il toussota et vérifia par-dessus son épaule si la porte était bien fermée. Si Anna l'entendait parler d'elle en ces termes, elle serait capable de le scalper.

— Viens nous voir ce week-end, dit-il. Amène tes cousines.

— J'ai un dossier à lire, mais je viendrai bientôt, promit Laura, déjà prête à se rendormir.

— N'attends pas trop longtemps. Nous ne sommes pas éternels, tu sais.

— Mais si !

— Je t'ai envoyé un cadeau. Il va arriver ce matin. Dépêche-toi de te lever et de te faire belle. Passe une robe, pour une fois.

— D'accord. Merci, grand-père. Au revoir.

Laissant tomber le téléphone par terre, Laura se mit la

tête sous le drap et se laissa glisser voluptueusement dans les bras de Morphée.

Vingt minutes plus tard, une secousse brutale accompagnée d'un juron la réveilla.

— Bon sang, Laura, tu as recommencé !

— Quoi ?

Elle se redressa sur son lit, ses grands yeux noirs écarquillés, ses cheveux en bataille.

— Quoi ? répéta-t-elle.

— Tu n'as pas raccroché le téléphone.

Furieuse, Julia MacGregor posa ses poings sur ses hanches.

— J'attendais un appel !

— Je…

Laura rejeta en arrière sa crinière emmêlée en regardant Julia sans comprendre. Elle n'était vraiment pas du matin.

— Je crois que grand-père a appelé. Je ne me souviens pas très bien, marmonna-t-elle.

Julia haussa les épaules.

— Je n'ai pas entendu le téléphone. Je devais être sous la douche. Gwen est déjà partie pour l'hôpital. Que t'a dit grand-père ?

Laura la regardait, l'air hagard. Julia se mit à rire et s'assit sur le bord du lit.

— Probablement comme d'habitude : que grand-mère se fait du souci pour nous !

— Oui, je crois que c'était quelque chose dans ce genre.

Avec une ébauche de sourire sur les lèvres, Laura se laissa tomber sur ses oreillers.

— Si tu étais sortie plus tôt de la douche, c'est toi qui

aurais pris la communication, et c'est toi qui aurais eu droit au sermon, dit-elle d'un ton plein de regret.

— J'y ai eu droit la semaine dernière.

Julia consulta sa montre en marcassite.

— Je dois aller voir cette propriété à Brookline.

— Je croyais que tu en avais acheté une le mois dernier ?

Julia secoua la tête, faisant danser sa chevelure flamboyante.

— Non, il y a deux mois. Elle est restaurée et prête à être revendue. C'est le moment d'attaquer un nouveau projet.

— Eh bien, quels que soient tes projets, le mien était de dormir jusqu'à midi, puis de passer l'après-midi à étudier un dossier, dit Laura en faisant la moue.

Elle bâilla à s'en décrocher la mâchoire.

— Mais apparemment, j'ai peu de chance d'y arriver.

Julia se mit à rire.

— Tu vas avoir la maison pour toi toute seule pendant plusieurs heures. Gwen fait un remplacement à l'hôpital, quant à moi, je ne prévois pas de revenir avant 17 heures.

— Tu oublies que ce n'est pas à mon tour de faire la cuisine.

— J'achèterai quelque chose en rentrant.

— Une pizza aux deux fromages et aux olives !

— Rien de tel pour te réveiller que de parler du dîner ! dit Julia en riant de plus belle.

Elle se leva, lissa la veste verte qu'elle portait sur un pantalon au pli impeccable.

— A ce soir, ma jolie. Et pense à raccrocher le téléphone !

Laura jeta un coup d'œil au réveil. C'était tentant de se fourrer la tête sous le drap et de dormir encore une heure. La grasse matinée ne lui avait jamais posé de problème.

Mais l'idée de la pizza lui avait ouvert l'appétit. Elle

soupira. La vie était dure quand il fallait choisir entre manger et dormir ! Comme son estomac venait de gagner la partie, elle rejeta les couvertures et se leva, vêtue d'un simple T-shirt et d'un short flottant, de soie bleu.

Après avoir vécu sur le campus pendant toute la durée de leurs études universitaires, Laura, Julia et Gwen partageaient une maison à Boston. Julia s'était chargée de la faire rénover, et les trois cousines l'avaient décorée selon leurs goûts éclectiques. Gwen avait un amour inconditionnel pour les antiquités, Julia adorait les meubles modernes et Laura succombait à tout ce qui était kitsch.

Laura descendit l'escalier en laissant traîner ses doigts sur la rampe en chêne. Son contact satiné était un vrai plaisir. Elle cligna des paupières en arrivant dans le hall inondé de soleil. Apparemment, son grand-père n'avait pas exagéré. C'était une superbe matinée d'automne. Elle se dirigea lentement vers la cuisine.

Aucune des trois jeunes filles ne passait beaucoup de temps devant les fourneaux, mais elles avaient néanmoins décoré cette pièce de façon accueillante et chaleureuse. Dieu merci, elles s'entendaient merveilleusement bien ensemble, comme d'ailleurs avec tout le reste de la tribu MacGregor. Laura sourit. Julia et Gwen étaient aussi ses meilleures amies. Daniel et Anna avaient créé une famille diversifiée, mais très unie.

Elle jeta un coup d'œil à l'horloge en forme de chat bleu saphir, dont la queue se balançait au rythme des secondes. Un cadeau de ses parents. Ils étaient partis en voyage aux Antilles pour fêter leur anniversaire de mariage. Caine et Diana MacGregor formaient un couple solide. Vingt-cinq ans de mariage, deux enfants et un des cabinets juridiques les plus respectés de Boston dans lequel ils travaillaient en association, n'avaient pas diminué leur dévotion l'un pour l'autre.

Laura soupira. Comment pouvait-on réussir à faire tout cela ? Elle secoua la tête. Si elle devait y arriver un jour, il valait mieux, dans l'immédiat, qu'elle se concentre sur une seule chose à la fois. Et pour le moment, il s'agissait d'étudier le droit. Ou plutôt, en cet instant précis, de se restaurer. Elle sourit en ouvrant le réfrigérateur. Oui, une seule chose à la fois. Et il était temps qu'elle prenne son petit déjeuner.

Elle attrapa le Walkman resté sur le comptoir et posa les écouteurs sur ses oreilles. Un peu de musique ne lui ferait pas de mal.

Royce Cameron gara sa jeep derrière une petite Spitfire rouge décapotable. Il l'examina brièvement. C'était le genre de voiture qui donnait envie de se livrer à des excès de vitesse. Il hocha pensivement la tête et tourna les yeux vers la maison.

Elle était magnifique. Ce qui n'avait rien de surprenant dans le quartier chic de Back Bay, à Boston. Et encore moins si l'on pensait au statut social de ses propriétaires, les MacGregor.

Cependant, Royce ne pensait ni à l'argent ni aux classes sociales en contemplant la belle demeure. Ses yeux bleus parcouraient lentement la façade tandis que le vent ébouriffait ses cheveux blonds, qu'il portait longs jusqu'au col. Il rejeta une mèche en arrière et hocha la tête. Cette maison avait un nombre incroyable de fenêtres et portes-fenêtres, ce qui représentait autant d'accès faciles. Il remonta l'allée en pierre bordée d'arbustes aux couleurs mordorées, puis il traversa l'impeccable pelouse pentue. Passant sous le haut portique, il examina la porte qui donnait sur un petit patio.

Il essaya de l'ouvrir, mais elle était fermée à clé. Il haussa les épaules. Un bon coup de pied suffirait à la défoncer.

Il poursuivit son investigation, le regard froid, la bouche fermée en une expression presque dure dans un visage à la fois anguleux et harmonieux. La femme qu'il avait failli épouser disait que ce visage était celui d'un criminel. Il ne lui avait pas demandé ce qu'elle entendait par là ; ils étaient sur le point de se séparer, et cela ne l'intéressait tout simplement pas.

Il évalua l'accès à cette adorable vieille maison, qui était sans aucun doute truffée d'antiquités et de bijoux de valeur. Ses yeux bleu pâle scintillèrent. Ils pouvaient se réchauffer et prendre une teinte plus profonde aux moments les plus inattendus, et sa bouche charnelle, bien dessinée, pouvait alors afficher un sourire charmant. Mais en cet instant, il avait une expression glaciale. Une petite cicatrice barrait son menton volontaire, résultat du contact d'un poing orné d'une bague en diamant. Royce mesurait exactement un mètre quatre-vingts, et il avait le corps d'un boxeur, ou d'un homme qui aimait la bagarre.

Il avait été l'un et l'autre.

Il secoua la tête avec un sourire de dérision. S'il avait voulu, il aurait pu se retrouver à l'intérieur de cette maison en trente secondes, sans avoir à fournir de gros efforts.

Même s'il n'avait pas eu la clé de la porte d'entrée.

Il sonna, tout en glissant un regard à l'intérieur par les vitres biseautées. Elles étaient de verre épais, gravé de fleurs. Et naturellement, elles n'étaient protégées par aucun système de sécurité.

Il appuya encore une fois sur la sonnette. Personne ne venant ouvrir, il sortit une clé de sa poche et l'introduisit dans la serrure. Il pénétra dans le hall.

Un mélange d'odeurs flotta jusqu'à ses narines. A celle de la cire et de la citronnelle se mêlait un autre parfum, léger mais envoûtant. Il regarda à droite ; l'escalier se trouvait là. A gauche, le grand salon.

Un ordre digne d'un couvent régnait dans cette maison, mais elle avait une odeur sensuelle. C'était une maison de femmes. Royce soupira. Décidément, le beau sexe était un mystère pour lui.

Cependant, tout ressemblait à ce qu'il avait imaginé : les meubles anciens, les couleurs pastel, et, sur une petite table ronde, le reflet chatoyant de boucles d'oreilles vertes, babioles certainement hors de prix que l'une des trois cousines avait laissées traîner.

Tirant de la poche de son jean un minimagnétophone, il commença à enregistrer ses commentaires tout en déambulant dans la maison.

Les grandes toiles éclaboussées de couleurs vives accrochées au-dessus de la cheminée du salon captèrent son regard. Cela aurait dû être discordant dans cette pièce somme toute assez petite. Au contraire, c'était irrésistible, une célébration de passion et de vie.

Il se pencha pour lire la signature — D.C. MacGregor. Cette peinture devait être l'œuvre d'un des nombreux petits-enfants de Daniel MacGregor. Brusquement, sa contemplation fut interrompue par un bruit insolite. Il dressa l'oreille. Quelqu'un chantait dans la maison.

Enfin, si l'on pouvait parler de chant. Fronçant les sourcils, il arrêta le magnétophone et le glissa dans sa poche tout en retournant dans le hall d'entrée. Il valait mieux parler de cris, voire de hurlements. Il reconnut une chanson de Whitney Houston… littéralement massacrée.

Royce secoua la tête. Cette cacophonie signifiait qu'il n'était pas seul. Il se dirigea vers la pièce d'où la voix s'élevait. Entrant dans une cuisine inondée de soleil, il fut accueilli par un spectacle singulier. Un sourire appréciateur s'épanouit sur son visage, ses yeux se réchauffèrent brusquement.

La jeune femme était grande, et toute en jambes. Des jambes fines et dorées, qui rattrapaient largement l'absence du plus élémentaire talent vocal. Penchée vers le réfrigérateur grand ouvert, elle remuait les hanches d'une façon qui aurait rendu un mourant à la vie.

Ses cheveux noir corbeau, qui n'avaient pas l'ombre d'une ondulation, descendaient jusqu'à sa taille, d'une finesse rarement égalée.

Et elle portait les sous-vêtements les plus sexy qu'il eût jamais eu le plaisir de contempler. Si son visage était aussi séduisant que son corps, elle allait rendre sa journée plutôt attrayante.

— Bonjour !

Il releva les sourcils. Au lieu de sursauter, comme il s'y attendait, elle continua son examen du Frigidaire sans cesser de chanter.

Il toussota.

— Tout cela n'est pas pour me déplaire, mais vous avez peut-être envie de faire une petite pause.

Comme elle balançait les hanches avec enthousiasme, il ne put retenir un sifflement admiratif. Enfin, point d'orgue à ses vocalises, elle alla chercher une note qui aurait pu faire exploser un verre en cristal et se retourna, une cuisse de poulet dans une main, une canette de soda dans l'autre.

En se retrouvant nez à nez avec cet intrus aux cheveux ébouriffés et à l'expression bizarre, Laura se mit à hurler, tandis que la musique jaillissait toujours des écouteurs posés sur ses oreilles. Voulant la rassurer, Royce leva une main apaisante et ouvrit la bouche pour tenter de s'expliquer.

Il n'en eut pas le temps et réussit de justesse à bloquer d'une main la canette de soda qu'elle lui jeta à la tête. Vive comme l'éclair, la jeune fille se tourna alors vers le comptoir et s'empara d'un couteau à découper la viande, puis elle lui fit de nouveau face en le regardant d'un air qui ne laissait aucun doute sur sa détermination : elle n'hésiterait pas à s'en servir pour l'étriper s'il ne se tenait pas à carreau.

— Du calme ! dit-il doucement en levant les deux mains.

— Ne bougez pas ! Ne respirez pas ! cria-t-elle tout en se glissant le long du comptoir pour atteindre le téléphone. Si vous faites un pas, je vous coupe la gorge.

Il hocha la tête. Il aurait pu la désarmer en moins de dix secondes, mais l'un des deux, et plus vraisemblablement lui, aurait ensuite eu besoin de quelques points de suture.

— Je ne bouge pas. Ecoutez, j'ai sonné à la porte mais vous n'avez pas répondu. Je suis juste là pour…

Ce n'est qu'à ce moment-là qu'il repéra ses écouteurs.

— Evidemment, ceci explique cela !

Très lentement, il porta un doigt à son oreille et dit en articulant de façon exagérée :

— Ôtez vos écouteurs.

Laura venait juste de se rendre compte qu'elle les avait gardés. Elle les arracha de la main gauche, sa main droite brandissant toujours le couteau.

— Ne bougez pas. J'appelle la police.

— Comme vous voudrez.

Royce eut un sourire ironique.

— Mais je vous préviens, vous allez vous ridiculiser. Je ne suis là que pour faire mon travail. Cameron Security, cela vous dit quelque chose ? Vous n'avez pas ouvert quand j'ai sonné. Je suppose que Whitney chantait un peu trop fort.

Il garda les yeux rivés à ceux de la jeune fille.

— Permettez que je sorte ma carte professionnelle.

— Avec deux doigts. Et très lentement !

C'était tout à fait son intention. Les yeux qui le surveillaient trahissaient davantage de violence et de détermination que de peur. Une femme seule capable d'affronter un inconnu sans trembler, un couteau à la main, ne donnait pas précisément envie de la défier.

— J'avais rendez-vous à 9 heures pour faire le tour de la maison dans le but d'installer un système de sécurité.

Elle jeta un bref regard sur la carte qu'il lui montrait.

— Un rendez-vous avec qui ?

— Avec Laura MacGregor.

Elle referma sa main libre sur le téléphone.

— Je suis Laura MacGregor, et je n'ai pas le moindre rendez-vous avec vous.

— C'est M. MacGregor qui l'a pris.

Elle hésita.

— Son prénom ?

Royce sourit de nouveau.

— Daniel MacGregor. Je devais rencontrer sa petite-fille Laura à 9 heures. Ma mission : installer le système de sécurité le plus performant dont un grand-père puisse rêver pour protéger ses petites-filles. Il paraît que votre grand-mère s'inquiète.

Laura retira sa main du téléphone, mais elle ne posa pas le couteau.

— Quand vous a-t-il contacté ?

— La semaine dernière. Il m'a fait venir à Hyannis Port, pour un entretien en tête à tête. Sa maison est une véritable forteresse, et cet homme a une forte personnalité. Une fois le marché conclu, il m'a offert un whisky et un cigare.

— Vraiment ?

Elle arqua un sourcil.

— Et ma grand-mère, qu'a-t-elle dit à ce sujet ?

— Au sujet du marché ?

— Du cigare.

— Elle n'était pas dans la même pièce que nous. Votre grand-père a fermé la porte de son bureau avant de sortir ses cigares d'une boîte qui imitait un livre. La couverture portait le titre : *Guerre et Paix*. J'en ai conclu que sa femme n'appréciait pas qu'il fume.

Laura poussa un long soupir de soulagement et inséra le couteau dans le bloc de bois.

— D'accord, monsieur Cameron.

— Il m'a dit que vous seriez au courant. Apparemment, ce n'est pas le cas.

— Non. Il m'a appelée ce matin, il m'a parlé d'un cadeau qu'il m'envoyait. Je suppose qu'il parlait de cette installation.

Elle haussa les épaules, faisant ondoyer ses longs cheveux. Puis elle se baissa pour ramasser la cuisse de poulet qu'elle avait laissée tomber et la jeta dans la poubelle.

— Comment êtes-vous entré ?

— Votre grand-père m'a confié une clé.

Royce la sortit de sa poche et la déposa dans la main tendue de Laura.

— Je vous assure que j'ai sonné plusieurs fois.

— Mmm...

Royce contempla un instant la canette de soda sur le carrelage.

— Vous avez un don pour le lancer, mademoiselle MacGregor.

Il reporta les yeux sur elle. Elle avait les pommettes hautes, et une bouche faite pour l'amour. Quant à ses yeux, ils évoquaient son péché mignon : le chocolat noir.

— Et sans doute le visage le plus extraordinaire que j'aie jamais vu, ajouta-t-il.

Laura se raidit. Cet homme la dévisageait avec un air arrogant et impudique. Il semblait savourer sa friandise préférée.

— Et vous, vous avez d'excellents réflexes, monsieur Cameron. Sinon, vous seriez étendu sur le carrelage de ma cuisine avec un traumatisme crânien.

— Cela en aurait peut-être valu la peine, dit-il avec un sourire désarmant.

Il ramassa la canette et la lui tendit. Laura la prit en annonçant :

— Je vais me changer, et ensuite nous pourrons parler de vos systèmes de sécurité.

— Ne vous inquiétez pas pour moi, dit-il en rivant ses yeux sur les siens.

Elle soutint son regard et dit d'une voix dure :

— Si, je vais me changer, parce que si vous continuez à me regarder de cette façon, vous allez réellement avoir un traumatisme crânien. Attendez-moi, je n'en ai pas pour longtemps.

Elle passa devant lui. Royce la regarda s'éloigner. Elle avait des jambes fascinantes. Il sifflota en hochant la tête d'un air approbateur.

Laura MacGregor était vraiment à couper le souffle, dans tous les sens du terme !

2.

Laura était assise à une longue table de chêne. Elle avait passé la matinée dans la bibliothèque du cabinet d'avocat MacGregor et MacGregor, bien décidée à trouver un autre cas de jurisprudence pour peaufiner le dossier qu'elle préparait pour son prochain exposé.

Quand ses parents seraient de retour, la semaine suivante, le dossier serait bouclé. Sa mère allait juger l'affaire Massachusetts contre Holloway, pour laquelle elle lui avait confié des recherches à faire, et elle s'était attachée à ce cas particulier.

Si elle arrivait à faire la paperasserie, le travail sur le terrain, les longues heures de recherche, elle gagnerait peut-être un siège près de sa mère dans la salle du tribunal. Et peut-être, peut-être seulement, pourrait-elle questionner un témoin.

Elle rêvait de se trouver dans l'atmosphère intense du tribunal. Elle comprenait l'importance de la recherche, l'obligation de prévoir le moindre changement et la moindre éventualité dans une affaire judiciaire. Elle avait lu et étudié jusqu'à en avoir mal aux yeux, mais elle allait gagner ses galons. Et finalement, ses propres affaires à défendre.

Amanda Holloway avait tué son mari. Il n'y avait aucun doute là-dessus. Mais sa culpabilité, selon la loi, était une autre affaire. Elle avait été violentée, physiquement et moralement, pendant cinq années. Elle n'avait pas quitté son mari, elle ne s'était pas enfuie. Et à la fin, elle avait craqué.

Un soir, après avoir été battue et violée une énième fois, elle était allée chercher le revolver de service de son mari et elle l'avait vidé sur lui pendant son sommeil.

Laura secoua la tête. Dommage qu'Amanda ait attendu plus d'une heure après avoir été violée. Ce délai faisait de son crime un acte prémédité. Et le fait que John Holloway était un policier très bien noté ne jouait pas non plus en sa faveur.

Laura fronça les sourcils. Certains pourraient penser que justice avait été rendue ce soir-là, mais la loi n'en décidait pas ainsi. Or, elle était bien décidée à utiliser la loi pour éviter la prison à Amanda.

Royce aimait vraiment l'atmosphère de cette maison. La pièce dans laquelle Laura l'avait reçu fleurait bon le cuir, le bois ciré et l'univers féminin. Mais par-dessus tout, il aimait regarder Laura. Pour l'instant, elle ne ressemblait pas du tout à la femme en sous-vêtements qu'il avait entendue chanter, et qui avait parlé systèmes d'alarme avec lui. Elle avait dompté sa cascade de cheveux noirs en une tresse compliquée qui retombait dans son dos. Des gouttes d'or ornaient ses oreilles en forme de coquillages. Elle portait une montre étroite et un bracelet scintillant de diamants.

Son chemisier de soie blanche était très ajusté. Laura MacGregor avait beaucoup de classe, et elle paraissait tout simplement inaccessible en ce moment précis. Royce ne put s'empêcher de rêvasser. Inaccessible, peut-être, sauf pour un homme qui l'avait vue revêtue seulement d'un short et d'un soutien-gorge en satin, en train de remuer frénétiquement les hanches.

Il s'appuya contre le chambranle de la porte.

— Vous ressemblez à une avocate, habillée ainsi.

Elle releva vivement la tête. Un éclair de surprise traversa ses grands yeux sombres.

— J'ai passé mes examens l'été dernier, et depuis, je suis inscrite au barreau. Avez-vous besoin d'un avocat ?

Il posa sur elle un regard de braise.

— Pas pour l'instant, mais si jamais cela se présentait, je penserais à vous.

Il avait déjà pensé à elle pendant toute la semaine.

Laura l'observa une fraction de seconde. Avec ses cheveux en bataille, sa curieuse petite cicatrice et ses yeux à damner une sainte, il ne pouvait que faire naître des questions dans la tête d'une femme. Mais ce n'était pas elle qui allait perdre du temps avec ces fariboles.

Elle poussa un soupir. Elle n'avait qu'une hâte : que Royce Cameron s'en aille.

— Le cabinet est fermé jusqu'à la fin du mois, dit-elle en se plongeant dans son dossier.

— C'est ce que m'a dit la réceptionniste. Mais je ne suis pas venu pour vous demander votre aide, ni celle de vos parents.

Il avança vers son bureau, avec une démarche qui évoquait un chat prêt à bondir. Laura eut un coup au cœur. Faisant l'impossible pour l'ignorer, elle interrogea d'un ton glacial :

— Alors ,que faites-vous ici ?

— J'ai un travail à exécuter dans le voisinage. J'en profite pour vous prévenir que votre système de sécurité sera installé samedi matin.

— C'est très bien. Je suis sûre que mon grand-père va être content.

— Il est très fier de vous et de vos cousines. Dès qu'il parle de vous, il est rayonnant.

Laura se détendit, son regard s'adoucit.

— C'est l'homme le plus merveilleux au monde. Malheureusement, c'est aussi l'un des plus exaspérants. S'il pouvait, il nous garderait toutes enfermées dans son château, à Hyannis.

— Boston est parfois une ville dangereuse pour une jolie jeune fille, dit Royce en imitant le ton de Daniel.

Laura ne put s'empêcher de sourire.

— Assez bien imité, mais il parle un peu plus fort.

— En tout cas, il a raison, dit Royce. Vous êtes trois jeunes filles célibataires dans une grande maison remplie d'objets onéreux, qui sont faciles à monnayer. L'une de vous est la fille d'un ancien président des Etats-Unis, et vous êtes toutes les trois les petites-filles d'un des hommes les plus riches du pays. Et vous êtes belles. Tout cela fait de vous des cibles potentielles.

— Nous ne sommes pas idiotes, monsieur Cameron.

— Royce.

— Nous ne sommes pas idiotes, répéta Laura. Nous ne marchons pas dans les allées sombres, nous n'ouvrons pas notre porte à des étrangers, et nous n'allons pas draguer dans des bars.

— C'est très louable, dit-il en inclinant la tête, un sourire malicieux aux lèvres.

Maudissant les battements précipités de son cœur, Laura se raidit de nouveau.

— Mon grand-père s'inquiète inutilement. Mais s'il suffit d'installer ce système pour le rassurer, alors, nous allons le faire.

— Ou je me trompe fort, ou cela vous paraît superflu.

— Mes cousines et moi sommes parfaitement en sécurité dans notre maison.

— Vous avez un sens très personnel de la sécurité. Une maison dans laquelle un homme peut entrer comme dans un moulin et vous voir danser en sous-vêtements…

— Vous aviez une clé, et je n'étais pas en sous-vêtements.

— J'aurais pu entrer aussi facilement sans clé. Et qu'est-ce que c'était, si ce n'étaient pas des sous-vêtements ?

— Un pyjama, répliqua-t-elle d'un ton sec en lui jetant un coup d'œil furieux.

Royce sourit, visiblement ravi de la mettre en colère.

— Oh, alors, c'est différent !

Hors d'elle, les joues en feu, Laura déclara d'une voix moins ferme qu'elle ne l'aurait souhaité :

— Monsieur Cameron, vous allez installer ce fichu système, et nous n'en parlerons plus !

Elle recula en le voyant se pencher vers elle.

— Que faites-vous ?

Il respira lentement.

— J'aime votre parfum.

Ses yeux luisaient d'amusement.

— Vous êtes incroyablement nerveuse tout à coup.

— Je n'aime pas être serrée de près par le premier venu.

— Oh, je vois !

Il s'éloigna en un mouvement rapide qui ne laissa pas entre eux la distance qu'elle désirait. Faisant mine de ne plus le voir, Laura retourna à sa lecture.

— Vous en avez pour combien de temps ? demanda-t-il en montrant les livres juridiques.

— Longtemps. Comme vous voyez, j'ai beaucoup de travail.

— Si je revenais vers 19 heures, nous pourrions dîner ensemble ?

— Non, répondit-elle sans lever les yeux.

— Etes-vous prise ?

— Vous le voyez bien.

— Je ne parle pas de travail. Je veux dire, avez-vous une relation avec un homme ?

Elle releva vivement la tête. Elle avait les joues en feu.

— En quoi est-ce que cela vous regarde ?

— J'aime vos yeux, votre parfum. Votre façon de parler, votre façon de vous déplacer. Ce serait intéressant de découvrir si j'aime votre façon de penser, dit-il doucement.

De plus en plus troublée, elle se força à prendre un ton glacial :

— Voulez-vous savoir ce que je pense à cet instant ?

Royce éclata de rire.

— Non, merci, j'ai ma petite idée. Si vous changez d'avis pour le dîner, vous avez mon numéro de téléphone.

— C'est ça.

Il se leva et aperçut l'étiquette collée à un dossier qui dépassait d'une pile de livres.

— Holloway, murmura-t-il.

Il regarda Laura.

— L'homicide ?

— Oui.

— Je connaissais John Holloway.

— Vraiment ?

Elle avait failli se laisser charmer par le rire de Royce. Et peut-être aurait-elle fini par accepter de dîner avec lui. Mais la déclaration qu'il venait de faire était franchement déplaisante.

— Avez-vous beaucoup d'amis qui abusent de leur femme ? questionna-t-elle d'un ton méprisant.

— Je n'ai pas dit que c'était un ami, j'ai dit que je le connaissais. Il était dans la police, comme moi.

Brusquement intéressée, Laura leva les yeux vers lui :

— Vous avez travaillé avec John Holloway ?

— Nous avons travaillé dans le même commissariat pendant quelques mois. Puis j'ai été muté. John était un bon flic.

— Un bon flic…

Laura ferma les yeux.

— C'est typique ! Il a passé des années à battre sa femme, mais c'était un bon flic. La solidarité de l'uniforme !

— Je ne suis plus dans la police, fit remarquer Royce d'une voix douce. Et je ne le fréquentais pas, en dehors du travail. Il faisait bien son boulot, c'est tout ce que je sais. Sa vie privée ne m'intéressait pas.

— Eh bien, moi, sa vie privée m'intéresse beaucoup !

Elle avait observé Royce pendant qu'il parlait. Son visage n'avait pas exprimé beaucoup de chaleur quand il avait évoqué son ex-collègue.

— Vous ne l'aimiez pas, n'est-ce pas ?

— Non.

— Pourquoi ?

— Il me faisait penser à un fusil chargé dont le cran de sécurité aurait été défectueux.

— Vous devez avoir gardé des contacts avec la police, et avec des gens qui l'ont connu. Je sais que les policiers détestent parler aux avocats, mais…

— Peut-être parce que les avocats remettent dans la rue les ordures que les flics ont ramassées.

Laura prit une profonde inspiration. Ce genre de propos la hérissait. Mais elle ne voulait pas se mettre en boule.

— Amanda Holloway n'est pas une ordure. Mais elle a eu la mauvaise idée d'en épouser une.

— Peut-être. Je suis désolé, je ne peux pas vous aider.

Il se leva et se dirigea vers la porte.

— Je serai chez vous avant 9 heures samedi matin.

Il lui adressa un bref sourire.

— J'aimerais beaucoup revoir votre pyjama, mais il

vaudra mieux que vous soyez habillée. Vous risqueriez de distraire mon équipe.

— Alors, à quoi ressemble-t-il ? questionna Gwen.

Dans le miroir de sa coiffeuse, le regard de Laura glissa de ses longs cils noirs qu'elle enduisait de mascara jusqu'au visage de sa cousine.

— Qui donc ?

— Cet ex-flic expert en sécurité que grand-père a embauché pour nous protéger des criminels de Boston.

Gwen rapprocha sa tête de celle de Laura.

Personne n'aurait pu deviner qu'elles étaient cousines. Les cheveux blonds de Gwen, qu'elle portait courts, contrastaient avec l'avalanche de tresses noir corbeau de Laura. Gwen avait hérité de sa mère une peau claire, des yeux bleu lavande, des cheveux d'une riche teinte dorée.

Elle avait une silhouette délicate, qui donnait une fausse impression de fragilité. Elle était d'une résistance hors du commun, et quand c'était nécessaire, elle pouvait doubler ses horaires à l'hôpital, faire de la gymnastique pendant une heure et avoir encore du dynamisme en réserve.

Laura l'admirait beaucoup. Gwen était belle, brillante, et c'était une travailleuse infatigable.

— Tu ne vas pas me dire que tu ne te souviens pas de lui ? insista-t-elle.

— Mmm ? Non, bien sûr, je m'en souviens. Je pensais à autre chose. Il est probablement assez séduisant.

— Probablement… Donne-moi des détails, Laura. Ce sont les détails qui comptent.

Gwen releva un sourcil.

— Il s'appelle Cameron, c'est bien cela ? Un nom écossais.

— Cela plairait à grand-père, dit Laura, rêveuse.

— C'est certain.

Gwen passa sa langue sur ses dents.

— Est-il marié ?

— Je ne crois pas. Du moins, je n'ai pas vu d'anneau à son doigt.

— Quel âge a-t-il ? La trentaine ?

— Oui, à peu près.

Elle coula un regard complice à sa cousine.

— La chasse est ouverte ?

— Non, nous ne faisons que collecter des données. Bien, récapitulons : il est célibataire, attirant, homme d'affaires, la trentaine, et c'est un Cameron. Tu veux que je te dise ? A mon avis, c'est un coup de grand-père. Il l'a déniché pour toi.

— Pour nous. Nous le savons déjà.

Laura posa le tube de mascara et choisit un rouge à lèvres.

— Grand-père a embauché Cameron pour qu'il pose un système de sécurité dans notre maison. Il doit venir le faire aujourd'hui.

Gwen soupira, puis elle donna un léger coup sur la tête de Laura.

— Ne fais pas semblant de ne pas comprendre. Je te parle de mariage.

— De mariage !

Laura eut un rire bref et posa son tube de rouge.

— Aucune chance !

— Depuis un an, grand-père n'arrête pas de se lamenter parce que aucun de ses petits-enfants n'a le bon sens, comme il dit, de fonder une famille.

— Je sais. Et grand-mère n'a qu'une hâte : faire sauter ses arrière-petits-enfants sur ses genoux, ajouta sèchement Laura. Mais je te l'ai déjà dit : il est impossible que grand-père considère Royce Cameron comme un mari potentiel pour l'une d'entre nous. Ce n'est pas du tout le genre de type qu'un grand-père surprotecteur choisit pour ses petites-filles.

Gwen se percha sur le long comptoir peint en rose.

— Ah oui ? Et peux-tu me dire pourquoi ?

— Je suis sûre que ce type est dangereux. On le voit dans ses yeux, il a quelque chose d'un animal qui n'est pas vraiment dompté.

— Mmm ! De plus en plus intéressant !

— Pour un amant, à la rigueur. J'imagine qu'il doit être époustouflant au lit.

Laura eut un sourire ironique avant d'ajouter :

— Mais je doute que ce soit le genre de relation durable à laquelle Daniel MacGregor pense.

L'esprit ailleurs, Gwen prit le tube de rouge à lèvres et fit sortir le bâton.

— Mais Cameron, en revanche, c'est exactement ce qu'il doit avoir à l'esprit. Cet homme a le sang chaud. Il engendrera des garçons et des filles éclatants de santé, comme dirait grand-père.

— C'est ridicule, dit Laura.

Exaspérée, elle posa brusquement sa brosse à cheveux sur la coiffeuse. C'était curieux cette sensation qu'elle venait d'éprouver au creux de l'estomac.

— C'est absurde. Grand-père ne pourrait pas… il ne voudrait pas.

— Il voudrait et pourrait, trancha Gwen. Et j'ai bien l'impression que sa petite combine commence à porter ses fruits.

Laura lui jeta un regard noir.

— Que veux-tu dire ?

— Je dis que nous sommes samedi matin.

Gwen jeta un coup d'œil à son bracelet-montre.

— Il est précisément 8 heures du matin, et tu n'es obligée

d'aller nulle part. Pourtant, non seulement tu es debout, mais tu es habillée. Tu as mis du mascara, alors que tu n'en as pas besoin, et du rouge à lèvres.

Elle se pencha vers sa cousine et huma son odeur.

— Sans parler de ton parfum…

— Et de son beau chemisier neuf, dit Julia, qui venait de faire son apparition.

— Un chemisier de soie rouge, précisa-t-elle.

— Très bien ! Un chemisier de soie rouge pour passer le samedi matin à la maison, quoi de plus naturel ! dit Gwen, gentiment sarcastique.

Elle se laissa glisser de son tabouret et tapota l'épaule de Laura.

— Veux-tu connaître mon diagnostique, ma chérie ? Il s'agit d'un sérieux cas d'attirance physique.

— Il ne m'attire pas le moins du monde ! J'avais juste… j'avais l'intention de faire du shopping, c'est tout. Des courses pour Noël. Ce qui explique pourquoi je suis debout et habillée.

— Tu ne fais jamais de courses le samedi, fit remarquer Julia, impitoyable. C'est vrai, tu as horreur de courir les boutiques, je trouve cela plutôt triste, soit dit en passant. Et tu ne commences jamais tes achats de Noël avant la mi-décembre.

— Pour une fois, je vais faire une exception, rétorqua Laura, agacée.

Elle se leva et se faufila entre ses deux cousines pour gagner sa chambre.

Le chemisier était posé sur son lit comme une alarme rouge et brillante. Furieuse, Laura claqua la porte derrière elle. Qu'avaient-elles donc toutes les deux ? Elle le porterait, ce chemisier, que cela leur plaise ou non. Elle avait toujours aimé les couleurs vives. Et la soie. Pourquoi ne porterait-elle pas ce fichu vêtement ?

Elle l'enfila en marmonnant entre ses dents. Qu'est-ce que c'était que cette histoire ? Elle se moquait éperdument de Royce Cameron. Ce n'était pas du tout son genre d'homme, mais alors pas du tout ! Il était arrogant, mal élevé et content de lui. De plus, il l'avait surprise dans une situation ridicule, ça, elle ne l'avait pas oublié !

Fronçant les sourcils, elle enfila un pantalon gris anthracite. Et ses cousines semblaient oublier qu'elle ne recherchait pas une relation avec un homme. Non, elle voulait profiter encore de quelques années de liberté absolue.

La sonnerie de la porte d'entrée retentit. Délibérément, Laura prit tout son temps pour mettre ses chaussures. Puis elle tourna le dos au miroir, et descendit lentement l'escalier.

Royce se tenait dans le hall d'entrée. Il était vêtu d'une veste de cuir fatuguée, d'un jean délavé, et, visiblement, il n'avait trouvé ni peigne ni brosse à cheveux ce matin. Il parlait et riait avec Julia et Gwen. Laura eut le temps de descendre la moitié de l'escalier avant qu'il tourne la tête, avant que ses yeux étranges, d'un bleu profond et frangés d'épais cils noirs, rencontrent les siens. Avant que son sourire énigmatique, dangereux, apparaisse sur ses lèvres.

Elle prit une profonde inspiration. Son cœur venait de faire un bond dans sa poitrine.

— Bonjour, Laura, dit-il en s'inclinant, une main sur le cœur. Vous avez un chemisier splendide !

3.

Royce ne poursuivait pas les femmes, et encore moins celles qui ne montraient aucun signe d'intérêt pour lui. Quand il en rencontrait une qui l'attirait, il le lui faisait comprendre. Directement, sans jouer à cache-cache, sans faux-semblants. Ensuite, il attendait qu'elle saisisse la balle au bond, si elle en avait envie.

Et puisque Laura MacGregor ne rattrapait pas la balle, il n'avait plus qu'à tourner la page et l'oublier.

Cependant, cela semblait plus facile à décider qu'à faire.

Près de trois semaines s'étaient écoulées depuis qu'il avait vu Laura pour la première fois, et quatre jours depuis la dernière fois. Et il n'arrêtait pas de penser à elle. Il ne la revoyait pas seulement dans cette tenue sexy qu'elle portait le jour où il s'était introduit dans la maison, bien que cette image ait tendance à faire irruption dans sa tête avec une régularité d'horloge. Non, c'était surtout son visage qui le hantait. Le sang-froid qu'il avait lu dans ses yeux quand elle l'avait affronté. L'intelligence et la détermination dont elle avait fait preuve quand elle lui avait parlé de lois et de justice. C'était ce petit sourire satisfait qui avait retroussé le coin de ses lèvres, pendant qu'elle descendait l'escalier, le jour où il était venu poser le système d'alarme.

Il était bien forcé de l'admettre : ce qu'il voyait, c'était Laura tout entière.

Assis dans son petit bureau, il passa une main nonchalante dans ses cheveux en soupirant. A force de penser à Laura, le soir, il en perdait le sommeil. C'était assommant. Ce qu'il devait faire, c'était ouvrir son carnet d'adresses et passer la soirée avec une femme pas compliquée, et pas exigeante. Il secoua la tête. Cette idée était plutôt déprimante. Mais il voulait bien être pendu s'il prenait le téléphone pour appeler Laura. Il l'avait invitée à dîner, elle avait refusé. Il lui avait dit de l'appeler si elle changeait d'avis. Elle n'avait pas changé d'avis. Il ne s'était pas ridiculisé ainsi auprès d'une femme depuis que, à douze ans, il était tombé amoureux fou de la meilleure amie de sa grande sœur…

— Allons, Cameron, conduis-toi comme un grand garçon, se dit-il.

Il se tourna vers l'écran de son ordinateur et se plongea dans l'étude du système de sécurité destiné à un immeuble de bureaux dans le sud de Boston.

Quand le téléphone sonna, il l'ignora jusqu'au quatrième coup. En jurant, il décrocha l'appareil. Sa secrétaire devait encore être en train de se poudrer le nez.

— Cameron Security !

— Ne serait-ce pas Cameron lui-même ?

Royce reconnut aussitôt la voix. Impossible de se tromper, avec cet accent écossais.

— C'est Cameron lui-même, monsieur MacGregor.

— Parfait, vous êtes l'homme que je cherche. Vous vous êtes occupé de la maison de mes petites-filles ?

— Oui. Le système est installé, et il fonctionne.

Et la facture, la fichue facture était encore dans le courrier en attente.

— J'ai installé le meilleur système jamais inventé, ajouta-t-il.

— Je compte bien là-dessus, mon garçon. Je veux que ma femme ait l'esprit tranquille. Avez-vous testé le système vous-même ?

— Oui, comme vous me l'aviez demandé. Toute tentative d'effraction ou de destruction de l'installation envoie un signal d'alarme directement au premier commissariat du quartier et sur mon beeper personnel.

— Parfait, parfait. Mais mes petites-filles doivent le mettre en marche pour être protégées. Elles sont jeunes, vous savez, et elles sont très occupées. Ma femme craint qu'elles n'oublient de le brancher.

— Monsieur MacGregor, je ne peux garantir ce système que s'il est utilisé normalement.

— Exactement. Et c'est ce que j'expliquais à Anna ce matin. Mais elle s'inquiète encore. Je me suis dit que, pour la rassurer, vous pourriez peut-être passer chez mes petites-filles — ce soir, par exemple — et tenter de pénétrer dans la maison…

— Attendez. Vous me demandez d'aller m'introduire chez elles par effraction ?

— Eh bien, si vous y parvenez, nous saurons qu'il faut trouver autre chose, mais si vous échouez, je pourrai tranquilliser ma femme. Elle est âgée, ajouta Daniel à voix basse. Je m'inquiète beaucoup pour sa santé. Nous serions heureux de vous dédommager généreusement pour votre temps et votre dérangement.

— Savez-vous combien d'années de prison pourrait me coûter cette petite plaisanterie, monsieur MacGregor ?

Daniel éclata de rire. C'était merveilleux, il avait vraiment trouvé l'oiseau rare pour sa Laura !

— Ecoutez, Royce, vous êtes un ancien officier de police, je suis sûr que vous savez mieux que moi ce que vous risquez. Et vous savez comment vous y prendre pour ne pas avoir d'ennuis. Je voulais aussi vous dire que j'ai l'intention de faire installer un nouveau système de sécurité chez moi. J'ai une grande maison, et je veux ce qu'il y a de mieux, quel que soit le prix.

Royce soupira en se renversant contre le dossier de sa chaise.

— Etes-vous en train d'essayer de me corrompre, monsieur MacGregor ?

— Exactement, monsieur Cameron. Je sais que vous êtes un jeune homme entreprenant.

— Absolument. Et cela risque de vous coûter une belle somme.

— Que m'importe, si cela offre la tranquillité d'esprit et la sécurité à ceux que j'aime ?

Royce contempla le plafond d'un air dubitatif.

— J'ai rencontré beaucoup de personnes intelligentes et démoniaques dans ma vie, monsieur MacGregor. Mais vous, vous pourriez encore leur donner des leçons.

Le rire de Daniel fusa de nouveau dans le téléphone. Royce éloigna vivement l'écouteur. C'était une véritable explosion, qui lui fit siffler les oreilles.

— Vous me plaisez, Cameron. Que je sois damné si je mens ! Vous me contacterez quand vous serez allé voir si l'installation fonctionne. Nous prendrons rendez-vous pour que vous veniez moderniser la mienne.

Cela allait lui rapporter gros. Royce comptait le nombre de zéros tout en se dirigeant sous la pleine lune vers l'ombre des grands arbres qui cachaient la maison.

Il examina les fenêtres. Rien ne lui était plus facile que d'évaluer la situation comme le ferait un cambrioleur. Il avait enquêté sur un nombre incalculable de vols de ce genre pendant ses années de service dans les forces de l'ordre. Et c'était pour cette raison précise qu'il avait décidé de travailler pour la sécurité privée. La plupart des gens n'avaient pas la moindre idée de leur vulnérabilité pendant qu'ils dormaient.

Un cambrioleur habile projetant d'entrer dans cette maison aurait pris le temps de l'étudier au préalable sous toutes les coutures, mais lui, il débarquait au milieu de la nuit, sur la requête d'un Ecossais prêt à dépenser une fortune pour protéger ses petites-filles.

Un cambrioleur aurait su aussi que le système d'alarme était très sensible. A condition d'avoir de solides connaissances en électronique, naturellement. Il soupira. Puisqu'il en était là, autant jouer le jeu et imaginer qu'il était le roi des monte-en-l'air. Un peu amusé malgré tout par cette situation insolite, il entreprit de défaire son propre travail.

Un quart d'heure plus tard, il hocha la tête avec satisfaction. Il était plutôt doué, à vrai dire, mais peut-être moins en tant que voleur qu'en tant qu'expert en sécurité. Ce système était pratiquement infaillible, et s'il ne l'avait pas mis au point lui-même, il aurait été incapable de le démonter.

Satisfait, il s'apprêtait à remettre tout en ordre quand un flash l'aveugla. Laura MacGregor apparut de l'autre côté de la vitre, un Louisville Slugger à la main.

— Que diable faites-vous ici ? lança-t-elle d'un ton furieux.

— Je fais des vérifications, à la demande de mon client, cria-t-il à son tour.

— Je ne vous ai rien demandé !

— Pas vous, votre grand-père.

Laura passa son Slugger dans l'autre main, puis elle fit volte-face et saisit le téléphone.

Royce se gratta le menton et passa lentement ses doigts sur sa cicatrice. Si Laura appelait la police, il allait en avoir pour toute la nuit à s'expliquer. Bien sûr, il avait des amis dans les forces de l'ordre, mais ils seraient trop contents de le mettre en garde à vue, juste pour s'amuser.

Voilà qui allait doubler la facture de cette petite aventure nocturne.

Quelques minutes plus tard, Laura posa bruyamment le récepteur. Elle se dirigea d'un pas ferme vers le tableau de contrôle du système d'alarme, composa le code, puis elle ouvrit la serrure de la porte d'entrée.

— Vous êtes deux idiots, vous et mon grand-père !

— Vous l'avez appelé ?

— Evidemment ! Vous espériez vraiment que j'allais vous croire sur parole ? Je devrais vous assommer, cela vous apprendrait à faire tout ce que Daniel MacGregor vous demande !

Elle posa son arme.

— J'apprécie votre maîtrise, dit Royce en riant.

Il lui adressa un sourire radieux.

— Pensez à votre grand-mère. Elle va pouvoir dormir sur ses deux oreilles.

— Ma grand-mère n'a jamais eu de problèmes de sommeil. C'est mon grand-père qui a manigancé tout cela.

Exaspérée, elle leva les mains, et son T-shirt suivit dangereusement le mouvement, découvrant un ventre satiné.

— Il passe ses nuits à imaginer le meilleur moyen de nous rendre la vie impossible. C'est le seul but de sa vie : rendre fous tous les membres de sa famille. Au moins, j'ai la satisfaction de savoir que ses oreilles vont carillonner pendant le reste de la nuit.

Royce sourit de plus belle et se rapprocha d'elle.

— Si vous étiez couchée, comme vous devriez l'être, vous ne vous seriez même pas rendu compte de ma présence.

Il tendit la main pour jouer avec les cheveux de Laura, qui formaient un rideau noir autour de ses épaules.

— Pourquoi n'êtes-vous pas au lit ?

— J'avais faim, marmonna-t-elle.

— Moi aussi.

Il s'approcha encore. Le destin semblait jouer en sa faveur. Il avait placé une chaise à un endroit qui empêchait Laura de reculer. Elle jeta sur lui un regard affolé.

— Où allez-vous ?

Son cœur battait à grands coups. Royce paraissait plus dangereux que jamais à cet instant, avec son regard brûlant, son sourire charmeur. Il était… terriblement attirant.

— Ecoutez…

Il l'interrompit.

— Je n'arrête pas de vous revoir dans votre petit pyjama.

Laura sentit son pouls accélérer sa course tandis que les yeux de braise de Royce se promenaient sur son corps. Puis il l'emprisonna en posant ses deux mains sur le dossier de la chaise.

Laura frissonna.

— Allez-vous-en ! murmura-t-elle.

— Je suis sûr que ce n'est pas ce que vous voulez.

Il se pencha légèrement vers elle, laissant son corps effleurer le sien, son souffle passer sur sa bouche.

— J'aurais juré que vous n'attendiez que cela, dit-il en plongeant dans les yeux de Laura un regard pénétrant.

Il approcha ses lèvres des siennes. Les pupilles de Laura s'élargirent tandis qu'il l'entendait prendre une longue inspiration. Il attendit, le sang bouillonnant.

— Laissez-moi vous embrasser, murmura-t-il.

Elle ne fit rien pour l'en empêcher quand il posa sa bouche sur la sienne. Pendant les longues secondes où ils étaient restés les yeux dans les yeux, elle avait été prise de vertige, comme si du vin chaud coulait dans ses veines. Quand leurs lèvres se rejoignirent, le désir lui imposait déjà sa tyrannie, violent comme un coup de poing dans un gant de velours.

Leur baiser se fit plus profond, envoyant dans tout son corps un tourbillon de plaisir.

Avide, éperdue, elle enlaça Royce et se pressa contre lui. La même faim les poussait l'un vers l'autre, le même volcan grondait au fond d'eux. C'était la passion luttant contre la passion, la force se mesurant à la force.

Royce oubliait tout. Laura avait une saveur sauvage, une peau soyeuse. Sa bouche était l'essence même du péché, elle lui faisait perdre la raison. Il passa les mains dans ses cheveux, lui renversa la tête en arrière pour prendre plus, encore plus de cette bouche impatiente, érotique.

— Laissez-moi vous faire l'amour.

Il écarta ses lèvres des siennes pour les poser sur sa joue, sur sa gorge.

— Je…

Laura avait le souffle court. La tête lui tournait.

— Attendez… attendez.

— Pourquoi ?

— J'ai besoin de réfléchir.

Elle posa ses mains sur les épaules de Royce et se redressa.

— J'ai perdu la tête.

Ses yeux bleus dans les yeux chocolat de Laura, Royce fit glisser ses mains sur les hanches de la jeune femme.

— Je peux faire en sorte que nous ne réfléchissions plus du tout, ni l'un ni l'autre, murmura-t-il.

— Je n'en doute pas.

Elle recula, dans une tentative désespérée de mettre quelque distance entre eux.

— Laissez-moi une minute.

— Cela ne changera rien. J'aurai toujours envie de vous. Et vous aurez toujours envie de moi.

— Lâchez-moi.

Cela lui en coûta, mais il finit par laisser retomber ses mains. Il s'éloigna d'elle de quelques pas.

— Je suis assez loin ? Ou préférez-vous que je prenne la porte pour que vous puissiez prétendre que ce n'est pas arrivé ?

Piquée au vif, Laura se redressa.

— Je n'ai pas à prétendre quoi que ce soit. Si je n'avais pas voulu, ce ne serait pas arrivé. Je suis responsable de mes actes, monsieur Cameron.

— Très juste. Dans ce cas, pourquoi ne sommes-nous pas en train de nous rouler sur l'un de vos magnifiques tapis, pour finir ce que nous avons commencé ?

— Vous ne mâchez pas vos mots.

— Je suis honnête.

— Moi aussi. Laissez-moi vous dire que nous n'allons pas rouler sur un tapis, pour la bonne raison que je ne couche pas avec le premier venu.

Royce hocha la tête et fourra les mains dans ses poches. C'était humiliant de se rendre compte qu'elles tremblaient.

— Cela aussi, c'est légitime.

Il posa sur Laura un regard d'aigle et ses lèvres se retroussèrent : le visage de la jeune femme venait d'exprimer une incrédulité teintée de méfiance.

— Vous ne vous attendiez pas à me voir raisonnable, n'est-ce pas, Laura ?

— A vrai dire, non. Ce qui prouve que j'ai raison : je ne vous connais pas.

Reprenant ses esprits, elle ne chercha pas à s'échapper quand il fit quelques pas pour s'approcher d'elle. Il lui caressa doucement le bras, fit remonter sa main jusqu'à son épaule. Puis il la prit par les poignets.

— Je suis Royce Cameron, dit-il d'une voix mi-sérieuse, mi-amusée. Trente et un ans, célibataire, ex-flic travaillant à son compte. Pas de casier judiciaire. J'ai passé quelques années à l'université, mais les études, ce n'était pas pour moi. J'aime les grands chiens stupides, le rock, la nourriture italienne et les femmes dangereuses.

Les yeux de Laura pétillèrent.

— Voilà qui me donne une vague idée de votre personnalité, mais ce n'est pas ce que je voulais dire.

— Je suppose que c'est un début. Voulez-vous en savoir davantage ?

Le cœur battant à tout rompre, Laura hocha la tête. Royce devait sentir son pouls danser la sarabande sous ses doigts.

— Vous ne me croiriez pas si je vous disais non, dit-elle.

— Vous devrez attendre demain soir, 19 h 30. Nous irons dans un restaurant italien.

— D'accord.

Elle ne bougea pas et soutint son regard quand il pencha la tête et prit sa lèvre inférieure entre ses dents.

— J'adore votre bouche. Je pourrais passer des heures à la butiner.

Il la lâcha et tourna les talons. Laura s'adossa à la vitre. Il lui semblait bien que Royce lui avait envoyé un sourire étincelant avant de s'éloigner, mais elle n'en était pas très sûre : sa vision était floue.

— Refermez derrière moi, dit-il. Et enclenchez ce fichu système d'alarme. Je ne vais pas jouer les cambrioleurs tous les soirs.

Incapable d'articuler le moindre mot, elle hocha la tête. Oui, elle avait bien besoin du système d'alarme ! Mais tous les systèmes d'alarme du monde n'arriveraient pas à fermer la brèche que Royce avait creusée en elle.

4.

Gwen fit irruption dans la salle de bains, en sous-vêtements, le visage maquillé.

— J'ai filé mon dernier collant. Et Greg va arriver d'une minute à l'autre.

Laura passa la tête par le rideau en plastique.

— Tu peux prendre un des miens mais il risque d'être trop grand. Tu as rendez-vous avec le Dr Smarm ?

— Ce n'est pas un rendez-vous, il m'accompagne à une réception organisée par l'hôpital.

— Il a vraiment une tête de vampire, dit Laura en riant.

— Il est chirurgien en chef !

— Chef des vampires !

Laura ferma le robinet de la douche.

— Et tout ce qui l'intéresse, c'est d'ajouter un autre cran à son scalpel, ajouta-t-elle.

— Alors, il va être drôlement déçu ! dit Gwen en fronçant les sourcils.

— Pourquoi n'y vas-tu pas avec Jim Proctor ? C'est un type tout à fait sortable, dit Laura.

— Il est fiancé. Depuis deux semaines, avec une institutrice.

— Alors, dans ce cas…

Le torse enveloppé dans une serviette de toilette, Laura sortit de la douche.

Elle posa un regard admiratif sur Julia qui avait passé une robe longue en velours vert foncé.

— Tu es sur ton trente et un, dit-elle.

— Soirée au country-club avec Peter.

— Peter est très bien, juste un peu trop sérieux.

Julia observa Laura, qui hésitait entre un fourreau de soie rouge et une robe en lainage bleu.

— Et toi, tu m'as tout l'air d'avoir un rendez-vous important.

— Nous allons écouter de la musique, dit Laura.

— Elle va danser. Troisième rendez-vous en deux semaines ! annonça Julia.

— Ce n'est pas un rendez-vous comme tu imagines. Nous nous voyons amicalement, c'est tout.

Gwen sortit de la salle de bains.

— Quand tu en auras assez de le voir, tu penseras à moi ?

Le regard noir de Laura la fit rire.

— Allons, Laurie, je ne vois pas ce qu'il y a de mal à s'intéresser à un homme superbe et disponible ! Tu ne connais pas ton bonheur.

La sonnette de la porte retentit.

— C'est Greg ! s'écria Gwen affolée. Julie, va lui tenir compagnie un petit moment, tu veux bien ?

Julie se rembrunit.

— Je te préviens, s'il me fait du plat, je l'envoie promener.

— Cinq minutes, Julie, pas une seconde de plus, promit Gwen en se ruant dans sa chambre.

— Je ne sais pas pourquoi elle ne l'envoie pas sur les roses, marmonna Julia.

Prenant une longue inspiration, elle plaqua sur son visage

un sourire crispé qui se voulait radieux et se tourna vers Laura.

— Comment me trouves-tu ?

— Débrouille-toi pour que ton sourire ressemble moins à une grimace.

Laura ne savait pas quelle robe choisir. Certes une robe rouge était plus appropriée pour passer une soirée dans un club. Elle soupira. Non, elle ne la choisissait pas parce que c'était une robe sexy, ni parce que le tissu de soie additionné de Lycra suivait chaque courbe de son corps, affirmant sa féminité triomphante. Et si elle portait des talons aiguilles, c'était uniquement parce que cette robe ne supportait pas d'autres chaussures.

Laura attacha de gros anneaux dorés à ses lobes d'oreilles et secoua la tête. Julia avait de ces idées ! Royce et elle se voyaient pour la seule raison que chacun appréciait la compagnie de l'autre, parce qu'ils avaient des tas de choses à se dire et qu'ils riaient beaucoup ensemble.

Elle soupira. Oui, mais quand il l'embrassait, elle sentait sa raison chavirer.

Elle posa une main sur son estomac un peu à l'envers. Bon, d'accord, elle devait bien admettre qu'il y avait entre eux une forte attirance physique. Mais Royce ne l'avait pas pressée d'aller au-delà de ces baisers qui lui vidaient littéralement le cerveau.

Et pourquoi diable ne la pressait-il pas d'aller plus loin ? Il la rendait folle avec sa façon de la laisser défaillante, sans rien faire pour l'entraîner au lit.

Laura redressa la tête. Elle était complètement stupide ! N'avait-elle pas dit à Royce qu'elle voulait d'abord le connaître ? Et ne lui donnait-il pas le temps qu'elle avait réclamé ? Et voilà qu'elle était de mauvaise humeur parce qu'il ne l'emmenait pas dans sa grotte en la traînant par les cheveux !

C'était pitoyable.

Quand la sonnette de la porte d'entrée émit ses deux notes, Laura rejeta en arrière son épaisse chevelure noire et descendit l'escalier d'un pas ferme. Elle allait simplement passer une soirée tranquille et agréable avec Royce, se répéta-t-elle pour se convaincre. Ils voulaient juste apprendre à se connaître. Rien que deux personnes civilisées passant la soirée en tête à tête. Il n'y avait pas de quoi en faire un plat !

Elle ouvrit résolument la porte en souriant.

Royce avait fière allure. Son jean, sa chemise et sa veste noirs s'accordaient parfaitement à son air d'ange déchu.

— Vous êtes très ponctuel, je n'ai plus qu'à…

— Attendez.

La saisissant par les mains, il fit glisser les siennes jusqu'à ses poignets, qu'il enserra comme avec des menottes. Il plongea son regard dans le sien, puis il le fit couler le long du corps de Laura. Cette robe rouge lui allait comme une seconde peau, épousant la courbe parfaite de ses hanches, dessinant ses seins fermes. Il esquissa un sourire.

— Excusez-moi une minute.

Il l'attira à lui, la prit dans ses bras et s'empara de sa bouche. Sous le choc, Laura émit un petit cri tandis qu'une chaleur suffocante l'envahissait. Et elle se retrouva tout aussi brusquement libérée mais étourdie, le souffle court.

— Qu'est-ce… qu'est-ce que cela signifie ? bégaya-t-elle.

— Je voulais vous remercier pour la robe que vous portez… si l'on peut dire.

Royce lui adressa un bref sourire. Il était ravi. Comment ne pas l'être en voyant l'expression médusée de Laura ?

Le regard malicieux, il dit d'une voix suave :

— Mettez un manteau, Laurie. Il fait froid dehors.

L'ambiance du club était chauffée à blanc. Laura avait retrouvé son aplomb grâce à un verre de bordeaux. Les coudes appuyés sur la minuscule table, elle ne cherchait pas à cacher son étonnement. Jamais elle n'aurait cru que Royce pouvait rester assis à écouter du jazz. Apparemment, il n'avait pas fini de la surprendre. Pour l'instant, il la fixait de ses yeux bleus où se reflétait la flamme dansante des bougies. Il avait un regard magnétique, qui la grisait aussi sûrement que le vin. Essayant de prendre un air détaché, elle demanda :

— Pourquoi avez-vous quitté les forces de l'ordre ?

Comme il ne répondait pas, elle ajouta :

— C'est peut-être une question trop personnelle ?

— Pas du tout. Et pour répondre à votre première question, j'ai compris que je n'étais pas fait pour travailler en équipe. Pour bien faire ce boulot, il faut être passionné, et je ne l'étais plus.

— Pourquoi ?

Les yeux bleus de Royce se mirent à luire.

— A cause des avocats !

Laura leva le menton dans un réflexe de défense.

— Tout le monde a droit à un avocat !

— Oui, je sais, c'est la loi.

Il prit son verre, fit tourner les glaçons.

— Mais ce n'est pas la justice. Et vous avez une cliente, en ce moment, qui serait d'accord avec moi.

— Ah oui ? Laquelle ?

— Amanda Holloway.

— Je croyais que vous n'approuviez pas ce qu'elle a fait.

— Ce n'est pas à moi de la juger. Je n'étais pas dans sa tête, le soir où elle a tué son mari. Mais pour moi, son cas illustre l'aspect défectueux du système juridique.

— Son procès commence dans dix jours. Vous pourriez peut-être m'aider ? proposa Laura.

— Je ne peux rien vous dire.

— Il est évident que vous n'aimiez pas son mari.

— Je n'aime pas non plus le type qui vit dans l'appartement situé en face du mien. Mais je n'aurais pas non plus grand-chose à vous dire à son sujet. Votre mère connaît son boulot, Laura, sinon elle ne serait pas là où elle se trouve.

— Je ne comprends pas comment vous avez pu renoncer à votre travail, à tout ce en quoi vous avez cru. Vous n'auriez pas travaillé dans la police si vous n'aviez pas eu le désir d'apporter votre contribution à la justice.

— En effet. Cependant, au bout de quelques années, j'ai vu que je n'étais pas capable de changer grand-chose.

Laura le dévisagea un instant. Elle avait perçu dans sa voix, une nuance de déception, de désillusion.

— Mais vous en aviez envie.

— Oui, c'est exact. Maintenant, je le fais à ma façon. Je n'ai plus à me soucier des implications politiques et du devoir de réserve des policiers. Et je suis plus doué pour l'électronique que pour l'obéissance.

— Vous aimez être votre propre patron.

— C'est bigrement vrai.

— Je ne peux pas vous en blâmer, dit-elle en soupirant. Moi, je travaille pour mes parents. C'est un rêve, ils sont merveilleux. Je ne crois pas que je me serais sentie à l'aise dans un grand cabinet où il s'agit surtout de facturer des honoraires rondelets à de riches clients.

— Je suis étonné que vos parents n'aient pas été rayés du barreau pour excès d'éthique, persifla Royce.

Les yeux de Laura s'étrécirent.

— C'est facile et mesquin de s'en prendre aux avocats.

Il sourit.

— Oublions ça. J'ai envie de vous dire quelque chose.

— Quoi ?

— Vous êtes incroyablement belle. Irrésistible.

Elle inclina la tête en se renversant sur son dossier.

— Vous essayez de changer de sujet de conversation.

— Et intelligente, avec ça. Si nous commençons à parler justice, nous allons nous disputer. Pourquoi perdre notre temps ?

— J'aime discuter. C'est pour cela que je suis avocate.

— Et moi, j'aime danser.

Il la prit par la main et se leva.

— C'est la raison pour laquelle nous sommes ici.

Elle le regarda d'un air surpris.

— Vous dansez ?

— Eh bien, je n'ai jamais atteint mon rêve de toujours : entrer au Bolchoï, répliqua-t-il en l'entraînant vers la piste. Mais je me débrouille.

— Vous donnez plutôt l'impression de préférer les matchs de boxe.

Il la serra si fort contre lui qu'elle ne put continuer à parler.

— Nous nous battrons plus tard, chuchota-t-il à son oreille.

Sans desserrer son étreinte, il la guida avec souplesse et précision à travers la piste. Elle n'avait pas besoin de réfléchir pour le suivre. De toute façon, elle n'aurait pas pu, son cœur battait trop vite, le saxo gémissait, et les yeux de Royce ne la lâchaient pas un instant.

Maudissant l'accélération des battements de son cœur, elle murmura :

— Vous dansez très bien.

— Danser est la seconde des deux meilleures choses qu'un homme puisse faire avec une belle femme. Pourquoi ne pas la faire bien ?

Laura dut humecter ses lèvres.

— Vous avez pris des leçons ?

— Sur l'insistance de ma mère. C'est d'ailleurs pourquoi je suis capable de battre un champion en cinq rounds. Dans mon entourage, si un gars prenait des leçons de danse, il avait intérêt aussi à apprendre à se servir de ses poings.

Il fit une petite pause. Comme elle allait lui poser encore une question, il dit en la serrant plus fort :

— Vous parlez trop.

Laura avait la tête floue, le pouls palpitant.

Rivés l'un à l'autre, ils continuèrent à évoluer sur la piste. Laura avait l'impression de se liquéfier. Elle murmura le nom de Royce en glissant une main derrière sa nuque.

— Savez-vous qui je suis ? demanda-t-il brusquement.

Il attendit que les yeux de Laura s'ouvrent lentement et rencontrent les siens.

— Savez-vous qui je suis, maintenant, Laura ?

Elle savait ce qu'il demandait. Et chaque instant qu'ils avaient passé ensemble avait été une danse dont les pas les avaient amenés jusque-là.

— Oui, je crois.

— Alors venez chez moi.

Il l'embrassa encore, suivant le tracé de ses lèvres du bout de sa langue jusqu'à les faire trembler.

— Venez au lit avec moi.

Elle se moquait bien que la musique se soit arrêtée, que le club soit plein de monde. Elle s'oublia dans ce baiser.

— Ma maison est plus près, murmura-t-elle.

— Comment le savez-vous ?

— J'ai cherché votre adresse.

Elle sourit.

— Mes cousines passent la soirée à l'extérieur.

Elle glissa sa main dans la sienne, entrelaça ses doigts aux siens.

— Venez chez moi, dit-elle d'une voix rauque.

— J'ai cru que vous ne le diriez jamais.

Ils s'embrassaient encore en sortant dans la fraîcheur de cette soirée d'automne. Dès qu'ils se retrouvèrent dans la voiture, ils se jetèrent l'un sur l'autre.

— Dépêchez-vous de nous emmener, dit Laura d'une voix rauque.

— Dites-moi d'abord ce que vous avez sous cette robe.

Elle rit.

— Rien que du parfum.

— Comptez sur moi, je vais conduire à tombeau ouvert.

Il passa la première vitesse.

— Bouclez votre ceinture, et gardez vos mains tranquilles. Je veux vivre encore longtemps pour faire l'amour avec vous.

Laura se débattit avec la ceinture de sécurité pendant que la voiture bondissait sur la route, puis elle serra ses mains l'une contre l'autre sur ses genoux. Elle n'avait qu'une envie : s'en servir pour arracher la chemise de Royce, le toucher, lui faire perdre la tête. C'était à la fois fascinant et terrifiant. Elle n'avait jamais éprouvé un désir d'une telle violence, un besoin presque animal qui palpitait tout au fond d'elle.

— Parlez-moi encore de vous, dit-elle en le dévorant des yeux. De votre famille, de vos frères et sœurs.

— Je n'en ai pas.

Il accéléra, zigzagua entre les voitures, grilla un feu rouge.

— Vos parents vivent encore dans la région où vous êtes né ? demanda Laura.

— Ma mère est partie en Floride avec son second mari. Mon père est décédé.

— Oh, je suis désolée.

— Il est mort comme il voulait, en faisant son devoir.

Obligé de ralentir, Royce leva le pied et soupira.

— Ces gens n'ont rien d'autre à faire que de sortir la nuit ?

Eclatant de rire, Laura posa une main sur son cœur affolé.

— Dieu, comme je suis nerveuse ! Cela ne m'arrive jamais. Je vais me mettre à bavarder, je le sens. Vous feriez mieux de me parler, sinon je vais me mettre à raconter n'importe quoi.

— Je pourrais vous décrire ce qui va vous arriver dès que je vous aurai enlevé cette robe.

— Roulez plus vite ! Nous y sommes presque.

Royce enfonça l'accélérateur et remonta la rue. C'est ce moment précis que son beeper choisit pour se mettre à sonner. En jurant copieusement, Royce fourra sa main dans la poche de sa veste et tendit l'appareil à Laura.

— Lisez le code qui vient de s'inscrire, s'il vous plaît.

— Oui, attendez, c'est… mais c'est le mien ! Royce, c'est l'alarme de ma maison !

Royce eut un regard dur, tandis que l'appareil continuait à émettre sa tonalité lancinante. Il se gara contre le trottoir, deux maisons avant celle de Laura.

— Restez ici, ordonna-t-il. Et bouclez les portières.

— Mais vous ne pouvez pas… la police va…

— C'est moi qui ai installé ce système.

Il bondit hors de la voiture et claqua la portière. Evitant la lumière des réverbères, il se faufila vers la maison.

En dix secondes, Laura décida de le suivre. Elle maugréa contre ses chaussures ridicules qui l'empêchaient de courir vite.

Alors qu'elle arrivait dans le flot de lumière qui s'échappait des fenêtres, elle vit deux hommes s'empoigner.

Sans réfléchir, elle se précipita tout en regardant à droite et à gauche, à la recherche d'un objet pouvant lui servir d'arme. Affolée, ne sachant que faire, elle hésita trente secondes avant d'avoir une inspiration subite. Elle ôta une chaussure. Brandissant un talon aiguille, elle se rua vers le lieu du drame.

Elle vit alors briller des cheveux dorés sous la lumière, entendit un juron et un grognement quand le poing de Royce vint percuter un visage familier.

— Ian ! Oh, mon Dieu, Ian !

Laissant tomber sa chaussure, elle s'accroupit près de l'homme que Royce avait envoyé rouler dans le gravier.

— Bon Dieu, que se passe-t-il ici ? dit-il en se relevant et en tâtant sa mâchoire.

— Oh, mon chéri, ta lèvre saigne ! Je suis désolée, je suis vraiment désolée !

Elle se pencha sur lui et l'embrassa tendrement.

— Je vais bien, merci, grommela Royce dans son dos.

Il se frotta le poing. Mais l'aiguillon de la jalousie le brûlait plus encore que ses phalanges. Il fronça les sourcils quand Laura et Ian levèrent les yeux sur lui.

— Je crois comprendre que vous vous connaissez ? maugréa-t-il.

— Bien sûr que nous nous connaissons !

Laura caressa les cheveux de Ian.

— Vous venez d'assommer mon frère !

Ian tâta sa mâchoire.

— Vous avez un sacré droit. Je ne l'ai même pas vu venir !

— Viens à la maison avec moi, je vais te mettre de la glace sur le visage.

— Ne t'inquiète pas, Laura, ce n'est pas grave.

Ian tendit la main à Royce.

— Ian MacGregor, dit-il.

— Royce Cameron. Désolé.

Royce lui serra la main et l'aida à se mettre debout.

— Je n'aurais jamais cru que ce soit si dangereux de venir voir ma sœur, plaisanta Ian. J'ai été accueilli par un concert d'alarmes et un vrai feu d'artifice de lumières aveuglantes. Vous connaissez la suite…

— Nouveau système de sécurité, expliqua Royce. Je l'ai installé il y a quelques semaines.

— Eh bien, vous pouvez être fier de vous. Il fonctionne à la perfection !

Ian lui adressa un sourire pacifique, quoiqu'un peu en biais.

— Vous voulez une bière ? proposa-t-il.

Royce eut un sourire mi-gêné, mi-amusé.

— Pourquoi pas ? Mais avant, je vais dire aux flics de ne pas se déranger.

— Je suppose que vous avez aussi changé les serrures, dit Ian en suivant Royce vers l'entrée de la maison.

— Naturellement.

Ils laissèrent Laura derrière eux. En équilibre sur son unique talon aiguille, elle resta bouche bée. Puis, reprenant ses esprits :

— C'est typique ! marmonna-t-elle en ramassant son autre chaussure. Les hommes commencent d'abord à s'étriper, et ensuite, ils sont amis pour la vie.

5.

— J'imagine que tu n'as aucune envie de me raconter pourquoi tu essayais de t'introduire chez moi à 10 heures, un samedi soir ?

Ian maintenait une bouteille de bière glacée contre sa joue meurtrie. Il sourit à sa sœur.

— Je n'aurais pas essayé de m'y introduire, comme tu dis, si tu m'avais prévenu que les serrures avaient été changées.

— Tu aurais pu m'annoncer ta visite !

— Impossible, j'ai décidé au dernier moment de passer ici pendant le week-end.

Il tourna les yeux vers Royce.

— Première année de droit à Harvard. J'avais besoin de respirer un peu.

— Je n'en doute pas, dit Royce en hochant la tête d'un air méditatif.

Son propre week-end venait de prendre une tournure inattendue, et plutôt décevante. Il n'avait plus qu'à réagir avec philosophie. Il n'avait pas le choix. Cependant, si Laura avait la bonne idée de changer sa robe de sirène contre un bon vieux jogging ou n'importe quelle tenue qui ressemble à un sac, il se sentirait plus détendu.

— Où sont les cousines ? interrogea Ian.

— Elles sont sorties.

— Tu as quelque chose à manger ? demanda-t-il avec un regard malicieux.

Laura soupira. Les yeux de Ian avaient cette petite lueur qu'elle connaissait bien. Il savait pertinemment ce qu'il venait d'interrompre en faisant irruption dans leur soirée. Et apparemment, il ne le regrettait pas le moins du monde.

— Je meurs de faim, ajouta-t-il.

— Si tu veux manger, débrouille-toi tout seul.

— Elle me dorlote, dit Ian d'un ton ironique en se dirigeant vers le réfrigérateur. Vous voulez un sandwich ?

Royce échangea un long regard avec Laura.

— Pourquoi pas ?

— Tu sais, Laurie, j'avais l'intention d'aller rendre visite à nos grands-parents, mais j'ai éprouvé un besoin urgent de te voir.

Il lui adressa un sourire radieux tout en sortant du réfrigérateur une assiette de viande froide et une sauce à réchauffer.

— Oh, laisse-moi faire, tu vas en mettre partout !

Elle le poussa et soupira en sentant le bras de son frère sur ses épaules. Il l'embrassa sur la joue.

— Va t'asseoir et bois ta bière ! ordonna-t-elle.

Il obéit et posa ses pieds sur la chaise qui lui faisait face. A vingt-deux ans, avec ses cheveux dorés, son visage aux traits anguleux adoucis par une bouche de poète, et ses yeux tirant sur le violet, il faisait de son mieux pour égaler, voire dépasser, la réputation que son père s'était faite à Harvard, qu'il s'agisse de ses études ou de ses relations avec les femmes.

— Alors, Royce, dites-moi comment vont les affaires dans le secteur de la sécurité, dit-il.

Ce n'était pas une question. C'était une affirmation. Ian MacGregor avait décidé de ne pas bouger d'un pouce, et il n'avait nullement l'intention de laisser Royce poser ses mains sur Laura tant qu'il ne serait pas satisfait par ses réponses.

Royce hocha lentement la tête. Après tout, cela était tout à fait légitime de la part d'un garçon qui se souciait de sa sœur. Il fit contre mauvaise fortune bon cœur.

— Ma foi, il y a pire. Je gagne honorablement ma vie, dit-il en levant son verre.

Au cours de la semaine suivante, Laura noya sa frustration dans le travail. Ian s'était installé. Il passait chaque soirée, chaque nuit chez elle à Back Bay, et il conduisait tous les matins jusqu'à Cambridge pour aller à ses cours.

Un véritable chien de garde ! Laura n'en pouvait plus.

— Il aurait besoin d'une bonne laisse, grommela-t-elle.

— Qui donc, ma chérie ?

Laura leva les yeux de ses dossiers. Sa mère se tenait sur le seuil de la pièce, la tête penchée sur le côté, l'air interrogateur. Diana Blade-MacGregor avait des cheveux aussi noirs que ceux de sa fille, des yeux sombres, une peau mate qu'elle devait à son héritage de sang comanche. Elle portait un tailleur couleur bronze qui soulignait sa fine silhouette.

Laura esquissa un sourire. Comme toujours, sa mère était parfaite. C'était invariablement le mot qui lui venait à l'esprit quand elle pensait à elle. Absolument parfaite. Mais pour l'instant, elle n'était pas d'humeur à faire des compliments.

— Ton fils, répondit-elle. Il va me rendre folle !

— Ian ?

Diana entra dans le bureau en essayant de dissimuler un sourire. Ian lui avait dit que Laura paraissait plus qu'intéressée par un homme.

— Qu'a-t-il fait ?

— Il ne me laisse pas en paix une seconde. Il s'est mis dans la tête qu'il doit me protéger. Je n'ai pas besoin d'être protégée, ni par lui, ni par quiconque.

— Je vois.

Diana se percha sur le bord du bureau et passa doucement une main sur les cheveux de sa fille.

— Tout cela aurait-il à voir avec un certain Royce Cameron ?

— Mon petit frère n'a pas à interférer dans ma vie privée, répondit Laura d'une voix grinçante.

Elle fit une pause et prit une profonde inspiration.

— Et cela a tout à voir avec Royce Cameron !

— J'aimerais le rencontrer. Ton grand-père a certainement une très haute idée de lui.

— Mon grand-père ?

Troublée, Laura fronça les sourcils.

— Qu'a-t-il à voir avec Royce ? Il s'est adressé à sa société, c'est tout.

— Tu connais mal Daniel MacGregor, ma chérie.

En riant, Diana secoua la tête.

— Trésor, Daniel MacGregor n'aurait mis personne sur ton chemin — et encore moins un homme séduisant — sans se renseigner sur lui au préalable. Il paraît que Cameron vient d'une excellente famille.

Laura soupira, exaspérée.

— C'est le côté écossais de grand-père…

— Et tu es l'aînée de ses petites-filles.

Le sourire de Diana s'attendrit.

— C'est une position délicate dans laquelle ton père et moi t'avons mise.

— Je ne vois pas ce que tu… oh !

Elle se leva en voyant Royce apparaître.

— Royce !

— Désolée. On m'a dit à l'accueil que vous n'aviez pas de rendez-vous et que je pouvais monter…

— C'est bon, je…

L'émotion lui coupa la parole. Elle détestait cette sensation. Et elle détestait reconnaître que Royce en était responsable. Par sa simple présence.

— Maman, je te présente Royce Cameron.

— Je suis si heureuse de vous rencontrer.

Diana quitta le bord du bureau et lui tendit la main. Royce la serra chaleureusement.

— Désolé d'interrompre votre tête-à-tête. Je voulais juste voir à quoi Laura va ressembler en prenant de l'âge. Elle a beaucoup de chance appremment.

Diana sourit. Royce savait parler aux femmes.

— Merci. D'après mon mari, les Comanches vieillissent assez bien. Mais je pense que vous voulez parler à Laura. J'espère vous revoir, monsieur Cameron. Laura, je vais dire un mot à Ian au sujet de notre petite conversation.

— Merci, maman.

Dès qu'elle fut partie, Royce se tourna vers Laura.

— Votre frère se cache-t-il dans le placard ?

Laura poussa un petit gloussement.

— Pas pour l'instant.

— Parfait.

Vif comme l'éclair, il l'enlaça par la taille et l'attira contre lui. Il vit ses cils papillonner tandis qu'il posait sa bouche sur la sienne.

— Il faut que je vous voie, Laura, seule.

— Je sais, je voudrais moi aussi… Mais pour l'instant, tout est si compliqué, et … mais embrassez-moi !

Ce qu'il fit presque avec rudesse, cette fois, laissant passer dans la virulence de son baiser toute son impatience et sa frustration, mais aussi une montagne de promesses.

— J'aurais dû frapper votre frère plus fort, plaisanta-t-il.

Il prit Laura par les hanches et l'attira encore plus intimement contre lui.

— Je vais le trouver et l'assommer.

Laura promena ses doigts dans sa chevelure blonde.

— Ce n'est pas la peine. Laissez-moi faire, murmura-t-elle.

— Essayez de vous échapper. Dites à la secrétaire que vous allez déjeuner.

— Il n'est que 10 heures du matin.

— Un déjeuner exceptionnellement tôt.

Royce lui mordilla le cou, puis revint sur sa bouche.

— Et qui durera presque toute la journée.

Laura soupira.

— C'est vraiment impossible.

Il laissa traîner ses lèvres sur sa gorge. Elle frissonna de plaisir.

— Je ne devrais pas, dit-elle dans un râle.

Il revint explorer ses lèvres, et sentit contre sa poitrine les battements de son cœur qui s'accéléraient.

Prise de vertige, Laura chuchota :

— D'accord, laissez-moi seulement un…

— Laura, est-ce que tu as le dossier de….

Caine MacGregor se figea, la main posée sur la poignée de la porte. Il lança un regard aussi acerbe qu'interrogateur à l'homme qui était positivement en train de dévorer sa fille.

D'un ton glacial, il articula :

— Excusez-moi.

— Papa !

Se libérant des bras de Royce, Laura s'éclaircit la voix, tout en maudissant la rougeur qui envahissait ses joues.

— J'étais… nous étions…

Se tournant vers Royce, Caine le toisa.

— Monsieur ?

— Royce Cameron, répondit-il posément.

Il avait un loup en face de lui, sans aucun doute. Et les quelques cheveux gris qui éclaircissaient ses tempes n'enlevaient certainement rien à l'efficacité de ses crocs.

— Et j'étais en train d'embrasser votre fille, ajouta-t-il.

— J'ai des yeux pour voir, Cameron, dit Caine sur un ton cinglant. Systèmes de sécurité, si je ne me trompe ? Ne devriez-vous pas être en train de travailler à cette heure-ci, au lieu d'embrasser ma fille ?

Royce glissa ses pouces dans les poches de son pantalon. Il n'était même pas rasé, il n'avait pas eu l'intention de voir Laura ce matin. Mais il était sorti faire quelques courses et s'était retrouvé devant le bureau de la jeune fille sans très bien savoir comment.

Il n'ignorait pas quelle apparence il offrait à un père qui adorait sa fille et se souciait de son avenir. Un père richissime, qui portait un costume Armani comme s'il était né dedans.

— Je reviens à l'instant de Hyannis Port. J'y ai passé ces deux derniers jours à mettre au point un système de sécurité ultraperformant pour la maison de votre père, expliqua-t-il.

Caine plissa les yeux.

— C'est donc cela ? C'est ce vieux tyran qui joue les entremetteurs, marmonna-t-il.

Puis, d'une voix menaçante :

— Dans ce cas, j'imagine que vous avez du pain sur la planche. Nous ne voudrions pas vous faire prendre de retard dans votre travail, dit-il d'une voix cinglante.

— Papa ! Tu n'as pas le droit de lui parler sur ce ton !

— Mais si, dit doucement Royce. Vous ressemblez

tellement à votre mère. Il a toutes les raisons du monde de me rudoyer.

— Bien dit, murmura Caine.

— Je reviendrai, dit Royce en se dirigeant vers la porte.

Il s'arrêta quand il se retrouva nez à nez avec le père de Laura.

— Et je recommencerai à embrasser votre fille, monsieur MacGregor. Il faudra vous y habituer.

Furieuse, Laura s'insurgea :

— Si vous croyez que vous allez continuer à parler de moi comme si j'étais un trophée, je…

Lui jetant un coup d'œil par-dessus son épaule, Royce l'interrompit.

— Nous avons fini. Du moins pour l'instant.

Et il sortit.

— Quelle arrogance ! maugréa Caine.

Il fourra ses mains dans ses poches. L'ébauche d'un sourire relevait les commissures de ses lèvres.

— Mais je dois avouer que ce garçon me plaît, ajouta-t-il.

Laura s'élança et posa un doigt sur le torse de son père.

— C'est vrai ? Alors, pourquoi as-tu fait cette scène ? Tu m'as humiliée !

— Pas du tout.

— Si ! Tu es resté là comme un… un…

— Un père, termina-t-il.

Il prit le menton de sa fille entre deux doigts.

— Crois-tu que je ne sais pas ce qu'il a en tête ? Ses mains étaient…

— Je sais exactement où étaient ses mains, rétorqua Laura, furieuse. Elles étaient là où je voulais qu'elles soient. Je ne suis plus une enfant, et je ne vais pas laisser les hommes de ma famille jouer les gardes du corps pour protéger ma vertu. Elle est à moi, et j'en ferai ce que je voudrai, avec qui je voudrai.

— Sauf si je te bats et si je t'enferme.

Elle eut un petit rire dédaigneux.

— Tu n'as jamais levé la main sur moi.

— Une erreur évidente, à laquelle je pourrais remédier, jeune fille.

— Arrêtez !

Diana entra en coup de vent et referma la porte derrière elle.

— Cessez de crier. On vous entend dans toute la maison !

— Qu'on nous entende ! hurlèrent en chœur le père et la fille.

— Baissez le ton et asseyez-vous, tous les deux !

— Papa a perdu la tête, s'exclama Laura.

Elle se laissa tomber dans un fauteuil.

— Maman, j'ai vingt-quatre ans. Croit-il que je n'ai jamais été embrassée par un garçon ?

— Il vaudrait mieux pour toi que tu n'aies jamais été embrassée de cette façon, grommela Caine. Diana, cet homme a…

— Cela suffit !

Levant les mains, Diana ferma les yeux. Une personne au moins dans cette famille devait garder son calme. Elle prit une profonde inspiration.

— Laura, même si tu avais cent dix ans, tu n'aurais pas le droit de parler à ton père sur ce ton.

Elle se tourna vers son mari.

— Et toi, Caine, souviens-toi que Laura est adulte, responsable, intelligente, et qu'elle peut embrasser qui lui plaît.

— Attends une minute, bon sang ! dit Caine.

— Ne me crie pas après ! l'avertit Diana. Si tu t'es mal conduit envers Royce, tu lui présenteras tes excuses.

— Plutôt mourir.

Diana le cloua du regard.

— Je m'en assurerai moi-même, dit-elle entre ses dents. Mais pour l'instant, il est plus important que vous vous comportiez comme deux adultes responsables, tous les deux. N'oubliez pas que vous vous trouvez dans un lieu de travail.

— Dis-le à ta fille, dit Caine en menaçant Laura d'un doigt furieux. C'est elle qui était en train de faire ça, pratiquement sur son bureau.

— Nous n'étions pas sur le bureau, fulmina Laura.

Se sentant rougir, elle baissa les yeux. Ils auraient pu y être si on leur avait laissé quelques minutes supplémentaires.

— Royce est passé me voir pour m'inviter à déjeuner, ajouta-t-elle d'un ton ferme.

— A déjeuner, bien sûr ! ricana son père.

Laura fit claquer sa main sur le bras du fauteuil.

— Tu parles comme grand-père.

Caine se redressa, piqué au vif.

— De mieux en mieux ! C'est le monde à l'envers ! C'est toi qui cries, alors que j'ai une réaction parfaitement normale en voyant ma fille se faire vampiriser par un inconnu. Quant à ton grand-père, il considère apparemment ce godelureau comme un parfait étalon, digne de continuer la lignée des MacGregor.

— Caine ! gémit Diana en se laissant tomber à son tour dans un fauteuil.

La voix de Laura monta d'une octave.

— Quoi ? Que veux-tu dire ? De quoi parles-tu ?

— Cela crève les yeux, répondit Caine. Tu es l'aînée de ses petites-filles, et tu es en âge de te marier.

Il imita la voix de Daniel MacGregor :

— « Il est temps que tu fasses ton devoir, que tu trouves un mari convenable et que tu aies des enfants. »

Laura ouvrit la bouche mais aucun son n'en sortit. Elle était muette de stupeur. Mais bientôt, un cri strident s'échappa de sa gorge.

— Tu comprends, maintenant ? dit Caine.

Satisfait de l'effet produit, il alla s'asseoir près de sa femme.

— C'est lui qui l'a choisi ! cria Laura.

Elle s'étranglait de fureur.

— Il l'a envoyé chez moi, il l'a sélectionné pour que je puisse… que je puisse procréer !

— Hum !

Heureux de ne plus être la cible de sa fille, Caine se mit à examiner ses manchettes.

— C'est un peu plus cru que ce qu'il avait en tête, je présume.

Laura écumait de rage.

— Je vais le tuer ! De mes propres mains !

Visiblement amusé, Caine se cala dans son fauteuil.

— Lequel des deux ?

— Grand-père ! Tu ferais mieux d'organiser ses funérailles.

Elle attrapa son manteau et son attaché-case.

— Je prends ma journée. Je dois aller à Hyannis Port.

Diana s'élança vers elle.

— Laura !

— Laisse-la y aller, dit Caine.

Il prit sa femme par la main tandis que Laura sortait en trombe.

— Il l'a bien mérité, ajouta-t-il.

— Seigneur ! Comment ai-je pu m'intéresser à une telle famille ?

— Tu me voulais moi, lui rappela Caine avec un sourire malicieux. Tu ne pouvais pas te tenir tranquille.

Il lui embrassa le bout des doigts.

— Et tu ne peux toujours pas.

— Je vais faire un effort.

— Diana.

Il retourna sa main et pressa ses lèvres sur sa paume. Il savait, aussi sûrement que sa femme, à quel point ce baiser la troublait.

— Je me faisais du souci pour notre bébé, dit-il d'une voix douce.

— Laura n'est plus un bébé. Elle a grandi, Caine. Je sais, cela arrive trop vite.

Elle appuya sa tête contre celle de son mari.

— C'est dur à admettre.

— Je ne veux pas qu'elle se jette à la tête de n'importe quel… Cameron, que mon père aurait choisi pour elle.

— Laura choisit elle-même, dit tranquillement Diana. Elle l'a toujours fait. Que penses-tu de lui ?

— Je ne sais pas.

Il appuya la main de sa femme contre sa joue.

— C'est difficile à dire. Je voyais rouge.

Il soupira.

— Au fond, il me plaît bien.

— A moi aussi.

— Ce qui ne veut pas dire qu'il peut se permettre… ici, dans ce bureau. Pour l'amour du ciel !

— Ah oui, tu veux dire qu'ils ne peuvent pas agir comme nous l'avons fait nous-mêmes ! dit-elle avec un air malicieux.

— Mais c'était complètement différent ! objecta Caine.

Il fronça les sourcils. Diana continuait à le regarder en souriant.

— D'accord, d'accord. Ce n'était peut-être pas si différent.

Il caressa la jambe de Diana.

— Alors, tu veux essayer le bureau ? Pour voir si cela fonctionne toujours ?

— Nous avons donné assez de matière à bavardage à toute l'équipe aujourd'hui.

Elle se pencha vers lui, effleura ses lèvres des siennes.

— Nous attendrons que tout le monde soit parti.

— Je t'aime, Diana.

Il prit sa nuque entre ses mains pour approfondir leur baiser.

— Je t'aime mille fois plus que le jour où tu es entrée dans ma vie.

— Nous avons eu beaucoup de chance. Tout ce que je souhaite, c'est que nos enfants en aient autant que nous, dit-elle d'une voix émue.

Elle passa tendrement ses mains dans les cheveux de Caine, où l'argent se mêlait à l'or. Cette nuance la ravissait.

— Caine, Laura est partie chez Daniel. Te rends-tu compte ? Elle va l'écorcher vif ! dit-elle en riant.

— Je sais.

Il lui adressa un bref sourire de loup.

— Je regrette vraiment de rater ce spectacle.

6.

Installé dans son bureau situé en haut de sa forteresse privée, Daniel MacGregor se cala dans son grand fauteuil de cuir et tendit la main vers sa boîte de cigares en souriant par anticipation. Il n'y avait rien de tel qu'un bon havane.

Sa femme s'était absentée pour quelques heures. Il pouvait donc fumer sans craindre d'être pris en flagrant délit.

Il soupira d'aise. Que Dieu la bénisse, Anna prenait à cœur tous ses intérêts, et particulièrement sa santé, mais aucune femme ne pouvait comprendre qu'un homme ait besoin de tenir un bon cigare entre ses doigts. En ce qui le concernait, cela l'aidait à réfléchir, à mettre ses projets au point.

Il jeta un coup d'œil inquiet sur la boîte. Elle allait bientôt être vide. Il devrait la donner à l'un des enfants pour qu'il en fasse entrer une autre en catimini dans la maison.

Content de lui, il s'enfonça dans le cuir patiné de son fauteuil favori et souffla la fumée vers le plafond. Il avait réussi sa vie, et maintenant, il était presque assez vieux pour prendre du bon temps. Dès que ses petits-enfants seraient installés, qu'ils feraient leur devoir en renouvelant le sang de la lignée MacGregor, il serait satisfait de couler des heures tranquilles comme il le faisait ce matin.

Il passerait avec Anna des jours paisibles remplis de pensées heureuses. Il hocha la tête d'un air satisfait. Grâce au ciel, ses projets pour Laura se réalisaient comme prévu. Du moins, d'après les bribes d'informations qu'il avait réussi à extorquer aux cousines de sa petite-fille. Apparemment, ses petits-fils trouvaient Royce méfiant. Daniel sourit en formant des anneaux de fumée. Royce ne pouvait pas être plus méfiant que les MacGregor.

Il avait tiré aussi quelques informations de Royce Cameron lui-même. Oh, peu de chose : le jeune homme avait rencontré Laura et ses cousines. Il avait trouvé Laura très séduisante, et il avait reconnu que c'était étonnant qu'aucun homme n'ait songé à l'enlever.

Royce Cameron avait bien caché son jeu. Daniel eut un petit rire. Heureusement, il avait su lire entre les lignes, et dans les yeux de Royce.

Ce gars avait mordu à l'hameçon. Harponné, Royce Cameron !

Un mariage au printemps serait parfait, à moins qu'il puisse les inciter à se décider avant l'hiver. Pourquoi perdre encore du temps pour faire des bébés ? Les bébés lui manquaient terriblement.

Souriant toujours, il tira sur son cigare. Laura serait adorable en mariée. Elle ressemblait à sa mère, et Diana avait été radieuse quand Caine avait fini par l'emmener promener dans l'allée du château. Evidemment, il avait mis deux fois plus de temps qu'il ne lui en aurait fallu à lui-même, mais finalement, tout s'était arrangé.

Daniel soupira. Avec la nouvelle génération, tout était différent. Les jeunes avaient besoin d'un petit coup de pouce. Il allait laisser ses petits-fils mûrir encore un peu, mais il était grand temps d'inciter les plus âgées de ses petites-filles à faire leur devoir. Et qui pouvait s'y prendre mieux que lui ?

En imaginant Laura au bras de son père, revêtue du

voile de mariée des MacGregor, Daniel se sentit submergé d'émotion. Une si belle fille, si douce, si adorable…

— Daniel MacGregor !

La voix explosa littéralement dans le vestibule. Daniel faillit en lâcher son cigare. La fumée qu'il venait juste d'avaler l'étouffa. Il se mit à tousser en agitant frénétiquement les mains pour dissiper le nuage qui s'était formé dans la pièce. Le cœur déchiré, il s'empressa d'écraser le restant de son cigare et le remit dans la boîte qu'il fourra dans le tiroir de son bureau avec le cendrier, tandis que son nom résonnait dans la maison.

— Daniel MacGregor ! Je sais que tu es ici ! Je suis venu pour te tuer !

En faisant la grimace, il se leva avec une souplesse surprenante pour un homme qui venait de fêter ses quatre-vingt-dix ans, et ouvrit la fenêtre.

— Ah, je te trouve enfin !

Hors d'elle, Laura était magnifique. Elle entra précipitamment dans la pièce, le doigt pointé sur lui.

— Tu as un culot phénoménal! hurla-t-elle.

— Laurie, ma chérie, quelle bonne surprise ! dit-il en retournant prudemment s'asseoir derrière le grand meuble en acajou.

Le regard noir, Laura se dirigea vers lui. Malgré sa carrure de taureau, ses cheveux blancs comme neige, autrefois roux, sa barbe luxuriante et son regard bleu qui n'avait jamais pâli, elle ne semblait pas impressionnée. Daniel se sentit ébranlé.

— Et n'essaie pas de m'avoir avec des paroles mielleuses ! prévint-elle d'une voix menaçante.

Elle posa ses deux mains à plat sur le bureau.

— Tu as trouvé un étalon pour moi, hein ? Pour qui me prends-tu ? Pour une jument ?

Daniel écarquilla les yeux d'un air candide.

— Je ne vois pas du tout de quoi tu parles, ma chérie.

Il lui adressa un sourire radieux, tout en calculant le meilleur moyen de sauver la situation.

— Comme c'est charmant ! Tu as fait tout ce chemin depuis Boston pour venir me voir ! Nous allons prendre le thé dans le salon.

— Tu ne risqueras pas de l'avaler quand je t'aurai étranglé. Croyais-tu que je ne comprendrais pas ton petit manège ?

— Mon petit manège ? J'étais tranquillement assis à mon bureau. Je m'occupais de mes papiers.

— Ne fais pas l'innocent. Je suis assez grande pour trouver un homme quand je l'aurai décidé moi-même.

— Naturellement, ma chère petite. Tu seras obligée de les chasser à coups de bâton, ils seront trop nombreux. Tu es si belle ! La première fois que je t'ai prise dans mes bras, tu n'avais que quelques minutes, j'ai dit à ton père : « Voici le plus beau bébé du monde ». Il y a si longtemps !

Poussant un profond soupir, il posa ses coudes sur le bureau, comme s'il avait besoin d'un support.

— Ces souvenirs me rendent tout bizarre. Je suis un vieil homme, Laura.

— Ne me fais pas le coup de l'attendrissement ! Tu es vieux quand cela t'arrange. Espèce de vaurien.

Il cligna des paupières et fit de son mieux pour pâlir tout en portant une main à sa poitrine.

— Laura, comment oses-tu me parler ainsi ? Oh ! Mon cœur ! J'ai des palpitations !

Laura se contenta de plisser les yeux.

— Je peux arranger cela. En les faisant cesser définitivement !

— Mon cœur est peut-être en train de se briser, dit-il en prenant un air lamentable. De se briser en deux parce que ma petite-fille préférée me parle durement. Elle me manque de respect, dit-il d'une voix faible. Rien ne peut atteindre un vieil homme comme les paroles méchantes de sa petite-fille adorée.

— Estime-toi heureux que je daigne te parler. Et ne crois pas que tu vas t'en tirer en me faisant ton numéro. Tu es solide comme un bœuf, mais pour l'instant, je crois que tu as moins de bon sens que n'importe quel quadrupède.

Daniel redressa la tête et son regard changea brusquement.

— Tiens ta langue, ma fille. Je n'accepterai pas ce langage, même venant de toi.

— Comment as-tu pu me mettre dans une situation aussi embarrassante ? Pour l'amour du ciel, grand-père, tu as engagé ce type pour moi !

— Tu avais besoin d'un système d'alarme.

Sa voix n'était plus vacillante, elle éclata comme un coup de tonnerre.

— Toi et mes autres petites-filles, vous vivez seules dans cette grande ville. Je protège ceux que j'aime, et je ne voulais pas que votre grand-mère se ronge les sangs. Un point c'est tout.

Laura donna un coup de poing sur le bureau.

— S'il s'agissait de cela, ce serait différent.

Essayant un autre angle d'attaque, elle se rapprocha de Daniel et posa ses poings sur ses hanches.

— Daniel Duncan MacGregor, vous êtes sous serment. Pouvez-vous jurer que tout ce que vous dites est la vérité, rien que la vérité ?

— Je ne mens jamais, ma petite fille. Maintenant, si tu veux…

— Je n'ai pas fini de lire l'acte d'accusation.

— Je suis accusé ?

Il éclata de rire.

— Tu n'as pas encore un an de barreau, et tu crois pouvoir m'interroger !

— S'il te plaît, réponds à mes questions. As-tu oui ou non engagé Royce Cameron ?

— Je t'ai déjà répondu. Oui, je l'ai engagé. Sa société a une excellente réputation.

— Et pour ce service particulier, tu lui as donné de l'argent.

— Je n'attends pas d'un entrepreneur sérieux qu'il me procure ses services gratuitement.

— Est-ce que, oui ou non, tu l'as encouragé à... parler à l'aînée de tes petites-filles, une certaine Laura MacGregor ?

— Quelle absurdité ! Je n'ai jamais...

— Je te rappelle que tu es sous serment !

— Je ne l'ai jamais incité à te parler. J'ai peut-être mentionné que l'aînée de mes petites-filles était une belle jeune femme célibataire.

Il fit une pause, l'œil sombre. Puis il ajouta :

— Ce n'est pas un crime.

— Tu m'as jetée en pâture à lui.

— Certainement pas !

Son sourire s'élargit, plus malicieux que jamais.

— C'est lui que j'ai jeté à ton cou. Et je savais que s'il ne te plaisait pas, tu serais libre de le rejeter, non ?

— C'est...

— Mais tu ne l'as pas rejeté, n'est-ce pas, Laurie ?

Elle fronça les sourcils et serra les dents.

— Cela n'a rien à voir.

— Mais si, et tu le sais, sinon tu ne serais pas venue ici me faire une scène. Tu aurais ri un bon coup et tu aurais renvoyé Royce Cameron.

Il prit sa main avant qu'elle puisse s'écarter, et la serra gentiment.

— Il est fou de toi.

— C'est faux.

— Non, c'est la vérité. Un homme est capable de voir ce

genre de choses chez un autre homme. N'oublie pas que je l'ai eu chez moi pendant deux jours presque entiers, j'ai eu le temps de l'observer.

Laura retira vivement sa main.

— Tu l'as acheté !

Daniel sourit. Lui aussi, il était capable de mener un petit interrogatoire.

— Est-ce qu'il n'a pas fait du bon travail dans ta maison ?

— Comment pourrais-je le savoir ? Je n'y connais rien.

— Il a fait un excellent travail, et grâce à lui, ta grand-mère et moi pouvons dormir tranquilles. Et si j'ai envie d'améliorer la sécurité dans ma propre maison, pourquoi ne pas engager un homme qui a déjà fait ses preuves ?

Laura se massa les tempes. Comment contrer l'argument de son grand-père ? Il tenait parfaitement debout. Furieuse qu'il ait renversé la situation, elle dit d'une voix venimeuse :

— Tu sais très bien que c'est un complot.

— Naturellement, c'est un complot. La vie entière en est un.

Il lui adressa son sourire le plus enjôleur.

— C'est un bel homme, ce Royce Cameron. Il vient d'une bonne famille, et il a réussi dans la vie. Son grand-père était un homme très bien.

Laura en oublia sa colère.

— Tu as connu son grand-père ?

— Un peu. C'était un policier qui avait un sens aigu du devoir, et une bonne tête d'Ecossais. Sa grand-mère était une Fitzwilliams, une forte lignée. Je l'ai connue un peu mieux.

Il agita ses sourcils.

— Je l'ai connue avant que ta grand-mère ne me fasse perdre la tête. Alors, quand j'ai cherché une petite firme privée dans les environs de Boston pour ces systèmes de sécurité, et que j'ai vu le nom de Cameron qui était le nom du grand-père de Royce, cela m'a fait revenir quelques années en arrière, et je me suis dit : « Est-ce que ce ne serait pas le petit-fils de Millie Fitzwilliams ? »

Vaincue, Laura dit d'une voix presque inaudible :

— Alors tu l'as vraiment cherché.

— Pour satisfaire ma curiosité, pour connaître le petit-fils de vieux amis. Et j'ai constaté que c'était un homme solide, intelligent et doué pour les affaires. Pourquoi ne pas le faire travailler pour moi ?

— Et pourquoi ne pas lui fourguer ta petite-fille en prime ?

— Comme je te l'ai dit, je l'ai poussé de ton côté. Mais personne ne t'a mis un couteau sous la gorge pour que tu ailles danser avec lui.

Laura serra les dents.

— Comment sais-tu que je suis allée danser avec lui ?

Daniel lui adressa un sourire énigmatique.

— J'ai mes informateurs, ma petite fille.

— J'ai envie de t'étrangler.

— Tu ferais mieux de m'embrasser.

Il prit encore sa main dans les siennes.

— Tu m'as manqué, Laurie.

— Personne ne te manque, espèce de conspirateur.

Mais elle ne put résister à l'envie de l'embrasser, et Daniel n'eut qu'à l'attirer un peu pour qu'elle s'asseye à côté de lui.

— Sait-il que tu l'as mis sur mon chemin ? s'enquit-elle anxieusement.

— Allons, ma chérie, je suis plus malin que cela. Mais dis-moi ce que tu vas faire ?

— Je vais avoir une relation torride avec lui.

— Laura ! s'exclama Daniel, choqué.

L'horreur qu'elle lut dans son regard suffit presque à la récompenser.

— Tu récoltes ce que tu as semé, grand-père. Et puisque tu as mis un si beau spécimen masculin à ma disposition, je vais m'en servir jusqu'à ce que j'en aie assez.

Daniel la prit par les épaules et plongea ses yeux dans les siens.

— Laura, dis-moi que tu plaisantes !

— Peut-être.

Elle ébaucha un sourire.

— Et peut-être pas. La prochaine fois, tu réfléchiras à deux fois avant de jouer à ce petit jeu avec moi, Daniel MacGregor.

Le regard grave, Daniel toussota.

— Bon, maintenant, écoute-moi bien, Laurie.

Il fit une pause en entendant la voix de sa femme.

— Laura ? Tu es là ? J'ai vu ta voiture !

— Je suis là, grand-mère !

— Chut !

Daniel secoua doucement sa petite-fille pour la dissuader.

— Ne la laisse pas monter ici, elle a le nez fin comme un limier. J'ai tiré quelques bouffées de cigare.

— Je descends tout de suite, grand-mère !

Laura se pencha vers Daniel.

— N'oublie pas que tu as une dette envers moi. Et si tu ne t'en souviens pas, je peux laisser échapper que j'ai vu quelques cigares cachés derrière tes dossiers. Sous la lettre c, comme « catimini ».

Daniel pâlit.

— Tu ne ferais pas cela !

Laura ne se départit pas de son sourire triomphant en se dirigeant vers la porte.

— A ta place, je ne ferais pas de pari là-dessus.

Riant sous cape, elle descendit prestement l'escalier avant que sa grand-mère n'ait l'idée de la rejoindre. Elle adorait son grand-père, ce n'était pas elle qui allait trahir son petit secret.

Les deux femmes se retrouvèrent dans le hall d'entrée et tombèrent dans les bras l'une de l'autre.

— Tu aurais dû nous prévenir de ta visite, je ne serais pas sortie ! dit Anna.

Laura jeta un coup d'œil sur l'amoncellement de sacs remplis d'achats.

— Je vois que tu as été très occupée ce matin.

— Je veux que mes achats de Noël soient terminés la veille de Thanskgiving.

Elle lui glissa un bras autour de la taille et l'entraîna vers le salon.

— Asseyons-nous. Nous allons prendre le thé.

Elle sonna pour prier la gouvernante de le préparer.

Laura l'observait. Anna MacGregor était toujours aussi adorable. Et si forte ! C'était vraiment une femme remarquable, qui avait réalisé son rêve à une époque où les femmes qui voulaient devenir médecins étaient l'objet de railleries ou de mépris.

Et non seulement elle avait atteint son but, mais elle était arrivée au sommet en devenant l'un des plus grands chirurgiens de la côte Est des Etats-Unis. Ce qui ne l'avait pas empêchée d'être une mère et une maîtresse de maison accomplies.

— Comment fais-tu, grand-mère ?

En poussant un soupir de soulagement, Anna s'assit et posa ses pieds sur un gros coussin de velours.

— De quoi parles-tu, ma chérie ?

— De tout ce que tu arrives à faire. Comment t'y prends-tu ?

— Le grand secret, c'est de faire une chose à la fois. Il

est vrai qu'à une certaine époque, une matinée de shopping ne m'aurait pas épuisée.

Elle sourit.

— Je suis si heureuse que tu sois là. Je vais rester assise et m'offrir un petit moment de paresse.

Aussitôt inquiétée par le ton d'Anna, Laura se leva.

— Tu devrais t'allonger. Tu t'es trop fatiguée aujourd'hui !

— Laura !

Anna parlait d'une voix sereine, chaude comme un rayon de soleil.

— Laura, j'ai mal aux pieds, c'est tout. Maintenant, assieds-toi. Et dis-moi, tu n'as pas fait tout ce chemin pour venir faire des reproches à ton grand-père ?

— Je…

Laura soupira.

— Tu es au courant de tout, naturellement ?

— Je sais qu'il a joué les entremetteurs, et je m'attendais à te voir depuis une semaine. Royce Cameron doit te faire beaucoup d'effet, pour qu'il t'ait fallu tout ce temps avant de comprendre.

— Il est merveilleux.

— Je l'ai vu de mes propres yeux.

— J'ai seulement dit à grand-père que j'allais avoir une histoire d'amour torride avec Royce.

— Oh !

Anna poussa encore un soupir et agita ses orteils pour les décontracter.

— C'est tout ce que Daniel méritait, je suppose.

— Mais je le pensais.

Laura fit une pause. Combien de femmes osaient dire une chose pareille à leur grand-mère ?

— Je vais avoir une histoire d'amour avec lui.

Anna resta silencieuse, écoutant la table du thé rouler

dans le couloir. Elle attendit que la gouvernante soit repartie et versa elle-même la boisson brûlante et parfumée dans les tasses.

— Je n'ai pas besoin de te conseiller la prudence. Tu es une jeune femme intelligente, et responsable.

Elle posa la théière.

— Et pourtant, je vais quand même le faire.

— Ne te fais pas de souci. Je suis… vraiment très attirée par lui. Je n'ai jamais été attirée à ce point par un homme. Et je l'aime beaucoup. Je ne croyais pas cela possible, mais en réalité, je l'aime beaucoup.

— Et bien sûr, il éprouve les mêmes sentiments pour toi.

— Oui, je crois.

Rêveuse, Laura sirota son thé, et posa la tasse sur sa soucoupe.

— Tu me connais, les hommes me rendent folle. Je n'avais vraiment pas l'intention de… enfin, j'ai tant de choses à faire, je n'ai pas le temps de me compliquer la vie. Mais grand-père l'a engagé. Il l'a engagé, tu te rends compte ? Et cela t'amuse !

Anna riait de tout son cœur.

— Je suis désolée, ma chérie, je sais que je ne devrais pas.

— Ce sera peut-être drôle dans dix ou vingt ans, marmonna Laura. Mais pour l'instant, c'est tout simplement humiliant. Et par-dessus le marché, Ian a décidé de jouer les chaperons. Il ne me lâche pas d'une semelle. Et à le voir avec Royce, tu jurerais que c'est son meilleur copain depuis qu'il lui a cassé la figure.

— Ian a frappé Royce ?

— Non, c'est le contraire, mais c'était un malentendu.

— Evidemment, dit Anna avec un calme olympien.

Elle but une gorgée de thé.

— Et mon père a fait irruption dans mon bureau, ce matin. Et il a montré les dents en voyant que Royce m'embrassait.

— Oh !

Le sourire d'Anna était radieux.

— Pauvre Caine. Sa petite fille, son bébé…

— Je ne suis pas…

Anna l'interrompit d'une voix douce.

— Tu es sa petite fille, son bébé, et tu le seras toujours. Vous vous êtes disputés, j'imagine.

— C'était à celui qui crierait le plus fort, mais maman est arrivée et elle nous a calmés. Seulement, quand elle a dit que grand-père avait… enfin, quand j'ai compris que c'était un coup monté, je n'ai pas pu m'empêcher de venir dire à grand-père ce que j'en pensais.

— Evidemment.

Anna hocha pensivement la tête. Les MacGregor ne rataient jamais une occasion de dire haut et fort ce qu'ils pensaient. Elle rejeta en arrière une mèche de cheveux blonds.

— Mais maintenant, vous êtes réconciliés, conclut-elle avec un regard espiègle.

— On ne peut pas rester longtemps furieux contre grand-père. Il a le don d'entortiller les gens.

— Personne ne le sait mieux que moi. Et personne ne sait mieux aimer que Daniel.

— C'est vrai.

Hésitante, Laura se mordit la lèvre supérieure. Elle allait dire ce qu'elle ne s'était jamais permis de dire jusque-là.

— Grand-mère… Je crois que je pourrais tomber amoureuse de Royce, si je voulais.

— Laura !

Anna prit les mains de sa petite-fille dans les siennes avant de dire :

— Quand tu tombes amoureuse, tu n'as absolument pas le choix. Cela arrive tout seul.

Le pas lourd de Daniel se fit entendre dans l'escalier.

— Tiens, voilà ton grand-père !

Elle lui pressa doucement la main.

— A ta place, j'attendrais un peu pour lui annoncer cette bonne nouvelle.

— Bien sûr, je ne vais pas lui donner tout de suite cette satisfaction. Je préfère le laisser mijoter un peu, ça lui apprendra ! dit Laura d'un petit ton pincé.

Elle prit sa tasse de thé au moment où Daniel entrait dans le salon.

Il s'arrêta sur le seuil et les contempla un instant, un sourire rayonnant aux lèvres.

— C'est parfait, parfait ! Mes femmes sont là. Elles sont si belles ! Et tout à moi !

7.

Laura ne rentra pas directement chez elle. Elle roula jusqu'à Boston, et entra dans un restaurant. Elle voulait dîner seule pour s'offrir un temps de réflexion. Apparemment, elle n'avait que deux possibilités : soit s'entêter et donner une bonne leçon à son grand-père en ne revoyant plus Royce Cameron…

A cette idée, elle faillit s'étrangler avec sa salade. Elle posa bruyamment sa fourchette.

Prenant une profonde inspiration, elle s'exhorta à calmer les battements précipités de son cœur. Voyons, il fallait garder la tête froide. N'était-elle pas là pour réfléchir ?

D'un autre côté, elle pouvait fréquenter Royce et laisser leur relation, si relation il y avait, progresser naturellement avec le temps. Elle pouvait considérer que cette interruption dans la fuite en avant des événements était un signe pour qu'elle ralentisse, qu'elle réfléchisse de façon approfondie. Elle hocha la tête en avalant la dernière feuille de salade. Oui, il valait mieux qu'elle examine vraiment la question avant de faire le grand saut.

Elle soupira. Depuis quand une MacGregor craignait-elle de courir un risque ?

A 1 h 15 du matin, Laura se retrouva devant chez Royce, en train de cogner à la porte.

Elle entendit un bruit sourd et un juron. Puis un étroit faisceau lumineux apparut sous la porte. Inclinant la tête, Laura sourit. Royce devait la regarder par le judas. Quelques secondes plus tard, il y eut un bruit de serrure qui s'ouvrait.

— Qu'est-ce qui ne va pas ? demanda-t-il.

— Pourquoi faudrait-il que quelque chose n'aille pas ?

Elle entra en trombe.

Royce s'appuya contre la porte et lutta pour se réveiller. Laura paraissait aussi fraîche et bien repassée que la veille, à 10 heures du matin, dans son petit tailleur à rayures et ses chaussures à talons plats. Mais lui se sentait aussi froissé que les draps de la nuit précédente, dans le jean râpé qu'il avait réussi à sortir du fouillis de la chambre, et à enfiler avant d'aller ouvrir.

Il se passa les mains sur le visage, sentit sa barbe lui chatouiller les paumes. Il remonta ses mains dans ses cheveux. Il devait ressembler à un épouvantail.

— Est-il 1 heure du matin ? Ou ai-je fait la grasse matinée ?

Laura tourna son poignet, consulta sa montre.

— Il est 1 h 17 du matin, pour être précise.

— Oui, c'est cela, soyons précis. Que faites-vous ici ?

Amusée, Laura marcha dans le petit salon.

— Je n'étais jamais venue chez vous.

Elle jeta un regard circulaire. Les meubles étaient plus que défraîchis, et la poussière qui les recouvrait avait une bonne semaine d'épaisseur. Une pile de journaux s'élevait près d'un canapé avachi. Une petite aquarelle, vraiment excellente, représentant le port de Boston, était accrochée au mur ; sur des étagères en pin trônait un ensemble stéréo, et, par terre, un tapis berbère attendait désespérément un bon coup d'aspirateur.

— Maintenant, je comprends pourquoi, ajouta-t-elle.

Elle releva les sourcils.

— C'est une vraie porcherie !

— Je n'attendais pas…

Il se ressaisit. Après tout, il était 1 heure du matin, bon sang !

— Oui, et alors ? rectifia-t-il.

— Ce n'était qu'une remarque. Avez-vous un peu de vin ? Je n'ai pas voulu boire en mangeant, comme je conduisais.

— Oui, je crois en avoir.

Il essaya de retrouver ses esprits.

— Vous êtes juste venue pour boire un verre ?

— Cela vous pose un problème ?

Gardant son sourire décontracté, elle se dirigea vers la gauche. La cuisine était certainement par là.

— Vous en voulez un verre? demanda-t-elle d'un ton aimable.

— Non merci.

Il la dévisagea et passa encore ses mains dans ses cheveux emmêlés.

— Servez-vous.

Laura eut un petit sourire étonné. A en juger par la propreté et l'ordre qui régnaient dans cette cuisine, Royce ne devait jamais y mettre les pieds.

Elle trouva cependant une bouteille de chardonnay dans le réfrigérateur et, après avoir cherché quelques secondes, elle sortit d'un placard un verre non ébréché.

Il la regarda le remplir.

— Et j'imagine que vous réinvestissez la plupart de vos profits dans votre entreprise, dit Laura. Ce qui serait une preuve de sagesse et de frugalité. Etes-vous sage et frugal, Royce ?

— Pas particulièrement. Mais je peux vivre sans objets superflus, tout simplement.

— J'aime ce qui est superflu.

Elle lui porta un toast et sirota son vin.

— Je suppose que je coûterais cher si je voulais me faire entretenir.

Elle l'observa par-dessus son verre. Il avait les paupières lourdes de sommeil, et faisait la moue. Il était très sexy avec son jean taille basse, qu'il n'avait pas boutonné et qui moulait ses hanches étroites. Son torse nu laissait voir une fine cicatrice blanche sous l'épaule gauche.

— Vous êtes-vous blessé au travail ?

— Blessé ?

— Votre cicatrice.

Il lui jeta un coup d'œil et haussa les épaules.

— Oui. Dites-moi ce que vous voulez, Laurie ?

— J'ai une question à vous poser.

— D'accord. Faut-il répondre par vrai ou faux, ou est-ce une question à choix multiple ?

— Rien que oui ou non.

Elle fit un effort pour soutenir son regard. Une étude trop approfondie de son corps risquait d'égarer ses pensées.

— Saviez-vous que mon grand-père vous avait engagé pour continuer la lignée des MacGregor ?

— Hein ?

— Répondez par oui ou par non, Royce, ce n'est pas très compliqué. Je vais reformuler ma question ; quand vous avez accepté d'installer le système de sécurité de ma maison, vous êtes-vous rendu compte que mon grand-père vous avait sélectionné en tant que partenaire potentiel de sa petite-fille Laura ?

— Partenaire ? Que voulez-vous dire ?

Visiblement, ses idées commençaient à s'éclaircir.

— Vous voulez dire… non, vous plaisantez !

— Je crois que cela répond à ma question.

Elle voulut s'éloigner de lui, mais la main de Royce se posa sur son bras.

— Etes-vous en train d'insinuer qu'il m'a acheté pour vous ?

— De la plus charmante façon.

— Quel mufle !

— Non, c'est tout simplement un MacGregor.

Laura tapota la main de Royce.

— Il y a des hommes qui seraient flattés.

— Vraiment !

Ses yeux ressemblaient à deux étroites fentes d'un bleu électrique.

— Vraiment…, répéta-t-il.

Comprenant sa réaction, Laura lui tapota encore la main.

— Vous n'aviez aucune idée de ses intentions ? Il n'est pourtant pas si subtile. Il croit l'être, mais c'est faux.

— J'ai eu l'impression, tout au début, qu'il avait une idée derrière la tête. Mais je me suis imaginé que c'était parce que vous étiez d'une laideur incroyable.

Un éclat de rire explosa dans la gorge de Laura.

— Merci quand même !

— Non, attendez un peu.

Il se frotta lentement les yeux. Peut-être était-il en train de rêver ? Quoi qu'il en soit, il devait se sortir de là.

— Il parlait souvent de vous, sa petite-fille Laura. Belle, intelligente, brillante. Célibataire. Je me suis dit que ses allusions étaient vraiment énormes, et que vous deviez désespérer de… enfin, de vous marier. Ensuite, je vous ai vue, et j'ai pensé que j'avais mal interprété ses paroles.

Elle inclina la tête sur le côté.

— Je suppose que c'est un compliment.

— Vous m'avez dit qu'il avait mijoté notre rencontre pour…

— Il veut que je me marie. Et que j'aie des enfants. Il vous a sélectionné pour les faire.

— Qu'est-ce que vous dites ?

Royce leva une main comme pour se défendre.

— Je ne me présente pas sur le marché aux chevaux !

— Moi non plus. C'est incroyable, vous ne trouvez pas ?

— Quelle vieille crapule !

— C'est le mot juste. Cependant, je vous préviens : il n'y a que sa famille qui ait le droit de l'appeler ainsi. Nous détestons que d'autres le fassent.

Elle posa son verre sur la table.

— Voilà. Il m'a paru préférable d'éclaircir cette question. Bonne nuit, Royce.

— Attendez une minute !

Il lui suffisait de faire un pas pour lui barrer le passage.

— Vous débarquez chez moi en pleine nuit pour poser votre petite bombe, et vous croyez que vous allez repartir comme si de rien n'était ?

— J'ai cru que vous aimeriez savoir de quoi il retournait, et savoir aussi que j'ai parlé à mon grand-père et que j'ai mis les points sur les i.

— C'est parfait, mais ce sont vos histoires de famille.

Il tendit un bras en travers de la porte et appuya une main sur le chambranle pour l'empêcher de sortir.

— Et je tiens à vous dire que je me moque éperdument des petites combines de Daniel MacGregor.

De sa main libre, il joua avec une mèche de cheveux de Laura. Elle sentit son cœur battre plus vite.

— Pourquoi ne me dites-vous pas ce que vous avez derrière la tête, Laura ? Je veux que vous me disiez pourquoi vous êtes venue chez moi en pleine nuit. Vous auriez pu me téléphoner, ou attendre demain…

Il n'y avait que l'espace d'un pas entre eux. Elle le franchit, annulant la distance qui les séparait, et répondit d'une voix rauque :

— Je veux que vous me fassiez l'amour pendant toute la nuit. Est-ce suffisamment clair ?

— Laura, parlez-vous sérieusement, si j'ose dire ?

Elle sourit.

Il se pencha et la souleva dans ses bras. Laura retint son souffle. Avant qu'elle ait le temps de passer un bras autour de son cou, la bouche de Royce était sur la sienne, brûlante, affamée. Avec un petit murmure de plaisir, elle s'abandonna à son baiser, tout en se débarrassant de ses chaussures, tandis qu'il l'emportait dans la chambre.

Malgré la pénombre, elle devina les draps froissés. Le sommier craqua quand il la déposa sur le lit. Elle enlaça Royce et l'attira contre elle, leurs lèvres toujours soudées, et elle se laissa emporter par ce baiser qui lui donnait le vertige.

En lui mordillant le cou, il fit glisser sa veste sur ses épaules et la jeta par terre. Laura était tendue comme un arc. Son corps mince, impatient, frémissait sous sa caresse, soupirait quand il passait sa langue sur les points particulièrement sensibles. Il voulait savourer cet instant, mais le besoin qu'il ressentait était trop violent, comme s'il avait été refréné pendant des années.

Ses mains couraient sur le corps de Laura, lui infligeant une sublime torture, les plongeant tous les deux dans un désir décuplé. Il l'entendit gémir et sentit son cœur palpiter sous sa paume. Incapable de prolonger plus longtemps ce prélude effréné, il lui arracha son chemisier. Du bout des dents, il fit glisser son soutien-gorge, vague de satin sur de la soie, et referma sa bouche sur le globe parfait d'un sein.

Laura laissa échapper un râle. Les lèvres et la langue de Royce sur sa peau nue lui faisaient perdre la tête. Frénétique, elle arqua son corps, s'offrant tout entière à lui tandis que ses ongles s'enfonçaient dans son dos, criant son exigence.

Elle ne savait pas qu'elle était capable d'éprouver un désir aussi aigu, aussi immédiat. Et quand la bouche de Royce revint s'emparer de la sienne, elle sentit des larmes gonfler ses paupières sous cet accès de sensations irrésistibles qui la submergeaient.

Elle roula avec lui, son corps fluide bouillonnant d'énergie. Sa chevelure noire et soyeuse les enveloppa voluptueusement pendant qu'ils luttaient pour faire tomber les dernières barrières. Frémissant d'impatience, elle haletait quand Royce fit glisser sa jupe.

Laura laissa échapper un cri rauque. Dans la semi-obscurité, il vit ses yeux s'agrandir tandis qu'elle murmurait son nom et qu'elle plongeait les mains dans ses cheveux. Puis elle perdit tout contrôle.

Elle ne se rendit pas compte qu'ils glissaient à terre, entraînant les draps avec eux. L'air était dense, suffocant. Fermes et possessives, les mains de Royce s'affolaient sur son corps. Laura étira un bras, comme pour retrouver son équilibre. Elle entendit vaguement quelque chose tomber et se briser. Elle se tendit contre lui, dans une silencieuse supplique pour qu'il aille plus loin, encore plus loin. Il ne résista plus et la fit basculer dans un monde où elle ne pouvait plus se raccrocher qu'à lui. Sans réfléchir, elle entortilla ses jambes fines autour de ses hanches et répondit à son rythme précipité. Elle se sentait insatiable, elle en voulait plus, toujours plus, pour apaiser la tempête qui se déchaînait au fond d'elle.

Elle n'entendait plus que le rugissement de son propre sang, elle ne sentait plus qu'un plaisir indicible, elle ne voyait plus que le visage de Royce, ses yeux bleus comme des lacs rivés aux siens.

Il plaqua sa bouche sur la sienne. Soudés l'un à l'autre, ils dérivèrent de plus en plus loin, de plus en plus haut, jusqu'à l'explosion ultime.

Retrouvant ses esprits, Royce s'étendit sur le sol glacial. Laura était blottie contre son corps brûlant. Il soupira d'aise. Il mourrait heureux s'il pouvait rester ainsi pendant les vingt prochaines années.

— Où sommes-nous ?

Royce sourit. La voix de Laura aurait pu laisser penser qu'elle avait vidé une bouteille de vin jusqu'à la dernière goutte.

— Je jurerais que nous sommes par terre, chuchota-t-il.

— Comment est-ce possible ?

— Je n'en ai pas la moindre idée.

Il remua et grimaça de douleur. Quand il trouva l'énergie de porter une main à son épaule, il eut une sensation poisseuse sous les doigts. Il jeta un coup d'œil autour de lui.

— Il y a du verre brisé sur le sol.

— Ah ?

— Et maintenant, j'en ai aussi dans l'épaule.

— Seigneur !

Elle soupira, frotta son visage contre les muscles de son torse nu avant de relever la tête.

— Qu'avons-nous cassé ? Nous allons être criblés d'éclats de verre.

— Quoi qu'il arrive, je dirai toujours que cela en valait la peine !

Avec une force qui lui coupa le souffle, il la prit dans ses bras et la porta sur le lit.

— Ne bouge pas. Je vais nettoyer.

— Tu ne devrais pas…

Il alluma la lumière.

— Prends garde à ne pas marcher dessus ! s'exclama-t-elle.

— C'est déjà fait.

Il poussa un chapelet de jurons. Laura éclata de rire.

— Désolée, dit-elle aussitôt. Je n'avais jamais entendu ces mots associés de cette façon !

Elle prit un air contrit.

— Royce, tu saignes !

— A un ou deux endroits. Ce n'est pas grave. Je vais chercher un balai.

— Laisse-moi te soigner.

Elle regarda Royce s'éloigner. Son sourire se fit rêveur.

— Seigneur, quelle carrure ! soupira-t-elle.

Déconcerté, il s'arrêta et jeta un coup d'œil par-dessus son épaule. Laura était assise sur son lit, offrant à sa vue ses longs membres effilés, sa magnifique chevelure emmêlée.

— Ce que tu vois te plaît?

— Mmm.

— J'en ai autant à ton égard, murmura-t-il avant de passer dans la pièce adjacente.

Laura se pencha par-dessus le lit et secoua les bris de verre qui se trouvaient sur les draps. Royce revint, armé d'un balai et d'une pelle.

— Fourre le drap dans un coin, je m'en occuperai plus tard.

Elle leva un sourcil, jeta un regard circulaire dans la chambre. Outre le lit, il y avait une commode, une chaise — c'en était probablement une sous cet amas de vêtements — et un miroir dont le tain avait presque entièrement disparu. En face, un petit bureau surchargé par un ordinateur et une imprimante.

— Quel confort !

— Je te l'avais dit, je ne passe pas beaucoup de temps ici.

Il jeta les morceaux de verre dans la corbeille à papier, et posa le balai et la pelle contre le mur.

— Est-ce que cela t'arrive de faire la lessive ? demanda Laura.

— J'attends d'y être obligé.

Elle se mit à rire et tapota le lit à côté d'elle.

— Assieds-toi. Je vais examiner tes coupures.

Royce obtempéra. Laura passa un doigt léger sur son épaule avant de l'embrasser doucement.

— C'est juste une égratignure, chuchota-t-elle.

Elle posa sa joue contre son dos.

— Comment va ton pied ?

— Il a connu pire.

— Comme cette épaule ?

Elle fit glisser son doigt sur une balafre.

— Erreur de jeunesse. Je n'ai jamais recommencé, répondit-il.

— Et celle-ci ?

Elle effleura la petite cicatrice sur son menton.

— Bagarre dans un bar. J'étais assez stupide pour l'avoir cherchée, et assez ivre pour ne rien sentir. Cette erreur-là, je ne l'ai pas refaite non plus.

— Te serais-tu assagi ?

Elle se pencha et lui effleura le menton du bout des lèvres.

— Plus ou moins, répondit-il, les yeux élargis de désir.

— Je préfère que ce soit moins que plus.

Elle s'agenouilla et lui enlaça le cou.

— Je détesterais que tu sois irréprochable.

— C'est pourtant bien ce que tu es toi-même, non ?

Elle éclata de rire et se mordit la lèvre inférieure.

— Plus ou moins, dit-elle malicieusement.

— Moi je dirais plutôt plus que moins. Laura MacGregor, de la famille des MacGregor de Boston !

Elle le regarda d'un œil amusé. Royce fit lentement remonter ses mains jusqu'à ses seins.

— Et d'abord, que fais-tu dans mon lit ? dit-il avec un sourire ravageur.

— Il m'est venu à l'idée que c'était l'endroit où j'avais envie de me trouver.

Elle lui mordilla les lèvres.

— J'ai la mauvaise habitude de m'obstiner quand je veux quelque chose. C'est un trait de famille.

Elle promena sa bouche sensuelle sur le visage de Royce.

— Et je te voulais. Je te veux. Prends-moi encore, Royce.

Elle referma sa bouche sur la sienne et lui ôta tout espoir d'avoir l'esprit clair.

— Emmène-moi de nouveau où tu m'as emmenée cette nuit, murmura-t-elle, le souffle court.

Il l'attira contre lui.

8.

La côte Est disparaissait sous la neige. Le vent qui soufflait du Canada apportait un froid mordant. Les moteurs des voitures ronflaient, et les rues se transformaient en patinoires.

Malgré cela, les magasins étaient noirs de monde à l'approche de Noël. Les cartes de vœux emplissaient les boîtes à lettres, et de toutes les cuisines s'échappaient des odeurs délicieuses.

Emmitouflée jusqu'aux yeux et armée d'une pelle pour dégager la neige, Laura se dirigea rapidement vers l'allée. Aveuglée par le reflet du soleil, elle tira de sa poche une paire de lunettes noires. L'air glacé lui mordait les joues, lui brûlait la gorge. Rien n'aurait pu la rendre plus heureuse.

Des écouteurs cachés par sa capuche rouge lui emplissaient la tête de chants de Noël, aussi joyeux que son humeur. Elle sourit en plongeant la pelle dans l'épaisse couche immaculée. Sa vie était parfaite.

Elle avait gagné son premier procès la semaine précédente. C'était un cas assez anodin dans le monde de la justice, un simple dommage causé contre une propriété, mais elle avait fait face au juge et elle avait plaidé. Et elle avait gagné. Elle avait deux nouveaux clients, qui voulaient lui faire rédiger leur testament.

Et ce n'était qu'un début.

Noël approchait. Jamais elle ne l'avait attendu avec une telle impatience. Elle adorait les lumières colorées qui scintillaient aux fenêtres des maisons, les Père Noël qui filaient sur les pelouses dans leur traîneau, l'éclat des sapins aux décorations lumineuses.

Même l'atmosphère frénétique des magasins lui plaisait. Et peu importait que Julia et Gwen fassent des yeux ronds quand elle se mettait à chanter ou qu'elle rêvassait en regardant par la fenêtre. En riant, elle rejetait leurs commentaires quand elles prétendaient qu'elle était amoureuse.

Comme ses cousines se trompaient ! Elle n'était pas amoureuse, elle vivait une aventure excitante avec un homme superbe, ce qui n'était pas du tout la même chose. Si elle avait été amoureuse, elle serait restée assise près du téléphone en se rongeant les ongles, dans l'attente de son appel. Elle aurait pensé à lui chaque minute de chaque jour, et elle n'aurait pas fermé l'œil de la nuit. Elle aurait perdu l'appétit, et son humeur serait devenue capricieuse.

Laura secoua la tête en se remettant au travail. Rien de tout cela ne lui arrivait. Evidemment, elle pensait assez souvent à Royce. Presque tout le temps, en fait. Mais elle ne restait pas figée près du téléphone, elle mangeait normalement et son humeur était parfaitement égale.

Avait-elle été triste quand il avait refusé son invitation pour Thanksgiving à Hyannis Port ? Pas du tout. Il lui avait manqué, et elle aurait aimé qu'il soit là, mais elle ne s'était pas mise à le harceler ni à se lamenter.

Laura envoya une pelletée de neige par-dessus son épaule et hocha la tête. Oui, c'était bien cela, elle n'était pas amoureuse.

Elle sentit deux mains la prendre par les hanches et envoya voltiger la pelle en poussant un cri étranglé. Elle fit volte-face. Ses yeux plongèrent dans deux yeux bleus au regard agacé. Royce avait la tête et les épaules couvertes de neige. Et ses lèvres remuaient.

— Pardon ? dit-elle.

Il secoua la tête. Fronçant les sourcils, il se pencha vers elle et ôta les écouteurs de ses oreilles.

— Je disais : qu'est-ce que tu fais ?

— Je dégage l'allée.

Il passa une main dans ses cheveux noirs pour en faire tomber les flocons.

— Je le vois bien !

— Je t'ai donné un coup de pelle ? interrogea Laura en riant.

Elle se mordit l'intérieur de la joue et lutta pour garder une voix calme.

— Si c'est le cas, j'en suis désolée, ajouta-t-elle sans le paraître le moins du monde.

Royce plissa les paupières et partit d'un grand éclat de rire.

— Si tu n'écoutais pas de la musique à plein volume, tu entendrais ce qui se passe autour de toi. Et pourquoi diable es-tu dehors à pelleter la neige ?

— Parce que ma voiture est dessous, et que je dois me rendre à mon bureau.

Il lui ôta ses lunettes de soleil, qu'il glissa dans la poche de son anorak.

— Je suppose qu'il n'y a pas un jeune garçon dans tout le voisinage qui voudrait gagner quelques dollars en déblayant la neige de cette allée.

— Je suis parfaitement capable de le faire moi-même.

Prise de soupçons, elle posa ses poings sur ses hanches.

— Attention, ne va pas me dire que c'est un travail d'homme, sinon je te casse la pelle sur la tête !

Lui prenant le menton entre deux doigts, il releva son visage vers lui en lui adressant un sourire de défi.

— Oui, c'est un travail d'homme, dit-il doucement.

Laissant échapper un son qui ressemblait au sifflement d'une bouilloire, Laura lui tourna le dos. Mais Royce arriva près de la pelle avant elle.

— Rentre, dit-il. Réchauffe-toi. Je vais m'en occuper.

— Il n'en est pas question. Il s'agit de *ma* voiture, et de l'allée de *ma* maison, insista-t-elle.

— Je ne vais pas rester là à te regarder faire.

— Eh bien, ne reste pas. Tu ne voudrais pas aussi que je te prépare une tasse de chocolat chaud pendant que tu exécutes cette tâche, ô combien masculine ?

— C'est pourtant une bonne idée !

Laura trépignait. Elle se pencha et forma une boule de neige. Royce la reçut à l'arrière de la tête. Il ne sourcilla même pas.

— Nous jouerons plus tard, quand j'aurai fini, dit-il.

— N'espère pas que je vais te préparer un chocolat!

— Ça tombe bien, j'aime mieux un café.

— Tu n'as donc rien à faire ? Tu ne travailles pas ?

— Il n'est que 7 h 30. J'ai tout mon temps.

Il releva les sourcils en souriant. Ce qu'il ne lui disait pas, c'est qu'il avait besoin de la voir, tout simplement. Il s'était promis d'aller à son bureau à la première heure. Mais sans qu'il sache comment, sa voiture était venue se garer devant la maison de Laura. Il était resté assis là à la regarder. Et plus il l'avait contemplée, plus il avait eu envie d'elle, ce qui ne manquait pas de l'inquiéter.

Le second missile poudreux explosa sur son dos. Il l'ignora et continua à déblayer l'allée.

Depuis la fenêtre du premier étage, Julia et Gwen observaient la scène, le nez collé à la vitre.

— Qu'est-ce qu'il attend pour la prendre dans ses bras ? interrogea Gwen d'un ton alangui.

— Je lui donne dix secondes, quand il aura fini, pour l'embrasser à en perdre haleine.

— Cinq ! Il travaille vite.

— A ton avis, dans combien de temps va-t-elle comprendre qu'elle est amoureuse de lui ?

— Bien visé, Laura ! Brrr ! La neige va lui couler dans le cou. Pour répondre à ta question, je lui donne jusqu'à Noël.

— Moi, je crois qu'elle le sait déjà.

Julia sourit d'un air malicieux avant d'ajouter :

— Elle est trop entêtée pour l'admettre.

— Et lui ?

— Oh, lui, il est pris dans ses filets. Tu as vu comment il la regarde ?

Gwen se mit à rire.

— Oui, si Boston était engloutie par un raz-de-marée, je crois qu'il ne s'en apercevrait même pas.

Julia soupira, puis elle s'écria joyeusement :

— Oh, ça y est !

Elles restèrent silencieuses. Royce venait de faire volte-face, et Laura recula d'un pas.

— Tu vas voir, il va lui donner un baiser fantastique, murmura Julia.

Laura cessa de reculer et planta fermement ses pieds dans la neige.

— Je veux cette pelle !

— Tu veux une pelle ? Celle-ci ?

Il l'envoya de l'autre côté de l'allée. Profitant de la distraction de la jeune femme, il se jeta sur elle et la renversa sur la pelouse ouatée en amortissant sa chute avec son propre corps.

— Idiot ! s'écria-t-elle en prenant une grosse poignée de neige.

Avant qu'elle puisse lui frotter le visage avec, il retourna sa main. La respiration saccadée, elle frissonna sous la sensation humide et glacée de la neige qui fondait sur son propre cou. Prête à insulter Royce, elle constata, affolée, qu'il venait de trouver le meilleur moyen pour l'en empêcher.

Royce l'embrassait passionnément. Prise de vertige, elle sentit la chaleur revenir dans son corps, tandis que les pensées désertaient sa tête. Elle avait les jambes en coton. Comment allait-elle faire pour se remettre debout ? Pour la forme, elle tenta de protester, puis passa ses bras autour du cou de Royce.

— Si tu crois te tirer d'affaire de cette façon…, hasarda-t-elle quand elle put reprendre son souffle.

Il sourit et l'embrassa doucement.

— Tu as le nez tout rouge.

— C'est très délicat de ta part de le faire remarquer.

Le prenant par surprise, elle jeta une poignée de neige sur son visage et explosa de rire en essayant de se libérer.

— Maintenant, tu es aussi rouge que moi. Et permets-moi de te dire que c'est très séduisant.

Ils jouèrent à lutter sur le tapis blanc et moelleux. Au bout de quelques minutes, ils étaient trempés jusqu'aux os et hors d'haleine.

— Laisse-moi me lever, espèce de brute ! s'écria-t-elle.

D'une main, il ramassa de la neige et en fit une boule.

Laura plissa les yeux et prit un air menaçant.

— Fais-le et tu vas le payer !

Elle sentit son pouls s'accélérer. Le sourire de Royce s'était évanoui, très lentement, et ses yeux n'avaient plus leur éclat rieur. Ils parcouraient son visage, tandis que les doigts de Royce en suivaient le contour.

— Royce ?

— Chut…, dit-il en caressant lentement ses lèvres.

Royce voulait croire que c'était le désir qui lui coupait le souffle. Laura avait un visage unique, un corps mince et séduisant. Mais il savait que ce n'était pas cela. Le désir, il connaissait. Cette fois, c'était beaucoup plus.

Il effleura doucement sa bouche, comme s'il goûtait un mets aux saveurs inconnues. Puis il s'éloigna.

Laura était subjuguée. Sa vie en eût-elle dépendu, elle n'aurait pu prononcer un mot. Ni Royce ni personne ne l'avait jamais embrassée ainsi. Elle était habituée à l'avidité, aux demandes pressantes, elle en rêvait elle-même. Mais cette tendresse sans fond, c'était nouveau. Et peut-être inquiétant.

Elle laissa ses bras retomber mollement. Tout ce qu'elle était, tout ce qu'elle avait, elle se sentait prête à le lui offrir.

Quand Royce se rendit compte qu'elle tremblait, il fit tomber la neige de ses cheveux.

— Tu as froid ?

— Royce…

— Il vaudrait mieux rentrer et te réchauffer.

L'affolement s'emparait de lui. Que lui arrivait-il ? Il devait reprendre ses esprits, s'éloigner d'elle. Il se leva rapidement et l'aida à se remettre debout.

— Tes cheveux sont mouillés. Rentre, je vais finir de déblayer l'allée.

Laura ne répondit pas. Elle avait le vertige.

— Oui, très bien.

Elle voulait rentrer, s'asseoir et sentir de nouveau ses jambes lui obéir.

— Je vais… je vais préparer du chocolat chaud.

— Non merci, une autre fois.

Il passa devant elle pour reprendre la pelle.

— L'allée est presque déblayée, et j'ai beaucoup de choses à faire.

Laura hocha la tête. Ils n'allaient pas parler de ce qui venait d'arriver. Cela valait mieux, tant qu'elle n'avait pas vraiment saisi ce qui se passait. Elle poussa un soupir discret.

— D'accord, dit-elle d'une voix à peine audible. Tu es le bienvenu dans la maison, si tu veux te sécher.

— Merci, c'est inutile. A bientôt.

— A bientôt.

Il monta dans sa voiture et démarra en trombe.

Laura rentra chez elle, arracha son manteau et dénoua vivement l'écharpe enroulée autour de son cou.

Il faisait trop chaud à l'intérieur. Elle enleva la veste qu'elle portait sur un pull en cachemire. S'asseyant sur le seuil, elle tira ses bottes, ôta ses chaussettes.

Il faisait encore trop chaud. Elle se sentait fiévreuse. Peut-être avait-elle contracté une maladie ? La grippe, qui sévissait un peu partout ? Oui, elle avait dû inhaler le virus. C'était certainement la raison pour laquelle elle avait la tête engourdie, les muscles douloureux, et tremblait comme une feuille.

Elle leva la main et porta ses doigts à ses lèvres, encore gonflées du baiser de Royce.

Fermant les yeux, elle posa son front sur ses genoux et accepta l'évidence. Qui était pire que tout ce qu'elle aurait pu imaginer. Elle était tombée amoureuse sans en prendre conscience.

Oui, qu'elle le veuille ou non, elle était follement éprise de Royce Cameron.

9.

— Tu as été très bien au tribunal aujourd'hui, dit Diana en souriant à sa fille qui travaillait près d'elle à la bibliothèque.

— Merci.

Laura inscrivit une note dans la marge du compte rendu qu'elle lisait.

— C'était vraiment agréable. J'apprécie que tu m'aies laissée parler devant le juge, dit-elle.

— C'était un témoignage basique, mais qui ne manquait pas de pièges. Tu t'es très bien débrouillée. Le jury s'est montré attentif à tes propos et on sent que ta cliente te fait confiance.

Laura sourit encore.

— Parce que toi-même, tu me fais confiance, maman. Amanda est ta cliente, pas la mienne.

— Tu m'es d'une aide précieuse dans ce procès, Laura chérie.

Diana parcourut des yeux la pile de livres qui s'élevait sur la table.

— Mais nous n'avons pas encore gagné la partie, ajouta-t-elle.

— Es-tu inquiète ?

— Non, un peu soucieuse seulement, répondit Diana.

Je ne veux pas qu'Amanda passe un seul jour en prison. Je crois vraiment qu'elle était en légitime défense. En fait, Laura, je m'inquiète surtout pour toi.

— Mais pourquoi ? Je vais très bien.

— Tu en es sûre ?

— Absolument. Je fais ce que j'ai toujours rêvé de faire. J'ai une vie riche et passionnante. De plus, nous sommes à deux semaines de Noël et, pour la première fois de ma vie, j'ai pratiquement fini mes achats. Tu vois, tout va bien !

— Tu ne parles pas de Royce.

— Il va bien lui aussi.

Laura reporta vivement les yeux sur ses papiers.

— Je l'ai vu hier soir. Nous avons dîné ensemble.

Elle fit une pause. Diana attendit patiemment la suite.

— C'était parfait. J'aime beaucoup sortir avec lui. A vrai dire, je crois qu'il est préférable que nous prenions un peu de recul. Nous sommes allés très vite en besogne, et avec les vacances qui arrivent, il y a tant de choses à faire ! C'est le moment idéal pour réfléchir.

Diana poussa un soupir.

— Tu me ressembles tant ! C'en est presque effrayant.

— Que veux-tu dire ?

— Ma chérie, tu ne m'as pas dit une seule fois comment tu te sens avec lui, ni ce que tu éprouves réellement.

— Bien sûr que si. Je viens de te dire que j'aime beaucoup le voir, que nous sommes heureux ensemble. C'est un homme complexe, très intéressant, et je…

Démontée par le regard patient de sa mère, elle laissa mourir sa phrase.

— … Et je suis amoureuse de lui. J'ai tout gâché. Je ne m'y attendais pas du tout.

Elle fit une pause et plissa les paupières.

— Je devrais tuer grand-père pour m'avoir entraînée dans cette histoire.

Diana posa ses mains sur la main libre de sa fille.

— Est-ce si problématique d'aimer un homme intéressant, un homme que tu respectes, et dont tu apprécies la compagnie ?

— Oui, parce que nous avions fixé une règle du jeu dès le départ.

— Vraiment ? dit Diana, mi-amusée, mi-soucieuse.

— C'était un accord tacite. Ni lui ni moi ne voulions tomber amoureux, nous marier et fonder un foyer. Royce est aussi horrifié que moi par la machination insensée que grand-père a mise au point.

Elle expira longuement.

— Maman, je vais très bien, je t'assure. Je suis agacée contre moi-même, c'est tout. Mais je suis capable de faire face. Il suffit de laisser la situation reposer quelque temps et de penser à autre chose.

Diana secoua la tête d'un air navré.

— Quelle obstination ! Vous avez peur de prendre des risques avec vos sentiments.

— Peut-être, admit Laura. Mais je ne veux pas perdre Royce, et c'est ce qui se passera si je rends notre relation trop compliquée. Je préfère me contenter de ce que j'ai, plutôt que le voir s'éloigner de moi.

— Et tu es sûre qu'il le ferait s'il savait que tu l'aimes ?

— Je ne suis sûre de rien. C'est bien pour cela que j'ai décidé de prendre un peu de distance. Ce qui ne devrait pas être un problème avec tout le travail que j'ai, et les vacances qui approchent.

Elle fit un effort pour sourire.

— Pour conclure et revenir au début de notre conversation, je suis en pleine forme.

En fredonnant joyeusement, Caine retourna au bureau, un petit paquet brillant au bout des doigts. Il s'était échappé pour aller chercher un collier qu'il avait commandé à un créateur. Diana allait avoir une belle surprise. Il la voyait déjà ouvrir son cadeau de Noël. Il lui passerait lui-même autour du cou le bijou en or et pierres précieuses.

Il sourit. Rien ne lui faisait plus chaud au cœur que de voir sa femme heureuse.

Entendant un bruit de pas dans l'escalier, il se retourna. Son front se rembrunit, et sa bonne humeur s'envola aussitôt. C'était Royce Cameron, l'homme qui jouait les don Juan avec sa fille.

— Cameron !

Royce jeta un coup d'œil autour de lui. Son moral déjà peu élevé dégringola encore de plusieurs niveaux. Il n'arrêtait pas de tomber sur ces satanés MacGregor !

— Monsieur MacGregor…

— Les bureaux sont ouverts de 9 heures à 17 heures, dit fraîchement Caine. Si vous voulez voir Laura, vous feriez mieux d'attendre qu'elle ait fini sa journée.

— Je ne suis pas venu voir Laura, mais votre femme.

Le regard de Caine se fit perçant.

— Ah oui ? Avez-vous un rendez-vous ?

— Non, mais je crois qu'elle acceptera de me recevoir. Mon motif est officiel, monsieur MacGregor, pas personnel.

— L'emploi du temps de Diana est déjà surchargé. Mais je peux vous accorder quelques minutes.

Pour la première fois, Royce sourit.

— Monsieur MacGregor, si j'avais un problème avec la justice, vous seriez le dernier avocat de Boston vers qui je me tournerais. Vous seriez trop content de me voir sous les verrous pour dix ou vingt ans, en quartier d'isolement de préférence.

Caine ne put s'empêcher de sourire.

— J'envisagerais plutôt des travaux forcés dans un centre de haute sécurité, dit-il.

Il ouvrit la porte et entra le premier dans le hall d'accueil, et tendit son petit paquet à la secrétaire.

— Cachez cela, Mollie.

— Oh, Monsieur MacGregor, c'est le collier ? Est-ce que je peux le regarder ?

— Oui, mais faites attention, je ne veux pas que ma femme le voie. Appelez-la et demandez-lui si elle a un instant pour recevoir M. Cameron.

— Tout de suite.

Mollie commença par faire glisser hors du sachet la boîte recouverte de velours. Elle souleva le couvercle.

— Oh ! s'exclama-t-elle en posant une main sur son cœur. C'est le plus merveilleux collier que j'ai jamais vu ! Il va vraiment plaire à Mme MacGregor !

Ravi, Caine s'assit sur le bord du bureau et contempla le bijou.

— Vous croyez ? demanda-t-il.

— N'importe quelle femme qui le trouverait sous l'arbre de Noël saurait qu'elle est adorée, répondit la jeune fille. Regardez comme ces pierres captent la lumière du soleil !

Royce les observait, éberlué. Il avait sous les yeux l'un des plus grands avocats des Etats-Unis, qui souriait devant un bijou comme un gamin devant un sac de billes multicolores. Cet homme était encore fou de la femme qu'il avait épousée un quart de siècle plus tôt.

Comment cela était-il possible ? Comment deux personnes pouvaient-elles vivre ensemble pendant toutes ces années et continuer à s'aimer comme au premier jour ?

— Pas de commentaire, Cameron ?

Royce se ressaisit et jeta un coup d'œil sur le collier. C'était un objet exotique, dont les pierres luisantes, aux couleurs profondes, alternaient avec des perles en vieil or. Ce collier serait parfait au cou de Diana MacGregor. Et à celui de sa fille, aussi.

Mal à l'aise, il hocha la tête en se balançant d'un pied sur l'autre.

— C'est impressionnant, dit-il. Je ne connais pas grand-chose aux bijoux.

— Les femmes, elles, s'y connaissent, dit Caine en adressant un clin d'œil à Mollie.

— Vous pouvez le croire, dit Mollie en rangeant le cadeau dans le tiroir inférieur de son bureau. J'appelle Mme MacGregor. Si vous voulez bien vous asseoir, monsieur Cameron.

— Il va venir dans mon bureau, dit Caine. Appelez-moi quand Diana sera libre, Mollie.

Son sourire s'élargit quand il se tourna vers Royce.

— Cela vous convient-il ?

— Tout à fait.

Prenant un air décontracté, Royce suivit Caine dans l'escalier, dont la rampe brillait comme un miroir.

Ce lieu respirait l'opulence. Les tapis moelleux, les fauteuils en cuir, les odeurs subtiles, la variété de bois précieux. Le lambris du hall dans lequel ils venaient d'entrer était certainement en acajou. Mais le plus frappant, c'était l'atmosphère qui y régnait. On se serait cru dans une maison douillette, confortable, plutôt que dans un lieu de travail. Il était troublant que quelqu'un réussisse à créer ce genre d'ambiance.

Royce précéda Caine dans son bureau et lui indiqua un profond fauteuil aux tons mordorés.

— Asseyez-vous, Cameron. Voulez-vous boire quelque chose ? Un café ?

Royce choisit une chaise en cuir au dossier enveloppant. Il secoua la tête.

— Non merci. Je ne suis plus dans la police depuis longtemps, mais je me souviens de la façon dont on mène un interrogatoire. Je suis probablement aussi doué que vous pour le faire.

— Allons droit au but, vous voulez bien ? Quelles sont vos intentions en ce qui concerne ma fille ?

— Je n'en ai aucune. Pas d'intentions, pas de plans, pas de projets.

— Cela fait presque trois mois que vous la fréquentez.

— C'est vrai. J'imagine que je ne suis pas le premier.

Caine le transperça du regard et resta quelques secondes silencieux. Royce avait raison, mais il était le premier qui lui causait du souci.

— En effet, sa vie amoureuse n'a pas commencé avec vous, dit-il. Laura est une belle jeune femme, très sociable. Et riche, ajouta-t-il en gardant les yeux rivés sur ceux de Royce.

Il retint un sourire de satisfaction. Cette insulte venait de provoquer un éclair de fureur dans le regard de Royce qui bondit de sa chaise en aboyant :

— Je me moque éperdument du contenu de son compte en banque ! Croyez-vous qu'un homme puisse s'intéresser à autre chose qu'à elle lorsqu'il est en sa compagnie ? Vous pouvez penser ce que vous voulez de moi, mais je trouve qu'une telle idée est insultante pour Laura.

— Cela ne m'empêche pas de l'avoir, pourtant.

Se détendant un peu, Caine se renversa sur son dossier.

— Et maintenant, je sais que vous y pensez aussi.

— Permettez-moi de vous dire que vous êtes un beau salaud.

— Ce que nous pensons vous et moi n'a pas vraiment d'importance. J'aime ma fille. Je fais confiance à son jugement dans la plupart des cas, et j'ai toujours pensé qu'elle savait juger les gens. Elle vous trouve quelque chose, et je vais essayer de respecter son choix. Mais si vous lui faites le moindre mal, je vous…

Les yeux luisants, il se pencha vers Royce.

— Si vous la rendez malheureuse, je serai impitoyable.

Quand son téléphone sonna, il répondit sans quitter Royce des yeux.

— Oui, Mollie, merci.

Il raccrocha, inclina légèrement la tête sur le côté.

— Ma femme va vous recevoir maintenant. Son bureau est de l'autre côté du hall.

Royce se leva et enfouit ses poings dans ses poches. Il préférait ne rien dire, il ne pourrait proférer que des paroles pleines d'amertume. Ce type était vraiment imbuvable ! Sans lui dire au revoir, il sortit précipitamment du bureau.

— Il sait se maîtriser, murmura Caine pour lui-même.

Il ne put s'empêcher d'éprouver un élan de sympathie pour le jeune homme.

Le front soucieux, Royce frappa doucement à la porte de Diana. Elle ne le fit pas attendre. Son sourire offrait un contraste saisissant avec l'air renfrogné de son mari.

— Royce ! Quelle joie de vous voir ! Entrez, je vous prie, asseyez-vous. Voulez-vous une tasse de café ?

— Non, je ne veux rien, merci.

Il serra les dents.

Diana retint un sourire. Royce avait du mal à dissimuler sa fureur. Jetant un coup d'œil vers le bureau de Caine, elle soupira et demanda doucement :

— Que puis-je pour vous ?

— Rien. J'ai obtenu quelques informations qui peuvent vous être utiles dans l'affaire Holloway.

— Vraiment ? Mais asseyez-vous, je vous en prie ! insista Diana.

— Je ne veux pas m'asseoir, rétorqua Royce un peu plus brusquement qu'il ne le souhaitait. Je veux juste en finir avec cela et sortir d'ici.

S'exhortant au calme, il inspira profondément et jeta à Diana un coup d'œil navré.

— Je vous prie de m'excuser.

— Ne vous inquiétez pas. J'imagine que mon mari a été un peu sec.

— Pour l'instant, j'aimerais mieux ne pas en parler, ni de Laura, ni d'aucun des MacGregor.

— Eh bien, parlons d'Amanda Holloway !

— Je ne la connais pas. Je ne l'ai jamais rencontrée. J'ai un peu connu son mari, qui a travaillé dans le même commissariat que moi.

— Aviez-vous directement affaire à lui ?

— Une fois seulement. Nous étions en service de nuit tous les deux et nous avons reçu un appel.

Il fit une pause et finit par s'asseoir. Diana attendit qu'il continue.

— Il s'agissait d'une querelle domestique. Le type avait cogné sa femme, les gosses hurlaient. J'ai maîtrisé l'homme, et Holloway s'est occupé de la femme. Elle avait le visage en sang, tuméfié, et elle voulait partir. Elle ne pouvait plus supporter cette situation. Je me souviens bien qu'elle disait cela en pleurant quand Holloway s'est occupé d'elle.

Royce se frotta le menton d'un air pensif.

— Il lui a fait mal. J'avais plaqué son mari au sol et je lui passais les menottes, quand j'ai entendu la femme qui criait. Holloway lui avait tordu un bras derrière le dos, c'est un vrai miracle qu'il ne le lui ait pas cassé, et il l'avait coincée contre le mur. Je lui ai demandé de se calmer, mais il m'a répondu : « Cette salope, c'est tout ce qu'elle mérite. » Il a ajouté que son mari avait le droit de lui donner une bonne leçon. Puis il l'a giflée, et j'ai dû laisser le mari allongé par terre pour écarter Holloway de la femme.

Royce fit une seconde pause.

— Il avait la réputation d'être un bon policier, solide. Les hommes l'appréciaient. Il faisait bien son boulot. Je me suis dit qu'il avait perdu la boule ce jour-là. Mais je n'ai jamais oublié l'air qu'il avait en frappant cette femme, et je sais qu'il s'en est bien tiré avec cette histoire. Je sais aussi que si je n'avais pas été là, il se serait déchaîné encore plus. C'est pourquoi j'ai rapporté l'incident au lieutenant.

— S'agit-il du lieutenant Masterson ?

— Oui.

— Il n'y a aucune mention d'un incident comme celui que vous venez de me décrire, dans le dossier Holloway.

— Parce que le licutenant m'a donné l'ordre de l'oublier. D'après lui, Holloway n'avait fait que se défendre contre une femme hystérique. Le clou de l'affaire, c'est que, quelques semaines plus tard, j'étais muté. Cela m'a suffisamment choqué pour me donner envie de creuser un peu la question. Au cours des six mois qui ont précédé ma mutation, trois appels sur le 911 provenaient de la maison des Holloway. Dispute conjugale. Des policiers ont répondu. Il n'y a pas eu de charges contre lui et les rapports ont été enterrés.

— Ils se sont serré les coudes, murmura Diana.

— Oui. Et Holloway ne s'est plus gêné, il s'est mis à battre sa femme, dès qu'il croyait en sentir la nécessité.

— Accepteriez-vous de témoigner ?

— S'il le faut. Cela ne change rien au fait qu'elle l'a tué. Vous allez plaider les circonstances atténuantes ?

— Votre témoignage m'éclaire sur la personnalité de l'homme, le désespoir de sa femme et la complicité de la police. Elle avait appelé à l'aide, et personne n'est venu. Elle a fait ce qu'elle a pu pour survivre. Personne n'a pris son parti.

— Si, vous. Et Laura.

— Et maintenant, vous vous joignez à nous, Royce. Pourquoi ?

— Peut-être parce que j'espère sincèrement que cela

va changer la donne. Et parce que c'est important pour Laura.

Diana hocha la tête.

— Et parce qu'elle est importante pour vous.

Royce hésita un instant.

— Elle… compte, finit-il par dire. Si vous voulez que nous reparlions de ce dossier, je me tiens à votre disposition.

— Je vous suis très reconnaissante d'être venu, dit Diana en lui tendant la main.

Elle le regarda partir. Il venait de disparaître dans l'escalier, quand la porte qui lui faisait face s'ouvrit.

— Alors ? demanda Caine.

— Il m'a apporté quelques éléments à ajouter à la défense d'Amanda Holloway.

Elle scruta son mari.

— Il est amoureux de Laura. Et elle est amoureuse de lui.

— Voyons, Diana, elle n'est qu'une petite fille…

Il s'appuya contre la porte.

Comprenant l'émotion de son mari, Diana traversa le couloir et prit son visage entre ses mains.

— Elle sera toujours notre petite fille. Rien ne peut changer cela, murmura-t-elle.

— Je sais, je sais…

Il poussa un profond soupir.

— Mais pourquoi faut-il que Laura ait jeté son dévolu sur un gars qui serait ravi de m'envoyer à l'autre bout de la planète d'un coup de pied aux fesses ?

Diana se mit à rire et l'embrassa tendrement.

— Mon chéri, c'est une des raisons pour lesquelles il te plaît.

10.

Deux jours avant Noël, Laura grimpa quatre à quatre l'escalier qui menait chez Cameron Security. Comme d'habitude, la secrétaire n'était pas visible. Laura s'élança vers le bureau de Royce et frappa brièvement à la porte. Elle l'entrouvrit sans attendre la réponse.

— Puis-je te voler une précieuse minute, Royce Cameron ? s'enquit-elle en passant juste la tête.

Royce était au téléphone. D'un geste de la main, il lui fit signe d'entrer. Il parlait d'une voix ferme qui trahissait une exaspération certaine.

— Si vous en êtes sûr cette fois-ci, je peux commencer dès le début de l'année.

Il se frotta le front du bout des doigts.

— Non !… Je comprends. Merci, et joyeux Noël !

Il posa bruyamment le téléphone sur son support.

— C'était mon grand-père ? dit Laura. De tous les MacGregor, il est le seul à pouvoir susciter ce genre de réaction.

— Il s'est enfin décidé sur un système de sécurité. Une fois de plus. Il change d'avis comme de chemise. Je crois qu'il veut me mettre sur le gril pour le restant de mes jours.

Il leva les yeux. Laura avait un sourire radieux.

— Qu'est-ce qui te rend si joyeuse ?

— Plusieurs choses ! Nous avons vraiment fait un grand pas aujourd'hui, au procès. Ton témoignage d'hier y est pour beaucoup.

— J'en suis enchanté.

— Je sais que ce n'était pas agréable pour toi, mais cela nous a vraiment aidés. Il va y avoir une enquête sur Masterson. On va enfin rendre justice à Amanda Holloway.

Elle se pencha par-dessus le bureau et l'embrassa.

— Merci.

— Je n'ai rien fait qui vaille la peine d'en parler. Je croyais que tu partais à Hyannis Port ?

— Je passe chez moi prendre mes sacs. J'aimerais que tu acceptes de venir avec moi. Tu sais que tu es le bienvenu.

Elle releva un sourcil.

— Et je sais que grand-père t'a harcelé pendant des semaines pour que tu viennes pendant les vacances.

— J'apprécie beaucoup ton invitation, mais je ne peux pas venir. De plus, je ne suis pas très chaud pour les réunions de famille.

Laura secoua la tête.

— Je parie que tu n'as même pas fait de sapin, dit-elle.

— Si, j'ai l'horrible sapin en céramique que tu m'as offert.

— Il n'est pas horrible, il est kitsch. C'est complètement différent.

Laura poussa un soupir discret. Elle avait une folle envie de lui demander encore une fois de venir. Comment trouver les mots susceptibles de le convaincre de passer Noël avec elle, de faire partie de sa vie ?

— Tu me manqueras, murmura-t-elle.

— Mais non, tu n'auras pas le temps de penser à moi. Tu seras entourée de gens.

Il esquissa un sourire en se levant.

— Des hordes de MacGregor, dont la seule évocation

me met les nerfs en pelote. Tu n'auras pas le temps de te rendre compte de mon absence.

— Tu me manqueras quand même.

Elle déposa un baiser léger sur ses lèvres, avant de tirer de sa poche une boîte enveloppée d'un papier brillant qu'elle lui tendit.

— Qu'est-ce que c'est ?

— Un cadeau. C'est la tradition. Je te demande de l'ouvrir le matin de Noël.

— Je ne peux pas l'accepter… et je n'ai pas de cadeau pour toi.

— Royce, dis-moi seulement merci.

— Merci.

— Maintenant, souhaite-moi un joyeux Noël.

— Joyeux Noël, Laura.

— Nous nous reverrons dans quelques jours.

Laura pivota sur ses talons et sortit à vive allure. Il était hors de question que Royce voie ses yeux embués.

Dès qu'elle fut partie, Royce se rassit. Il resta à son bureau jusqu'à la nuit tombée, plongé dans ses réflexions. Plus il réfléchissait, plus il était accablé. Il devait se rendre à l'évidence, il ne pourrait pas éternellement nier ce qui lui arrivait. Cela s'était probablement produit à son insu dès la première fois où il avait vu le visage de Laura, le jour où elle l'avait affronté en tenue légère en brandissant un couteau.

Comment un homme pouvait-il ne pas aimer une femme comme elle ?

Mais peu importaient ses sentiments. N'avait-il pas tourné ce sujet dans sa tête pendant des jours ? Non seulement Laura venait d'un monde différent du sien, mais elle était la nièce d'un président, la petite-fille d'un magnat de la finance. Une héritière. Son père, qui semblait le haïr, ne s'était pas privé de le lui faire remarquer d'un ton acerbe.

Et au cas où il l'oublierait, il n'avait qu'à se rappeler que Laura portait des boucles d'oreilles en diamants, qu'elle vivait dans la Back Bay, dans une grande maison remplie d'œuvres d'art et d'antiquités, et qu'elle conduisait une voiture de sport qui devait coûter une année complète de ses revenus. Et encore, une année prospère !

La liste de leurs différences s'égrenait implacablement dans sa tête. Laura était diplômée d'Harvard, et il n'avait même pas terminé ses études. Non ! Décidément, leur histoire n'avait aucune chance de durer. Il était en plein délire quand il se permettait d'imaginer sa vie avec Laura.

Cependant, au cours des dernières semaines, il avait découvert quelque chose. Il comprenait maintenant pourquoi Daniel MacGregor avait ce regard à la fois étonné et émerveillé, quand il parlait de sa femme. Il savait maintenant comment un homme pouvait tomber profondément amoureux, au point que cela ne finisse jamais.

Il suffisait de trouver la seule, l'unique femme de sa vie.

Il se passa une main sur les yeux. Il valait mieux oublier cela tout de suite. Oublier Laura et continuer.

Royce jeta un coup d'œil autour de lui. Une impression de vide le frappa de plein fouet. Il se tourna vers la fenêtre. Qu'attendait-il pour fermer son bureau et rentrer chez lui ? Il secoua la tête. Ce serait la même chose. Si son bureau lui semblait vide, son appartement le paraîtrait encore plus. Pourquoi cela ne l'avait-il jamais dérangé jusque-là ? Il avait aimé cette vie de loup solitaire. Il avait aimé aller et venir comme bon lui semblait, au moment qui lui plaisait. Maintenant, la seule pensée de dormir seul lui était presque insupportable.

Il se cacha le visage dans les mains. Quand était-il devenu si lâche ? C'était lui qui avait fait le premier pas avec Laura. Il avait recherché sa compagnie. Et maintenant, il allait la laisser partir parce qu'il avait peur qu'elle le repousse, ou qu'elle ne veuille pas de lui autant qu'il voulait d'elle ?

C'était stupide. Il laissa tomber ses bras le long de son corps. Il n'allait pas rester assis pendant trois jours à broyer du noir. Il avait encore quelque chose à faire.

Il attrapa son manteau et sortit.

Laura soupira. Royce ne s'était pas trompé. La maison, à Hyannis Port, était remplie de MacGregor. Et les MacGregor étaient plutôt bruyants. La musique s'échappait à flots de la chambre des plus jeunes. Dans le salon, Anna jouait des chants de Noël au piano, et chantait à tue-tête, accompagnée par Daniel qui poussait son timbre de baryton au maximum.

Du haut de l'escalier venaient des voix masculines. Laura tendit l'oreille. Apparemment, c'était Mac, l'aîné des petits-fils, qui se querellait avec Duncan.

Elle entra dans la salle du « trône », comme l'appelait affectueusement la famille en hommage à Daniel et à sa chaise dotée d'un haut dossier sur laquelle il présidait aux événements familiaux. Devant les larges fenêtres qui ouvraient sur les falaises, le sapin de Noël surchargé d'ornements scintillait de lumières multicolores.

Il allait rester éclairé, nuit et jour, jusqu'à l'Epiphanie.

A son pied s'amoncelaient des dizaines de paquets enrubannés. A minuit, suivant la tradition familiale, il y aurait une petite émeute. Ce serait à qui déballerait le premier son cadeau, dans une atmosphère pleine d'amour et de rires. Laura sourit. Surtout d'amour. Les membres de cette famille avaient beau se livrer à des batailles verbales acharnées, il n'en était pas moins vrai qu'ils étaient débordants d'amour.

Laura sentit son cœur se serrer. Royce allait passer seul cette merveilleuse fête de famille. Elle détestait cette idée.

La voix de Caine, derrière elle, la fit sursauter.

— Je me demande comment ils font, dit-il en posant les mains sur ses épaules, qu'il se mit à masser doucement. Chaque année, ils trouvent un arbre magnifique. Depuis ma plus tendre enfance, à Noël, j'ai toujours vu un sapin, installé à cet endroit précis. Et il a toujours été parfait. Avant que nous soyons assez grands pour rester debout jusqu'à minuit, mes frères et moi avions l'habitude de nous glisser dans l'escalier pour guetter le Père Noël.

Laura se laissa aller contre lui et dit à voix basse :

— Je n'ai pas le moindre mauvais souvenir dans cette maison. Je viens de me rendre compte depuis peu de temps à quel point j'ai de la chance. Et je t'aime tant.

Elle se retourna et posa sa tête sur l'épaule de son père.

Captant une intonation triste dans sa voix, il lui releva doucement le menton. Les yeux de Laura brillaient de larmes. Il lui caressa tendrement les cheveux et demanda :

— Qu'y a-t-il, mon bébé ?

— Rien. Je me sens un peu sentimentale. C'est la saison qui veut cela. J'ai constaté que je ne me laissais pas suffisamment aller. Tu es le premier homme dans ma vie, le premier qui m'a prise dans ses bras. Et tu ne m'as jamais laissée tomber. Pas une seule fois.

Un tonnerre de pas retentit dans l'escalier, mêlé à une avalanche de cris et de rires.

— Ian et Julia ont commencé une bataille de boules de neige.

Laura se pressa contre son père.

— Encore une tradition MacGregor.

— Intéressée ?

— Oh oui !

Elle renversa la tête en souriant.

— Si on se joignait à eux ? Va leur lancer un défi. J'arrive dans une minute.

— Tes désirs sont des ordres, ma chérie.

Il l'embrassa sur le bout du nez.

— Toi non plus, tu ne m'as jamais laissé tomber, Laura. Je suis fier de toi.

— Tel père, telle fille, dit-elle en riant.

Laura s'assit sur le bras du fauteuil. Elle allait rejoindre les autres, mais avant, elle avait besoin de quelques minutes de solitude.

Elle allait faire un vœu devant l'arbre, comme elle l'avait souvent fait lorsqu'elle était enfant. Aujourd'hui, ce serait le vœu d'une femme, l'espoir qu'un soir de neige, la veille de Noël, l'homme qu'elle aimait se trouver à côté d'elle dans cette pièce.

— Laura !

Elle releva la tête. Pendant une fraction de seconde, elle crut être en plein rêve. Mais non, c'était bien Royce. Un sourire éclatant s'épanouit sur son visage.

— Royce ! Tu as changé d'avis ? C'est merveilleux !

Elle se rua vers lui, prit ses mains dans les siennes.

— Mon Dieu, tu es gelé. Où sont tes gants ? Donne-moi ton manteau, et va te réchauffer près du feu.

— Il faut que je te parle.

— Bien sûr.

Elle souriait toujours, mais son regard se figea quand elle regarda derrière Royce. Dans le hall plein de monde régnait un silence de mort.

— Ma famille, dit-elle.

— Je ne veux pas être présenté à un demi-million de MacGregor, du moins pas avant de t'avoir parlé.

— Très bien.

Elle parcourut du regard plusieurs visages intrigués.

— Allez-vous-en ! ordonna-t-elle.

Avant même de savoir si elle allait être obéie ou ignorée, elle ferma la porte et entraîna Royce dans la salle du trône.

— Ne t'inquiète pas, tu en as déjà rencontré quelques-uns, et tu vas découvrir les autres pendant les jours qui viennent. Tu verras, ils ne sont pas si terribles.

— Je ne sais pas si je vais rester.

— Oh !

— Peut-être n'en auras-tu plus envie, quand j'aurai fini de parler.

Laura avait brusquement la gorge sèche.

— Enlève au moins ton manteau et laisse-moi t'offrir un verre pour te réchauffer. Aimes-tu le cognac ?

— Oui, merci.

Il se débarrassa de son manteau pendant qu'elle préparait deux verres.

— Bel arbre, marmonna-t-il.

— Ce n'est pas un arbre de table en céramique, mais il fait l'affaire.

Elle revint et lui tendit la boisson. Levant son verre, elle dit sans le quitter des yeux :

— Je suis heureuse que tu sois venu.

— Attends un peu.

Royce la regarda s'installer sur la chaise de Daniel. Assise dans ce meuble gigantesque, elle aurait dû disparaître mais, au contraire, elle avait un air royal. Essayant de rassembler ses esprits, il baissa les yeux et soupira. Qu'il soit damné si Laura lui faisait perdre la tête sans qu'il se soit battu.

— Si tu as quelque chose à me dire, je t'écoute, dit-elle d'un ton anxieux.

Son verre à la main, il se mit à faire les cent pas. Il sirota le liquide ambré et fit une petite moue. Décidément, il n'aimait pas le cognac. Il posa le verre sur la table.

— J'ai été obligé de venir jusqu'ici, en territoire ennemi, finit-il par lancer sans préambule.

Laura ne put s'empêcher de rire.

— En territoire ennemi ?

— Ton père me déteste.

— Oh, Royce, ce n'est pas vrai. Il est juste…

— Peu importe.

Marchant de long en large, il balaya d'un geste sa protestation.

— Et pourquoi ne me détesterait-il pas ? Je ne suis pas allé à Harvard, je n'ai pas une gigantesque maison, je suis un ancien flic qui a créé une entreprise, et je couche avec sa fille. Chez lui. A sa place, j'aurais fomenté un meurtre rapide et discret.

— Mon père n'est pas intolérant.

— Il n'a pas besoin de l'être. Les faits parlent d'eux-mêmes. Et même si tu les occultes, ce n'est pas le marché qui a été conclu entre nous.

— Quel marché ?

Il secoua la tête, s'arrêta et tourna les yeux vers elle.

— J'ai… euh, laisse-moi une minute.

Il se dirigea vers une fenêtre. Sur la pelouse d'un blanc immaculé, une demi-douzaine de personnes se livraient à une bataille de boules de neige. Au bout de quelques instants, il se tourna vers elle et continua :

— Je ne connais rien à ce genre de famille. Ce n'est pas mon milieu. Ta famille est unique, sous tous les aspects. Je ne suis pas pauvre. Mon affaire tourne bien. Je sais ce que je fais.

S'éloignant de la fenêtre, il recommença à s'agiter comme un lion en cage. C'était plus facile de parler en bougeant.

— Je me moque pas mal de ton argent. Pour moi, que tu aies cinq dollars ou cinq millions, cela ne change rien.

Laura était abasourdie. Elle n'aurait su dire ce qui l'étonnait le plus, des paroles de Royce ou de son expression à la fois abattue, coléreuse et nerveuse, bien qu'il fasse apparemment un effort pour se maîtriser.

— Je n'ai jamais pensé le contraire, dit-elle.

— Je peux subvenir à mes besoins, je le fais depuis longtemps. Mais toi, tu es habituée à avoir tout ce que tu veux. Et tu dois continuer ainsi.

— Parfait. Je suis heureuse de te l'entendre dire, car j'en ai bien l'intention.

Elle se leva.

— Royce, j'aimerais que tu ailles droit au but.

— Eh bien, c'est ce que j'essaie de faire…

Son regard se réchauffa et se mit à briller dangereusement.

— C'est ce que j'essaie de faire, répéta-t-il. Tu crois que c'est facile pour moi ? Je n'avais jamais fait ce genre de projet. Je ne l'ai même jamais souhaité.

Il se dirigea vers elle d'un pas énergique, la fureur bouillonnant dans ses yeux.

— Que ce soit bien clair, Laura. Je n'ai jamais souhaité cela.

De plus en plus éberluée, Laura demanda :

— Souhaité quoi ?

— Etre incapable de passer une malheureuse journée sans penser à toi. Te chercher, la nuit, alors que tu n'es pas là. Avoir besoin d'entendre ta voix. Etre amoureux de toi !

— Amoureux de moi ? répéta-t-elle.

Elle se laissa tomber sur une chaise.

— Tu es amoureux de moi…

— Maintenant, écoute-moi bien. Ne m'interromps pas. Je sais que tu éprouves des sentiments pour moi, sinon tu ne m'aurais pas laissé te toucher. Il se peut que tout ait commencé entre nous comme une pure réaction chimique, mais c'est beaucoup plus. C'est sacrément plus, et si tu voulais nous laisser une chance…

— Royce !

— Ecoute-moi jusqu'au bout, Laura.

Il fit une pause. Il avait besoin de s'écarter d'elle, de retrouver ses esprits. Il avait l'impression de traverser la rue sur un fil, au dixième étage d'un immeuble.

— Nous sommes bien ensemble, et je sais que je peux te rendre heureuse. Qui plus est, ton grand-père est de mon côté.

Le regard de Laura s'assombrit. L'immense chaleur qui lui inondait le cœur disparut en un clin d'œil.

— Tu as frappé à la mauvaise porte, dit-elle.

— C'est pourtant ce que j'ai fait. Ton grand-père pense que je suis assez bon pour toi, alors pourquoi ne penserais-je pas la même chose ?

Laura resta bouche bée. Puis elle se mit à hurler :

— Il pense que tu es assez bon pour moi ?

— Exactement. J'ai les reins solides, je ne suis pas idiot, et je ne triche pas. Et je t'aime. J'aime tout ce qui se rapporte à toi. Je peux même tenter de vivre près de ta famille. Voilà qui serait suffisant pour convaincre n'importe qui.

Il plongea une main dans sa poche d'où il sortit une petite boîte.

— C'est pour toi, dit-il en la lui tendant.

Laura la prit, la tripota nerveusement. Après une profonde inspiration, elle finit par l'ouvrir. Son cœur fit encore une embardée. Sur un anneau d'or, un rubis d'un rouge profond scintillait au fond du petit coffret.

— J'ai pensé qu'un diamant était trop conventionnel pour toi, marmonna-t-il. Pour nous.

— Es-tu en train de me faire une proposition, Royce Cameron ?

Laura faisait des efforts violents pour garder la tête froide. Dieu merci, sa voix était douce mais ferme, alors que son cœur planait encore quelque part dans la stratosphère.

— C'est une bague, non ? dit Royce, sur la défensive.

— Sans aucun doute, et elle est très belle, dit-elle en la contemplant.

Comme elle levait les yeux vers lui, Royce interrogea :

— Qu'y a-t-il ? Elle ne te plaît pas ? Elle est trop petite ?

— Idiot ! J'attends.

— Tu attends ? C'est plutôt moi qui attends.

Elle soupira.

— Très bien, allons-y. Je n'ai pas programmé cela, moi non plus, je ne l'ai pas souhaité. Cela ne correspond pas au marché conclu tacitement entre nous. Mais je suis amoureuse de toi, Royce Cameron !

S'attendant à un autre genre de déclaration, Royce était déjà prêt à sortir tout un arsenal d'arguments. Abasourdi, il n'arriva qu'à prononcer :

— Pardon ?

— Ecoute-moi bien !

Laura se régalait maintenant. Elle se rassit sur la chaise et tendit un bras vers lui.

— Tu es un homme extraordinairement séduisant. Tu as ta propre entreprise, et bien qu'il t'arrive, apparemment, de te sous-estimer, la santé générale de ton ego est assez bonne, sans parler de celle de ton cerveau.

Elle serra les lèvres et hocha la tête pour donner plus de poids à ses paroles.

— Et pour utiliser ta tournure de phrase idiote, je crois que tu es assez bon pour moi.

— Tu es amoureuse de moi !

Il fit une pause, incapable de prononcer un mot de plus. Les yeux rivés sur lui, Laura resta un instant silencieuse. Puis elle se décida à continuer :

— Oui, Royce, désespérément ! Mais si tu ne m'avais pas aimée, je l'aurais accepté courageusement, je t'assure. Je peux être stoïque. Cependant, puisque tu m'aimes, c'est différent. Et si tu avais le bon sens de me demander de t'épouser, au lieu de me fourrer cette petite boîte dans la main, je te dirais oui.

Il la regardait toujours intensément, et ses idées commençaient à s'éclaircir. Quant à son cœur… il était perdu.

— J'avais préparé de très bons arguments pour te convaincre de m'épouser.

— Veux-tu que je les écoute ?

— Non, je préfère te dire encore…

Royce hocha vaguement la tête. Ce n'était plus difficile à dire, les mots débordaient de son cœur.

— Je t'aime, Laura.

Il effleura ses cheveux, tout près des tempes, sans détourner les yeux des siens.

— Je t'aime. Je veux passer ma vie avec toi, créer une famille avec toi. Je veux que nous passions Noël ensemble. Veux-tu m'épouser ?

— Oh ! C'était vraiment très bien !

Pour la première fois, elle sentit ses yeux s'embuer.

— Je veux ma bague, et je veux que tu m'embrasses. A ce moment-là, ce sera parfait.

— Dis oui d'abord.

— Oui, oui, absolument oui.

Elle se jeta à son cou, et ses lèvres rencontrèrent tout naturellement sa bouche. C'était mille fois plus que parfait.

— Je suis si heureuse de t'avoir trouvé. Si heureuse de t'avoir trouvé alors que je ne te cherchais même pas. Je commençais seulement à rêver de ton existence.

Elle laissa couler une première larme, tandis qu'il lui glissait la bague au doigt.

— Il n'y a pas longtemps, j'ai commencé à souhaiter ton existence, répéta-t-elle. Et tu es là.

— Nous sommes là, murmura-t-il.

La porte d'entrée claqua et quelqu'un entra dans le hall.

— Nous sommes encerclés, chuchota-t-il en lui faisant un clin d'œil.

— Ils vont t'aimer, Royce.

Elle se mit à rire en levant une main vers sa joue.

— Tu as déjà le plus âgé des MacGregor dans ton camp.

Les yeux pétillants, elle s'appuya contre lui.

— Allons le lui annoncer. En temps ordinaire, j'aurais aimé le faire attendre un peu, mais c'est Noël. Il va adorer mon cadeau : je vais lui dire qu'il ne s'est pas trompé en te choisissant pour moi.

GWENDOLYN

Prologue

D'après les mémoires de Daniel MacGregor

La famille est ce qu'il y a de plus précieux pour un homme. C'est aussi sa plus lourde responsabilité. Je n'ai jamais failli à ma tâche, et je m'occupe bien de tout ce qui m'appartient.

J'ai assisté aux noces de l'aînée de mes petites-filles. Quelle magnifique mariée elle faisait ! Radieuse, lumineuse dans sa longue robe blanche, sous son voile qui contrastait avec ses cheveux noirs et brillants.

Notre Laura offrait une telle image de bonheur que j'ai dû consoler ma petite Anna. Ce genre d'événement provoque toujours en elle une forte émotion.

Pour moi, ce fut un moment de joie intense et de satisfaction personnelle. J'ai vu mon fils, Caine, le fier papa, sourire en conduisant Laura vers l'homme qu'elle aime. L'homme que j'ai choisi personnellement. Mais nous n'allons pas parler de cela.

Les enfants deviennent désagréables quand ils croient, à tort, que nous nous mêlons de leurs affaires. En fait, il ne s'agit que de s'occuper d'eux pour leur bonheur. Ne confondons pas.

En ce jour de printemps absolument parfait, j'ai observé Caine. Il n'a pas cessé de sourire. J'ai ri sous cape tandis qu'il échangeait des bourrades viriles avec son tout nouveau gendre ; je dois avouer que j'ai même dû écraser une larme quand Ian, le frère de la mariée, a porté un toast aux jeunes époux.

Oui, ce fut vraiment une journée merveilleuse pour le clan MacGregor.

De ce côté-là, j'ai fini mon travail. Laura et Royce vont être heureux, et il vaudrait mieux qu'ils n'attendent pas trop longtemps pour donner à leur grand-mère des bébés qu'elle fera sauter sur ses genoux. Anna est déjà impatiente d'avoir un arrière-petit-enfant.

Maintenant, je peux m'occuper de ma douce Gwen. Elle est belle comme une princesse, ma Gwen. Elle est d'un naturel sérieux, et romantique. Et quel cerveau elle a ! Dieu du ciel, cette petite est brillante comme le soleil. Mais elle est comme sa grand-mère, et elle ne voit pas qu'elle a besoin d'un homme près d'elle, et d'enfants qui lui apporteront du bonheur.

C'est donc à moi de faire en sorte qu'elle épouse l'homme qu'il lui faut, un homme solide. Je l'ai déjà trouvé. Il a un bon esprit, et un grand cœur. Je n'accepterais rien de moins pour ma Gwen, et que je sois damné si je la laisse jeter son dévolu sur quelqu'un qui n'ait pas toutes ces qualités.

Ce ne sera pas facile, mais j'ai tout mon temps. Je connais assez la vie pour savoir choisir mon moment. Je sais être patient. Il me faudra certainement plusieurs mois pour préparer le terrain. Je connais l'importance des fondations, elles doivent être solides quand vous voulez construire quelque chose qui doit durer.

Je suis prêt à parier que ma petite Gwen sera fiancée avant Noël. Et à elle non plus, je ne lui demanderai pas de remerciements. Non, cela ne sera pas nécessaire. Je serai suffisamment remercié.

Mais je n'aurais pas à faire tout cela si mes petites-filles savaient s'occuper d'elles.

1.

— On le déplace à trois ! Allons-y. Un, deux, trois !

Avec des gestes précis et parfaitement synchronisés, Gwen et l'équipe des urgences soulevèrent le patient. Il pesait une bonne centaine de kilos. D'une voix calme et sûre, Gwen ordonna :

— Audrey, intubez-le, je vous prie.

Elle lui adressa un sourire encourageant. Audrey se mit à la tâche avec dextérité, pendant que l'infirmière en chef coupait le jean ensanglanté de l'homme plongé dans le coma.

Gwen l'observait, guettant le moindre signe vital, tout en donnant des ordres aux autres membres de l'équipe.

— Les motos, marmonna-t-elle en fronçant les sourcils, quelle calamité !

— Heureusement qu'il avait son casque, fit remarquer Audrey. Voilà, le tube est installé.

— C'est une armure qu'il lui aurait fallu. Prise de sang ! Il a l'odeur de quelqu'un qui a fait la foire.

Gwen ajusta ses lunettes de protection, et se mit à la tâche sur la jambe de l'accidenté.

Les mains rapides, l'esprit vif, elle examina la blessure, qui allait de la cheville au genou, laissant apparaître le tibia. L'os était cassé net. C'était à elle de remettre les morceaux en place, avant d'envoyer le patient en chirurgie. Rapidement, efficacement. Et de le maintenir en vie.

Dans la salle adjacente, une femme hurlait, en répétant sans arrêt le nom de Johnny, d'une voix à déchirer le tympan.

— C'est lui, Johnny ? s'enquit Gwen en jetant un coup d'œil par la porte vitrée qui séparait les deux pièces.

— John Petreski, vingt-deux ans, dit une infirmière.

— D'accord, on va s'arranger pour qu'il puisse danser à son prochain anniversaire. Lynn, appelez le service de chirurgie, et annoncez-leur l'arrivée de Johnny. Fyne, remplacez-moi pendant que je vais voir ce qui se passe dans la chambre 2.

Elle sortit par la porte à double battant.

Le médecin stagiaire dut hausser le ton pour se faire entendre par-dessus les cris hystériques de la femme.

— Contusions, lacérations. Nous attendons les radios. L'épaule est déboîtée.

— Comment s'appelle-t-elle ? demanda Gwen.

— Tina Bell.

— Tina !

Gwen se pencha vers elle.

— Tina, nous allons vous aider. Mais d'abord, il faut vous calmer.

— Johnny ! Johnny est mort !

— Non, il est vivant.

La jeune femme lui prit la main et la serra de toutes ses forces. Gwen retint un petit cri de douleur.

— Il part au service chirurgie. Nous prenons soin de lui, affirma-t-elle d'un ton apaisant.

— Il est blessé. Il est atrocement blessé.

— Oui, il est blessé, mais nous allons le soigner. Vous devez m'aider, Tina. Quelle quantité d'alcool a-t-il ingurgitée ?

— Quelques bières.

Les larmes jaillissaient des yeux de Tina, se mélangeant à la poussière et à la sueur de son visage.

— Quelques bières seulement ? interrogea Gwen.

— Johnny !

— Combien exactement ? insista Gwen. Il faut que je sache ce qu'il a bu pour pouvoir le soigner.

— Six ou sept, je ne sais pas. Personne ne comptait.

— A-t-il pris de la drogue ?

— Nous avons partagé deux ou trois joints. Pas plus. Johnny !

A travers la porte vitrée, Branson Maguire ne perdait pas une miette du spectacle. Un véritable ballet se déroulait sous ses yeux. Travail d'équipe, costumes, lumières. Et sous l'éclairage le plus puissant, la délicate femme blonde, vêtue d'une hideuse blouse verte.

Il ne voyait pas ses yeux, cachés derrière de larges lunettes de protection, qui lui couvraient la moitié du visage. Pourtant, il savait à quoi elle ressemblait. Dr Gwendolyn Blade, héritière prodige, fille d'un demi-Comanche et d'une autre héritière. Une MacGregor.

Il avait vu la photographie de Gwen dans les journaux, à la télévision, quand son oncle menait sa campagne présidentielle, et, ensuite, pendant les huit années où il avait vécu dans la plus grande maison du pays. Et sa photo était posée au milieu d'autres portraits sur le bureau massif de Daniel MacGregor, bâtisseur d'empires et grand-père de Gwendolyn.

Branson se considérait comme un fin observateur, mais il ne l'avait pas imaginée si légère. Elle donnait l'impression d'être une fée, et cette image faisait oublier celle, réelle celle-là, de la femme coincée dans une tente éclaboussée de sang, en train de se battre pour sauver des vies.

Il ne la quittait pas des yeux. Elle se déplaçait comme une danseuse. Ses gestes étaient pleins de grâce, tout en étant d'une incroyable précision. Ses cheveux, qui oscillaient entre le roux et l'or sous les lumières vives, étaient coupés comme ceux d'une gamine, avec des mèches toutes droites qui pointaient au-dessus du front. « Effet de style ou mesure pratique ? » se demanda-t-il.

Il serait intéressant de le savoir.

Il resta où il se trouvait, les mains confortablement enfoncées dans les poches de son imperméable gris anthracite, et il continua son observation.

Gwen avait remarqué son visage derrière la vitre. Cheveux blonds tombant sur le col, regard acéré des yeux gris qui semblaient cligner rarement, pli sérieux de la bouche…

Elle n'avait pas le temps de lui accorder plus qu'un bref regard et une pensée éphémère.

Ses deux patients venaient d'être emmenés en chirurgie. Gwen sortit de la salle et dut s'arrêter pile. L'inconnu lui bloquait le passage.

— Docteur Blade ? Gwendolyn Blade ?

Il souriait maintenant, d'un bref sourire un peu en biais. Gwen s'amenda. Elle s'était trompée. Les yeux de cet inconnu n'étaient pas froids, ils étaient d'une chaleur veloutée, tout comme sa voix.

— Oui. Puis-je vous aider ?

— En effet. Je suis Branson Maguire.

D'un geste automatique, elle serra la main qu'il lui tendait. Il garda sa main dans la sienne.

— Oui ? interrogea-t-elle.

Il lui adressa un sourire grimaçant.

— Mon ego en prend un sacré coup. Je suppose que vous n'avez pas beaucoup de temps pour lire ? dit-il.

Gwen était fatiguée. Elle rêvait de s'asseoir devant une tasse de café brûlant. Et elle voulait récupérer sa main.

— Je suis désolée, monsieur Maguire, je…

En retirant sa main, la clarté se fit dans son esprit.

— Oh oui ! *Matt Scully Détective*… J'ai lu certains de vos livres. Vous avez créé un personnage intéressant.

— Scully fait un bon travail pour moi.

— Je n'en doute pas. Je n'ai malheureusement pas le temps de parler littérature pour l'instant. Si vous permettez…

— Ils sont lavande.

— Pardon ?

— Vos yeux.

Il se planta sur ses jambes et plongea ses yeux dans ceux de Gwen. Chez tout autre homme, ce regard aurait été mal élevé. Mais chez lui, il paraissait naturel.

— Je me demandais si c'était un effet de la lumière. Mais ils ne sont pas bleu ciel, ils sont bleu lavande.

Gwen sentit des picotements sur sa nuque.

— Ils sont bleu clair sur mon permis de conduire. Maintenant, comme je vous l'ai dit, je suis pressée.

— Votre équipe ne s'arrête-t-elle pas à 14 heures ? Il est presque 15 heures, dit-il, les yeux rivés sur elle.

Elle recula comme sous l'effet d'une douche froide — réflexe de défense automatique pour une femme qui, à cause de sa famille, avait passé la majeure partie de sa vie sous les projecteurs.

— Comment connaissez-vous mon emploi du temps ? demanda-t-elle d'un ton méfiant.

Il lui répondit par une autre question.

— Je suppose que vous ne m'attendiez pas ?

— En effet.

Elle jeta un coup d'œil par-dessus son épaule. Les infirmiers emmenaient Tina sur un chariot.

— Docteur, docteur ! Je veux voir Johnny. Il faut que je le voie !

— Excusez-moi.

Gwen tourna le dos à Branson et s'éloigna.

Il l'entendit parler. Sa voix, glacée quand elle s'adressait à lui, prenait maintenant un accent chaleureux et réconfortant. La jeune femme blessée se répandit en sanglots étouffés et hocha la tête.

— Quelle sollicitude, toubib ! commenta Branson, quand Gwen s'approcha de nouveau de lui.

— Vous étiez en train de me dire que j'aurais dû m'attendre à votre visite ?

— Votre grand-père m'a dit qu'il vous avait prévenue.

— Prévenue ?

Gwen était décidément très fatiguée. Elle ferma les yeux.

— J'ai besoin d'un café, murmura-t-elle. Suivez-moi.

Faisant voler sa blouse, elle fit volte-face et descendit le couloir. Elle tourna à gauche, passa une porte et entra dans une salle de repos. Branson regardait de tous côtés, imprimant dans sa mémoire les moindres détails, les couleurs ternes, les chaises bon marché, les vestiaires tristes, le moteur bruyant du réfrigérateur, l'odeur de café réchauffé qui n'arrivait pas à effacer les senteurs écœurantes de l'hôpital.

— Confortable, dit-il, un peu ironique.

— Voulez-vous un café ?

— Oui, merci. Noir, sans sucre.

Elle prit un pot de café réchauffé et remplit deux tasses. C'était un vrai jus de chaussette, elle le savait. Elle ajouta dans la sienne une cuillerée de sucre.

Après avoir goûté celui qu'elle lui tendait, Branson frissonna.

— Heureusement que je suis dans un hôpital. Vous faites des lavages d'estomac, entre autres ?

— C'est un de mes plus grands plaisirs. Excusez-moi, j'ai besoin de m'asseoir.

Elle s'assit, croisa les jambes et tenta de remuer ses orteils dans ses chaussures à talons plats.

— Ecoutez, monsieur Maguire…

— Appelez-moi Bran !

— Ecoutez, je suis navrée, mais il y a un malentendu. Mon grand-père est… enfin, il est ce qu'il est…

Bran s'assit à côté d'elle sur le petit divan usé jusqu'à la corde.

— C'est l'homme le plus extraordinaire que j'aie jamais rencontré, dit-il.

Gwen ne put s'empêcher de sourire d'un air attendri.

— Oui, c'est un homme incroyable. Et il a des idées et des objectifs bien arrêtés. Quant à ses méthodes, il y aurait beaucoup à redire. Je suis sûre que vous êtes charmant, et j'aime beaucoup vos romans, mais je ne suis pas intéressée…

Il se risqua à avaler une autre gorgée de café.

— Pas intéressée par quoi, exactement ? s'enquit-il.

— Par le fait de fréquenter un homme.

Elle glissa ses longs doigts effilés dans ses cheveux.

— Mon grand-père trouve que je n'ai pas une vie sociale assez active. Mais j'ai celle qui me convient. Et les rendez-vous avec un homme n'arrivent pas en tête de mes priorités.

Branson leva un sourcil intrigué en s'installant aussi confortablement que possible au bout du canapé. Les yeux de Gwen avaient maintenant la couleur fascinante des iris, ce qui la rendait aussi délicate et attirante qu'une pièce de verre soufflé.

— Pourquoi ? demanda-t-il.

— Parce que je suis chirurgien en deuxième année de stage, et que j'ai d'autres chats à fouetter. De plus, je n'ai pas envie de sortir avec des hommes spécialement sélectionnés pour moi par mon grand-père. Quant à vous, et pour en finir, vous ne semblez pas avoir besoin de l'intervention d'un homme de quatre-vingt-onze ans pour avoir une relation avec une femme.

Branson hocha imperceptiblement la tête. Après quelques secondes de silence, il dit :

— C'était peut-être un compliment. Oui, décidément, je crois que c'en est un. Merci.

Son sourire étincelant et plein d'humour fit naître une petite fossette au coin de sa bouche.

— Je n'avais pas l'intention de vous demander de sortir avec moi, continua-t-il. Mais maintenant, je vais être obligé de le faire. Rien que pour apaiser mon ego.

— Vous ne vouliez pas…

Gwen fit une pause et respira profondément. Elle avait besoin d'un peu de solitude, son cerveau commençait à fatiguer. Rouge de confusion, elle demanda :

— Que faites-vous ici ?

— De la recherche.

Il sourit encore, d'un air charmant.

— Du moins c'est ce qui était prévu. Je commence à écrire un livre, et j'ai besoin de données médicales pour la toile de fond et l'atmosphère de mon roman. De la couleur, des mots professionnels, le rythme de vie d'un hôpital, ce genre de choses. Daniel m'a dit que vous pourriez m'aider, que je pourrais rester ici quelques semaines et vous embêter en vous posant des tas de questions.

— Je vois.

Gwen appuya la tête sur le dossier du canapé et ferma les yeux.

— Eh bien, voilà qui est embarrassant.

— Moi, je trouve que c'est formidable. Alors, que voulez-vous faire ? Sortir avec moi, boire un café digne de ce nom, faire l'amour, vous marier, avoir trois enfants, acheter une grande maison et un horrible chien ?

Elle ouvrit un œil et éclata de rire.

— Non, merci.

— D'accord, vous n'avez pas envie de café. Je suis très souple, vous savez. Mais je veux que nous fassions l'amour avant de nous marier. J'y tiens beaucoup.

Gwen sourit en poussant un soupir fatigué.

— Essayez-vous de faire en sorte que je me sente mieux, ou encore plus ridicule ?

— Les deux.

Il posa sa tasse de café. Le coup de fouet donné par la caféine ne compensait pas le choc causé à son estomac.

— Vous êtes belle, Gwendolyn. Je vous dis cela pour que vous ne croyiez pas votre grand-père responsable si je finis par flirter avec vous.

Au lieu de s'effacer, le sourire de Gwen se fit acéré comme un scalpel.

— Les hommes qui essaient de flirter avec moi se retrouvent souvent obligés de suivre un traitement médical. Je vous dis cela au cas où vous auriez besoin de prendre une assurance.

Il lui lança un regard sardonique.

— Message reçu. Et pour mes recherches, allez-vous m'aider ? Je vais passer quelques semaines dans le service des urgences, sans ennuyer personne. Je ne poserai mes questions qu'aux moments où cela ne vous dérangera pas, vous et votre équipe. J'ai l'intention d'introduire certains détails dans mon histoire, et j'espère qu'ils seront cohérents. Vous aurez toute liberté de les effacer ou de me suggérer la façon de les corriger pour qu'ils sonnent juste.

Gwen referma les yeux. Elle rêvait d'un oreiller, d'une couverture, et d'une pièce sombre.

— Vous êtes libre d'observer, dit-elle. Même si j'ai des objections, vous pourrez passer outre. C'est ce que vous avez déjà fait, si je ne m'abuse. Mes grands-parents ont une grande influence dans l'administration de l'hôpital.

— Si vous n'avez pas envie de coopérer, je peux aller dans un autre centre hospitalier. Ce n'est pas ce qui manque à Boston.

— Je suis désolée d'être désagréable, mais je suis épuisée.

Elle se frotta lentement les tempes du bout des doigts dans l'espoir de retrouver sa bonne humeur. Après tout, ce n'était pas la faute de Branson si elle avait passé une journée particulièrement fatigante.

— Je ne vois aucune objection à vous donner un coup de main dans vos recherches, tant que vous ne devenez pas encombrant dans le service des urgences. Je répondrai à vos questions quand j'en aurai le temps, et je mettrai mon équipe au courant, pour qu'elle vous aide dans la mesure du possible.

— Je vous remercie. Et si, quand nous aurons fini, je vous invite à dîner, ou si je vous achète un petit cadeau pour vous remercier, allez-vous m'attaquer au scalpel ?

— J'essaierai de me retenir. Je serai dans l'équipe de nuit pendant les trois prochaines semaines.

— Pas de problèmes, j'aime vivre la nuit.

Il fit une pause. Gwen paraissait effectivement exténuée. Surpris, il constata qu'il avait envie de lui proposer de dormir en posant la tête sur ses genoux. Se ressaisissant, il dit :

— Si vous voulez, je peux vous déposer chez vous.

— Merci, j'ai ma voiture.

Il inclina la tête.

— Combien de personnes avez-vous déjà rafistolées parce qu'elles s'étaient endormies derrière leur volant ?

— Un point pour vous. Je vais dormir ici.

— Comme vous voudrez.

Il se leva sans cesser de la regarder. Gwen avait les yeux lourds de sommeil. L'ombre délicate qui les soulignait sembla s'approfondir pendant qu'il l'observait.

— Dormez au moins huit heures d'affilée, docteur. Je reviendrai demain.

Il se dirigea vers la porte, fit une pause et se retourna.

— Une dernière chose : mon assurance médicale me rembourse à cent pour cent.

Un silence total régnait dans le couloir. A 3 heures du matin, le service des urgences était calme. Branson se dirigea vers la sortie, accompagné par le bruit de ventouse que ses chaussures produisaient sur le carrelage.

Dehors, le vent de novembre le frappa de plein fouet au visage. Il regagna sa voiture à pas lents, se remémorant sa conversation avec Gwen. Il aurait dû lui dire que n'importe quel homme se serait conduit comme un imbécile en n'essayant pas de la séduire. Or, il était un Maguire, et les Maguire étaient tout sauf des imbéciles.

Il grimpa dans sa Triumph décapotable. Il avait repoussé le fauteuil en arrière, le plus loin possible pour pouvoir caser ses longues jambes. Il tourna la clé de contact et sourit. C'était bon d'entendre le ronronnement régulier du moteur. Cette voiture était un vrai rêve.

Gwendolyn aussi. Elle ressemblait même un peu trop à une princesse de conte de fées.

Branson enfonça la touche du lecteur de CD et se mit à fredonner sur la musique de Verdi. En s'engageant sur l'avenue, il commença à échafauder un plan qui aurait rempli Daniel MacGregor de fierté.

2.

A 10 heures du matin, Gwen ouvrit la porte de sa maison de Back Bay. Frissonnant sous la pluie fine et glaciale, elle se précipita à l'intérieur pour se mettre au chaud.

Elle jeta un coup d'œil circulaire dans l'entrée. Sa cousine Julia devait déjà faire visiter une propriété. Elles n'étaient plus que toutes les deux à partager la maison, Laura MacGregor étant partie tout de suite après son mariage avec Royce Cameron.

Elle lui manquait encore. Les trois cousines avaient vécu sous le même toit pendant des années. Depuis l'enfance, elles formaient un trio inséparable.

Dieu merci, Laura nageait dans le bonheur, mais c'était difficile de se résigner à son absence.

Gwen accrocha son manteau à la patère. Elle avait tout son après-midi libre. Elle allait commencer par un long bain brûlant. Mais non, elle avait d'abord un furieux appétit à assouvir.

Elle se rendit dans la cuisine en frottant son cou douloureux, souvenir du canapé de la salle de repos sur lequel elle avait dormi.

Le parfum des roses chatouilla ses narines avant qu'elle les voie. Il devait y en avoir trois douzaines, blanches comme la neige, dans un magnifique vase en cristal.

Gwen sourit. C'était sûrement un présent d'un des admirateurs de Julia. Les roses l'avaient toujours touchée. C'était son côté romantique, sans doute.

En souriant, elle ouvrit le réfrigérateur, sans toutefois se faire trop d'illusions. Depuis que Laura était partie, il était toujours vide, ou presque. Les trois cousines avaient coutume de dire que Laura dévorait, que Julia ne mangeait jamais, et que Gwen ne prenait le temps de le faire que lorsque la nourriture apparaissait sous ses yeux comme par magie.

Sans grand enthousiasme, elle sortit un carton de yaourts, vérifia la date limite de consommation. Dépassée depuis une semaine. Bah, ce n'était pas très grave. Après tout, ce n'était que du lait caillé. Elle ferma la porte du réfrigérateur et entreprit de lire le petit mot que Julia avait laissé sur la table.

« Gwen, bravo pour les roses ! Me caches-tu encore d'autres secrets ? T'interrogerai plus tard. Messages pour toi sur le répondeur : Grand-père… Et la voix sexy d'un homme nommé Bran. Celui qui t'a envoyé les fleurs ? Mmm… Je reviens à 18 heures. Peut-être. Julia. »

Fronçant les sourcils, Gwen relut la note avant de regarder de nouveau les roses. Une petite enveloppe était épinglée à une tige. Elle la prit et la tapota sur sa main pendant quelques secondes avant de se décider à l'ouvrir.

« Elles vous ressemblent. Merci d'avance pour votre aide. »

— Oh ! s'exclama Gwen.

Une sensation de vertige mêlée à une immense joie s'empara d'elle. Impossible d'ignorer cette sensation.

— Elles sont pour moi, murmura-t-elle.

Elle se pencha et les huma longuement. Puis, se ressaisissant, elle releva la tête. Trois douzaines de roses à longue tige en plein mois de novembre, c'était un peu fou. Merveilleusement fou, mais tout de même…

Décidément, elle devait faire preuve d'une plus grande détermination pour décourager Branson Maguire. Gwen soupira. Où son grand-père voulait-il en venir ? Elle ne le savait que trop.

Elle se tourna vers le répondeur téléphonique et appuya sur la touche de lecture des messages. Elle ne put s'empêcher de sourire en entendant la voix de Daniel.

— « Je déteste ces machines. Plus personne n'arrive à parler à un être humain. On a toujours affaire à ces engins diaboliques. Pourquoi n'êtes-vous pas à la maison, les filles ? Gwen, j'ai un jeune ami qui a besoin d'aide. C'est un écrivain, il sait ficeler un bon roman. Mais c'est un Irlandais, alors, naturellement, il adore les histoires de meurtres, de chasses aux tueurs fous. Tu vas lui donner un coup de main, ma chérie, je peux compter sur toi ? C'est une faveur que te demande ton vieux grand-père. Tu verras, c'est un gentil garçon. Sa mère est allée à l'université avec la tienne, ce n'est donc pas tout à fait un inconnu. Julia, j'ai vu ton père. Il m'a dit que tu achetais une nouvelle maison. En voilà une fille futée ! Mais est-ce que Gwen et toi vous ne pourriez pas appeler votre grand-mère, de temps à autre ? Elle se fait du souci. »

Gwen rit doucement en se passant une main dans les cheveux. C'était un message typique de Daniel MacGregor. Mais sa proposition semblait bien inoffensive. Le fils d'une amie de sa mère. Très bien, apparemment, cela ne cachait pas de complot. Une simple faveur, facile à accorder.

Satisfaite, Gwen se remit à manger son yaourt en écoutant le message suivant. C'était Branson.

— « Gwendolyn. »

Elle suspendit son geste, laissant la petite cuillère près de sa bouche. Branson avait une façon de prononcer son prénom, c'était troublant. Il le disait en entier, mettant en valeur tout le romantisme qu'il contenait au lieu d'aller au plus vite et au plus facile en l'appelant Gwen.

— « C'est Branson Maguire. J'espère que vous avez bien dormi. Et j'espère aussi que vous aimez les roses blanches. Si vous avez un petit moment aujourd'hui, et si vous voulez le passer avec moi, j'en serais très heureux. J'aimerais vous inviter à déjeuner ou à dîner, mais je ne veux pas vous importuner. J'aimerais aussi parler de deux ou trois choses avec vous, au sujet de mon roman. Si vous pouvez, appelez-moi. Je serai chez moi toute la journée. Sinon, je vous verrai ce soir à l'hôpital. »

Gwen ne prit pas la peine de noter le numéro. Elle s'en souviendrait. D'un air pensif, elle finit de porter la cuillère à ses lèvres. La demande de Branson était raisonnable. Il n'y avait pas d'arrière-pensée dans le contenu de son message ni dans le ton de sa voix. Elle prit encore une cuillerée en riant d'elle-même. « Tu ferais mieux de t'écouter toi-même, ma petite Gwen, et d'analyser tes propos. » Elle n'avait pas oublié ses propres paroles, la veille, qui l'avaient mise dans une situation plutôt embarrassante vis-à-vis de Branson Maguire.

Après tout, sa demande était raisonnable. Elle pouvait certainement lui accorder une heure, ne serait-ce que pour lui faire oublier ses soupçons ridicules envers lui et son grand-père.

Elle saisit le téléphone, composa le numéro de Branson. Il répondit à la troisième sonnerie.

— Maguire.

— Bonjour, c'est Gwen Blade. Merci pour les roses, elles sont magnifiques.

— J'en suis ravi. Ont-elles bien rempli leur emploi ?

— Quel emploi ?

— Vous ont-elles suffisamment radoucie pour que vous me donniez une heure de votre temps ?

— Ce ne sont pas les roses qui y sont parvenues, mais le message que mon grand-père m'a laissé. J'ignorais que ma mère était allée à l'université avec la vôtre.

— Quelques semestres seulement. Ma mère a continué des études de plasticienne, et la vôtre, apparemment, a fait une multitude de choses. Ma mère m'a dit que Serena MacGregor s'intéressait à tout.

— C'est vrai, et elle continue d'ailleurs. Cela dit, je peux vous rencontrer à 14 heures, si vous voulez. J'ai quelques courses à faire en ville. Nous pourrions nous y retrouver.

Branson ne répondit pas tout de suite. 14 heures… c'était après le déjeuner, et bien avant le dîner. Gwendolyn était une femme intelligente.

— C'est d'accord, dit-il. Que pensez-vous du Boston Harbor Hotel ? On y sert un thé particulièrement délicieux.

— Oui, je sais.

Elle jeta un coup d'œil à son pot de yaourt en rêvant d'une belle pâtisserie pleine de crème.

— Très bien. Rendez-vous dans la grande salle.

Gwen était toujours à l'heure, et elle ne dérogea pas à cette habitude pour son rendez-vous avec Branson. Elle sourit en pensant à Julia. Si sa cousine la voyait, elle n'aurait pas fini de dire que cette qualité était tellement agaçante qu'elle en devenait presque un défaut. Avant de se rendre au Boston Harbor Hotel, elle avait pris un bain bouillonnant qui avait fait des merveilles pour la détendre. Pendant qu'elle barbotait dans la baignoire, elle avait feuilleté un livre de poche : *Que ta mort soit belle*, de Branson Maguire. Elle l'avait déjà lu il y avait quelque temps, mais elle désirait se familiariser avec son style avant le rendez-vous.

Elle parcourut la salle d'un regard rêveur. Pourquoi faisait-elle cela pour Branson Maguire, qu'elle connaissait à peine ? Elle secoua la tête. Elle aurait consacré autant d'attention et de réflexion à l'histoire d'un patient avant de lui administrer son traitement, ou à la personnalité d'une relation quelconque avant de lui choisir un cadeau. En fait, elle ne faisait jamais les choses à moitié. Elle était sérieuse et méticuleuse. Elle avait passé ses examens à l'école de médecine avec plusieurs années d'avance et était maintenant le plus jeune des chirurgiens stagiaires de l'équipe du Boston Memorial Hospital.

Un succès mérité compte tenu du travail acharné qu'elle avait fourni. Mais elle reconnaissait qu'elle avait eu de nombreux soutiens : une famille aimante, généreuse, qui l'avait toujours assistée dans les décisions qu'elle avait prises tout au long de ses études. Et la fortune des MacGregor, qui arrangeait souvent les choses.

Mais c'était l'amour de la médecine, le mystère de la science qui avaient scellé son destin.

Elle traversa lentement le salon de l'hôtel en contemplant la beauté du décor, les immenses vases remplis de fleurs exotiques, le marbre et les dorures.

N'ayant pas entendu arriver l'ascenseur, elle ne vit pas Branson en sortir. Mais lui la repéra immédiatement. Elle avait revêtu un ensemble pantalon gris haute couture, et elle portait un manteau noir sur le bras. Un minimum de bijoux classiques : une montre au bracelet de cuir très étroit et de fines boucles d'oreilles en or, des bijoux de famille, vraisemblablement.

Elle paraissait alerte, toute fraîche, et beaucoup moins fragile que la veille au soir.

— Vous êtes à l'heure, dit-il en s'approchant d'elle.

— Oui, c'est une de mes pires habitudes.

— J'aime les femmes ponctuelles.

Il la prit par le bras et l'entraîna vers l'ascenseur.

— Vous paraissez en pleine forme. Apparemment, vous avez bien dormi.

— Oui, merci. Où allons-nous ? s'enquit Gwen.

— Dans ma suite.

Il ne la quittait pas des yeux. Ceux de la jeune femme s'assombrirent.

— Comment cela, dans votre suite ?

Il se mit à rire.

— Gwendolyn, vous ne devriez vraiment pas être aussi confiante, plaisanta-t-il. Les gens pourraient profiter dc vous.

Elle ouvrit la bouche pour parler, mais il ajouta :

— Détendez-vous, ce n'est pas un piège. J'ai demandé qu'on nous serve le thé dans mon salon. Ce sera plus pratique pour que je prenne des notes. De plus, nous ne serons pas toujours interrompus par des serveurs.

— Très bien. Il se trouve que je meurs de faim.

Il la prit de nouveau par le bras en sortant de l'ascenseur.

— La presse trouve que c'est excentrique pour un auteur de vivre dans un hôtel. En réalité, c'est un appartement de première catégorie, avec un service pour le ménage.

Il fit une pause et regarda Gwen. Elle souriait.

— Vous avez un sourire superbe. Pourquoi avez-vous finalement décidé de me l'offrir ?

— Mes parents ont presque toujours vécu dans un hôtel, jusqu'après la naissance de Mac, mon frère aîné. Et il leur arrive souvent d'y descendre. Mes deux frères vivent à l'hôtel toute l'année, et ma jeune sœur Amelia rêve d'y vivre quand elle sera en âge de le faire. Je ne considère pas que ce choix soit le moins du monde excentrique.

Elle attendit qu'il ouvre la porte, et ils entrèrent dans un vaste salon. Elle remarqua le petit ordinateur portable au bout de la table de la salle à manger en châtaigner à côté d'un fouillis de livres, de papiers, et de tasses à café.

— Cet endroit me semble parfait pour travailler, dit-elle.

— Pour l'instant, il fait l'affaire. Parfois, j'ai une vague envie d'acheter une maison, dont je tondrais la pelouse et peindrais les volets. Cette idée est en général de courte durée, mais je suppose qu'un de ces jours, elle va prendre forme.

— Si cela se produit, vous devriez appeler ma cousine Julia. Elle est agent immobilier.

— Ah oui, Jules Premier.

Gwen inclina la tête.

— La presse l'a affublée de ce nom quand oncle Alan était Président. Elle trouvait cela amusant. Mais à sept ans déjà, Julia avait un solide sens de l'humour.

— Ce doit être quelque chose de grandir à la Maison Blanche. Voyons, son frère est un artiste. Ses cousines sont avocates. L'une d'elles a fait un mariage en grande pompe au printemps dernier, me semble-t-il.

— C'est vrai. Mais sommes-nous venus là pour discuter de ma famille ou de votre livre ?

— Pour bavarder.

Il esquissa un sourire. Gwen était toujours sur le qui-vive, elle se protégeait.

— Daniel MacGregor aime parler de ses enfants et petits-enfants. Je l'ai si souvent entendu que j'ai l'impression de les connaître. Il est très fier de vous.

Le regard de Gwen s'adoucit encore une fois.

— J'ai tendance à être sur la défensive dès qu'il s'agit de ma famille. Encore une fâcheuse habitude.

Une petite cloche résonna.

— Ce doit être le thé, dit-il. Installez-vous, faites comme chez vous.

Gwendolyn jeta un coup d'œil circulaire dans la pièce pour choisir sa place. L'endroit le plus pratique était la table de la salle à manger, à l'extrémité opposée de l'endroit où travaillait Branson.

Elle adressa un sourire au serveur. Branson se mit à plaisanter avec lui, et lui parla avec beaucoup de naturel du dernier match de football, puis il lui glissa discrètement un billet plié dans la main.

Dès que le serveur fut parti, il sortit une bouteille du seau à glace.

— Champagne ?

— Non, merci, pas pour l'instant.

— Nous la sortirons plus tard. Servez-vous.

Il indiqua de la main les plats remplis de minisandwichs et de pâtisseries.

— Vous avez dit que vous étiez affamée, ajouta-t-il.

— Et vous, vous avez dit que vous souhaitiez parler de votre livre avec moi.

Elle s'empara de la théière et remplit leurs tasses.

— Puisque vous y tenez, Gwendolyn... Mon personnage principal est un médecin psychopathe.

— Charmant.

— Absolument charmante, en effet. Une femme époustouflante.

— Une femme ?

— Oui. Je trouve qu'il n'y a pas assez de femmes psychopathes en littérature, de nos jours. Ce que je veux faire, c'est une espèce de pièce inspirée de *Docteur Jekyll et M. Hyde*, avec un zeste de veuve noire.

Il mordit dans un sandwich.

— Vous êtes absolument parfaite.

— Vraiment ?

Il plongea ses yeux intenses, couleur ardoise, dans ceux de la jeune femme.

— Absolument. Vous avez l'apparence idéale. Pas seulement la beauté, mais aussi l'air fragile, les os délicats. La grâce et l'efficacité. J'avais une idée bien arrêtée pour mon personnage féminin. Je la voyais grande, voluptueuse et terrifiante, continua-t-il sans la quitter du regard. Mais maintenant, je me rends compte qu'il vaut mille fois mieux créer un contraste. Je ne pourrais pas rêver d'un meilleur modèle que celui que vous m'offrez.

Gwen fronça légèrement les sourcils, puis elle esquissa un sourire. Après tout, mieux valait prendre le parti de s'amuser de ces propos.

— Si je comprends bien, vous êtes en train de me dire que je suis un excellent modèle pour un personnage psychopathe ?

Il sourit. Son regard se réchauffa encore.

— Cela vous ennuie ?

— Bizarrement, je me sens flattée. Ainsi, votre tueuse est une femme médecin, qui guérit d'une main et tue de l'autre.

— Nous y voilà. Vous comprenez vite.

Il glissa un peu en avant sur sa chaise en tapotant le bord de son assiette du bout des doigts.

— Elle maîtrise tout, elle sait exactement ce qu'elle fait. Elle s'amuse beaucoup. Le pouvoir de guérir, l'émotion forte de détruire. Naturellement, elle est folle, mais à un niveau différent. Alors si j'en faisais un chirurgien, à quoi ressemblerait sa vie ? Elle serait plus âgée que vous. Je ne veux pas compliquer les choses en faisant d'elle un génie, en plus du reste.

— Je ne suis pas un génie, mais une bonne étudiante, rien de plus.

— Gwendolyn, vous avez suivi les cours de l'école de

médecine de Harvard, et cela avec deux années d'avance. Vous êtes un génie. Vivez avec cette certitude.

Il prit un autre sandwich, ce qui ne l'empêcha pas de voir qu'elle clignait des paupières. Après avoir avalé sa bouchée, il continua :

— Quelle pression devra-t-elle supporter en tant que femme chirurgien ? C'est surtout un territoire masculin, non ? Le club des garçons. Et puis, il y a ce complexe de Dieu, cette arrogance et cet ego que procure le fait de mettre les mains à l'intérieur d'un corps humain.

— Arrogance et ego ?

— Vous avez les deux. Ne vous fâchez pas. Je vous ai observée quand vous êtes intervenue avec ce gamin, hier. Vous lancez un ordre, et jamais il ne vous viendrait à l'idée que quelqu'un pourrait ne pas obéir immédiatement.

Il revoyait la scène, exactement comme elle s'était déroulée sous ses yeux.

— Vous arpentez l'hôpital, d'une chambre à l'autre, et les gens deviennent attentifs. Vous ne le remarquez pas parce que vous y êtes habituée. C'est ce que vous attendez d'eux. Et c'est ce que je veux pour mon personnage, cette attente de respect et d'obéissance absolus, cette confiance en elle-même. Tandis que, par ailleurs, elle est en proie à la colère et la frustration. Eprouvez-vous beaucoup de colère et de frustration, Gwendolyn ?

Dieu du ciel, il avançait vite.

— Maintenant, ou d'une manière générale ? s'enquit-elle.

Il lui adressa un sourire radieux.

— J'aime votre voix. Beaucoup de classe. Quoi qu'il en soit, il faut que le personnage féminin fasse comme vous pour avancer sur ce champ de bataille. Comment affrontez-vous le harcèlement sexuel à la fois subtil et ouvert qui règne dans ce milieu, tout en faisant des progrès dans votre travail ? Voyez-vous, mon personnage rêverait de mutiler les conquêtes parce qu'elle trouverait les hommes inférieurs, irritants, gênants et odieux.

Le sourire de Gwen s'épanouit de nouveau.

— Elle commence à me plaire, dit-elle.

— Très bien, c'est ce que je souhaite. Et j'espère aussi que le lecteur l'aimera, même si elle lui donne la chair de poule.

Il disposa encore quelques minisandwichs sur son assiette tout en continuant à parler.

— Elle est brillante, ambitieuse, et elle se croit tout permis. Quelques hommes avec lesquels elle sort, au début, sont des ordures, ce qui la rend encore plus sympathique. Ensuite, elle va faire le grand saut. J'imagine que les exigences, les pressions, le stress occasionné par les questions et les décisions constantes sur la vie et la mort finissent par avoir raison de son humanité.

Gwen avait la gorge sèche. Elle hocha lentement la tête. C'était certainement plus positif de rire et d'être intriguée que d'être agacée. Elle choisit un sandwich au cresson dans le méli-mélo qu'il lui avait préparé.

— Effectivement, la pression est très forte, finit-elle par dire. Un grand nombre de bons médecins abandonnent la partie car ils ne peuvent pas faire face à la charge de travail qui les attend à l'hôpital, les heures harassantes, la bureaucratie horripilante. Les urgences, les restrictions de budget, la vie privée sans cesse perturbée. Votre héroïne n'aura pas beaucoup de temps pour se distraire si elle n'est pas très flexible. Je crois comprendre qu'elle travaille dans l'un des plus grands hôpitaux de Boston.

— Tout à fait.

Branson sortit un carnet de sa poche et se mit à griffonner en interrogeant :

— Combien d'heures de travail par semaine peut-elle faire ?

— De quarante à cent cinquante !

Il sourit, déposa un superbe éclair au chocolat sur son assiette, là où elle venait de prendre le sandwich.

— Continuez, dit-il.

Une heure s'était écoulée quand elle pensa à regarder sa montre.

— Je suis en retard. Je dois partir si je veux finir mes achats de Noël avant de prendre mon service.

— Finir ? Nous ne sommes qu'en novembre.

— Je suis obsédée par l'idée de tout finir avant tout le monde.

Elle se leva. Branson l'imita.

— Attendez, je vous accompagne !

— Pour faire du shopping ?

Il l'aida à enfiler son manteau. Et en profita pour respirer son parfum.

— J'ai un goût infaillible pour choisir des cadeaux, répondit-il. Et pendant ce temps, je pourrai encore vous harceler de questions. Ensuite, je courrai à l'hôpital avec vous.

— Encore quelqu'un qui veut tout avoir fini avant les autres, persifla-t-elle.

— Vous l'avez dit. J'adore mon travail.

Il attrapa son pardessus et prit d'autorité la main de la jeune femme. Leurs doigts s'entrelacèrent. Il ouvrit la porte et l'entraîna vers l'ascenseur.

3.

— Alors, quand vas-tu me le présenter ? interrogea Julia avec un petit air gourmand.

Gwen découpait du papier cadeau avec une précision chirurgicale. Sans lever les yeux, elle interrogea :

— Qui ?

— Le type qui est assez bon pour toi.

Julia jeta un coup d'œil sur la pile de cadeaux à emballer. Il faudrait qu'elle s'y mette, elle aussi, mais rien ne pressait. Aujourd'hui, elle avait envie de flâner.

— Assez bon pour moi ! répéta Gwen d'un ton grinçant.

Elle posa au milieu de la feuille une boîte contenant une chemise et replia soigneusement les bords du papier.

— Le gars au bouquet de fleurs, précisa Julia en bâillant.

Elle sirota son café brûlant.

— Branson ? Tu veux le rencontrer ? dit Gwen sur un ton faussement détaché.

— Cela fait trois semaines que tu sors avec lui, et je ne l'ai même pas aperçu !

— Je ne sors pas avec lui ! affirma-t-elle, l'air renfrogné.

Elle retourna la boîte pour terminer le pliage.

— Je l'aide dans ses recherches !

Julia se renversa sur le dossier de sa chaise. Elle adorait Gwen. Sa cousine avait un caractère bien trempé, et un sens de l'ordre hors du commun, tempéré par sa générosité naturelle, son humeur tranquille, sa loyauté inébranlable, et son surprenant manque de connaissance de soi.

— Il est très séduisant, hasarda Julia.

— Mmm.

— Ce n'était pas une question. J'ai vu une photographie de lui sur la couverture d'un de ses livres, et j'ai suivi quelques interviews à la télévision. Je le trouve vraiment très séduisant.

— Je n'allais pas te dire le contraire.

Après un instant d'hésitation, Gwen choisit un ruban rouge.

— Donc, il ne t'intéresse pas sur le plan personnel, je veux dire dans le sens d'une relation homme femme ? interrogea Julia en posant sur sa cousine un regard moqueur.

— Je n'y ai même pas pensé.

— Gwen !

Avec un soupir d'impatience, Gwen écarta le ruban.

— Cela ne m'intéresse pas, si tu vois ce que je veux dire ! Et tu commences vraiment à parler comme une MacGregor !

Julia sourit, une lueur joyeuse dans ses grands yeux noirs.

— C'est un compliment ou une insulte ?

— Tu sais très bien que grand-père ne rêve que de nous voir mariées, toutes les deux, maintenant que Laura est casée. Il s'est cru très malin le jour de Thanksgiving, quand il nous a posé toutes ces questions sur les garçons que nous sommes censées fréquenter. Non mais, vraiment, il exagère !

Gwen partit d'un brusque éclat de rire.

— Décidément, il ne changera jamais !

— Qui a envie qu'il change ? dit Julia. Il a été un peu

plus explicite avec toi : « Eh bien, ma petite Gwen, comment t'entends-tu avec mon jeune ami écrivain ? Un chic type, ce Branson, et quel cerveau ! De plus, les Irlandais attachent beaucoup d'importance à la famille. »

Gwen secoua la tête en nouant le ruban autour du paquet.

— Apparemment, il aime beaucoup Branson.

— Il veut te caser.

— Non, en réalité, ce n'est pas cela. C'est ce que j'ai cru au premier abord, mais j'ai vite compris que je m'étais trompée. Cette histoire est sans danger.

Julia ouvrit la bouche mais elle la referma aussitôt. Après un silence, elle déclara :

— Si tu préfères voir la situation sous cet angle… Mais grand-père ne t'aurait pas lâchée si facilement si Laura et Royce n'avaient pas annoncé qu'ils allaient avoir un bébé. A partir de ce moment-là, il a été trop occupé à s'éponger les yeux, à porter des toasts et à donner des bourrades à Royce en souriant au souvenir de son petit complot.

Interrompant son pliage, Gwen se mit à tripoter un gros nœud rouge en soupirant.

— Nous allons être tantes, tu te rends compte ? Laura paraît si heureuse.

— Oui.

Julia renifla discrètement.

— Quand je pense qu'il y a un an à peine, elle prétendait que l'idée d'une relation avec un homme la laissait froide. Exactement ce que tu es en train de me dire.

— Julia, pour l'amour du ciel !

— On a sonné à la porte !

Julia bondit sur ses pieds.

— Je vais ouvrir !

D'un pas léger, elle se précipita vers l'entrée. Comment Gwen pouvait-elle méconnaître à ce point ce qui se passait en elle ? Voilà une femme qui était capable de découper des gens et de les recoudre du matin au soir, de classer tous les os du corps humain par ordre alphabétique, de diagnostiquer une multitude de maladies et de traumatismes, et elle ne se rendait compte de rien quand elle engageait son cœur dans une relation avec un homme.

Avec un sourire amusé, Julia ouvrit la porte. Branson se tenait sur le seuil, une superbe boîte de gâteaux dans les mains.

— Doughnuts ou biscuits danois ? demanda-t-elle.

— Les deux.

— Eh bien, entrez !

Branson étudia avec intérêt la jeune femme pulpeuse aux cheveux roux qui venait de l'accueillir. Ses yeux avaient la couleur du chocolat noir et sa peau paraissait aussi douce que la crème la plus onctueuse. Elle portait une épaisse robe rayée en chenille de coton et des chaussons décorés d'une tête de Bunny.

— Branson Maguire, dit-il, je suis heureux de vous rencontrer.

Julia sourit en lui tendant une main couverte de bagues.

— Je vous ai reconnu, ajouta-t-elle.

Branson prit la longue main fine dans la sienne.

— Enchanté, Julia MacGregor. Je vous ai reconnue aussi.

— N'est-ce pas comique ? Je vous aime déjà. N'importe quel homme qui m'apporte des pâtisseries le dimanche matin devient instantanément un ami.

— Que pensez-vous de la crème bavaroise glacée au chocolat ?

— Je pense que vous allez être mon meilleur ami. Mais je vous en prie, débarrassez-vous donc de cette boîte.

Elle la lui arracha presque des mains.

— Enlevez votre manteau. Vous allez bien passer un

moment avec nous ? Je crois pouvoir trouver un peu de café pour accompagner ces petites merveilles.

— C'était mon intention. Je me suis dit que si le Dr Dish était…

Il fit une pause, et une grimace.

— Oups… Petit dérapage.

— Le Dr Dish ?

Les yeux de Julia eurent une lueur malicieuse.

— Voilà qui me plaît. Et puisque vous m'avez apporté quelques millions de calories, nous pouvons garder ce petit secret entre nous.

— J'apprécierais beaucoup.

Il accrocha son manteau à la patère.

— Est-elle ici, ou allons-nous être obligés de dévorer à nous deux le contenu de cette boîte ?

— Elle est en train d'opérer dans la salle à manger. C'est par ici.

— Belle maison, commenta Branson en la suivant dans le hall.

— C'est ma préférée. C'est pourquoi nous vivons ici.

— C'est vrai, vous aimez acheter des maisons.

— Acheter, vendre, réhabiliter, restaurer. Et vous, vous aimez raconter des histoires.

— Mmm…

Ils traversèrent un salon douillet dans lequel un feu brûlait dans une petite cheminée en pierre. Une grande coupe aux teintes bleu-vert attira son regard. Il s'arrêta pour l'admirer.

— C'est l'œuvre de ma mère, dit Julia.

— Fabuleux. Elle va avoir une place dans l'histoire. A la fois dynamique épouse de président et brillante artiste.

— Je vous aime vraiment beaucoup.

— J'ai fait un reportage sur votre père quand j'étais au lycée.

Il lui adressa un sourire étincelant.

— J'ai eu la meilleure note.

— L'ancien président Alan MacGregor sera très heureux de l'apprendre, dit Julia, ravie.

Le prenant par la main, elle l'entraîna vers la salle à manger.

— Regarde qui arrive les bras chargés de cadeaux ! lança-t-elle joyeusement.

Gwen releva vivement la tête. Les ciseaux qu'elle tenait à la main se refermèrent avec un claquement sec.

— Oh !

Elle se ressaisit et lança un bref :

— Bonjour, Branson !

— Il nous apporte des gâteaux, dit Julia en riant. C'est pourquoi j'ai décidé de tomber amoureuse de lui. Je vais les mettre sur une assiette et préparer du café. Ne le laisse pas partir tout de suite, Gwen. Je crois que je pourrais bien avoir envie de le garder.

Julia fit un clin d'œil à Branson et se dirigea vers la cuisine.

— A vrai dire, je crois que je pourrais bien tomber amoureux de votre cousine aussi, dit-il en s'asseyant près de Gwen sans attendre son invitation.

— Le moins que l'on puisse dire, c'est que vous êtes rapide.

Branson esquissa un sourire. Ne venait-il pas de discerner une nuance de jalousie dans sa voix ? En tout cas, il l'espérait.

— Vous ne croyez pas au coup de foudre, toubib ?

— Non.

Gwen pinça les lèvres. Elle venait de dire un mensonge plus gros qu'elle. En réalité, elle croyait à toutes sortes de fadaises quand il s'agissait des histoires de cœur.

— Pourquoi avoir apporté des gâteaux ? questionna-t-elle d'un ton faussement détaché.

— Vous ne mangez que si quelqu'un pourvoit à votre nourriture.

Il prit nonchalamment un ruban bleu et l'examina.

— Et c'est ma modeste façon de vous remercier pour le temps que vous me consacrez.

— C'est très gentil.

Branson posa le nœud dans une boîte de rubans dorés. Automatiquement, Gwen le reprit pour le placer dans la boîte appropriée.

— Mais ce n'était pas nécessaire. Cela ne m'a pas dérangée, ajouta-t-elle.

Les lèvres de Branson se retroussèrent. Délibérément cette fois-ci, il prit un ruban rouge.

— Dérangement ou pas, vous avez pris ces heures sur votre temps de détente, et vous m'avez vraiment été d'un grand secours.

Il posa le ruban dans la boîte verte.

— Votre roman avance ? demanda-t-elle en le rangeant au bon endroit.

— Assez bien.

Julia revint en portant un plateau garni d'une cafetière, de deux tasses et d'un plat rempli des gâteaux qu'il avait apportés. Il sourit et déposa le ruban argenté dans la boîte rouge.

— C'est parfait.

Julia se mordit la joue pour ne pas rire. Gwen remettait méthodiquement les rubans en ordre.

— J'espère que vous ne serez pas vexé, mais j'ai mis ma part de côté pour l'emporter dans ma chambre. J'ai quelques coups de téléphone à passer. Venez quand vous voulez, Branson. Et apportez des chocolats !

Lui faisant un signe dans le dos de sa cousine pour lui souhaiter bonne chance, elle sortit du salon.

Branson se tourna vers Gwen.
— Puis-je vous aider à emballer les cadeaux ?
— Non, merci, j'ai ma méthode.
Hochant la tête d'un air rêveur, il versa le café dans les tasses et déposa un beignet doré sur une petite assiette.
— Est-ce que vous prenez du sucre ?
— Oui, dans une seconde.
Elle replia les coins du papier avec la plus parfaite symétrie.
— Vous avez passé une bonne fête de Thanksgiving ?
— Bruyante, gourmande. Magnifique. Et vous ?
— A peu près pareil.
Il avait les yeux rivés sur les mains expertes de Gwen. Elle fit glisser l'ongle de son pouce sur le papier plié, formant un bord aussi droit et aiguisé qu'une lame de rasoir. Elle était complètement concentrée sur le moindre détail. C'était absolument adorable. Il éprouva brusquement un désir irrésistible de l'embrasser.
— Je suis désolé, Gwendolyn, mais ceci est inévitable.
Enveloppant d'une main la nuque de la jeune femme, il lui inclina doucement la tête et posa ses lèvres sur les siennes. Il sentit Gwen se raidir contre lui, mais elle ne se débattit pas. Cependant, tout son corps trahissait sa surprise. Décidant de profiter de cet avantage, il enfonça son autre main dans la douceur dorée de ses cheveux courts.
Elle avait un goût délicieusement frais, comme la brise tiède des premiers jours du printemps. Il s'était posé la question pendant trois semaines : comment avait-il pu attendre si longtemps pour connaître la réponse ? Gwen était tout simplement… exquise.
D'une langue insistante, il lui fit entrouvrir les lèvres. Et essaya de se rassurer. Le martèlement qui faisait battre sa gorge n'était rien d'autre qu'une manifestation d'approbation. Gwen semblait s'abandonner dans ses bras.

Prise de vertige, Gwen essaya de réagir. Dieu, il fallait que cela cesse immédiatement. Elle eut l'idée de reculer, de s'échapper. Mais Branson se mit à lui mordiller la lèvre inférieure, et l'idée s'envola.

— Douce, merveilleuse Gwendolyn, murmura Branson.

Il lui caressa le cou du bout des doigts. Elle frissonna et s'écria :

— Arrêtez !

Elle posa une main sur son torse. C'était surprenant. Le cœur de Branson battait aussi vite que le sien. Il paraissait pourtant si maître de lui !

— Attendez un peu.

— Je ne veux pas, dit-il.

Il l'embrassa plus passionnément. Il voulait la prendre dans ses bras, embrasser sa gorge, ses épaules, son corps entier.

— J'ai dit : arrêtez !

Réussissant à se dégager, Gwen reprit son souffle et retrouva ses esprits.

— Nous avons passé un marché.

— Avez-vous quelqu'un dans votre vie ?

— Non, ce n'est pas la question.

Il releva les sourcils d'un air interrogateur.

— Avez-vous un problème avec les écrivains d'origine irlandaise ?

Du bout des doigts, elle ébouriffa ses cheveux, qui se redressèrent comme les pétales d'un tournesol.

— Ne soyez pas ridicule, rétorqua-t-elle.

— Considérez-vous que le fait de s'embrasser soit une habitude malsaine ?

Elle lui jeta un coup d'œil en biais.

— Vous êtes en train de vous moquer de moi !

— Peut-être de nous deux. Et je vous avoue que le fait de vous embrasser pourrait bien devenir une habitude.

Il passa un doigt sur le contour de sa bouche tout en la dévorant de ses yeux gris.

— Quelque chose en moi grandit à votre égard.

— Quelque chose ?

— Je ne connais pas encore la définition exacte. Je cherche. Seriez-vous prête à m'aider ?

Suivant le contour de sa joue du bout du doigt, il plongea ses yeux dans ceux de Gwen.

— Vous êtes nerveuse.

Une sensation de surprise et de plaisir l'envahit.

— Je croyais que vous étiez totalement insensible. Je vous ai observée au cours des dernières semaines. Vous ne tressaillez jamais, vous n'hésitez jamais, vous ne fléchissez jamais. Mais maintenant, vous êtes nerveuse, parce que je vous touche. Et c'est incroyablement excitant, Gwendolyn.

— Taisez-vous !

Elle recula sa chaise et bondit sur ses pieds.

— Je ne suis pas nerveuse. Je n'ai tout simplement pas envie de continuer cette scène absurde.

— Là, vous mentez.

Il se mit à rire. Les yeux de Gwen étaient orageux.

— Vous êtes déstabilisée, et je ne peux pas vous le reprocher. Mais lorsqu'une femme fond dans mes bras comme cela vient de se produire, elle peut toujours feindre l'indifférence, cela sonne faux.

— Je n'ai pas feint indifférence, dit froidement Gwen.

Il recommença à rire.

— Non, vous avez raison. Je me suis trompé.

Il prit sa main, et ignora sa tentative de la libérer. Un sourire arrogant se dessina sur son visage.

— Ne vous inquiétez pas, je ne vais plus vous embrasser avant…

— Branson, je suis très occupée.

— Et moi, Gwendolyn, je suis très obstiné. Et je vous

veux. Ce n'est probablement pas la première fois que vous entendez cela.

Elle fit un violent effort pour se maîtriser. Non, ce n'était pas la première fois, mais ces paroles n'avaient jamais été assorties de ce sourire suffisant et de cette assurance outrancière. Elle détestait le résultat de cette combinaison, mais elle devait bien l'admettre : c'était terriblement excitant.

— Si vous voulez que je continue à vous aider, vous devrez accepter mes conditions.

— Non, je n'aime pas les conditions.

— Vous et votre insupportable arrogance !

— Vous avez peur que je vous séduise. Car vous savez aussi bien que moi que cela nous pend au nez. Mais nous allons patienter encore un peu.

Le sang de Gwen ne fit qu'un tour. D'une voix étranglée, elle lança :

— Si vous me prenez pour une femme facile, vous ne pouvez pas faire une erreur plus grossière !

— Je ne pense rien de tel. Je crois que vous êtes extraordinairement forte. Vous m'étonnez chaque jour un peu plus. Vous vous dévalorisez si vous croyez que je n'en ai que pour vos beaux yeux et votre corps splendide.

— Je…

Elle leva les mains mais les laissa aussitôt retomber.

— Vous avez réussi à me troubler, dit-elle, vaincue.

— C'est un début. Pourquoi ne vous laisserais-je pas le temps de réfléchir, puisque, de toute façon, c'est ce que vous allez faire ? Je vous verrai plus tard à l'hôpital.

Gwen se détendit et hocha la tête.

Il prit son visage entre ses mains et déposa sur sa bouche un baiser aussi ferme que bref.

— Je suppose que cela m'aidera à patienter, dit-il en soupirant.

Il tourna les talons et sortit.

4.

La première semaine de décembre, Gwen travailla de nouveau en équipe de jour. Au fil des années, elle avait appris à adapter son horloge interne à son emploi du temps. Quand elle avait besoin de repos, elle dormait profondément, et réussissait à se réveiller sans effort dès que c'était nécessaire.

Depuis qu'elle avait décidé de devenir médecin, comme sa grand-mère, elle n'avait jamais rien laissé la détourner de son but. La famille et son travail, c'était tout ce qui comptait dans sa vie. Le reste n'était qu'accidentel.

Y compris les hommes.

« Y compris Branson Maguire », se dit-elle avec détermination.

Cela faisait trois jours qu'il brillait par son absence. Il devait avoir réuni assez d'informations, il n'avait plus besoin de son aide. De plus, il avait dû finir par comprendre qu'elle n'avait aucune envie de s'engager avec lui. Apparemment, elle avait réussi à le décourager.

Dieu merci !

Gwen sentit un frisson la parcourir, en même temps qu'une impression de tristesse. Elle se ressaisit. Allons, tout cela n'était dû qu'à la fatigue.

Se forçant à se concentrer sur son travail, elle posa des points de suture sur la cuisse d'un patient.

La porte s'ouvrit brusquement. Elle leva les yeux. Branson entra, referma la porte. Elle sentit son cœur chavirer.

— Vous n'êtes pas autorisé à entrer ici, dit-elle d'une voix hésitante.

— Je ne vous gênerai pas, c'est promis.

Il s'approcha pour regarder la blessure.

— Aïe ! dit-il en adressant un sourire de sympathie au blessé.

— Excusez-moi, monsieur. J'ai l'impression de vous connaître, dit le patient, saisissant l'occasion de penser à autre chose.

— C'est ce que tout le monde me dit.

Branson prit une chaise pliante et s'assit près du lit.

— Comment vous êtes-vous débrouillé pour vous faire raccommoder par le plus joli chirurgien de Boston ? interrogea-t-il d'un ton amusé.

— Aïe…

Renekee leva les yeux sur Gwen. Elle se concentrait sur son travail.

— J'étais sur une luge. Aïe…

Il prit une profonde inspiration.

— Affrontement inopiné avec un arbre. C'est l'arbre qui a gagné.

— C'est une belle journée pour faire de la luge. Et vous ne pouviez pas mieux tomber, avec le Dr Blade. Mais donnez-moi un conseil. Maintenant que vous la connaissez un peu, comment dois-je m'y prendre pour l'inviter à dîner, ce soir ?

— Eh bien, je…

Gwen ne rougit pas, mais son estomac remua de façon très désagréable.

— Branson, sortez d'ici.

— Juste un simple dîner, tranquille, continua-t-il. Elle oublie de manger, je ne fais que me préoccuper de sa santé.

Renekee paraissait s'amuser beaucoup.

— Vous avez raison, dit-il. Emmenez-la dans un restaurant biologique.

— Bonne idée. Nous boirons un peu de vin, avec modération. Dîner aux chandelles, c'est parfait pour reposer les yeux. Un bon repas, voilà qui détend après une journée harassante.

— Ne m'obligez pas à appeler le service de sécurité, Branson Maguire. Monsieur Renekee, je vais vous faire un pansement maintenant. Il faudra éviter de le mouiller. Je vous donnerai une liste d'instructions à suivre, et vous reviendrez me voir dans une huitaine de jours pour que j'ôte les points de suture.

— Elle a des mains magiques, vous ne trouvez pas ? continua Branson en faisant semblant d'ignorer son intervention. Si j'avais besoin de me faire recoudre, je n'hésiterais pas. Connaissez-vous ce restaurant français qui fait des desserts flambés… impressionnants. Croyez-vous que le Dr Blade aurait envie d'y aller ?

— En tout cas, ma femme en serait ravie.

— Et je suis sûr qu'elle a beaucoup de discernement. Qu'en pensez-vous, doc ?

Gwen fronça les sourcils mais ne détourna pas les yeux de son champ opératoire.

— Voilà, c'est terminé, monsieur Renekee.

Elle repoussa sa chaise à roulettes et la lança vers la table où elle prit une liste indiquant les précautions à prendre pour les points de suture.

— Voilà. Et à votre place, j'oublierais les luges pendant quelque temps.

— Je ne suis pas prêt à recommencer, faites-moi confiance. Et merci.

Il prit la feuille et arbora un sourire complice.

— Vous devriez lui laisser une chance, dit-il avant de s'en aller.

Gwen ôta rageusement ses gants et son masque. Prenant un ton exagérément outré, elle lança :

— Je vous interdis de venir me déranger quand je travaille. Pour qui vous prenez-vous ? On n'entre pas ici comme dans un moulin. Et de quel droit me tenez-vous des propos pareils pendant que je suis dans l'exercice de ma profession ?

Même s'il l'avait souhaité, il aurait été incapable d'arrêter le sourire qui s'épanouit sur ses lèvres. La voix de Gwen lui rappelait le givre de la Nouvelle-Angleterre aux premiers matins d'hiver.

— N'est-ce pas extraordinaire que je ne puisse pas vous chasser de mes pensées ?

Elle émit un son étranglé en déboutonnant sa blouse.

— Vous avez besoin d'un traitement ou d'un examen ? demanda-t-elle sans sourciller.

— Chérie, si vous voulez jouer au docteur…

Faisant une pause, il regarda du coin de l'œil les nombreux instruments pointus et tranchants à portée de main. Il fit une petite grimace. Mieux valait s'en tenir là.

— Pardon pour cette mauvaise plaisanterie, dit-il. J'ai travaillé vingt-quatre heures sur vingt-quatre pendant plusieurs jours. Quand je suis sorti pour respirer un peu, j'ai tout de suite pensé à vous. Je suppose qu'il y a une raison à cela, et j'aimerais vous inviter à dîner.

— Ma soirée est prise. Je dois trouver des fonds destinés à l'hôpital.

— Je peux vous aider…

— J'ai une escorte.

— Une escorte !

Partagé entre l'envie de rire sur le choix de ce mot et de se laisser aller à la colère en pensant qu'elle sortait avec un autre homme, il dit :

— Cela me paraît mortellement ennuyeux.

— Greg est un ami, un associé, et un homme charmant.

Et qui, admit-elle en son for intérieur, était une illustration vivante du qualificatif « ennuyeux ».

— Si vous voulez bien m'excuser, j'ai du travail, ajouta-t-elle sur un ton tranchant.

— Et pour le déjeuner ?

Gwen ferma les yeux.

— Branson !

— Croyez-vous vraiment que je vais m'avouer vaincu parce qu'un type nommé Greg vous escorte pour trouver des fonds destinés à l'hôpital ?

Gwen prit une profonde inspiration. Elle allait essayer une autre tactique. Elle lui adressa un sourire de défi.

— J'ai peut-être l'intention de déjeuner avec Greg.

Branson essaya d'ignorer l'accès de colère qui s'empara de lui.

— Vous voulez me rendre fou. D'accord, oublions le déjeuner. Quand prenez-vous votre pause ?

— Pourquoi ?

— Nous pourrions courir à mon hôtel et faire l'amour en vitesse pour que vous me sortiez de la tête. Vous êtes en train de me rendre fou.

Elle ne fut pas moins étonnée que lui quand elle se mit à rire.

— Avalez des tranquillisants et appelez-moi demain matin. Et maintenant allez-vous-en, je ne veux plus vous voir ici.

Elle se dirigea vers la porte.

— Etes-vous sincère en me proposant de vous téléphoner demain ? interrogea-t-il.

Elle lui jeta un coup d'œil par-dessus son épaule et évita soigneusement de lui tenir la porte quand il voulut la suivre.

Branson la retint juste avant de la recevoir en pleine figure. Il recula en serrant les dents. « Ah, tu me cherches, pensa-t-il, eh bien tu vas me trouver ! » Il savait déjà quel mauvais tour il allait lui jouer.

Des flocons légers tombaient sur Hyannis Port, enveloppant les arbres centenaires qui embellissaient la pelouse pentue du château des MacGregor.

Branson aimait le scintillement de ses pierres, l'élégance de ses fenêtres et la fantaisie de ses tourelles. Il s'était souvent demandé comment l'introduire dans un de ses livres. Quel meurtre, quel scandale pourrait bien amener Scully le blasé dans un tel lieu ? Mais son détective pourrait aussi être conduit jusqu'ici par une femme, comme il l'avait été lui-même.

Une femme qu'il avait définitivement dans la peau, qui occupait toutes ses pensées et qui commençait à s'installer dans son cœur.

Il avait toujours cru que s'il tombait amoureux, il s'en rendrait compte immédiatement. Ce serait une explosion de passion, de désir, de folie. Mais là, il s'agissait de quelque chose d'insidieux, un sentiment parti d'une attirance basique, et qui l'emmenait lentement vers un territoire inexploré.

Grimpant les marches qui menaient à la porte d'entrée ornée des armoiries des MacGregor, Branson soupira. Oui, c'était un mystère. Et il ne pouvait pas résister à un mystère, il ressentait le besoin de l'explorer, couche après couche, jusqu'à ce qu'il arrive au cœur.

Si c'était vrai, s'il était vraiment amoureux de Gwen, il devait en être sûr, il voulait vérifier les faits autant que les émotions. Et pour cela, il avait besoin d'aide.

Anna vint ouvrir elle-même la porte. Elle était adorable

et sortait probablement de chez le coiffeur. Ses grands yeux noirs brillèrent de plaisir. Elle tendit sa main fine à Branson.

— Quel plaisir de vous voir ! Daniel va être ravi.

— J'espérais qu'il ne serait pas là. J'aurais pu tenter de vous convaincre de partir avec moi à Barcelone.

Elle rit et l'embrassa sur la joue.

— Bas les pattes, espèce de chien irlandais !

Arborant un sourire carnassier, Daniel descendait le grand escalier.

— Barcelone, hein ? Vous croyez que je suis sourd, et aveugle par-dessus le marché ? Venir flirter avec ma femme à mon nez et à ma barbe !

— Je suis pris en flagrant délit. Vous êtes un homme plus heureux que moi, monsieur MacGregor, d'avoir trouvé et gardé une telle femme !

Enchanté, Daniel lui donna l'accolade, à sa manière bourrue et chaleureuse, avec une énergie qui démentait ses quatre-vingt-onze ans.

— Vos belles paroles vous ont encore sauvé la vie. Entrez et asseyez-vous. Nous allons boire un verre.

— Du thé, corrigea Anna avec douceur et fermeté.

Daniel roula ses yeux bleu vif.

— Anna, ce garçon a roulé depuis Boston dans la neige et le froid. Il lui faut un whisky.

— Il prendra un thé, et toi aussi. Entrez dans le salon, Branson, je reviens tout de suite.

— Quelle misère ! Impossible de boire un whisky avant le coucher du soleil, et encore, il faut vous estimer heureux, à ce moment-là, si vous arrivez à en siroter deux doigts.

Il secoua la tête d'un air lamentable et passa un bras autour des épaules de son ami.

Le feu de bois qui brûlait dans la cheminée du salon faisait chatoyer les meubles cirés, et jetait des lueurs rougeoyantes sur les tableaux accrochés aux murs.

— Le thé me convient très bien, affirma Branson. Je préfère que nous ayons la tête claire, tous les deux, pour discuter du sujet qui m'amène.

— Le jour où un verre de whisky m'embrumera le cerveau, ou celui de n'importe quel Irlandais bien trempé, sera un jour sombre pour l'humanité !

Daniel s'assit, étira ses longues jambes en frottant sa barbe blanche à l'aspect soyeux.

— Vous avez quelque chose de particulier à me dire ?

Branson ne répondit pas tout de suite. La lueur qui venait de s'allumer dans les yeux bleus de Daniel confirma ses soupçons.

— Il m'a fallu du temps pour me rendre compte que la première impression de Gwendolyn était la bonne.

— Gwen ? Que lui arrive-t-il ? dit Daniel d'un air innocent.

Il croisa ses longues mains impeccablement manucurées.

— Ah ! J'y suis, elle vous a aidé pour votre roman. Est-ce que cela avance ?

— Son aide, ou mon roman ?

— Les deux.

— Le roman va très bien, et jusque-là, Gwen m'a beaucoup aidé.

— Bien, bien ! C'est une fille intelligente, ma petite Gwen, brillante comme un diamant. Elle ressemble à sa grand-mère — une femme pour laquelle vous semblez éprouver plus qu'une décente affection.

— Vous aimez bien fourrer votre nez partout, marmonna Branson. « Allez à l'hôpital, mon garçon, Gwen est celle qu'il vous faut », dit-il en imitant la voix du vieil homme.

Daniel lui adressa un large sourire. Il n'avait pas sous-estimé Branson Maguire.

— Me serais-je trompé ?

Branson s'enfonça dans son fauteuil.

— A votre avis, quelle peut être sa réaction ? Croyez-vous qu'elle va vous remercier de m'avoir jeté à ses pieds ?

— Je dirais que cela dépend de vous.

Ils furent interrompus par Anna.

— Qu'as-tu encore fait, Daniel ?

Elle entra en poussant elle-même la table à thé, et jeta un coup d'œil exaspéré à son mari.

— Rien, je n'ai rien fait, ma douce amie.

— Il a joué les entremetteurs entre votre petite-fille et moi, dit Branson en se levant pour l'aider. Je parle de Gwendolyn, ajouta-t-il.

— Daniel !

Anna releva le menton.

— Daniel ! Nous en avons pourtant parlé plusieurs fois ! Tu étais d'accord pour ne plus interférer dans la vie de nos petits-enfants.

— Je n'interfère pas. Gwen a fait la connaissance de Branson, un jeune homme très bien sous tous rapports. Je m'intéresse à elle, j'appelle cela…

— Fourrer son nez dans la vie des autres, termina Branson d'un ton implacable.

Versant du thé dans la tasse d'Anna, il ajouta :

— Le pire, c'est que je vous en suis reconnaissant.

Daniel lui jeta un coup d'œil perspicace. Il se tourna vers sa femme.

— Tu vois, il apprécie. Et c'est normal. Une belle fille comme notre Gwen ! Intelligente, soigneuse, aimante. Et de bonne souche.

— Inutile d'énumérer ses qualités, dit sèchement Branson.

Il servit une tasse de thé à Daniel.

— Et j'espère que vous n'allez pas tout gâcher en lui débitant la liste de mes qualités avant que j'aie eu le temps de commencer quoi que ce soit avec elle.

— De commencer !

Daniel donna un coup de poing dans le bras de son fauteuil.

— Vous avez déjà eu un mois entier. Vous traînez, mon garçon !

— Daniel ! Laisse-le tranquille, intervint Anna.

— Si je le laisse tranquille, nous serons arrivés au siècle prochain avant qu'il se décide.

— C'est pour cela que je suis venu.

— Tu vois !

Daniel donna un autre coup de poing, triomphant cette fois. Puis il se rembrunit.

— Que voulez-vous dire ?

— Votre petite-fille ne coopère pas.

— Elle ne coopère pas !

Daniel roula les yeux.

— Mais qu'attendez-vous pour lui faire du charme ? Avez-vous besoin que je vous écrive comment un homme doit s'y prendre pour faire la cour à une femme ?

Branson remua sur sa chaise.

— Faire la cour ne me paraît pas être l'expression appropriée en ce qui la concerne.

— Vraiment ?

Les yeux de Daniel s'étrécirent en deux fentes bleues inquiétantes.

— D'après vous, quel est le terme approprié, jeune homme, quand vous pensez à elle ?

— Je n'en ai pas un particulier.

Branson leva une main en signe de paix.

— Elle m'attire beaucoup, et elle m'intéresse beaucoup.

Il fit une pause. Bon sang, pourquoi avait-il tant de mal à parler ? Que diable, il était avec des amis !

— Je suis à moitié amoureux d'elle.

— A moitié seulement ?

Anna éclata de rire.

— Vous voyez, Branson, il n'est jamais content !

— Qu'est-ce que cela peut avoir de bon de faire les choses à moitié ? grogna Daniel, exaspéré.

— C'est bien suffisant pour l'instant. Je veux d'abord voir si elle continue à réagir de la même façon ou s'il y a un changement. Je vis depuis un certain temps déjà sans avoir le cœur brisé, et je compte bien continuer ainsi. Ce que je veux dire, c'est que vous n'êtes pas arrivé où vous êtes sans être capable de lire dans la tête des gens, de juger leur force et leur faiblesse. Et je sais que vous aimez votre famille. Donc, vous avez dû considérer le pour et le contre avant de décider que je conviendrais à Gwendolyn.

— Tu vois comme il est intelligent, Anna. Rien d'étonnant à ce que je le trouve si attachant, dit-il d'une voix de velours.

— Ne vous emballez pas trop vite, avertit Branson. Moi, je n'ai pas encore décidé si nous allions bien ensemble.

Daniel semblait sur le point d'exploser. Branson prit un ton conciliant.

— Cependant, je désire vraiment examiner cette possibilité. Puisque vous connaissez Gwendolyn…

— Il l'appelle Gwendolyn, dit Daniel d'une voix adoucie. Tu entends ? Il l'appelle par son prénom complet. N'est-ce pas romantique ?

— Vous la connaissez depuis sa naissance, continua Branson. Moi, je n'ai eu que quelques semaines pour la découvrir. Vous pourriez me guider un peu, me donner quelques indices.

— Elle aime l'honnêteté, dit Anna en jetant un regard éloquent aux deux hommes.

Branson sourit.

— Je n'ai pas l'intention d'être malhonnête, je ne fais que profiter d'une situation déjà en place.

— Elle a besoin de perdre la tête, affirma Daniel. Elle adorait les contes de fées quand elle était petite.

— Non, elle doit garder la tête froide, corrigea Anna. Gwen est très fière de sa force de caractère et de son indépendance.

— Elle a besoin qu'on lui offre des roses et qu'on lui fasse la cour au clair de lune, insista Daniel.

— Elle a besoin d'intégrité, et d'être respectée par quelqu'un sur qui elle puisse compter, objecta encore sa femme.

Branson poussa un soupir.

— Eh bien, tout cela ne m'aide pas beaucoup.

En pleine confusion, il secoua la tête. Anna et Daniel éclatèrent de rire.

— Est-ce que j'ai manqué une plaisanterie ? interrogea-t-il, plus confus que jamais.

— Je vous avais dit que Gwen ressemblait à sa grand-mère, et c'est la vérité, dit Daniel en prenant la main d'Anna. Il n'y a rien de plus à dire. C'est ainsi qu'était mon adorable Anna Whitfield, il y a soixante ans, quand elle a rencontré un Ecossais maladroit qui est tombé follement amoureux d'elle dès la seconde où il l'a vue dans sa robe rose, au bal estival de Donahues.

— Contentez-vous d'être vous-même, Branson, et laissez Gwen être ce qu'elle est. Ce sera un bon début.

Heureuse d'avoir insisté pour prendre sa voiture, Gwen entra dans l'allée de la maison à minuit. Jamais de toute sa vie elle n'avait passé une soirée aussi assommante.

Et s'il avait passé une fois de plus la main sur sa jambe,

le chirurgien Greg aurait eu sérieusement besoin d'une intervention chirurgicale.

Elle soupira. Branson ne se serait probablement pas gêné pour faire des commentaires et des remarques piquantes sur les discours pompeux qui avaient ponctué cette soirée.

Gwen secoua la tête. Pourquoi pensait-elle à Branson ? Elle sortit lentement de sa voiture. Elle aurait mieux fait de rester chez elle, ce soir-là, de se blottir sur le canapé en face d'un bon feu, avec un verre de cognac et un livre. Puisqu'il était trop tard pour cela, elle allait se mettre immédiatement au lit et oublier cette pénible soirée.

Elle était presque arrivée à la porte de la maison quand elle aperçut le petit arbuste en pot sous la lumière du perron. Un poirier, avec des poires de soie dorée. Sur une branche, un petit oiseau en bois des îles ajoutait ses couleurs vives. Stupéfaite, elle s'accroupit. Une carte était accrochée à une feuille. Son nom y était inscrit.

Après une seconde d'hésitation, elle la détacha et l'ouvrit.

« Considérez cela comme votre premier cadeau de Noël. Bran »

Gwen porta la carte à son cœur. Que lui arrivait-il ? Ses yeux s'embuaient, son cœur se mettait à taper à grands coups. Mais après tout, elle avait toujours été sensible aux attentions délicates, et celle-ci était absolument adorable.

Elle soupira en passant doucement un doigt sur les fruits.

Et soudain, elle s'assit à côté du petit arbre et se prit la tête à deux mains. Elle n'avait pas voulu s'en rendre compte, mais maintenant, elle était bien obligée. Elle avait un problème, un sérieux problème.

5.

Gwen sortit de la salle de chirurgie en frottant son cou ankylosé. Cette intervention avait duré plus que prévu, il y avait eu des complications, mais heureusement, elle avait été autorisée à y assister. Cela faisait dix heures qu'elle était debout. Avec un peu de chance, elle pourrait partir assez tôt, après avoir passé une journée passionnante.

Branson l'attendait dans le corridor. Elle sentit son cœur battre plus vite. Décidément, la journée ne faisait que s'améliorer.

— On m'a dit que vous étiez ici, en train de recoller les morceaux d'un gars.

— J'assistais à l'opération, rectifia-t-elle. Mais vous n'êtes pas loin de la réalité. C'est un homme de trente-six ans qui a fait joujou avec une tronçonneuse.

— Aïe…

— Je crois qu'il va récupérer son bras.

Elle se frotta le cou en appelant l'ascenseur.

— Le Dr Meritt est le meilleur chirurgien de cet Etat. Je ne connais personne qui aurait pu faire ce qu'il vient de faire. Le patient sera certainement capable de couper un arbre de Noël avec sa tronçonneuse l'année prochaine.

— Et vous, avez-vous installé un sapin ?

— Je vais le faire ce week-end.

Gwen jeta un coup d'œil dans la salle des urgences. Tout semblait calme. Son nom ne figurait pas sur le panneau des permanences.

— Je vais boire un café, décida-t-elle.

— Vous avez fini votre service ?

— Dans dix minutes.

Elle entra dans la salle de repos et se dirigea tout droit vers la cafetière.

— Je ne pensais pas vous voir aujourd'hui.

— J'ai dû m'occuper de deux ou trois bricoles, dit Branson, évasif.

Il sortit une boîte de sa poche et la lui tendit.

— De ceci, en particulier.

La cafetière à la main, Gwen fixa la jolie boîte argentée.

— Branson, il faut que vous arrêtiez ce petit jeu.

— Quel petit jeu ?

— Vous ne pouvez pas continuer à me faire des cadeaux.

— Mais pourquoi ?

Il sourit.

— Les autres vous ont plu, il me semble, et j'ai trouvé un thème qui fait un lien entre eux.

Gwen baissa les yeux. Oui, ce thème animalier était charmant. Il y avait d'abord eu l'oiseau sur le poirier, puis les deux colombes qui formaient une petite broche adorable, le trio de poules en porcelaine, et les quatre oiseaux ridicules en plastique qui gazouillaient quand on remontait leur mécanisme, et qu'il lui avait offerts par plaisanterie.

Mais elle les aimait tous.

— Ouvrez-la, dit-il.

Lui retirant la cafetière des mains, il lui tendit de nouveau la boîte et versa le café dans les tasses tout en l'observant du coin de l'œil.

Gwen soupira. Elle était ravie, impossible de ne pas l'admettre. Elle regarda encore Branson d'un air incertain puis, poussant un grand soupir, elle souleva le couvercle, pour découvrir une longue chaîne tressée de cinq petits anneaux.

— Oh, Branson ! Il est magnifique ! Comment faites-vous pour savoir ce qui va me plaire ?

— Patience, détermination, obstination.

Il posa les tasses, prit le collier et le lui passa autour du cou.

Gwen effleura la chaîne du bout des doigts.

— Je ne devrais pas accepter.

— Bien sûr que si. Il vous plaît.

— Naturellement, il me plaît, dit-elle avec une note d'exaspération dans la voix. Il est charmant.

Gwen garda les yeux fixés devant elle. Tout cela n'avait aucun sens. Branson et elle se connaissaient à peine. Elle ne l'avait jamais encouragé. Tout simplement parce qu'il n'était pas la prochaine étape dans sa vie.

— Pourquoi faites-vous cela ? interrogea-t-elle.

— Parce que j'éprouve toujours ce sentiment indéfinissable pour vous.

Plongeant les yeux dans ceux de la jeune femme, il se pencha vers elle, effleura sa bouche avec ses lèvres. Il adorait ce mélange de trouble et d'énervement qu'il lisait dans son regard.

— Et j'ai l'impression que c'est de plus en plus important. Mais si vous enleviez votre blouse ? Vous seriez un peu moins impressionnante, docteur. Et nous pourrions sortir.

Il glissa un bras autour de sa taille.

— Je pensais à un dîner aux chandelles cette fois.

— Je ne suis pas habillée pour sortir.

— Vous êtes superbe.

Il fit une pause. L'hésitation de Gwen était palpable. La jeune femme penchait visiblement vers la capitulation.

— Je veux être avec vous, Gwendolyn. Je veux vous faire l'amour. Je ne me rappelle pas avoir jamais rien désiré aussi violemment.

Il l'embrassa. Gwen ne chercha pas à s'échapper. Quand il s'éloigna de quelques millimètres, elle dit à voix basse :

— Je n'ai pas eu tellement le temps de reprendre mon souffle depuis que vous êtes entré dans ma vie.

— Ne le reprenez pas, dit-il d'un ton brusque, impatient. Venez avec moi.

Perdue dans son regard, Gwen ne répondit pas. Elle le laissa poser de nouveau ses lèvres sur les siennes. De plus en plus exigeantes, elles chassaient dans sa tête toute idée de protestation. Elle se sentit électrisée tandis qu'il l'entraînait dans la chaleur de la nuit.

— Pour l'amour du ciel, Gwendolyn, laissez-moi vous toucher.

— Je veux…

Elle avait posé ses mains sur le visage de Branson. Elle passa ses doigts dans ses cheveux blonds.

— Je vous veux, Branson. Je ne joue pas les saintes-nitouches.

Elle recula pour le regarder dans les yeux. Elle devait être honnête avec lui, c'était vital pour elle.

— Mais je veux que vous sachiez…

Hésitante, elle baissa les yeux une fraction de seconde.

— Je n'ai jamais suffisamment désiré un homme pour le laisser m'approcher de trop près.

Branson resta sans voix. Il lui fallut un bon moment pour que sa tête prenne du recul, oublie la tempête qui venait de se déclencher dans son corps. Un moment pour comprendre ce qu'elle venait de lui dire.

Gwen était vierge. Oui, c'était bien une princesse de conte de fées finalement.

Instinctivement, il adoucit son étreinte.

— Vous ne pouvez pas savoir à quel point c'est important. Je ne veux pas vous faire de mal.

— Cela ne me fait pas peur.

Elle fit un pas en arrière, se passa une main dans les cheveux.

— Je suis médecin, je...

Ses yeux s'étrécirent quand Branson rit doucement.

— Qu'est-ce qui vous amuse ?

— Je reconnais que le sujet qui nous préoccupe a quelque chose à voir avec l'anatomie, mais absolument rien avec la médecine.

Seigneur, c'était un vrai plaisir de voir la lueur de colère dans ses yeux.

— Et croyez-moi, vous ne penserez plus comme un médecin quand je vous ferai l'amour.

— Je n'ai pas encore dit que vous alliez le faire, dit-elle, exaspérée.

Le sourire de Branson et la manifestation de son ego typiquement masculin l'irritèrent assez pour qu'elle retrouve un peu d'aplomb.

— Et si vous continuez à trouver drôle mon manque d'expérience dans ce domaine...

— Je ne trouve pas cela drôle du tout. Je trouve que c'est érotique. Et j'aimerais échanger le dîner contre un souper tardif, très tardif. Je veux vous donner beaucoup de temps...

Il fit une pause, tendit la main et la referma sur le collier. Il attira Gwen plus près de lui.

— Pour partager avec vous toutes sortes d'expériences.

— Je n'ai encore rien décidé.

Son beeper se mit à sonner.

— Excusez-moi, dit-elle, soulagée.

Elle s'éloigna, sortit l'appareil de sa poche et lut le message.

Tournant les talons, elle sortit précipitamment et partit à la recherche du médecin de garde.

— Dieu soit loué, Blade, vous n'êtes pas encore partie. Un gamin de douze ans vient d'arriver. Il a reçu plusieurs coups de fusil dans la poitrine et l'abdomen.

Incrédule, Branson observait la scène. Gwen se transforma sous ses yeux. La jeune femme troublée qu'il avait en face de lui quelques secondes plus tôt redevint froide comme l'acier. Elle se précipita vers la lourde porte à double battant. Les infirmiers poussaient le blessé sur un chariot. Gwen leur emboîta le pas, mémorisant les informations qu'ils lui donnaient oralement. Elle enfila des gants et une blouse pendant qu'une infirmière lui fixait un masque stérile sur le visage. En quelques secondes, ses mains entrèrent en action.

Fasciné, Branson avait suivi le mouvement. Un homme et une femme se ruèrent dans la salle, posèrent des questions entre deux sanglots, supplièrent Gwen de sauver leur fils.

— Nous sommes là pour ça, mais vous ne pouvez pas rester ici, dit-elle.

Elle introduisit un tube dans la trachée du blessé.

— Wallace ! ordonna-t-elle sans lever la tête. Préparez une perfusion. Il perd tout son sang.

— Il va s'en sortir ? Dites-le-moi, docteur, qu'il va s'en sortir ! Il revenait de chez un ami. Il rentrait à la maison. Mon bébé, mon Scotty !

Wallace les raccompagna vers la sortie.

— Scotty est entre de bonnes mains maintenant, dit-il sur un ton rassurant. Vous avez de la chance, c'est le Dr Blade qui s'occupe de lui.

Les mains de Gwen s'activaient avec rapidité et assurance, sa tête restait froide.

— Je ne sens plus son pouls, dit l'infirmière. La pression artérielle n'arrête pas de baisser.

D'une voix claire, Gwen donna des ordres. Elle savait quelle apparence elle offrait. Celle du médecin sûr de lui, sûr de sauver une vie. Mais tout au fond d'elle, elle se sentait glacée. Il y avait moins d'une chance sur mille pour que ce garçon soit sauvé.

— Allons, Scotty, reste avec nous, murmura-t-elle.

La sueur se mit à couler dans son dos, mais elle ne s'en soucia pas. Son regard était résolu, celui d'un courageux combattant. Parfois, elle le savait, on pouvait tenir la mort en respect, du moins pour quelque temps. Mais Scotty avait dix impacts de balle. Tant de dégâts dans un seul petit corps ! Allons, elle ne devait pas se laisser aller à de telles pensées. Elle devait se concentrer sur chaque étape.

Le temps passait comme l'éclair, tandis que l'équipe médicale l'épaulait, oubliant tout le reste.

Quand le cœur de Scotty flancha, elle ne ralentit pas son rythme.

— Electrodes !

En un éclair, l'appareil fut branché sur le jeune garçon et la décharge électrique envoyée. Scotty tressauta, mais son cœur ne réagit pas.

— Encore, encore, bon sang !

Avec le second choc, le moniteur cardiaque enregistra une pulsation.

— Continuez !

Il n'y avait plus que cela qui comptait pour elle maintenant : défier l'inévitable, s'acharner pour que ce gosse recommence à respirer.

— La tension artérielle tombe. Plus de pulsation.

Grimpant sur le chariot, Gewn se mit à califourchon

sur Scotty et commença à lui faire elle-même un massage cardiaque.

Elle s'obligea à ne pas remarquer ses magnifiques cheveux noirs bouclés, son visage d'ange endormi. Elle ne devait pas penser, mais agir. Seulement agir.

— Je veux encore deux unités de sang, dit-elle. Intraveineuses. Vite, dépêchons, il faut le tirer de là !

Ils transportèrent le chariot, Gwen continuant son massage cardiaque. Quand les parents se précipitèrent et s'accrochèrent au chariot, elle ne détourna pas les yeux du visage de Scotty.

Abasourdi, Branson la suivit. Le chariot fut introduit dans l'ascenseur. Gwen continuait inlassablement son massage avec une détermination farouche.

Deux heures plus tard, la porte de l'ascenseur se rouvrit. Gwen apparut, visiblement épuisée. Elle posa les yeux sur lui, mais apparemment sans le voir. Branson sentit un froid l'envahir. Le regard de Gwen était éloquent : elle venait de perdre la partie.

— Gwendolyn !

Elle secoua la tête. Passant devant lui, elle se dirigea vers son bureau. Avec une lenteur délibérée, elle prit les feuilles des courbes médicales, qu'elle compléta. Puis, toujours en silence, elle se rendit au vestiaire.

Branson la suivit et s'arrêta derrière elle.

— Je suis désolé, dit-il.

— Ce sont des choses qui arrivent. Il était presque mort quand ils l'ont amené ici.

Elle sortit de son casier une veste de laine.

— Vous n'auriez pas dû m'attendre, Branson. Je suis trop fatiguée, ce soir. Je veux être seule. Je rentre chez moi.

— Je vous emmène.

— Non merci, j'ai ma voiture.

Elle prit son manteau, son sac.

— Je ne vais pas vous laisser partir seule alors que vous êtes complètement bouleversée, insista-t-il.

Elle haussa les épaules et enfila son manteau.

— Nous avons fait tout ce que nous avons pu.

Elle avait les doigts raides quand elle ouvrit la porte.

Il attendit qu'ils soient sortis, et que la neige légère tourbillonne autour d'eux et s'attache aux cheveux de Gwen.

— Je vous raccompagne chez vous, répéta-t-il.

— Laissez-moi tranquille.

Elle repoussa la main qu'il avait posée sur son bras et se tourna vers lui. Elle avait un poids insupportable sur la poitrine.

— Je suis parfaitement capable de conduire jusqu'où j'ai envie d'aller. Je ne veux pas vous voir, je n'ai pas besoin de vous, je ne veux…

Effrayée, elle fit une pause et pressa ses paupières du bout des doigts.

— Je suis désolée, je suis vraiment désolée.

Il tendit une main vers elle.

— Non, je vous en prie !

Elle secoua la tête avant qu'il puisse la toucher encore.

— J'ai besoin de marcher.

Il enfonça résolument ses mains dans ses poches.

— Très bien. Marchons.

6.

La brise était coupante et la neige tombait en flocons tourbillonnants. Sans parler, ils se dirigèrent vers le fleuve dans le bruit continu de la circulation. Les rues brillaient sous les réverbères. Un Père Noël agitait sa cloche d'un geste automatique pendant que les piétons se dépêchaient, indifférents.

Gwen soupira. C'était bientôt Noël. La fête des enfants, des familles, des secrets et du bonheur. Mais le destin, si l'on y croyait, se moquait bien des jours et des saisons.

— Il ne faut pas se laisser atteindre, finit-elle par dire.

Elle avait horriblement froid aux mains. Elle les fourra dans ses poches au lieu de faire l'effort de sortir ses gants.

— Si vous le faites, vous perdez votre équilibre, vous commencez à douter de vous, de vos instincts, de vos capacités. Et la fois suivante, vous ne pouvez pas vous concentrer. Il ne faut pas se laisser atteindre. Je le sais.

— Mais vous risquez de perdre votre humanité. Et que se passe-t-il si cela arrive ?

— C'est un équilibre qui n'est pas facile à garder, murmura Gwen. Quels que soient les efforts que vous faites, vous vous retrouvez toujours en train de vaciller d'un côté ou de l'autre.

Elle fit une pause et contempla l'eau.

Elle aimait cet endroit, cette ville, malgré sa circulation automobile insensée. Elle aimait ses immeubles anciens, ses belles voies navigables. Elle aimait son histoire, et sa fierté. Mais à cet instant précis, elle n'y trouvait aucun réconfort.

Ce lieu faisait partie d'un monde qui pouvait être glacé et cruel pour les gens sans défense. Après un long silence, elle dit :

— Je ne voulais pas le laisser partir. Pourtant, j'ai su que c'était sans espoir dès l'instant où j'ai évalué la gravité de ses blessures. Mais parfois, il y a des miracles.

Elle ferma les yeux. Dieu merci, Branson savait se taire. Elle lui en était reconnaissante. Apparemment, il comprenait son besoin de parler.

— Je peux l'affronter. Je peux affronter les nombreuses heures de travail, le stress, la pression. C'est ce que je voulais. Je suis formée pour cela. Je peux aussi assurer le travail administratif, la bureaucratie. Les patients désagréables, les drogués, les vies ratées. On finit presque par ne plus les remarquer. Et puis, brusquement…

Sa voix tressaillit et elle pressa encore ses doigts contre ses paupières.

— Il n'avait que douze ans.

D'une voix douce, Branson murmura :

— Vous avez fait l'impossible pour essayer de le sauver.

Il la fit pivoter face à lui. Les larmes s'étaient mises à couler sur les joues de Gwen.

— Combien de vies avez-vous sauvées aujourd'hui, cette semaine, cette année ?

— Quand je vois des gens souffrir, je sais que je peux les soigner, la plupart du temps, ou du moins les aider.

— Et vous le faites, dit-il tranquillement. Quel que soit l'effort que vous ayez à fournir, vous ne reculez jamais.

— Je sais que parfois la partie est perdue d'avance. C'est normal, c'est rationnel, mais il y a une part de moi qui ne peut l'accepter. Ce gosse était encore vivant ce matin. Il s'est levé, il a pris son petit-déjeuner. Il a peut-être couru pour attraper le bus et rêvassé en classe. Ensuite, parce qu'il a pris la mauvaise rue au mauvais moment, sa vie s'est brusquement arrêtée.

Elle se remit à marcher et poursuivit :

— Je suis allée voir ses parents. C'était mon patient, et j'en ai éprouvé le besoin.

Elle soupira.

— Il faut savoir accepter quand on ne peut plus rien faire. On regarde l'horloge, on note l'heure. Et c'est fini.

— Gwendolyn, ce que vous faites est très courageux.

Il prit ses mains dans les siennes, et les frotta doucement pour les réchauffer. Puis il les porta à ses lèvres.

— J'en ai le souffle coupé.

Il l'attira contre lui. Avec un soupir, elle se laissa aller dans ses bras et posa la tête sur sa poitrine.

— Je suis désolée d'avoir été désagréable avec vous tout à l'heure.

— Chut.

Il posa un baiser sur ses cheveux.

Gwen ferma les yeux. C'était bon d'être réconfortée ainsi. Branson était un homme sur lequel on pouvait s'appuyer. L'envie de lui s'empara d'elle et elle releva la tête. Ses lèvres rencontrèrent tout naturellement celles de Branson. La chaleur de son baiser l'apaisa.

— Branson !

Elle essaya de sourire quand il essuya ses larmes.

— Si vous voulez encore de moi, je viens avec vous maintenant.

Branson sentit son cœur s'emballer. Il immobilisa ses mains sur les joues de la jeune femme.

— Si je veux encore de vous ? Quelle question ! Mais je ne peux pas vous demander d'être à moi dans ces circonstances.

— Mais…

Elle ferma les yeux pour savourer le baiser qu'il posait sur son front.

— Vous êtes bouleversée, et vulnérable en ce moment. Je pourrais facilement me convaincre que je vous réconforte, que je détourne votre esprit de pensées pénibles.

— N'est-ce pas ce que vous feriez ?

Il soupira.

— Je profiterais aussi de vous et de la situation. Et cela, il n'en est pas question.

Et surtout, il ne pourrait pas. Il voulait beaucoup plus qu'un bref moment de plaisir avec elle.

— Je ne vous comprends pas. Je croyais que vous préféreriez avoir l'avantage.

— Pas de cette façon. Notre premier moment intime ensemble ne doit pas se produire parce que vous êtes malheureuse, ou parce que vous m'êtes reconnaissante de vous avoir écoutée. Quand je vous toucherai, quand vous me le permettrez, cela ne sera pas dû à autre chose qu'à nous deux.

— Si vous prenez soin de moi parce que je ne suis jamais allée avec un homme…

— Je prends soin de vous parce qu'il s'agit de vous. Vous êtes importante pour moi, Gwendolyn.

Il déposa un léger baiser sur ses lèvres.

— Vous comptez énormément pour moi. C'est pourquoi je vais faire en sorte que vous dîniez, et ensuite je vous ramènerai chez vous. Et si c'est nécessaire, je vous borderai moi-même dans votre lit pour être sûr que vous allez dormir.

Gwen ne put s'empêcher de sourire.

— Je n'ai pas besoin que l'on prenne soin de moi.

— Je sais. C'est pourquoi c'est si tentant. Ce soir, je ne vais pas vous donner le choix. Mais vous avez froid !

Il glissa un bras autour de ses épaules et ils se dirigèrent vers l'hôpital.

— J'apprécie votre attitude, mais je vais bien maintenant. Et j'ai ma voiture, alors…

— Il faut que vous dîniez.

— Je n'ai pas faim.

Branson aperçut un petit restaurant au bout de la rue.

— Vous devez manger. Allons voir ce que propose celui-là.

Ils marchèrent jusqu'au restaurant.

— C'est simple, copieux. Cuisine américaine.

— Le service est nul, et la qualité de la nourriture laisse à désirer.

— Parfait. Ce sera l'aventure.

Il l'entraîna vers la porte du restaurant.

— Docteur Blade, je crois que nous sommes sur le point d'avoir notre premier rendez-vous.

Elle leva les yeux vers lui tandis qu'il poussait la lourde porte de verre fumé. Ils furent assaillis d'odeurs et de chaleur. Des boules de Noël aux couleurs criardes se balançaient au plafond. Gwen sentit son moral remonter.

— Pourquoi pas ? dit-elle en riant.

Un flot de voix entremêlées s'échappait de la salle surchauffée. Elle n'entendit pas ce que Branson disait à la serveuse, mais elle vit qu'il lui glissait un billet dans la main. En trente secondes, la jeune fille les installa à une table à l'écart, dans un coin tranquille.

— Ce n'est pas le genre d'endroit où l'on achète le maître d'hôtel, dit Gwen en se faufilant sur la banquette défoncée.

— Cela a marché, non ?

Sa fossette se creusa.

— Vous aviez besoin de vous asseoir, et le plus loin possible de ce brouhaha.

— C'est une adresse populaire pour célibataires, dit-elle.

Elle posa sa tête sur le haut dossier de cuir.

— Beaucoup d'aides-soignants et d'infirmiers viennent ici pour flirter, ou draguer.

Etonné, Branson releva les sourcils. Gwen se mit à rire et répondit à sa question silencieuse.

— Non, moi je ne viens pas souvent. J'ai rarement assez d'énergie pour cela.

Il prit fermement une de ses mains dans les siennes et leva les yeux vers la serveuse qui venait prendre leur commande.

— Nous allons commander des boissons et le dîner en même temps, dit-il.

Il choisit le vin, l'apéritif et les plats.

— Le steak presque saignant, précisa-t-il. Vous ajouterez une bouteille d'eau minérale, sil vous plaît.

Gwen attendit que la serveuse s'éloigne, puis elle prit une profonde inspiration.

— Branson, vous avez commandé pour moi sans me consulter !

— Je vous promets que cela ne deviendra pas une habitude, répondit-il sans sourciller. Votre cerveau est fatigué, il a été trop sollicité pour prendre encore des décisions. Détendez-vous, mangez de la viande rouge, récupérez. Je m'occupe du reste. Et pour vous montrer que je suis sincère, c'est vous qui choisirez pour moi la prochaine fois que nous dînerons ensemble.

— Vraiment ?

Elle eut un pâle sourire.

— Est-ce que vous aimez le ris de veau ?

Il fit la grimace.

— Disons que je peux m'en passer toute ma vie sans me sentir privé.

— Souvenez-vous-en la prochaine fois que vous déciderez de ce que je vais manger.

— Message reçu. Quel est votre prochain jour de congé ?

— J'ai une demi-journée samedi, et mon dimanche tout entier.

— Voulez-vous sortir avec moi samedi soir ? Vous choisirez l'heure, et le lieu.

Elle leva un sourcil.

— On joue *les Noces de Figaro* au conservatoire. Cela vous tente ?

— J'adore l'opéra.

Gwen cligna deux fois des paupières.

— C'est vrai ?

— J'aime vous surprendre de temps à autre.

Il sourit à la serveuse qui venait de déposer le pain et l'eau sur la table.

— Merci beaucoup.

Il prit un petit pain, le partagea en deux et le beurra avant d'en passer une moitié à Gwen.

— Et j'aime particulièrement Mozart. Je passerai vous prendre à 19 heures. Nous dînerons après, si cela vous convient.

— Je crois que oui.

— Parfait. Ensuite, j'aimerais que vous restiez avec moi. J'aimerais vous faire l'amour. Et je voudrais dormir avec vous, faire une longue grasse matinée, et prendre un copieux petit déjeuner au lit dimanche matin. Qu'en pensez-vous ?

Gwen avala sa bouchée de pain, la fit glisser avec une gorgée d'eau pétillante qu'il lui avait servie.

— Je crois que cela me conviendra parfaitement, parvint-elle enfin à dire.

— Laura, viens voir, s'écria Julia. Gwen est revenue avec un tas de paquets !

— Laura est ici ?

— Elle inspecte le contenu du réfrigérateur, naturellement, dit Julia qui prit un sac et se précipita dans le salon.

Gwen se laissa tomber sur une chaise.

— Ouf, je n'en peux plus, soupira-t-elle !

Elle replia une jambe sous elle et se massa lentement la plante des pieds. Elle prit une profonde inspiration, humant avec délices les odeurs mêlées de pin, de cannelle, et de bois de pommier qui brûlait dans la cheminée. C'était bon, c'était l'odeur de la maison.

— Cela m'apprendra à avoir attendu le dernier moment pour chercher une nouvelle robe, dit-elle. D'ailleurs, je n'en avais pas besoin.

— Si, tu en avais besoin, je te l'ai dit l'autre jour, dit Julia.

Elle plongea la main dans un sac en papier.

— Un rendez-vous important mérite une robe neuve, continua-t-elle.

— Attends un peu, la robe n'est pas dans ce paquet.

Brandissant un sachet en plastique transparent, Julia lui envoya un regard malicieux.

— Tu crois ?

Prise d'une furieuse envie de rire, elle se mordit la joue. Ce qu'elle venait d'extirper du sachet était ni plus ni moins qu'un porte-jarretelles rose en dentelle.

— Pas mal…

— J'en avais assez de mettre des collants, dit Gwen, rouge de confusion. J'ai pensé que ce serait plus pratique si je…

Elle se mit à rire et haussa les épaules.

— D'accord, j'ai eu envie de mettre Branson dans tous ses états.

— A mon humble avis, tu as toutes les chances de réussir ! Pauvre Bran, il va perdre la boule.

Julia sortit le soutien-gorge assorti. Il se fermait par-devant grâce à un minuscule bouton de rose en dentelle.

— Ma chérie, tu vas le tuer !

Laura vint s'asseoir sur le bras du fauteuil de Gwen.

— Alors, c'est le bon ?

— Je veux que ce soit le bon.

— Il va arriver dans quelques heures, dit Julia. Laura, pourquoi ne restes-tu pas un peu plus longtemps avec nous ? Tu pourrais voir à quoi il ressemble.

— J'aimerais beaucoup, mais j'ai rendez-vous avec mon mari. Fais-nous voir ta robe, Gwen.

— D'accord, mais n'oubliez pas que j'ai passé des heures à la choisir… soyez indulgentes.

Tirant une boîte d'un autre sac, elle l'ouvrit et déplia un long fourreau en velours vieux rose.

— Oh ! Elle est magnifique, murmura Julia.

— J'ai peur qu'elle soit un peu trop compliquée, avec cette encolure et ces poignets bordés de perles, vous ne trouvez pas ?

— Mais non, elle est superbe.

Laura passa délicatement la main sur le tissu chatoyant.

— C'est classique et élégant. Elle doit t'aller à merveille.

— Ce n'est pas terriblement sexy. J'ai cherché quelque chose avec un peu plus de… enfin, je revenais toujours à celle-ci.

— Au contraire, elle est très sexy, commenta Julia. Encolure montante, longues manches étroites.

Elle éclata de rire.

— J'espère que Branson a le cœur solide. Heureusement que tu travailles au service des urgences !

Elles éclatèrent de rire.

— Tu es nerveuse ? demanda Laura.

— Devine !

Gwen sourit en repliant soigneusement la robe dans le papier de soie.

— C'est le bon moment, et c'est l'homme qu'il me faut. Maintenant, je vais m'offrir un long bain chaud et passer deux heures à me maquiller et à me coiffer.

Elle rassembla ses achats et sortit de la pièce.

— Tu le connais, ce type ? demanda Laura à Julia quand elles entendirent l'eau couler dans la baignoire.

— Je te l'ai déjà dit, il n'a d'yeux que pour elle. Et c'est le premier qui amène cette drôle d'expression sur le visage de Gwen

— Oui, c'est bon de la voir rêveuse.

Laura s'étira. Elle se sentait paresseuse, et satisfaite.

— Comment le vieux MacGregor l'a-t-il trouvé ?

— Relation entre les vieilles familles. Mais attention ! Gwen ne sait pas que grand-père tire les ficelles.

Avec un éclat de rire, Laura secoua la tête.

— Elle est vraiment à côté de la plaque. Il ne peut pas s'en empêcher.

Elle fit une pause avant d'ajouter :

— Et tu sais quoi, Julia ? Si elle finit par avoir une relation sérieuse avec cet homme que grand-père lui a dégoté, ce sera ensuite ton tour. Il ne te lâchera pas.

— Qu'il essaie ! Je l'attends au tournant !

Julia prit sur le sapin un vieux Père Noël qui présentait une ressemblance frappante avec Daniel. Avec quelques rapides torsions du poignet, elle le fit tournoyer en disant :

— Tu as entendu ? Un homme averti en vaut deux.

Laura faillit s'étrangler de rire.

— Tu peux toujours essayer d'y croire, dit-elle.

Le visage barbu et jovial du vieux Père Noël continua de leur sourire d'un air satisfait.

A 19 heures précises, Gwen descendit l'escalier. Elle était calme, détendue, sûre d'elle. Les diamants que ses parents lui avaient donnés quand elle avait réussi ses examens étincelaient à ses oreilles. C'était merveilleux de se sentir si féminine, et secrète. Et amusant aussi.

Elle suspendait son châle au portemanteau quand la sonnette retentit.

Elle eut un coup au cœur, qui faillit avoir raison de sa belle assurance. Elle ouvrit la porte. Branson était là, en smoking, une gerbe de roses blanches dans les bras.

— Mon Dieu, Branson, elles sont magnifiques !

— Attendez. Ne bougez pas !

Il resta où il était et l'examina.

— Vous êtes splendide, Gwendolyn, tout simplement éblouissante !

— Je ne vous raconterai pas tout le travail qu'il m'a fallu pour arriver à ce résultat.

Elle sourit en prenant les fleurs.

— Je vais les mettre dans l'eau tout de suite. Cela ne vous ennuie pas de m'attendre un instant ?

Il prit sa main, l'embrassa longuement et plongea son regard dans le sien.

— Je vous attendrai toute la vie s'il le faut.

7.

Le salon de la suite était rempli de roses blanches qui commençaient à s'ouvrir. Des bougies blanches réchauffaient la pièce et la parfumaient délicatement. Une petite table avait été rapprochée de la fenêtre, dont les rideaux étaient grands ouverts pour permettre de voir le scintillement des lumières de la ville. L'argent et le cristal brillaient sur la nappe d'un blanc immaculé.

Gwen poussa un profond soupir.

— Avez-vous recours à des fées ? murmura-t-elle.

— Non, mais cet hôtel a une équipe très efficace.

S'approchant d'elle, il fit glisser le châle qui lui enveloppait les épaules.

— J'ai téléphoné juste avant que nous ne quittions l'opéra pour qu'ils aient le temps de tout installer.

— Vous vous êtes donné beaucoup de mal.

— Absolument pas. J'adore créer des décors.

Il posa le châle sur un sofa, prit la main de Gwen et la pressa contre ses lèvres.

— Et j'ai fait cela pour nous deux. Naturellement, j'ai commandé le repas sans vous consulter en tenant compte de vos préférences.

— Je crois que pour une fois, je peux vous pardonner.

— Un repas froid m'a paru plus pratique. Avez-vous faim ou voulez-vous déjà boire une coupe de champagne ?

— Le champagne me tente bien.

— La tentation… C'est exactement ce que je veux pour vous ce soir.

Il préleva dans le bouquet un bouton de rose et le lui tendit avant de prendre la bouteille dans le seau à glace.

— La première fois que je vous ai vue, j'ai pensé à un ballet, à une chorégraphie parfaite.

Gwen inclina légèrement la tête en souriant pendant qu'il faisait sauter le bouchon.

— Les danseurs sont beaucoup plus robustes que la plupart des gens ne le croient.

— Les meilleurs sont forts, passionnés, infatigables. Vous me faites aussi penser aux princesses des contes de fées.

Il lui tendit une coupe de champagne et ajouta :

— Elles aussi sont plus résistantes qu'on ne croit. Pourtant, c'est difficile de ne pas avoir envie de sauver une princesse et de la chérir.

— De quoi aimeriez-vous me sauver, Branson ?

— De la réalité, pour une nuit.

Il trinqua avec elle.

— Aux contes de fées et aux histoires qui ont une fin heureuse.

Elle sirota le champagne, laissa les bulles lui chatouiller la langue avant de déclarer :

— Cependant, ce moment est bien réel. Vous n'avez pas à me séduire, Branson. Je suis ici parce que cela me plaît. Parce que je vous veux.

— Vous séduire, Gwendolyn, est un plaisir inégalable.

Il se pencha vers elle et caressa doucement sa joue, puis il posa un baiser furtif sur ses lèvres.

Gwen ne paraissait pas nerveuse, pas encore. Pourtant, il aurait voulu qu'elle le soit. Il avait envie de voir le désir, l'impatience dans ses yeux magnifiques. Mais il savait attendre. Il allait ôter une à une chaque couche de réalisme, jusqu'à ce qu'il trouve le romantisme que Gwen cachait au fond d'elle.

C'était cet aspect d'elle qu'il voulait découvrir et chérir.

— Goûtez cela, Gwendolyn.

Il prit une fraise dans un bol et l'enroba de chocolat blanc.

Gwen ouvrit la bouche tandis qu'il portait le fruit à ses lèvres. Elle laissa le mélange de textures et de saveurs s'attarder sur sa langue.

— C'est merveilleux.

— Prenez-en d'autres.

Il lui donnait des petites bouchées, entrecoupées de brefs baisers. Gwen se détendait, et il perçut bientôt son premier frisson de plaisir.

— Vous n'avez qu'à me dire ce que vous aimez. Et si vous en voulez davantage. Ou moins.

Il lui donna un baiser plus appuyé.

— Et vous me direz quand vous serez prête.

— Je ne suis pas une poupée de porcelaine.

Gwen entendit sa propre voix trembler. Branson l'emmenait vers une contrée qu'elle ne connaissait pas, et les premiers pas étaient étourdissants.

— Vous n'avez pas à vous faire de souci, ajouta-t-elle.

— Vous n'êtes pas fragile, mais précieuse.

Voyant ses doigts trembler, il la débarrassa de son verre qu'il posa sur la table. Puis il plongea son regard pénétrant dans le sien.

— Et ce soir, vous êtes à moi.

Gwen sentit son cœur chavirer quand il la prit dans ses bras. Elle ferma les yeux. Elle se rendait bien compte que c'était ridicule, mais elle ne put repousser l'image qui s'imposa à son esprit : celle d'un chevalier, dont l'armure d'argent étincelait au soleil, et qui l'enlevait sur son cheval blanc. Elle sourit en pressant ses lèvres contre le cou de Branson.

— Je suis envoûtée, chuchota-t-elle.

— C'est ce que je voulais.

Le lit était jonché de pétales de roses. A côté, des bougies brûlaient, répandant une douce lumière. Branson la posa sur ses pieds à côté du lit.

— Le temps n'existe plus, ici, Gwendolyn. Plus rien n'existe que nous deux. Rien que vous et moi.

Elle le croyait de toute son âme. Le monde qu'il avait créé pour elle était la seule réalité dont elle avait besoin ce soir.

Elle leva les bras, les jeta autour de son cou et se laissa fondre en lui.

Sa bouche était patiente, persuasive, parfois possessive. Palpitante, Gwen tanguait, en pleine tempête, étourdie par cet assaut, enivrée par la subtile odeur des roses et des bougies.

Maintenant, la bouche de Branson voyageait sur sa gorge, près de son collier. Ses mains de plus en plus impatientes s'activaient sur sa fermeture Eclair. Bientôt, elles se posèrent sur sa peau dénudée.

Gwen poussa un petit râle de plaisir tandis que Branson tressaillait. Il avait de la soie sous les mains. Il allait perdre la tête. Mais non, il devait prendre son temps. Son désir pour Gwen était aussi grand que son besoin de donner. Il la fit tourner doucement et laissa sa bouche se délecter sur sa nuque, sur la courbe de son épaule. Quand le bras de Gwen se leva et s'accrocha à lui, son cœur bondit dans sa poitrine. Mais il exhorta sa bouche à rester patiente, ses mains à ne pas s'affoler.

Gwen frissonna, se pressa contre lui quand il prit ses

seins dans ses mains en coupe, et qu'il les caressa de ses pouces. Il fit glisser la robe par terre.

— Seigneur !

Il ne s'attendait pas à trouver un tel déploiement de fantaisie en dessous. Il avait imaginé son émerveillement en voyant son corps nu, et son accès de désir. Mais ce slip de soie rose, ces froufrous de dentelle ! Il fit pivoter Gwen pour qu'ils se retrouvent face à face.

Les yeux de Branson étaient fous de désir. Gwen sentit son cœur battre follement dans sa poitrine. Il baissa les yeux, les promena sur son corps. Elle se sentit brûler tandis que sa tête se vidait de toute pensée.

— Je voulais t'étonner..., parvint-elle à murmurer.

Elle fit instinctivement un pas en arrière quand les yeux de braise de Branson revinrent se poser sur les siens. Elle pouvait y lire une réaction qui n'était pas vraiment civilisée.

Branson n'avait pas assez d'yeux pour la contempler. Gwendolyn était toute rose et blanc, comme quelque chose d'inaccessible derrière une vitrine. Il avait envie de faire sauter les barrières et de l'enlever, de la dévorer. Prenant sur lui, il caressa du bout des doigts le léger renflement de la soie rose.

— Je suis ébloui.

Gwen était hypnotisée. Les yeux de Branson étaient rivés aux siens. Comment pouvait-il la caresser avec une telle douceur alors que son regard brûlait d'une flamme qui le dévorait ? Elle tendit une main tremblante vers sa cravate, qu'elle desserra, et commença à déboutonner sa chemise. La gorge sèche, elle murmura :

— Je veux te voir.

Les petites lueurs de crainte qui dansaient dans ses yeux n'échappèrent pas à Branson.

— Regarde-moi, dit-il quand elle arriva enfin à ouvrir sa

chemise. Je veux voir tes yeux quand je te touche. Je veux voir ce que tu ressens quand mes mains se posent sur toi.

Il passa un doigt entre le haut de sa cuisse et son porte-jarretelles, qu'il détacha. Les yeux de Gwen s'agrandirent et elle retint son souffle. Il détacha le second.

— Tu trembles, c'est ce que je veux. Et par-dessus tout, je veux que… tu te rendes.

Il l'emporta sur le lit et recouvrit son corps avec le sien. Sa bouche s'écrasa sur celle de Gwen.

Et brusquement, il relâcha son étreinte, la laissant défaillante de désir.

Ses lèvres et ses mains chaudes et expertes parcoururent ses hanches, ses cuisses. Un violent accès de chaleur s'empara d'elle, le désir devenant presque douloureux. Il prit possession de ses seins en faisant glisser son soutien-gorge.

Personne ne l'avait jamais touchée ainsi. Personne n'avait jamais éveillé en elle des sensations aussi puissantes et conflictuelles. Des pétales de roses collaient à sa peau comme des baisers romantiques. La douce lumière des chandelles luisait à travers ses paupières lourdes. D'une voix magnétique, Branson murmurait des paroles d'approbation et de promesses tout en faisant battre son cœur comme un tambour avec ses mains expertes. La caresse paresseuse de sa bouche lui volait chacun de ses souffles avant même qu'elle puisse en exhaler un.

Branson se noyait en elle. Il voulait lui donner tout ce qu'il avait. Et prendre tout ce qu'elle était. Il roula ses bas le long de ses cuisses minces, et frémit de joie. Gwen respirait plus lourdement, ses gestes s'impatientaient.

Elle posa de nouveau ses longues mains fines sur lui. Il ne put résister à l'urgence de l'embrasser encore. C'était cela ou mourir.

Elle gémit en faisant tomber sa chemise, en sentant sa peau glisser sur la sienne. C'était ce qu'elle voulait, cette intimité, corps contre corps, esprit contre esprit. Ses premières nervosités oubliées, elle sourit contre la bouche de Branson et prit son visage entre ses mains.

Le plaisir était frais et soyeux. Elle s'y blottit.

Branson l'observait. Gwen flottait, dérivait, il en était sûr. Ses soupirs languissants lui procuraient un bonheur intense. Il ne pouvait pas la quitter des yeux. Rien ne lui échappait, pas le moindre tressaillement ni le moindre signe d'émotion.

Suffoquant, elle s'arc-bouta sous son corps, de plus en plus exigeante.

Les sensations étaient presque trop fortes. Gwen secoua la tête une fois, comme pour nier ce qui arrivait au fond d'elle. Puis une chaleur intense se répandit en elle, comme une boule de lumière. Le plaisir était soudain aigu et violent, presque insupportable. Elle entendit son propre gémissement, qui enfla en elle et qui vint emplir l'air brusquement lourd.

— Branson !

Il ne fallait pas qu'elle reprenne son souffle, que son esprit s'éclaircisse. Dès qu'il fut sûr qu'elle était prête et qu'elle éprouverait plus de plaisir que de douleur, il se laissa tomber en elle.

Il était en elle, il l'emplissait, et c'était si naturel de bouger en même temps que lui, aussi naturel que de respirer. Gwen se donnait, se rendait complètement. Et quand la bouche de Branson se posa sur la sienne, elle l'accueillit avec avidité. Quand ses mains se posèrent sur les siennes, elle les serra très fort pour compléter leur union.

Lentement, doucement, ils savouraient cet instant magique. Ils étaient amants. Elle pouvait lire son propre émerveillement dans les yeux de Branson. Et son cœur s'emplit de joie au moment où ils s'élevèrent et retombèrent tous les deux.

Branson pressa ses lèvres sur la gorge de Gwen. C'était fou, il n'avait jamais vraiment fait l'amour, avant. Il était presque aussi innocent qu'elle. Il n'avait jamais su ce que c'était que d'aimer la personne avec qui il faisait l'amour.

— Gwendolyn, belle, courageuse, outrageusement sexy !

Gwen sourit. Le bonheur bouillonnait dans ses veines.

— Branson. Magnifique Branson !

Il releva la tête. Les yeux de Gwen étaient embués, sa peau luisait, le coin de ses lèvres était légèrement relevé.

— Je vais avoir du mal à te laisser sortir de ce lit, dit-il d'une voix rauque.

D'un doigt, il suivit le contour de son visage.

— Il y a une baignoire à jets dans la salle de bains.

— C'est vrai ?

— Je crois que je peux te laisser aller jusque-là, mais pas plus loin. Que dirais-tu d'un bon bain chaud, d'un verre de champagne, et d'un homme qui a déjà envie de recommencer à faire l'amour avec toi ?

— Hum… Je dirais que c'est la tentation suprême !

Elle prit son visage entre ses mains et lui donna un baiser.

— Je me suis souvent demandé comment c'était, la première fois. Comment je me sentirais après. Rien de ce que j'ai pu espérer n'était aussi merveilleux que ce que j'ai vécu ce soir.

Emu, Branson posa son front contre le sien.

— Je ne sais pas quoi te dire.

— Dis-moi que la nuit n'est pas finie.

— Non, elle ne fait que commencer.

Quand le moment serait venu, il lui dirait qu'il voulait passer toutes ses nuits avec elle, toute sa vie. Cependant, s'il le lui disait maintenant, la femme romantique voudrait le croire, mais la femme rationnelle douterait. Il devait attendre le moment où Gwen ne pourrait plus avoir le moindre doute.

— A quoi penses-tu ? s'enquit-elle.

Revenant au moment présent, il sourit.

— Je cherchais ce que je pourrais faire pour te persuader de remettre cette petite… surprise que tu avais tout à l'heure.

— Maintenant ?

— Non.

Il lui effleura les lèvres du bout des doigts.

— Après le bain. Tu pourrais le porter quand nous prendrons notre souper.

Elle gloussa de rire.

— Tu veux que je dîne en porte-jarretelles ?

Il se pencha vers elle pour mordiller les lèvres qu'il venait de caresser.

— Oui.

Elle resta un instant silencieuse, puis elle déclara d'un ton amusé :

— Je vais te laisser une chance de me convaincre, dans la baignoire.

— Je suis très bon en sports aquatiques, dit-il en prenant un air faussement sérieux.

Elle éclata de rire.

— J'espère bien !

8.

Gwen glissa lentement vers l'état de veille avec l'impression de se trouver dans une débauche de luxe, comme si elle se reposait sous plusieurs couches de soie chatoyante. Elle soupira et tendit la main à côté d'elle. Le vide qu'elle rencontra dans le lit la réveilla complètement.

Branson n'était plus là. Elle aurait voulu qu'il soit tout près d'elle, le sentir sous ses mains.

Elle attendit avant d'ouvrir les yeux. C'était si bon de rêver, d'avoir cette impression de flotter. Et de se sentir revenir doucement à la vie.

Jamais elle n'aurait cru que le corps puisse accomplir de tels miracles. Rien dans ses études, sa formation professionnelle, son travail ne lui avait appris quelles merveilleuses réactions le système humain pouvait avoir aux stimulations sensorielles.

Elle frotta sa main sur le drap. Il était froid. Depuis combien de temps Branson était-il parti ? Et quand allait-il revenir ?

Il lui avait promis un petit déjeuner au lit. Elle s'en souvenait bien. A contrecœur, elle ouvrit les yeux et cligna des paupières en regardant l'horloge. Il était peut-être un peu tard pour le petit déjeuner, mais c'était l'heure idéale pour un brunch.

Elle se leva et trouva un peignoir fourni par l'hôtel, sur la porte de la salle de bains. Elle l'enfila et partit à la recherche de Branson.

Il travaillait sur l'ordinateur, à la table du salon. Il fronçait les sourcils en se concentrant, et son regard paraissait un peu irrité. Bizarre. Elle croyait qu'il écrivait sans effort ou presque, les mots se présentant avec fluidité. Il semblait tout faire avec tant de naturel. Mais en cet instant, il faisait penser à un homme qui luttait pour arriver à quelque chose et qui était loin d'être satisfait du résultat.

Elle se passa une main dans les cheveux avec l'espoir de leur donner un semblant d'ordre. C'était excitant de le voir travailler et réfléchir sans qu'il s'en rende compte.

Branson releva brusquement la tête.

— Bonjour, Gwendolyn. Je ne voulais pas te réveiller, dit-il en souriant.

— Je te dérange dans ton travail ?

— De toute façon, je n'ai pas vraiment la tête à cela.

Il lui tendit les bras. Elle traversa rapidement la pièce et prit ses mains dans les siennes.

— Je me suis levé tôt, dit-il en embrassant le bout de ses doigts. J'ai pensé que tu avais besoin de te reposer.

— Je ne me suis jamais sentie aussi détendue.

Branson l'attira sur ses genoux. Elle se mit à rire.

— Ni mieux reposée, ajouta-t-elle en approchant sa bouche de la sienne.

— Je ne t'ai guère laissé le temps de te reposer.

— Heureusement.

Il trouva un point particulièrement tendre à la base de sa nuque et se mit à le mordiller.

— Nous pouvons retourner au lit et commander le petit déjeuner, susurra-t-il.

— Mmm. Pour l'instant, c'est très bien ainsi.

Il glissa une main sous son peignoir.

— Je suis d'accord. Qui se soucie du petit déjeuner ?

Ils étaient étendus sur le sol du salon. Gwen avait posé sa tête sur la poitrine de Branson.

Il était presque midi, et son cerveau voulait bien se remettre à fonctionner. Branson sourit en sentant ses doigts frais sur son poignet.

— Tu prends mon pouls, toubib ?

En riant, Gwen retira sa main.

— Je suppose que oui. Il bat encore un peu trop vite pour un homme en pleine maîtrise de soi.

Il regarda le creux palpitant de sa gorge, et y posa un doigt.

— Le tien aussi.

En s'asseyant, il l'entraîna avec lui.

— Si je ne te nourris pas, tu n'auras même pas la force de retourner dans le lit.

Il se leva et la prit par la main pour qu'elle en fasse autant.

Elle lorgna du côté de l'écran.

— Est-ce que je peux lire ?

— Non !

Il se rua sur l'ordinateur et l'éteignit.

Gwen se rembrunit.

— Voilà qui est un peu brutal.

— Je n'ai pas envie d'être critiqué.

— Qui a dit que je critiquerais ?

— Tu l'aurais fait, tu n'aurais pas pu t'en empêcher. Le problème, ma chérie, c'est que s'il y a peu de gens qui se croient capables de manier le scalpel, tout le monde, ou presque, pense avoir des talents d'écrivain.

Il l'embrassa légèrement.

— Personne ne lit mon travail tant qu'il n'est pas terminé, excepté mon éditeur. Cela me permet de garder mes amis.

— Oh, d'accord, si tu es aussi susceptible !

— On ne se refait pas. Que veux-tu manger ?

Elle haussa les épaules.

— N'importe quoi.

Gwen faisait la moue, ce n'était pas le moment de sourire, mais il ne put s'en empêcher.

— Tu boudes ? C'est très séduisant !

— Je ne boude jamais.

— Personne ne m'a prévenu, murmura-t-il. Gwendolyn Blade n'aime pas être contrariée. Elle boude.

Il était ravi. Encore une facette d'elle qu'il ne connaissait pas.

— Ce n'est pas vrai. Vas-tu commander le petit déjeuner ou dois-je le faire ?

— Je m'en charge, avec plaisir.

Comme il était d'humeur joyeuse, il commanda deux fois plus qu'ils ne pouvaient manger.

— Tu te sentiras mieux quand tu auras pris un café, dit-il.

Gwen serra les dents.

— Je me sens parfaitement bien.

— Je crois avoir autre chose qui peut te rendre le sourire.

Il lui tendit un gros paquet entouré d'un ruban rouge.

Elle retint sa respiration.

— Branson, je ne suis pas un enfant qu'il faut apaiser avec des cadeaux. Et si j'étais en colère contre toi, ce n'est pas un cadeau qui y changerait quelque chose.

— Celui-ci peut-être.

Il lui adressa son sourire le plus ravageur.

— Tu ne peux pas le savoir si tu ne l'ouvres pas.

Elle ne voulait pas, mais elle était trop curieuse pour résister. Le paquet était plus lourd qu'il n'y paraissait. Elle le posa sur la table et se mit à tripoter le ruban.

Puis, avec un soupir, elle dénoua le ruban et l'ouvrit.

Apparemment, Branson avait abandonné le thème animalier.

C'était un bol superbe, avec un glaçage bleu azur à l'intérieur. Gwen n'eut pas besoin de regarder la signature.

— Tante Shelby ! murmura-t-elle. Comment as-tu fait ?

— Je l'ai suppliée. Ou, plutôt, j'ai supplié Julia, et elle a usé de toute son influence sur sa mère.

Emue, Gwen se força à parler calmement.

— Je le trouve magnifique, dit-elle en secouant légèrement la tête.

Comment Branson pouvait-il lui faire éprouver tant d'émotions différentes en si peu de temps ?

— Tu ne pourras jamais me faire un plus beau cadeau, ajouta-t-elle.

— J'en ai encore un ou deux dans ma manche.

Avec un petit sanglot étouffé, elle se jeta dans ses bras.

— Je ne sais pas ce qui m'arrive. Tout est allé si vite.

— Fie-toi à moi. Où que nous allions, nous irons ensemble.

— Il faut que je retrouve mon équilibre. Tu n'arrêtes pas de me déstabiliser.

Elle s'accrocha à lui.

— On dirait que tu sais ce que je pense, ce que je ressens. Avant moi. C'est horripilant.

Elle soupira et posa la tête sur l'épaule de Branson.

Brusquement, les mots qu'il avait prononcés quelques instants plus tôt résonnèrent à ses oreilles d'une manière insistante, comme un signal d'alarme. Elle releva la tête.

— Que voulais-tu dire par « personne ne m'a prévenu » ?

— Mmm ?

Elle s'éloigna lentement de lui et examina son visage.

— Avec qui as-tu parlé de moi ?

Il détourna son regard.

— Je ne sais pas ce que tu veux dire.

On frappa à la porte. Il se leva, soulagé.

— Ce doit être le petit déjeuner.

Pendant ce temps, Gwen réfléchit rapidement et tira quelques conclusions.

— Tu m'as observée, n'est-ce pas, Branson ? dit-elle quand ils se retrouvèrent seuls. Tu avais besoin d'un modèle pour ton roman. C'est bien ce que tu as dit un jour ?

— Bien sûr, je t'ai observée.

Il versa soigneusement le café.

— A un niveau professionnel. Nous étions d'accord.

— Mais maintenant, nous ne sommes plus à un niveau professionnel.

— L'un n'a rien à voir avec l'autre.

Gwen le foudroya du regard. Branson la regarda d'un air déconcerté.

— Crois-tu que j'utilise ce qui s'est passé entre nous dans mon livre ? Est-ce que tu es en train de m'accuser de cela ?

— Je ne t'accuse pas, je te pose une question.

— Alors, la réponse est non.

Ses yeux n'étaient plus qu'une fente.

— Tu ne sembles pas convaincue.

— Cela me paraît bizarre que tu me connaisses aussi bien, comme si j'étais un des personnages que tu as créés.

— La seule chose dont je me sers pour mon livre, c'est ta profession, le langage spécifique de l'hôpital. C'est tout. Je n'ai pas pris de notes pour mon foutu bouquin quand Daniel et Anna m'ont parlé de toi.

La vague de honte qui avait commencé à monter en elle reflua.

— Ils t'ont parlé de moi ?

Branson se mordit la lèvre. Il aurait mieux fait de se taire !

— Le café refroidit, dit-il pour gagner du temps.

— Tu leur as posé des questions à mon sujet ? demanda-t-elle d'un ton glacial.

— Et alors ? Ce n'est pas un crime. Je m'intéressais à toi. Je voulais te connaître un peu plus.

— Quand ?

— Peu de temps après notre première rencontre. Pour l'amour du ciel, ils ne m'ont divulgué aucun secret, dit-il impatiemment. Tu aurais aussi bien pu leur poser un tas de questions sur moi, et je suis certain que Daniel se serait fait un plaisir d'y répondre. Il doit connaître les moindres détails de ma vie, sinon il ne m'aurait pas laissé t'approcher à moins d'un kilomètre.

Gwen leva une main.

— Il a tout arrangé, c'est bien cela ? Et tu le savais.

— Non, je l'ignorais quand je t'ai rencontrée. Et je n'en ai eu la certitude que lorsque je suis allé le voir. Mais je ne vois pas ce que cela change ?

— Je n'aime pas être manipulée, trompée.

— Je ne t'ai pas trompée, Gwendolyn.

Elle hocha lentement la tête.

— Mais manipulée ?

— Non plus.

La frustration avait assombri sa voix, son regard.

— J'étais attiré par toi. Fallait-il que je m'éloigne parce que Daniel MacGregor avait décidé que je devais courtiser sa petite-fille ?

Gwen resta un instant silencieuse. La fureur grondait en elle.

— Tu aurais dû me prévenir.

— Il a seulement fait en sorte que nous nous rencontrions. S'il n'y avait rien eu entre nous, j'aurais terminé mes recherches pour mon livre, j'aurais mis ton nom en première page dans les remerciements, et l'histoire se serait terminée là.

Retournant vers la table pour attraper sa tasse de café, Gwen secoua la tête. Elle prendrait le temps d'approfondir la question quand elle serait plus calme.

— Je ne comprends pas comment tu peux le défendre. Il t'a manipulé autant que moi.

— Je lui en suis reconnaissant. S'il n'avait pas organisé notre rencontre, je ne t'aurais sans doute jamais connue. Je ne serais pas tombé amoureux de toi.

Gwen s'immobilisa et leva les yeux vers lui.

— Je t'aime, Gwendolyn. Quelle que soit la façon dont nous nous sommes rencontrés, le résultat est le même. Tu es celle que j'attendais sans le savoir.

— Tu vas trop vite, protesta Gwen.

Son estomac lui jouait encore des tours.

— Nous avons été jetés à la tête l'un de l'autre, et nous n'avons pas eu le temps de réfléchir.

— Je connais mes sentiments.

— Pas moi, dit-elle d'un ton désespéré. Je viens juste de découvrir que quelqu'un a tiré les ficelles. Je veux prendre le temps de réfléchir. Nous devons prendre quelque distance.

— Tu ne me crois pas ! s'écria Branson.

Le doute qu'il lisait dans les yeux de Gwen était insupportable.

— Te rends-tu compte à quel point c'est insultant pour toi de douter de mes sentiments ? Et pour moi de te les offrir comme un cadeau et de voir que tu les rejettes ?

— Je ne les rejette pas.

Terrifiée, elle posa une main sur son cœur palpitant.

— Je te dis seulement que nous avons besoin de prendre un peu de recul, tous les deux.

— L'éternité ne ferait pas changer mes sentiments pour toi. Mais j'ai une autre façon de te convaincre : je veux t'épouser. Je veux avoir des enfants avec toi.

Il n'y avait pas une trace d'amour dans sa voix, mais une note coléreuse. Gwen pâlit. Mais ce n'était pas pour cette raison. C'étaient les paroles elles-mêmes de Branson.

— Nous marier. Grand Dieu, Branson, nous ne pouvons pas…

— Parce que ton grand-père en a eu l'idée ?

— Non, pas à cause de cela. Parce que nous avons à peine eu le temps de…

— Pourquoi as-tu couché avec moi ?

— Je…

La tête lui tournait. Elle leva une main mal assurée qu'elle posa sur son front.

— Parce que nous avions envie l'un de l'autre.

— C'est tout ? Rien que du désir sexuel ?

— Tu sais bien que non.

— Comment le saurais-je, si tu ne me le dis pas ?

Gwen recula en luttant pour rester calme.

— Tu es plus habile que moi avec les mots, Branson. Tu sais t'en servir. Maintenant, tu t'en sers pour me bousculer, alors que j'ai besoin de temps pour réfléchir.

Renfrogné, Branson hocha la tête. Elle avait raison.

— D'accord, mais je ne retire pas ce que j'ai dit, et je ne peux pas changer mes sentiments. Réfléchis une heure, une année, une vie entière, je t'aimerai toujours. Il faudra t'habituer à me l'entendre dire.

Gwen avait la gorge sèche. Son cœur sautait dans sa poitrine chaque fois qu'il prononçait ces mots.

— Si nous pouvions éviter de brûler les étapes, murmura-t-elle.

Changeant brusquement d'humeur, Branson sourit.

— Comme tu voudras, mais permets-moi de te dire que tu as déjà plusieurs étapes de retard.

Il se pencha pour l'embrasser et chuchota :

— Essaie de me rattraper.

9.

Gwen rentra chez elle épuisée. Elle avait sauté le repas de midi et travaillé plus de trois heures supplémentaires. Elle soupira. C'est ce qui expliquait sans doute son humeur maussade. Cela n'avait rien à voir avec le fait que Branson n'était pas venu à l'hôpital depuis deux jours.

S'il était en colère contre elle, elle n'y pouvait rien. C'est ce qu'elle se disait depuis qu'elle avait quitté son hôtel, le dimanche précédent. Elle faisait la seule chose raisonnable : garder la tête froide, prendre un peu de recul pour approfondir la question.

Elle avait même résisté à la tentation d'appeler son grand-père pour lui reprocher ses manigances. Ce qui lui avait coûté un énorme effort de volonté.

De toute façon, elle arriverait à Hyannis Port la veille de Noël. Ce serait beaucoup plus satisfaisant de lui dire en face ce qu'elle pensait.

D'un geste las, elle retira ses gants, son écharpe, son bonnet de laine. C'était bon de retrouver la chaleur de la maison. Dehors, le froid était mordant.

— Julia ! Tu es là ?

Pas de réponse. Gwen soupira encore. Julia et elle n'avaient presque jamais le temps de se voir. Elles vivaient pourtant sous le même toit !

Gwen se baissa pour retirer ses bottes. Elle avait besoin de parler à quelqu'un. Quelqu'un qui l'écouterait vraiment, qui lui dirait qu'elle avait raison d'être furieuse, et de vouloir analyser la situation dans laquelle elle était malgré elle.

— Un homme de quatre-vingt-onze ans qui joue les entremetteurs ! marmonna-t-elle en se dirigeant vers la cuisine. C'est insultant, inacceptable. Quelqu'un doit lui faire comprendre que la vie n'est pas un jeu.

Un peu rassérénée, elle ouvrit la porte de la cuisine. Et elle sentit ses jambes se dérober à la vue de l'énorme paquet posé sur la table.

— Oh, Branson, murmura-t-elle.

Elle se ressaisit rapidement. Elle n'allait pas se laisser attendrir par quelque cadeau ridicule.

Ignorant le paquet, elle se tourna résolument vers le réfrigérateur. Elle y trouva un petit mot de Julia, écrit au stylo rouge.

« Je suppose que tu as deviné de qui vient ce cadeau. J'ai failli l'ouvrir pour jeter un coup d'œil, mais j'ai résisté vaillamment. Je meurs d'impatience de savoir ce que c'est ! Heureusement, je rentrerai tôt ce soir. Dieu merci, nous partons dans quelques jours rejoindre la tribu des MacGregor pour Noël. Julia. »

Gwen enfonça ses mains dans ses poches. Elle n'avait plus faim, c'était un peu de vin qu'il lui fallait. Elle sortit un verre du placard et resta plantée dans la cuisine, les yeux rivés sur le paquet.

— Je ne l'ouvrirai pas, dit-elle tout haut. Puisque j'ai décidé de tout remettre à plat, je… oh ! Et puis je dois cesser de parler toute seule !

Elle se passa une main sur le visage.

— Sinon, je vais finir à l'hôpital psychiatrique !

Elle se servit du vin, le dos tourné au paquet. C'était

curieux, elle avait l'impression qu'il lui envoyait des signaux. Elle sirota une gorgée, l'avala à contrecœur. Finalement, elle n'en avait pas envie. La seule chose qu'elle voulait, c'était prendre un bain et enfiler des vêtements confortables. Mais le paquet agissait comme un aimant. Malgré elle, elle se tourna lentement vers lui.

— D'accord, d'accord, je vais l'ouvrir.

Elle posa sur lui un regard noir tout en arrachant le ruban doré.

— Cela ne changera rien, de toute façon, grommela-t-elle. Je ne vais pas me laisser charmer.

Une fois le papier arraché, elle ouvrit la boîte.

— Je ne vais pas… oh !

Des boîtes à musique étaient nichées dans le papier de soie, représentant huit danseuses de différents pays. Elle ne put s'empêcher de les prendre dans ses mains l'une après l'autre pour les admirer sous toutes les coutures. Puis elle les aligna sur la table. Oubliant ses bonnes résolutions, elle remonta leur mécanisme et contempla le spectacle avec un sourire radieux.

Valse, charleston, flamenco, les danseuses se mirent à tourbillonner, à claquer des talons.

Fascinée, Gwen essuya une larme.

— Il faut que cela cesse. Comment réfléchir alors qu'il n'arrête pas de me troubler ?

Tandis que la musique s'arrêtait, elle essuya ses joues et sortit d'un pas ferme de la cuisine.

Les doigts de Branson couraient sur le clavier de son ordinateur. Scully, le détective dur à cuire, commençait à se faire tout petit devant les attraits flamboyants du Dr Miranda

Kates. Il allait bientôt perdre toute objectivité, compromettre sa carrière et avoir le cœur brisé.

Ce serait bon pour lui. Ces épreuves le rendraient plus humain. Scully avait été trop maître de lui au cours de ses trois relations précédentes. Cette fois, il allait perdre la tête. Et il n'avait vraiment pas de chance : la femme pour laquelle il allait tout abandonner était une tueuse qui gardait toujours son sang-froid, quoi qu'il arrive. Oui, Scully allait souffrir, mais il n'en deviendrait que meilleur.

Hochant la tête, Branson s'arrêta un instant d'écrire pour passer une main sur ses yeux. Il soupira. Celui qui avait dit que la souffrance forgeait le caractère devait être fou à lier.

Qui diable avait besoin d'un caractère bien trempé ? Lui, il n'avait besoin que de Gwendolyn. Mais il avait tout gâché avec elle. Il n'y avait aucun doute là-dessus.

Il se leva. Il avait besoin de bouger. Il se mit à arpenter d'un bout à l'autre la suite de l'hôtel dont il avait fait sa demeure. Il aurait dû parler du coup monté à Gwendolyn. Ils en auraient ri tous les deux et ils l'auraient oublié.

Mais cela ne lui avait paru ni important, ni nécessaire. Et surtout, cela ne lui avait pas semblé être une bonne stratégie. Il n'avait pas voulu courir le risque de la voir s'éloigner avant d'avoir eu le temps de la séduire.

Et ensuite, il était déjà trop impliqué et il avait presque oublié la façon dont leur histoire avait commencé.

Il avait fini par lui avouer ses sentiments. Elle n'était pourtant pas prête à l'écouter. Etait-elle entêtée au point de sacrifier leur amour à cause de cette ridicule machination montée par son grand-père ?

Il secoua la tête. De toute façon, qu'espérait-il avec une femme comme elle ?

Les mains enfoncées dans les poches, il s'approcha de la fenêtre. Les lumières de la ville scintillaient sur la neige, donnant des reflets chatoyants à l'eau du port. Boston baignait dans l'atmosphère des vacances de Noël. Les amis et les familles étaient réunis, hors d'atteinte du froid et du vent.

Lui, il était seul, parce que la femme qu'il aimait ne voulait pas admettre qu'elle l'aimait elle aussi.

Plongé dans ses pensées, il sursauta en entendant un coup frappé à la porte. Qui cela pouvait-il être ? Il n'avait pas encore commandé son dîner. Il n'avait envie de voir personne. Qui que ce soit, qu'il aille au diable, se dit-il en se dirigeant vers la porte. Il jeta un coup d'œil par le judas et ferma les yeux. Il n'avait certainement pas bien vu. Gwendolyn se tenait sur le seuil.

Le cœur battant la chamade, il recula. C'était bien sa chance ! Il ne s'était pas rasé depuis deux jours, et il se sentait aussi agréable qu'un ours mal léché. On pouvait dire que le Dr Blade avait bien choisi son moment ! Il se coiffa du bout des doigts et se décida à ouvrir.

— Visite à domicile ? dit-il en grimaçant un sourire.

— Tu sembles en avoir besoin. Tu as l'air exténué. Est-ce que je t'ai réveillé ? Je tombe mal peut-être ?

— Non, tu ne m'as pas réveillé.

Il recula et inclina la tête en la voyant hésiter.

— Tu entres ?

— Je veux bien.

Gwen inspecta la pièce avec des yeux ronds. Un désordre indescriptible régnait dans le salon. Des verres et des bouteilles traînaient dans tous les coins, et la table était jonchée de papiers, de livres et de tasses sales.

— J'ai donné quelques jours de congé à la bonne ! dit Branson en prenant conscience pour la première fois du capharnaüm ambiant. Je ferais mieux de la rappeler. J'ai du café, je vais laver deux tasses.

— Non, merci, je ne veux rien.

Elle lui jeta un coup d'œil inquiet.

— Tu as l'air vraiment fatigué.

— Il ne m'a pas laissé dormir.

Il indiqua de la main son ordinateur.

— Ni manger, je suppose ? Ni prendre l'air non plus…

Le médecin qui n'était jamais loin en elle continua :

— Branson, tu vas te rendre malade. Je suis désolée si ton livre n'avance pas, mais…

— Il n'avance pas, il galope. Je suis au sommet de la vague. Si mon livre stagnait, je me dirais sans doute que j'ai besoin d'aller chez le coiffeur, ou d'apprendre le japonais. Tu es sûre que tu ne veux pas de café ?

— Oui, et tu devrais commander un peu de nourriture.

— Entendu, toubib.

Il attrapa la cafetière et se servit une tasse. Son système nerveux ressemblait déjà à un réseau de fils électriques, alors que pouvaient bien faire quelques décilitres de caféine en plus ?

Il observa Gwen en fronçant les sourcils.

— Toi non plus, tu n'as pas l'air en forme.

— Nous avons soigné la plupart des victimes de l'accident de bus aux urgences, cet après-midi.

— Quel accident de bus ?

Gwen ne cacha pas sa surprise.

— Sur le pont Longfellow. Tu n'es pas au courant ? Le bus a dérapé sur la glace, trente-cinq blessés. La radio et la télévision en ont parlé plusieurs fois, paraît-il.

— Les informations n'ont pas fait partie de mes priorités aujourd'hui.

Il l'examina par-dessus le bord de sa tasse. Elle était un peu pâle, mais elle paraissait solide, comme toujours.

— Pourquoi n'enlèves-tu pas ton manteau ? Assieds-toi, je vais commander le dîner.

— Je ne peux pas rester. Je dois faire une double journée

demain, pour pouvoir prendre trois jours de vacances à Noël.

— Toujours consciencieuse, docteur Blade.

Gwen sourit. Branson avait dit cela très gentiment.

— Je voulais te remercier pour les boîtes à musique. Elles sont adorables. Je croyais que tu étais furieux contre moi.

— Vraiment ?

— Je sais que tu l'as été. Je suis contente que ce soit fini. Maintenant que les choses se sont apaisées, j'espère que nous pourrons en parler calmement, après les vacances, quand nous aurons un peu plus de temps.

Gwen s'approcha de lui. Elle fut soulagée quand il prit sa main.

— Je serai de retour le 27. Si tu es libre…

— Libre comme l'air.

— Tu ne devrais pas rester seul à Noël. Tu sais que tu serais le bienvenu à Hyannis Port. Mes grands-parents seraient ravis que tu viennes.

Branson l'observa un long moment sans rien dire. Gwen retint son souffle. Son cœur commençait à battre à grands coups dans sa poitrine.

— Tu n'as vraiment aucune idée de ce qui se passe ? murmura-t-il. Tu fais comme si de rien n'était…

— Non, j'ai seulement pensé que si tu n'es pas en colère…

— Je suis en colère.

Branson parlait sans élever la voix, sans la menacer. Ce n'en était que plus perturbant. Elle avait grandi dans une famille qui exprimait chaque émotion à plein volume.

— Il faut tout t'expliquer, hein ? Si je me mettais à crier, si je renversais la table, si je cassais des verres, tu pourrais conclure en bonne logique que je suis furieux. Mais moi, je ne fonctionne pas de cette façon. Mes actes et mes sentiments ne sont pas toujours simples, ni logiques.

— Très bien.

Gwen hocha vaguement la tête. Cette froide maîtrise était plus effrayante qu'un violent éclat de voix.

— Tu es furieux contre moi, donc nous devons discuter.

— Tu m'as blessé, dit-il à voix basse.

Gwen ne put empêcher les larmes de lui monter aux yeux.

— Branson, je suis désolée, je ne voulais pas !

Encore plus furieux de s'être laissé aller à admettre cela, il répliqua sèchement :

— Je n'ai pas besoin de ta compassion, ni de ta sympathie.

Il se tourna vers elle. L'expression qui se lisait dans ses yeux était d'autant plus terrifiante qu'elle contrastait avec le calme absolu de sa voix.

— Je veux t'entendre dire que tu m'aimes, parce que c'est la vérité. Si je ne le lisais pas sur ton visage, si je ne l'avais pas senti quand je t'ai prise dans mes bras, je m'en irais. Crois-tu que j'aime m'humilier de la sorte ?

— Non. Je t'en prie, asseyons-nous et parlons calmement.

— J'ai dit tout ce que j'avais à dire. Je t'aime, je veux t'épouser, créer une famille avec toi. Qu'est-ce que tu ne comprends pas ?

— Comprendre et accepter, ce n'est pas forcément la même chose.

Elle poussa un petit soupir. Branson ne voyait-il pas qu'elle avait besoin de décider en toute lucidité ce qui était bon et nécessaire pour eux deux ?

— Tu crois peut-être m'aimer, mais peut-être que je…

Elle secoua la tête.

— Je suis venue ce soir pour te dire que je ne veux pas être bousculée.

Rapide comme un chat, il s'approcha d'elle, la prit dans ses bras et la fit taire d'un baiser. Gwen ne réagit pas. Son cœur fondit, tandis que ses paroles rationnelles sonnaient creux dans sa tête.

— Dis-moi ce que tu éprouves maintenant, dit-il sans desserrer son étreinte.

— En ce moment, je suis complètement dépassée, incapable de penser. Je t'en prie, ne fais pas cela.

Branson la regarda d'un air incrédule. Elle ne mentait pas, elle paraissait en plein désarroi. S'il voulait, il pourrait la faire abdiquer, c'était le moment. Il recula.

— Tu ferais mieux de partir.

Elle hocha la tête, força ses jambes cotonneuses à la porter jusqu'à la sortie. La main sur le loquet, elle se tourna vers lui. Leurs regards se rencontrèrent.

— Je n'ai pas l'habitude de perdre le contrôle de moi-même. Il faut que je comprenne ce que cela signifie pour moi, dit-elle d'une voix à peine audible.

Elle ouvrit la porte. Avant de partir, elle ajouta :

— Et je veux savoir ce que je vais faire de mon amour pour toi.

Elle sortit en trombe. Branson voulut la suivre, mais il s'arrêta au milieu de la pièce. C'était inutile, elle ne l'écouterait pas maintenant. Il fit un effort pour calmer les battements fous de son cœur. S'il essayait de profiter de l'avantage qu'elle venait de lui donner, elle le ferait reculer pied à pied. Il avait déjà fait trop de faux pas.

Il passa lentement une main sur sa poitrine. Les pulsations douloureuses s'étaient apaisées. Il eut un petit sourire. Le Dr Blade l'avait guéri.

Bon sang, il mourait de faim. il allait commander un repas, un repas pantagruélique, un vrai banquet. Il avait aussi besoin d'une douche, d'un bon rasage, et d'une longue promenade.

Ensuite, il se remettrait au travail. Il n'avait plus que quelques jours avant Noël.

— Elle m'aime, dit-il en éclatant de rire. Et elle dit qu'elle est complètement dépassée. Eh bien, elle n'a encore rien vu !

10.

Daniel MacGregor se rembrunit en poussant un profond soupir.

— Qu'est-ce qui ne va pas avec ce garçon ?

— Rien, répondit sèchement Gwen.

Elle était arrivée de bonne heure à Hyannis et elle avait épinglé son grand-père avant que le reste de la famille ne risque de les déranger.

— Ce n'est pas le problème, ajouta-t-elle.

Il tendit un doigt et dit avant qu'elle puisse placer un mot :

— Le problème, c'est que tu as rencontré un jeune homme bien sous tous rapports, pourvu d'un cœur généreux et d'une grande intelligence, qui t'a fait la cour. Et c'est cela que tu lui reproches.

— S'il m'a fait la cour, c'est parce que tu me l'as jeté à la tête, sous de faux prétextes.

— De faux prétextes !

Daniel fit rouler ses yeux bleus.

— Voulait-il faire des recherches pour son roman policier, oui ou non ?

— Oui, mais…

— N'es-tu pas médecin, n'as-tu pas quelques connaissances dans le domaine médical et chirurgical ?

— Grand-père…

— Et si vous êtes tous les deux jeunes, en bonne santé, et célibataires, quel mal y a-t-il à vous avoir mis sur le même chemin ? S'il ne te plaît pas, laisse-le tomber !

— Ce n'est pas un poisson que l'on pêche pour le rejeter à l'eau !

— Donc, tu l'aimes bien, n'est-ce pas, ma Gwennie ?

Exaspérée, Gwen ferma les yeux. Comment avait-elle pu croire une seule seconde qu'elle arriverait à discuter avec Daniel MacGregor ?

— Mes sentiments pour Branson n'ont rien à voir avec cette conversation.

— Bien sûr que si, toute la question est là.

Il lui adressa un large sourire.

— T'a-t-il demandé de l'épouser ?

— Je ne te répondrai pas.

Daniel prit un ton triomphant.

— Il te l'a demandé !

Il donna une bourrade dans le bras de son fauteuil.

— Je savais que le jeune Branson Maguire était un homme de goût, et de caractère.

— Et c'est pour cela que tu l'as choisi?

— Exactement, je…

Il fit une pause, siffla entre ses dents. Cette fois, Gwen l'avait eu.

— Ecoute, Gwennie, c'est pour ta grand-mère. Elle se fait tant de souci de te savoir seule dans cette grande ville.

— Je ne suis pas seule.

— Tu risques de rencontrer un individu louche. Ce Dr Gilbert, par exemple…

— Il s'appelle Greg, et c'est un homme tout à fait charmant.

— Mais ce n'est pas Branson Maguire. Allons, reconnais donc que j'ai raison !

Gwen serra les dents. Elle ne devait pas laisser apparaître le sourire qui forçait ses lèvres.

— Je préfère peut-être les hommes plus sérieux.

— George te ferait mourir d'ennui.

— Greg. Et tu vas cesser de faire semblant de ne pas comprendre. Tu as mis ton nez dans ma vie, et dans celle de Branson. Si tu crois que nous allons te remercier, tu…

Elle fit une pause. La porte d'entrée venait de claquer, et des voix s'élevaient dans le hall.

— C'est Rena, dit Daniel.

Heureux de cette interruption, il quitta son fauteuil.

— Rena ! cria-t-il. Ta fille est ici !

— Gwen ?

Secouant la neige de ses cheveux roux, Serena MacGregor Blade se rua dans la pièce. Son regard brillait de joie.

— Ma chérie, tu es arrivée tôt !

En riant, elle lui ouvrit les bras.

— Comme tu m'as manqué !

Gwen se laissa tomber dans les bras de sa mère et se pressa contre elle dans un élan désespéré. Serena leva un sourcil et jeta un regard acéré à son père.

— Qu'est-ce que tu lui as fait ?

— J'ai eu un gentil entretien avec elle, rien de plus.

Il lui adressa un sourire innocent. Mais il ne put s'empêcher d'admirer sa fille. Il n'y avait qu'elle pour débusquer si rapidement ses fanfaronnades. C'était parfois gênant. Soulagé, il entendit la voix de Justin Blade. Son gendre vint bientôt les rejoindre.

— Papa ! s'écria Gwen en se jetant à son cou.

Justin avait un visage énergique aux traits réguliers, des cheveux noirs parsemés de fils d'argent, de grands yeux verts brillants comme des émeraudes. Il les tourna vers Serena, et tous les deux posèrent un regard accusateur sur Daniel.

Préférant battre en retraite, Daniel dit d'un ton décontracté :

— Nous allons boire un verre et faire un bon repas. Je m'occupe de tout. Le reste de la famille va arriver d'une minute à l'autre. Je ne sais pas ce que ta mère complote, Serena. Elle n'arrête pas de s'agiter en tous sens, de s'inquiéter pour la moindre chose.

— Vous ne changerez jamais, commenta Justin en riant. Dieu merci !

Serena entraîna Gwen vers le canapé.

— Es-tu aussi en colère contre Branson Maguire que contre ton grand-père ? s'enquit-elle tendrement.

— Les nouvelles voyagent vite, marmonna Gwen.

Justin lui ébouriffa les cheveux.

— Si ce Maguire ne t'intéresse pas, n'en parlons plus !

— Il m'intéresse, au contraire !

La main de Justin resta en suspens.

— Je vois. Jusqu'à quel point ?

— Justin ! s'exclama Serena.

Elle secoua la tête en riant, mais elle aussi brûlait d'en savoir plus.

— Comment est-il ? s'enquit-elle. Parle-nous de lui.

— Il est écrivain. Je suppose que vous le savez déjà.

— C'est un bon écrivain, reconnut Justin.

Serena poussa un soupir.

— Je ne l'ai pas vu depuis qu'il était bébé. Sa mère et moi avons perdu contact. C'est dommage. Je lui téléphonerai.

Justin sortit un cigare d'une boîte posée sur la table basse.

— Il est allé au casino de Las Vegas. Mac le connaît un peu.

— Vraiment ? Le monde est petit ! dit Serena en souriant à sa fille. Mais tu ne nous as pas dit comment il est, Gwen chérie.

— Il est charmant et gentil. Il travaille beaucoup. Il aime la nourriture française et les opéras italiens. Il a un sourire magnifique et des yeux gris.

— Mais tu l'aimes !

Serena cligna des paupières pour chasser le picotement qui lui montait aux yeux. Elle prit la main de son mari.

— Justin, elle l'aime !

Gwen se leva, trop nerveuse pour rester assise.

— Peut-être ! Comment le saurais-je ? Je n'ai jamais éprouvé cela avant. Il veut m'épouser. Il insiste, comme si c'était quelque chose d'incontournable. Et c'est grand-père qui est responsable de tout.

Justin porta la main de Serena à ses lèvres avant de dire :

— Ton grand-père a déjà fait ses preuves dans ce domaine.

— Alors je dois m'incliner ? dit Gwen d'un ton aigre.

— Bien sûr que non.

Justin se leva, posa ses mains sur les épaules de sa fille.

— Tu as ton libre arbitre, et tu dois suivre ton cœur.

— Ils ne me disent pas la même chose. Et tout cela arrive trop vite. C'est très bien dans les romans de perdre la tête, mais dans la réalité, c'est effrayant. Comment pourrais-je l'épouser ?

Elle se tourna vers sa mère.

— Comment puis-je savoir si je serai capable d'affronter toutes les exigences et les responsabilités du mariage ? M'occuper de ma carrière, de mon mari, et avoir des enfants ? Comment puis-je être sûre que je ferai un aussi bon travail que toi, ou que grand-mère dans ce domaine ?

— Tu ne peux pas le savoir à l'avance, ma chérie. Mais tu peux décider d'essayer chaque jour pendant toute ta vie. Jusqu'à présent, tu as réussi tout ce que tu as entrepris.

Serena tapota le coussin à côté d'elle.

— Viens t'asseoir près de moi. Tu as toujours été très sérieuse. Tu ne manques pas d'humour, mais tu as toujours été très responsable, et tu as toujours su ce que tu voulais.

— Je l'ai blessé, murmura Gwen. Et j'ai peur de recommencer si je ne fais pas attention.

— En l'épousant.

— Oui, et en étant une mauvaise épouse.

Serena se pencha vers elle pour l'embrasser.

— Je ne peux pas te dire quel choix tu dois faire. C'est à toi de décider. Et je ne vais pas te dire non plus de suivre ta raison ou ton cœur. Au bout du compte, si tout va bien, tu suivras les deux.

— Tu as raison. Je dois décider moi-même. Et je le ferai.

Elle se leva de nouveau.

— Je vous aime, tous les deux. Je vais faire une promenade pour réfléchir avant que la horde n'arrive.

Cette nuit-là, Gwen dormit à peine. Il était presque 3 heures du matin quand la maisonnée avait décidé d'aller se coucher. Gwen se tourna et se retourna dans son lit. Elle était restée étendue pendant des heures, espérant trouver la bonne réponse, mais elle n'avait vu que le visage de Branson.

Et elle avait eu envie de lui, désespérément.

Avant l'aube, elle s'endormit, d'un sommeil léger encombré de rêves. Branson était dans le couloir de l'hôpital, les yeux rivés sur elle pendant qu'il lui parlait. Ensuite, ils partaient ensemble faire des courses en ville, et il gardait un sourire charmant aux lèvres. Puis il la serrait contre lui pendant qu'elle pleurait la mort d'un patient. Et il l'embrassait à l'étouffer sur le seuil de sa porte. Enfin, il la soulevait dans ses bras et la déposait sur un grand lit jonché de pétales de roses.

Et il dardait sur elle un regard intense en lui disant qu'il l'aimait.

Puis le rêve dériva vers la réalisation de ses vœux. Elle se vit en train de sourire à Branson, les bras tendus vers lui. Elle acceptait, elle lui donnait tout.

La musique jouait quand il l'emporta sur un étalon blanc. Elle se sentit envahie d'un sentiment de puissance. Leurs rires se mêlèrent tandis qu'ils s'éloignaient dans un bruit de sabots et que les cornemuses jouaient un air joyeux.

Elle remua, soupira. Et elle se réveilla en murmurant son nom.

Les cornemuses jouaient encore.

Gwen s'assit, se frotta les yeux. Rêvait-elle encore ? Mais non, c'était bien des cornemuses ! Accompagnées du rythme régulier d'un tambour. Elle bâilla, se mit à rire et se leva.

Son grand-père avait dû organiser un petit divertissement pour ce matin de Noël. Elle jeta un coup d'œil à l'horloge. Bizarre, il était encore très tôt.

A peine 8 heures.

Elle cherchait sa robe quand sa porte s'ouvrit brusquement. Julia apparut, pieds nus, les cheveux en bataille, les yeux écarquillés.

— Regarde par la fenêtre ! Il faut le voir pour le croire !

Des voix résonnèrent dans le hall. Des portes s'ouvrirent et se refermèrent, des pas martelèrent le sol.

— Tout le monde est réveillé. Qu'est-ce que grand-père a encore fait ? demanda Gwen.

— Ce n'est pas lui.

Julia attrapa sa cousine par le bras et l'entraîna vers la fenêtre.

— C'est Bran !

Abasourdie, Gwen contempla le spectacle. Sur la grande pelouse, dix gaillards en kilt dansaient un quadrille écossais.

— Tu as vu ! s'écria Julia, stupéfaite. Il y a onze cornemuses et douze tambours. L'amour de ta vie a bien fait les choses !

Gwen aperçut Branson, au milieu, les cheveux flottant au vent.

— Il a fait cela pour moi !

— Il est fou, décréta Julia. Fou de toi. Il est incroyable.

En riant, Gwen posa une main sur sa bouche. Oui, son grand amour avait complètement perdu la tête. Mais n'était-ce pas merveilleux ?

— Il m'aime, il m'aime vraiment ! Ce n'est pas une erreur, ce n'est pas trop rapide, ce n'est pas une passade. C'est parfait. Il est parfait !

— Alors, qu'attends-tu pour le rejoindre ? dit Julia en éclatant de rire.

— J'y vais tout de suite !

Elle enfila une paire de bottes, et descendit en fermant son peignoir. Ses grands-parents étaient déjà près de la porte. Anna boutonnait calmement le manteau de Daniel.

— Je n'en ai pas besoin, protestait-il.

— Si, le vent est glacial. Je ne veux pas que tu prennes froid. Tu as bien une minute, les musiciens ne vont pas s'envoler.

— Et quels musiciens !

Il aperçut Gwen qui dévalait l'escalier. Il lui adressa un sourire satisfait.

— N'est-il pas bien, ce garçon ?

— Il est merveilleux, grand-père !

Elle prit son visage barbu entre ses mains et l'embrassa avec fougue.

— Mais je ne vais pas te remercier avant une semaine.

Elle se précipita dehors dans le froid et joua des coudes au milieu des membres de sa famille.

— Taisez-vous, ordonna-t-elle, je n'entends rien !

Mais elle aurait aussi bien pu s'adresser au vent.

Très vite, cela n'eut plus la moindre importance. Ils pouvaient parler, rire, crier. Elle ne les entendait plus. Elle n'entendait que la musique quand Branson traversa la pelouse enneigée pour venir vers elle.

Elle ne se rendit pas compte que sa famille était devenue silencieuse. Elle ne sentit pas les larmes couler sur ses joues. Elle ne vit que le visage de Branson. Et ses yeux. Dans lesquels se reflétait son cœur.

— Joyeux Noël, Gwendolyn.

— Branson !

— Je t'aime.

Il leva une main vers elle pour essuyer une larme sur ses longs cils.

— Tu es tout ce que je désire. J'admire ta force, ton honnêteté, ta compassion et ta logique. J'ai besoin de toi. Je te promets ici même, devant tous les gens qui sont importants pour toi, que je ne t'abandonnerai jamais.

— Quel homme ! s'exclama Daniel, la voix mouillée de larmes. Je l'avais bien dit ! C'est celui qu'il fallait à ma Gwen !

Branson sourit. Gwen sentit la main de sa mère serrer la sienne. Pour la soutenir, l'approuver, lui transmettre son amour. Puis Serena s'éloigna.

— Veux-tu de moi, Gwendolyn ? demanda Branson.

Gwen s'avança vers lui. Son cœur débordait. Se tenant entre sa famille et lui, elle prit ses mains dans les siennes.

— Je t'avais dit que je ne voulais pas être bousculée. Que je ne voulais pas que tu me pousses à accepter ! dit-elle, les larmes aux yeux.

— Oh, laisse-lui une chance, Gwen !

Ignorant l'intervention de sa sœur cadette, Gwen garda les yeux rivés sur ceux de Branson.

— Et je ne veux toujours pas. Mais je ne peux pas résister au fait d'être aimée, et de t'aimer. Je vais donc te répondre devant les gens qui comptent le plus pour moi. Oui, je veux de toi, Branson.

— Qu'attends-tu pour l'embrasser, mon garçon ?

C'était Daniel.

Lui jetant un coup d'œil par-dessus la tête de Gwen, Branson rencontra son regard luisant de joie.

— Je crois qu'à partir de maintenant, je peux me débrouiller tout seul ! s'écria-t-il en riant avant de prendre Gwen dans ses bras.

JULIA

Prologue

D'après les mémoires de Duncan MacGregor

J'ai le plaisir de dire qu'en choisissant le jeune Branson, j'ai réussi au-delà de mes espérances. C'est un Irlandais intelligent. Nous sommes fiers qu'il fasse partie de notre famille.

Je l'ai observé pendant que notre Gwen remontait la nef dans sa robe de princesse, héritage de sa grand-mère. Et j'ai lu dans ses yeux de l'amour pour toute une vie, et même plus.

Anna et moi avons assisté à la cérémonie main dans la main. La vie est un cycle, embelli par l'amour. Dans cette église, avec la lumière qui formait des arcs-en-ciel en tombant à flots par les vitraux, ma Gwen et son Branson ont entamé leur propre cycle à l'intérieur de ceux que les générations précédentes ont forgés.

Notre Gwen commence une nouvelle vie. Et notre Laura est éclatante de santé. Elle attend son premier bébé. Maintenant, c'est au tour de Julia. Elle s'active comme une abeille. C'est une tête dure, notre Julia, elle me ressemble.

Alors que je m'occupais de ses cousines, j'ai déjà commencé à mettre au point ma stratégie en ce qui la concerne. Ce sera encore plus difficile avec elle, je m'y attends, elle est têtue. Mais bah ! Il n'y a pas plus têtu que son grand-père, Daniel MacGregor.

Cependant, j'aurai bien besoin d'un peu d'aide pour cet arrangement. Je sais à qui je vais en demander. Cela fait plusieurs années déjà que j'ai à l'œil le garçon que je lui destine, et je sais que Julia aussi, bien qu'elle préfère souffrir les tourments de l'enfer plutôt que de l'admettre. Quelle petite tête de mule ! Que Dieu la bénisse.

Ces deux-là sont faits l'un pour l'autre. Ils ont le caractère bien trempé, et ils ne manquent jamais une opportunité de s'invectiver. Ils me feront de beaux bébés, et Anna sera comblée.

Anna a déjà remballé la robe de mariée des MacGregor. Je ne lui ai pas dit qu'elle devrait certainement la sortir de nouveau avant la fin de l'année...

Mais je vous en donne ma parole.

1.

Julia entra dans la minuscule bibliothèque adjacente au salon et jeta un coup d'œil circulaire. C'était décidé. Elle allait faire tomber ce mur pour n'avoir qu'une seule grande pièce. Marchant lentement, elle hocha la tête et continua son inspection.

Elle allait également remplacer toutes les vitres par des doubles vitrages, et enlever cette horrible peinture bleue sur les lambris pour retrouver la couleur chaude du bois de châtaignier. Celui qui avait choisi cette couleur aurait mérité d'être pendu.

Elle enregistra ses observations sur un minimagnétophone. Elle avait toujours préféré cette méthode, plus rapide que des notes griffonnées et souvent illisibles.

Deux cassettes étaient déjà pleines concernant la maison de Beacon Hill. Elle allait l'acheter. Ce serait sa maison, et elle déciderait elle-même de la décoration. Julia fronça les sourcils tandis qu'un petit sourire satisfait se dessinait sur ses lèvres. L'entrepreneur aurait intérêt à lui fournir exactement les matériaux qu'elle désirait, qu'il faille lui faire du charme ou le rudoyer. Elle avait toujours obtenu ce qu'elle voulait de l'une ou l'autre façon. S'il le fallait, elle mettrait la main à la pâte en peignant les murs et les fenêtres. Le travail ne lui faisait pas peur. Mais elle avait besoin de professionnels.

Julia acceptait volontiers les conseils, surtout quand ils coïncidaient avec ses propres points de vue. Et une fois un projet entamé, elle allait toujours jusqu'au bout.

Ce goût du travail bien fait lui venait de ses parents. Alan MacGregor avait été président des Etats-Unis pendant deux mandats, épaulé par Shelby Campbell MacGregor, la première dame du pays, qui ne s'était pas contentée d'organiser des réceptions pour les dignitaires.

Les femmes du clan MacGregor n'avaient jamais été de pâles reflets de leur mari ou de leur père. Une MacGregor avait sa propre personnalité. Julia comme les autres.

Elle monta lentement l'escalier en courbe. De ses yeux couleur chocolat, elle examina le sol, le plafond, traquant chaque détail, chaque défaut qui aurait pu lui échapper. Elle avait une peau fraîche comme les roses, des cheveux bouclés d'un roux flamboyant. Une grande bouche, souvent en activité, et des mains fines rarement immobiles. Son corps débordait d'une énergie qui semblait inépuisable.

Elle n'était pas vraiment belle, mais même ses détracteurs reconnaissaient qu'elle était attirante. Et des détracteurs, elle n'en manquait pas, comme toutes les femmes qui faisaient connaître haut et fort leurs opinions.

L'un des hommes qu'elle avait fréquentés l'appelait « La reine des Amazones ». A priori, ce n'était pas un compliment, pourtant cette expression lui allait comme un gant. Julia était indépendante, séduisante. Et impitoyable.

Se tapotant le menton du bout des doigts, elle étudia la chambre dans laquelle elle couchait depuis un mois. Il allait falloir dégager la cheminée. Quelle mauvaise idée ses prédécesseurs avaient eue en la condamnant ! Décidément, ces gens n'avaient aucun goût.

Elle se voyait déjà allongée sur un superbe lit bateau,

enfouie dans une montagne de coussins, avec une tasse de thé au jasmin et un bon livre. Et un feu crépitant dans l'âtre.

On était seulement à la fin du mois d'août et il faisait encore chaud à Boston, mais cette image lui plaisait. Et pour Thanksgiving, le rêve serait devenu réalité.

A Noël, la maison serait magnifique. Julia sourit. Elle pendrait la crémaillère pour le réveillon de la Saint-Sylvestre. Ce serait parfait.

La sonnette de la porte retentit. Julia consulta sa montre. M. Murdoch était toujours aussi ponctuel. Elle travaillait avec lui depuis près de six ans. Ce n'était pas la première propriété qu'elle achetait ou réhabilitait. L'immobilier était sa passion, et elle avait le sens des affaires dans le sang.

Son grand-père, Daniel MacGregor, était parti de rien, et avait fait fortune rapidement grâce à son esprit vif, son œil aiguisé et son tempérament d'entrepreneur. De tous ses enfants et petits-enfants, c'était Julia qui lui ressemblait le plus dans ce domaine.

Elle dégringola l'escalier, impatiente de discuter des plans et des tarifs avec l'artisan écossais. C'était son grand-père qui lui avait recommandé Michael Murdoch et sa société, des années plus tôt, et elle ne pouvait que l'en remercier. C'était un artisan capable, digne de confiance, pour qui elle éprouvait de surcroît une réelle affection.

Elle ouvrit la porte en souriant. Mais son sourire s'évanouit aussitôt.

Ce n'était pas Michael Murdoch qui se trouvait en face d'elle, mais son fils, Cullum Murdoch, le seul point noir dans son excellente relation avec Michael.

Sans se soucier de lui dire bonjour, elle demanda froidement :

— Où est votre père ?

— Il ne se sent pas bien.

Cullum ne gaspillait pas ses sourires avec les femmes

désagréables. Ses yeux verts, sa bouche pleine et bien dessinée restèrent impassibles.

— Je viens le remplacer.

— Michael est malade ?

Inquiète, elle tendit la main à Cullum.

— Que lui arrive-t-il ? A-t-il vu un médecin ?

— Ce n'est pas grave, juste un refroidissement.

Cullum se radoucit un peu. Cette femme paraissait sincère. Apparemment, elle avait beaucoup d'affection pour son père.

Ils restèrent immobiles sur le palier éclairé par le soleil matinal. Libérant sa main, Julia réfléchit rapidement. Elle n'avait pas spécialement envie de travailler avec Cullum, et encore moins de laisser le chantier prendre du retard. Mais elle ne voulait surtout pas que Michael se croit obligé de venir travailler à peine guéri. Bien sûr, Cullum lui mettait les nerfs à vif, mais si elle voulait avancer, elle devrait le supporter quelques jours.

Il parut lire dans ses pensées et lui lança un regard ironique.

— Si vous pouvez affronter la situation, madame MacGregor, j'y arriverai moi aussi.

Julia se rembrunit. Les hommes qui étaient aussi beaux que lui l'agaçaient rarement. Il avait un visage qui paraissait sortir des mains d'un sculpteur, un corps souple et musclé, et des cheveux blonds et ondulés qu'il portait un peu trop longs. Cependant, malgré ces attributs flatteurs, il l'irritait bel et bien avec son sourire suffisant. Son arrogance lui donnait une furieuse envie de le remettre à sa place avec des paroles cinglantes.

Julia soupira. Agaçant ou pas, Cullum Murdoch travaillait bien, c'était indéniable. Tel père tel fils. Et après tout, il ne s'agissait que d'un remplacement.

— Très bien, Murdoch, commençons.

Cullum hocha la tête et entra dans le hall carrelé de céramique rose. Il jeta un bref coup d'œil sur l'escalier, et arrêta son regard sur le plafond voûté.

— Comment sont les fondations ?

— Solides comme un roc.

— Je vais vérifier.

Julia serra les dents. Et voilà, c'était exactement ce qu'elle redoutait. Cet homme allait constamment remettre en question son jugement et ses opinions, mépriser ses goûts. Prenant une profonde inspiration, elle tira de sa poche de pantalon les bandes qu'elle avait enregistrées et les lui tendit.

— J'ai pris des notes.

— Ah oui, les fameuses cassettes MacGregor ! dit-il, sarcastique.

Il les prit et les fourra dans la poche arrière de son jean.

— C'est plus pratique que de prendre des notes sur un papier, et c'est le plus sûr moyen pour que mes plans et projets soient correctement interprétés.

— Vous êtes vraiment très efficace.

— C'est ma maison ! rétorqua-t-elle.

Il lui lança un regard agacé.

— Personne ne vous dit le contraire.

Passant devant elle, il entra dans le petit salon et jeta un coup d'œil circulaire. C'était charmant, mais celui qui avait peint les lambris en bleu aurait mérité d'être pendu !

— Confortable, marmonna-t-il.

— Trop petit, corrigea-t-elle. Je veux faire tomber le mur de droite et réunir cette pièce et celle d'à côté.

Cullum hocha vaguement la tête. Elle avait raison, bien sûr, mais il ne résistait pas au plaisir de la contredire.

— Les vieilles maisons comme celle-ci supportent mal les changements de structure.

— Sans doute, mais ce n'est qu'une cloison.

D'un pas nonchalant, il s'approcha du mur et le regarda de haut en bas.

— Ça va certainement abîmer ce beau plancher en pin.

— Eh bien, vous n'aurez qu'à le réparer !

Elle traversa la pièce vide.

— Je veux enlever la peinture bleue pour laisser apparaître les panneaux de bois naturel. De plus, le plâtre des plafonds est à refaire. Les pierres de la cheminée doivent être rejointoyées par endroits, mais le manteau est très bien comme il est. Et là…

Elle entra dans l'autre pièce et attendit qu'il la suive.

— La porte ouvrant sur le patio est trop petite. Je veux faire élargir l'ouverture, et mettre une porte en châtaignier avec du verre biseauté et une poignée en cuivre.

Cullum imaginait sans effort le résultat. Oui, c'était exactement ce qu'il fallait ici. Cependant, il préféra hausser les épaules.

— Il va falloir supprimer des briques.

— Je le sais, Murdoch.

— Ça va vous coûter cher.

Elle lui jeta un regard furieux et répliqua d'une voix tranchante :

— Nous discuterons de votre devis une fois que vous l'aurez établi. Pour continuer, il va sans dire que je veux faire repeindre ou retapisser tous les murs. Quant à la cheminée…

Elle fit une pause et inclina la tête sur le côté.

— Je veux la faire déplacer, pour qu'elle se trouve en face de celle de la pièce voisine. Il faudra aussi ouvrir le foyer. Et je veux du double vitrage à toutes les fenêtres, naturellement.

— Naturellement.

Ignorant son intervention, elle passa devant lui. Quel dommage que Michael Murdoch ait été obligé de se faire remplacer par son fils. S'il avait été là, elle lui aurait demandé son avis, elle aurait discuté avec lui. Il y aurait certainement eu un point ou deux qui les auraient fait rire. Et ils se seraient probablement mis à quatre pattes pour examiner le plancher de plus près.

Mais avec le fils, c'était inenvisageable.

Cullum l'observait du coin de l'œil. Décidément, Julia MacGregor était aussi raide et glaciale qu'une déesse de la guerre. Mais elle sentait sacrément bon. Chaque fois qu'il s'approchait d'elle, il était assailli par son parfum. Difficile de se concentrer dans de telles conditions.

Mieux valait garder ses distances. De toute façon, elle était méprisante, autoritaire et arrogante. Ce n'était vraiment pas son type. Et s'il se demandait parfois quel goût avaient ses lèvres, c'était un pur réflexe, rien de plus.

Il la suivit au premier étage, et inspecta minutieusement chaque pièce, du sol au plafond. C'était une très belle maison, ce qui n'avait rien d'étonnant, au fond. Julia MacGregor n'était pas du style à acheter n'importe quoi. Elle avait l'œil en ce qui concernait l'immobilier.

Il hocha imperceptiblement la tête. Oui, elle savait revaloriser une maison, et elle s'y connaissait en matière de décoration. Mais pourquoi était-elle si exaspérante ? Bon sang, cette femme était un vrai moulin à paroles ! Et elle le traitait comme s'il avait une graine de courge à la place du cerveau. Elle expliquait tout dans les moindres détails. Le croyait-elle vraiment incapable de voir tout seul ce qui devait être changé ?

Ils passèrent près d'une heure dans la cuisine. Julia voulait qu'elle soit complètement réorganisée autour de deux points : la vieille cheminée de brique et l'ancien placard mural aux portes en chêne sculpté.

Cullum l'écoutait sans sourciller. Mais deux ou trois idées qu'elle venait d'émettre étaient irréalisables. Il allait se faire une joie de le lui démontrer. Et doubler son plaisir en les remplaçant par ses propres suggestions.

Planté au milieu de la cuisine, il dit :

— Vous avez beaucoup de place, pourquoi la gaspiller ainsi ?

— Je ne veux pas…

— C'est stupide de mettre le four et le réfrigérateur dans ce coin. Il vous faut un plan plus rationnel. Esthétique et pratique à la fois. Il est évident que vous ne devez jamais faire la cuisine.

Elle lui adressa un coup d'œil furibond.

— Dans votre univers, les femmes passent leurs soirées à préparer des petits plats à leurs maris qui rentrent épuisés du travail, je suppose.

— Dans mon univers, les gens qui mangent le mieux sont ceux qui cuisinent eux-mêmes. Vous pouvez garder l'évier sous la fenêtre. Le plan de travail s'inscrira autour, comme ceci. Il peut être incurvé.

Il avait des gestes vifs, précis, ceux d'un homme accoutumé à prendre les choses en mains — et à être obéi.

— Le lave-vaisselle ici, le four dans ce coin, le réfrigérateur là. Débarrassez-vous de cette horrible porte. Et si j'étais vous…

— Ce que vous n'êtes pas.

Il fit mine de ne pas remarquer l'interruption de Julia.

— J'installerais une autre longueur de comptoir ici. Un bar, pour poser les plats, mais aussi pour prendre le petit déjeuner, ou un repas sur le pouce, ou encore pour boire un verre avec quelqu'un. J'utiliserais cet espace, je le ferais entrer dans la pièce en supprimant ce mur.

Julia leva un sourcil.

— Je croyais que les vieilles maisons traditionnelles n'aimaient pas trop les changements de structure, dit-elle d'un ton sec.

Cullum haussa les épaules. Un bon point pour elle.

— Si vous voulez en faire tomber un, vous pouvez en faire tomber deux. Et utiliser cette partie du salon. Je peux aussi faire courir un banc sous la fenêtre.

Le regard de Julia s'éclaira. Il venait d'avoir une idée géniale.

— J'ai vu un superbe banc de prière la semaine passée. Il serait parfait à cet endroit.

— Mieux encore. Vous n'allez pas garder cette véranda telle qu'elle est. Si vous l'abattez, vous gagnerez beaucoup en luminosité.

Julia esquissa un sourire. Oui, c'était exactement ce qu'elle voulait.

— Eh bien, je vais y réfléchir, consentit-elle.

— Parfait. Je suppose que vous ne voulez pas garder le revêtement de sol.

— Bien sûr que si, il est tout neuf !

— Je suis sûr qu'il recouvre un superbe plancher.

— Vous plaisantez. Personne ne serait assez stupide pour recouvrir un parquet !

Lui jetant un regard de défi, Cullum tira un canif de sa poche.

— Vous pariez ?

Julia hésita. Elle préférerait qu'il ait raison, mais elle détestait avoir tort.

— D'accord, soulevez un coin. Mais si vous vous êtes trompé, vous retirez cinq pour cent sur votre devis.

— Et si j'ai raison, vous suivez mes conseils pour la cuisine.

Elle hocha la tête.

— Marché conclu !

Il se dirigea vers le coin le plus proche de la porte de derrière et se mit à genoux.

Moins de trente secondes plus tard, il déclara :

— Vous allez être très heureuse.

— Il n'y a pas de plancher, je m'en doutais bien.

Un sourire victorieux aux lèvres, elle le rejoignit et regarda de plus près.

— Oh !

Elle se mit à quatre pattes, et poussa une exclamation de joie en voyant le bois.

— Enlevez un peu plus de lino.

— Le plancher est probablement rayé et taché.

Il fit ce qu'elle lui demandait. C'était aussi excitant que de trouver un trésor enfoui. Julia se refréna pour ne pas arracher le lino à mains nues.

Ils étaient maintenant hanche contre hanche, épaule contre épaule. Cullum lui jeta un coup d'œil en coin. Julia MacGregor était surprenante. On aurait dit une gamine à qui on aurait donné un cornet-surprise. Une mèche de ses cheveux bouclés vint lui effleurer la joue. Son odeur fruitée détourna son attention. Sans réfléchir, il tourna la tête et se mit à la humer.

Julia se redressa vivement tandis qu'une sensation bizarre se manifestait au creux de son estomac.

— Que faites-vous ? demanda-t-elle d'un ton sec.

— Rien.

Il se remit à soulever le lino. Que lui arrivait-il ? Est-ce qu'il devenait complètement idiot ?

— Vous étiez en train de me renifler, dit-elle.

Cullum resta impassible.

— Je ne suis pas un chien de chasse. Je respirais plus fort, c'est tout. Je fais souvent cela pour me relaxer.

Julia ouvrit de grands yeux. Que se passait-il ? Son pouls battait la chamade, c'était horripilant. Elle avait la bouche sèche, et sentait sa peau brûler.

— Eh bien, ne le faites pas à côté de moi !

Elle se mit debout.

— Allons au deuxième étage, qu'on en finisse !

— Je vous suis.

Cullum referma son canif et le remit dans sa poche. Il était furieux contre lui-même. Il venait de faire preuve d'un manque total de contrôle.

— Et ne vous inquiétez pas, madame MacGregor, je ferai en sorte de retenir mon souffle.

— Idiot, murmura-t-elle en sortant de la pièce.

Décontenancée, elle secoua la tête. D'elle ou de lui, à qui faisait-elle allusion avec ce qualificatif ? Elle n'était pas très sûre de le savoir.

Daniel MacGregor rêvassait. Il se voyait tirer sur un cigare. Blotti dans le fauteuil massif de son bureau cossu, il envoyait au plafond des volutes de fumée imaginaires, tout en écoutant son vieil ami Michael Murdoch au téléphone.

— Alors, ton garçon a marché ?

— Oui. Je me suis mis à tousser et je me suis pincé le nez au téléphone. Je parlais comme ça.

Sa voix était devenue étouffée et rauque. Il continua :

— Je lui ai dit : « Cullum, il faudra que tu ailles voir Julia aujourd'hui, je ne suis pas en forme. »

Puis, reprenant une voix normale :

— C'est un bon garçon, il n'a pas hésité une seconde.

Daniel sourit au plafond, changea le téléphone d'oreille. Il connaissait Michael Murdoch depuis quinze ans, il respectait en lui le professionnel, et il aimait l'homme. Il l'avait soutenu quand il avait perdu sa femme, dix ans plus tôt. Et il complotait avec lui depuis presque aussi longtemps.

— C'est un gros travail, dit Daniel. Cela va prendre plusieurs mois, pendant lesquels ils vont s'affronter.

— Je vais être malade pendant une ou deux semaines.

Ensuite, il y aura encore deux semaines de convalescence. A ce moment-là, Cullum sera dans le chantier jusqu'au cou. Je n'aurai plus qu'à le convaincre de le terminer. Il y a de fortes chances pour qu'il soit le premier à le vouloir.

Daniel hocha la tête.

— Je ne comprends pas pourquoi il ne s'est jamais intéressé à Julia. Ils se connaissent depuis des années. Ce sont des jeunes gens en bonne santé, et aussi séduisants l'un que l'autre.

Il caressa sa barbe blanche.

— Je te le dis, Michael, si on ne les prend pas en main, les jeunes d'aujourd'hui passent à côté de ce qui est important.

— Il y a une étincelle entre eux, Daniel. Toi et moi, nous n'avons qu'à souffler dessus. Il est temps que Cullum s'installe, et qu'il soit heureux.

— Voilà qui est bien parlé ! Et ta stratégie me paraît infaillible.

Daniel tambourina sur la table du bout des doigts.

— Et pour Julia, c'est la même chose. Cette petite a déjà vingt-cinq ans. Je me demande ce qu'elle attend !

Il sourit, s'enfonça dans son fauteuil.

— Ton Cullum et ma Julia nous feront de magnifiques bébés, Michael.

2.

Inconsciente de ce qui se tramait autour d'elle, Julia feuilletait joyeusement des livres d'échantillons. Assise au milieu de son lit, elle était entourée d'une montagne de catalogues : peintures, papiers peints, carreaux de céramique, poignées de portes, quincaillerie de cuisine et de salle de bains. Elle inscrivait sur un bloc-notes ce qui lui paraissait intéressant avant d'enregistrer ses choix définitifs.

Faisant une pause, elle soupira. Il avait fallu deux semaines de rendez-vous, de négociations, de discussions âpres avec Cullum pour définir exactement les travaux à réaliser, ainsi que la date limite de leur exécution et le montant des devis.

Elle n'avait pas eu le choix, elle avait dû accepter qu'il s'occupe du chantier. Le jour où elle était allée voir Michael Murdoch, elle l'avait trouvé si abattu qu'elle avait renoncé à lui demander quel jour il comptait revenir.

Elle changea de position et étira ses jambes ankylosées. Elle avait passé une partie de la matinée à concrétiser la vente d'une vaste propriété. Elle ne s'était pas encore changée et portait la petite jupe bleue et le gilet qu'elle avait mis pour le rendez-vous. Dès qu'elle était rentrée chez elle, elle avait libéré ses cheveux de la pince qui les retenait en chignon, les laissant flotter sur ses épaules.

Pensive, elle tapota le catalogue, et resta un moment à contempler ses bagues. Elle avait un faible pour les pierres colorées montées en bracelets, bagues et colliers.

Elle se mit à fredonner, accompagnée par le bruit de la scie et du marteau venant du premier étage. Elle sourit. C'était bon à entendre.

Le dos tourné à la porte, elle se remit à feuilleter ses catalogues, ignorant le bruit de pas qu'elle avait cru entendre.

Cullum s'arrêta sur le palier de la chambre et ses yeux, comme attirés par un aimant, se posèrent immédiatement sur les jambes nues de Julia. Le souffle coupé, il resta quelques secondes à les admirer. Dieu du ciel, Julia MacGregor avait des jambes fantastiques, et sa minuscule jupe n'en couvrait qu'une infime partie. Cullum déglutit péniblement. Il avait la gorge sèche. Avec ce spectacle sous les yeux, il aurait presque pu oublier qu'elle avait un caractère de chien.

Julia remua un peu et se frotta lentement la cuisse. Levant les yeux au ciel, Cullum prit deux profondes inspirations pour se remettre d'aplomb, et demanda d'une voix mal assurée :

— Vous avez une minute, madame MacGregor ?

— Mmm ? fit Julia sans lever les yeux de son catalogue.

Allait-elle jeter son dévolu sur les églantines sur fond bleu nuit ou sur ces rayures, plus traditionnelles ? Non, décidément, elle préférait les fleurs.

— Julia MacGregor ?

Il s'approcha d'elle, passa une main devant ses yeux. Et faillit éclater de rire en voyant son regard outré.

— Que faites-vous ici ?

Sentant son pouls accélérer sa course, elle tenta de se rassurer : seule la surprise pouvait en être responsable.

— Votre mur est tombé. Voulez-vous venir voir ?

— Oui, une minute !

Faisant mine de ne pas être pressée, elle reporta les yeux sur le papier peint. Elle détestait être prise de court, ne pas avoir le temps de se composer une attitude. Avec un type comme ce Murdoch, il fallait toujours être sur ses gardes.

— Vous pouvez y retourner, j'arrive, dit-elle, furieuse d'entendre sa voix trembler.

Incapable de bouger, Cullum avait les yeux rivés sur elle. Il s'assit sur le bord du lit.

— Vous allez trop vite, dit-il d'un air amusé. Vous n'avez pas besoin de papier peint avant au moins deux semaines. Les murs ne sont pas prêts.

Puis, voyant les rayures qu'elle avait choisies :

— Mmm, plutôt sévère, celui-ci.

Il parcourut du regard les jambes de Julia.

— Tout à fait différent de vous.

— C'est un compliment ou une insulte ?

Elle résista à l'envie de tirer sur sa jupe. Elle n'allait pas lui donner la satisfaction de la voir embarrassée par ses réflexions stupides. Comme il ne répondait pas mais se contentait de sourire, elle ajouta :

— Une insulte, évidemment. Allez vous faire pendre !

— Pourquoi êtes-vous sur votre trente et un ?

Il tripota le bas de sa jupe. Julia allait certainement lui donner une claque sur la main. Il ne fut pas déçu.

— J'avais une vente. La propriété de Court Street.

— Ah oui, un bel endroit, mais un peu trop dans le centre.

Il ouvrit son livre d'échantillons de peintures.

— Voilà ce qu'il faut dans une pièce comme celle-ci. Un vert profond. C'est une couleur reposante.

Julia ne dit rien. Elle y avait déjà pensé.

— Vous vous lancez dans la décoration, Murdoch ?

— A force de restaurer des maisons, on finit par savoir ce qui peut leur convenir.

Ses yeux, d'un vert aussi profond que celui qu'il venait de désigner, se plantèrent dans les siens.

— Vous faites preuve de créativité pour réhabiliter une maison, et une fois que vous l'avez vendue, les propriétaires gâchent tout avec des couleurs et des meubles à vous faire dresser les cheveux sur la tête.

Julia continua son exploration du catalogue. Elle était d'accord avec Cullum une fois de plus. Voilà qui commençait à devenir agaçant. Et dangereux. Il fallait changer de sujet et vite.

— Comment va votre père ? demanda-t-elle.

— Il se remet, mais c'est long.

Incapable de cacher son inquiétude, il fit une pause et fronça les sourcils.

— Je ne l'ai jamais vu malade aussi longtemps. Le médecin lui a donné des fortifiants et lui a recommandé de rester tranquille encore une semaine ou deux.

— Cela me paraît raisonnable, dit Julia avec un sourire de sympathie.

Rien ne la touchait plus que l'amour et la tendresse familiales. Elle posa une main rassurante sur le genou de Cullum.

— Vous verrez, dans huit jours, il sera en pleine forme. Il est solide comme un roc.

— Il n'arrête pas de dire qu'il vieillit. Mais, bon sang, il n'a que soixante ans, dit-il en plongeant un regard inquiet dans celui de Julia.

Stupéfait, il fit une pause. Julia lui souriait. C'était un événement. Il avait envie de prolonger ce sourire le plus longtemps possible.

— Mon père m'a dit qu'il voulait revenir, reprendre le travail, mais c'est encore trop tôt.

— Surtout, dites-lui de ne pas s'en faire. Nous nous en tirerons très bien tous les deux.

Avec un large sourire, Cullum hasarda un doigt léger sur sa cuisse. La réaction ne se fit pas attendre.

— Gardez vos mains dans vos poches !

— La vôtre est sur mon genou, lui rappela-t-il en riant.

Elle la retira, furieuse.

— C'est bien fait pour moi. Cela m'apprendra à essayer d'être amicale. Sortez de mon lit !

— Je ne suis pas dedans, mais dessus. Et pour vous dire la vérité, je n'avais pas encore envisagé d'y entrer. Mais vous venez de me faire entrevoir un univers de possibilités alléchantes.

— Murdoch, le jour où vous entrerez dans mon lit, il y aura des glaciers en enfer !

Cullum hocha lentement la tête. Il ne savait pas ce qui le poussait, son ego ou le désir. Peut-être un mélange des deux. Mais il se pencha vers elle, rapprocha son visage de celui de Julia, et plongea son regard dans le sien. Leurs bouches étaient séparées d'un souffle.

— Vous pariez ? dit-il d'un ton suave.

Julia soutint son regard. Le sang grondait à ses oreilles. Son amour-propre en prenait un coup, mais elle devait bien reconnaître que, pendant une fraction de seconde, elle avait été terriblement troublée. Elle avait été tentée. Mais, Dieu tout-puissant, il fallait qu'elle se reprenne. Elle ne se laisserait jamais séduire par un homme aussi arrogant que Cullum Murdoch. Le regard flamboyant de colère, elle répondit :

— Contrairement à vous, je ne fais pas de paris, et surtout pas sur ce genre de sujet. Et contrairement à vous, je ne pense pas prendre la position horizontale avec quelqu'un que je supporte à peine en position verticale.

Cullum éclata de rire. La petite lueur d'excitation qui avait traversé les yeux de Julia ne lui avait pas échappé. Haussant les épaules, il se leva.

— Cela ne m'empêche pas d'aimer vos jambes, Julia MacGregor.

Sans plus de cérémonie, il sortit, la laissant stupéfaite.

Le souffle court, elle alla ouvrir sa penderie et fit défiler rageusement les cintres, à la recherche d'un pantalon. Désormais, elle se couvrirait jusqu'aux chevilles chaque fois qu'elle risquerait de le rencontrer.

— Et après cela, il a voulu me faire parier que je coucherais avec lui. Non, mais pour qui se prend-il ?

Deux jours plus tard, Julia fulminait encore. Elle arpentait sa chambre d'un pas nerveux sous l'œil amusé de sa cousine Laura, qui berçait son bébé dans ses bras.

— Il voulait te taquiner, dit Laura.

Elle coucha le petit Daniel dans son berceau, près de la fenêtre.

— Il sait que tu réagis au quart de tour chaque fois qu'il te provoque, ajouta-t-elle.

— Je ne m'énerve pas facilement, rectifia Julia. Excepté quand j'ai affaire à Cullum Murdoch.

— Eh bien, ignore-le ! Tu as dit toi-même qu'il travaillait merveilleusement bien. Considère la fin, pas les moyens.

— Tu as raison.

Fermant les yeux, Julia s'exhorta au calme. A travers la porte de la chambre lui parvenait le bruit des travaux. Maintenant, elle la tenait toujours fermée. Elle rouvrit les yeux et sourit.

— Voilà, maintenant, il n'existe même pas ! Je l'ai chassé de ma tête.

— Bravo !

Laura se mordit la lèvre inférieure pour vaincre une

subite envie de rire. Mais ce n'était pas le moment. Julia était bien assez énervée.

— Es-tu sûre que cela ne te dérange pas de t'occuper de Daniel ? demanda-t-elle. Je te promets que je serai de retour à 15 heures au plus tard.

— Au contraire ! J'ai hâte de l'avoir tout à moi.

D'une main légère, Julia caressa la joue du bébé.

— Il est si beau, Laura, et il a déjà tellement changé!

— Oui, il grandit vite. Je déteste l'idée de passer une seule minute loin de lui. Je sais qu'il va falloir que je trouve une nourrice. Mais c'est difficile. Je n'aurais jamais cru que ce soit aussi difficile.

— Tu es une mère formidable, et Royce est un père de rêve.

— Tout le mérite revient à Daniel. C'est un bébé idéal. Il est très facile à vivre.

Elle se leva en soupirant.

— Bon, il sera très bien avec sa tante Julia. J'ai apporté tout ce dont il peut avoir besoin. N'hésite pas à m'appeler si tu as le moindre problème. Ah, j'allais oublier ! Il adore être pris sur les genoux, quand il se réveille et…

— Laura !

Julia rit gentiment.

— Je te promets que je ne vais pas aller le vendre dès que tu auras le dos tourné.

Laura eut un pâle sourire.

— Excuse-moi. Je te remercie de me dépanner ce matin.

— Je suis folle de joie. Je n'ai aucun rendez-vous, nous ne serons pas dérangés, Daniel et moi.

Julia poussa doucement sa cousine vers la porte. Quand elle se retrouva enfin seule, elle se mit à fredonner, heureuse de passer la matinée avec le bébé.

— J'espère que tu ne vas pas dormir trop longtemps, mon ange ! dit-elle tout bas en se penchant sur le berceau.

Deux heures plus tard, elle regrettait amèrement d'avoir formulé ce souhait. L'ange Daniel hurlait à pleins poumons. Elle essaya de lui donner son biberon, qu'il repoussa d'une main aussi vigoureuse que potelée. L'ours qu'elle lui tendit traversa aussitôt la pièce en vol plané. Elle le berça, lui chanta une chanson. Rien n'y fit. Au bout d'un quart d'heure, Daniel était écarlate.

— Qu'est-ce que vous lui avez fait ?

Le bébé dans les bras, Julia fit volte-face. Cullum venait d'entrer dans la pièce.

— Désolé, j'ai frappé, mais je suppose que vous n'avez pas pu entendre.

— Je l'ai battu, c'est mon passe-temps favori ! aboya Julia, hors d'elle. Que faites-vous ici ? Là, là, calme-toi, mon tout petit.

— Il est mouillé ?

— Non. Je ne suis pas la dernière des imbéciles, j'aurais compris.

De sa main libre, elle écarta les cheveux qui lui tombaient sur les yeux.

— Il ne veut pas de lait, il ne veut pas que je le berce, et je le promène depuis une demi-heure, en pure perte.

— Voyons un peu.

Cullum s'approcha à grandes enjambées. Julia se détourna, serrant l'enfant contre elle dans un geste protecteur. Cullum roula les yeux.

— Détendez-vous, Julia. Il y a longtemps que je n'en ai pas dévoré un.

Sans lui demander son avis, il lui prit Daniel des bras. Elle n'opposa aucune résistance. Elle était à bout.

— Qu'est-ce qui t'arrive, jeune homme ?

Julia ouvrit de grands yeux. Dans son jean râpé et sa chemise aux manches roulées jusqu'aux coudes, Cullum portait le bébé au creux de son bras comme s'il avait fait cela toute sa vie.

— Ce doit être ses dents, décréta-t-il.

— Comment le savez-vous ?

— J'ai trois nièces, grâce à ma sœur, et figurez-vous que chacune d'elle a des dents. Curieux, non ? Votre cousine vous a-t-elle donné quelque chose qu'il puisse mâcher ?

— Je ne crois pas. Je vais vérifier.

Pendant ce temps, Cullum offrit un doigt au bébé, qui se jeta dessus. Cullum hocha la tête.

— Si vos gencives étaient aussi gonflées que les siennes, vous crieriez encore plus fort, affirma-t-il.

— Voilà !

Julia lui tendit une sucette bleue. Cullum la glissa entre les gencives de Daniel, et les cris cessèrent comme par magie.

— C'est mieux comme ceci, non ? murmura-t-il en essuyant les joues baignées de larmes.

Il le regardait d'un air chaleureux, ses grands yeux verts pleins de tendresse.

— Il est vraiment adorable, dit-il.

— Vous aimez les bébés, apparemment.

— Et pourquoi ne les aimerais-je pas ?

Il le brandit au-dessus de sa tête. Julia eut un haut-le-corps. Mais Daniel était ravi.

— Il faut lui faire oublier qu'il a mal aux gencives, continua Cullum. Tu veux venir travailler avec moi, Daniel ?

— Vous ne pouvez pas l'emmener en bas. Il y a trop de bruit et de poussière.

Sans cesser de sourire à Daniel, Cullum secoua la tête.

— Les femmes s'inquiètent toujours pour un peu de poussière. Il va aimer cela. Les bébés aiment le mouvement et les sons. Cela les stimule.

Daniel était très occupé à mâchonner sa sucette. Cullum le cala sur sa hanche.

— Ensuite, nous irons dans la cuisine pour déjeuner. Une bière et un sandwich à la viande.

Julia sourit malgré elle.

— Je veux bien accepter, pour une minute, mais ne lui faites pas manier la scie électrique !

Cullum planta un baiser sur le crâne duveteux de Daniel.

— Vous me faites confiance ou vous préférez descendre avec nous pour me surveiller ?

— Aussi curieux que cela paraisse, je vous fais confiance, mais je viens quand même.

Elle attrapa un bavoir.

— Il bave beaucoup, dit-elle.

— Bah, qu'est-ce qu'un peu de bave entre hommes ?

— Cullum, je…

Julia hésita.

— J'apprécie vraiment votre intervention. Je commençais à m'arracher les cheveux.

Hochant la tête, Cullum eut un sourire amusé. C'était la première fois qu'elle l'appelait par son prénom.

— Cela aurait été dommage. Ils sont magnifiques.

Il lui tendit la main.

— Si nous allions voir où en sont les travaux ?

Avant d'avoir le temps d'y penser, Julia mit sa main dans la sienne. C'était difficile maintenant de la retirer.

— Vous avez beaucoup avancé. Croyez-vous pouvoir commencer la grande chambre la semaine prochaine ?

— C'est dans mes intentions.

— Je vais sortir les meubles pendant le week-end, je les mettrai dans la chambre du rez-de-chaussée.

— Je le ferai avec mes gars. Vous vous êtes décidée pour les couleurs et les matériaux du comptoir de la cuisine ?

— Oui, hier. J'ai la bande magnétique.

— Je m'en doute. Qu'avez-vous choisi ?

— De la céramique bleue.

— Pas mal.

— Hello, Cullum !

Un charpentier sortit du salon.

— Vous voulez jeter un coup d'œil avant qu'on finisse ?

— Oui, j'arrive.

Julia tendit les bras.

— Attendez, je vais prendre Daniel.

Leurs bras s'effleurèrent quand ils se passèrent le bébé.

— Allez-y, nous vous regarderons à distance, c'est plus sûr.

Du bout du doigt, Cullum pressa doucement le nez de Daniel.

— N'oublie pas le sandwich à la viande, dit-il en riant.

Et il s'éloigna.

— Eh bien, c'était inattendu, non ? murmura Julia en mettant Daniel sur son épaule.

Elle soupira. Qui aurait pu croire qu'un homme si horripilant pouvait être aussi adorable avec un bébé ?

Tapotant le dos de Daniel, elle se rapprocha de la porte. Le mur abattu, la pièce paraissait grande et très lumineuse. Et pleine d'hommes, d'outils et de bruit.

Julia sourit. Rien ne lui plaisait davantage que de voir les étapes d'un travail. Elle n'aimait pas entrer dans un intérieur prêt à être habité. C'était tellement plus excitant de faire des transformations quand c'était possible, et de s'occuper soi-même de la décoration.

Sur le sol recouvert de vieux tissus, le charpentier avait posé une table à tréteaux sur laquelle il découpait des planches. Agenouillé près de la cheminée, le maçon en rejointoyait les pierres.

Dans l'ouverture nouvellement pratiquée, Cullum discutait avec deux ouvriers.

Brusquement son rire s'éleva. Un rire terriblement viril.

Julia frissonna. C'était le mot juste pour décrire Cullum. Elle avait senti sa main calleuse quand il avait pris la sienne. Il dégageait une odeur de sciure de bois et de sueur. Ses bras avaient des muscles allongés, qui devaient être durs au toucher.

Et la façon dont son jean lui moulait les hanches était… délicieuse.

— Seigneur ! murmura-t-elle.

Quelle idée de remarquer la façon dont le jean de Cullum lui moulait les hanches, et le cercle doré qui entourait ses pupilles, juste avant le passage au vert de ses iris ! En quoi cela pouvait-il l'intéresser ? Elle se moquait bien de Cullum en tant qu'homme. Tout ce qui l'intéressait en lui, c'était qu'il fasse bien son travail.

Se tournant vers elle, Cullum lui adressa un sourire et fit un clin d'œil au bébé.

Julia serra Daniel de plus près. Mais cela ne fit rien pour calmer les battements fous de son cœur.

3.

La journée avait démarré sur les chapeaux de roues. Au petit déjeuner, Julia avait prononcé un discours pour l'Association des Femmes d'affaires de Boston. A 13 heures, elle s'était rendue à un forum de sciences politiques à Harvard, où elle était invitée à donner une conférence. Et ce soir, elle devait faire un discours à l'occasion du dîner donné par le salon de l'immobilier.

Les discours ne lui faisaient pas peur. Il ne s'agissait après tout que de faire part de ses opinions. Elle avait toujours été douée pour cela. Les huit années passées à être la Première Fille des Etats-Unis lui avaient procuré une excellente formation sur le tas pour s'adresser à la foule et aux médias.

Elle acceptait ce genre d'invitations plusieurs fois par an, et essayait de les regrouper sur deux ou trois jours.

Malgré son emploi du temps serré, elle trouva le moyen de courir les antiquaires pour chercher des poignées de portes.

Celles qui lui avaient été proposées ne lui convenaient pas. Elle voulait plus de fantaisie. Chaque porte de sa maison devait avoir un aspect unique quand elle serait terminée.

Elle jeta son dévolu sur plusieurs boutons ovales en cuivre, en verre biseauté, en bois des îles, et en émail brillant. Les formes étaient superbes.

En rentrant chez elle, elle fit un détour par Murdoch and Sons. Michael adorait les visites impromptues.

Elle entra dans la zone industrielle, aussi à l'aise entre les bâtiments et les énormes camions qu'elle l'était à Beacon Hill. Elle adressa un signe amical aux personnes qu'elle connaissait et se retrouva dans la propriété des Murdoch. Elle sourit en coupant le contact. Le vieux camion de Michael était là.

Julia prit la boîte pleine de quincaillerie et poussa un petit grognement. C'était bigrement lourd. Elle avait gardé son tailleur de conférencière, ce qui provoqua des sifflements admiratifs de la part des ouvriers.

Connaissant la plupart d'entre eux, elle répondit par un sourire indulgent.

Le bureau d'accueil était petit et passablement en désordre. Derrière le meuble métallique, la secrétaire lui sourit d'un air las.

— Julia ! Vous êtes fraîche comme une rose !

— Bonjour, Meg. Beaucoup de travail ?

Roulant les yeux, Meg tendit la main vers le téléphone qui sonnait.

— Murdoch and Sons. Un instant, je vous prie.

Enfonçant une touche, elle poussa un petit soupir.

— Les affaires marchent bien. Ce qui signifie que je passe mes nuits à rêver du téléphone. Est-ce que je peux vous aider ?

— J'ai quelques objets que je voudrais montrer à votre patron. Est-il libre ?

— Vous plaisantez ! Pour vous, il l'est toujours ! Allez-y.

— Merci. Comment va-t-il ?

— Encore un peu fatigué, mais il reprend des forces. Cela va le dynamiser de vous voir. Je vais l'appeler pour le prévenir de votre arrivée.

— Merci.

Julia se dirigea vers le couloir qui desservait les bureaux.

La porte de Michael était fermée. Bizarre. Les Murdoch préféraient généralement garder leurs portes ouvertes. Vaguement intriguée, Julia frappa doucement et attendit.

De l'autre côté, Michael venait juste de recevoir l'appel de Meg lui annonçant l'arrivée de Julia. Vif comme l'éclair, il enfouit au fond d'un placard son sandwich et son verre de bordeaux. Le jeu électronique qu'il avait emprunté suivit le même chemin, ainsi qu'une généreuse part de gâteau au chocolat. Toutes choses qui ne collaient pas avec son image de vieil homme malade.

Julia attendit quelques secondes et frappa de nouveau. Quand la porte s'ouvrit, son inquiétude redoubla. Très rouge, Michael paraissait avoir une forte fièvre.

— Julia !

Il n'eut pas besoin de jouer la comédie pour être essoufflé.

— C'est si gentil de venir me voir ! ajouta-t-il en tendant les mains vers elle.

— Monsieur Murdoch ! Comment allez-vous ?

Julia posa sa boîte sur le bureau et prit les mains de Michael dans les siennes.

— Vous devriez être au lit.

— Mais non, je vais très bien.

Il ajouta une petite toux pour faire bonne mesure.

— Je me repose, ma chère petite. Je ne comprends pas pourquoi un vulgaire refroidissement m'a épuisé de la sorte.

— Je croyais que vous aviez la grippe ?

— Mmm. Il faut croire que c'était cela, en effet.

Elle le prit par le bras pour le conduire vers une chaise. Michael poussa un profond soupir.

— Dites-moi, comment mon fils se comporte-t-il ?

Julia réfléchit un instant. Elle avait plusieurs griefs contre Cullum, le premier étant qu'il n'arrêtait pas de remettre en question les choix qu'elle faisait. Mais c'était inutile de fatiguer Michael avec ses petits problèmes. Elle sourit.

— Le chantier avance bien. Naturellement, j'aurais préféré que ce soit vous qui vous en occupiez.

Il se mit à rire doucement en lui pressant la main. Aucun homme ne pouvait rêver d'une bru plus parfaite que Julia.

— Cullum est le meilleur dans tout ce qu'il entreprend, affirma-t-il.

— Il a été à bonne école, dit-elle avec un sourire charmeur.

Enchanté, Michael sourit en repoussant le compliment d'un geste de la main.

— Vous allez me faire rougir. Mais dites-moi ce que vous avez dans cette boîte ?

— Des trésors. Je suis folle de joie. J'ai trouvé ce que je voulais : des boutons de portes !

Les yeux de Michael s'éclairèrent.

— Montrez-moi cela !

Ils passèrent vingt minutes à contempler les acquisitions de Julia, discutèrent et spéculèrent sur leur âge et leur histoire.

— La porte de ma chambre est en très vieux chêne. C'est une rareté, la plupart de ce qui était d'origine a été remplacé. Les derniers propriétaires ont tout enlevé, et ils ont peint les moulures en bleu.

Michael secoua la tête.

— Quel crime !

— Cullum vous a-t-il dit qu'ils avaient posé du linoléum sur le plancher de la cuisine ? Je vais le retaper. Il sera magnifique !

Elle brandit un bouton de porte en verre.

— Que pensez-vous de celui-ci avec les sculptures verticales de la porte de ma chambre ?

— Ce sera superbe.

Elle lui adressa un sourire radieux.

— J'adore parler décoration avec quelqu'un qui a les mêmes goûts que moi.

Jetant un coup d'œil à sa montre, elle s'exclama :

— Oh, Seigneur, il est horriblement tard ! Je dois rentrer chez moi pour me changer.

— Vous sortez ce soir ? demanda-t-il doucement.

Il riva son regard dans celui de la jeune fille. Une petite enquête n'avait jamais fait de mal à personne.

— Vous avez un nouvel ami ?

— Pas de nouvel ami, mais j'ai un dîner à 19 h 30.

— Vous pouvez laisser la quincaillerie ici, Cullum vous la portera. Et il se fera un plaisir de l'installer.

— Formidable ! J'ai hâte de voir le résultat.

Elle se pencha pour l'embrasser sur la joue.

— Et prenez soin de vous, monsieur Murdoch. Je veux vous voir danser quand je pendrai la crémaillère.

— Comptez sur moi ! dit Michael avec un sourire malicieux.

Une fois Julia partie, il s'enfonça dans son fauteuil en riant. Un petit scénario commençait à s'élaborer dans son cerveau toujours actif. Au bout de quelques minutes, il se leva lentement et ferma sa porte à clé. Puis il se précipita vers son placard en se frottant les mains. Il allait manger tout en téléphonant à Daniel MacGregor pour le mettre au courant de l'évolution de leur dernier plan.

— Ce qu'elle peut être horripilante !

Marmonnant entre ses dents, Cullum aligna les poignées par

terre. Julia MacGregor était d'une impatience ! Heureusement pour elle, elle s'était adressée directement à son père !

Mais, bon sang, qu'avait-elle dans la tête ? Quelle idée de préparer une soirée dans une maison qui était encore en pleins travaux !

Elle trouvait probablement très original que ses amies se promènent sur de vieux tissus couverts de gravats, et dégustent des canapés en faisant des commentaires sur les plafonds dont les plâtres n'étaient pas finis.

Pour couronner le tout, elle voulait que ses satanés boutons de porte soient posés. Exaspéré, Cullum s'empara d'un tournevis. Il n'avait pas eu le choix. Michael avait insisté, disant que Julia faisait partie de leurs meilleurs clients et qu'ils se devaient de lui faire plaisir.

Cullum soupira en se rappelant les paroles de son père : « Mais si tu n'as pas le temps, je peux y aller et m'en occuper moi-même. »

— Comme si j'allais le faire travailler alors qu'il est en convalescence, grommela-t-il pour lui-même.

Il était bientôt 23 heures. Il avait presque fini, et il se sentait d'une humeur massacrante. Julia était vraiment l'exemple type de la fille à papa, trop gâtée, arrogante, nombriliste. D'ailleurs, il ne faisait pas une découverte. Il avait été stupide de penser qu'elle était peut-être différente de ce qu'elle paraissait quand il l'avait vue avec le bébé dans ses bras, ou le jour où elle avait ri avec les ouvriers. Elle leur avait généreusement apporté des boîtes de beignets et des litres de café. Elle les connaissait tous par leurs noms, et elle trouvait toujours un moment pour discuter avec eux et les complimenter sur leur travail.

Cullum haussa les épaules. Il n'y avait sans doute rien de sincère dans tout cela. C'était une simple tactique.

Entendant la porte d'entrée s'ouvrir, il eut un sourire amer. Mademoiselle finissait par rentrer à la maison. Il fallait espérer qu'elle avait passé une excellente soirée, parce que, maintenant, elle allait déchanter ! Il allait lui dire ce qu'il pensait.

Alors qu'il arrivait sur le palier, il entendit des voix dans le hall. Celle de Julia, et une voix masculine. Il eut un rire de dérision. Mademoiselle amenait chez elle un de ses charmants cavaliers. Malgré lui, il tendit l'oreille.

— Tod, je veux dormir, j'ai eu une journée épuisante, dit Julia.

— Allons, Julia, vous n'allez pas me renvoyer sans m'offrir un verre ?

Julia soupira et fit de son mieux pour ne pas paraître agacée. Depuis six mois, elle sortait avec Tod de temps à autre, mais la plupart du temps, elle refusait ses invitations. Tod avait deux atouts majeurs, et elle osait à peine admettre que c'étaient les seuls qu'il offrait à ses yeux : il était superbe avec une cravate noire, et il était capable de s'amuser même pendant la soirée la plus ennuyeuse.

Elle lui devait bien un verre rien que pour cela.

— D'accord.

Elle ôta sa cape, révélant sa robe du soir en satin moiré.

— Que voulez-vous boire ? demanda-t-elle en se forçant à sourire.

— En fait, je n'ai aucune envie de boire. Ce que je voudrais vraiment…

Se déplaçant avec une souplesse féline, il glissa un bras autour de sa taille et l'embrassa avant qu'elle ait le temps de réagir.

Elle ne protesta pas, mais elle ne répondit pas à son baiser. Elle avait déjà constaté que les baisers de Tod ne changeaient en rien la vitesse de son pouls. Elle en éprouvait une légère déconfiture, sans plus. Embrasser Tod, c'était assez agréable, mais lire un bon livre l'était encore plus.

— Tod, je suis fatiguée.

— Je fais ce qu'il faut pour vous détendre.

Elle sentit ses mains se promener sur son dos, où deux brides étroites se croisaient sur sa peau nue.

— J'ai attendu ce moment toute la soirée, Julia.

— Je suis désolée.

Elle le repoussa doucement. Elle commençait à en avoir assez, mais Tod l'étreignit plus fort et ses lèvres se firent plus exigeantes. Elle levait les bras pour le repousser gentiment quand elle sentit les mains de Tod se poser sur ses fesses. Elle se dégagea brusquement.

— Fichez-moi la paix !

— Julia !

Sans cesser de sourire, il se mit à tripoter une de ses brides.

— Ne jouez pas à ce petit jeu avec moi, Julia.

Elle serra les dents. Maintenant, il laissait son doigt descendre entre ses seins.

— Dans quelle langue est-ce que je dois vous dire de me laisser tranquille ? dit-elle sèchement.

Tod se rembrunit.

— A quoi jouez-vous, Julia ? Voilà des mois que vous me faites languir. J'ai été patient, mais, ce soir, je suis fatigué d'attendre.

Julia le regarda avec des yeux étincelant de fureur.

— Que voulez-vous, au juste ? Que je m'allonge sur le plancher et que je vous laisse faire ce que vous avez à faire ? Je suis vraiment stupide d'avoir pensé qu'une relation sexuelle impliquait deux personnes consentantes.

— Ne jouez pas la comédie, Julia. Vous n'allez pas me faire croire que vous avez choisi cette robe au hasard.

Julia prit une profonde inspiration. La coupe était pleine. Elle marcha d'un pas décidé vers la porte et l'ouvrit en grand.

— Non, je ne vous le ferai pas croire. Je l'ai mise parce qu'elle me plaît. Et je crois savoir qu'une femme est libre de s'habiller comme elle veut. Maintenant, vous allez partir avant que je fasse ce que j'ai vraiment envie de faire, c'est-à-dire vous donner un coup de genou bien placé.

Tod devint rouge de colère.

— Vous êtes vraiment une garce frigide, dit-il en se dirigeant vers la porte.

Elle la claqua derrière lui, puis elle ferma les yeux pour mieux retrouver son souffle.

— Quel connard !

— Et moi qui croyais que c'était un chic type !

Elle ouvrit des yeux arrondis par la stupeur. Et sa colère redoubla.

— Que diable faites-vous chez moi, Cullum ?

— Mon boulot.

Il desserra le poing qu'il s'apprêtait à envoyer dans la figure de Tod. Julia n'avait pas eu besoin de lui, elle s'était débrouillée comme un chef. Chapeau ! C'était d'autant plus admirable qu'elle semblait vraiment secouée par cet affrontement.

— Notez bien que je comprends ce vieux Tod. Vous avez une robe à damner un saint, dit-il en posant sur elle un regard de braise.

Elle se redressa.

— Allez au diable !

— Du calme !

Il lui effleura le bras du bout des doigts tandis qu'elle passait en trombe devant lui. Il ajouta :

— Désolé, je voulais dédramatiser un peu. Vous devriez vous asseoir. Vous tremblez.

— Je tremble de colère.

— Vous avez bien remis ce salaud à sa place.

Elle lui jeta un coup d'œil assassin.

— Vous avez tout vu, vous êtes content ? Vous étiez aux premières loges, n'est-ce pas, Murdoch ?

— J'ai été le témoin involontaire de cette charmante scène, mais c'est votre faute à vous, pas la mienne.

— Ah oui ?

Julia le fusilla du regard. C'était bon de transférer sa rage de Tod sur Cullum. S'approchant de lui, elle enfonça dans son torse un doigt à l'ongle acéré.

— Et je suppose qu'une femme qui s'habille de façon séduisante fait de la provocation. Et quand elle se met du parfum, en réalité, elle envoie un message brûlant ?

Elle fulminait.

— Je ne faisais pas allusion à votre robe, mais à ces satanés boutons de porte.

— Aux boutons de porte ?

A bout d'arguments, elle se passa une main dans les cheveux.

— Souvenez-vous, c'est vous qui avez voulu que les poignées de porte soient installées ce soir.

Maintenant, c'était lui qui la regardait d'un air furieux.

— C'est vous qui êtes passée voir mon père pour lui parler de cette soirée ridicule que vous organisez. Croyez-vous que cela m'amuse de travailler jusqu'à minuit ?

Julia posa ses doigts sur ses tempes qu'elle se mit à masser lentement. Elle avait horriblement mal à la tête.

— Attendez ! Je suis bien allée voir votre père, pour prendre de ses nouvelles. J'avais couru les antiquaires. Je lui ai montré mes trouvailles pour qu'il me donne son avis.

— Et pour le pousser à faire avancer le travail de sorte que vous puissiez lancer vos invitations.

— Quelles invitations ?

Elle leva les mains en l'air.

— Je n'organise pas de fête. Comment pourrais-je faire

une fête dans l'état où se trouve ma maison ? Je ne sais pas ce que vous…

Faisant une pause, elle ferma les yeux.

— Oh, je vois ! Attendez, il me faut un cachet d'aspirine.

Cullum la regarda d'un air désemparé. Sans se soucier de sa réaction, elle se dirigea vers la cuisine, lui offrant la vue perturbante d'un dos nu et de hanches étroites. Cullum voulut détourner le regard, mais il était hypnotisé. Tod avait raison, c'était une robe assassine.

Julia revint, une tasse à la main.

— Il y a eu un petit malentendu. Je lui ai montré ces poignées, et je lui ai dit que je mourais d'impatience de voir à quoi elles ressembleraient sur les portes. Mais je n'ai pas dit que je ne pouvais pas attendre. Vous comprenez.

Les sourcils froncés, Cullum hocha vaguement la tête.

— Et j'ai parlé aussi d'une fête. J'ai l'intention de pendre la crémaillère, mais pas avant la soirée de la Saint-Sylvestre. Je n'ai pas précisé la date, j'ai simplement dit que je voulais qu'il vienne danser. Il a dû croire que je voulais la faire le plus vite possible.

Cullum prit un air pensif. Cela ne ressemblait pas à son père de tirer des conclusions hâtives. Mais il est vrai qu'il avait été malade.

— Je suis désolée que vous soyez venu travailler si tard, dit Julia, un peu radoucie.

— Ce n'est pas grave. J'ai posé quelques poignées. Voulez-vous jeter un coup d'œil ?

Elle se força à sourire malgré l'épuisement qui s'abattait maintenant sur ses épaules.

— Bien sûr !

Il indiqua la porte de la cuisine.

— Que pensez-vous de celle-ci ?

Julia poussa une petite exclamation de joie. Il ne put retenir un sourire.

— C'est parfait. Je savais bien que l'émail conviendrait tout à fait à cette porte, dit-elle.

Elle s'en approcha pour mieux admirer les clochettes bleues délicatement peintes sur l'émail blanc.

— J'adore ces petits détails. C'est ce qui fait la personnalité d'une maison.

— Oui, je dois reconnaître que c'est une réussite.

Il regarda par-dessus l'épaule de Julia. Elle se retourna brusquement et ils se retrouvèrent face à face, les yeux dans les yeux. Très près l'un de l'autre, assez près pour qu'elle puisse voir la fascinante bague dorée qui entourait les iris verts de Cullum. Assez près pour que son sang se mette à bouillonner dans ses veines.

Son cœur s'emballait de façon inquiétante.

— Je… vous remercie de vous en être occupé, bégaya-t-elle.

Cullum hocha la tête. La proximité de Julia le paralysait.

— Comme je disais, ce n'était pas un gros travail, dit-il d'une voix un peu rauque.

Il voulait cette bouche, et beaucoup plus encore. Prenant une profonde inspiration, il essaya de se ressaisir, appelant à la rescousse les discours qu'il se tenait quelques minutes plus tôt au sujet de Julia. Mais sa bouche paraissait si douce, si généreuse.

— Je ferais mieux de m'en aller.

— Oui.

Julia avait la gorge sèche. Que lui arrivait-il donc ? Elle sentait une pression monter dans sa poitrine. Ils étaient en face l'un de l'autre, se touchant presque, et elle avait l'impression d'étouffer.

— Je vous raccompagne.

— Merci, je connais le chemin.

— Parfait.

Ils bougèrent en même temps et sans qu'ils sachent comment, leurs lèvres se rencontrèrent. Le feu s'empara d'eux tandis que leurs langues s'entremêlaient. Prenant Julia dans ses bras, Cullum pressa son corps musclé contre ses courbes lascives. Elle se tendit contre lui pour mieux l'épouser.

Les mains de Cullum exploraient ses formes, lui donnaient envie de crier. Elle fourra ses longs doigts dans ses cheveux dorés.

— Nous sommes fous, dit-elle dans un souffle.

— Complètement.

Ses lèvres s'emparèrent de la gorge palpitante de Julia Elle avait l'odeur et le goût du péché.

— Cullum, nous ne pouvons pas.

— Je sais.

Elle lui fit relever la tête pour reprendre avidement possession de ses lèvres.

Etourdis, ils finirent par s'éloigner l'un de l'autre.

Julia était pantelante. Elle s'appuya contre la porte. C'était cela ou s'effondrer par terre.

— Nous ne pouvons pas, cela ne nous mènerait nulle part, parvint-elle à dire d'une voix saccadée.

— Vous avez raison.

Il parlait à voix basse. Et ses yeux ne pouvaient pas s'écarter d'elle. Il n'avait qu'une envie : posséder ce corps nu sous la robe de satin.

Il fit un pas en arrière.

— J'ai vraiment envie de vous, Julia.

Elle porta une main à son cœur qui battait à grands coups.

— Bon sang, nous devons penser à autre chose, n'importe quoi !

Pourquoi ne pouvait-elle pas retrouver son souffle ?

— Rappelez-vous, Cullum : nous n'avons pas la moindre sympathie l'un pour l'autre.

— C'est dur de se soucier de cela pour l'instant.

Julia avait les joues rouges, les yeux luisants. Il s'efforça de retrouver son calme. Sidéré, il se rendit compte que ses propres genoux flageolaient.

Julia reprit la parole :

— Si nous faisons ce à quoi nous pensons maintenant, nous nous mépriserons nous-mêmes et nous nous détesterons réciproquement demain matin. Bien sûr, je me sens obligée de souligner que demain matin est relativement loin.

Elle soupira de soulagement. Elle avait réussi à sourire.

— Nous ferions mieux de ne plus y penser. De mettre cela sur le compte du stress, des hormones ou d'autre chose tout aussi bizarre.

Sans détourner les yeux de lui, elle s'éloigna de la porte pour qu'il puisse sortir.

— Et si cela ne fonctionne pas, que ferons-nous, Julia ? demanda Cullum en ouvrant la porte.

Dieu sait qu'il avait besoin d'air et d'espace.

— Je ne sais pas.

Il l'observa pendant quelques secondes encore. Etait-elle aussi décontenancée et excitée que lui ?

— Moi non plus, avoua-t-il.

Et il tourna les talons.

4.

Au cours des semaines suivantes, Julia n'arrêta pas une minute. Il n'était pas question qu'elle se trouve sur le chemin de Cullum. L'automne était tombé sur la Nouvelle-Angleterre, avec ses couleurs exceptionnelles. Les arbres flamboyaient, et quand ils atteignirent leur apogée, l'air prit un petit air pincé annonciateur de l'hiver.

Julia s'occupait toujours d'immobilier. Elle rendait visite à sa famille, sortait avec des amies, courait les boutiques pour acheter des cadeaux de Noël.

Un jour, elle fit un détour par la maison qu'elle avait partagée avec Gwen et Laura.

Gwen était en train d'expérimenter des recettes de cuisine. Julia fut soulagée de la trouver seule et se rendit compte que, sans vraiment vouloir se l'avouer, elle était venue uniquement dans le but de parler avec sa cousine. Elle s'assit en face d'elle dans la cuisine.

— Tu connais Cullum Murdoch ?

— Bien sûr. C'est le fils du meilleur ami de grand-père. Il a une entreprise de construction. C'est lui qui a travaillé sur cette maison quand nous l'avons achetée.

— Et maintenant, il est chef de chantier dans la mienne. Je ne m'entends pas du tout avec lui. Incompatibilité d'humeur, je suppose.

— Pourquoi travaille-t-il chez toi dans ce cas ?

— C'est une longue histoire. Et la question n'est pas là.

Julia fit un geste pour écarter ce sujet.

— Il y a quelques semaines, nous étions seuls dans la maison, et il était tard, et…

— Oh ! Je vois.

Gwen se mordit l'intérieur de la lèvre.

Julia soupira.

— Non, tu ne vois rien du tout ! Il y a eu entre nous une attirance purement physique, animale. Et nous l'avons surmontée. Nous sommes tombés d'accord sur le fait que ce serait une erreur d'y succomber.

— Parce que vous ne vous entendez pas, tous les deux.

— D'une part, et d'autre part, nous avons une relation professionnelle. J'adore son père. C'est encore une autre raison. Si Cullum et moi nous nous laissons aller à coucher ensemble pour nous débarrasser de cette attirance stupide, je ne sais pas si j'oserai encore regarder son père en face.

— Si je me souviens bien de M. Murdoch, c'est un homme sensé, qui aime son fils. Je n'arrive pas à croire qu'il puisse être choqué que tu trouves son fils attirant, et réciproquement.

— Ce n'est pas parce que tu trouves un homme attirant que tu dois te jeter à sa tête.

Julia poussa encore un soupir déchirant.

— Gwen, j'ai vraiment envie de me jeter à la tête de Cullum.

— Cela ne me paraît pas particulièrement dramatique. Ce n'est pas un monstre, je suppose. S'il est aussi gentil qu'il est beau, je ne vois pas où est le problème.

— Il est…

Julia hésita, revoyant la façon dont il tenait Daniel dans ses bras.

— Il peut se montrer charmant, mais nous nous disputons sans arrêt. Il est têtu comme une mule.

— Oh, je vois !

Gwen ne fit rien pour arrêter le rire qui perlait dans sa gorge.

— Alors que toi, tu n'es pas entêtée pour deux sous !

Julia fronça les sourcils. Le rire de sa cousine finit par devenir contagieux. Elle se détendit.

— Tu as raison, Gwen, c'est sans doute le cœur du problème. Nous tenons autant l'un que l'autre à avoir toujours raison.

Elle se pencha en avant.

— Il a des mains extraordinaires. Grandes et rêches, et vraiment fortes. Je n'arrête pas d'y penser.

— Mais tu préférerais qu'elles appartiennent à un homme plus malléable.

Julia allait acquiescer, mais elle se ravisa.

— Je n'en suis plus si sûre… Je crois que ce que j'ai de mieux à faire est de m'absenter quelques jours.

— Cela ne peut faire de mal à personne, reconnut Gwen. Mais tu as toujours su ce que tu voulais. Et tu n'as jamais eu peur de courir des risques pour l'obtenir. Si tu désires Cullum, je te conseille de faire attention, de te protéger, mais aussi d'avoir confiance en toi.

— C'est un bon conseil.

Julia renvoya une mèche folle en arrière.

— En attendant, je vais prendre un peu de distance et aller voir mes parents à Washington. De plus, il y a une propriété que j'ai envie de visiter, là-bas.

— Embrasse tes parents de ma part.

Gwen adressa un sourire malicieux à sa cousine.

— Et n'oublie pas de me tenir au courant pour le projet Murdoch.

Julia se sentait le cœur plus léger. Gwen avait une excellente façon de voir les choses. Le projet Murdoch ! Hochant la tête, elle se gara devant sa maison. N'était-elle pas experte dans ce domaine ? Elle étudiait chaque projet immobilier, évaluait le coût du travail, le temps passé, les pertes et profits, sans jamais rien laisser au hasard. Pourquoi ne s'y prendrait-elle pas de la même façon pour cette histoire avec Cullum ?

Elle entra chez elle, adressa un signe cordial aux ouvriers et se précipita dans sa chambre pour préparer ses valises.

Elle allait faire une belle surprise à ses parents en arrivant à l'improviste. Cela faisait presque un an qu'elle n'était pas restée seule avec eux. La plupart du temps, la famille se réunissait au complet, et la visite prenait vite un air de bataille rangée.

En fredonnant, elle examina sa garde-robe. Elle choisit quelques vêtements pratiques, blazers, pantalons, et une robe du soir assez simple. Elle les posait dans sa valise quand Cullum entra.

Il releva un sourcil.

— Vous partez ?

— Comme vous voyez. Et je ne crois pas vous avoir entendu frapper à la porte. Dites-moi si je me trompe.

— Elle n'était pas fermée.

— Oh !

Elle déposa les vêtements et retourna vers son placard.

Cullum se planta au milieu de la pièce et posa sur la garde-robe un regard incrédule. Comment une seule femme pouvait-elle avoir tant de vêtements ? Et de chaussures ? N'avait-elle pas deux pieds de la même pointure ? Mais il lui avait déjà fait part de son opinion, et ce n'était pas la peine de perdre du temps en remettant ce sujet sur le tapis.

— Où allez-vous ?

Cette fois, ce fut Julia qui releva les sourcils.

— Loin.

— Pour combien de temps ?

Elle passa devant lui pour porter les sweaters et les chemisiers sur le lit.

— Excusez-moi, mais je n'ai pas de comptes à vous rendre.

— Peut-être que si. Nous avons réalisé la moitié des travaux. Cela veut dire qu'il en reste une autre moitié à faire. Et je n'ai pas envie de vous entendre vous plaindre à votre retour si un détail ne correspond pas à vos souhaits.

— Je ne me plaindrai pas, dit-elle en l'incendiant du regard.

Comment pouvait-elle être attirée par un homme aussi agaçant ? Elle se dirigea vers sa commode pour en sortir de la lingerie.

— Où pourrai-je vous joindre ?

— J'appellerai tous les jours.

— Ecoutez, Julia MacGregor…

Il fit une pause. Pourquoi se mettait-il à paniquer en la voyant faire ses bagages ? Prenant une profonde inspiration, il fit un pas en arrière. Après tout, n'avait-il pas désiré pendant des semaines être débarrassé d'elle ? Prenant le ton le plus calme possible, il reprit:

— Les meubles de cuisine vont arriver dans huit jours. Si vous n'êtes pas là pour vérifier la livraison…

— Je serai de retour, coupa-t-elle sèchement.

Sans la moindre gêne, elle se mit à entasser des soutiens-gorge et des culottes en satin dans un sac de lingerie.

— S'il faut que vous le sachiez, je vais passer quelques jours à Washington D.C.

— Vos parents ont un problème ?

Julia se radoucit. La voix de Cullum venait de trahir une inquiétude sincère.

— Non, ils vont bien. Ils ne savent même pas que je viens.

— Alors, pourquoi ne pas attendre que la cuisine soit livrée ? C'est la plus grosse partie du chantier.

— Vous avez mes bandes magnétiques. Elles sont très claires, j'ai enregistré tout ce que je veux dans les moindres détails. De toute façon, souvenez-vous que c'est vous qui avez en grande partie redessiné la cuisine.

— C'est bien pour cela que je ne veux pas être responsable si vous changez d'avis.

— Quand j'ai décidé quelque chose, je ne reviens jamais dessus.

Elle posa le sac de lingerie dans la valise.

— Cessez de me harceler, Murdoch. Je vais où je veux, quand je veux.

Cullum hocha la tête. Elle croyait l'impressionner en prenant son air pincé. Lentement, il alla fermer la porte.

— Que faites-vous ? interrogea Julia d'un air stupéfait.

— Je nous donne un peu d'intimité.

Posant sur elle un regard aigu, il fit de son mieux pour la voir en toute objectivité. Elle était rouge de colère. Pourquoi cela lui allait-il si bien, et pourquoi à cette vue se mettait-il à avoir des fourmis dans le sang, il aurait été incapable de le dire. Mais c'était la vérité. Julia avait posé les mains sur ses hanches, visiblement prête à l'affronter. Des bagues aux vives couleurs étincelaient à ses doigts. Ses cheveux en liberté cascadaient sur ses épaules moulées par une veste en velours vert foncé.

Elle portait toujours des étoffes douces. Le genre de vêtements qui pouvaient faire perdre la tête à un homme, qui lui donnaient envie de se faufiler dessous.

— Faites-vous ce voyage pour vous éloigner de moi, à cause de ce qui s'est passé entre nous ?

Elle posa sur lui un regard glacial.

— Je ne vois pas à quoi vous faites allusion.

— Le soir où nous avons failli nous retrouver nus sur le carrelage de votre cuisine ?

— C'était une grossière erreur, dit-elle sèchement.

Elle retourna précipitamment vers sa commode. C'était détestable, ce regret de ne pas l'avoir fait. Au moins, elle n'aurait plus cette tension insupportable tout au fond d'elle.

— Nous étions d'accord, ajouta-t-elle.

— C'est vrai, mais avons-nous eu raison ?

— Nous étions d'accord ! répéta-t-elle obstinément.

Elle recula en le voyant s'approcher d'elle.

— Restez où vous êtes.

Cullum lui adressa son sourire le plus charmeur.

— Pourquoi ? Vous êtes nerveuse ?

— Je ne veux pas que vous me touchiez.

— Qui a dit que j'allais vous toucher ? Je n'ai fait que vous poser une question. Je dois reconnaître que vous êtes d'une grande franchise. Vous dites toujours les choses sans détour. C'est pourquoi je vous le demande encore : pensez-vous vraiment que c'était une erreur ?

— Je ne sais pas, dit-elle, à deux doigts de crier.

Elle pivota sur ses talons et jeta littéralement ses vêtements dans la valise.

— Je ne fuis pas. Je veux simplement prendre un peu de recul, voir mes parents, et m'éloigner de vous avant que nous fassions quelque chose de stupide.

— Très bien, c'est une réponse qui a le mérite d'être claire. Je serai aussi direct que vous. Cela m'est égal que vous partiez. Ce n'est pas facile de vous voir chaque jour.

Julia se calma et se mit à plier soigneusement un chemisier de soie sauvage.

— C'est vrai ?

— Plus difficile que je n'aurais cru. J'imagine sans arrêt comment ce serait si nous faisions encore cette erreur.

Julia n'avait jamais été lâche, ni menteuse. Elle se tourna vers lui. Cullum avait vraiment un visage puissant. Des traits bien dessinés, une bouche ferme, des yeux immenses.

— Je dois dire que j'ai imaginé la même chose.

Elle sourit.

— Qu'est-ce qui ne va pas entre nous ?

— Je veux bien être pendu si je le sais.

Il fit un pas vers elle, mais cette fois elle resta sans bouger.

— Refusez-vous toujours que je vous touche ?

Elle poussa un soupir tremblant.

Comme elle ne répondait pas, il glissa ses mains dans le dos de Julia et l'attira contre lui.

Elle planta son regard dans le sien. Suffoquant, elle sentit qu'elle se noyait dans ces immenses lacs verts. Ils ne se quittèrent pas des yeux quand il se pencha sur elle pour l'embrasser. Panique, excitation, désir, tout se mélangeait en elle. Son cœur battait au même rythme précipité que celui de Cullum.

Cullum effleurait maintenant sa bouche, savourant son plaisir. Un plaisir qui lui faisait mal en irradiant dans tout son corps. Il ramena ses mains devant Julia, emprisonna ses seins. Il n'avait jamais rien connu d'aussi érotique que la pression de ses seins fermes sous la mince couche de soie.

Submergée de désir, Julia poussa un gémissement et rejeta la tête en arrière.

— Cullum, tes mains sont si…

Cullum glissa ses mains sous le fin tissu, rencontra la boucle du soutien-gorge. Il sentait le cœur de Julia tambouriner sous sa paume. Il oubliait les ouvriers, au rez-de-chaussée, le travail à finir, et les conséquences de ce qu'il avait si désespérément besoin de faire.

— Julia, maintenant, tout de suite…

— Oui, non ! Attendez, que faisons-nous ?

Frissonnante, elle se dégagea de ses bras et ramena les pans de son chemisier sur sa poitrine.

— C'est impossible, pas ici, pas comme cela.

Frustré, Cullum fourra ses mains dans ses poches. C'était la seule chose à faire s'il ne voulait pas qu'elles finissent d'arracher les vêtements de Julia. Il fit de son mieux pour s'imaginer sous une douche glacée et se força à parler calmement.

— Comme vous voulez, mais reconnaissez que c'est un peu plus qu'une simple erreur.

— Je dois m'éloigner de vous.

Elle referma plus étroitement son chemisier. Elle sentait encore sur ses seins la chaleur de ses mains.

— Nous devons réfléchir, et nous déciderons si cela doit arriver…

— Je crois que nous connaissons la réponse à cette partie de la question, dit sèchement Cullum.

— Très bien, cela va arriver, alors nous devons imaginer comment nous allons affronter la situation. Nous allons retourner chacun dans notre coin, si j'ose dire, pendant quelques jours. Quand je reviendrai, nous pourrons…

— Fixer la date ?

— D'une certaine façon. Il est certainement préférable que nous préparions le terrain, pour pouvoir affronter la suite.

Cullum hocha la tête, les sourcils froncés.

— D'accord, Julia MacGregor, vous allez méditer sur votre proposition, et moi sur la mienne. Nous aurons une réunion au sommet à votre retour.

— Inutile de prendre ce ton.

Il la dévisagea. Echevelée, à moitié dévêtue, Julia avait encore les lèvres gonflées de leur baiser, et elle prétendait qu'il n'avait pas le droit d'être énervé quand elle transformait leur histoire en une affaire raisonnable et prévisible ?

Il gagna la porte, posa une main sur la poignée et lui jeta un regard noir par-dessus son épaule.

— Bon voyage, Julia MacGregor.

Julia soupira.

— Cullum ! J'ai à la fois une relation professionnelle et personnelle avec votre père, et avec vous. Il est important pour moi de ne pas tout compromettre.

Il hocha brièvement la tête et sortit.

Une fois seule, Julia s'assit au bord du lit. Elle allait attendre que son système nerveux revienne à un état normal. A moins qu'elle se trompe fort, le projet Murdoch venait de prendre un tour inattendu, et risquait d'être déjà fort compromis.

5.

Julia arriva devant l'élégante maison de ses parents, dans le quartier de Georgetown. Elle adorait cette maison, où elle était née, où elle avait passé une partie de son enfance et de son adolescence, et qui la réconfortait toujours autant. C'était un peu à cause d'elle qu'elle achetait et revendait des maisons aujourd'hui. Pour leur conférer cet aspect confortable et rassurant.

L'amour avait besoin d'une maison pour l'abriter, et elle avait connu tant de bonheur dans la sienne qu'elle voulait le transmettre aux autres.

Elle souleva son sac et monta les quelques marches de brique, puis elle fit rouler le sac derrière elle en descendant l'étroite allée. Les fleurs d'automne commençaient à perdre leur éclat à l'approche de l'hiver. Dans un mois, la maison allait scintiller de lumières colorées, une couronne serait accrochée à la porte d'entrée, et un arbre de Noël chargé de décorations scintillerait à travers la belle fenêtre du salon.

Julia frappa à la porte à l'aide du heurtoir en cuivre orné du blason des MacGregor. Elle hocha doucement la tête. Ce lion couronné avait le même regard fier que son grand-père.

Une femme de petite taille ouvrit la porte. Julia lui adressa un sourire radieux.

— Boxy, vous ne changez donc jamais ! s'exclama Julia.

— Mademoiselle Julia ! s'exclama la gouvernante, vous n'avez dit à personne que vous veniez. Qu'auriez-vous fait si nous n'avions pas été là ?

— Je me serais sentie très malheureuse. Maman et papa sont à la maison ?

— Votre père est dans son bureau. Il vient de recevoir un appel d'Europe. Et votre mère travaille aussi dans le sien.

— Je vais les déranger, décida Julia. Ne portez pas ce sac, Boxy. Je vais revenir le chercher dans quelques minutes.

Boxy marmonna quelque chose, s'empara du sac et grimpa l'escalier.

Le bureau de Shelby MacGregor était une cuisine d'été reconvertie, qui offrait assez d'espace pour contenir son tour de potier et son four, sa table de travail et ses fournitures. Pendant toute la durée de la présidence exercée par son mari, elle avait continué son œuvre d'artiste, autant pour satisfaire son besoin de création que pour affirmer son droit de poursuivre sa carrière.

Aujourd'hui, l'ancienne First Lady était perchée sur un tabouret et tournait une poterie. Elle avait les mains enduites d'argile jusqu'aux poignets et les avant-bras éclaboussés de terre. Ses cheveux roux foncé étaient réunis à la diable sur le sommet de son crâne, et ses yeux gris plissés par la concentration.

Ne voulant pas interrompre sa mère en plein travail, Julia s'appuya contre le chambranle de la porte et l'observa. L'argile se transformait sous ses mains habiles. La masse de terre s'allongeait, s'affinait, avant de prendre la forme d'une coupe évasée.

— Pas mal, murmura Shelby en inclinant la tête tandis qu'elle arrêtait la roue.

— Ce sera superbe. Comme toujours.

— Julia !

Shelby se leva, s'élança vers sa fille et s'arrêta à mi-chemin.

— Seigneur, je ne suis pas présentable, dit-elle en riant et en tendant ses mains enveloppées de terre. Ma chérie, embrasse-moi.

Julia déposa deux gros baisers sur les joues de Shelby.

— Quelle surprise !

— Une bonne surprise, j'espère ?

— La meilleure que tu puisses me faire. Laisse-moi me laver les mains pour que je puisse te serrer dans mes bras. As-tu vu ton père ?

— Non, Boxy m'a dit qu'il était au téléphone, j'ai préféré venir te voir la première.

— Il faut qu'il arrête un peu de travailler, allons le voir ensemble !

Elle se lava rapidement les mains et serra Julia contre elle.

— Tu m'as tant manqué. Tu vas tout me raconter, tout ce qui est nouveau. Le petit Daniel, comment vont tes cousines, où tu en es avec ta maison. Combien de temps vas-tu rester ? As-tu faim ? Tu peux répondre à toutes ces questions dans l'ordre qui te plaît.

En riant, la mère et la fille grimpèrent l'escalier bras dessus, bras dessous.

— Mes cousines sont superbes, Laura ressemble à une madone avec son bébé et Gwen est radieuse comme un ange. J'ai mangé quelques bouchées il y a longtemps dans l'avion, et je ne peux rester que deux ou trois jours. Et la maison… va très bien !

Shelby fronça imperceptiblement les sourcils. L'hésitation de Julia ne lui avait pas échappé. Elle allait essayer d'en connaître la raison, l'air de rien. Elle se tourna vers le bureau de son mari, donna un vague coup sur la porte et entra.

Alan MacGregor était assis. Ses cheveux avaient pris une teinte argentée, et en ce moment précis, le soleil qui se faufilait par la fenêtre les faisait briller. Julia esquissa un sourire ému. Comme toujours, c'était le plus bel homme de la Terre. Les petites rides soucieuses qui entouraient ses yeux se transformèrent en rides d'expression joyeuse.

Le téléphone collé à l'oreille, il se leva et tendit sa main libre.

— Je vais y réfléchir. Oui, sérieusement.

Il passa le bras autour des épaules de Julia.

— Je suis désolé, je vous rappellerai. Oui, je n'y manquerai pas.

Il raccrocha et, se tournant vers sa fille, la prit dans ses bras.

— Tu es magnifique, murmura-t-il en l'embrassant sur les cheveux.

Quelques minutes plus tard, Julia était confortablement installée devant la cheminée, dans le salon, et sirotait un verre de vin blanc. Il y avait longtemps qu'elle ne s'était pas sentie aussi détendue. Elle avait eu une très bonne idée de venir voir ses parents.

— C'est merveilleux.

Elle posa sa tête contre le bras du fauteuil de son père et poussa un soupir de bien-être.

Shelby jeta un rapide coup d'œil à Alan. C'était un signal. Il le comprit et ébouriffa les cheveux de Julia.

— Tu t'es habituée à vivre seule, ma chérie ?

— Mes cousines me manquent. Gwen, Laura et moi, nous avons formé un trio pendant si longtemps. Heureusement, je les vois régulièrement.

— Mais ce n'est plus la même chose, dit Alan.

— Non. Mais d'une certaine façon, c'est plutôt mieux. Elles sont si heureuses.

— Et toi, tu es heureuse ?

— Oui.

Elle tourna la tête et lui adressa un sourire.

— Oui, je suis heureuse. J'adore ma maison et mon travail. En ce moment, je m'amuse beaucoup avec la réhabilitation de la maison.

Shelby regarda son mari avec insistance. Leur fille venait de leur tendre la perche. Il fallait la saisir.

— Je suis impatiente de la voir, dit-elle.

Elle sourit à Alan, qui prit le relais.

— Les travaux ont-ils bien avancé ?

— Ma chambre est finie. Evidemment, c'était ma priorité. Je me suis disputée avec Murdoch sur certains points de détail, mais c'est moi qui signe les chèques.

— Absolument.

Shelby retint un sourire. Julia n'avait pas parlé de M. Murdoch, mais de Murdoch, tout court. Ce devait être le fils.

— Tu as des problèmes avec le chef de chantier ?

— Quelques-uns. C'est Cullum Murdoch qui fait les travaux, son père n'a pas pu s'en occuper, il a été malade.

— Michael ?

Alan se redressa dans son fauteuil.

— Que lui arrive-t-il ?

— Il a attrapé froid et il a mis longtemps à se rétablir. Il va mieux maintenant, mais Cullum a le chantier en main, alors…

Elle haussa les épaules.

— Il travaille très bien. C'est seulement que nous… n'avons pas les mêmes goûts. Il veut que ce soit fait à sa façon, moi je préfère la mienne. C'est aussi bête que cela.

Julia avala son vin et prit une profonde inspiration.

— Je suis en train de réfléchir, je vais peut-être avoir une aventure avec lui…

— Oh !

Instinctivement, Shelby posa une main sur son cœur. Elle venait d'éprouver un petit choc.

— Mais si vous ne vous entendez pas bien ?

— A ce niveau-là…

Poussant un léger soupir, Julia étira ses jambes.

— A un autre niveau, nous nous entendons très bien.

— L'attirance physique n'est pas suffisante, dit Shelby.

Elle lutta pour refouler sa panique sous le regard chaleureux et amusé d'Alan.

— Je crois pouvoir dire que ta mère pense à une adorable jeune femme qui avait essayé de se convaincre qu'elle ne s'entendait pas avec un certain jeune homme sur un plan particulier.

Ses yeux sombres se mirent à luire de bonheur.

— Alors, je l'ai séduite.

— Alan !

Shelby secoua la tête.

— Il s'agit de notre petite fille, Alan ! Je crois que ni toi ni moi n'avons envie qu'elle soit séduite par un Murdoch.

— Elle parle plus comme un MacGregor qu'un MacGregor en personne ! murmura Alan à Julia. Je dirais que cela dépend du Murdoch, continua-t-il. Et de Julia. Tu es une femme intelligente, Julia. Tu fais la différence entre le bien et le mal, et tu sais ce qui te convient.

— Ce qui me convient, pour l'instant, c'est que nous prenions quelque distance, Cullum et moi, et que je vous parle à tous les deux. Ne te fais pas de souci pour moi, maman.

Elle posa une main sur le genou de sa mère.

— Si je m'engage avec Murdoch, ce sera en pure connaissance de cause.

Ils discutèrent encore un long moment puis Julia sortit du salon pour se changer. Shelby se tourna vers son mari.

— Alan, c'est sérieux.

— Mmm.

Il se leva pour remplir le verre de sa femme.

— Ne fais pas ce mmm diplomatique avec moi.

Elle le regarda d'un air sévère par-dessus le bord de son verre.

— Je ne suis pas naïve au point de croire que Julia n'a jamais connu d'hommes. Mais jusqu'à présent, il n'y en a aucun qui ait compté suffisamment pour qu'elle vienne nous en parler.

Assis sur le bras de son fauteuil, Alan se mit à jouer avec les boucles de sa femme.

— Crains-tu qu'elle l'aime ? Ou qu'elle soit seulement attirée physiquement ?

— Les deux.

Elle soupira. Sa petite fille, son bébé ! Elle n'avait pas eu le temps de se préparer à cette nouvelle.

— Je pense que ce serait sage si nous en savions un peu plus sur lui.

— Mon père connaît les Murdoch depuis des années.

Alan porta son verre à sa bouche.

— J'imagine qu'il sera ravi de cette situation, ajouta-t-il avec un clin d'œil.

Il fallut une minute à Shelby pour comprendre. Puis elle posa sa main sur celle d'Alan.

— Tu n'insinues tout de même pas qu'il a arrangé leur rencontre ?

Se penchant vers elle, Alan posa un baiser sur sa bouche un peu pincée par la fureur. Quand il sentit qu'elle s'adoucissait, il releva la tête et répondit :

— J'en suis absolument certain.

6.

Cullum méditait devant sa bière en écoutant une chanson qui racontait un amour finissant. Le regard rivé sur sa boisson dorée, il poussa un profond soupir. N'était-ce pas toujours ainsi ? Rien n'était éternel, et, d'ailleurs, si les choses duraient, il serait au chômage. Les constructions n'étaient pas si différentes des gens. Et certaines personnes avaient besoin d'attentions permanentes.

Julia MacGregor faisait partie de cette catégorie.

Heureusement, il avait mis ces quelques jours à profit pour se calmer et reprendre ses esprits. S'il s'était engagé avec elle, il aurait risqué gros, et, personnellement, il préférait rester prudent concernant les femmes.

Il porta la canette à ses lèvres et la reposa bruyamment. Bon sang, c'était incroyable ! Cette femme voulait négocier jusqu'à leurs relations sexuelles! Elle voulait établir des conditions et des clauses, en prenant le lit pour la table des négociations. Eh bien, puisque c'était ainsi, qu'elle aille au diable ! Quant à lui, il avait toujours pensé que l'attirance mutuelle était une raison suffisante pour qu'un homme et une femme célibataires suivent leur inclination.

Julia n'avait qu'à trouver quelqu'un de son espèce.

Il esquissa un sourire désabusé. C'est sans doute ce qu'elle allait faire. Une femme comme elle n'aurait aucun mal à trouver un partenaire qui accepte ses conditions.

Se passant une main fatiguée dans les cheveux, il soupira encore. Au fond, qu'entendait-il vraiment par « une femme comme elle » ? En toute objectivité, elle n'était pas à proprement parler très belle, si on l'observait de près. Mais l'ensemble de sa personne produisait sur les hommes un effet indiscutable. Elle devait le savoir, et elle en abusait. Cependant, avec lui, elle n'arriverait à rien de cette manière. Il avait flanché, mais il était retombé sur ses pieds.

Un homme se dirigea vers le comptoir et lui donna une bourrade amicale sur l'épaule.

— Comment ça va, patron ?

Cullum se contenta d'émettre un son un peu guttural. Pourquoi diable s'était-il laissé entraîner par son équipe d'ouvriers à aller boire un verre après le travail ? Il n'était pas d'humeur sociable. Mais il n'était pas non plus d'humeur à rentrer chez lui.

— J'espère que Mlle MacGregor va bientôt revenir, dit le charpentier.

Il repoussa sa casquette de base-ball en souriant.

— Elle manque à tout le monde. Les gars aiment bien la voir, surtout quand elle porte une de ses petites jupes. Laissez-moi vous dire une chose : cette femme-là a des jambes de reine.

Inconscient de la fureur qui commençait à luire dans les yeux de son patron, le charpentier s'accouda au comptoir pour siroter sa boisson.

— Elle sent bon, aussi, on en mangerait, dit-il d'un air lubrique.

Cullum serra convulsivement sa canette de bière. Il éprouvait soudain le besoin de l'écraser sur la tête de son ouvrier. Au lieu de quoi il la posa très lentement devant lui.

— Occupe-toi de ton boulot, Jamison, pas des jambes de notre cliente.

Jamison le regarda d'un air surpris. Le volcan qui bouillonnait dans les yeux de son patron le calma d'un coup. Il s'éclaircit la gorge.

— Pas de mal à ça, patron, c'était juste pour causer.

Sans faire de commentaire, Cullum jeta quelques billets sur le comptoir et prit la porte en lui jetant un regard sombre. Mieux valait partir avant de lui tomber dessus.

Jamison souffla bruyamment, puis il se mit à glousser de rire et appela son copain.

— Hé, Jo, on dirait que le patron en pince pour la belle MacGregor !

Avec un sourire complice, Jo vint s'asseoir à côté de lui sur le tabouret que Cullum venait de libérer.

Ils passèrent plus d'une heure à bavarder et à rire au sujet de Cullum et de Julia. Le lendemain, tous les ouvriers du chantier se livrèrent à des paris.

Cullum entra au moment où un de ses hommes passait vingt dollars à un autre. Mais Murdoch and Sons n'avaient jamais recruté des imbéciles.

Le bénéficiaire dit à haute et intelligible voix :

— Merci de me dépanner, Mike.

Il empocha le billet avec un sourire décontracté et se remit au travail.

Cullum fit le tour de la maison. La salle à manger était la pièce la plus classique. Les lambris qui recouvraient les murs à mi-hauteur étaient finement sculptés. La pièce était éclairée par trois hautes fenêtres et il y avait un plafond à caissons. Cullum fronça légèrement les sourcils. Il fallait espérer que Julia n'y installerait pas des meubles trop féminins, mais des chaises à haut dossier, une longue table ancienne de bois massif. C'était cela ou rien.

Il restait la petite pièce en haut de l'escalier et le petit salon pour les meubles délicats.

— Elle accrochera probablement des bouquets séchés au mur, marmonna-t-il.

Il retourna dans la cuisine.

Comme il examinait les moindres détails, il ne fit pas attention aux regards en coin et aux sourires complices de ses hommes d'équipe. Le revêtement de sol avait été enlevé, le plancher protégé par des morceaux de tissu. La dernière étape serait de le remettre en état. Les peintures des murs, d'un joli jaune paille, étaient terminées. Cullum hocha la tête. Julia avait du goût. C'était une nuance qui s'harmoniserait bien avec le bois. Un des murs avait été abattu, et en ce moment, les ouvriers installaient les fenêtres.

Cette pièce allait être splendide. Cullum ébaucha un sourire. C'était bon de voir un projet prendre vie. C'était le genre de chose qui lui apportait toujours une intense satisfaction. Mais cette fois, celle qu'il éprouvait était encore plus vive, plus profonde. Il hocha lentement la tête. Aucun doute, c'était la spécificité de cette maison qui le faisait éprouver ce sentiment.

Cependant, sa joie fit bientôt place à une sensation pénible. Il n'avait jamais su se masquer la réalité. S'il était si content du résultat, c'était à cause de la propriétaire de la maison. Il haussa aussitôt les épaules. Quelle idée absurde ! Cela n'avait rien à voir avec Julia !

Cependant, les images défilaient malgré lui dans sa tête. Il se voyait entrer de bonne heure le matin dans cette cuisine. Il y aurait des pots d'herbes aromatiques accrochés à la fenêtre sud. C'était la meilleure exposition, et il aimait avoir des herbes fraîches sous la main quand il se mettait à cuisiner. Il ferait le café sur le comptoir. La pièce sentirait bon le romarin. Un bouquet de fleurs, sur la vieille table de chêne, viendrait ajouter une note de fraîcheur.

Il boirait sa première tasse debout au comptoir, puis il irait déguster la seconde assis à la table de fer forgé, dans le coin face à la porte. Le coin réservé aux repas pris en famille.

Les rayons du soleil se glisseraient dans la pièce quand Julia entrerait, échevelée, les yeux lourds de sommeil, sexy dans sa petite nuisette. Elle lui sourirait et viendrait poser sa tête sur son épaule. Et lui volerait son café.

Complètement plongé dans son rêve éveillé, il retint un cri de surprise.

Julia venait d'entrer.

— Que vous arrive-t il ?

Elle se mit à rire.

— Vous faisiez un rêve éveillé, Murdoch ?

Elle fourra ses mains dans les poches de sa veste et examina la pièce.

— Cette cuisine a bien changé ! Je devrais m'absenter plus souvent. Je la trouve magnifique. Je savais que cette couleur serait parfaite. Je viens de voir les portes latérales de la terrasse. Tout est superbe.

Pétrifié, Cullum essayait de retrouver son aplomb. Dieu merci, Julia ne lui laissait pas le temps de placer un mot. Elle semblait n'avoir pas remarqué qu'il avait pris quelques décisions sans tenir compte de son avis. Mais peu importait. Pour l'instant, il luttait contre une furieuse envie de la prendre dans ses bras et de l'étouffer sous ses baisers.

Julia fit une pause et garda les yeux fixés sur lui. Elle sentit son cœur battre plus vite. Elle avait sérieusement réfléchi à leur relation, pendant son séjour à Georgetown. Elle avait tout prévu, tout planifié, jusqu'aux moindres détails.

Et maintenant, elle ne se rappelait plus rien.

— Je suppose que je…

Elle fit encore une pause. Pourquoi Cullum la regardait-il ainsi ? S'il continuait, elle ne pourrait pas remettre de l'ordre dans ses pensées. Elle allait emporter ses affaires en haut et faire le tour de la maison.

Sortant de sa réflexion, elle interrogea :

— Les placards vont bientôt être installés ici ?

— Après-demain.

— Bon, très bien. Je suis impatiente de les voir. Je vais juste…

Elle agita vaguement une main.

— J'y vais.

Tournant les talons, elle sortit précipitamment et étouffa un cri. La main de Cullum venait de se refermer sur son bras.

— Je vais vous aider à monter vos sacs. Il y a quelques détails dont nous devons parler, pour la chambre d'amis.

Julia secoua la tête. Pas maintenant, c'était impossible. Elle ne pouvait pas aligner deux pensées rationnelles.

— Je ne veux pas interrompre votre travail. Et j'ai quelques coups de téléphone à passer…

— Ce ne sera pas long.

Il releva un sourcil étonné. Le bas de l'escalier était encombré de bagages.

— Vous n'êtes partie que trois jours.

— J'ai fais quelques emplettes, j'avais emporté plusieurs sacs.

Elle en saisit un pour occuper ses mains.

— J'ai presque fini mes achats de Noël.

— Toujours très organisée, à ce que je vois, dit-il, sarcastique.

Cullum souleva deux gros sacs, secoua la tête. Ils pesaient des tonnes.

— Où voulez-vous que je les dépose ?

— Dans ma chambre. Il faut que j'organise tout avant de les emballer. Comment va votre père ?

— Beaucoup mieux, je suppose.

Stupéfait, il s'arrêta au milieu de l'escalier. Une demi-douzaine d'ouvriers étaient dans le hall et le regardaient monter avec Julia.

— Que se passe-t-il ? Vous avez terminé le chantier pendant que j'avais le dos tourné ?

Ils retournèrent en hâte à leur travail. Cullum haussa les épaules, décidé à ignorer les rires qui le suivaient.

— Ils devraient garder les fenêtres ouvertes pendant qu'ils enduisent les murs de colle à papier. Les vapeurs les rendent débiles, dit-il d'un ton exaspéré.

Feignant d'ignorer ses paroles, Julia ordonna :

— Posez-les sur le lit, s'il vous plaît.

Le lit encombré les empêcherait de succomber à la tentation.

— J'ai vraiment hâte de voir le…

Elle ne put terminer sa phrase, interrompue par la bouche de Cullum contre la sienne. La serrant contre lui, les mains posées sur ses cheveux, il captura ses lèvres en un baiser vorace qui les laissa pantelants.

Julia ne pensait plus à respirer. Le sac qu'elle portait lui glissa des mains et heurta le plancher avec un bruit mat.

— Laissez-moi, nous devons parler de cela, arriva-t-elle à dire, haletante.

— Taisez-vous.

Il la serra contre lui. Elle passa ses bras autour de son cou. Quelque chose lui heurta la hanche, tandis qu'elle sentait une piqûre à la cuisse.

— Aïe !

— Ma ceinture à outils, grommela Cullum.

Il desserra son étreinte.

— Désolé.

— Ce n'est rien.

D'une main peu sûre, elle se frotta la cuisse.

— Je ne sais pas si vous avez eu le temps de réfléchir, mais moi si. Nous devons en discuter, dit-elle.

— Je vous veux. C'est tout ce que j'ai à dire.

Avec un rire tremblant, elle fit quelques pas de côté pour mettre le pied du lit entre elle et Cullum.

— En ce qui me concerne, c'est un peu plus compliqué.

— Je n'en doute pas, mais voilà ce que je vous propose : je finis la journée à 16 h 30. Je reviendrai à 18 heures. Si vous voulez, j'apporterai le dîner.

Elle hocha la tête.

— Mais nous pourrions peut-être dîner dehors.

Il riva ses yeux verts brillant de convoitise dans les siens.

— Une autre fois. Je n'ai pas envie d'affronter les serveurs, le choix du menu, et la conversation, ce soir.

— Alors nous dînerons ici, et nous discuterons.

Maintenant, il esquissait lentement un sourire sensuel qui fit naître chez elle une succession de petits frissons délicieux.

— On parie ? dit-il.

— Je parle sérieusement, Murdoch.

— Moi aussi, MacGregor. A 18 heures, répéta-t-il avant de se tourner vers la porte.

— 18 h 30, dit-elle.

C'était arbitraire, mais elle avait besoin de s'affirmer un peu.

Cullum secoua la tête.

— Parfait.

Puis il releva un sourcil.

— Vous venez ?

— Où ?

— Dans la chambre d'amis. Vous vous souvenez ?

— Oh !

Troublée, elle rejeta en arrière sa chevelure emmêlée.

— Je croyais que vous aviez dit cela à cause de votre équipe.

— Je n'ai rien à cacher. Allons voir cette chambre. Le gros œuvre a été inspecté et approuvé.

Elle fit de son mieux pour retrouver ses réflexes de femme d'affaires. C'était irritant de voir Cullum reprendre son contrôle plus rapidement qu'elle.

— D'accord. Ensuite, j'aimerais voir de plus près ce qui a été fait pendant mon absence, si vous avez le temps.

Il lui ouvrit la porte.

— Je suis à votre disposition. Du moins jusqu'à 16 h 30.

Elle le regarda en plissant les yeux.

— Pourquoi dites-vous cela comme une menace, Murdoch ?

Sans répondre, il lui adressa un sourire innocent.

A 16 h 45, Julia vit le dernier camion, celui de Cullum, sortir de l'allée. Elle avait moins de deux heures devant elle, mais cette fois, elle serait prête. Il n'arriverait pas à lui brouiller l'esprit avant qu'elle puisse prononcer un mot. Ils allaient parler de leur situation rationnellement, négocier les conditions…

Et quand leur relation se terminerait, ce qui ne pouvait qu'arriver, ils partiraient chacun de leur côté sans faire d'histoires. Ils se ressemblaient beaucoup trop pour que cela puisse durer. Et le feu qui les poussait l'un vers l'autre était bien trop ardent pour brûler longtemps.

Elle ne voulait pas souffrir, ni le faire souffrir. Et pour cela, il fallait mettre au point des règles strictes et les suivre.

Après quoi, ils pourraient être heureux ensemble, tant que la vie n'en déciderait pas autrement.

Julia se détourna de la fenêtre. Pourquoi se sentait-elle soudain si déprimée ? Peut-être parce que Laura et Gwen étaient tombées amoureuses si rapidement. Sans prendre la peine de poser des garde-fous.

Mais avec Cullum, ce n'était pas de l'amour. C'était de la chimie. Elle était suffisamment calée dans cette science pour savoir que les expériences pouvaient provoquer des explosions si elles n'étaient pas préparées et exécutées avec le plus grand soin.

Et elle n'avait aucune intention de se brûler les ailes.

Cependant, il n'y avait aucune raison de ne pas faire perdre la tête à Cullum. Elle avait deux heures devant elle pour se préparer. C'était plus qu'il ne lui fallait.

Quand elle serait prête, Cullum, le dur à cuire, serait un objet en pâte à modeler entre ses mains.

7.

Devant la porte de Julia, Cullum hésita. C'était tentant de se servir de sa clé pour la mettre en colère. Mais il se ravisa et préféra frapper énergiquement. Il était 18 h 30 précises. Il avait passé un polo bleu marine et un jean flambant neuf, rien qui puisse faire penser à Julia qu'il s'était mis en frais pour elle.

Passant le sac qu'il portait d'une main à l'autre, il regarda le bout de ses chaussures en s'exhortant au calme. Il n'était pas question que Julia s'aperçoive de sa nervosité. Cela lui donnerait l'avantage. Or, il était bien décidé à tout mettre en œuvre pour la faire fondre dans ses bras, ce soir.

Naturellement, c'était très bien que Julia use de ses avantages. C'était digne de respect. Cependant, il ne voulait pas qu'elle ait un pas d'avance sur lui.

Comme la porte restait fermée, il mit sa main libre dans sa poche pour en tirer la clé. Mais, au même instant, Julia vint ouvrir.

Elle non plus ne paraissait pas s'être donné trop de mal pour son apparence. Il l'examina de la tête aux pieds tandis que son cœur martelait dans sa poitrine. Julia n'avait pas attaché ses cheveux, et ses boucles dansaient librement sur ses épaules. C'était ainsi qu'il la préférait. Le petit ensemble qu'elle avait choisi soulignait chacune de ses courbes avec une précision qui lui faisait monter l'eau à la bouche. Elle avait passé une ceinture argentée composée de gros anneaux autour de sa taille, et elle était pieds nus.

Elle ressemblait à une espèce de bohémienne très distinguée, avec ses yeux couleur du chocolat, ses épais sourcils et sa bouche pulpeuse, douce, dépourvue de maquillage.

— Vous êtes ponctuel, dit-elle en l'examinant avec insistance.

Un sourire se dessina lentement sur ses lèvres.

— J'apprécie cette qualité chez un homme.

— Et vous, vous êtes prête. C'est une qualité que j'apprécie chez une femme.

— Quelle chance nous avons ! Entrez !

Elle referma la porte derrière lui, et s'efforça d'ignorer la sensation de vertige qui s'emparait d'elle.

— Qu'avez-vous apporté pour le dîner ?

— Rien que du croustillant.

Il plongea un regard pénétrant dans celui de Julia, qu'une lueur amusée venait de traverser. Il sourit.

— Et un bon vin blanc de Bordeaux qui mettra en valeur, sans les écraser, les fameux secrets de ces herbes et épices.

— Qui aurait pu croire que nous avions les mêmes goûts alimentaires ? Emportons cela à l'étage.

Elle pencha la tête avant qu'il n'ait l'idée de manifester sa surprise.

— Ma chambre est la seule pièce dans laquelle il soit possible de prendre un repas, pour le moment. A moins que vous préfériez vous asseoir sur des seaux renversés et poser votre assiette sur des tréteaux ?

— Votre chambre fera l'affaire.

— Alors montez, je vais essayer d'exhumer deux verres de vin de tout ce fatras.

— Tout ce dont nous avons besoin est ici, dit-il en tapotant le sac. Assiettes et verres en carton. Inutile de salir de la vaisselle.

— Excellente idée.

Julia hocha la tête.

— Les travaux sont bientôt finis, d'après ce que j'ai pu constater.

Il hocha la tête.

— Il suffisait d'un bon planning, et d'un peu de chance.

Julia s'affairait en parlant pour gagner du temps.

— J'ai vu un immeuble en centre-ville. Il pourrait être transformé en dix appartements de quatre pièces.

Faisant une pause devant la porte de sa chambre, elle lui jeta un coup d'œil par-dessus son épaule.

— Est-ce que cela vous intéresserait, vous et votre père ?

— S'il ne faut pas commencer les travaux avant le début de l'année.

— Je ne l'ai pas encore acheté.

Elle se dirigea vers la cheminée, où brûlait un feu qui réchauffait l'air et l'ambiance. Il crépitait derrière un écran en cuivre ciselé. Le manteau était surchargé de bougeoirs et de chandeliers de différentes tailles. Les bougies n'étaient pas encore allumées, sauf une en cire blanche au milieu de la table.

— Très joli, murmura Cullum.

La pièce était attirante, et Julia aussi. Les sourcils froncés, il posa le sac en papier sur la table. Julia avait-elle l'intention de le séduire avant qu'il prenne l'initiative ?

Cette soirée promettait d'être passionnante.

Sortant la bouteille de vin, il la déboucha tout en observant la jeune femme.

— Comme nous sommes des gens civilisés, permettez-moi de vous dire que vous faites un travail fantastique dans cette maison. On sent que vous avez choisi les objets après réflexion. Le décor est élégant, mais il reste accueillant. Personne ne pourrait le nier.

Julia resta bouche bée. C'était un compliment qui atteignait à la fois la pensée et le cœur.

— Merci. C'est très important pour moi, j'ai grandi dans une maison chaleureuse.

— Vous avez grandi à la Maison Blanche, lui rappela-t-il.

Il lui tendit un verre de vin blanc.

— C'est vrai, mais je parlais de notre maison de Georgetown. Cependant, mes parents ont fait l'impossible pour que nous nous sentions chez nous à la Maison Blanche.

— Vous deviez avoir l'impression d'être dans un bocal à poissons.

— Parfois. Mais le plus souvent, je trouvais que c'était confortable et intime. Si je devais y vivre de nouveau, je ferais en sorte que ma famille s'y sente aussi bien.

Il releva les sourcils.

— Vous envisagez d'épouser un futur président ?

— Non, j'envisage de me présenter moi-même à la présidence.

Elle fit une pause. Cullum allait certainement s'étrangler avec son vin, éclater de rire ou lancer une remarque sardonique. Mais rien de cela ne se produisit. Il plissa les yeux en hochant la tête.

— Même si vous faites la moitié de ce que votre père a fait, vous serez un bon président.

— Décidément, vous m'étonnez encore.

— Pourquoi ? Vous trouvez que je m'aplatis comme une carpette devant vous ?

— J'ai eu l'impression que c'était arrivé deux ou trois fois.

Elle s'assit et ouvrit le sac.

— Je suis prête, si vous l'êtes.

Cette fois, il se mit à rire.

— A manger, précisa-t-elle d'une voix faible. Et à parler du reste.

— Une petite conversation en grignotant ne me dérange pas.

Ils partagèrent le poulet rôti et les pommes de terre frites dans les assiettes en carton. Puis Julia fit couler une cascade de sel sur ses aliments. Cullum grimaça. Elle gloussa de rire.

— Je sais. C'est beaucoup trop.

Elle attaqua fermement un pilon et soupira de plaisir.

— Mais c'est si bon. Tout ce qui est mauvais aux yeux des autres semble toujours si bon. Cullum, se peut-il que nous soyons mauvais l'un pour l'autre ?

— Qui sait ? La vie est un pari.

— C'est vrai. J'aime parier, mais j'évalue toujours les risques et je sais toujours combien je peux me permettre de perdre. Ainsi, nous sommes attirés l'un par l'autre pour une raison peut-être folle et contradictoire.

Cullum prit son verre. Il se régalait de Julia autant que de la saveur sèche et fruitée du vin blanc.

— Je suis d'accord.

— En ce qui me concerne, je ne prends pas un amant uniquement parce qu'il m'attire, poursuivit-elle. Il me faut un peu plus d'assise. Du respect mutuel, de la compréhension, de l'affection. Je préfère aussi engager une relation sur un accord partagé ; si le vent tourne, les deux parties doivent l'accepter et partir chacune de son côté. Et la fidélité doit être de règle. Si l'une des deux parties trouve que ce n'est pas satisfaisant, la relation prend fin. Et il n'y a pas de dégâts.

Cullum était partagé entre l'envie de rire et la stupéfaction.

— Alors si je décide de m'offrir un peu de fantaisie, le contrat est annulé ? interrogea-t-il.

— Automatiquement. Et pas de grands sentiments. Cela évite de mentir et de tricher. Je ne tolère ni le mensonge ni la tricherie dans ma vie, et encore moins au lit.

— Je ne mens jamais !

Cette fois, il lui adressa un coup d'œil agacé.

— Et je ne triche pas.

— Je ne vous ai pas dit le contraire. Mais les gens le font souvent, et l'excuse est généralement toujours la même : ils veulent épargner les sentiments de l'autre. Je n'ai pas besoin qu'on épargne mes sentiments.

— Parfait ! Quand je voudrai tenter ma chance ailleurs, je vous le ferai savoir.

Ostensiblement, il prit son temps pour s'essuyer les doigts avec une serviette en papier en l'observant du coin de l'œil. Puis il ajouta :

— Et dès que vous voudrez tenter la vôtre avec un jeune premier aux cheveux gominés… eh bien, je lui casserai la figure.

Julia retint un sourire. C'était plutôt agréable de sentir son pouls s'affoler, mais en même temps horripilant.

— C'est exactement le genre d'attitude que je trouve inacceptable !

— Pas moi. Mais j'ai compris votre idée, Julia. Vous voulez être respectée. Je respecte votre esprit et votre intégrité. Vous avez l'habitude d'aller votre chemin, et vous aimez mener la danse. Je dois reconnaître que vous êtes très douée pour cela. Et je vous aime assez pour, la plupart du temps. Maintenant, laissez-moi ajouter quelque chose.

Il entrechoqua leurs verres et se renfonça sur son siège.

— Si vous voulez passer des accords, essayez avec quelqu'un comme Tod, celui que vous avez chassé l'autre soir. Je considère que l'amour, quel qu'il soit, ne relève pas du monde des affaires, et aucun de nous n'est capable de savoir comment les choses vont tourner. Nous nous désirons mutuellement. Peut-être qu'après ce soir, ce désir n'existera plus, et l'affaire sera réglée.

— Et s'il n'existe plus que d'un côté ?

— Ce ne sera pas de chance.

Il se leva et, prenant sa main, la tira pour qu'elle se mette debout.

— Voyons un peu.

Julia se raidit. Elle n'avait pas encore fini. Mais, en une fraction de seconde, Cullum venait déjà de faire fondre son assurance. Sa bouche ferme, possessive ne donnait pas d'autre choix à la sienne que de s'entrouvrir avec un gémissement de pur plaisir.

Elle avait voulu allumer les bougies, pour l'amener lentement à perdre la tête jusqu'à ce qu'il accepte toutes ses conditions. Mais c'était compter sans le désir, qui lui mordait le ventre comme une bête affamée.

Ses mains se faufilèrent sous le polo de Cullum, suivirent le contour de ses muscles durs le long de son dos. Fascinée par sa force, elle releva le vêtement, le passa par-dessus la tête de Cullum et le jeta par terre sans ménagement. Ses doigts allaient vite, de plus en plus vite, pour obtenir plus, toujours plus.

— J'aime vraiment ton corps, parvint-elle à murmurer dans un souffle.

Faisant sauter les bretelles de sa petite robe, Cullum lui mordilla le cou.

— Je peux en dire autant, chuchota-t-il.

Il baissa les mains jusqu'à la taille de Julia et détacha sa ceinture.

Ses mains couraient sur le tissu soyeux, puis Julia sentit les paumes calleuses sur sa peau nue. Ils s'embrassèrent follement en gémissant de plaisir anticipé.

Elle retint sa respiration quand Cullum la souleva dans ses bras et l'emporta dans la chambre. Pendant un instant, elle se sentit profondément perdue, dominée, conquise. La panique et l'excitation déferlèrent en petites vagues sur sa peau. Ensuite, il l'allongea sur l'épais duvet, et il ne la quitta pas des yeux en finissant de la débarrasser de sa robe.

Un bref frisson la parcourut. Elle s'était préparée pour Cullum, elle savait que cette soirée se terminerait ainsi. Mais elle ne savait pas, elle n'avait pas pu imaginer qu'un regard soutenu de ses intenses yeux verts allait la priver aussi rapidement de sa maîtrise de soi.

Avec un petit cri d'impatience, elle enroula ses jambes autour de lui tandis que leurs bouches fusionnaient.

Cullum était en ébullition, son cœur battait à tout rompre. Julia était aussi érotique et dangereuse qu'une sirène. Son odeur lui faisait l'effet d'une drogue. Il se sentait brutal, il ne pouvait s'en empêcher. Elle l'avait déjà privé de ce qu'il pouvait avoir de civilisé.

Il s'agrippa à ses hanches et sa bouche s'écrasa sur la sienne jusqu'à ce qu'elle gémisse d'étourdissement. Puis, la prenant par les cheveux, il dévora sa gorge.

Elle avait déjà la peau humide de sueur quand il la rejeta en arrière, quand sa bouche et ses mains prirent possession de ses seins. L'air était trop lourd pour qu'elle puisse respirer, et chaque tentative lui faisait tourner la tête. Il y avait un feu tout au fond d'elle qui chauffait à blanc son système nerveux. Avide elle aussi de toucher Cullum, de le goûter, de le prendre, elle roula avec lui sur le lit.

Elle dégrafa son jean. Chaque seconde leur infligeait une délicieuse torture, chaque mouvement un plaisir presque insupportable.

Cullum sentit ses propres muscles frissonner quand sa peau imberbe se frotta à celle de Julia. Il n'avait jamais désiré quoi que ce soit au point où il la désirait elle. Chaque centimètre de sa peau, chaque courbe, le moindre tremblement, le moindre gémissement. Le besoin qu'il avait de Julia ressemblait à des doigts d'acier qui l'auraient pris à la gorge, et lui auraient emprisonné le cœur, les reins.

Il s'engagea en elle violemment, aveuglément, et sentit qu'elle se refermait autour de lui comme un poing brûlant. Un sentiment de triomphe, étourdissant et doux à la fois, le traversa quand elle se mit à crier. Puis il sentit ses longues jambes s'enrouler autour de ses hanches.

Elle lui griffa le dos quand le premier orgasme la souleva. La pression qui était en elle se libéra, pour revenir aussitôt, la faisant haleter. Elle s'arc-bouta contre lui, de plus en plus avide.

Cullum cligna des paupières pour chasser la brume qui voilait sa vision. Il voulait voir Julia tandis que leurs corps plongeaient de plus en plus profond. Elle avait les yeux brillants, les lèvres tremblantes, et ses cheveux formaient un enchevêtrement de flammes sur le drap froissé.

Quelque chose au fond de lui luttait pour se libérer, un sentiment plus complexe et plus exigeant que la simple luxure. Il le rejeta, et se laissa porter par la vague déferlante des sensations.

Mais quand le point d'orgue arriva, ce fut le nom de Julia qui franchit ses lèvres.

Ils restèrent muets. Julia n'arrivait pas à articuler un mot. Elle ne s'était jamais sentie aussi rassasiée et faible à la fois, ni aussi féminine. Elle avait envie de se laisser sombrer dans le sommeil, étalée nue sur le lit, clouée sur le matelas par le corps de Cullum.

Il remua légèrement et elle soupira. Etait-ce le seul son qu'elle serait désormais capable de produire ? Elle se sentait si bien.

Cullum arriva à relever la tête et observa la jeune femme.

Il commençait à avoir les idées plus claires. Pourvu qu'il ne l'ait pas blessée. Il avait des manières plutôt brutales, et il ne s'était jamais donné avec aussi peu de retenue.

Pourtant, à en juger par l'expression de chat ronronnant que Julia arborait, les excuses ne semblaient pas à l'ordre du jour. Dieu merci ! Il avait horreur de s'excuser.

Les yeux de Julia s'entrouvrirent et rencontrèrent les siens. Ses lèvres se retroussèrent.

— Mmm, fit-elle.

— Je suis bien d'accord avec toi !

Il se pencha sur elle et déposa un baiser sur son menton.

Julia cligna des paupières et son cœur se mit à battre plus vite. C'était une réaction ridicule, et même dangereuse. Son cœur devait rester à une distance raisonnable. Malgré la chaleur du corps de Cullum, elle frissonna.

— Tu as froid ?

Il voulait la prendre dans ses bras, lui tenir chaud. La garder. Et cette idée bizarre lui nouait l'estomac.

Julia se jeta sur cette explication, bien que son frisson n'ait rien à voir avec le froid.

— Un peu, murmura-t-elle.

Elle ne put s'empêcher de lever une main et de la passer dans les cheveux ébouriffés de Cullum.

— Je crois que nous pouvons ajouter une bûche dans le feu, murmura-t-elle.

— Je m'en occupe.

Il se pencha encore pour l'embrasser avec légèreté. Mais il s'attarda, et la bûche dut attendre.

Le désir s'empara de nouveau d'eux avec une telle force que ni l'un ni l'autre n'eut le temps de préparer une défense. Vaincus, ils se glissèrent sous le duvet et s'abandonnèrent l'un à l'autre.

8.

Julia était heureuse. Elle adorait le mois de novembre. Il marquait la transition entre les saisons, l'air était vif, apportant les prémices de l'hiver, et toutes les surprises qui accompagnaient les vacances de Noël.

C'était presque dommage qu'il tire à sa fin. Elle n'avait jamais passé un mois aussi fascinant et excitant.

Elle sourit. Sa relation avec Cullum était très discrète. Ils gardaient une distance professionnelle pendant les heures de travail. La plupart du temps, du moins.

Le gros problème, c'est qu'ils avaient bien du mal à se tenir tranquilles. Ils s'y efforçaient huit heures par jour, cinq jours par semaine, ce qui exacerbait leurs sens jusqu'à leurs retrouvailles.

Sa chambre et la buanderie n'étaient pas les seules pièces qui avaient abrité leurs ébats. Ils avaient aussi roulé par terre sur le nouveau tissu mural de la bibliothèque étalé sur le sol. Ils avaient ri comme des fous en se battant avec les boutons et les fermetures Eclair de leurs vêtements.

Apparemment, ils n'étaient jamais rassasiés l'un de l'autre.

L'après-midi du premier jour de décembre, Gwen et Laura vinrent voir Julia, comme prévu, pour l'aider à décorer son arbre de Noël. Bien qu'elles aient leur propre maison maintenant, elles n'avaient pas oublié les années passées ensemble, et le lien qui les unissait.

— On peut dire que tu as l'air… contente, commenta Laura.

— J'ai toutes les raisons de l'être. Les travaux sont presque terminés, et la maison est exactement comme je la voulais.

Elle chercha l'endroit parfait pour suspendre un traîneau portant le Père Noël sur un croissant de lune.

Elle posa les mains sur ses hanches et s'éloigna pour constater l'effet produit. Le salon brillait dans la lumière du soleil qui dorait le plancher de pin ciré. Un feu crépitait dans la cheminée de pierre. Le haut des encadrements de bois des portes et des fenêtres était légèrement cintré, et la couleur des murs avait des nuances magnifiques.

Les deux petites pièces sombres avaient fait place à une grande salle très aérée où elle avait installé ses meubles favoris : un canapé au dossier incurvé, garni de coussins de brocart et un divan profond, parfait pour une petite sieste. Elle avait accroché au mur deux aquarelles originales peintes par son frère, et posé sur une table d'appoint une des poteries réalisées par sa mère.

Un vieux berceau de poupée avait été reconverti en porte-magazines. Deux ficus aux feuilles légères flanquaient l'arc qui séparait les deux pièces.

Chaque pièce, chaque détail étaient le fruit de son goût personnel.

— Cette pièce est splendide, déclara Gwen.

— Je m'y attendais, mais elle est encore plus belle que ce que j'avais imaginé. Je suis contente que Cullum m'ait proposé cette séparation en arc au lieu d'un espace complètement ouvert. Cela lui donne beaucoup de caractère.

Gwen et Laura échangèrent un regard complice dans son dos en secouant la tête.

— Si je comprends bien, ce sera complètement terminé dans deux ou trois semaines, dit Laura.

Elle choisit une petite cloche argentée qu'elle accrocha à une branche du sapin.

— Normalement, oui. Si j'en crois son organigramme, nous allons devoir faire des heures supplémentaires.

— C'est ce que vous faites, tous les deux ? Vous étudiez son organigramme quand vous êtes au lit ?

Julia tourna vivement la tête.

— Pardon ?

— Julia, pour l'amour du ciel. Vous êtes ensemble, et cela se voit comme le nez au milieu de la figure !

— C'est vrai ?

En riant, Laura suspendit un ange en gaze.

— L'air crépite littéralement dans cette maison.

Voyant le front rembruni de Julia, elle s'empressa d'ajouter :

— D'accord, nous nous mêlons de ce qui ne nous regarde pas.

Elle se tourna vers sa cousine.

— Mais nous sommes inquiètes. Nous avons toujours parlé de ce sujet toutes les trois. Et cette fois tu es muette, et cela ne te ressemble pas.

— Je ne sais pas quoi vous dire. Nous avons sans doute compris que l'antagonisme qu'il y avait entre nous était dû à l'attirance sexuelle. Quand nous avons commencé à travailler ensemble…

Julia haussa les épaules.

— C'est arrivé comme cela.

Se détendant brusquement, elle adressa un sourire radieux à ses deux cousines.

— C'est merveilleux. Cullum est merveilleux. Je n'imaginais pas que nous serions si bien ensemble, et pas seulement au lit. Le week-end dernier, nous sommes allés au bord de la mer et nous avons pique-niqué sur la plage. Il faisait un froid glacial.

Elle éclata de rire.

— C'était magnifique. Et Cullum aime vraiment courir les antiquaires. Qui l'aurait cru ? Il trouve des objets fantastiques, et il marchande comme un professionnel. Regardez !

Elle se précipita vers une étagère d'où elle tira un objet.

— Il a acheté cela pour moi, il y a quelques semaines.

Les sourcils froncés, Gwen observa l'objet, un bouton métallique avec un mécanisme attaché à un carré de bois.

— Qu'est-ce que c'est ?

— C'est une touche de télégraphe.

Julia la lui tendit, sans se rendre compte que son regard trahissait son amour pour celui qui la lui avait offerte.

— J'adore ce genre d'objets. Je ne m'attendais pas à ce qu'il s'en rende compte. De plus, qui aurait cru que quelqu'un comme lui savait cuisiner ? Il prépare des pâtes extraordinaires. Et il m'aide à choisir tout ce qu'il faut pour la salle de jeux que j'installe pour Daniel et tous les neveux et nièces à venir. Nous aimerions trouver un vieux baby-foot. Mais si nous n'en trouvons pas, il pourra en construire un. Il est très doué pour la mécanique.

Faisant une pause pour reprendre son souffle, elle se laissa tomber sur une chaise et lança un regard horrifié à ses cousines.

— Qu'est-ce que j'ai fait, pauvre de moi ?

Gwen éclata de rire.

— Tu es tombée follement amoureuse, si j'en crois ce que j'entends et ce que je vois !

Elle remplit les tasses de chocolat brûlant et en tendit une à Julia.

— Reprends ton souffle ! dit-elle.

— Ce n'était pas mon intention, ce n'était pas notre contrat, dit Julia, sa voix montant d'une octave.

— Je vais être la première à te l'annoncer : ce genre de chose ne se programme pas.

— Mais je ne l'aime même pas.

Elle ferma les yeux, quand Gwen lui adressa un sourire malicieux.

— Moi non plus je ne l'aimais pas. C'est du moins ce que je croyais.

Laura renchérit :

— Si cela peut t'aider, laisse-moi te dire que vous êtes faits l'un pour l'autre.

— Cela ne m'aide pas du tout.

Julia prit sa tasse à deux mains et but avidement avant de continuer :

— Qu'est-ce que je vais devenir ? Il sera furieux s'il l'apprend.

Laura vint s'asseoir sur le bras de son fauteuil.

— A mon humble avis, un homme capable de cuisiner pour toi, de t'offrir des cadeaux bizarres et de construire un baby-foot de ses mains a perdu la tête autant que toi.

— Non, pas lui, c'est impossible !

Julia se leva brusquement.

— Comment cela a-t-il pu m'arriver, à moi ? Il y a dix minutes, je me sentais maîtresse de mon destin. Cullum va arriver dans quelques heures. Il veut réparer cette lampe Arts-déco que nous avons trouvée hier soir.

— Il répare des lampes, dit Gwen en soupirant. C'est adorable.

— Ce n'est pas adorable, c'est impossible. Je ne veux pas être amoureuse de lui.

— Pourquoi ? demanda Laura en penchant la tête de côté.

— Parce que c'est… parce qu'il est…

— Je vois que le témoin a du mal à répondre à la question, dit Laura en souriant. Permets-moi de la reformuler…

Des cris de bébé leur parvinrent du premier étage.

— Oh, zut ! s'écria Laura. Bon, l'audience est levée. Je reviens tout de suite.

— Julia, dit Gwen pendant que Laura grimpait l'escalier, je voudrais te dire quelque chose.

— Vas-y.

— Tu n'as jamais paru aussi heureuse qu'au moment où tu parlais de Cullum et du temps que tu passes avec lui. Et je viens assez souvent ici pour avoir remarqué la façon dont il te regarde. Je ne crois pas qu'il soit moins amoureux de toi que tu l'es de lui.

— Si c'est vrai…

Julia prit une profonde inspiration.

— Cela pourrait marcher, tu crois ?

— Je sais que c'est effrayant. Parfois, ce que j'éprouve pour Branson, et maintenant pour le bébé…, murmura-t-elle en portant une main à son cœur. C'est si immense, cela me fait encore peur. Mais je ne changerais ma vie pour rien au monde.

— Alors je dois le convaincre qu'il est fou de moi.

— Tu dois plutôt le convaincre de l'admettre, comme tu viens de le faire.

— Qu'il me le dise à voix haute.

Julia se mit à rire, tandis que Laura revenait en portant Daniel dans ses bras.

— Je n'arrive pas à imaginer Murdoch disant cela à haute voix.

Songeuse, elle se mordit la lèvre inférieure.

— Il faut que j'arrive à le lui faire dire.

Laura soupira en secouant la tête d'un air amusé.

— Julia, tu ne changeras jamais !

Elle s'assit dans la chaise à bascule et dégrafa son chemisier pour donner le sein à son bébé.

— Oui, je veux qu'il finisse par avouer qu'il m'aime.

Julia était prête quand Cullum arriva. Elle lui ouvrit la porte avec un sourire chaleureux et, jetant ses bras autour de son cou, l'accueillit avec un long baiser.

— Heureux de te voir, moi aussi.

Elle le fit entrer dans la maison, ferma la porte d'un coup de pied pour repousser le froid et les flocons de neige.

— De quelle humeur êtes-vous, miss MacGregor ?

— Heureuse.

Elle lui mordilla le cou.

— Affectueuse. De quelle humeur êtes-vous, monsieur Murdoch ?

— Contemplative.

— Tu n'as encore rien vu.

Elle recula d'un pas pour lui adresser un sourire enjôleur.

— J'ai préparé le dîner.

— N'est-ce pas très risqué ?

— Il s'avère que je suis une cuisinière très compétente.

« Enfin, pas trop nulle », rectifia-t-elle intérieurement avant de lancer :

— Que dirais-tu d'un rôti de porc farci accompagné d'une purée de pommes de terre maison ?

— Mmm… très tentant.

— Bien.

Elle passa un bras sous le sien et l'entraîna vers la cuisine sans le quitter des yeux.

La table était dressée, avec des assiettes et des bougies de couleur. Une musique douce s'élevait des baffles dissimulés derrière les plantes vertes, et une bouteille de champagne rafraîchissait dans un seau en argent.

Ebahi, Cullum secoua la tête.

— Nous fêtons quelque chose ?

— Non. Ce n'est qu'un repas fait maison, dans le style MacGregor. Si tu ouvrais la bouteille ? Le dîner sera prêt dans une vingtaine de minutes.

— Ça sent très bon.

Il déboucha la bouteille tout en jetant des coups d'œil étonnés sur la table. Qu'est-ce que Julia pouvait bien mijoter ? Si ce n'était pas le décor planté par une femme qui avait une idée derrière la tête, il voulait bien être pendu.

— Vas-tu me demander de démolir un mur que je viens juste de remonter ? Ou bien as-tu changé d'avis au sujet du carrelage de la chambre d'amis ?

— Non, j'avais envie de cuisiner, c'est tout. Ce doit être l'approche des vacances qui m'inspire. Oh, il faut que je te montre ! Nous avons décoré le sapin aujourd'hui.

— Je l'ai vu par la fenêtre quand je suis arrivé. Il a l'air superbe.

— Nous prendrons le dessert dans le salon pour le contempler.

Franchement sur ses gardes maintenant, Cullum remplit deux coupes de champagne et lui en tendit une.

— Tu as préparé un dessert !

— Des soufflés à la crème. Une vieille recette de famille.

Elle lui prit son verre des mains en souriant.

— Je me suis bien amusée en les confectionnant.

Baissant les yeux, elle réprima un soupir. Elle s'y était reprise à trois fois. Les restes des deux premières tentatives étaient enfouis dans la poubelle.

— Comment s'est passée ta journée ? demanda-t-elle.

— Bien. J'ai presque fini le train de bois que je construis pour mes nièces.

— J'aimerais le voir. Je pourrais t'aider à le peindre. Je ne suis pas aussi douée que Shelby MacGregor, mais je me débrouille.

— Je n'en doute pas.

Il scruta son visage.

— Ce serait formidable.

— Je te laisse une minute, je vais voir si le rôti est cuit et préparer la salade.

— Je vais t'aider.

— Ne bouge pas. Assieds-toi et détends-toi.

En la voyant mettre un tablier, il s'enfonça dans le canapé. En effet, il valait mieux qu'il se détende. Que diable se passait-il dans la tête de Julia ? Elle était radieuse, prévenante, pas du tout agressive, et elle portait un tablier.

Ce n'était pas sa Julia.

Sa Julia ? Il but une grande gorgée de champagne, tandis que ces deux mots résonnaient dans sa tête. Depuis quand considérait-il que Julia était à lui ?

Il frissonna. Depuis… toujours, à vrai dire. Il avait eu envie d'elle pendant des années, tout en cachant son désir derrière des sarcasmes et des paroles blessantes. Mais maintenant qu'ils étaient amants, il ne pouvait plus nier qu'il était amoureux d'elle.

Impossible pourtant de faire cette déclaration à Julia, elle le jetterait dehors avant qu'il ait le temps de terminer sa phrase.

Défait, il posa sa coupe de champagne. Julia continuait à s'activer dans la cuisine tout en bavardant. Il était amoureux d'elle. Il n'avait plus qu'à faire en sorte qu'elle tombe amoureuse de lui. Et qu'elle soit la première à le reconnaître.

Il se leva et se rapprocha d'elle. Ses bras s'emparèrent de sa taille, ses lèvres effleurèrent sa nuque.

— Tu sens encore meilleur que le dîner.

Julia sentit ses genoux fléchir.

— Vraiment ?

— Et j'ai de plus en plus envie de te grignoter.

Il tendit la main vers la cuisinière et éteignit le four.

— Et moi, j'ai de plus en plus envie d'être grignotée.

Il lui fit faire demi-tour. Julia sourit. Mais son sourire s'évanouit quand il la dévisagea avec insistance.

— Qu'y a-t-il ? interrogea-t-elle.

— Tu es fascinante, dit-il lentement.

Il ne lui avait jamais dit qu'elle était fascinante. Il n'avait jamais pris son visage entre ses mains comme il le faisait maintenant, et il ne l'avait jamais embrassée avec cette profonde douceur. Toutes les émotions qu'elle avait voulu étouffer surgirent dans son cœur.

— Cullum.

— Pourquoi sommes-nous toujours si pressés ? murmura-t-il contre sa bouche.

— Je ne sais pas.

Mais elle savait une chose : elle ne voulait pas qu'il cesse de l'embrasser, comme il le faisait à cet instant, ni de la toucher de cette façon.

— Ne soyons pas si pressés cette fois.

Il la prit dans ses bras.

— Et voyons ce qui va arriver.

9.

Cullum était songeur. Julia n'était plus elle-même depuis quelques jours. Elle souriait tout le temps et lui demandait son avis à propos de tout et de rien, depuis la couleur des abat-jour jusqu'à la forme des chenets. Et elle oubliait de faire des remarques désagréables.

Cependant, le plus inquiétant était qu'elle lui avait confectionné un gâteau.

Cullum secoua la tête. Le glaçage avait un goût curieux, qui évoquait un peu l'odeur de la colle utilisée par les charpentiers. Quoi qu'il en soit, le seul fait qu'il soit arrivé à en consommer deux parts prouvait qu'il était un homme perdu.

Mais il jouait le jeu. Que pouvait-il faire d'autre ? Impossible d'argumenter avec une femme qui approuvait tout ce qu'il disait.

Il soupira. Les discussions animées avec Julia lui manquaient.

Il gara sa voiture devant la boutique de son père. La journée était finie, il allait pouvoir faire le point des travaux avec lui sans être dérangé. Ensuite, il prendrait une douche rapide avant d'aller chez Julia pour un autre dîner qu'elle aurait préparé elle-même.

Il se frotta l'estomac en faisant une petite grimace. Que Dieu le protège !

Dès qu'il l'aurait poussée à avouer qu'elle l'aimait, il lui demanderait sa main. Et une fois qu'il lui aurait passé la bague au doigt, il trouverait une méthode diplomate pour l'empêcher de pénétrer dans la cuisine pendant les cinquante années à venir.

En attendant, ce n'était pas un gros prix à payer que d'ingurgiter les horreurs que Julia se donnait tant de mal à préparer. Pas quand elle-même en était l'enjeu.

Rien, pas même son poulet aux noix de cajou, ne pourrait l'empêcher de l'épouser. Il avait mis longtemps à s'en rendre compte, mais il savait maintenant qu'elle était la femme de sa vie.

Il sortit dans le vent glacial et ouvrit la porte de la boutique. Frappé d'une inspiration subite, il se dirigea vers le téléphone. Grâce à la bonne humeur dont elle avait fait preuve ces derniers jours, il pouvait changer leur programme au dernier moment. Il allait l'appeler, lui dire qu'il avait réservé une table pour ce soir, que c'était une façon de fêter Noël un peu en avance puisqu'elle allait bientôt passer les vacances en famille à Hyannis Port.

Ragaillardi, il entra. Il allait dire à son père qu'il passait quelques coups de téléphone avant qu'ils se mettent au travail.

Tandis qu'il traversait le hall, il entendit Michael éclater de rire. Il sourit. Cela faisait plusieurs mois qu'il s'inquiétait pour lui, mais Dieu merci, son père semblait reprendre des forces. Son regard était redevenu vif, et il marchait à nouveau avec aisance. Il s'octroyait encore de longs moments de repos, mais tout redevenait comme avant.

Cullum s'approcha de la porte du bureau. Il allait lui faire signe qu'il était arrivé. Mais il se figea sur place en entendant les paroles de son père :

— Je te le dis, Daniel, Cullum va lui faire sa demande avant la fin de l'année. Aucun plan n'a jamais fonctionné aussi vite !

A l'autre bout du fil, Daniel parlait si fort que sa voix arrivait jusqu'à ses oreilles. Médusé, Cullum resta immobile.

— Moi, je trouve qu'ils y mettent le temps, ces deux tourtereaux ! Qu'est-ce qu'ils attendent ? Cela fait trois mois qu'ils sont dans les bras l'un de l'autre.

— Le ciel sait qu'ils sont aussi lents que des tortues, mais nous en viendrons à bout.

Michael se leva avec légèreté et arpenta la pièce d'un pas vaillant.

— D'après les informations que j'ai, elle lui prépare des petits plats.

— Julia ? Dieu nous pardonne, Michael. Ne me dis pas que ce pauvre garçon les mange ?

Michael éclata encore de rire.

— Bien sûr que si, et je peux te dire que n'importe quel homme capable d'absorber une bouchée de ce que Julia a préparé elle-même est un homme que l'amour a rendu fou.

— Ils sont faits l'un pour l'autre. Evidemment, ils seraient assez ingrats pour ne pas nous remercier si nous le leur faisions remarquer. J'aime autant te dire que nous allons leur offrir un sacré mariage, Michael.

— Le plus vite possible, Daniel. Et ce sera un grand soulagement pour moi de retrouver ma santé.

— Attends un peu, Michael. Si nos deux tourtereaux prennent trop leur temps, il faudra que tu aies une rechute. Julia va venir pour Noël. Si elle n'a pas la bague au doigt, je donnerai un petit coup de pouce au destin. Joyeux Noël, Michael.

— Joyeux Noël, Daniel.

Michael se frotta les mains en reposant l'appareil. Mais

le sourire qui éclairait son visage se figea brusquement, et le sang se retira de ses joues. Sur le seuil de son bureau, son fils le transperçait d'un regard luisant comme de l'acier.

— Cullum !

Sa voix couina, et pour une fois il n'eut pas à faire semblant de manquer de force. Ses genoux fléchirent.

— Je… ne t'ai pas entendu arriver. Depuis combien de temps es-tu là ?

— Depuis assez longtemps pour avoir tout entendu.

La fureur et l'humiliation se disputaient dans le cœur de Cullum.

— Tu n'as jamais été malade !

— Malade ? Si, hélas, répondit Michael en échafaudant désespérément un scénario. Un refroidissement pulmonaire.

Il se força à tousser et se laissa tomber sur une chaise.

— Je dois dire que je me sens beaucoup mieux. Le docteur m'a conseillé de faire de l'exercice.

— Ne te fatigue pas avec moi !

Cullum marcha lentement vers lui.

— Tu es en pleine forme, et tu l'as toujours été. Tu m'as menti !

Il fit claquer ses mains sur le bureau et se pencha vers son père.

— Je me suis fait un sang d'encre pour toi. Les ouvriers ont collecté de l'argent pour t'offrir un panier de fruits.

— C'était très gentil de leur part. Je leur en suis très reconnaissant. Les fruits sont…

— Encore une fois, ne te fatigue pas !

Les yeux de Michael se réduisirent à deux fentes. Se levant, il rapprocha son visage de celui de son fils.

— Ne me parle pas sur ce ton, Cullum Murdoch. Je suis encore ton père !

— Et c'est la seule raison qui m'empêche de t'envoyer mon

poing dans la figure. Toi et Daniel MacGregor, vous avez mis au point cette petite combine pour que je tombe dans les bras de Julia. Vous avez pensé qu'en nous rencontrant, Julia et moi, nous comprendrions que nous étions faits l'un pour l'autre.

Michael redressa le menton.

— Tu viens de résumer assez bien la situation. Et nous avons eu raison, il me semble, alors où est le problème ?

— Où est le…

Les mâchoires serrées, Cullum recula. Il ne pouvait pas lui infliger la correction dont il rêvait car c'était son père. Mais quel dommage !

— J'aimerais en prendre un pour assommer l'autre, finit-il par dire.

— Cela fait des années que tu as remarqué Julia MacGregor, Cullum, n'essaie pas de le nier.

— C'était à moi de faire la démarche, si j'en avais envie !

— Et Julia t'a remarqué depuis des années, elle aussi. Daniel et moi n'avons fait que vous encourager à prendre la bonne direction.

— La bonne direction, c'est-à-dire celle que tu voulais, toi ? Tu crois que je vais te remercier, peut-être ?

— Tu le devrais, pourtant.

Michael haussa les épaules.

— Un aveugle sur un cheval lancé au galop se rendrait compte que vous êtes amoureux l'un de l'autre. Julia te rend heureux, tu la rends heureuse. Et que tu veuilles le reconnaître ou non — tu es le garçon le plus têtu que j'aie jamais connu —, vous avez déjà construit un foyer, tous les deux.

— C'est sa maison.

— Et alors ? C'est autant la tienne puisque ton cœur y est.

Cullum baissa la tête. Il ne pouvait pas nier cela. Mais la question n'était pas là.

— Julia et moi, nous avons passé un accord avant de commencer à être ensemble.

Il fit une pause. Qu'importait qu'il ait trouvé cet accord ridicule et qu'il ne l'ait pas accepté ? Il allait s'en servir maintenant.

— Notre relation ne sera pas éternelle. Ce n'est pas prévu ainsi.

Son père ricana. Il serra les dents et continua :

— Et si tu crois que je vais la demander en mariage, tu te trompes complètement.

— Tu l'aimes, oui ou non ?

Cullum ouvrit la bouche pour dire non, mais le mot ne passa pas ses lèvres. Furieux, il fourra ses mains dans ses poches.

— Et voilà ! Tu viens juste d'avouer que tu l'aimes, bien que tu ne puisses pas décider ta langue à le dire. Tête de mule !

Soupirant, Michael retourna s'asseoir.

— C'est une femme brillante et adorable, et elle a autant de force et de volonté que toi. Elle a un cerveau, de l'humour, tout ce qu'il faut pour fonder une belle famille.

— Eh bien, épouse-la !

Michael sourit.

— Si j'avais vingt ans de moins, mon garçon, je te l'aurais soufflée sous le nez avant que tu aies eu le temps de dire ouf ! Et si tu ne te réveilles pas, c'est peut-être quelqu'un d'autre qui va le faire !

— Elle ne voit personne d'autre.

— Bien sûr, dit doucement Michael. Pourquoi verrait-elle un autre homme puisque c'est toi qu'elle aime ?

Vaincu, Cullum se passa une main sur les yeux.

— Cela ne me mène nulle part. MacGregor et toi avez

décidé de nous manipuler comme des marionnettes. Mais laisse-moi te dire une chose : si elle découvre ce que vous avez comploté, elle me rejettera de sa vie pour se venger de vous.

Michael ne put retenir un sourire triomphant.

— Il suffit que tu ne le lui dises pas !

— Non, je ne vais pas le lui dire. Mais à partir de maintenant, vous allez arrêter votre petit jeu. Julia et moi n'avons besoin de personne. Si nous nous décidons à nous marier, ce sera parce que nous l'aurons voulu tous les deux et non pour vous faire plaisir !

— Naturellement, ce sera votre décision !

Le sourire de Michael s'élargit. Cullum avait mordu à l'hameçon.

— C'est la plus grande décision qu'un homme puisse prendre. Pour moi, c'est ton bonheur qui compte par-dessus tout, ajouta-t-il.

Cullum se sentit faiblir.

— Je sais que tu as cru bien faire, mais…

— J'ai fait ce qu'il y avait de mieux, rectifia Michael.

Il ouvrit le tiroir de son bureau.

— Je voudrais te donner cela. Si tu décides que Julia est la femme que tu veux épouser, j'espère que tu le lui donneras.

Il ouvrit une petite boîte recouverte de satin.

— C'était à ta mère.

Les souvenirs l'envahirent tandis qu'il tendait la boîte à son fils.

— Quand je lui ai offert de passer sa vie avec moi, je ne pouvais pas encore lui offrir un diamant. C'est une topaze. Elle disait toujours que cette bague ressemblait à un petit rayon de soleil et elle n'a jamais voulu s'en séparer.

— Papa…

— Je ne te pousse pas. J'ai toujours voulu te le donner, le moment venu. Ta mère aurait adoré Julia, Cullum.

— Oui, je sais, dit doucement Cullum.

Il prit la boîte et la glissa dans sa poche.

Qu'arrivait-il à Cullum ? se demandait Julia tout en commençant à préparer sa valise pour son voyage à Hyannis.

Tous les soirs pendant une semaine, il l'avait emmenée dîner ou danser. Lui qui préférait pourtant les soirées tranquilles chez lui s'était mis brusquement à adorer les soirées en société. Julia secoua la tête. C'était à n'y rien comprendre !

Avec un léger soupir, elle plia des gilets et les rangea dans la valise. Combien de temps allait-elle pouvoir afficher cette apparence de femme au caractère facile, elle l'ignorait. Cependant, cette situation bizarre avait un bon côté : elle lui avait permis de cesser de cuisiner. La cuisine n'était vraiment pas son fort. Quel dommage qu'elle plaise à Cullum !

A l'évidence, il avait un estomac d'acier. Elle-même avait du mal à avaler les menus qu'elle préparait, mais lui finissait toujours tout jusqu'à la dernière bouchée.

Elle soupira encore. Autant se l'avouer, elle avait fait un mauvais calcul. Maintenant, il espérait sans doute qu'elle allait cuisiner régulièrement. Or elle détestait cela autant qu'elle aimait Cullum.

L'amour la rendait parfaitement stupide.

Mais Cullum était si doux, si tendre. Cette nouvelle façon qu'il avait de faire l'amour avec elle lui coupait bras et jambes et transformait son cerveau en bouillie. Elle ne trouvait plus ses mots. Chaque fois qu'il la prenait dans ses bras, elle s'attendait à ce qu'il se décide enfin à lui dire qu'il l'aimait.

Mais chaque fois son espoir était déçu.

Elle secoua la tête avec véhémence. Quoi qu'il arrive, elle ne le dirait pas la première ! Impossible. Elle avait déjà fait assez de concessions, il fallait qu'elle maîtrise la situation sur ce point précis.

Elle fourra quelques vêtements dans la valise et jeta un coup d'œil à l'horloge. Où diable était-il passé ? Il savait bien qu'elle partait aujourd'hui, et que c'était leur dernière chance de se voir avant les vacances de Noël. Elle devait se mettre en route dans une heure au plus tard si elle voulait arriver chez ses grands-parents avant la nuit.

Fronçant les sourcils, Julia secoua la tête. Que faisait-elle ? Elle hésitait comme une imbécile et adaptait ses projets à ceux de Cullum. Une fois de plus.

Cette situation était absurde, elle devait cesser une bonne fois pour toutes. Avec un hochement de tête, elle ferma sa valise. Etre amoureuse ne signifiait pas qu'elle devait se transformer en chiffe molle ! Elle allait partir à l'heure prévue, un point c'est tout. Et si cela ne plaisait pas à Cullum Murdoch, tant pis pour lui !

Elle porta sa valise jusqu'à sa voiture et la déposa dans le coffre, puis elle commença à entasser les sacs remplis de cadeaux. Décidément, elle n'avait ni le cœur ni la tête à la fête. Alors qu'elle s'apprêtait à refermer le coffre, le camion de Cullum arriva sur les chapeaux de roues.

Cullum se gara derrière sa voiture. Il était d'humeur massacrante. Il avait passé sa matinée à régler un problème sur un chantier, et était obligé d'y retourner dans la soirée, pour finir lui-même le travail.

De plus, la circulation était infernale et il avait eu une contravention pour avoir grillé un feu rouge — il aurait pourtant juré qu'il était orange — parce qu'il était trop pressé de rejoindre Julia.

Et voilà qu'elle partait au moment où il arrivait.

Il prit une profonde inspiration. Mieux valait retrouver un peu de sérénité. Après tout, c'était la veille de Noël, et il avait devant lui la femme qu'il aimait. Il le lui dirait dès qu'elle aurait le bon sens de lui avouer ses sentiments pour lui.

— Je suis en retard, dit-il en prenant un sac qu'il cala dans le coffre déjà surchargé.

— Moi aussi.

— Il y avait une circulation folle. Tu gagnerais certainement du temps en partant dans une heure.

— Merci pour le conseil, mais je me débrouillerai. Bien sûr, si tu étais arrivé à l'heure, je serais déjà partie.

— J'ai été retenu.

Il lutta pour garder une voix égale, mais il avait le regard noir d'exaspération.

— Naturellement.

Ecumant de fureur contenue, elle se dirigea vers la maison. Il la suivit d'un pas nerveux.

— Ce sont les trois derniers sacs, dit-elle.

— Tu ne te serais pas livrée à une orgie d'achats, par hasard ?

— J'adore faire des cadeaux.

Elle attrapa une petite boîte posée sous l'arbre et la lui fourra dans les mains.

— Voici le tien.

Sans la quitter des yeux, Cullum prit la boîte qu'il glissa dans sa poche pour pouvoir prendre les sacs.

— Qu'est-ce qui ne va pas ?

— Si tu ne le sais pas, ne t'attends pas à ce que je te le dise.

Elle lui tourna le dos et sortit de la maison.

— Ecoute, je n'ai pas passé une heure dans les embouteillages et je ne me suis pas payé une contravention pour que tu me reçoives aussi froidement.

— Ce n'est pas ma faute si tu as fait preuve d'irresponsabilité en conduisant trop vite. Mais cela explique ta mauvaise humeur.

— Ma mauvaise humeur ? Tu m'as jeté un regard furieux avant même que je sorte du camion.

Julia redressa le menton.

— Je n'ai pas le temps de discuter avec toi. Tu m'as déjà mise en retard.

— Parfait. Charmant !

Il tira un long paquet étroit de la poche de son manteau.

— Voici ton cadeau. A bientôt.

Il se dirigea à grands pas vers son camion en jurant puis il fit demi-tour, la prit presque brutalement dans ses bras et écrasa ses lèvres sur les siennes.

— Joyeux Noël ! fulmina-t-il avant de s'en aller.

— Joyeux Noël à toi aussi ! cria-t-elle, hors d'elle.

Elle se glissa dans sa voiture et claqua la portière. Elle attendit qu'il s'éloigne avant d'éclater en sanglots.

10.

Tout était fini avec lui. Terminé. Elle avait fait une grossière erreur en croyant être amoureuse de Cullum Murdoch.

A cause de cette folie, elle avait passé ces dernières semaines à faire semblant d'être douce et soumise et à massacrer des recettes.

C'était mortifiant.

Dieu merci, elle avait retrouvé la raison. Elle était indépendante, capable de prendre ses décisions, de vivre sa vie et de mettre au point ses propres objectifs. Quand elle reverrait Cullum, elle lui expliquerait calmement, mais fermement, que leur relation ne lui convenait plus, et tout serait dit.

Mais pourquoi était-elle aussi malheureuse ?

Elle avait fait de son mieux pour afficher un masque joyeux face à sa famille. Quand il arrivait que la façade se fendille, elle avait une excuse toute prête : une petite migraine, ou un marché avec un client qui lui posait des problèmes.

Elle soupira. Naturellement, personne ne s'y était trompé, mais elle avait tenu le coup jusqu'au bout et maintenant, elle se trouvait de nouveau chez elle. Les lumières de son arbre de Noël étaient trop vives, trop colorées, elles jetaient dans la maison un éclat excessif, qui semblait se moquer de sa tristesse. Pourtant, elle ne voulait pas les éteindre. Cullum Murdoch n'allait tout de même pas lui gâcher ses vacances.

Les derniers préparatifs de sa crémaillère lui occupèrent l'esprit. Dès que tout serait organisé, elle le contacterait, probablement avant la fin de l'année.

« Débarrasse-toi de l'ancien, accueille le neuf », se dit-elle en regardant le téléphone pour la centième fois depuis le matin.

Pourquoi ne l'avait-il pas appelée ?

Sans s'en rendre compte, elle effleura du bout des doigts le collier qu'elle portait à son cou. Le cadeau de Noël que Cullum lui avait offert. C'était un superbe sautoir de perles fines minuscules, citrines et grenats.

Elle avait eu un choc en le voyant. Ce collier ne lui était pas inconnu. Elle l'avait déjà vu dans une boutique, et si elle n'avait pas été occupée à faire des emplettes de Noël ce jour-là, elle l'aurait acheté elle-même. Cependant, elle ne lui avait accordé qu'un bref regard. Mais Cullum avait remarqué qu'elle aimait les pierres de couleur et il le lui avait offert.

Cette idée lui fit monter les larmes aux yeux.

Repoussant la sensation de déprime qu'elle sentait poindre, Julia s'assit devant son ordinateur et vérifia sa liste d'invités. Le menu de sa fête était commandé chez un traiteur. Elle avait commandé les fleurs, choisi la musique. Tout était prêt.

Elle n'avait plus rien à faire. Ses yeux s'emplirent de larmes. Furieuse contre elle-même, elle s'éloigna de son bureau. Il fallait qu'elle sorte, qu'elle aille quelque part ! N'importe où !

Au volant de sa voiture, qui l'emmenait chez Julia, Cullum se critiquait lui-même à haute voix. C'était ahurissant, il se conduisait comme un pantin, comme un imbécile qui tendait la joue pour recevoir une autre gifle. Il se méprisait. Julia aurait pu l'appeler à son retour de Washington. Il lui avait donné deux jours pour cela.

Après tout, c'est elle qui était partie, c'est donc elle qui aurait dû lui téléphoner à son retour.

Il avait l'intention de le lui faire remarquer, avec des mots bien choisis. Ensuite, il lui annoncerait que quelques changements allaient s'opérer dans leur relation. Ils allaient en revenir au point où ils étaient un mois plus tôt. Et si cela ne plaisait pas à Julia, elle n'aurait qu'à aller voir ailleurs.

Quelques minutes plus tard, il se gara devant la maison de la jeune femme. Sa voiture n'était pas là. La colère qu'il venait d'éprouver n'était rien comparée à la sensation de manque qui le saisit.

Il voulait voir Julia, lui parler, la toucher.

— C'est typique, marmonna-t-il en lorgnant les joyeuses lumières de son sapin à travers la fenêtre. Elle peut me faire souffrir même sans être là.

Abattu, il enfonça une main dans sa poche, et en sortit la montre à gousset en or qu'elle lui avait offerte pour Noël. Comment diable pouvait-elle le connaître assez bien pour lui choisir un cadeau aussi parfait, et être incapable de savoir quand elle le faisait souffrir ?

Appuyant le front sur son volant, il ferma les yeux. Qu'allait-il devenir sans Julia ? Il ne pouvait pas vivre sans elle. Il avait cru pouvoir, ou du moins il avait passé des jours entiers à se convaincre qu'il en était capable. Mais maintenant, devant la maison qu'ils avaient rénovée ensemble, devant cette maison où elle n'était pas, il ne pouvait plus se mentir à lui-même.

Il ne voulait pas vivre sans Julia. Il avait besoin d'elle. Il était vaincu.

— Alors, qu'en penses-tu ? Tout est parfait, tu ne trouves pas ?

Jouant avec son bâton de rouge à lèvres, Julia ne laissait pas la moindre occasion à sa grand-mère de placer un mot.

— Je suis si heureuse que grand-père et toi soyez arrivés tôt. Tout est prêt, mais je suis un peu nerveuse, même si cela vous surprend. Après tout, c'est la première fête que je donne dans cette maison.

— Julia…

— Et je veux vraiment qu'elle soit parfaite. Et moi, à quoi je ressemble ? Est-ce que je suis présentable ?

Anna observa calmement sa petite-fille. Julia avait choisi une robe fourreau en velours vert à longues manches serrées. Elle avait relevé ses cheveux en un chignon savant d'où s'échappaient quelques mèches bouclées. Et ses yeux brillaient plus que de coutume.

— Tu es adorable, ma chérie. Viens donc t'asseoir près de moi.

— Je ne peux pas. Je dois aller vérifier si le traiteur n'a rien oublié. Les invités vont bientôt arriver et…

— Julia !

Doucement, Anna prit sa main entre les siennes.

— Assieds-toi là et dis-moi ce qui ne va pas.

— Je ne sais pas, dit Julia, essoufflée.

Elle fit une pause, essayant de maîtriser les battements de son cœur.

— Je ne sais plus quoi faire. Tout se mélange. J'aime Cullum Murdoch et je n'arrive pas à l'oublier.

— Voyons un peu.

Anna l'entraîna vers le petit canapé de la chambre.

— Pourquoi veux-tu l'oublier ?

— Il ne m'aime pas. Il n'a même plus de sympathie pour moi. J'ai tout gâché, et je ne sais même pas comment c'est arrivé. J'ai essayé de… j'ai cessé de discuter avec lui, même quand il avait tort, et je me suis mise à faire la cuisine, et tout s'est détraqué et nous avons commencé à nous disputer. Il est parti. Je suis partie. Je ne sais plus. Il ne m'a même pas appelée, depuis que je suis revenue à la maison.

— Et toi, l'as-tu appelé ?

— Non. Je ne l'appellerai pas tant qu'il ne m'aura pas appelé. C'est lui qui était en retard et désagréable, le jour de mon départ. Bon sang…

Elle passa un doigt sous ses yeux.

— Je suis en train de ruiner mon maquillage.

— Tu te remaquilleras plus tard. Tu viens de me dire que tu t'étais disputée avec Cullum… Et tu ne l'as pas rappelé depuis ?

— Non.

Julia renifla.

— Nous nous disputons toujours, il faut croire que cela nous plaît.

Poussant un gros soupir, elle se tordit les mains. Elle se sentait vraiment ridicule.

— Ensuite, je me suis rendu compte que je l'aimais. Je ne voulais pas, mais c'était évident, alors je me suis dit que si j'étais un peu moins… moi-même, si j'étais plus agréable, si je lui préparais des repas, il tomberait amoureux de moi et il me le dirait, et ensuite, je pourrais le lui dire à mon tour. Et ces paroles sont tellement stupides que je n'arrive pas à croire qu'elles sortent de ma bouche.

— Moi non plus. Mais le fait d'être amoureux dérange

parfois les cellules du cerveau. L'idée d'être moins toi-même était une erreur.

— Probablement. Mais j'avais tellement envie de lui… Je voulais qu'il m'aime. Je pensais que pour le reste, nous essayerions de changer une fois que nous en serions arrivés là. Mais il ne m'aime pas. Et de toute façon, je ne veux plus de son amour. Il est arrogant et autoritaire et il n'arrête pas de discuter sur tout.

Avec une patience angélique, Anna ouvrit son petit sac de soirée d'où elle sortit un mouchoir en tissu. Elle essuya les yeux ruisselant de larmes de sa petite-fille.

— Bien sûr qu'il t'aime. Mais il ne veut pas le reconnaître. Il a peur de se retrouver en position de faiblesse.

Julia secoua la tête.

— J'ai cru que je pourrais l'amener à m'aimer. Mais on ne peut pas forcer les sentiments, ni dans un sens ni dans l'autre.

— Eh bien, tu auras au moins appris quelque chose, ma chérie. Vas-tu faire part des tiens à Cullum ?

— Pour qu'il puisse se moquer de moi ?

— Crois-tu vraiment qu'il le ferait ?

— Je ne sais pas, mais il peut avoir pitié de moi. Ce serait encore pire.

Secouant encore la tête, elle se leva.

— Ne t'inquiète pas, je vais me ressaisir. J'avais juste besoin d'en parler. Je suis désolée de m'être laissée aller ainsi.

— Ma chérie, je ne t'ai jamais vue te laisser aller.

— Et ce n'est pas maintenant que je vais commencer.

Avec un air déterminé, Julia retourna devant son miroir pour rectifier son maquillage.

— Je veux que cette fête soit unique. C'est le début d'une nouvelle vie dans cette maison, et c'est la nouvelle année.

— Où sont mes femmes ?

La voix puissante de Daniel résonna dans le hall, et il apparut bientôt, portant trois flûtes de champagne sur un plateau.

— Ah, elles sont là ! Belles à damner les saints. Buvons à leur santé !

Il posa le plateau et leva les yeux sur Julia. Son sourire s'évanouit devant sa mine défaite.

— Que se passe-t-il, ma petite fille ?

— Rien. J'ai un peu le cafard.

Julia s'absorba dans son maquillage.

— Ah, les hommes ! soupira-t-elle. Pourquoi ne sont-ils pas tous comme toi, grand-père ?

Daniel fronça les sourcils.

— Qu'a donc fait ce chenapan ? Si c'est lui qui te fait pleurer, il va avoir de mes nouvelles !

Julia émit un petit rire, qui s'étrangla bientôt dans sa gorge. Une idée bizarre venait de surgir dans sa tête.

— Quel chenapan ? demanda-t-elle, méfiante.

— Ce Murdoch, bien sûr !

Daniel avait toujours été terrifié par les larmes féminines. C'était la seule chose qui pouvait lui faire perdre ses moyens. Il se mit à arpenter la chambre en agitant les bras.

— C'est un chic type, il sait ce qu'il fait, mais s'il te rend malheureuse, je vais être obligé d'intervenir.

Lentement, Julia se tourna vers lui.

— Jusqu'à quel point es-tu déjà intervenu ?

— Faire pleurer ma petite-fille alors qu'elle devrait être folle de bonheur ! Je vais dire trois mots à ce Cullum Murdoch, tu peux me croire. Et après cela…

Captant la lueur qui brillait dans les yeux de Julia, il fit une pause.

— Que disais-tu ?

— Comment sais-tu que j'ai pleuré à cause de Cullum ?

— Eh bien, c'est toi qui l'as dit.

S'était-il trompé ? Un peu affolé, Daniel jeta un coup d'œil à sa femme. Elle allait bien le défendre ? Mais il rencontra un regard impassible. Il prit un air faussement enjoué.

— Eh bien, n'en parlons plus ! Si nous trinquions ?

Julia était perplexe.

— Comment pourrais-tu être responsable de tout cela ? Tu n'étais pas ici. Ce n'est pas toi qui m'as fait acheter cette maison, et tu n'as pas envoyé Cullum la rénover.

— Non, pas du tout.

Attrapant la balle au bond, Daniel prit un verre et le lui tendit en posant sur elle un regard bleu, innocent.

— Portons un toast à ta belle maison. Le travail qu'a fait ce garçon plaide en sa faveur.

— C'est son père qui était censé s'occuper de cette maison, murmura Julia. Et tu es très ami avec Michael, n'est-ce pas, grand-père ?

— Je le connais depuis des années. C'est une famille formidable, une bonne lignée.

Julia retint son souffle, prête à exploser.

L'esprit toujours aussi vif malgré ses quatre-vingt onze ans, Daniel tenta une nouvelle diversion.

— Les invités arrivent. Ne t'inquiète pas, je vais les accueillir. Anna, aide cette petite à se maquiller. Je m'occupe du reste.

Il profita du fait qu'il avait gardé l'avantage pour quitter le champ de bataille.

— Je ne comprends pas comment il s'y est pris, murmura Julia, mais c'est bel et bien lui le responsable de cette débâcle.

— Je suis d'accord avec toi, dit Anna.

Un sourire attendri naquit sur ses lèvres.

— Mais tu le connais, rien ne peut l'arrêter, dit-elle doucement.

Julia soupira. Au fond, quoi que son grand-père ait pu manigancer, quelle importance cela avait-il? Cullum et elle avaient fait ce qu'il fallait pour qu'il échoue. La maison était terminée... leur histoire aussi !

Les rires et les voix s'élevaient au-dessus de la musique. La famille et les amis étaient éparpillés un peu partout dans la maison, exactement comme elle l'avait souhaité. Le feu crépitait, les lumières étincelaient.

— Tu as vraiment une maison magnifique.

Shelby s'approcha d'elle et glissa un bras autour de ses épaules.

— C'est absolument parfait.

— Oui, c'est vrai. Je vais la mettre en vente la semaine prochaine.

— Pardon ?

— Je ne veux pas y vivre seule.

Son regard embrassa le spacieux salon, les détails raffinés, le bois luisant.

— Cullum y a trop laissé de choses.

— Ma chérie, ne fais rien sur un coup de tête.

— Ce n'est pas un coup de tête. C'est indispensable. Tout ira bien.

Elle posa la tête contre la poitrine de sa mère.

— Je devrais aller travailler à Washington pendant quelque temps.

— Ton père et moi serions heureux de t'avoir près de nous, mais...

— Ne te fais pas de souci pour moi, maman. Parle-moi plutôt de cette femme qui tourne autour de mon frère.

— Il l'a rencontrée dans le Maine. Elle est poète. Elle n'arrête pas de citer Elizabeth Barrett Browning. Heureusement que j'aimais déjà Browning...

En riant, Julia sirota son champagne.

— Elle est agaçante à ce point ?

Shelby prit un air malicieux.

— Oh, bien plus encore. Si je croyais un seul instant qu'il pense sérieusement à elle, je...

Levant les yeux vers la porte, elle fit une pause. Brusquement, le poids qu'elle avait sur le cœur disparut. Un large sourire s'épanouit sur son visage.

— Tu as un invité surprise, Julia !

— Ah oui ? Qui donc ?

Avant que Shelby ait le temps de répondre, Cullum entra dans la pièce et embrassa la scène du regard. Il se sentait mal dans son costume, et cette fichue cravate l'étranglait à moitié. Mais il n'avait pas pu faire autrement que de s'habiller pour cette soirée. Impossible à New York de venir à une soirée de nouvel an en jean et chemise flottante.

D'autant que, ce soir-là, la soie et le velours le disputaient aux bijoux chatoyants, et que le buffet était servi dans des plats de cristal. Il hocha imperceptiblement la tête. Comme il s'y attendait, Julia avait mis la barre très haut. Il aurait fait la même chose.

Son cœur se mit soudain à battre plus vite. Julia était à deux mètres de lui, au milieu des invités. Tout le reste s'effaça et il ne vit plus qu'elle.

Julia s'était retournée. En l'apercevant, elle plaqua un sourire sur son visage. Jouant son rôle d'hôtesse, elle se dirigea vers lui pour l'accueillir.

— Je suis si heureuse que vous ayez pu venir. Que voulez-vous boire ?

Cullum lutta pour garder son calme. C'était inimaginable d'entendre cela. Julia lui parlait comme à une vague connaissance. Il dit du ton le plus détaché possible :

— Je prendrais volontiers un verre de vin blanc, chère mademoiselle MacGregor.

— Mais bien sûr.

Elle fit signe au serveur.

— Un verre de vin blanc pour M. Murdoch, je vous prie.

Puis, se tournant vers Cullum :

— Je suppose que vous connaissez presque tout le monde, mais je serai heureuse de faire les présentations.

— Je peux me présenter moi-même.

— Je n'en doute pas. Avez-vous passé un joyeux Noël ?

— Parfait. Et vous ?

— Magnifique. Il a légèrement neigé.

— Ici, nous avons eu du grésil.

— Ah ! Très intéressant !

Prenant le verre que le serveur lui tendait, il marmonna un remerciement et se mit à siroter le vin en observant Julia de la tête aux pieds. Le collier qu'il lui avait offert scintillait sur sa peau laiteuse, épousant le décolleté de sa robe.

— Il vous va bien.

— Quoi donc ? Ah oui.

Involontairement, elle porta ses doigts à son cou. Pourquoi avait-elle cédé à l'envie de mettre le cadeau de Cullum ? Elle se serait battue pour s'être laissée aller à ce sentimentalisme idiot.

— Oui, il semble avoir été créé pour cette robe. C'est adorable, Cullum. Merci beaucoup d'y avoir pensé. J'espère que la montre vous a plu.

Il la sentait peser dans la poche de sa veste.

— Elle marche très bien. Merci.

— Le buffet est par là. N'oubliez pas de goûter les petits canapés. Excusez-moi un instant.

Elle voulut s'éloigner mais la main de Cullum emprisonna son poignet.

— Qu'est-ce qui te prend de me parler de cette façon ?

— Je ne vois pas de quoi vous parlez.

— Ne prends pas ce ton supérieur avec moi, Julia MacGregor. Cela ne te va pas.

— Vous feriez mieux de me lâcher, Murdoch.

— Quand je voudrai ! J'ai besoin de réponses à mes questions. J'ai attendu que tu viennes me les donner, mais comme tu ne l'as pas fait, je viens les chercher moi-même.

— Vous voulez des réponses, dit Julia d'une voix coupante.

La fureur commençait à lui brouiller la vue.

— Très bien, en voilà une.

Tendant la main vers lui, elle renversa son verre sur son costume.

Elle regretta aussitôt son geste et se raidit. Pourquoi avait-elle fait cela ? C'était mesquin et ridicule. Pour couronner le tout, elle avait commis cet acte grotesque en public. Le cœur battant la chamade, consciente du silence qui venait de s'installer autour d'eux, elle garda les yeux rivés sur ceux de Cullum. A la flamme qui venait de s'y allumer, elle comprit qu'elle ne pourrait plus se dérober.

— Maintenant que vous avez votre réponse, vous pouvez partir.

Prenant une profonde inspiration, elle s'apprêta à tourner les talons le plus dignement possible. Elle allait effacer cet incident par une plaisanterie. Plus tard, elle pourrait pleurer toutes les larmes de son corps, mais pour l'instant, elle devait garder la tête haute.

Cependant, c'était compter sans Cullum. Il la souleva de terre et la jeta sur son épaule. Elle se mit à crier, à battre des mains et des pieds et à l'injurier sans plus se soucier des convenances tandis qu'il l'emportait au premier étage.

Daniel les suivit des yeux et posa un bras sur les épaules de Michael Murdoch. En soupirant, il cligna des paupières et laissa une larme couler sur sa joue.

— Je te le dis, Michael, ils nous donneront de beaux bébés !

— Buvons à leur santé.

En gloussant de rire, Daniel regarda sa petite-fille disparaître en haut de l'escalier.

Cullum se dirigea tout droit vers la chambre de Julia. Peu lui importaient les coups de pied et les coups de poing dont elle l'accablait. Peu importaient sa propre veste humide et l'odeur de vin qui s'en dégageait. Une fois dans la chambre, il ferma la porte d'un coup de talon, tourna la clé dans la serrure et, sans cérémonie, jeta son fardeau sur le lit.

Julia continua de lui lancer à la tête tout le chapelet d'injures qu'elle pouvait rassembler pendant qu'il retirait son vêtement souillé. Depuis le temps qu'il se bagarrait avec elle, il n'avait jamais soupçonné qu'elle puisse faire preuve d'une telle créativité de langage. Quand elle voulut se relever, il posa une main sur sa tête et la repoussa vers le lit.

— Reste tranquille et tais-toi.

— Tu crois pouvoir me donner des ordres après cette scène révoltante ?

— C'est toi qui as commencé.

Au moins, cela lui donnait une excuse pour retirer sa cravate.

— Je ne sais pas ce que tu as dans la tête. Un jour tu ne sais pas quoi faire pour m'être agréable, le lendemain tu me parles comme si tu ne me connaissais presque pas. Tu n'as même pas pris la peine de me téléphoner pendant une semaine entière.

— C'est moi qui n'en ai pas pris la peine ? Et toi ? Est-ce

que tu te serais cassé le doigt en composant mon numéro de téléphone ?

Incapable de se contenir plus longtemps, elle cacha son visage dans ses mains et se mit à sangloter. C'était terriblement humiliant, mais elle n'en pouvait plus.

Horrifié, Cullum s'assit près d'elle et lui caressa les cheveux.

— Non, non, je t'en prie, ne pleure pas.

Sentant ses larmes redoubler, Julia le repoussa.

— Va-t'en. Je ne veux pas que tu me voies dans cette situation ridicule.

— Je t'ai déjà vue te ridiculiser. Cela m'est égal. Allons, Julia.

Il se pencha vers elle avec l'intention de lui tapoter la tête ou l'épaule. Mais sa bouche, plus rapide que sa main, se posa sur les lèvres de Julia. Avant de se rendre compte de ce qu'il faisait, il attira la jeune femme sur ses genoux et la serra contre lui. Il soupira :

— Seigneur, comme tu m'as manqué !

Elle passa doucement ses mains dans ses cheveux.

— C'est vrai ?

— J'ai l'air de mentir ?

Il posa son front contre le sien.

— Tu vas mieux ?

— Oui. Je suppose que je dois m'excuser pour avoir renversé ton verre.

Cullum sourit. Et sa réaction le laissa stupéfait. Comment Julia pouvait-elle le faire sourire à un tel moment ?

— Tu supposes ?

— Si tu ne m'avais pas rendue folle, aussi ! C'est autant ta faute que la mienne !

Elle lui adressa un sourire mouillé de larmes.

— Mais je ferai nettoyer ton costume.

— Tu veux que j'enlève le pantalon tout de suite ?

Voyant les lèvres de Julia trembler et ses yeux s'embuer de larmes, il s'empressa d'ajouter :

— Ce n'était qu'une plaisanterie.

— Je sais, ce n'est pas grave. Je ne sais pas ce que j'ai.

Elle essuya ses yeux et descendit du lit pour aller se regarder dans le miroir.

— Je n'avais pas prévu de faire une scène en public, s'empressa-t-elle de dire.

Pour la seconde fois, elle entreprit de rafraîchir son maquillage.

— Nous avons une relation physique agréable, et il existe entre nous une espèce d'amitié, si j'ose dire. Ce serait dommage de tout gâcher par un accès de sensiblerie.

Cullum enfonça ses mains dans ses poches en observant Julia tandis qu'elle passait une poudre brun rosé sur ses joues.

— Qu'entends-tu par sensiblerie ?

— Je suis trop émotive, je suppose. C'est sans doute à cause des vacances. J'ai été un peu bousculée.

— Raconte-moi ça, grommela-t-il.

Les yeux de Julia s'étrécirent.

— Ce qui signifie ?

— Ecoute, c'est le réveillon du jour de l'an. Je ne veux pas finir l'année en me battant avec toi.

— Pourquoi pas ? Nous le faisons si bien !

— Alors pourquoi t'es-tu arrêtée si longtemps ? Ces dernières semaines, excepté le jour où tu es partie pour Hyannis, je n'ai pas réussi à te mettre en colère. Tout à coup, tu t'es mise à accepter tout ce que je disais, à préparer le dîner. C'est tout juste si tu ne bourrais pas ma pipe et si tu ne m'apportais pas mes pantoufles.

— Tu y vois une objection ?

Se sentant insultée, Julia fit volte-face.

— Je me suis donné un mal fou pour te faire plaisir, et maintenant, tu me le reproches ? Eh bien, ne t'inquiète pas, cela ne se reproduira plus. Je n'ai pas du tout l'intention de recommencer !

— Dieu merci.

— Et, de toute façon, je ne serai plus là.

Elle fit une pause et prit une longue inspiration.

— Parce que je vais vendre cette maison et partir à Washington !

— Voilà qui m'étonnerait.

— Tu ne pourras pas m'en empêcher. Je ne veux pas vivre ici. Je ne comprends pas pourquoi j'ai accepté toutes tes suggestions.

— Parce que c'était la meilleure chose à faire, et que c'était ce que tu désirais, et que je veux bien être pendu si tu vends cette maison.

— Tu peux l'acheter si elle a tant d'importance pour toi.

— Bonne idée. Donne-moi ton prix. Mais si tu crois un seul instant que tu vas la quitter…

— Je ne vais pas rester, je ne peux pas.

— Tu ne partiras pas.

Pris de panique, et aussi furieux l'un que l'autre, ils criaient maintenant comme des chiffonniers. C'est pourquoi il leur fallut cinq bonnes minutes à chacun pour entendre les trois mots bien particuliers que l'autre prononçait, puisqu'ils les prononçaient en même temps :

— Je t'aime, et je ne veux pas rester ici pour être malheureuse.

— Je t'aime, et tu n'iras nulle part sans moi.

Elle cligna des paupières, tandis que Cullum reculait.

— Qu'as-tu dit ? demanda-t-il, les sourcils froncés.

— Je n'ai rien dit. Et toi ?

— Tu as dit que tu m'aimais.

Julia avait la gorge sèche comme du parchemin, son cœur battait à coups redoublés dans sa poitrine.

— C'est ce que j'ai cru t'entendre dire. Est-ce que tu le penses ?

— Et alors, qu'est-ce que cela changerait ?

Il fit volte-face et se mit à arpenter la chambre.

— Cette satanée femme parle tellement que je ne sais même plus ce que je dis. Et qu'est-ce que cela change si je t'aime ? lança-t-il d'un ton exaspéré. Qu'est-ce que tu pourrais y faire ?

Julia suspendit son geste. Cullum était parfait. Absolument parfait !

— Je peux te demander de m'épouser, dit-elle.

Il arrêta sa marche pour la dévisager. A première vue, Julia paraissait remarquablement calme et sûre d'elle. Mais il la connaissait, il savait ce qui se cachait au fond de ses yeux sombres.

— Pardon ? dit-il d'une voix rauque.

— Tu m'as bien entendue, Cullum Murdoch. Vas-tu te décider à le faire, oui ou non ?

Il resta un instant silencieux. Devait-il croire Julia ou se moquait-elle de lui ? Mais il n'avait pas le choix, il voulait la croire, c'était vital. Il mit la main dans sa poche.

— J'ai quelque chose pour toi.

Elle inclina la tête sur le côté.

— Qu'est-ce que c'est ?

— La bague de ma mère.

Il sortit la boîte, souleva le couvercle.

— Ce n'est pas un diamant, mais j'ai cru comprendre que tu préférais les pierres colorées.

— Oh, Cullum…

Elle leva les yeux sur lui.

— Tu m'aimes vraiment ?

— Je te l'ai dit. Si tu avais parlé la première, il y a des

semaines, comme je le souhaitais, nous aurions gagné beaucoup de temps.

— C'est toi qui aurais dû parler le premier. Pourquoi crois-tu que j'ai passé toutes ces soirées à me battre avec les casseroles ?

— Julia, crois-moi, il faut avoir perdu la raison pour manger ce que tu cuisines.

Julia fronça les sourcils tandis qu'un autre sourire venait sur ses lèvres. Elle aurait bien aimé se sentir insultée, mais c'était impossible.

— Si tu demandes ma main, je te promets de ne plus jamais te préparer de petits plats.

— Je me trompe ou tu me proposes un marché ?

Il mit sa main à sa poche pour en sortir sa montre, Julia trépigna impatiemment.

— Qu'est-ce que tu attends ?

— Je fais les choses convenablement. Il est 23 h 45. Un quart d'heure avant minuit. Je vais arranger cela.

Il fit tourner les aiguilles jusqu'à ce qu'elles soient sur le douze, puis il prit la main de Julia.

— Tu triches, dit-elle avec un sourire radieux. Je t'aime, Cullum.

— Tu es ce que j'ai toujours désiré sans même le savoir.

Il effleura du doigt une de ses boucles folles.

— Nous avons créé cette maison tous les deux.

— Non.

Elle referma une main sur la sienne.

— Nous avons créé ce foyer tous les deux. Je n'aurais pas pu y vivre sans toi.

— Je veux terminer l'année et commencer l'autre tout de suite avec toi.

Il porta leurs doigts entrelacés à ses lèvres.

— Nous allons former un couple fantastique.

— J'y compte bien.
— Epouse-moi, Julia.
— Je désespérais de te l'entendre dire.
Et elle se pendit à son cou.

Épilogue

D'après les Mémoires
de Daniel Duncan MacGregor

Je suis un homme d'affaires, j'ai un don pour le commerce. Ma vie a été très riche. J'ai travaillé dur, et j'ai parié. J'ai gagné et perdu tour à tour. Le travail est un plaisir pour moi.

Ma seule récompense est ma famille.

S'il ne me restait plus un centime mais que tous les miens soient auprès de moi, je serais malgré tout l'homme le plus riche de la terre.

Quand j'ai commencé à écrire mes mémoires, j'avais des espoirs et des projets pour ma famille.

Eh bien, je suis allé au bout de ce que j'avais prévu.

Laura est mariée, heureuse, et c'est une maman merveilleuse. Elle et Royce ont une belle vie, avec leur précieux fils, Daniel MacGregor Cameron. Voilà un bon garçon, intelligent, bien bâti. De bonne souche.

Rien ne me fait davantage plaisir que de voir la façon dont Royce s'occupe de lui, ou de voir la joie de Caine depuis qu'il est grand-père. Royce et lui s'entendent comme larrons en foire. C'est une belle amitié qu'ils ont développée autour de leur amour pour Laura.

Gwen et Branson attendent un bébé qui devrait naître

d'un jour à l'autre. Gwen s'inquiète un peu car elle va être obligée de s'absenter quelque temps de son travail à l'hôpital. Mais Anna est la première à lui dire qu'elle peut mener de front sa carrière et sa famille.

Branson se fait un sang d'encre pour elle. Il refuse de la quitter d'une semelle pour aller signer son livre qui est un véritable succès.

Oui, c'est l'amour qui triomphe.

Maintenant, ma Julia et son Cullum se sont installés dans la grande maison qu'ils ont rénovée ensemble sur Beacon Hill. Ils continuent à se battre comme des chiffonniers, et je m'inquiéterais s'ils ne le faisaient pas. Quelle passion entre ces deux-là ! C'est vraiment un couple parfait.

Julia faisait une superbe mariée. Quand elle marchait à côté de Cullum, elle lui a pris la main et leurs yeux se sont rencontrés. Leur sourire à tous deux est devenu radieux, et j'ai senti mon cœur s'enfler de joie, et de fierté parce que ce miracle s'est produit grâce à moi.

Maintenant, le voile de mariée des MacGregor est rangé. Mais je n'ai pas l'intention de le laisser longtemps dans sa boîte.

Il est temps que mes petits-fils songent à faire leur devoir.

Soyons réalistes, je ne vais pas vivre éternellement.

J'ai bien réussi avec mes trois premières petites-filles, mais je ne vais pas me reposer sur mes lauriers. Je veux voir tous mes autres petits-enfants mariés, et le cercle de famille complet avant que mon temps soit fini.

C'est la promesse que je me suis faite, parole de MacGregor.

PRÉSENTATION DES PERSONNAGES

Entrez dans le clan très fermé des MacGregor. Ouvrez sans plus tarder *L'orgueil du clan*, et faites connaissance avec les personnages principaux du roman.

QUI SONT-ILS ?

Darcy Wallace :

D'un naturel timide et effacé, Darcy a réussi, dans un sursaut de courage, à fuir un fiancé qui ne l'aimait pas et une vie sans surprises et sans joie. Elle débarque à Las Vegas avec trois dollars en poche. Trois pauvres billets froissés qu'elle glisse — autant par désespoir que par provocation — dans la fente de la plus grosse machine à sous du casino le « Comanche »…

Robert MacGregor Blade :

Fils de Serena MacGregor et de Justin Blade, « Mac » est l'aîné des petits-enfants de Daniel MacGegor. Séduisant, brillant, il dirige avec succès le « Comanche », le casino familial de Las Vegas, et partage sa vie entre travail et conquêtes faciles, faisant à la fois la fierté de ses parents et le désespoir de son grand-père car il ne semble guère décidé à fonder un jour une famille.

NORA ROBERTS

L'orgueil du clan

éditions Harlequin

Cet ouvrage a été publié en langue anglaise
sous le titre :
THE WINNING HAND

Traduction française de
JEANNE DESCHAMP

83-85, boulevard Vincent-Auriol, 75013 PARIS — Tél. : 01 42 16 63 63
Service Lectrices — Tél. : 01 45 82 47 47

1.

Lorsque sa vieille voiture rendit l'âme à quelques kilomètres de Las Vegas, Darcy Wallace envisagea sérieusement de rester sur place et de se laisser cuire sous le soleil implacable du désert jusqu'à ce que mort s'ensuive. Elle avait très exactement neuf dollars et trente-sept cents en poche. Et une longue route derrière elle qu'elle n'avait aucune envie de reprendre en sens inverse.

Les malheurs en série avaient commencé la veille au soir. Alors qu'elle faisait halte dans un Restoroute pour avaler un sandwich, un pickpocket avait filé avec son sac à main. Par chance, elle avait trouvé un billet froissé de dix dollars au fond d'une de ses poches. Mais ce modeste cadeau du destin était sans doute le dernier auquel elle pouvait prétendre. Car l'avenir était sans promesses et le passé définitivement barré.

Elle n'avait plus ni emploi ni logement dans le Kansas. Pas de famille non plus chez qui elle aurait pu se réfugier. Si elle avait pris la route de l'Ouest, c'était uniquement parce que sa voiture pointait dans cette direction et qu'elle était partie droit devant elle.

En quittant sa petite ville tranquille du Kansas, Darcy s'était promis de faire peau neuve, pourtant : son voyage serait une odyssée, un parcours initiatique, le début d'une nouvelle existence.

Dans les romans qu'elle dévorait depuis l'adolescence, des jeunes femmes qui n'avaient pas froid aux yeux jetaient un défi au monde et se battaient pour aller jusqu'au bout de leurs rêves, quitte à prendre le risque de tout perdre.

Aujourd'hui, l'heure était venue pour elle de refermer ses livres, d'oublier ses héroïnes, et de commencer à vivre par elle-même.

Voilà ce que Darcy s'était dit et répété en roulant vers l'ouest, tandis que sa vieille voiture avalait docilement les kilomètres. Si elle était restée à Trader's Corner, elle aurait fini par courber l'échine. Une fois de plus, elle aurait fait bravement ce qu'on attendait d'elle. Et elle se serait retrouvée prise au piège.

Voilà pourquoi, dans un ultime sursaut de révolte, elle avait quitté sa ville natale au beau milieu de la nuit, comme une voleuse. Mais après une semaine passée à rouler presque sans trêve, Darcy commençait à se demander si elle était vraiment faite pour mener une vie de risques et d'aventures. Et si elle appartenait à cette catégorie d'individus qui ne fonctionnaient bien que dirigés ? N'aurait-il pas été plus sage de rester sur les sentiers battus plutôt que de vouloir découvrir à tout prix ce qu'offrait le vaste monde ?

Avec Gerald, elle aurait eu une existence confortable : une grande villa avec piscine, une aide pour faire le ménage et des armoires pleines à craquer de tenues classiques mais élégantes. Ils se seraient échappés en hiver pour prendre le soleil sous les tropiques et se seraient reposés le week-end dans leur résidence secondaire sur la côte.

Et en échange de ce confort somme toute enviable, elle n'aurait eu à offrir qu'un peu de docilité. Tout ce que Gerald lui demandait, c'était l'obéissance. Qu'elle renonce à ses ambitions propres pour épouser les siennes.

A priori, cela n'aurait pas dû lui coûter puisqu'elle s'était conformée toute sa vie aux exigences d'autrui. Mais étrangement, elle n'avait pas pu se résigner à abdiquer devant Gerald.

Darcy contempla les étendues de sable, de rochers et de cactus qui l'entouraient de toutes parts. Avec un soupir, elle ferma les yeux et posa son front sur le volant. Pourquoi Gerald s'était-il mis en tête de vouloir l'épouser coûte que coûte ? Elle n'avait rien de particulièrement remarquable. Son visage était quelconque ; son intelligence raisonnable. C'était toujours en ces termes, en tout cas, qu'elle avait entendu sa mère parler d'elle.

Elle avait du mal à croire qu'elle attirait Gerald physiquement. Même si elle le soupçonnait d'apprécier le fait qu'elle soit de petite taille et plutôt menue — facile à dominer, autrement dit.

Un violent frisson parcourut Darcy. Au fond, elle avait une peur bleue de cet homme.

Il était entré dans un tel état de fureur lorsqu'elle s'était coupé les cheveux sur un coup de tête ! Mais que cela plaise ou non à Gerald, elle aimait sa nouvelle coupe un peu garçonne. Et elle avait le droit de faire ce qu'elle voulait de ses propres cheveux, non ?

Jusqu'à preuve du contraire, elle n'était pas la propriété personnelle de M. Gerald Peterson. Ce n'était pas à lui de décider comment elle devait s'habiller, se coiffer, se comporter ; pas à lui de déterminer quand elle devait sourire et quand elle devait se taire.

Darcy serra les poings. Si elle tenait bon maintenant, si elle poursuivait son chemin à pied plutôt que de rentrer tête basse, elle avait encore une chance d'échapper au destin cent pour cent domestique que Gerald avait tracé pour elle.

Si seulement elle ne lui avait pas dit dans un moment de faiblesse qu'elle acceptait de l'épouser ! Les doutes et les regrets l'avaient submergée presque instantanément. Très vite, elle lui avait rendu sa bague en lui présentant ses excuses. Mais elle aurait sans doute fini par céder quand même sous la pression si elle n'avait pas découvert qu'il l'avait manipulée. C'est Gerald qui lui avait fait perdre son emploi, Gerald qui était à l'origine de la menace d'expulsion dont elle faisait l'objet.

Il avait usé de son pouvoir et de son influence pour obtenir son consentement de force. Et il avait bien failli réussir. Affolée à l'idée de se retrouver à la rue et n'ayant personne vers qui se tourner, elle avait été à deux doigts de se rendre. Mais un dernier sursaut de dignité l'avait poussée à fuir pour tenter sa chance ailleurs.

Il faisait une chaleur insupportable dans la voiture immobilisée en plein désert. Darcy, en nage, s'essuya le front et poussa sa portière. Non, elle ne retournerait pas se réfugier auprès de Gerald. Et même si elle devait aller à pied désormais, avec moins de dix dollars en poche, elle avait récupéré une richesse inestimable : sa liberté.

Abandonnant sa valise dans le coffre, elle ne prit que le grand fourre-tout qui contenait ses possessions les plus précieuses. Puis, sans un regard en arrière pour sa vieille berline, elle se mit à marcher sur le bord poussiéreux de la route. Cette fois, c'était définitif : elle avait coupé tous les ponts.

Il ne lui restait plus qu'à découvrir ce que le vaste monde gardait en réserve pour la surprendre.

Il lui fallut plus d'une heure pour atteindre sa destination. Pourquoi continua-t-elle à suivre la Route 15, Darcy n'aurait su le dire. Au lieu de se diriger vers la zone des motels et des stations-service, elle marcha droit en direction de Las

Vegas dont l'étonnante silhouette se découpait devant ses yeux fascinés.

Le soleil rougeoyant s'était couché derrière la chaîne de montagnes qui servait de toile de fond à cette oasis de couleurs insolentes, de formes spectaculaires, d'enseignes étincelantes. Darcy finit par oublier la faim qui la tenaillait depuis le matin. Elle aurait pu s'arrêter pour se restaurer, se reposer, boire un peu d'eau. Mais elle trouvait une certaine satisfaction à poser tout simplement un pied devant l'autre, tout en gardant les yeux rivés sur les constructions démesurées qui découpaient sur l'horizon leurs profils insolites.

Las Vegas... Elle imaginait une ambiance déchaînée, une atmosphère où tout n'était qu'érotisme, passion du jeu, triomphe et désespoir, cynisme et perdition. Les hommes auraient le regard dur, les femmes pousseraient des éclats de rire hystériques. Dans un de ces hauts lieux du vice, elle trouverait un emploi et elle serait aux premières loges pour assister au spectacle.

Elle avait tellement hâte de voir, de vivre, d'expérimenter ! Elle voulait la foule et le bruit, le sang chaud et les nerfs d'acier. Tout en elle aspirait à découvrir un univers radicalement opposé à celui qu'elle avait connu depuis l'enfance. Darcy posa la main sur le fourre-tout qui contenait ses manuscrits et sourit.

Quelque part, dans une petite chambre qu'elle louerait à Las Vegas, elle écrirait en prenant pour sujet ses nouvelles expériences. A demi-morte d'épuisement, elle trébucha en montant sur un trottoir. Gênée, elle reprit son équilibre et regarda autour d'elle. Les rues étaient noires de monde, pleines de gens qui semblaient savoir où ils allaient. Même si le crépuscule tombait à peine, les lumières de la ville clignotaient déjà, lançant leur invite au jeu et au plaisir.

Des familles entières se pressaient autour d'elle. Les pères en short, avec leurs jambes nues rougies par le soleil implacable du désert ; des enfants aux yeux écarquillés, des mères éblouies, à l'allure surexcitée.

Malgré sa fatigue, Darcy avait conscience d'ouvrir, elle aussi, des yeux comme des soucoupes. Abasourdie, elle errait sans but, sidérée de découvrir un sphinx immense, des villas florentines, un palais des Doges au cœur du désert, la statue de la Liberté égarée loin de New York. Aveuglée par les néons, fascinée par la danse des fontaines en Technicolor, elle se sentait comme Alice, perdue dans un pays des merveilles en version résolument adulte.

Portée par la foule, elle se trouva devant deux tours jumelles, blanches comme la lune et réunies par un pont incurvé. Autour de ce saisissant bâtiment déferlait un océan de fleurs, sauvages, colorées, exotiques. Une cascade chutait de terrasse en terrasse pour finir sa course dans un bassin.

Gardant l'entrée du pont, se dressait une immense statue d'Indien, chevauchant un étalon en or. Son visage et son torse étaient en cuivre. Darcy le trouva magnifique, avec sa coiffure de guerrier et sa lance brandie. Elle aurait été prête à jurer que les yeux sombres de la statue étaient vivants et rivés sur elle. Le regard mystérieux de l'Indien la mettait au défi de se rapprocher, d'entrer, de tenter sa chance.

Les jambes flageolantes, le ventre vide depuis la veille, Darcy pénétra dans l'immense casino-hôtel le Comanche. L'air climatisé l'enveloppa d'un coup d'un manteau de fraîcheur bienvenue. Le hall d'entrée était de dimensions vertigineuses et carrelé dans des tons audacieux d'émeraude et de saphir. Darcy en eut le vertige. De grands cactus et des palmiers luxuriants dans d'immenses pots en cuivre transformaient l'espace en une sorte de serre géante. Partout des arrangements floraux étaient disposés sur des tables gigantesques. Et les lys dégageaient une odeur si merveilleuse que les yeux de Darcy se remplirent de larmes.

Une cascade d'eau claire ruisselait le long d'un mur pour

se déverser dans un bassin où évoluaient d'étranges poissons multicolores aux couleurs fluorescentes. De sa vie, Darcy n'avait vu autant d'audace, de splendeur, de luxe exhibé. Le bâtiment abritait de nombreuses boutiques qui proposaient en vitrine quelques pièces d'allure aussi coûteuse que les grands lustres en or et en cristal qui éclairaient la galerie. Darcy observa un instant le manège d'une élégante femme blonde entre deux âges qui évaluait les avantages comparés de deux colliers en diamant, comme d'autres hésiteraient sur le choix d'une lessive.

Darcy porta la main à la bouche pour réprimer le fou rire qui menaçait de monter. Ce n'était pas le moment de se faire remarquer. S'il y avait un endroit au monde où elle n'avait pas sa place, avec ses neuf dollars et trente-sept cents en poche, c'était bien ici, dans ce palais des Mille et Une Nuits où le dieu Argent régnait en maître incontesté.

Suivant le mouvement de la foule, elle se laissa porter par le flot. La tête lui tourna lorsqu'elle entendit l'étrange musique qui émanait du casino. Il y avait le son métallique des pièces tombant les unes sur les autres, des tintements de cloches, des bourdonnements, des sons électroniques, des rires, des exclamations de dépit et des cris de triomphe.

Darcy sentit monter en elle une bouffée d'excitation si intense qu'elle en oublia la faim, la fatigue, le vertige. Il y avait des machines à sous partout, étranges personnages en métal avec des visages mouvants où tournoyaient les formes et les couleurs. Les gens s'agglutinaient autour, les uns debout, d'autres perchés sur des tabourets. Tous avaient à la main des gobelets en plastique d'où ils tiraient fébrilement des pièces pour nourrir les bouches avides des machines. Sous l'œil intrigué de Darcy, une des joueuses actionna un bouton rouge, attendit que les figures cessent de tourner, puis poussa un grand cri de joie lorsqu'une triple barre noire s'afficha au centre. Avec un son musical, la monnaie se déversa dans une sorte de bol en argent.

Darcy ne put s'empêcher de sourire.

Elle aimait la folle gaieté qui émanait de cet endroit. Ici, la vie semblait tourner en accéléré, dans un délire continu. Tout devenait possible, le pire comme le meilleur.

Elle n'avait jamais joué de sa vie — pas de l'argent, en tout cas. L'argent, dans le milieu d'où elle venait, était la récompense du labeur. Et on ne le dépensait qu'à bon escient.

Alors pourquoi Darcy avait-elle déjà la main sur les quelques billets qui lui restaient en poche ? « C'est le moment ou jamais, non ? » songea-t-elle sans parvenir à réprimer tout à fait le fou rire qui lui montait aux lèvres. A quoi d'autre lui serviraient ses neuf dollars et trente-sept cents ? Elle pouvait les investir dans un repas, bien sûr. Mais une fois la nourriture avalée, que lui resterait-il ?

La tête vide, les oreilles sifflantes et bourdonnantes, Darcy allait et venait, observant les humains face à leurs vis-à-vis en métal. Tous ces gens riaient, s'amusaient, démystifiaient l'argent en le jetant joyeusement dans les gueules avides des machines. N'était-ce pas pour atteindre à cette même légèreté qu'elle avait quitté le Kansas ? Parce qu'elle voulait jouer son va-tout ? Se mettre en situation de tout perdre ?

Ce fut alors qu'elle la vit : la machine la plus grande, la plus étincelante, la plus haute de toutes. Des étoiles et des lunes stylisées figuraient sur sa face. Le levier qu'il fallait actionner était presque aussi gros que son bras et se terminait par une boule rouge étincelante.

Le mot « Jackpot » apparaissait, écrit en lettres clignotantes. Et des points rouges défilaient sur une bande noire. « 1 800 079,37 dollars », lut-elle. Quelle somme étrange ! De nouveau, Darcy effleura l'argent qu'elle avait encore en poche. Et découvrit avec stupéfaction que la somme qu'elle possédait correspondait aux trois derniers chiffres du jackpot.

Et si c'était un signe ?

Darcy s'approcha et dut s'y prendre à deux fois pour lire le mode d'emploi. Il lui fallait jouer au moins trois dollars si elle voulait avoir une chance de gagner le jackpot. Avec un dollar, elle n'aurait rien, même si elle parvenait à aligner les lunes et les étoiles sur trois rangs.

« Lance-toi, prends le risque ! » chuchota une drôle de voix à son oreille. Une autre, plus sévère — plus familière aussi — riposta aussitôt : « Ne sois pas ridicule. Tu crois que c'est le moment de gaspiller le peu qui te reste ? »

« Allez, murmura la voix séductrice. Laisse-toi vivre, pour une fois. Qu'est-ce que tu attends ? »

— Je ne sais pas, marmonna Darcy. Et je suis fatiguée d'attendre, de toute façon.

Avec la sensation étrange de flotter, elle sortit ses derniers billets de sa poche.

Sans quitter la salle de casino des yeux, Robert MacGregor Blade griffonna ses initiales sur une reconnaissance de dette qu'un des caissiers venait de lui présenter. L'homme assis à une des tables où la mise était de cent dollars perdait avec une évidente mauvaise grâce.

Mac fit discrètement signe à un des agents de sécurité habillés en smoking.

— Gardez-le à l'œil, O.K. ? Je pense qu'il ne va pas tarder à nous créer des ennuis.

— Je m'en occupe, monsieur.

Repérer les fauteurs de trouble potentiels et prévenir les coups d'éclat était aussi naturel pour Mac que de prendre une douche le matin en se levant. Fils et petit-fils de joueur, il était quasiment né dans une salle de casino. Et si son grand-père, Daniel MacGregor, n'avait pas amassé son immense fortune dans les maisons de jeux, il avait réalisé ses coups de poker en affaires, en rachetant des sociétés en perte de vitesse ou en pariant sur des projets qu'il jugeait révolutionnaires. L'immobilier avait été le premier amour de Daniel. Et à présent encore, à quatre-vingt-dix ans passés, il continuait à acheter, à vendre, à développer et à préserver, comme il l'avait fait sa vie durant.

Quant aux parents de Mac, ils avaient fait connaissance sur un casino flottant, quelque part en mer, au large des Bahamas. A cette époque, Serena, sa mère, faisait ses débuts dans la vie active en travaillant comme croupière à bord d'un casino. Son père, lui, était un grand habitué des tables de black-jack. Entre Serena MacGregor et Justin Blade, l'amour avait tout de suite été au rendez-vous. Même s'ils avaient été furieux de découvrir que ce n'était pas le hasard qui les avait mis en présence. C'était Daniel, grand romantique devant l'Eternel, qui avait orchestré leur rencontre. Un exploit dont l'incorrigible vieillard ne manquait d'ailleurs jamais de se vanter.

Lorsqu'il avait rencontré sa mère, son père avait déjà créé son premier Comanche, à Las Vegas. Et il avait également monté un second casino à Atlantic City. Serena était devenue son associée dans un premier temps. Puis, très vite, elle avait partagé aussi son lit, son nom et sa vie.

Mac était l'aîné des quatre enfants de Justin et de Serena. Né à Atlantic City, il savait gagner aux dés avant même de connaître ses tables de multiplication. Aujourd'hui, à trente ans, il avait l'entière responsabilité du Comanche de Las Vegas. Depuis quelques années, ses parents lui laissaient quasiment carte blanche pour diriger l'établissement.

Mac adorait son métier et son casino-hôtel faisait partie de ceux qui tournaient le mieux à Las Vegas. Tout comme son grand-père et son père, il jouait pour gagner, mais il ne trichait jamais. Pour les MacGregor comme pour les Blade, l'honnêteté avait toujours été la règle d'or.

Mac sourit lorsqu'une jeune cliente qui jouait à une table où la mise s'élevait à cinq dollars poussa un cri de victoire en faisant un black-jack. Parmi tous les clients présents ce soir-là, quelques-uns sortiraient avec les poches plus pleines qu'ils ne les avaient en entrant. Mais la majorité d'entre eux repartiraient perdants. La vie est un jeu où rien n'est acquis d'avance. Et le casino avait toujours l'avantage.

Vêtu avec l'élégance recherchée que requéraient ses fonctions, Mac déambulait avec aisance dans le casino. De ses ancêtres comanches, il avait hérité le teint cuivré et la chevelure d'un noir de jais. Il avait un visage mince, aux pommettes saillantes, à l'expression toujours un peu énigmatique.

Le côté écossais de son hérédité apparaissait dans le bleu pur de ses yeux. Il ne manquait jamais de prendre le temps de saluer un habitué ou d'échanger un sourire. Mais il ne se perdait pas en bavardages inutiles. Silencieux, presque félin, il était toujours en action, toujours en mouvement.

— Monsieur Blade ?

Il s'immobilisa lorsque l'une des hôtesses chargées de tourner dans la salle lui fit signe de l'attendre.

— Oui, Sarah ?

— J'ai remarqué une jeune femme bizarre, près des machines. Elle est plantée devant la grande, la progressive. Ses vêtements sont froissés, comme si elle ne s'était pas changée depuis deux ou trois jours. Elle a le regard un peu fixe et les mains qui tremblent. Une droguée, peut-être… Ça fait un moment qu'elle marmonne en fixant la machine, comme si elle attendait une révélation. Je me demande si je ne devrais pas aller chercher un des portiers ?

Mac secoua la tête.

— Laissez, je vais jeter un œil.

— Elle est toute pâle, toute perdue. Ce n'est pas une prostituée, ça c'est clair. Mais soit elle est très malade, soit elle a absorbé Dieu sait quelle substance hallucinogène.

— Ne vous inquiétez pas, Sarah. Je m'en occupe.

Renonçant à gagner l'ascenseur privé qui reliait la salle de casino à son bureau, au premier étage, Mac rebroussa chemin et se mit à la recherche de la jeune toxicomane en question. Son personnel de sécurité était formé pour régler discrètement ce genre de problème, mais il mettait un point d'honneur à intervenir personnellement chaque fois qu'il en avait le temps et l'occasion.

A quelques pas de là, Darcy était en train de glisser ses trois derniers dollars dans le ventre de la bête clignotante.

— Tu es folle, folle à lier, murmura-t-elle en récupérant son ultime billet de un dollar que la machine venait de recracher.

Elle le lissa soigneusement et, malgré le cri de protestation horrifiée qui s'élevait en elle, le glissa de nouveau dans la fente prévue à cet effet. Elle avait sans doute perdu la tête, mais qu'y avait-il de plus excitant que de commettre enfin un acte totalement déraisonnable ?

Darcy ferma les yeux, prit trois profondes inspirations, puis agrippa la boule d'une main tremblante.

Et tira.

Des étoiles et des lunes se mirent à tourner et à danser devant ses yeux. Les couleurs se brouillèrent, une petite musique aigrelette s'éleva. L'absurdité de la situation la fit sourire. Les formes défilaient ; sa tête tournait ; sa vie était suspendue à un fil. Et tout ce mouvement semblait ne jamais devoir prendre fin.

Le sourire de Darcy s'élargit lorsque les différents symboles commencèrent à se stabiliser à leur place définitive. « Comme c'est beau », songea-t-elle, stupidement ravie.

Les étoiles clignotaient ; les lunes brillaient. Chaque fois que les contours se brouillaient et menaçaient de se confondre, Darcy clignait furieusement des paupières pour rajuster sa vision. Elle ne voulait pas rater une seule seconde du spectacle. Les rouleaux tournaient de plus en plus lentement. Des alignements se formaient. Nets et géométriques, comme si le même motif se répétait à l'infini.

Se sentant vaciller, Darcy dut se retenir en posant la main sur la machine. Au moment précis où sa paume entra en contact avec le métal, le tourbillon de lunes et d'étoiles cessa. Et ce fut l'explosion.

Au premier hurlement de sirènes, elle se rejeta en arrière. Au sommet de la machine, des lumières se mirent à danser un sabbat infernal. Puis il y eut un roulement de tambour, comme une proclamation de guerre, le tout souligné par des coups de sifflet et des tintements de cloche. Autour d'elle, régnait une agitation sans pareille. Tous les autres joueurs convergeaient dans sa direction en criant et en gesticulant.

Les jambes coupées, Darcy demeurait figée sur place. Quel acte monstrueux avait-elle bien pu commettre pour déchaîner un tintamarre pareil ?

— Nom d'un chien, elle a décroché le gros lot, la petite !

Quelqu'un la prit par les épaules et l'entraîna dans une danse endiablée. Incapable de respirer, elle se débattit faiblement. Autour d'elle, les gens poussaient, tiraient, lançaient des exclamations dont elle ne parvenait pas à capter le sens. Les visages devant elle se brouillaient et se déformaient, une masse de corps inconnus l'acculaient peu à peu contre la machine.

Darcy suffoquait. Un océan furieux roulait dans sa tête, un marteau frappait dans sa poitrine.

Mac dut se frayer un chemin parmi la foule surexcitée avant de découvrir enfin sa cliente à problèmes. C'était un tout petit bout de fille, frêle comme un roseau, qui semblait à peine avoir atteint l'âge légal pour entrer dans un casino. Ses cheveux couleur caramel avaient été coupés par une main inexperte et une frange trop longue tombait sur une paire d'yeux immenses à l'expression sidérée. Elle avait un visage pointu de lutin, d'un blanc presque cireux.

Ses vêtements en coton paraissaient effectivement fatigués par une nuit passée dans le désert. Mac lui prit le bras et la sentit trembler. La fille n'était pas droguée, non. Juste terrifiée.

Luttant pour ne pas tomber, Darcy leva les yeux vers le nouveau venu. Elle reconnut le guerrier Indien qui gardait l'entrée du casino et son cœur malmené fit un grand bond dans sa poitrine. Elle songea confusément que son sort reposait entre ses mains, qu'il revenait à cet homme de la sauver une fois pour toutes ou de l'achever définitivement.

— Je regrette d'avoir provoqué ce… ce tintamarre, bredouilla-t-elle faiblement en rassemblant ses dernières forces. Qu'est-ce… qu'est-ce que j'ai fait, au juste ?

Mac eut un léger sourire. Cette fille-là n'était peut-être pas une lumière. Mais elle était clairement inoffensive.

— Ce que vous avez fait ? Vous avez juste touché le jackpot, mademoiselle.

— Ah…

Et elle tomba inanimée.

Darcy se réveilla avec une merveilleuse sensation de douceur sous la joue. De la soie, comprit-elle. Un merveilleux satin de soie, comme la chemise de nuit qu'elle s'était achetée un jour dans un accès de folie, en sacrifiant d'un coup deux semaines entières de salaire. Mais elle n'avait jamais regretté son moment d'extravagance.

Elle soupira de plaisir.

— Allez… encore un petit effort. Revenez parmi nous… vous n'êtes plus très loin.

— Pardon ?

Darcy cligna des paupières, éblouie par le rayon de lumière d'une lampe au pied incrusté de pierres précieuses. Croyant à un mirage, elle referma les yeux.

Mac passa une main sous la tête de la jeune femme et la souleva pour porter un verre d'eau à ses lèvres.

— Pardon ? marmonna-t-elle encore.

— Vous vous répétez. Buvez donc un peu d'eau, ça vous aidera à émerger.

Darcy avala docilement une gorgée de liquide, les yeux rivés sur la main d'homme aux longs doigts hâlés qui tenait le verre. Elle découvrit qu'elle était allongée sur un lit. Un lit immense, digne d'une reine, avec un couvre-pied de soie.

Elle tourna un regard méfiant vers l'homme qui se tenait penché sur elle.

— Je croyais que vous étiez le grand guerrier Indien de l'entrée, admit-elle tout bas.

Il sourit.

— Vous n'étiez pas si loin du compte.

Reposant le verre, il s'assit sur le bord du lit. Vaguement inquiète, elle se déporta sur le côté opposé du matelas.

— Je suis Mac Blade, le directeur du Comanche.

— Darcy. Darcy Wallace, se présenta-t-elle à son tour. Pourquoi suis-je ici ?

— J'ai pensé que vous seriez plus confortablement installée que sur le sol du casino. Vous vous êtes évanouie.

— Moi ?

Mortifiée, elle ferma les yeux.

— Oui, je me souviens, maintenant. Je suis désolée.

— Vous aviez de bonnes raisons de perdre connaissance. C'est même une réaction assez courante lorsqu'on gagne d'un coup près de deux millions de dollars.

Elle écarquilla ses prunelles d'ambre et porta la main à sa gorge.

— Euh… excusez-moi, je n'ai pas encore la tête très claire. Vous dites que *moi* j'ai gagné près de deux millions de dollars ?

— Vous avez mis l'argent, vous avez tiré le levier et vous avez eu le jackpot.

Elle était toujours aussi pâle. Comme une petite fée anorexique, songea Mac, vaguement attendri.

— Vous aurez des papiers à signer, bien sûr. Mais nous réglerons les questions financières demain, trancha-t-il. Souhaitez-vous voir un médecin ?

— Non, c'est inutile. Je suis juste un peu… je ne sais pas comment dire. J'ai du mal à réfléchir clairement. La tête me tourne tellement.

Se découvrant des instincts de soignant qu'il ignorait posséder, Mac la souleva pour arranger les oreillers dans son dos.

— Souhaitez-vous que j'appelle un de vos proches pour qu'il vienne partager la bonne nouvelle avec vous ?

— Non, surtout pas.

La violence de son refus surprit Mac. Mais il ne fit aucun commentaire.

— Comme vous voudrez.

— Je ne connais personne ici, précisa-t-elle plus calmement. Je suis de passage, en fait. Hier soir, on m'a volé mon sac dans l'Utah. Et ma voiture est tombée en panne à quelques kilomètres de Las Vegas. Je crois que c'est la pompe à essence, cette fois.

Mac réprima un sourire amusé.

— J'imagine que c'est une possibilité, en effet. Et comment avez-vous fait pour arriver jusqu'ici ?

— J'ai marché droit devant moi et je me suis retrouvée chez vous. Enfin… je crois.

Elle avait du mal à se souvenir de son parcours exact, en vérité. Peut-être avait-elle erré longuement dans la ville avant d'atterrir dans ce casino. Il y avait tant de choses à voir dans ce lieu étrange.

— Il me restait neuf dollars et trente-sept cents en poche, précisa-t-elle.

— Et vous les avez mis dans une machine à sous ? s'exclama Mac en se demandant s'il avait affaire à une folle ou à une joueuse hors pair. En tout cas, vous n'avez pas perdu votre soirée. Votre capital s'élève désormais à un million huit cent quatre-vingt-neuf dollars et trente-sept cents.

— Oh, mon Dieu.

Enfouissant son visage dans ses mains, Darcy fondit en larmes. Mac était issu d'une famille où l'élément féminin était bien représenté : voir une femme pleurer ne l'avait jamais perturbé outre mesure. Il resta tranquillement assis là où il était et la laissa sangloter tout son soûl.

Drôle de fille, malgré tout. Lorsqu'il l'avait soulevée dans ses bras, elle lui avait paru plus légère, plus fragile qu'un enfant. Mais d'après le récit qu'elle venait de lui faire, elle avait marché sur des kilomètres dans le désert, sous le soleil implacable de fin de printemps. Puis elle avait pris le risque de jouer ses derniers dollars, alors qu'elle n'avait manifestement rien pour assurer ses arrières.

Soit cette fille avait une force intérieure rare, soit elle était complètement cinglée. Quoi qu'il en soit, elle avait joué gagnant. Elle était riche, désormais. Et il lui incombait — au moins temporairement — de veiller sur elle.

— Je suis désolée, murmura-t-elle en s'essuyant le visage

avec les mains. Je ne pleure jamais d'habitude. Je ne sais pas ce qui m'a pris.

Elle accepta le mouchoir qu'il lui tendait avant d'enchaîner avec un sourire gêné :

— Je suppose que je devrais me lever, réagir, me secouer un peu… Mais je ne sais pas très bien par où commencer, admit-elle en tournant vers lui son joli visage chiffonné.

— Et si nous commencions par le commencement ? Depuis quand n'avez-vous rien mangé, Darcy ?

— Hier soir. Ce matin, je me suis acheté une glace, mais elle a fondu avant que j'aie eu le temps de la terminer.

— La première chose à faire, c'est de vous alimenter… Je vais vous commander un repas, annonça Mac en se levant. Il vous sera servi en bas, dans le salon. En attendant, pourquoi ne pas prendre un bain et essayer de vous détendre ?

Elle se mordit la lèvre.

— Je n'ai pas de vêtements, j'ai laissé ma valise dans le coffre de ma voiture… Oh, mon Dieu, mon sac ! Je l'avais emmené.

— Je l'ai ici.

La voyant de nouveau livide, il souleva l'espèce de besace qu'il avait placée près du lit.

— C'est ça ?

Elle ferma les yeux de soulagement.

— Oui. Je vous remercie… J'ai eu peur qu'il ne soit perdu. J'ai l'équivalent d'une année de travail, là-dedans.

— Tout est là, vous voyez. Et vous trouverez un peignoir dans la salle de bains.

Darcy s'éclaircit la voix. Même si cet homme avait fait preuve d'une grande gentillesse à son égard, elle n'avait pas à s'attarder avec un parfait inconnu dans une chambre luxueuse aux plafonds décorés de miroirs.

— Je vous remercie. Mais je ne peux pas rester ici indéfiniment. Il faut que je trouve à me loger pour la nuit.

Si vous pouviez juste m'accorder une petite avance et m'indiquer un hôtel…

— Parce que celui-ci ne vous convient pas ?

— Celui-ci quoi ?

— Cet hôtel, répéta Mac avec une patience qu'il jugea admirable. Et cette suite.

— Elle est absolument magnifique.

— Alors mettez-vous à l'aise. Cette chambre vous est offerte pour la durée de votre séjour.

Darcy se redressa en sursaut.

— *Offerte ?* A moi ? Vous voulez dire que je peux rester ici ?

— C'est une tradition, dans cette maison. Nous accueillons gratuitement les gros parieurs. Ce qui est indiscutablement votre cas.

— Mon cas ?

— La direction espère que vous remettrez une partie de vos gains en circulation en les dépensant dans nos boutiques et à nos tables de jeu. Votre chambre et vos repas sont à notre charge, en revanche.

Darcy balança ses jambes hors du lit et se leva lentement.

— Vous voulez dire que je bénéficie de tout ce luxe gratuitement parce que je viens de vous coûter deux millions de dollars ?

Le sourire de Mac se fit redoutable.

— En vous retenant ici, je me donne une chance d'en récupérer une partie.

Debout devant lui, Darcy fut de nouveau saisie de vertige. Mais d'une autre nature, cette fois. Elle n'avait jamais vu un homme pareil. Il était beau comme un héros de roman.

— Cela me paraît fair-play, en effet. Je vous remercie pour tout, monsieur McBlade.

Il serra la main qu'elle lui tendait.

— Pas McBlade, non. *Mac*. Mac Blade.

— Oh, excusez-moi. Vous devez me prendre pour une idiote. J'ai l'impression de me comporter en parfait zombie depuis que je suis arrivée à Las Vegas.

— Vous vous sentirez mieux une fois que vous serez reposée et restaurée. Retrouvez-moi dans mon bureau demain matin à 10 heures. Et nous reparlerons de tout cela calmement.

— Dans votre bureau, oui... Entendu.

— Las Vegas vous souhaite la bienvenue, mademoiselle Wallace, lança-t-il par-dessus son épaule en descendant la volée de marches qui menait dans le salon.

— Merci.

Darcy le suivit et demeura bouche bée en découvrant le décor dans les tons émeraude et saphir, les boiseries en ébène, les bouquets et les plantes exotiques.

— Monsieur Blade ? cria-t-elle.

— Oui ?

Il se retourna, leva les yeux et songea qu'elle avait l'air d'une enfant perdue — un agneau égaré parmi les loups.

— Que vais-je faire de tout cet argent ?

Il sourit, non sans une pointe inattendue de tendresse.

— Les idées viendront, vous verrez.

Darcy le vit actionner un bouton, et une porte coulissante en cuivre s'écarta sans bruit. Un ascenseur privé, comprit-elle. Restée seule, elle se laissa tomber assise à même le sol et se pinça le bras à plusieurs reprises. Si c'était un rêve ou une hallucination due au soleil du désert, elle n'avait qu'une envie : que le mirage ne se dissipe jamais.

En vérité, elle n'avait pas seulement pris la fuite. Elle venait de trouver la liberté, définitivement.

2.

Terrassée par la fatigue, Darcy s'endormit dans une bulle irisée qui n'éclata pas au petit matin. A 6 heures, elle ouvrit les yeux et découvrit son propre reflet dans le grand miroir ovale au plafond. Doutant de ce que ses yeux voyaient, elle leva lentement la main, la porta à sa joue et constata qu'au-dessus de sa tête, la créature alanguie dans ses draps de soie faisait le même geste.

Ainsi tout ce qui lui était arrivé depuis la veille était bien réel ? Elle, Darcy Wallace, paradait dans un lit de star, entourée d'une montagne de coussins, dans un décor digne d'un palais oriental. Incroyable. Plus rien ne la forcerait jamais à retourner à Trader's Corner. Plus jamais elle ne se coucherait dans le modeste lit à une place qu'elle avait gardé depuis l'enfance.

La simple pensée qu'elle ne s'endormirait plus le soir sur le maigre matelas inconfortable qu'elle avait toujours connu procura à Darcy une intense bouffée de joie. Elle fut prise d'un fou rire inextinguible qui la laissa à bout de souffle. Comme ivre, elle se laissa rouler d'un bord à l'autre du lit, lança les jambes en l'air, serra les oreillers contre son cœur puis bondit sur ses pieds pour danser sur le matelas.

Lorsqu'elle retomba sans force sur le lit, Darcy admira

la chemise de nuit de soie qui lui avait été livrée la veille, ainsi que quelques autres articles vestimentaires de base, choisis dans une des boutiques de la galerie marchande. Le tout, gracieusement fourni par la direction de l'hôtel Comanche. Accepter de la lingerie de la part du beau Mac Blade constituait une sévère infraction à ses principes. Mais Darcy était de trop bonne humeur pour s'arrêter à des détails aussi mesquins.

Elle se leva d'un bond pour explorer sa suite. La veille au soir, elle avait été trop groggy pour profiter des merveilles qui l'entouraient. Mais elle comptait bien rattraper le temps perdu ce matin. Attrapant une télécommande, elle s'amusa à ouvrir et à fermer les stores. A travers les immenses baies vitrées, elle découvrit la vue sur cet univers étrange qu'était Las Vegas. La ville encore endormie somnolait dans une atmosphère uniforme, toute en nuances de bleus et de gris. Le petit jour laiteux semblait émaner de la substance même du désert.

A quel étage était située sa suite ? Au vingtième ? Au trentième ? Darcy éclata de rire. Qu'importait la hauteur ! Elle avait le monde à ses pieds. Un monde neuf, excessif, bizarre et enchanteur.

Un autre bouton de la télécommande lui permit de faire glisser un panneau mural. Darcy découvrit un home cinéma complet ainsi qu'une chaîne hi-fi. Une fois qu'elle eut testé tous ces appareils compliqués et mis la musique à fond, elle dévala les marches pour passer dans la partie séjour de sa suite. Elle ouvrit les rideaux, sentit chacun des bouquets de fleurs, essaya les deux canapés ainsi que les quatre fauteuils, admira la cheminée en marbre et tomba en arrêt devant le grand piano blanc. Comme il n'y avait personne pour lui interdire de le toucher, elle se percha sur le tabouret et joua « Au Clair de la lune » en chantant à tue-tête. Derrière un panneau laqué, elle trouva un petit réfrigérateur qui contenait — ô merveille — deux bouteilles de champagne. Enchantée par ces trouvailles, elle tournoya sur une musique de valse et passa dans les toilettes du bas. De nouveau, elle sourit toute seule. Même là, il y avait une télévision ainsi qu'un téléphone !

Fredonnant gaiement, elle gravit les marches chromées qui menaient à sa chambre. La salle de bains attenante était une merveille. D'un noir extraordinairement sensuel, la baignoire à remous était si grande qu'elle aurait pu aisément abriter quatre personnes. La pièce à elle seule était presque aussi vaste que le studio qu'elle occupait à Trader's Corner.

Darcy secoua la tête. Si on lui installait un lit dans un coin, elle se contenterait volontiers de cet espace pour les quelques jours à venir. D'abondantes plantes vertes formaient une jungle sympathique sur le bord de la baignoire. Sur des étagères s'alignaient de très jolis flacons contenant des sels de bain, des huiles et des crèmes aux parfums si suaves que Darcy en gémit de plaisir.

Dans le dressing attenant, elle trouva un peignoir ainsi que des mules en coton avec le logo du Comanche, un miroir à trois faces, deux élégants petits fauteuils ainsi qu'une table. Là encore, un gracieux bouquet avait été arrangé dans un vase en cristal.

Et tout cela rien que pour elle.

Darcy n'en croyait pas ses yeux. Elle savait que ce genre de luxe inouï existait ailleurs qu'au cinéma. Mais de là à imaginer qu'elle serait amenée un jour à évoluer comme chez elle dans un décor pareil ! Non, ce n'était pas possible. Pas elle, la petite bibliothécaire tranquille venue du fin fond du Kansas. A présent que le gros de son excitation était retombé, Darcy se demanda s'il n'était pas temps de remettre les pieds sur terre.

Et si tout cela n'était qu'un malentendu, une erreur ?

De son périple à pied le long de la route poussiéreuse, elle ne conservait qu'un souvenir imprécis. Comme si sa mémoire s'était brouillée à partir du moment où elle était descendue de sa voiture en panne pour marcher comme un automate en direction de Vegas. Elle avait gardé à la mémoire quelques images, quelques bribes : les lumières qui clignotaient sur les machines à sous, les symboles qui avaient tournoyé devant ses yeux fatigués, le vacarme qui s'était déchaîné, sa peur panique. Puis, comme dans la scène finale d'une pièce de théâtre, il y avait eu l'apparition de Mac Blade, avec sa stature de guerrier, son visage lisse d'Indien, son aisance et son allure.

— Arrête de te poser des questions, murmura-t-elle tout haut. Même si cela ne doit durer qu'une heure, autant vivre le rêve jusqu'au bout.

Non sans appréhension, cependant, elle décrocha son téléphone.

— Ici le service d'étage. Bonjour, mademoiselle Wallace.

En entendant son nom, Darcy se retourna en sursaut, comme si quelqu'un l'avait observée à son insu par-dessus son épaule.

— Euh… bonjour. Je me demandais si je pouvais vous commander un café ?

— Bien sûr. Et pour le petit déjeuner ?

Darcy hésita. Elle ne voulait pas abuser de la situation.

— Un toast ou deux, ce serait possible ?

— Mais certainement, mademoiselle Wallace. Cela vous suffira ?

— Oh oui, ce sera parfait.

Reposant le combiné, Darcy courut dans la chambre, éteignit la musique et écouta les informations pour vérifier si on n'avait pas remarqué de cas d'hallucinations collectives récemment dans l'Etat du Nevada.

Dans son bureau au-dessus de la salle de casino, Mac quittait rarement les écrans de sécurité des yeux. On y voyait des joueurs glisser des pièces dans les machines à sous, parier à la roulette, ou suivre d'un regard fasciné les gestes du croupier aux tables de black-jack. Quelques acharnés qui avaient commencé à jouer la veille continuaient inlassablement à défier le hasard. Si bien que les robes de soirée et les smokings côtoyaient les jeans et les shorts.

Dans un casino, qu'il fasse jour ou nuit dehors, personne ne voyait la différence. Il n'y avait ni contraintes de temps ni obligations vestimentaires et pas d'autre réalité souvent que celle du jeu. Sans même regarder le fax qui se déroulait derrière lui, Mac sirotait un café et arpentait la pièce tout en parlant avec son père au téléphone.

Tout en sachant que Justin, dans son casino de Reno, faisait sans doute la même chose que lui.

— ... Tout à fait, oui. Je lui ai donné rendez-vous ici dans quelques minutes, poursuivit Mac. Hier soir, elle n'était pas en état de digérer la nouvelle.

— Alors, dis-moi, à quoi ressemble-t-elle, notre super gagnante du jackpot ? s'enquit Justin.

Mac continuait à se déplacer sans relâche, vérifiant que chacun des employés était à sa place, observant l'attitude de ses croupiers.

— Pour l'instant, je ne peux pas en dire grand-chose. Elle est jeune. Nerveuse. J'ai l'impression qu'elle est partie de chez elle dans des conditions un peu compliquées. Il semblerait qu'elle soit entrée ici plus ou moins par hasard.

— Et elle est originaire d'où ? demanda encore Justin.

Sourcils froncés, Mac se reporta en arrière dans le temps et laissa la voix de Darcy résonner une nouvelle fois à ses oreilles.

— Mmm... D'une petite ville rurale du Midwest, je pense. Je la verrais bien institutrice en maternelle. Elle n'avait plus un *cent* en poche lorsqu'elle a touché le jackpot.

— Apparemment, c'était son jour de chance. Tant qu'à avoir un gagnant, autant que ce soit une institutrice fauchée sortie de sa campagne.

Mac sourit.

— Il est certain qu'elle est rafraîchissante. Elle n'a pas cessé de se répandre en excuses. Elle est à peu près aussi à l'aise ici qu'une souris invitée à un congrès de matous affamés... A part ça, elle est très mignonne, précisa-t-il en songeant aux grands yeux dorés de Darcy. Mais d'une naïveté presque inquiétante. Les loups n'en feront qu'une bouchée, si tu veux mon avis.

— Tu as l'intention de t'interposer entre les loups et l'agneau ? s'enquit doucement son père.

Mac haussa les épaules. Il aurait dû s'attendre à cette question. Il avait la réputation dans la famille de toujours prendre parti pour les opprimés.

— Je n'ai pas vraiment le temps de jouer les bons bergers. Mais je veux quand même lui donner quelques conseils. La presse tambourine déjà à la porte. Je ne peux pas laisser cette gamine toute seule sans lui recommander au moins un avocat. Surtout que les vautours suivent les loups de près.

Mac savait que Darcy serait assaillie sans répit par les solliciteurs les plus variés. On la supplierait de verser de l'argent pour telle et telle cause, on lui ferait miroiter de juteux investissements censés tripler ses gains en quelques mois. Il y aurait dans le lot quelques personnes honnêtes et bien intentionnées. Mais le gros du bataillon serait constitué d'escrocs patentés.

— Tu as raison. Prends-la sous ton aile, au moins les deux ou trois premiers jours... Tu me tiens au courant, Mac ?

— Bien sûr. Comment va maman ?

— Serena est en pleine forme. Elle parle de faire un saut à Vegas pour te voir avant de repartir pour Atlantic City. Le bébé lui manque déjà.

— Mmm... Et à toi, il ne te manque pas, peut-être ?

— Il faut reconnaître que ces bébés grandissent tellement vite que ce serait dommage de rater trop d'étapes.

Mac ne put s'empêcher de sourire. Il savait que son père aurait été capable de ramper sur du verre brisé pour avoir le privilège de rendre visite à sa petite-fille.

— Comment va-t-elle, la petite Anna ?

— Elle fait ses dents. Gwen et Bran passent des nuits difficiles.

— C'est le prix à payer pour le bonheur d'être parent.

— Inutile d'ironiser, Mac. J'ai connu pas mal de nuits blanches à cause de toi, mon garçon.

— C'est bien ce que je dis, non ? On n'a rien sans rien en ce bas monde... Ah, voici la fée inquiète.

— La quoi ?

— Notre nouvelle millionnaire... Entrez, entrez, ajouta-t-il à l'intention de Darcy qui hésitait sur le seuil... Je te rappelle demain, d'accord ? Embrasse maman de ma part.

— Je pense que tu pourras l'embrasser toi-même dans quelques jours.

— O.K. A plus tard.

Dès que Mac eut reposé le combiné, Darcy se confondit une fois de plus en excuses.

— Je suis vraiment désolée, je ne savais pas que vous étiez au téléphone. Votre secrétaire... je veux dire, votre assistante, m'a dit que vous m'attendiez et que je n'avais qu'à entrer. Mais je peux revenir plus tard si vous êtes occupé.

Patient de nature, Mac la laissa bredouiller jusqu'au bout. Il en profita pour l'observer et constata qu'un bain, une bonne nuit de sommeil et des vêtements neufs avaient fait des miracles. Mais si elle avait l'air propre et reposée, à présent, elle n'avait rien perdu de sa nervosité pour autant.

— Et si vous vous asseyiez, Darcy ?

Elle prit place dans un fauteuil en cuir vert et croisa sagement les mains sur ses genoux.

— Je me demandais si… s'il n'y avait pas eu une erreur, balbutia-t-elle, plus timide et effarée que jamais.

Perdue dans son grand fauteuil, elle avait l'air d'un lutin perché sur un champignon.

— Une erreur à quel propos ?

— Cette histoire de jackpot… Tous ces dollars… Ce matin, à tête reposée, je me suis dit que ces choses-là n'arrivaient jamais dans la vraie vie.

— Elles arrivent dans les établissements comme celui-ci. C'est une inéluctabilité statistique.

Mac cala une hanche contre un coin de son bureau.

— J'ose espérer que vous avez plus de vingt et un ans ?

— J'en aurai vingt-quatre en septembre… Oh, mon Dieu, je ne vous ai pas encore remercié pour les vêtements.

Darcy s'ordonna mentalement de ne pas penser à la lingerie fine que Mac avait choisie à son intention. Mais ce fut plus fort qu'elle. Ses joues s'empourprèrent.

— C'était une aimable attention de votre part, monsieur Blade.

— Je vous en prie. Tout était à votre taille ?

Darcy se sentit rougir de plus belle. Le soutien-gorge en dentelle d'une délicate couleur pêche lui allait à la perfection. Et elle n'osait imaginer comment il avait pu se faire une idée aussi précise de ses mensurations.

— Parfaitement, oui. Je vous remercie.

— Et comment avez-vous dormi ?

— Comme quelqu'un à qui on aurait jeté un sort. En fait, c'est la première bonne nuit que je passe depuis une semaine que je suis partie de chez moi.

Quelques délicates taches de rousseur ornaient son joli petit nez et une légère odeur de vanille émanait de sa personne. Mac avait plaisir à la regarder.

— D'où venez-vous, Darcy ?

— D'une petite ville du Kansas, Trader's Corner.

Les mornes plaines du Midwest, autrement dit. Mac se félicita intérieurement de ses propres talents d'observation.

— Et quelle activité exercez-vous à Trader's Corner ?

— Je suis… enfin, j'étais bibliothécaire.

Pas tout à fait une institutrice, donc. Mais pas loin.

— Et c'est indiscret de vous demander pourquoi vous êtes partie de chez vous ?

— Je me suis enfuie, en fait.

La vérité lui avait échappé avant qu'elle ait eu le temps d'inventer une explication plausible à ses errances. Le problème, c'est qu'elle avait du mal à réfléchir face au sourire de cet homme. Il fallait reconnaître, d'autre part, qu'il savait écouter. Sans même qu'elle s'en rende compte, il l'avait poussée à s'exprimer avec une totale franchise, alors qu'elle ne le connaissait ni d'Eve ni d'Adam.

Quittant son bureau, Mac vint se percher sur l'accoudoir du fauteuil placé à côté du sien.

— Vous avez des ennuis, Darcy ?

— Non, plus maintenant. J'en aurais eu si j'étais restée, mais…

Elle s'interrompit net et porta la main à sa bouche.

— N'allez pas croire que… Enfin, je n'ai rien fait de mal. Ce n'est pas la police que je fuis.

Elle avait l'air tellement désemparée que Mac réussit à ne pas sourire. Même si on avait de la peine à imaginer la sage Darcy Wallace poursuivie par les autorités.

— Je sais que vous ne fuyez pas la police. Mais vous n'êtes pas partie de chez vous sans raison, Darcy. Votre famille sait-elle où vous êtes ?

— Je n'ai plus de famille. J'ai perdu mes parents il y a un an.

— Je suis désolé.

— Ils sont morts accidentellement. Leur maison a pris feu durant la nuit et ils ne se sont pas réveillés.

— Ça a dû être un gros choc pour vous.

Darcy opina d'un signe de tête.

— C'est arrivé tellement vite… En quelques heures, tout avait disparu. Je ne vivais déjà plus chez eux, à l'époque. Mais mon déménagement ne remontait qu'à quelques semaines… Si ça s'était passé un mois plus tôt, je… Par moments, je m'en suis voulu d'être encore vivante.

Avec un haussement d'épaules fataliste, Darcy se tut et détourna les yeux.

— C'est pour ça que vous avez décidé de quitter le Kansas ?

Elle hésita à acquiescer et à en rester là. Mais au point où elle en était, autant dire toute la vérité :

— En partie, oui. Mais il y a eu d'autres raisons : j'ai perdu mon emploi récemment et j'étais sur le point d'être expulsée de chez moi. Si j'étais restée, je me serais retrouvée sans ressources. Je n'avais pas mis grand-chose de côté depuis que j'avais commencé à travailler. Je suppose que je ne suis pas très douée pour tenir un budget, admit-elle piteusement.

— Ce n'est pas toujours facile d'économiser sur un petit

salaire. Et pour ce qui est des ennuis d'argent, vous êtes tirée d'affaire, en tout cas, lui rappela Mac, désireux de lui voir retrouver le sourire.

Les beaux yeux dorés s'écarquillèrent et elle secoua la tête.

— Sérieusement, je ne vois pas au nom de quoi vous me donneriez comme ça deux millions de dollars, sous prétexte que j'ai glissé quelques billets d'un dollar dans la fente d'une machine.

— Je ne vous donne rien. Vous avez *gagné* cette somme, Darcy… Tenez, venez voir.

Il lui prit la main et la plaça de manière à ce qu'elle voie les écrans.

— Le casino est ouvert jour et nuit et les clients défilent en permanence. Des gens viennent et laissent des sommes importantes. Certains gagnent, c'est vrai, mais les perdants sont majoritaires. Il y en a qui viennent pour se divertir, pour le plaisir du jeu. D'autres s'accrochent parce qu'ils espèrent faire fortune. Certains sont des pros qui jonglent avec des techniques complexes, d'autres se fient à leur intuition.

Fascinée, Darcy observa la scène. Sur les écrans, tout se déroulait en silence : un mouvement continu de roulette, de cartes, de dés et de jetons.

— On dirait du théâtre, murmura-t-elle.

— C'est exactement cela. Une pièce sans dénouement ni entracte qui se poursuit indéfiniment… Vous avez un avocat ?

Darcy perdit aussitôt le sourire.

— Un avocat ? Pourquoi ? J'ai besoin de quelqu'un pour me défendre ?

— De quelqu'un pour vous protéger surtout. Vous êtes sur le point de toucher une somme très importante. Une fois que l'Etat aura pris sa part, vous allez découvrir que vous avez beaucoup d'amis — dont certains dont vous n'aurez jamais entendu parler. Des démarcheurs variés vous assiégeront pour vous proposer des investissements tous plus miraculeux les uns que les autres. Dès l'instant où le récit de votre aventure paraîtra dans les journaux, toute cette vermine sortira en rampant pour se frayer un chemin jusqu'à vous.

Avec une expression consternée, Darcy se leva d'un bond.

— Les journaux, vous dites ? Ah non, surtout pas ! Il ne faut pas qu'on parle de moi dans la presse. Je ne dirai rien aux journalistes, monsieur Blade. Personne ne saura que j'ai gagné cet argent.

Mac réprima un soupir. Autant se rendre à l'évidence : miss Chaperon rouge avait grand besoin d'un protecteur si elle voulait traverser la forêt sans tomber dans la première gueule ouverte venue.

— Réfléchissez un peu, Darcy. A votre avis quel reporter résisterait à un fait divers pareil ? « Une jeune bibliothécaire orpheline venue du Kansas arrive à pied au Comanche de Vegas et joue son dernier dollar… »

— Il m'en restait neuf, protesta-t-elle.

— Quelle différence ? Il ne vous restait rien et vous touchez le pactole. Si vous croyez que les médias ne vont pas s'emparer de l'événement, c'est que vous êtes une extraterrestre.

Mac Blade avait raison, bien sûr. C'était une très jolie histoire qu'elle venait de vivre. Une histoire presque miraculeuse, même.

— N'y a-t-il aucun moyen pour que je garde l'incognito ? demanda-t-elle d'une voix presque suppliante. Je ne veux pas que ça se sache à Trader's Corner.

— Pourquoi ? La célébrité a son charme, non ? Ils rebaptiseront une des rues de la ville pour lui donner votre nom, commenta Mac, faussement désinvolte, en voyant l'éclair de panique dans ses yeux.

Darcy se rassit en soupirant.

— Je ne vous ai pas tout dit, admit-elle. La principale raison pour laquelle je me suis enfuie, c'est un homme, Gerald Peterson. Il est issu d'une des familles les plus en vue du Kansas. Ce sont de grands industriels, très fortunés. Et Gerald, sans que personne sache pourquoi, s'est mis en tête de m'épouser. Il s'est même montré très insistant.

— Et alors ? Aucune loi n'interdit aux filles de dire « non, merci », dans l'Etat du Kansas, si ?

Darcy soupira. Formulé ainsi, cela paraissait tellement simple ! Ce Mac Blade devait vraiment la prendre pour une oie blanche.

— Dire non est une chose. Mais Gerald n'est pas habitué à ce qu'on contrarie sa volonté. Et il trouve toujours moyen d'obtenir ce qu'il veut.

— Et ce qu'il veut, c'est vous, en l'occurrence.

— Apparemment. C'est du moins ce qu'il s'est mis en tête. Mes parents étaient ravis qu'un homme comme lui s'intéresse à moi. Qui aurait pu croire que j'attirerais l'attention de quelqu'un comme lui ?

— Vous plaisantez ?

Elle lui jeta un regard surpris.

— Pourquoi dites-vous cela ?

— Aucune importance, rétorqua Mac en balayant sa question d'un geste de la main. Donc, pour en revenir à Gerald, il veut vous épouser et j'imagine que vous avez refusé. Etait-ce une raison suffisante pour partir de chez vous ventre à terre ?

— L'histoire est un peu plus compliquée que cela... Il y a quelques mois, j'ai craqué sous la pression et je me suis engagée à l'épouser. J'étais parvenue à la conclusion que c'était la seule solution raisonnable. Et il était persuadé que je lui céderais tôt ou tard, de toute façon.

Embarrassée par sa propre faiblesse, Darcy scruta un instant ses mains qu'elle tenait croisées sur les genoux.

— Pour Gerald, cela allait tellement de soi… Je crois qu'il ignore le sens du mot « non ». Ça doit être génétique, chez lui. Le jour où je lui ai dit oui, par pure faiblesse, j'ai compris tout de suite que j'avais commis une grosse erreur. J'ai essayé de lui expliquer que j'avais eu un moment d'égarement, mais il n'a rien voulu entendre… Et puis, il y avait la question de la bague, ajouta-t-elle, sourcils froncés.

A la fois amuséet fasciné par son récit, Mac l'encouragea à poursuivre.

— L'histoire de la bague ?

— Oh, c'est tout bête, en fait. Je ne voulais pas de bague de fiançailles en diamant. Pourquoi au juste je n'en sais rien, mais j'avais envie de quelque chose d'original, de différent. Je le lui ai dit très clairement, d'ailleurs. Mais là encore, il n'a rien voulu entendre. J'ai eu droit à mon diamant de deux carats, qu'il avait fait estimer et assurer au préalable. Gerald m'a tout expliqué sur l'intérêt que représentait un tel placement. Et… et je n'ai pas eu envie d'entendre ces précisions.

— J'imagine, oui, commenta Mac en secouant la tête.

— Je ne m'attendais pas à des fiançailles romantiques… Je savais que je n'avais rien à espérer sur ce plan-là. J'aurais été mieux inspirée de prendre Gerald tel qu'il était, je suppose.

— Et pourquoi cela ?

— Parce que tout le monde s'extasiait sur la chance que j'avais d'avoir décroché un fiancé pareil. Mais quand j'ai eu cette bague au doigt, je ne me suis pas sentie chanceuse du tout. Au contraire. J'avais l'impression d'étouffer, de ne plus exister. Lorsque je lui ai rendu son diamant de deux carats estimé et assuré, Gerald n'a pas dit grand-chose mais il était furieux. Ça a duré comme ça deux jours, puis, d'un coup, il s'est calmé. Il m'a dit que j'étais un peu perdue mais que je finirais par me reprendre. Il m'a assuré d'un ton magnanime que sa porte restait ouverte et qu'il saurait attendre le temps qu'il faudrait. Et deux semaines plus tard, comme par hasard, j'avais perdu mon emploi.

Darcy se força à regarder Mac. Et elle constata avec étonnement qu'il écoutait. Qu'il écoutait *vraiment,* avec attention et non pas distraitement, en pensant à autre chose, comme le faisaient la plupart des gens.

— Le conservateur de la bibliothèque m'a parlé de restrictions budgétaires et de réorganisation interne. Et sur le coup, j'étais tellement sous le choc que je l'ai cru. Mais j'ai réalisé ensuite que la famille Peterson faisait chaque année des dotations conséquentes, et que la bonne marche de la bibliothèque dépendait de leur générosité. Je me suis rendu compte également que les Peterson étaient propriétaires de l'immeuble où j'ai mon appartement. Gerald avait mis tous les atouts de son côté pour que je revienne en rampant.

— Mais vous ne lui avez pas donné cette satisfaction. Vous lui avez fichu l'équivalent d'un bon coup de pied au derrière, au contraire. Pas aussi violent qu'il l'aurait mérité, mais c'est déjà ça.

Darcy soupira.

— Tel que je le connais, il doit être humilié et dans une colère noire. Je ne veux pas qu'il découvre où je suis partie. J'ai peur de lui, en fait.

Les yeux bleus de Mac étincelèrent.

— Il vous a frappée ?

— Jamais. Gerald n'utilise pas la force physique. Intimider lui suffit… Mais je ne voudrais pas qu'il me retrouve, monsieur Blade. Si Gerald était amoureux de moi, ce serait différent. Mais il s'acharne simplement parce qu'il ne supporte pas qu'on lui résiste. Il pense qu'une petite personne tranquille et bien élevée comme moi ferait une épouse commode dont il pourrait disposer à son gré.

— La petite personne tranquille et bien élevée se sentirait beaucoup plus forte si elle lui disait non en face.

Darcy baissa les yeux.

— Je sais. Mais je ne peux pas.

Mac réfléchit quelques instants.

— Nous ferons l'impossible pour éviter que votre nom ne soit divulgué dans la presse. Mais je vous préviens que tôt ou tard, les paparazzi finiront par vous identifier. Au début, les journalistes seront ravis de cultiver la carte de la « mystérieuse inconnue qui refuse de se faire connaître ». Mais cela ne durera pas longtemps. Les énigmes sont faites pour être percées.

— Que ce soit le plus tard possible, alors.

— O.K. Nous tâcherons de faire au mieux. Mais revenons aux questions concrètes. Je ne peux pas vous verser l'intégralité de vos gains aujourd'hui. Il vous faudra une pièce d'identité pour commencer. Et j'imagine que vous n'avez plus rien puisqu'on vous a volé votre sac. Ce qui nous ramène à la question de l'avocat.

Darcy se mordilla la lèvre d'un air préoccupé.

— Je n'en connais aucun. J'ai juste eu affaire au notaire de la famille lorsque mes parents sont décédés. Mais je n'ai pas envie de faire appel à lui.

— Cela ne paraît pas très indiqué, en effet, pour quelqu'un qui veut réinventer sa vie en repassant par la case départ.

Mac vit un sourire s'épanouir peu à peu sur les traits de la jeune femme. Difficile de ne pas remarquer qu'elle avait une jolie bouche charnue, avec une lèvre supérieure délicieusement incurvée.

— Réinventer ma vie, oui, c'est exactement ce que j'aimerais faire. J'ai l'intention d'écrire, lui confia-t-elle.

— D'écrire quoi ?

Avec un rire joyeux, Darcy se renversa contre le dossier de son fauteuil.

— Des romans d'amour et d'aventure. Des histoires merveilleuses mais proches de la vie quand même… Vous devez penser que ce n'est pas très raisonnable.

— Pourquoi ? Cela me paraît tout à fait naturel, pour une bibliothécaire toujours entourée de livres, d'avoir envie d'en écrire à son tour.

Elle commença par ouvrir de grands yeux. Puis, peu à peu, son regard se mit à briller aussi fort que les lumières de Las Vegas.

— Vous êtes la première personne à réagir de façon aussi positive. Gerald était très choqué par mon projet. Il me disait qu'il fallait du talent pour écrire des romans et que je me couvrirais de ridicule si j'essayais de me faire éditer.

— Gerald est un imbécile, trancha Mac. C'est au moins une chose que nous pouvons établir avec certitude. Quant à vous, il ne vous reste plus qu'à vous acheter un ordinateur portable et à vous mettre au travail.

Darcy porta la main à son cœur.

— Il n'y a rien — strictement plus rien — qui puisse m'en empêcher, n'est-ce pas ?

Lorsque ses yeux ambre se remplirent de larmes, elle les essuya résolument.

— Non, je ne veux pas recommencer à pleurer. C'est juste un peu déroutant qu'une vie puisse basculer ainsi du pire vers le meilleur, simplement en tirant sur un levier…

— Je trouve que vous avez très bien fait face jusqu'ici. Et je suis certain que vous saurez tirer le meilleur parti de la chance qui vous est donnée.

Sidérée par cette marque de confiance inattendue, Darcy ne trouva rien à répondre.

— Je ne suis pas certain que ce soit complètement déontologique, mais mon oncle est avocat, reprit Mac après un temps de silence. Si vous le souhaitez, je peux l'appeler. C'est quelqu'un de scrupuleusement honnête.

— Vous voulez bien faire cela pour moi ? Je vous remercie pour tout, monsieur Blade. Vous…

— Mac, l'interrompit-il. Chaque fois que je fais don de presque deux millions de dollars à une jeune femme, j'attends d'elle qu'elle m'appelle par mon prénom.

Elle éclata d'un rire joyeux qu'elle se hâta d'étouffer.

— Je suis désolée. Mais le montant paraît tellement démesuré.

— Pour être démesuré, il l'est, oui, acquiesça Mac sans sourire.

Darcy reprit instantanément son sérieux.

— Oh, mon Dieu, je n'avais pas réfléchi à la perte que cela représente pour le Comanche. Rien ne vous oblige à me verser la somme en une seule fois. Nous pouvons fixer des mensualités ou quelque chose comme ça.

Sur une impulsion, Mac lui prit le menton et scruta ses traits.

— Vous avez le cœur tendre, n'est-ce pas, Darcy du Kansas ?

Un vide se creusa dans l'esprit de Darcy. La main de Mac était si ferme, ses yeux d'un bleu si profond… Ce fut comme si son cœur se retournait lentement sur lui-même pour venir se placer à l'envers dans sa poitrine. Un soupir mourut sur ses lèvres.

— Pardon ? murmura-t-elle. Vous avez dit quelque chose ?

Du pouce, il suivit le tracé de sa mâchoire. Elle avait une ossature délicate ; une peau douce comme de la soie.

« Halte-là, Mac. On ne joue pas à ces jeux-là avec des Petit Chaperon rouge égarés dans les bois. »

Il recula d'un pas.

— Je disais que le Comanche paye toujours ses dettes rubis sur l'ongle. Et tant pis pour mon pauvre vieux grand-père malade : il se passera de l'opération des reins que j'avais promis de financer.

— Oh, mon Dieu, non. Vous ne pouvez pas lui faire ça ! Je…

— Mais je plaisante !

Enchanté par sa réaction, Mac rugit de rire.

— Vous êtes beaucoup trop facile à émouvoir, Darcy. Je vous conseille de garder un profil bas jusqu'à ce que mon oncle ait pris vos intérêts financiers en main. Tenez, je vais vous faire une petite avance en liquide pour que vous puissiez parer au plus pressé.

Passant derrière son bureau, il ouvrit le tiroir où il gardait sa caisse.

— Avec deux mille dollars, vous devriez être tranquille pour quelques jours. Il faudra penser à faire dépanner votre voiture. Pour le reste, vous ne devriez pas avoir de trop gros frais, dans un premier temps. Sachant que vous bénéficiez d'un crédit illimité dans toutes les boutiques de l'hôtel. Vous n'aurez qu'à donner votre nom, ils sont prévenus.

D'une main experte, il compta les billets de cent et de cinquante.

— Excusez-moi, mais j'ai un peu de mal à respirer, murmura Darcy faiblement.

Mac leva les yeux et fronça les sourcils avec inquiétude en la voyant penchée, les coudes sur les genoux, le visage enfoui dans les mains. Il s'approcha pour lui effleurer la tête.

— Ça va aller ?

— Oui, oui. Juste une petite seconde… Je suis vraiment désolée d'être une telle charge pour vous.

— Vous n'êtes pas une charge du tout. Mais j'aimerais autant que vous ne vous évanouissiez pas une seconde fois.

Darcy se força à relever la tête.

— Non, non, je vous le promets. C'est juste un petit vertige.

Lorsque le téléphone sonna, elle tenta de se lever.

— J'abuse de votre temps. Je suis désolée. Je vous laisse immédiatement.

— Stop ! Ne bougez pas, surtout, ordonna-t-il en s'emparant du combiné. Deb ?… Je ne veux pas savoir qui c'est, non. Dites-lui que je rappellerai.

Il raccrocha sans attendre la réponse de son assistante et constata avec soulagement que Darcy reprenait des couleurs.

— Ça va mieux ?

— Beaucoup mieux, oui. Je suis désolée.

— Arrêtez de vous excuser toutes les cinq minutes. C'est exaspérant, comme habitude.

— Je suis déso…

Serrant les lèvres, elle s'éclaircit la voix.

— Parfait. C'est mieux comme ça, déclara Mac en lui fourrant la liasse de billets dans la main. Et maintenant, allez jouer au casino, écumez les boutiques, offrez-vous un massage ou un soin du visage. Faites-vous plaisir. Et dînez avec moi ce soir.

Pourquoi lui proposait-il de lui consacrer sa soirée ? Stupéfait d'avoir émis cette invitation non programmée, Mac demeura un instant interdit.

— Dîner avec vous ce soir ? s'exclama Darcy en se

demandant pourquoi il fronçait les sourcils comme ça. Eh bien, oui, merci… très volontiers.

Mal à l'aise, elle glissa les billets dans une poche.

— Et maintenant que je peux mener une vie de princesse, je ne sais même pas par où commencer, admit-elle avec une petite moue contrite.

— L'ordre n'a aucune importance. Faites simplement tout ce dont vous avez envie.

Ce fut plus fort qu'elle. Elle ne put s'empêcher de darder sur lui un regard rayonnant.

— C'est une philosophie merveilleuse. Je vous laisse à votre travail et je vais essayer de la mettre en pratique.

Elle voulut s'esquiver discrètement mais Mac prit le temps de la raccompagner jusqu'à la porte. Plongeant son regard dans le sien, Darcy s'efforça de trouver les mots justes.

— Vous m'avez sauvé la vie. Je sais que ça paraît mélodramatique, mais c'est ce que je ressens.

— Votre vie, vous l'avez sauvée vous-même. Maintenant, il ne vous reste plus qu'à en prendre soin.

Elle lui tendit la main. Et comme la tentation était trop forte pour qu'il puisse garder entièrement ses distances, stoïque, il se pencha pour la porter à ses lèvres.

— A ce soir.

— A ce soir, dit-elle gravement.

Mac suivit des yeux sa silhouette menue. Elle semblait flotter dans le couloir comme un ange tombé du ciel par erreur. Pensif, il referma la porte. *Darcy du Kansas, la bibliothécaire…* Pas son type. Elle était même l'exact opposé des femmes avec qui il sortait d'ordinaire. La légère attirance qu'il ressentait n'était rien de plus que de la sollicitude. Un sentiment quasi fraternel.

Quasi.

Mais pas tout à fait quand même.

Tout le pouvoir de cette fille résidait dans ses yeux, en

fait. Comment rester insensible à ce regard de faon traqué ? Et puis il y avait ce contraste irrésistible entre la timidité de petite fille et les soudains débordements d'enthousiasme. Sans parler de sa gentillesse. Une gentillesse authentique qui n'avait rien de mièvre ou d'affecté.

Parce qu'elle était l'innocence même. Autrement dit, pas son type. Il avait toujours apprécié les femmes averties qui jouaient le jeu sans se bercer d'illusions. Or Darcy Wallace avait de l'existence une vue hautement romantique. Et il n'aurait pas le cœur de susciter chez elle des espoirs qu'il ne serait pas en mesure de satisfaire.

Cela dit, il ne pouvait pas l'abandonner non plus à son sort.

« Alors contente-toi de la mettre sur la bonne voie, mon vieux. Et pour le reste, bas les pattes. »

Une fois cette noble résolution prise, Mac décrocha son téléphone et appela son oncle, Caine MacGregor.

3.

C'était comme si elle avait changé de planète, d'univers.

Poussant prudemment la porte de la boutique, Darcy songea qu'elle était devenue une personne différente dans un monde différent. La veille encore, elle serait restée le nez collé contre la vitre à admirer toutes ces coûteuses splendeurs de loin. Aujourd'hui, elle pouvait acheter tout ce qu'elle voulait — y compris la veste de soirée noire brodée de perles dont elle avait envie et qui coûtait une petite fortune. Parce que la mystérieuse alchimie du hasard l'avait soudain hissée, sans étape intermédiaire, de la base jusqu'au sommet.

S'aventurant plus loin dans la boutique, elle s'approcha d'une vitrine où était exposé un très bel assortiment de bijoux fantaisie. Elle avait toujours rêvé de porter des jolies choses étincelantes à ses bras, à ses oreilles, à son cou.

Et pourtant, elle n'avait pas ressenti le moindre plaisir lorsque Gerald lui avait glissé son diamant au doigt. Parce que cette bague si coûteuse, il ne l'avait achetée que pour lui, au fond.

Et parce que cette bague n'était pas un cadeau mais un joug.

— Puis-je vous aider ?

Darcy sursauta.

— Eh bien… je ne sais pas.

La vendeuse eut un sourire indulgent.

— Vous cherchez quelque chose de particulier ?

— Difficile de choisir alors que tout est si beau.

Le sourire commercial se fit plus chaleureux.

— Je vous remercie. Nous sommes très fiers de notre sélection. Si vous avez besoin d'aide, je suis à votre disposition. Mais vous pouvez regarder autant qu'il vous plaira.

— Je suis invitée à dîner ce soir et je n'ai rien à mettre, admit Darcy, mise en confiance.

— C'est toujours ce que l'on se dit lorsqu'on a envie de craquer pour un nouveau vêtement, n'est-ce pas ?

— En l'occurrence, mes placards sont réellement vides… Il me faudrait une robe, je crois, précisa Darcy en voyant que la vendeuse ne paraissait pas particulièrement choquée par son aveu.

— C'est pour un dîner officiel ? Un dîner en tête à tête ?

— En tête à tête.

Darcy rougit et secoua la tête.

— Mais ce n'est pas un rendez-vous galant pour autant, se hâta-t-elle de préciser.

— Un dîner d'affaires, alors ?

Darcy se mordit la lèvre.

— Je pense qu'on pourrait appeler ça comme ça.

La vendeuse eut un sourire averti.

— Mais il est plutôt pas mal, ce monsieur qui vous invite à dîner ?

— Oh, oui. C'est un homme magnifique.

— Mmm… Et il vous attire ?

— Il faudrait être morte et enterrée depuis dix ans pour rester de marbre devant lui, reconnut Darcy avec un léger soupir. Mais il m'a invitée par gentillesse. Pas parce que je lui plais.

La vendeuse l'examina d'un regard professionnel.

— Mmm… On pourrait peut-être essayer de faire en sorte qu'il change d'avis en cours de soirée. Voyons… Je pense que j'ai deux ou trois modèles qui devraient vous intéresser.

Une fois équipée d'une robe de cocktail, de la petite veste de soirée brodée de perles, d'un sac et d'une paire de boucles d'oreilles, Darcy se vit expédiée d'autorité dans le salon de coiffure voisin.

— Et surtout exigez d'être coiffée par Charles, recommanda Myra, la vendeuse. C'est un génie.

— Et peut-on savoir ce qui leur est arrivé, à vos cheveux ? s'exclama le dénommé Charles lorsqu'elle eut pris place dans un fauteuil. Une catastrophe naturelle ? Une maladie fatale ? Une invasion de rongeurs ?

Terrifiée de se voir ainsi apostrophée, Darcy se fit toute petite sous la cape blanche dans laquelle on venait de la draper.

— Je les ai coupés moi-même, admit-elle d'une petite voix.

— Et votre appendice ? Vous prendriez le premier bistouri venu pour le retirer toute seule ?

Darcy rentra la tête dans les épaules.

— Non.

— Vos cheveux méritent autant de respect que le reste de votre corps. Et vous devez les confier aux soins d'un professionnel.

Dominant le fou rire nerveux qui menaçait, elle se contenta d'un timide sourire d'excuse.

— Je sais. Vous avez entièrement raison. J'ai pris les ciseaux sur un coup de tête. C'était un acte de rébellion, en fait.

Le coiffeur glissa les doigts dans ses cheveux et examina une mèche avec une moue sceptique.

— De rébellion contre quoi ? Les lois de l'esthétique ?

— Oh non, jamais de la vie. C'était à cause d'un homme, pour être exacte. Il passait son temps à me dire comment je devais me coiffer. Alors j'ai tout coupé.

— Cet homme-là était coiffeur ?

— Coiffeur ? Oh, non, pas du tout. Gerald est plutôt dans les affaires.

— S'il est dans les affaires, qu'il se mêle des siennes au lieu de s'occuper de la façon dont vous vous coiffez. Couper vos cheveux a été un acte de courage dont je pourrais à la rigueur vous féliciter. Mais la prochaine fois que vous vous rebellerez, faites-le chez un coiffeur.

— Je vous le promets… Vous pensez qu'il n'y a plus rien à en tirer, alors ? s'enquit-elle timidement, prête à bondir de son fauteuil pour prendre la fuite.

Le regard courroucé de Charles la cloua littéralement sur son siège.

— Mais, ma chère enfant, vous voulez rire ? J'ai déjà accompli des miracles sur des cas infiniment plus désespérés que le vôtre.

Darcy ne s'était jamais sentie bichonnée comme ce matin-là. Elle n'avait qu'à s'abandonner et tout s'organisait autour d'elle. Une fois son crâne massé, ses cheveux shampouinés, elle fut ramenée dans le fauteuil de Charles qui la considéra d'un œil presque radouci.

— Il vous faudra un soin des mains, ordonna-t-il tout en faisant claquer ses ciseaux avec assurance… Sheila, programmez un rendez-vous pour… comment vous appelez-vous, déjà ?

— Darcy.

— Pour Darcy, donc. Et prévoyez également un soin de beauté des pieds.

Un soin de beauté des pieds ? Encore une merveille qu'elle se promit d'apprécier pleinement.

— Vous croyez que ça s'impose ? demanda-t-elle malgré tout, craignant de se montrer trop frivole.

— Non seulement ça s'impose, mais vous allez me promettre d'arrêter de vous ronger les ongles.

Les joues en feu, Darcy fit disparaître ses mains sous la cape blanche.

— C'est une de mes mauvaises habitudes, admit-elle.

— Une habitude qui manque d'élégance, ma chère. Cela dit, vous avez la chance d'avoir une très bonne qualité de cheveux. Et comme la couleur est belle, nous n'y toucherons pas… Qu'est-ce que vous vous mettez sur le visage ?

— Une crème hydratante. Mais je l'ai perdue.

Mal à l'aise sous le regard scrutateur du coiffeur, elle se massa le bout du nez.

— Ah non, les taches de rousseur sont charmantes. Je vous interdis d'y toucher.

— Vous croyez ? Je pensais que…

— Lâchez le bistouri une fois pour toutes, jeune fille, et laissez les pros penser à votre place lorsqu'il s'agit de votre beauté. Je m'occuperai de votre visage moi-même. Si le résultat ne vous plaît pas, vous ne payez pas. Si vous êtes contente, en revanche, vous m'achetez les produits.

Encore un risque à prendre ? Pourquoi pas puisqu'elle était en période de chance ?

— Ça marche.

— Ah ! Je vois que vous commencez à comprendre.

Il lui fit pencher la tête et recommença à couper.

— Parlez-moi de votre vie sentimentale maintenant.

— Je n'en ai pas.

Charles fit onduler ses épais sourcils noirs, étrangement mobiles.

— Vous en aurez bientôt une. Quand je coiffe une femme, le résultat ne se fait pas attendre.

En milieu d'après-midi, Darcy regagna sa suite, les bras chargés d'achats. Elle flottait toujours sur un petit nuage. Déchargeant ses paquets sur le canapé, elle courut s'examiner dans le miroir. Myra la vendeuse avait dit vrai : Charles était un authentique génie. Sa coiffure avait de l'allure et un brin d'impertinence. Même s'il avait été obligé de lui couper les cheveux très court, la coupe était merveilleusement féminine.

Quant à son visage… C'était incroyable, tout ce que l'on pouvait accomplir avec des tubes, des crayons et des poudres. Aucun maquillage au monde ne pourrait faire d'elle une beauté fatale, bien sûr. Mais de quelconque, elle était quasiment devenue jolie.

— Darcy Wallace, *tu es presque jolie*, s'écria-t-elle en souriant à son reflet… Ah ! J'oubliais les boucles d'oreilles !

Elle se précipitait pour les récupérer parmi tous les sacs sur le canapé lorsqu'elle vit que son répondeur clignotait. Stoppée net dans son élan, elle contempla la petite lumière menaçante. Qui avait bien pu l'appeler alors que personne ne savait où elle était ? Les journalistes, déjà ?

Pressant nerveusement les mains l'une contre l'autre, elle secoua la tête. Non. Pas encore. Mac s'était engagé à ne pas communiquer son nom. Le cœur battant, elle actionna la touche « Ecoute » et une voix impersonnelle l'informa qu'elle avait deux messages.

— Ici, Deborah Miggets, l'assistante de M. Blade. M. Blade passera vous prendre à 19 h 30 pour vous emmener dîner. Si l'heure ne vous convient pas, n'hésitez pas à rappeler pour modifier le rendez-vous.

— L'heure me convient à merveille, monsieur Blade, murmura Darcy en poussant un soupir de soulagement.

Le second message était d'un certain Caine MacGregor qui se présentait comme étant l'oncle de Mac et qui lui demandait de rappeler lorsqu'elle aurait un moment de libre.

Darcy hésita un instant sur la conduite à tenir. Caine MacGregor était sans doute l'avocat dont Mac lui avait parlé. Un homme qui lui parlerait formalités, démarches et papiers à signer. Darcy fit la moue. Elle n'était pas pressée d'aborder sa nouvelle vie sous un angle pratique. C'était tellement plus romantique de rester dans l'illusion du miracle.

Mais elle savait qu'une personne bien élevée ne laissait jamais un appel sans réponse. Laissant son sens du devoir prendre le dessus, Darcy prit son téléphone et composa le numéro que ce M. MacGregor lui avait laissé.

Lorsque Darcy ouvrit la porte de sa suite et qu'elle trouva Mac Blade tenant une rose blanche à la main, elle dut se rendre à l'évidence : sa terne petite vie provinciale s'était muée du jour au lendemain en une succession ininterrompue de miracles. Mac aurait pu sortir tout droit d'une des histoires qu'elle griffonnait depuis des années dans ses carnets. Il était grand, distingué, d'une beauté saisissante et juste assez redoutable pour ajouter malgré tout à leur rencontre une touche de suspense et de danger. Et pour couronner le tout, il était issu d'une des familles les plus célèbres d'Amérique.

Encore sous le coup de la nouvelle qui l'agitait depuis qu'elle avait passé son coup de fil à Boston, elle porta les deux mains à sa poitrine.

— Caine MacGregor est votre oncle !

Mac hocha la tête.

— En effet.

— Et il était ministre de la Justice !

Mac lui prit la main et y plaça la rose.

— C'est juste.

— Alan MacGregor a été président !

Il sourit.

— Aussi étrange que cela puisse paraître, je l'avais déjà entendu dire. Vous ne voulez vraiment pas me laisser entrer ?

— Si, si, bien sûr… Mais votre oncle était *président* des Etats-Unis, articula-t-elle lentement, comme si elle craignait de ne pas avoir été comprise. Pendant *huit* ans.

— Bravo ! Vous avez brillamment réussi votre contrôle d'histoire.

Mac pénétra dans la suite, referma la porte derrière lui et examina Darcy de la tête aux pieds.

— Mais vous êtes merveilleuse !

— Euh… vous trouvez ?

Distraite de ses considérations par le regard réjoui dont Mac l'enveloppait, elle jeta un œil sur sa tenue.

— Je n'aurais jamais choisi seule un modèle pareil, commenta-t-elle, sourcils froncés, en examinant sa robe courte couleur cuivre. Mais Myra, de la boutique en bas, m'a assuré qu'elle était faite pour moi.

— Myra a un goût très sûr.

« Et elle mérite une augmentation », ajouta Mac en son for intérieur.

— Elle a été adorable avec moi.

— Tournez-vous.

Avec un léger rire, Darcy pivota sur elle-même, révélant une paire de jambes étonnamment parfaites.

— Je ne les vois pas, dit-il.

— Pardon ? s'inquiéta Darcy en cherchant si elle n'avait pas par hasard oublié d'enlever une étiquette. Qu'est-ce que vous ne voyez pas ?

— Les ailes. Je m'attendais à voir des petites ailes de fée dans votre dos.

— Après les expériences que je viens de vivre, je crois que je n'aurais pas été surprise d'en sentir pousser ! s'esclaffa-t-elle gaiement.

— Et si nous prenions un verre ici en attendant l'heure du dîner ? Vous me raconterez comment s'est passée votre première journée de millionnaire.

Il se dirigea vers le réfrigérateur pour en sortir une bouteille de champagne. Enchantée à la perspective de passer la soirée avec la miraculeuse incarnation d'un personnage de roman, Darcy le suivit des yeux. Elle adorait le regarder. Sa façon de se mouvoir était totalement fascinante. Il avait cette grâce animale dont elle avait déjà lu des descriptions dans les livres. Tout y était : la souplesse, l'assurance, le soupçon de menace dans l'allure et le regard.

Darcy laissa échapper un petit soupir comblé. Elle ne se lasserait jamais de le contempler.

— C'est Charles qui m'a coupé les cheveux.

— Charles ?

— Dans votre salon de coiffure.

— Ah, le fameux Charles, commenta Mac en prenant deux flûtes sur une étagère. Les clientes tremblent devant lui mais y retournent toujours.

— J'ai vraiment cru qu'il allait me jeter dehors lorsqu'il a vu que j'avais coupé mes cheveux moi-même, admit-elle en tirant sur une courte mèche couleur caramel. Mais il a fini par prendre pitié de moi et il a accepté de réparer les dégâts. Charles a des opinions très tranchées.

Mac plissa les yeux pour examiner sa coupe.

— Dans votre cas, je crois que Charles a su voir les petites ailes.

Les yeux brillant d'humour, Darcy accepta la flûte qu'il lui tendait.

— Ailée ou pas ailée, je suis interdite de ciseaux désormais. Et s'il me surprend encore une fois à me ronger les ongles, je serai punie. Je n'ai même pas osé l'interroger sur la nature du châtiment qu'il me réservait… Oh, mais cette boisson est une merveille, murmura-t-elle lorsqu'elle eut savouré une première gorgée.

Les yeux clos, elle porta de nouveau le verre à ses lèvres.

— Une fois que l'on a connu cela, comment peut-on boire autre chose ?

Un plaisir si impunément sensuel illuminait ses traits que Mac sentit le sang s'accélérer dans ses veines. « Attention, Mac. C'est une petite fille perdue dans la forêt », songea-t-il éprouvant le besoin de se rappeler à l'ordre.

— Et qu'avez-vous fait aujourd'hui, à part subir les foudres de Charles ? s'enquit-il après avoir pris la précaution de placer le bar entre elle et lui.

— En fait, j'ai passé l'essentiel de mon temps dans le salon de coiffure. La liste des soins auxquels Charles estimait nécessaire de me soumettre n'a pas cessé de s'allonger. Sheila s'est occupée de mes mains et de mes pieds. J'ai failli m'endormir tellement c'était délicieux. Et touchez comme j'ai la peau douce maintenant !

Il prit la main qu'elle lui tendait en toute innocence.

Elle était fine, étroite, délicate, aussi fragile que des doigts d'enfant.

— C'est très agréable, en effet, commenta-t-il en résistant à la tentation de la porter à ses lèvres.

— Vous avez senti ? C'est extraordinaire, non ? Et ce n'est pas fini. Les pieds et les mains, ce n'est pas tout, d'après Charles. Il m'a fait prendre rendez-vous chez Alice pour que j'essaye la balnéothérapie. Absolument indispensable, m'a-t-il dit. Mais avant d'aller me faire envelopper d'algues et de boue, je devrai me lever tôt pour faire une heure de stretching et de cardio-training au club de remise en forme. Il pense que j'ai beaucoup négligé ma forme jusqu'à présent. Charles a des principes très stricts… Je peux avoir encore un peu de champagne ?

— Bien sûr.

Partagé entre l'amusement et le désir frustré, Mac la resservit.

— Votre hôtel ici, c'est le paradis. Rien ne manque. J'ai l'impression d'avoir atterri dans un château enchanté.

De nouveau, elle but en fermant les yeux, le visage illuminé de plaisir.

— Quand j'étais petite, je rêvais d'être une princesse — comme toutes les petites filles, je suppose. Et le prince était obligé de tuer le dragon pour venir me délivrer. Cela dit, j'en étais malade pour le dragon. Mais une fois que le prince réveillait la princesse, le château s'animait et tout le monde se mettait à boire ct à danser, et il y avait des fleurs et des miroirs partout. Un peu comme ici, quoi.

Darcy s'interrompit et plaqua la main sur sa bouche.

— Je cause, je cause… je crois que le champagne me monte à la tête. Ce n'est pas de contes de fées que je voulais vous parler. Votre oncle…

— Nous poursuivrons cette discussion pendant le dîner.

Détachant ses doigts de la flûte, il la posa sur le bar. Puis il repéra son sac sur une console et le lui plaça d'autorité entre les mains.

Elle lui jeta un regard interrogateur lorsqu'il l'entraîna vers l'ascenseur.

— Je pourrais avoir encore un peu de champagne pendant le dîner ?

Mac ne put s'empêcher de rire.

— Vous savez quoi, jeune fille ? Vous pouvez avoir tout ce que vous voulez.

— Tout ce que je veux… oh, mon Dieu.

Avec un soupir presque extatique, elle se renversa contre la cloison de verre fumé de la cabine. L'ascenseur s'éleva vers le restaurant panoramique situé au dernier étage. Dans l'espace clos, Mac respira son odeur. Elle avait acheté de l'eau de toilette — des notes subtiles de bois de rose et de fruits séchés. Des fragrances légères qui émanaient d'elle comme une invite subtile à cueillir un fruit défendu.

Par mesure de sécurité, il fourra les mains dans ses poches et veilla à les y laisser.

— Et vous avez essayé le casino ?

— Non, pas encore. J'ai fait un petit tour mais je n'ai pas osé m'y mettre.

— Vous auriez tort d'être inquiète. Vos débuts au jeu ont été plutôt convaincants.

Elle lui adressa un sourire rayonnant.

— Il est vrai que j'aurais difficilement pu commencer de façon plus spectaculaire.

Ils passèrent sous une voûte de palmiers, traversèrent une sorte de salon extérieur, puis pénétrèrent dans une salle de restaurant magnifique, entièrement éclairée à la bougie. Les couverts en argent étincelaient sur le blanc des nappes damassées. Le maître d'hôtel qui vint s'incliner devant eux était petit, tout rond et rappela à Darcy un personnage d'*Alice au pays des merveilles.*

Elle songea rêveusement qu'elle était prête à suivre le lapin blanc d'Alice loin, toujours plus loin, dans cet invraisemblable univers enchanté.

— Steven, voici une jeune femme qui est grand amateur de bon champagne.

— Mais certainement, monsieur. Je vous fais apporter tout de suite notre meilleure bouteille.

— C'est un monde merveilleux, murmura Darcy pensivement en suivant le maître d'hôtel des yeux. Ça doit être très excitant de vivre ici en permanence. Vous ne vous en lassez pas ?

— Jamais, non. Je suis né avec une paire de dés dans une main et un paquet de cartes dans l'autre. Mon père et ma mère se sont rencontrés autour d'une table de black-jack, à bord d'un paquebot de croisière. Ma mère distribuait les cartes ; mon père s'est assis en face d'elle, ils se sont regardés et ça a été l'électrochoc.

Darcy soupira en se représentant la scène.

— J'imagine que la nuit était douce et que votre mère était très belle.

— Elle l'est toujours.

— Et lui était brun, ténébreux, un peu redoutable ?

— *Très* redoutable. Mais ma mère n'a jamais eu peur du risquc. C'est une joueuse, elle aussi.

— Et ils ont gagné l'un et l'autre… Vous avez une grande famille ?

— Grande et indisciplinée.

— Les enfants uniques sont toujours fascinés par les grandes familles indisciplinées. Je suppose que vous ne vous sentez jamais seul ?

Mac se tut un instant avant de répondre. *Elle* avait été

solitaire, en tout cas. Il imagina une petite fille triste, de longs après-midi vides, des rêveries à n'en plus finir.

— Non, la solitude, chez nous, est un concept vide de contenu.

Il s'interrompit lorsque le sommelier s'inclina devant lui pour lui montrer l'étiquette de la bouteille de champagne. Fascinée par le rituel, Darcy suivit chaque étape avec le plus grand intérêt : la serviette blanche élégamment drapée, la gestuelle du sommelier, le pschitt étouffé du bouchon.

— C'est une merveille, commenta-t-elle, lorsque, sur un signe de Mac, elle se vit chargée de la dégustation préliminaire. J'ai l'impression de boire de l'or liquide.

Son observation lui valut un sourire approbateur du sommelier qui finit de remplir leurs deux verres, puis déposa la bouteille dans un seau à glace en argent.

Mac fit tinter sa coupe contre la sienne.

— Et maintenant parlez-moi de votre conversation avec mon oncle. Vous l'avez eu au téléphone, apparemment ?

Elle hocha la tête.

— Au début, je n'ai pas fait le rapport avec l'ancien ministre de la Justice. Et puis tout à coup, en parlant, je me suis dit : « MacGregor à Boston ! » et j'ai compris que c'était lui. Je me suis mise à bredouiller comme une idiote… Vous vous rendez compte ? J'ai pour avocat un ancien garde des Sceaux. Cela fait un drôle d'effet tout de même. M. MacGregor m'a promis qu'il s'occuperait de tout : les papiers d'identité et tout le bataclan. Il avait l'air de penser que cela irait assez vite.

— Les MacGregor se laissent rarement arrêter par les complications administratives.

— J'ai lu quantité d'articles au sujet de votre famille. Votre grand-père est un véritable personnage de légende.

— Il serait ravi de vous l'entendre dire. C'est une personnalité en tout cas. Je crois qu'il vous plairait.

— Ah vraiment ? Et de quel genre de personnalité s'agit-il ?

Mac réfléchit un instant. Comment décrire Daniel MacGregor ?

— Il est extravagant, outrancier. Grand, massif, sonore. Quand il rit, il fait trembler les vitres. C'est un Ecossais de pure souche qui a bâti son empire en partant de rien. Il fume des cigares en cachette et ma grand-mère fait semblant de ne rien remarquer. C'est un as au poker. Il bluffe comme il respire. Avec ça, il a un cœur d'or et il adore sa famille.

— Vous l'aimez, votre grand-père.

— Beaucoup, oui.

Comme elle semblait avoir un faible pour les belles histoires d'amour, Mac lui raconta comment le jeune Daniel, une fois fortune faite, s'était mis à la recherche d'une épouse docile à Boston. Et comment il avait fixé son choix sur Anna, la plus indocile des femmes.

Darcy resta suspendue à ses lèvres pendant tout le temps de son récit.

— Quelle force intérieure elle devait avoir pour devenir médecin malgré la désapprobation de ses parents ! A cette époque, le chemin était pavé d'obstacles.

— C'est vrai. Ma grand-mère ne dit jamais un mot plus haut que l'autre mais elle a une force de caractère étonnante.

— Et vous avez des frères ? des sœurs ?

— Un frère, deux sœurs, tout un assortiment de cousins, des neveux, des nièces. Lorsque nous nous retrouvons tous, personne ne s'entend plus parler. Tout le monde crie, s'embrasse, s'exclame en même temps.

— Mais vous ne voudriez surtout pas qu'il en aille autrement.

— Non, c'est vrai.

Darcy ouvrit distraitement le menu qu'on venait de lui apporter.

— Je me suis toujours demandé ce que cela faisait d'avoir une grande... Oh ! Ces noms de plat fabuleux ! Comment parvient-on à choisir entre ces merveilles ?

— Ça dépend. Qu'est-ce que vous aimez ?

Elle darda sur lui ses yeux dorés.

— Tout.

— Alors commandez ce qui vous tente.

Darcy testa et dégusta tant qu'elle le put. Le foie gras, les délicats légumes cuits *al dente*, tous les plats aux noms poétiques évoquant des délices inconnus. Incapable de résister à la tentation, Mac piqua un peu de son homard sur sa fourchette et la lui glissa entre les lèvres. Les yeux clos, elle avala et gémit de bonheur.

C'était la première fois qu'il voyait quelqu'un comme Darcy, avec un talent naturel pour le plaisir qu'elle n'avait manifestement encore jamais eu l'occasion de mettre en œuvre. Inutile de préciser qu'elle serait un véritable trésor au lit. Là aussi, de toute évidence, elle prendrait le temps d'apprécier, de goûter, de savourer.

Mac n'avait malheureusement aucun mal à imaginer les petits gémissements et les murmures, les éveils et les caresses.

Elle souleva les paupières, révélant un regard émerveillé.

— C'est un délice. Tout ici n'est que bonheur et volupté.

Une volupté à laquelle Darcy s'abandonnait sans lutter. Mille sensations mêlées se conjuguaient pour couler en elle : les bulles du champagne, les saveurs et les arômes, la flamme vacillante des bougies, le regard de l'homme assis en face d'elle.

Se penchant vers Mac, elle lui confia à voix basse :

— Vous avez un visage extraordinaire. J'adore vous regarder.

De la part de n'importe quelle autre femme, il aurait pris cette déclaration pour une invite. Mais Darcy Wallace était un cas à part.

Elle sourit et secoua la tête.

— Si je vous dis les choses de façon aussi directe, c'est parce que je me sens à l'aise avec vous. D'habitude, avec les hommes, je suis plutôt tendue et empruntée. Mais avec vous, je sors tout ce qui me passe par la tête.

Mac haussa un sourcil amusé.

— Autrement dit, je ne vous fais aucun effet, c'est ça ? Vous êtes cruelle pour ma vanité de mâle.

Darcy éclata de rire.

— Votre vanité n'a rien à craindre. Vous êtes le genre d'homme qui fait fantasmer toutes les femmes. Mais je ne ressens aucune tension avec vous parce que je sais que je ne vous intéresse pas.

— Et qu'est-ce qui vous fait penser que vous ne m'intéressez pas ?

Louchant sans vergogne sur l'assiette de Mac, Darcy se demanda si elle oserait lui demander une seconde bouchée de son homard.

— Ma qualité de femme, précisa-t-elle distraitement. Les hommes comme vous ne remarquent pas les filles comme moi. Ils s'arrêtent à des physiques beaucoup plus voyants que le mien.

— Ah oui ? Vous avez observé cela ?

— J'aime bien regarder comment les couples se forment, découvrir ce qui fait que les hommes et les femmes s'attirent ou se repoussent mutuellement.

— Vous voyez beaucoup de choses, Darcy Wallace, mais vous n'êtes peut-être pas très attentive à la façon dont les hommes réagissent en votre présence. Vous ne me laissez pas indifférent, contrairement à ce que vous semblez penser. Au contraire, même.

Voyant la surprise se peindre sur ses traits expressifs, il se pencha plus près.

— Vous êtes fraîche comme un bouton de rose. Et délicieusement jolie, poursuivit-il en cédant à la tentation de lui poser une main dans la nuque.

Le regard troublé de Darcy effleura brièvement sur sa bouche avant de retourner plonger dans le sien. Il entendit son souffle glisser sur ses lèvres et fut tenté de les cueillir entre les siennes. Mais il la sentit trembler sous ses doigts, comme un oiseau prisonnier qui aurait soudain perdu l'usage de ses ailes.

— Vous êtes bien silencieuse, tout à coup. Ça y est ? Vous êtes « empruntée », à présent ?

Incapable d'articuler ne serait-ce qu'une syllabe, Darcy se contenta de hocher nerveusement la tête. Pendant une fraction de seconde, elle avait cru que la bouche de Mac allait se poser sur la sienne. Une bouche ferme, chaude, experte. Sa main qui reposait toujours dans sa nuque faisait naître des picotements et des frissons qui se propageaient jusque dans les régions les plus reculées d'elle-même.

Notant la lueur d'émoi et de panique dans son regard, Mac accentua un instant la pression de sa main dans sa nuque.

— C'est dangereux de mettre un joueur au défi, Darcy, conclut-il sur un ton qu'il espérait fraternel. Un dessert ?

— Euh…

— Vous aimeriez en commander un ?

— Je ne crois pas que je pourrais encore avaler quoi que ce soit, admit-elle faiblement.

Pas avec un estomac noué et des mains soudain tremblantes. Mac eut un sourire distinctement redoutable.

— Vous avez envie de tenter votre chance ?

La voyant déglutir, il précisa charitablement :

— Je pense aux tables de jeu, bien sûr.

— A quoi voulez-vous jouer ? demanda-t-elle lorsqu'ils pénétrèrent dans le casino.

— Honneur aux dames. Je vous laisse le choix.

— Eh bien…

Darcy se mordilla la lèvre et s'efforça d'oublier que la main de Mac reposait au creux de son dos. Elle avait beau se répéter qu'un homme comme lui ne pouvait s'intéresser à une fille comme elle, il était difficile de faire abstraction des sensations qu'il suscitait.

— Je crois que je vais essayer le black-jack. Il suffit de savoir compter jusqu'à vingt et un, non ?

— C'est légèrement plus compliqué que cela. Mais allons-y pour le black-jack. Nous allons commencer par un jeu où la valeur du jeton est à cinq dollars. Le temps que vous vous familiarisiez un peu avec les règles.

Mac lui trouva une place à une table où le croupier était connu pour sa patience et sa sympathie envers les novices.

— Combien voulez-vous mettre, pour commencer ?

— Vingt ? Ça ira ?

— Vingt mille, c'est un peu ambitieux, pour une débutante.

Elle demeura un instant bouche bée puis éclata de rire.

— Vingt mille ? Vous êtes fou ! Je pensais à vingt dollars.

Amusé, Mac secoua la tête.

— A ce tarif-là, vous ne risquez pas d'entamer votre fortune. Mais le suspense ne sera pas énorme non plus.

Comme il sortait son portefeuille, elle l'arrêta d'un geste.

— Non, non, c'est inutile. J'ai la somme sur moi. Comme ça, j'aurai vraiment l'impression de jouer *mon* argent.

— Ce sera votre argent de toute manière. Et je ne risque pas de récupérer grand-chose de mes pertes, si vous vous contentez de mettre vingt dollars en jeu.

— Méfiez-vous. Il se pourrait en plus que je vous dépouille de quelques dollars supplémentaires… Vous gagnez, monsieur ? demanda Darcy à son voisin de tabouret, un petit homme corpulent vêtu d'un veston à gros carreaux noirs et blancs.

Avec un clin d'œil amical, il porta sa bière à ses lèvres.

— Pour l'instant, j'ai cinquante dollars de plus qu'en entrant. Mais il n'est pas dit que ça dure… Ce garçon est impossible à battre, ajouta-t-il en désignant le croupier d'un geste du menton.

L'employé du casino sourit gaiement.

— Et pourtant, vous revenez chaque fois à ma table, monsieur Renoke. Vous devez être sensible à mon charme.

Renoke salua cette boutade d'un grognement et tapota ses cartes.

— Donnez-m'en encore une petite, mon garçon.

Il tapota l'épaule de Darcy.

— On dirait que vous me portez chance.

— Je l'espère bien. J'aimerais jouer aussi.

— Je change vingt dollars, annonça le croupier en prenant son billet.

Darcy empila soigneusement ses quatre jetons devant elle.

— Messieurs, mesdames, vos mises ?

— Posez un jeton là, conseilla Mac.

Les cartes volaient entre les mains du croupier, tombaient sans bruit sur la feutrine verte. Darcy reçut un six, puis un huit.

— Et maintenant ? Qu'est-ce que je fais ?

— Vous piochez.

Sourcils froncés, elle leva les yeux vers Mac.

— Mais si je tire un huit ou plus, je brûle, non ?

— Vous ignorez la valeur de la carte cachée du croupier. Donc, il faut appliquer la règle des probabilités.

— Mmm... Si vous le dites...

Darcy piocha un dix et fit la moue.

— J'ai perdu.

— C'est vrai. Mais vous avez perdu correctement, précisa le croupier en souriant. En respectant la règle élémentaire.

Elle continua à perdre correctement deux fois de plus, puis, le visage tendu par la concentration, plaça son dernier jeton et fit black-jack.

— Super ! Et je n'ai même pas eu à réfléchir pour y arriver ! Je crois que je vais essayer de jouer un petit peu au feeling pour voir... Juste pour essayer, précisa-t-elle en tournant un regard d'excuse vers Mac.

— C'est votre argent et c'est votre partie. Vous êtes libre.

Non sans surprise, Mac la vit procéder en dépit de toute logique, accumuler une dizaine de jetons, en reperdre sept, puis recommencer, peu à peu, à élever la pile. Tout en jouant, elle bavardait avec Renoke et gagnait plus souvent qu'à son tour.

Elle avait déjà multiplié par dix sa misérable mise initiale de vingt dollars ! Cette fille était positivement incroyable. Du coin de l'œil, Mac vit soudain l'attitude crispée d'un croupier à une table proche. Signe que son employé devait être confronté à un client difficile.

— Je reviens, murmura-t-il en posant un instant la main sur l'épaule de Darcy.

Il ne lui fallut pas longtemps pour repérer l'origine du problème. L'homme assis face à la première case n'avait plus devant lui que trois jetons d'une valeur de cent dollars. Agé d'une quarantaine d'années, le joueur malchanceux avait manifestement trop bu et se montrait mauvais perdant.

— Je vais vous dire une chose, mon gars : si vous n'êtes pas capable de faire votre boulot honnêtement, vous n'avez pas votre place dans ce métier.

Comme il s'en prenait violemment au croupier, les autres joueurs quittaient la table un à un pour aller chercher leur bonheur dans des sphères moins agitées.

— Bon sang, mais vous trichez comme vous respirez, dans ce casino ! La petite garce qui était là avant vous ne valait pas mieux que vous. Je veux qu'on fasse quelque chose, tonna l'homme en tapant bruyamment du poing sur la table.

— Oui ? Vous avez un problème, monsieur ? demanda Mac d'une voix dangereusement calme.

— Vous, fichez-moi la paix. Et mêlez-vous de vos affaires.

— Ce sont mes affaires, justement. Je me présente : Mac Blade. Et ce casino m'appartient.

— Ah ouais ?

L'homme leva son verre et le vida d'un trait.

— Eh bien, je ne vous félicite pas pour vos méthodes, Blade : votre casino, c'est arnaque et compagnie. Vos croupiers croient qu'ils peuvent plumer la clientèle mais j'ai repéré leur tactique. Je me suis déjà fait saigner de trois mille dollars. Et je n'aime pas me faire avoir.

Deux agents de sécurité se précipitaient déjà vers la table. Mac leur fit signe de rester à distance.

— Si vous souhaitez déposer une réclamation, monsieur, je vous prie de me suivre dans mon bureau, déclara-t-il avec une courtoisie glaciale.

— Je ne mettrai pas les pieds dans votre bureau pourri ! hurla l'homme en renversant son verre d'un revers de la main. Ce que je veux, c'est m'éclater un peu.

— Je vous suggère de récupérer votre argent et d'aller vous éclater ailleurs.

— Vous me jetez à la porte ?

L'homme se leva. Debout, il vacillait un peu, mais il était grand, puissant et ses poings étaient crispés par la rage.

— Vous n'avez pas le droit de me mettre dehors.

Mac demeura de marbre.

— Vous croyez ?

L'homme jeta un regard autour de lui, repéra les agents de sécurité tout proches. Jurant avec force, il ramassa ses jetons.

— Tu t'en sors bien, l'Indien. Je n'ai aucune chance contre tes sbires. Mais la prochaine fois, je réfléchirai à deux fois avant d'aller jouer dans un bouge tenu par des saloperies d'indigènes.

Aveuglé par la rage à son tour, Mac saisit l'homme par les pans de sa chemise.

— Ne remettez plus jamais les pieds ici, vous m'entendez ? Si d'aventurc jc vous revois à l'une de mes tables, vous ne ressortirez pas sur vos deux pieds. Vous êtes prévenu.

Il fit signe à ses gardes d'approcher.

— Escortez ce… gentleman à la caisse. Puis vous le raccompagnerez jusqu'à la porte.

— Tu me payeras ça, sale métis ! hurla l'homme tandis qu'on l'entraînait rapidement hors de la salle.

Les nerfs tendus à se rompre, Mac se retourna en sursaut lorsqu'une petite main vint se poser sur son bras.

D'instinct, Darcy se rejeta en arrière, terrifiée par le regard qu'il darda sur elle.

— Je ne comprends pas qu'il ait pu vous dire des choses pareilles. Quel individu sordide !

— Ne croyez surtout pas qu'il appartienne à une espèce rare. Il est même d'un type assez commun.

Darcy frissonna. Il y avait un tel potentiel de destruction dans le regard de Mac qu'elle serait tombée foudroyée sur place s'il avait tourné sa violence contre elle.

— Personne ne devrait se comporter comme il l'a fait, murmura-t-elle en se penchant pour ramasser les débris du verre que l'homme avait jeté par terre.

Mac lui prit la main et la releva de force.

— Que faites-vous, bon sang ?

— Je voulais juste nettoyer un peu le…

— Stop. Arrêtez ça immédiatement. D'ailleurs, je ne veux plus vous voir. Vous n'avez pas votre place dans un endroit comme celui-ci.

Il la traîna d'autorité vers la sortie.

— Ne vous méprenez pas, Darcy : il n'y a pas de nobles princes dans les salles de jeu. Et encore moins de gentilles princesses. Nous ne sommes pas dans un château enchanté. Ça grouille d'ordures comme celle-ci dans le coin.

— Oui, mais…

Il marchait si vite en direction de la partie hôtel du bâtiment qu'elle devait presque courir pour se maintenir à sa hauteur.

— Votre place est à Trader's Corner, entre deux rayons de livres, à la bibliothèque municipale.

— Ah non ! Sûrement pas ! Il est hors de question que je retourne dans le Kansas.

Il la tira dans l'ascenseur.

— Mais ouvrez les yeux, Darcy, bon sang ! Ils ne feront qu'une bouchée d'une fille comme vous. J'ai bien failli vous gober moi-même. C'est vous dire.

— *Vous ?* se récria-t-elle. Je ne comprends rien à ce que vous me racontez.

— Justement ! C'est bien là le problème. J'aime autant que vous continuiez à ne rien comprendre.

Furieux, frustré et dégoûté de lui-même, il contempla les grands yeux ambre écarquillés, la lèvre inférieure si délicieusement charnue qui commençait à trembler.

— Je dois descendre pour finir de régler l'incident. Vous, vous ne bougez plus d'ici, vous m'entendez ? C'est un ordre.

— Mais…

— J'ai dit : restez ici, articula-t-il lentement en la poussant hors de l'ascenseur.

Il fallait qu'il l'éloigne de lui. Et rapidement, de préférence. Avant qu'il ne commette une erreur stupide. Comme souder sa bouche à la sienne, par exemple.

— Vous me causez du souci, Darcy Wallace du Kansas, murmura-t-il comme elle rivait sur lui un regard effaré.

Ils continuèrent à se fixer en silence jusqu'à ce que les portes de l'ascenseur se referment.

4.

Le lendemain matin, Darcy se rendit bravement au centre de balnéothérapie à l'heure fixée pour son rendez-vous. Mais seulement parce qu'elle aurait jugé impoli d'annuler. La jolie bulle de bonheur irisée avait fini par éclater et le cœur n'y était plus. Même les bains aux algues, le massage aux huiles parfumées et le masque de beauté ne parvinrent pas à la distraire de sa tristesse.

Mac ne voulait plus d'elle au Comanche et elle n'avait nul autre endroit où aller.

Le fait qu'elle avait désormais les moyens de prendre un billet d'avion pour la Grèce, l'Egypte, les Andes ou Honolulu ne changeait rien au fond du problème. C'était ici, à Vegas, qu'elle avait envie de rester. Elle voulait cette ville un peu folle, ces lumières, le bruit des machines à sous, les foules et l'ambiance louche.

Elle voulait jouer au casino, s'enivrer au champagne et se racheter des boucles d'oreilles. Elle voulait quelques jours encore d'une vie où des hommes au visage magnifique qui aurait pu être sculpté dans le cuivre s'occupaient d'elle comme si elle était digne de leur intérêt.

Et plus que tout, elle voulait la compagnie magique de Mac avant que son carrosse ne se retransforme en citrouille et ses robes du soir en oripeaux.

Mac n'était pas seulement fascinant à regarder. Il était également beau de l'intérieur. Et il avait une façon de poser ses extraordinaires yeux bleus sur elle qui lui donnait envie de chanter, de danser et de rire aux éclats. Il était attentif et savait écouter. Etrangement, elle ne se sentait ni ridicule ni maladroite lorsqu'elle se trouvait en sa compagnie.

Mais Mac était un homme occupé et elle avait abusé de son temps et de sa patience. Au fond, elle n'avait jamais été douée que pour une chose : se tenir en retrait et observer. Elle était faite pour se fondre dans le décor, pas pour parader sous les projecteurs. En se montrant en pleine lumière, elle avait eu tôt fait de lasser un homme habitué à des fréquentations plus brillantes.

Et tous ces dollars tombés du ciel ne changeaient rien à sa personnalité profonde. Les jolies robes, le maquillage, la coupe impertinente ne la transformaient qu'en surface. Sous les dehors plus sophistiqués, elle restait telle qu'en elle-même : quelconque, naïve et sans grâce particulière.

— Vous allez adorer ce soin, Darcy.

Chassant au loin ses pensées sombres, Darcy se concentra sur la masseuse. Elle avait déjà oublié son prénom, ce qu'elle jugea particulièrement discourtois de sa part. Allongée à plat dos sur la table de massage, elle fixa la petite plaque épinglée sur la poitrine de la jeune femme.

— Vous croyez, Angie ?

— Faites-moi confiance.

Au grand désarroi de Darcy, la dénommée Angie entreprit d'enduire ses seins de boue tiède.

— Oh !

— C'est trop chaud ?

— Non, non… ça va.

S'efforçant vainement de ne pas rougir, elle demanda faiblement :

— Et pourquoi faites-vous cela ?

— Cela vous donnera une peau irrésistible.

— Mais personne ne la verra, ma peau, à cet endroit-là ! protesta-t-elle, étonnée.

Angie se mit à rire.

— Hé, ne vous découragez pas si vite. Vous êtes à Vegas, ici. La ville de toutes les chances.

— Vous avez peut-être raison.

Renonçant à essayer de la contredire, Darcy ferma les yeux et se laissa badigeonner docilement.

Sa peau irrésistible et elle venaient juste de regagner sa suite lorsqu'on sonna à la porte. Sa langue se colla à son palais et refusa d'en bouger lorsqu'elle vit son visiteur.

— Vous avez une seconde ? demanda Mac en entrant. Je n'ai pas beaucoup de temps, mais je voulais vous avertir que les médias ont le mors aux dents. Pour l'instant, ils jouent à fond sur la piste de la femme inconnue. Ils exploiteront le suspense pendant quelques jours mais ça ne s'arrêtera pas là. Tôt ou tard, ils découvriront où vous vous cachez. Il vaut mieux que vous soyez préparée.

— Je ne retourne pas dans le Kansas, lança-t-elle avec force.

Mac haussa les sourcils.

— C'est votre droit.

— J'ai assez d'argent, avec l'avance que vous m'avez donnée, pour prendre une chambre d'hôtel.

— Vous êtes donc si pressée de vous en aller ?

— Vous m'avez dit que je n'avais rien à faire ici.

— Je ne me souviens pas d'avoir affirmé une chose pareille.

Il n'avait pas oublié son accès de colère de la veille,

en revanche. Et il n'excluait pas qu'il ait pu manquer de délicatesse dans ses propos.

Il se passa la main dans les cheveux.

— Loin de moi l'idée de vous mettre à la porte. Ecoutez, Darcy, je…

— Je sais. Je vous accapare alors que vous avez cette immense structure à gérer. Vous vous sentez responsable de moi, mais rien ne vous oblige à me materner. Je peux survivre sans être tout le temps dans vos jambes. Je suis très bien dans cette suite, pour écrire. C'est ce que j'ai fait hier soir après que…

Mac leva la main pour arrêter le flot de paroles.

— Je suis désolé pour mon accès d'humeur. Cet imbécile m'a exaspéré et j'ai sans doute eu des paroles malheureuses. Mais cet incident m'a permis de réaliser que la vie nocturne à Vegas n'avait rien d'une promenade bucolique dans les vertes plaines du Kansas. Et que vous ne devriez en aucun cas venir seule, de nuit, dans un casino.

— Autrement dit, vous pensez que je suis naïve et stupide, conclut-elle, mortifiée.

— Je ne vous considère absolument pas comme quelqu'un de stupide.

Au grand étonnement de Mac, les yeux dorés jetèrent des éclairs.

— Juste naïve, alors. Et incapable de se débrouiller. Une pauvre gourde sortie de son trou perdu du Midwest.

Mac soupira.

— Ce n'est tout de même pas moi qui suis arrivé ici à pied, sans argent, sans papiers et sans autre possession que les vêtements que j'avais sur le dos !

— Et alors ? Ça ne m'a pas empêchée de traverser la ville sans encombre, d'entrer ici et de faire fortune.

— Un point pour vous, reconnut Mac.

Mais Darcy était trop remontée pour s'arrêter là.

— Et si vous croyez que c'était la première fois que je voyais un homme soûl, vous vous faites des idées. Nous aussi, nous avons des alcooliques, au Kansas. Je sors de Trader's Corner, pas d'un couvent de bénédictines !

Mac lutta pour ne pas sourire.

— Il y a une nuance, en effet.

— Et vous n'êtes pas obligé de vous occuper de moi comme si j'étais un chiot maladroit, toujours prêt à se jeter sous la première voiture venue. Il n'y a aucune raison pour que vous vous fassiez du souci pour moi.

— Je n'ai pas dit que je me faisais du souci pour vous, j'ai dit que vous me causiez du souci.

— C'est pareil !

— C'est tout à fait différent, au contraire.

— Et en quoi, je vous prie ?

Mac prit le temps de scruter ses traits. Elle avait les joues en feu et le regard étincelant. Mais il discerna la fierté blessée sous le masque de colère. Et il était seul responsable de l'humiliation qu'elle ressentait.

Il soupira.

— Vous ne me laissez décidément pas le choix. Si vous me causez du souci, c'est parce que…

Glissant les bras autour de sa taille, il attendit que les lèvres de Darcy s'entrouvrent sous l'effet de la surprise avant de les couvrir des siennes.

Le monde bascula. Darcy voulut rassembler ses pensées mais ce fut peine perdue. Elles s'étaient éparpillées dans le plus parfait désordre et pas moyen de les agencer de nouveau les unes par rapport aux autres. La bouche de Mac était telle qu'elle se l'était représentée : brûlante, ferme et experte. Mais ses lèvres avaient cessé d'être une félicité imaginée pour devenir une réalité concrète. Darcy se sentit irrépressiblement entraînée dans un espace inconnu où tout était éclat et vibration. Les couleurs se firent plus intenses, puis s'estompèrent pour se mélanger et se confondre inexorablement.

La langue de Mac vint chercher la sienne, taquinant, lançant son invite. Le baiser était si doux, si fluide qu'elle ne put que se laisser emporter dans le vide, glissant sans force vers le fond liquide de l'oubli.

Mac resserra la pression de ses bras autour de sa taille. Comme une noyée, Darcy se raccrochait à ses épaules. Sous son veston, il sentait ses ongles courts s'enfoncer dans sa chair. Alors même que sa bouche s'ouvrait, que son corps se donnait, il sentait son anxiété, sa panique. De petits gémissements étonnés ponctuaient le parcours d'une défaite, signaient son impuissance à lui résister.

Cette capitulation effarée exacerbait son désir, le poussant à prolonger son baiser bien au-delà de ce qu'il avait escompté. Et pourquoi d'ailleurs ne pas aller jusqu'au bout de ce qu'ils avaient entrepris ? Rien ne l'empêchait de la prendre là, dans sa suite. Elle était excitée, consentante. Et même si elle était encore innocente, elle n'en avait pas moins passé l'âge de la majorité. Or il y avait longtemps qu'il n'avait pas désiré une fille avec cette intensité presque douloureuse.

Darcy garda les yeux clos lorsqu'il l'écarta de lui. Il vit la pointe délicate de sa langue effleurer ses lèvres gonflées. Puis elle les frotta doucement l'une contre l'autre, avec la même délectation gourmande que lorsqu'elle avait goûté sa première gorgée de champagne.

Soulevant les paupières, elle révéla un regard flou, rêveur, à l'éclat voilé. Deux cônes rosés s'étaient dessinés sur ses joues pâles. Un frisson parcourut ses épaules fragiles.

Mac enfonça les poings dans ses poches. Non seulement il avait envie de la prendre, mais il l'aurait volontiers avalée toute crue. Il aurait voulu l'absorber tout entière en lui, jusqu'à ne plus garder que les gémissements, les soupirs et l'extase.

— Pourquoi… pourquoi avez-vous fait cela ? s'enquit-elle dans un souffle.

« Sois prudent avec elle, Mac », se dit-il.

— Parce que j'en avais envie. Cela vous ennuie ?

Elle le fixa longuement.

— Non, répondit-elle avec une gravité charmante. Non, je ne crois pas.

— Tant mieux. Car je n'ai pas terminé.

— Aaah, soupira-t-elle, visiblement ravie.

Il la ramena contre lui. De nouveau, leurs corps se trouvèrent, s'ajustèrent.

— Eh bien… prenez votre temps, chuchota-t-elle en fermant les yeux.

Son évidente innocence avait quelque chose de follement excitant. Non, elle n'était plus une enfant. Mais elle était seule, fragile. Et à sa merci. Et il n'avait pas le droit de tirer avantage de la belle image de « sauveur » qu'elle avait plaquée sur lui.

Luttant pour se ressaisir, il appuya son front contre le sien.

— Darcy, vous êtes une fille dangereuse.

Elle ouvrit de grands yeux effarés.

— Moi ?

La stupéfaction dans sa voix ne contribua en rien à alléger la tension qui nouait le ventre de Mac, lui électrisait dangereusement les reins. Il jugea que c'était mauvais signe. Avoir envie de faire l'amour était une chose. Désirer — immodérément — une fille en particulier faisait partie de ces cas de figure épineux auxquels il se débrouillait pour échapper d'ordinaire.

— Mortellement dangereuse, même, murmura-t-il avant de reculer d'un pas.

Incapable de rompre entièrement le contact, il garda les mains posées sur ses épaules. Le visage de Darcy était toujours levé vers le sien. Son regard restait troublé, ses lèvres à peine entrouvertes, comme humides de rosée, n'attendaient qu'une chose : qu'il se penche pour y cueillir un second baiser.

Il se sentait comme un chat à qui on aurait placé un pot de crème sous le nez.

— Vous avez déjà eu un amant ?

Darcy baissa les yeux et fixa les boutons de la chemise de Mac. Elle avait aimé sentir la chaleur de sa peau sous ses paumes. Et il lui tardait d'explorer de nouveau la gamme de sensations neuves dont il venait de lui donner un échantillon. Pourquoi lui posait-il tant de questions au lieu de l'embrasser sans plus de formalités ?

— Un amant ? Pas exactement, non, marmonna-t-elle.

Mac haussa les sourcils.

— Ce n'est pas une réponse, ça, Darcy. La sexualité offre certes des variations infinies. Mais entre avoir et ne pas avoir eu un amant, il n'existe guère de situations intermédiaires.

Il semblait avoir renoncé à l'embrasser une seconde fois. Pourquoi l'avait-il sollicitée pour la repousser ensuite ? Frustrée — et vaguement vexée —, elle fronça les sourcils.

— J'ai des notions en matière de sexualité, lui assura-t-elle crânement.

Mac secoua la tête. Il soupçonnait les « notions » de Darcy d'être de nature purement livresque. Elle n'avait pas la moindre idée de ce qu'il avait envie de lui faire. Sinon, elle aurait pris la fuite aussi vite que le lui permettaient ses jolies petites jambes de fée.

— Mais vous ne savez pas qui je suis, Darcy. Et vous

ignorez tout du monde dans lequel je vis. Avec ses règles et ses pièges.

— L'ignorance n'a rien d'irrémédiable. Et j'ai envie de tout apprendre.

— Croyez-moi, Darcy : il est des choses auxquelles il vaut mieux renoncer de s'initier.

Il lui lâcha les épaules lorsque le téléphone sonna.

— Je vous laisse répondre.

Elle décrocha avec impatience.

— Allô, oui ?

— Tiens, tiens ! Et à qui donc ai-je affaire ?

La voix à l'accent écossais était si impérieuse qu'elle déclina aussitôt son identité.

— Darcy Wallace, monsieur.

— Wallace ! Je ne connais guère de nom plus honorable. Vous ne seriez pas, par hasard, une descendante de William Wallace, le grand héros écossais ?

Sidérée, elle se passa la main dans les cheveux.

— C'est effectivement un lointain ancêtre du côté de mon père, mais…

— C'est une belle ascendance que vous avez là, mon petit. Vous pouvez être fière du sang qui coule dans vos veines. Etes-vous une femme mariée, Darcy ?

— Non, je suis célibataire. En fait, je…

Sourcils froncés, Darcy s'interrompit net.

— Excusez-moi, mais vous êtes… ?

— Daniel MacGregor. Et ravi de faire votre connaissance, Darcy Wallace.

Il lui fallut quelques secondes pour retrouver sa voix.

— Enchantée, monsieur MacGregor.

— L'enchantement est réciproque. Mais dites-moi, il paraît que mon petit-fils est en visite chez vous ?

Darcy s'humecta nerveusement les lèvres en songeant au baiser qu'ils venaient d'échanger.

— Euh, oui… il est ici. Vous souhaitez lui parler ?

— Volontiers, oui. Vous avez une jolie voix toute fraîche. Quel âge avez-vous donc ?

— Vingt-trois ans.

— Vingt-trois ans ! A la bonne heure. Et je parie que vous jouissez d'une santé robuste ?

Totalement déconcertée, Darcy jeta un regard interrogateur à Mac.

— Euh, oui, je suis en bonne santé, dans l'ensemble.

Mac jura tout bas et lui prit d'autorité le combiné des mains.

— Tu veux que je vérifie l'état de sa dentition pour toi, grand-père ?

— Ah, te voilà, toi ! s'exclama Daniel sans l'ombre d'un remords dans la voix. Ta secrétaire a bien voulu transférer l'appel. Naturellement, si tu appelais un peu plus souvent ta grand-mère, je ne serais pas obligé de te courir après d'un bout à l'autre de ton casino. Mon Anna se sent négligée par l'aîné de ses petits-enfants.

Mac soupira. S'abriter derrière son épouse pour réclamer sa famille à cor et à cri faisait partie des ruses traditionnelles de Daniel.

— Je vous ai eus longuement au téléphone, pas plus tard que la semaine dernière.

— A nos âges, Mac, une semaine, c'est long comme une vie entière.

— Despote, va ! Vous deux, vous ne vieillirez jamais.

— C'est bien notre intention, en effet. Je viens d'apprendre par ta mère — qui prend la peine de nous appeler de temps en temps, *elle* — que tu t'es fait dépouiller de la somme rondelette d'un million huit cent mille dollars et des poussières ?

Du coin de l'œil, Mac vit Darcy, debout devant la fenêtre, contemplant la ville à ses pieds.

— Ça fait partie des aléas du métier. L'argent est fait pour circuler, non ?

— A qui le dis-tu ! Et la fille à qui je viens de parler est celle qui a raflé la mise ?

— Oui.

— Ma foi, c'est une Wallace. Jolie voix limpide. Bien élevée. Et physiquement, comment est-elle ?

Mac sourit en posant une fesse sur l'angle du bureau. Il connaissait les obsessions matrimoniales de son grand-père.

— Pas mal si on fait abstraction de la bosse et du strabisme.

Tout en écoutant vibrer le grand rire sonore de Daniel, il ouvrit distraitement le cahier d'écolière posé devant lui.

— Donc elle est jolie. Tu as des vues sur elle, je parie ?

Tournant les yeux vers Darcy, Mac vit ses cheveux courts auréolés de lumière. Elle avait les mains croisées devant elle et paraissait aussi délicate qu'une fleur du désert.

— Non, répondit-il d'un ton ferme et définitif. Pas du tout.

— Et pourquoi donc ? Tu as l'intention de rester seul toute ta vie ? Un homme de ton âge a besoin d'une compagne stable. Et d'une famille.

Laissant Daniel disserter sur le devoir, la responsabilité et la nécessité de transmettre le nom que son père lui avait donné, Mac lut une page du cahier de Darcy. Il était question d'une femme assise seule dans le noir, contemplant les lumières de la ville scintillant dans la nuit. Un sentiment déchirant de solitude émanait de ces lignes.

Pensif, il referma le manuscrit et vit Darcy, les yeux perdus dans le vide. Il profita d'une pause dans le discours de Daniel pour rétorquer calmement :

— Tout cela est bien beau, mais n'oublie pas que je vis

à Vegas, grand-père. Et je n'ai pas encore fait le tour de toutes les danseuses de music-hall de la ville.

Un silence interloqué s'installa à l'autre bout du fil. Puis Daniel éclata de rire.

— Toi, tu as toujours eu le sens de la repartie. Tu sais que tu me manques, Robbie ?

Daniel était le seul à l'appeler parfois par le diminutif qu'on lui donnait enfant.

— Toi aussi, tu me manques. Et le reste de la famille aussi, d'ailleurs.

— Alors arrache-toi des bras de tes danseuses de french cancan pour quelques jours et viens rendre visite à ta pauvre vieille mamie.

De toute évidence, Anna MacGregor devait se trouver hors de portée de voix. Mac sourit en songeant au châtiment qui attendait Daniel si son épouse l'entendait utiliser les trois termes infamants de « mamie », « pauvre » et « vieille » pour la désigner.

— Commence déjà par embrasser ma *pauvre vieille mamie*, comme tu dis, de ma part.

— Je le lui transmettrai. Mais je te signale qu'elle préfère recevoir les marques d'affection de son petit-fils autrement que par téléphone. Et maintenant, repasse-moi la jolie demoiselle Wallace, s'il te plaît. Je bavarderais bien encore un petit moment avec elle.

— Non.

— Aucun respect, ces jeunes, bougonna Daniel. J'aurais dû te dresser au martinet quand tu étais petit.

— Il est trop tard pour rattraper le temps perdu, maintenant. Sois sage, O.K. ? Et à bientôt. Je te rappelle.

— Je compte sur toi.

Mac reposa le combiné et se tourna vers Darcy.

— Désolé pour l'interrogatoire que Daniel vous a fait subir. C'est une de ses mauvaises habitudes.

Toujours debout devant la fenêtre, elle continuait à lui tourner le dos.

— Aucune importance. C'est un homme impressionnant, votre grand-père.

— L'écorce est dure mais le cœur est tendre.

— Mmm…

Darcy luttait contre les larmes. Elle savait à quel point il était impoli d'écouter les conversations téléphoniques d'autrui. Mais comment aurait-elle pu éviter d'entendre ce que disait Mac ? Et ses paroles l'avaient tirée de son état de confusion pour la remettre brutalement dans la réalité.

Les danseuses de music-hall. Quoi de plus naturel pour un homme comme lui d'être attiré par les jambes interminables, les corps proportionnés à la perfection, la beauté exotique des visages ? S'il l'avait embrassée, *elle*, c'était donc par curiosité et non par désir. Ce qui en soi était pardonnable, bien sûr. Mais elle avait beau se raisonner, elle ne pouvait s'empêcher d'éprouver un sourd sentiment de révolte. Elle avait très bien vécu jusqu'ici avec ses sens encore assoupis. Pourquoi était-il venu les réveiller pour la laisser ensuite sur sa faim ?

— Nous avons dévié du but initial de ma visite, reprit Mac après un temps de silence.

Lorsque, enfin, Darcy se tourna vers lui, elle lui parut calme, posée, indifférente. A première vue, du moins. Mais avec Darcy, Mac ne parvenait pas à s'arrêter à des impressions superficielles. Et en scrutant ses traits avec plus d'attention, il vit qu'elle était vexée.

— Et maintenant, vous êtes en colère.

— Non, je suis irritée, pas en colère. Quel était le but… *initial* de votre visite ? s'enquit-elle, non sans une pointe de sarcasme inattendue dans la voix.

Tenté de la reprendre dans ses bras, Mac se leva et enfonça les mains dans ses poches.

— La presse, les médias. Je sais que vous ne souhaitez pas que votre identité soit divulguée. Mais nous recevons un nombre incalculable d'appels. Pour ma part, je garderai le silence, mais je ne peux pas répondre de l'ensemble de mon personnel. Des centaines de personnes travaillent au Comanche et certaines d'entre elles connaissent votre nom. Même si je leur demande la discrétion, il y aura des fuites. C'est inéluctable.

Darcy soupira. Sans doute devrait-elle être reconnaissante à Mac de lui fournir un sujet d'inquiétude susceptible de lui faire oublier que, dix minutes auparavant à peine, ils étaient encore dans les bras l'un de l'autre, bouches et souffles mêlés.

— Je n'ai plus qu'à me faire une raison puisque je n'échapperai pas à la publicité. Vous devez penser que c'est pure lâcheté de ma part de ne pas vouloir révéler à Gerald où je me trouve ?

— Je n'ai pas à porter de jugement.

— Je *suis* lâche, admit-elle d'un air de défi. Je préfère acquiescer que contredire, j'aime mieux fuir que me battre. Mais ma couardise ne m'a pas si mal réussi, après tout. C'est grâce à elle que je suis ici, avec vous et sur le point de devenir riche.

— Il ne peut pas vous faire de mal, Darcy.

— Oh ! si, il peut me faire du mal.

Avec un léger soupir, elle se passa les mains sur le visage.

— Les mots peuvent blesser. Ils font des bleus au cœur et des cicatrices à l'âme. J'aime encore mieux être giflée que lacérée à coups de paroles cruelles… Mais on n'échappe pas à son destin, apparemment. Combien de temps pensez-vous qu'il me reste ?

— Une journée ou deux.

— Alors je vais profiter au mieux du répit dont je

dispose. J'imagine que vous avez à faire ? Je ne voudrais pas vous retenir, Mac.

— Vous me jetez à la porte ?

Elle sourit faiblement.

— Je sais que vous êtes un homme occupé. Et je n'ai pas besoin de baby-sitter.

— Très bien.

La gorge serrée, elle regarda Mac s'éloigner d'un pas indifférent. Il avait déjà la main sur la poignée, lorsqu'il se retourna lentement.

— J'avais envie de vous embrasser encore. Très envie, même. Mais cela n'aurait été raisonnable ni pour vous ni pour moi.

Le cœur de Darcy tressaillit dans sa poitrine.

— Qui vous dit que je ne suis pas fatiguée d'être raisonnable ? Maintenant que j'ai pris goût au jeu, je pourrais être tentée de prendre des risques.

L'éclair qui jaillit dans le regard de Mac la fit frissonner.

— Attention, Darcy du Kansas. Jouer gros n'est pas forcément un bon calcul pour une novice. Première règle à observer pour qui décide de se frotter aux jeux de hasard : ne jamais miser ce qu'on ne peut pas se permettre de perdre.

Lorsqu'il referma doucement la porte derrière lui, elle secoua la tête.

— Et pourquoi faudrait-il nécessairement que je perde, Mac du Nevada ?

Darcy passa une bonne partie de la journée à écrire dans sa suite. Le garagiste qui avait dépanné sa voiture appela pour l'informer que la réparation était terminée et qu'elle pouvait venir récupérer le véhicule. Sur une impulsion, elle lui demanda s'il connaissait quelqu'un qui souhaitait l'acheter. De sa vie passée, elle ne voulait rien garder hormis ses carnets de notes et ses manuscrits.

Lorsque le mécano lui proposa mille dollars, elle accepta sans marchander et se hâta d'aller signer le contrat de vente. En regagnant sa suite, elle trouva un magnifique ordinateur portable posé en évidence sur le bureau. Avec un petit mot précisant que la direction du Comanche le mettait gracieusement à sa disposition pendant la durée de son séjour. Ravie, Darcy le caressa, l'ouvrit, expérimenta quelques fonctions, puis entreprit de retranscrire ses manuscrits.

Elle ne s'arrêta que lorsque ses doigts s'ankylosèrent, que sa vue se brouilla et que son ventre cria famine. Il aurait été tentant de prendre son téléphone et de se faire livrer un plateau repas dans sa suite.

Mais elle avait déjà passé les vingt-trois premières années de sa vie cachée au fond de son trou. N'était-il pas grand temps de changer de politique ?

Darcy prit son sac, appliqua une discrète touche de rouge à lèvres et se dirigea résolument vers la porte. Elle prendrait un repas dans un des restaurants du Comanche et commanderait même un peu de vin.

Puis elle irait faire un malheur au casino.

Lorsque Darcy pénétra dans la salle de jeu, les tables étaient presque toutes occupées et une lourde odeur de tabac et de parfum flottait dans l'air. Elle avait l'intention de prospecter un peu, pour commencer — d'observer les comportements, d'étudier les techniques. Elle aimait l'ambiance qui régnait dans le casino. Le clinquant et le cynisme. L'excitation et le risque.

Déambulant entre les tables, elle vit un homme en bras de chemise avec un fin cigare fiché entre les lèvres perdre cinq mille dollars sans qu'un seul muscle de son visage ne bouge.

Incroyable.

Elle s'intéressa à la roulette, avec sa petite balle en argent qui bondissait de case en case. Vit des piles de jetons se former puis disparaître. Pair ou impair. Noir ou rouge.

Fascinant.

En arrière-plan s'élevait le vacarme incessant des bandits manchots qui clignaient sans relâche, lançant leur appel. Bien décidée à varier les expériences, Darcy s'intéressa aux méthodes d'une dame d'un âge déjà vénérable, appuyée sur un déambulateur. La femme marmonnait, pestait, parlait sans cesse à la machine. Et finit par pousser un cri de jeune fille lorsque les pièces dégringolèrent.

— Ah, quand même, cinquante dollars, ça commence à ressembler à quelque chose.

— Félicitations, dit Darcy. C'est du poker, n'est-ce pas ?

— Et comment, que c'est du poker ! Ça fait des heures que cette machine ne lâche presque rien. Mais elle commence à chauffer, là… Allez, c'est reparti.

Jugeant que le poker sur machine avait l'air distrayant, Darcy décida de s'y atteler à son tour. Elle trouva un appareil inoccupé et s'installa sur un tabouret. Après avoir lu les instructions, elle glissa un billet de vingt dollars dans la fente, appuya sur un bouton et sourit, ravie, lorsqu'elle vit apparaître sa première main.

De son bureau, Mac l'observait sur ses écrans. Avec un sourire indulgent, il secoua la tête. Elle jouait une mise à la fois, comme la débutante qu'elle était. Si elle voulait arriver à quelque chose, elle devait en jouer quatre. Et un dollar pour chaque main.

Il était tristement évident qu'elle n'avait jamais touché un jeu de poker de sa vie. Mais il garderait un œil sur elle. Et ferait en sorte de limiter ses pertes à quelques centaines de dollars.

Mac tourna un bref regard vers la porte lorsqu'il entendit frapper. Et poussa une exclamation de joie en voyant la tête de sa mère se dessiner dans l'embrasure.

— Salut, beau gosse.

— Bonjour, beauté.

Enlaçant la taille de Serena, il déposa un baiser dans ses cheveux blonds.

— Je ne vous attendais pas avant après-demain au plus tôt.

Sa mère prit son visage entre les mains et l'examina avec un sourire rayonnant d'affection.

— Nous avons réussi à boucler tout ce que nous avions encore à régler à Reno. Et il me tardait de revoir mon fils aîné.

— Et papa ? Tu l'as perdu en route ?

— Justin arrive. Il s'est fait alpaguer par deux vieilles clientes dans le hall d'entrée. Je l'ai lâchement abandonné à son triste sort.

Mac éclata de rire et l'embrassa sur la joue. Elle était si belle encore, avec sa peau restée souple, ses incroyables yeux violets et ses traits harmonieux dont la grâce échappait à l'érosion du temps.

— Tant pis pour lui. Viens t'asseoir, je vais te trouver quelque chose à boire.

— Tu as une bouteille de chablis sous la main ? J'ai eu une journée épuisante et je mérite un verre de bon vin.

Serena se laissa tomber dans un fauteuil en cuir et étendit devant elle ses longues jambes gainées de soie.

— J'ai eu Caine au téléphone ce matin. Il m'a dit qu'il s'occupait des formalités administratives pour ta cliente qui a touché le jackpot. Son identité reste toujours secrète, apparemment. J'ai vu au moins cinq articles dans la presse concernant la mystérieuse Mme X. D'aucuns supputent qu'il s'agirait d'une célèbre patronne de maison close. Mais d'après ce que me dit ton père, ce n'est pas tout à fait le profil du personnage ?

Riant doucement, Mac servit à sa mère un verre de son vin préféré.

— Ils ne pourraient pas être plus éloignés de la réalité, en effet.

— Comment est-elle alors ?

Mac désigna l'écran d'un mouvement du menton.

— Tu peux te faire une idée par toi-même… Là, la petite blonde avec le chemisier bleu qui joue à la machine à sous.

Serena fit pivoter son fauteuil et resta quelques instants le regard rivé sur le moniteur. Haussant les sourcils, elle vit Darcy garder une paire de huit et se débarrasser de deux cartes qui auraient pu lui être utiles.

— Elle en est encore au stade des premières découvertes, apparemment ?

— Je ne te le fais pas dire. A mon avis, elle n'a même jamais dû acheter un ticket de loto de sa vie.

Le cœur de joueuse de Serena s'émut lorsqu'elle vit Darcy tirer deux huit supplémentaires.

— La voilà avec un carré ! Elle ne sait pas jouer mais avec une chance comme la sienne, on peut se passer de connaître les règles. Et elle est jolie comme un cœur. C'est vrai qu'elle était complètement fauchée en arrivant ici ?

— On peut difficilement être plus démuni. Elle avait moins de dix dollars en poche. Et rien d'autre. Ni papiers ni vêtements de rechange. Pas même un sac à main.

Serena leva son verre à la santé de Darcy.

— Eh bien, je suis ravie pour elle. Et j'ai hâte de faire sa connaissance… Tiens, regarde, quand je te dis qu'elle est en veine : elle a même trouvé quelqu'un pour l'aider.

— Quoi ?

Alarmé, Mac reporta les yeux sur l'écran et vit un homme encore jeune se percher sur un tabouret à côté du sien. Les intentions du type étaient on ne peut plus claires. Avec le sourire classique du séducteur, il effleura l'épaule de Darcy avec juste ce qu'il fallait de paternalisme protecteur pour donner une impression rassurante. La manœuvre se solda par un succès immédiat : en toute innocence, Darcy leva les yeux vers lui et l'accueillit comme le Messie en personne.

— Bon sang ! Le fils de… !

Mac avait déjà atteint la porte lorsque sa mère se rappela à son souvenir.

— Mac ? Qu'est-ce qui se passe ?

— Désolé. Il faut que j'y aille.

— Mais pourquoi… ?

Comme son fils s'éloignait au pas de course sans répondre, Serena soupira avec philosophie, posa son verre sur la table basse, et le suivit, bien décidée à se faire une idée par elle-même.

5.

Les gens étaient si serviables, si amicaux à Vegas ! Darcy sourit au bel homme coiffé d'un Stetson qui venait de s'asseoir à côté d'elle face à la machine. Il s'appelait Jake et venait de Dallas ce qui, avait-il observé, faisait pratiquement d'eux des voisins.

— Je ne suis pas encore très familiarisée avec les jeux de hasard, admit-elle sur le ton de la confidence.

Une lueur amicale dansa dans les yeux bleus de Jake.

— Ça, je l'avais remarqué, ma puce. Comme je vous le disais, il vous faut un maximum de crédit pour chaque main, sinon vos gains seront ridicules.

— D'accord.

Docilement, Darcy appuya sur la touche « mise max », puis examina attentivement sa main.

— J'ai un trois de pique et un trois de carreau. Donc je les garde, c'est ça ?

— C'est une possibilité, bien sûr.

Jake posa sa main sur la sienne avant qu'elle puisse appuyer sur le bouton qui indiquait qu'elle acceptait les cartes proposées.

— Mais ce qui vous intéresse, c'est la quinte flush, nous sommes d'accord ? Avec ça, vous pouvez toucher le jackpot.

Regardez, vous avez l'as, la reine et le valet de cœur. Alors que ces deux trois ne vous rapporteront presque rien.

Elle se mordilla la lèvre.

— Je devrais m'en débarrasser alors ?

— Si vous avez envie de jouer pour que ça rapporte, oui… Et telle est bien votre intention, n'est-ce pas ? s'enquit Jake en lui décochant un clin d'œil amical.

— Tout à fait.

Le front barré par un pli de concentration, elle laissa partir les deux trois. Et recueillit un as et un cinq.

— Ah zut. Ce n'étaient pas les cartes qu'il me fallait, murmura-t-elle.

Se souvenant des paroles du croupier à la table de black-jack, elle sourit à Jake.

— Mais j'ai perdu correctement, c'est ça ?

— Vous m'ôtez les mots de la bouche.

Elle était jolie comme un bouton de rose. Et si facile à cueillir que ce serait criminel de passer à côté d'une occasion aussi rêvée. Charmé, Jake se rapprocha.

— Et si je commençais par vous offrir un verre ? Ensuite nous pourrons parler tranquillement poker, tous les deux.

Darcy ouvrait la bouche pour accepter lorsqu'une main impérieuse se posa sur son épaule.

— Cette jeune femme n'est pas seule, dit derrière elle une voix glaciale.

Levant brusquement la tête, elle découvrit avec stupéfaction la mine courroucée de Mac.

— Que faites-vous là ?

De nouveau, il avait cette violence presque meurtrière dans le regard. Et celle-ci était entièrement dirigée contre son nouvel ami de Dallas.

— Je te présente Jake, balbutia-t-elle. Il est de Dallas,

pas très loin de chez moi, et il m'expliquait comment jouer au poker.

Mais Mac ne parut même pas l'entendre.

— Darcy est avec moi, O.K. ?

Elle vit Jake hésiter, mesurer Mac du regard, puis se lever comme à contrecœur.

— Désolé, camarade. Mais je pouvais difficilement deviner que je piétinais vos plates-bandes.

Il se leva et sourit à Darcy en portant deux doigts à son chapeau.

— La prochaine fois, n'oubliez pas : visez la quinte flush.

— Je me souviendrai de vos conseils, Jake. Encore merci.

Elle lui tendit la main. A son grand étonnement, elle vit que Jake interrogeait Mac des yeux avant de la lui serrer brièvement.

— Tout le plaisir fut pour moi.

Après un bref et silencieux échange de regards virils entre les deux hommes, Jake partit tenter sa chance ailleurs.

— C'est parce que je m'y prenais de travers pour…, commença Darcy.

Mais Mac ne lui laissa même pas le temps de formuler une explication.

— Je vous avais pourtant bien dit de ne pas descendre ici toute seule le soir !

Le fait qu'il s'exprime à voix basse n'ôtait rien à la violence de ses propos. Au contraire. Tentée de se recroqueviller sur elle-même comme une enfant punie, Darcy se força à rejeter les épaules en arrière.

— C'est ridicule ! Vous ne voulez tout de même pas que je reste bouclée dans ma chambre jour et nuit ! J'étais seulement…

— Mais vous voyez bien où ça vous mène, bon sang !

Cela ne fait pas dix minutes que vous jouez et déjà ce type se jette sur vous !

— Il ne s'est pas jeté sur moi. Il m'expliquait les règles du poker !

Mac jura avec tant de force que Darcy le foudroya du regard.

— Vous n'êtes pas obligé de me parler sur ce ton.

Il poussa un soupir d'impatience.

— Ce cow-boy ne vous offrait pas un verre par bonté d'âme. Il essayait de lever une femme pour la nuit. Et vu la façon dont vous résistez à l'alcool, il vous aurait embarquée en moins de temps qu'il n'en faut pour le dire.

Darcy découvrit qu'elle tremblait de colère presque autant que de peur.

— Et qu'est-ce qui vous fait penser que je ne suis pas capable d'affronter ce genre de situation toute seule ? rétorqua-t-elle dignement. Je n'ai plus quinze ans !

— Vous êtes ici chez moi, Darcy. Je suis responsable de votre sécurité.

Furieuse, elle tenta de se dégager. Mais il la tenait comme dans un étau.

— Lâchez-moi. Vous n'avez pas d'ordres à me donner. Si j'appréciais les mâles dominateurs, j'avais tout ce qu'il me fallait dans le Kansas.

Il eut un sourire presque sardonique.

— Vous n'êtes plus à Trader's Corner.

— Quel remarquable esprit d'observation, monsieur Blade. Maintenant que vous avez fait cet intéressant constat, laissez-moi partir. Vegas regorge de casinos où on peut jouer, se faire des amis et passer du bon temps sans être harcelé par la direction.

— Tu veux jouer, c'est ça ?

Choquée et — inexplicablement — *excitée*, Darcy

se retrouva acculée par Mac contre une des machines à sous.

— Mac ?

Convaincue qu'elle en avait assez vu, Serena était en train de s'avancer vers eux en affichant son sourire le plus affable.

— Tu ne me présentes pas ton amie, mon chéri ?

Tournant la tête en sursaut, Mac découvrit avec stupéfaction que sa mère se tenait juste derrière lui. Il jura intérieurement. A tous les coups, elle avait assisté à cette petite scène édifiante... Comment avait-il pu oublier sa présence ? Il n'eut aucun mal à discerner l'implacable autorité qui se dissimulait sous l'expression amicale de Serena. Et se retrouva — à presque trente ans — comme un gamin surpris à faire une grosse bêtise.

— Mais si, naturellement.

Avec une aisance toute professionnelle, il desserra sa prise sur le bras de Darcy.

— Serena Blade... Darcy Wallace. Darcy, je vous présente ma mère.

— Oh, mon Dieu.

Moins aguerrie que Mac dans l'art de la dissimulation, Darcy ne réussit à masquer ni son embarras ni sa honte.

— Enchantée, madame Blade.

— Je suis absolument ravie de faire votre connaissance. Nous venons juste d'arriver, mon mari et moi, et je m'apprêtais à poser mille questions à Mac à votre sujet... Mais je vais avoir le plaisir de bavarder avec vous en personne, enchaîna-t-elle en lui passant un bras autour des épaules. Allons boire un verre, toutes les deux.

Entraînant Darcy avec elle, Serena jeta un coup d'œil amusé à son fils par-dessus l'épaule.

— Mac, si tu vois ton père, dis-lui que nous sommes dans le Silver Lounge, tu veux bien ?

— Entendu, marmonna Mac qui résista stoïquement à la tentation de donner un coup de pied à la machine à sous la plus proche.

Le bar à cocktails avait des tables couleur argent et de profonds fauteuils noirs. Assise face à la mère de Mac, dans un coin à l'écart, Darcy jouait nerveusement avec le verre de vin blanc qu'un serveur stylé venait de poser devant elle. Pour se donner une contenance, elle but une gorgée mais jugea plus prudent de s'arrêter là.

Mac avait raison au moins sur un point : l'alcool ne lui réussissait pas.

— Madame Blade, je suis vraiment désolée…

— Ah oui ? Pourquoi ? Parce que mon fils a été désagréable avec vous ?

Serena s'adossa confortablement contre ses coussins et examina la toute jeune femme assise en face d'elle. Darcy Wallace était encore plus jolie de près que de loin. Elle avait une beauté délicate, presque éthérée, avec de grands yeux innocents, une bouche aux lèvres pleines, à la douceur encore enfantine, des mains fines qui s'agitaient comme si elles cherchaient désespérément quelque chose à quoi se raccrocher.

Une chose était certaine : Darcy ne correspondait pas au type de femme que recherchait habituellement Mac. Son fils s'affichait volontiers avec de grandes filles longilignes et blasées qui — aux yeux de Serena — semblaient toutes avoir été fabriquées sur le même modèle. Et jamais, au grand jamais, elle n'avait vu Mac s'énerver à cause de l'une d'entre elles.

Darcy porta les mains à ses joues brûlantes.

— Il faut comprendre la réaction de Mac. Il m'avait priée

expressément de ne pas jouer seule au casino, le soir. Et j'ai bravé l'interdit.

Serena haussa un sourcil sceptique.

— Et de quel droit vous interdit-il d'aller et de venir à votre gré ?

— Ce n'est pas ça, mais… Il a été d'une telle gentillesse avec moi depuis le début !

— Je suis heureuse de l'entendre.

— En fait, c'est la seule chose qu'il m'ait jamais demandée. C'est tout à fait compréhensible qu'il n'ait pas apprécié que je ne tienne aucun compte de ses recommandations.

Serena la contempla pensivement par-dessus le bord de son verre.

— Je ne suis pas étonnée qu'il se mette en colère, car il est habitué à obtenir ce qu'il veut. Mais ça, c'est son problème. Pas le vôtre.

— Il se sent responsable de ma sécurité, admit Darcy d'un air si malheureux que Serena toussota discrètement pour dissimuler un éclat de rire.

Quelque chose lui disait que son fils se sentait un peu plus que « responsable » envers la jolie Darcy Wallace.

— Mon fils a toujours pris ses responsabilités très au sérieux. Mais là encore, ce n'est pas votre problème. Et maintenant, racontez-moi tout, Darcy… J'ai eu quelques échos par mon mari, par Mac, par les journaux. Et maintenant, je brûle de curiosité d'entendre votre histoire.

— Je ne sais pas par où commencer, balbutia Darcy.

— Par le début.

— Eh bien…

Darcy contempla sombrement son verre de vin et se risqua à prendre une seconde gorgée.

— En fait, rien de tout cela ne serait arrivé si je n'avais pas refusé d'épouser Gerald.

Fascinée d'emblée, Serena se pencha plus près.

— Et qui est Gerald ?

Une heure plus tard, Serena était sous le charme. Et animée envers Darcy de sentiments résolument maternels. Elle avait déjà décidé de prolonger son séjour à Vegas de quelques jours lorsqu'elle prit la main de la jeune femme dans la sienne.

— Je trouve que vous avez fait preuve d'un grand courage.

Darcy secoua tristement la tête.

— Je ne me sens pas courageuse du tout. Mac a été merveilleux avec moi depuis le début. Et maintenant il est dans une colère noire contre moi, madame Blade.

— J'espère que vous allez accepter de m'appeler Serena, l'interrompit-elle. Car j'ai l'intention de vous donner un conseil. Si vous voulez bien que je me mêle de ce qui ne me regarde pas, bien sûr…

— Oh, j'ai tellement besoin de conseils, si vous saviez !

Serena serra affectueusement ses doigts entre les siens.

— Alors ne changez rien. Mac survivra à la contrariété, je vous le promets. Soyez vous-même et faites-vous simplement plaisir.

— Vous croyez ? Je suis très attirée par Mac, en fait.

Avec une moue horrifiée, Darcy baissa les yeux. Et découvrit avec consternation que son verre était vide.

— Je n'aurais jamais dû boire ce vin. Comment ai-je pu vous dire une chose pareille ? Vous êtes sa mère.

— Oui, je suis sa mère et j'aurais été très vexée si vous n'aviez pas trouvé Mac attirant. Je suis horriblement fière de lui et je trouve que c'est vraiment quelqu'un de bien, même s'il a un fichu caractère.

— Bien sûr que Mac est formidable. C'est juste que…

Laissant sa phrase en suspens, Darcy tourna la tête et ouvrit de grands yeux.

— Oh, mon Dieu… Mais c'est vous le grand chef guerrier ! s'exclama-t-elle.

Justin Blade sourit avec bonne humeur puis se glissa sur la banquette à côté de son épouse.

— En personne, oui. J'imagine que vous êtes Darcy ?

— Il vous ressemble tellement ! Je suis désolée. Je n'aurais jamais dû vous fixer comme cela.

— Le jour où je trouverai désagréable d'être regardé fixement par une jolie fille, il ne me restera plus qu'à aller commander mon cercueil et à organiser les funérailles.

Justin passa le bras autour des épaules de sa femme. Le père de Mac avait une belle stature, des cheveux d'un noir de jais parsemés de fils d'argent. Ses yeux verts vous perçaient jusqu'au fond de l'âme et ne révélaient rien de ce qu'il pensait. Il avait un visage hâlé, marqué par quelques plis profonds, sculpté par les années. Darcy le trouva magnifique.

— Je commence à comprendre pourquoi Mac me parlait d'ailes de fée. Mes félicitations, Darcy. Vous avez eu un coup de chance phénoménal.

— Phénoménal est le mot, oui. J'ai encore du mal à croire que c'est « pour de vrai ». Cela paraît tellement magique, murmura-t-elle en regardant autour d'elle. Comme si j'étais passée de l'autre côté du miroir.

Justin sourit.

— Et vous avez des projets, petite Alice ? A part celui de nous donner l'occasion de regagner une partie de nos pertes ?

Darcy sourit spontanément.

— Vous êtes comme Mac, vous m'encouragez à remettre mes gains en jeu. Le pire, c'est que, jusqu'à présent, je n'ai pas arrêté de gagner des petites sommes, chaque fois que je me suis aventurée à miser quelques dollars.

Elle voulut prendre un air contrit mais gâcha tous ses effets en éclatant de rire.

— En tout cas, je dépense activement dans les boutiques et les salons, ajouta-t-elle pour se faire pardonner.

— Ah, Darcy, vous êtes une fille comme je les aime, s'exclama Serena. Dépensière et heureuse au jeu. Nous avons de très belles boutiques ici, il faut le reconnaître.

— Et tu es tellement bonne cliente qu'ils font des génuflexions lorsqu'ils te voient arriver, ma chère épouse.

Les doigts de Justin se perdirent dans les cheveux de sa femme et il laissa glisser amoureusement une mèche blond vénitien entre ses doigts. Darcy essaya d'imaginer son propre père enlaçant sa mère ainsi, mais elle y renonça rapidement. Jamais ses parents n'avaient eu le moindre geste de tendresse entre eux. Que ce soit en public ou en famille. Une profonde tristesse l'envahit lorsqu'elle se remémora l'ambiance stricte et dépourvue de fantaisie qui avait toujours régné au foyer parental.

Justin leva la main pour attirer l'attention du serveur.

— Je vous commande une seconde tournée, mesdames ?

Darcy jugea plus prudent de décliner.

— Pas pour moi, non, je vous remercie. Je crois que je vais monter me coucher. J'ai l'intention de chercher une nouvelle voiture demain matin.

— Cela vous dirait d'avoir de la compagnie ?

Surprise par la proposition de Serena, Darcy joua nerveusement avec la bride de son sac.

— Vous voulez dire que cela ne vous dérangerait pas de m'accompagner ?

— Non seulement cela ne me dérangerait pas, mais cela

me ferait le plus grand plaisir. Passez-moi un coup de fil demain matin lorsque vous voudrez partir, O.K. ?

Justin attendit que la jeune femme ait quitté le bar pour jeter un regard interrogateur à Serena.

— Qu'as-tu en tête exactement ?

— Toutes sortes d'idées passionnantes, mon chéri, murmura-t-elle en effleurant ses lèvres des siennes.

— Comme quoi, par exemple ?

— Notre fils aîné a failli casser la figure d'un cow-boy qui s'était risqué à flirter gentiment avec notre petite fée ailée du Kansas.

Justin commanda un vin blanc et une bière, puis fronça les sourcils en concentrant de nouveau son attention sur Serena.

— Je suis sûr que tu exagères. C'est Duncan, notre tête brûlée qui se bat pour les filles. Mac n'a jamais été bagarreur.

— Il faut un début à tout.

— Serena…

— J'ai assisté à la scène, Blade ! Si l'homme de l'Ouest avait bronché, Mac l'aurait réduit en charpie. C'est la première fois que je le voyais montrer les dents comme ça. Je crois qu'il est mordu. Et sérieusement.

— Mordu ? Mac ? C'est trop drôle !

Le rire de Justin s'étrangla dans sa gorge. Un poids lui tomba sur les épaules.

— Tu as bien dit « *sérieusement* » ?

Serena lui tapota la joue.

— Justin, il va avoir trente ans. Il fallait bien que ça arrive un jour ou l'autre.

— Elle n'est pas du tout son type.

— Justement.

Les yeux de Serena la picotaient. Elle renifla discrètement.

— Elle n'est pas son genre. Et elle est parfaite pour lui.

Avec un sourire résolu, elle chassa les larmes d'émotion qui menaçaient.

— En tout cas, je compte m'assurer très vite s'il y a ou non un avenir dans cette relation.

— Serena, ma chérie, je ne voudrais pas être critique, mais j'ai l'impression d'entendre ton père.

— Ridicule, protesta-t-elle en se tamponnant les yeux. Loin de moi l'idée de vouloir manipuler, planifier ou manigancer quoi que ce soit. Je vais simplement…

— … me mêler de leur histoire.

— Discrètement, acheva-t-elle en lui adressant un sourire radieux. Tu sais que tu me fais tourner la tête, ce soir ? Et si nous montions ces boissons dans notre chambre, grand chef guerrier ?

— Tu essayes de dévier du sujet en jouant de ton charme, squaw.

Serena eut un sourire séducteur.

— Exact. Ça marche ?

Il lui prit la main et l'attira vers lui.

— Ça a toujours marché. Et ça marchera toujours.

En règle générale, Mac se couchait vers 3 heures du matin, dormait jusqu'à 9, et travaillait le reste du temps. Le matin, sauf en cas de problème, il pouvait laisser la responsabilité du casino à son personnel et rester bouclé dans son bureau pour s'occuper des tâches administratives.

Il avait pris la direction du Comanche de Vegas à vingt-quatre ans et n'avait pas hésité à donner le ton. En apparence, l'ambiance était bruyante, amicale, mouvementée, voire chaotique. Mais sous l'agitation de surface, tout était organisé au détail près.

Ses employés avaient pour consigne d'être polis, souriants et scrupuleusement honnêtes. Lorsqu'ils se conformaient aux directives et qu'ils faisaient preuve d'initiative, ils étaient promus et augmentés régulièrement. Mais les plus faibles qui cédaient à la tentation et se laissaient corrompre par la promesse de l'argent facile ne faisaient pas long feu.

Son père avait monté le Comanche à la force du poignet. Avec des moyens limités, Justin avait réussi à créer un véritable joyau dans le désert. La responsabilité de Mac consistait à maintenir à la fois la réputation d'originalité et la rentabilité de l'établissement. Et il prenait sa mission très au sérieux.

Justin se renversa contre son dossier et retira les lunettes de presbyte qu'il détestait.

— Vous avez bien travaillé pendant le premier semestre. Le chiffre d'affaires a augmenté de cinq pour cent depuis l'année dernière.

— Six pour cent, rectifia Mac en souriant. Et des poussières.

— Tu es aussi à l'aise avec les chiffres que ta mère.

— Parfois j'ai l'impression d'avoir un ordinateur dans la tête... Où est passée maman, au fait ? Je croyais qu'elle voulait voir les résultats d'exploitation avec nous, ce matin.

— Elle a décidé de consacrer sa journée à Darcy.

Interloqué, Mac reposa le dossier qu'il venait de sortir.

— A Darcy ?

— Elles sont parties faire les boutiques, toutes les deux. Elle est vraiment très agréable, cette jeune femme, observa Justin, le visage aussi impassible que lorsqu'il se préparait à abattre ses cartes au poker. On en arrive presque à se réjouir qu'elle ait gagné une somme aussi colossale à nos dépens.

Mac se surprit à tambouriner du bout des doigts sur le bureau.

— Mmm… si l'on veut, oui. Les journalistes nous harcèlent pour obtenir son nom. J'ai mis trois employés supplémentaires à contribution pour tenir le standard et filtrer les appels.

— Même si Darcy refuse de dévoiler son identité, ça nous fait une excellente publicité. Les répercussions pourraient être très positives pour nous.

— C'est déjà fait, apparemment. Le taux d'occupation des chambres augmente depuis deux jours. Les réservations pleuvent à la réception. Et la fréquentation des machines à sous s'est élevée en flèche.

— Lorsque l'histoire de Darcy sera connue du public et que sa photo paraîtra dans les journaux, ce sera le raz-de-marée.

— J'ai l'intention d'embaucher trois personnes de plus à la sécurité. Et de promouvoir Janice Hawber comme chef de table.

Justin hocha la tête et sortit un fin cigare d'un étui.

— Tu connais ton personnel mieux que moi. Mais dis-moi, pour parler un peu d'autre chose : qu'est devenue la jolie brune qui aimait le baccara et qui buvait toujours des cocktails Alexandra ?

Mac sourit. Rien n'échappait à la vigilance de son père.

— Ah, tu veux parler de Pamela ? Je crois qu'elle s'intéresse au baccara et qu'elle boit des cocktails Alexandra au casino-hôtel Mirage, depuis quelque temps.

— Dommage. Elle avait beaucoup d'allure.

— Pamela cherchait un mari riche. J'ai préféré rompre avant que la situation ne devienne trop délicate à gérer.

— Mmm… Et tu as quelqu'un d'autre en ce moment ?

Comme Mac l'interrogeait d'un regard surpris, Justin lui adressa un clin d'œil.

— J'essaye juste de me tenir au courant pour ne pas être trop dépassé par les événements. Duncan change d'amie si souvent que je perds le fil des prénoms. J'ai fini par leur attribuer des numéros.

Mac sourit en songeant aux succès féminins de son frère.

— Duncan jongle avec les filles comme d'autres avec des balles. Pour ma part, je préfère en fréquenter une à la fois. C'est nettement moins compliqué. Mais en ce moment, je n'ai personne. Lorsque tu feras ton rapport à grand-père, tu pourras lui dire que l'aîné de ses petits-fils continue à faire preuve d'un coupable laxisme en ce qui concerne le maintien de la lignée.

Justin rit doucement en tirant sur son cigare.

— On aurait pu penser qu'avec quatre arrière-petits-enfants, Daniel serait un patriarche comblé.

— Daniel ne sera satisfait que lorsqu'il régnera sur une tribu si nombreuse qu'il perdra le compte de ses membres. Mais de temps en temps, il pourrait s'en prendre à un autre que moi. Houspiller D.C., par exemple.

— Oh, mais il ne s'en prive pas. Alan m'a rapporté qu'il le harcèle régulièrement. A tel point que D.C. finit par se murer dans sa mansarde pour peindre en jurant qu'il finira ses jours célibataire, rien que pour contrarier son grand-père. Mais qu'à cela ne tienne, lorsque D.C. fait la sourde oreille, Daniel reporte ses efforts sur Ian qui l'écoute avec un sourire conciliant, s'empresse de dire oui et amen à toutes ses recommandations, tout en continuant à n'en faire qu'à sa tête.

Mac éclata de rire.

— Tiens, c'est bon à savoir. La prochaine fois que j'aurai

grand-père au téléphone, je glisserai le nom d'un de mes cousins dans la conversation. Peut-être qu'il cessera alors de s'acharner sur moi.

La porte s'ouvrit à la volée.

— Lorsqu'on parle du loup…, murmura Mac en se levant.

Daniel MacGregor se dressait à l'entrée de la pièce, un large sourire aux lèvres. Ses cheveux blancs comme neige encadraient un visage large, profondément creusé par les rides, où ses yeux bleus brillaient avec un éclat et une intelligence inaltérés. Il se tenait toujours droit comme un I. Et le coup qu'il assena avec enthousiasme dans le dos de Justin témoignait d'une vigueur étonnante pour un homme de son âge.

— Tiens, Justin, offre-moi donc un de tes lamentables ersatz de cigares. Ce sera toujours mieux que de ne pas fumer du tout.

Daniel attrapa Mac et le serra contre son cœur avec autant de force que s'il avait voulu maîtriser un grizzli enragé.

— Quant à toi, sers-moi un scotch, mon garçon. Ça donne soif, ces atmosphères pressurisées.

— Tu as déjà bu un whisky dans l'avion, observa Caine MacGregor en emboîtant le pas à son père. Il a réussi à circonvenir une hôtesse pendant que j'avais le dos tourné. Si ta femme l'apprend, elle m'écorchera vif.

— Tant que personne ne lui dit rien, tu gardes la vie sauve, mon fils.

Avec un grand rire, Daniel se carra dans un fauteuil.

— Et alors ? Ce cigare ?

Justin, qui savait qu'il risquait les foudres d'Anna, se tourna vers son beau-frère.

— C'est parce que Anna ne le supportait plus qu'elle te l'a refilé ?

— Très drôle ! bougonna Daniel en frappant le sol de sa canne.

— Il n'y a pas eu moyen de le faire rester chez lui. Vous avez les amitiés de maman, au fait.

Caine salua affectueusement Justin, son beau-frère, et posa un instant la main sur l'épaule de Mac.

— Ça va, neveu ?

— Serena est sortie faire les magasins, expliqua Justin. Elle ne devrait pas tarder à rentrer.

— Bon sang, mais tu vas me le donner ce cigare ou quoi ? Et où est passée la petite qui t'a saigné de plus d'un million de dollars, Mac ? Je ne repars pas d'ici avant de l'avoir rencontrée.

Mac se tourna pour examiner son grand-père. « Impressionnant » avait dit Darcy en entendant la voix de Daniel au téléphone. Elle n'allait pas tarder à découvrir qu'il était encore plus imposant en chair et en os !

La tête bourdonnante et les joues roses, Darcy pénétra dans sa suite, les bras chargés de sacs et de paquets. Serena, pareillement encombrée, lui emboîtait le pas.

— Quelle escapade ! Je suis morte !

Avec un soupir de soulagement, Serena posa son chargement à même le sol et s'effondra dans un fauteuil.

— J'ai les pieds en feu. C'est toujours signe chez moi d'achats réussis.

Darcy secoua la tête.

— J'avoue que je ne sais même plus ce que j'ai acheté. Je ne me reconnais pas. J'ai été saisie d'un véritable vent de folie !

— *Mea culpa*, Darcy. J'ai une influence catastrophique.

— Vous avez été merveilleuse, au contraire.

Darcy se souviendrait longtemps de cette matinée. Serena l'avait entraînée de boutique en boutique, avait évalué ses besoins d'un œil expert et l'avait guidée dans ses choix en lui faisant multiplier les essayages. Elle n'avait jamais enfilé autant de tenues superbes de sa vie.

— Vous avez un goût vestimentaire très sûr.

— C'est une longue histoire d'amour, entre les vêtements et moi. Darcy, soyez gentille et montez dans votre chambre pour passer de nouveau cette petite robe bain de soleil jaune, voulez-vous ? Je rêve de la revoir sur vous, avec les sandales blanches et les anneaux en or à vos oreilles. Pendant ce temps, je vais nous commander à boire. Dieu sait que nous l'avons mérité.

— *Encore* une séance d'essayage ? Vous n'en avez pas assez de me voir parader avec tous mes nouveaux accessoires ?

— Vous voyez bien que non, puisque j'en redemande !

— Alors, j'y cours !

Darcy s'élança dans l'escalier puis s'immobilisa à l'avant-dernière marche.

— Je ne sais pas si j'irai jusqu'à acheter la voiture de sport bleue, malgré tout. Cela me paraît si peu raisonnable.

— Ne vous inquiétez pas pour cela maintenant. Nous verrons plus tard.

En fredonnant, Serena alla décrocher le téléphone. Darcy manquait d'affection. C'était facile à deviner chaque fois qu'elle évoquait son enfance. Jamais personne, de toute évidence, ne l'avait emmenée faire les boutiques, n'avait pouffé avec elle en examinant des articles de lingerie grotesques ou ne lui avait dit qu'elle était belle comme un ange dans une robe jaune qui mettait sa fragile silhouette en valeur.

Avec un pincement au cœur, Serena revit l'expression stupéfaite de la jeune femme lorsqu'elle l'avait serrée en riant dans ses bras alors qu'elles débattaient du choix d'une paire de boucles d'oreilles. Elle n'avait pas oublié non plus le regard de petite fille émerveillée que Darcy avait laissé glisser sur la voiture de sport étincelante avant de reporter résolument son attention sur la sage berline grise qu'elle considérait comme un achat « convenable ».

Serena suspectait qu'il y avait eu trop de « convenable » dans la vie de Darcy et tellement peu de plaisir que c'en était un scandale.

Mais il n'était pas trop tard pour remédier à la situation.

Lorsque le téléphone sonna, Darcy poussa un petit cri consterné.

— Serena ? appela-t-elle d'en haut. Je ne suis pas habillée. Cela vous dérangerait de prendre la communication ?

— Pas du tout ! Je m'en occupe.

Réprimant un bâillement, Serena alla décrocher.

— Ici la suite de Mlle Wallace... Ah, c'est toi !... Oui, oui, nous sommes de retour... Ils sont arrivés, tu dis ?

Le projet qui se forma aussitôt dans son esprit aurait fait la fierté de son manipulateur de père.

— Et pourquoi ne pas nous retrouver ici ? Je suis sûre qu'elle serait plus à l'aise... Oui, maintenant. C'est parfait. A tout de suite.

Chantonnant gaiement, Serena s'avança vers l'escalier.

— Vous avez besoin de secours, Darcy ?

— Non, ça va, merci. J'ai juste eu un peu de mal à me retrouver au milieu de tous ces achats. Mais je viens de mettre la main sur la robe.

— Prenez votre temps. C'était Justin au téléphone. Cela

ne vous dérange pas si nous réglons quelques formalités en vue de la remise du chèque, demain ?

— Oh non, pas du tout.

— Parfait. Je vais passer une commande de boissons.

Du champagne, décida Serena après réflexion.

Dix minutes plus tard, Darcy descendait la première marche lorsque les portes de son ascenseur privé s'ouvrirent. Elle se figea sur place, déconcertée par le riche mélange de voix, par l'onde d'énergie distinctement masculine qui modifia d'un coup l'atmosphère de la pièce.

Puis il n'y eut plus que Mac pour remplir son champ de vision.

Serena vit la façon dont le regard de son fils se riva à celui de Darcy, la soudaine immobilité qui les figea l'un et l'autre.

Et elle sut.

Daniel la serra à l'étouffer dans ses bras.

— Ah, ma Rena, enfin ! Tu ne téléphones pas assez souvent à ta mère, tu sais. Anna se languit de sa fille.

— Je suis très occupée à harceler mes enfants, ces derniers temps, rétorqua Serena en riant avant de se tourner vers Caine. Comment va Diana ?

— Bien. Je l'ai même rarement vue en si bonne forme. C'est dommage qu'elle soit en train de boucler un procès difficile, sinon, elle se serait jointe à nous. Elle va regretter de t'avoir manquée, en tout cas.

Daniel prit appui sur sa canne et avisa Darcy, toujours pétrifiée en haut des marches.

— A la bonne heure, voici notre millionnaire… Vous êtes bien timide, ma fille. Descendez donc par ici que je vous voie de plus près.

— Il a raison, ne restez pas perchée là-haut, Darcy. Il aboie mais il ne mord pas.

Mac s'avança jusqu'au pied de l'escalier et lui tendit la main. Les jambes tremblantes, Darcy s'y raccrocha. Il lui serra les doigts si gentiment qu'elle en eut un pincement au cœur.

— Darcy Wallace, je vous présente Daniel MacGregor.

Darcy se demanda si elle parviendrait à prononcer un mot. Daniel avait l'air d'un vieux roi de légende, altier et terrible, avec un regard qui semblait voir au-delà des apparences pour plonger directement dans les profondeurs cachées de l'être.

— Je suis tellement fière de faire votre connaissance, monsieur MacGregor, murmura-t-elle timidement.

L'expression sévère disparut, cédant la place à un sourire tellement étincelant qu'elle dut cligner des yeux pour en soutenir l'éclat. Il lui tapota la joue.

— Jolie comme un rayon de soleil ; petite et délicate comme un elfe.

Les yeux écarquillés, elle secoua la tête.

— Et vous, vous êtes grand comme une montagne. Si Guillaume d'Ecosse avait eu des hommes comme vous pour le seconder, il n'aurait pas été vaincu par Henri II d'Angleterre.

Daniel laissa éclater son grand rire sonore.

— Vous entendez ça, vous autres ? Elle n'a sûrement pas tort ! Venez vous asseoir avec moi, Darcy du Kansas. Nous allons bavarder un peu, tous les deux.

Caine s'interposa.

— Désolé, mais tu lui feras passer ton interrogatoire plus tard. Pour l'instant, nous avons à faire, elle et moi… Bonjour, Darcy, je suis Caine MacGregor.

Darcy accorda toute son attention à l'homme de haute taille avec la chevelure argent et les yeux très bleus.

— Oui, je sais. Excusez-moi, je suis un peu impressionnée.

Ne sachant comment se comporter face à toutes ces célébrités, elle sourit faiblement. Combien de légendes vivantes pouvait-on supporter de rencontrer en l'espace de vingt-quatre heures ?

— J'avais fait un exposé sur vous en cours d'instruction civique. Tout le monde pensait que vous vous présenteriez pour la présidence.

— Je laisse la politique à mon frère, Alan. Pour ma part, je suis avocat. *Votre* avocat, en l'occurrence.

Il lui prit le bras et l'entraîna vers la table.

— Vous voulez que j'évacue toute cette populace pour que nous puissions travailler tranquillement, vous et moi ?

Darcy secoua la tête.

— Oh non, s'il vous plaît. Je ne voudrais chasser personne. Je n'ai rien à cacher.

— D'accord. Nous n'avons que des affaires honnêtes à traiter, de toute façon.

Caine MacGregor s'assit et ouvrit son attaché-case.

— J'ai ici votre extrait de naissance, votre carte de sécurité sociale, une copie du procès-verbal établi à l'occasion du vol de votre sac à main. Apparemment, il y a peu de chances pour que vous récupériez quoi que ce soit, suite à ce larcin.

Elle hocha la tête.

— Aucune importance… Je n'arrive pas à croire que vous ayez pu obtenir tous ces papiers officiels en l'espace de deux jours.

Caine eut un redoutable sourire de loup.

— J'ai quelques relations. Nous avons ici une copie de vos deux dernières déclarations d'impôts. Et pour finir, quelques formulaires que vous aurez à remplir et à signer.

Darcy ouvrit de grands yeux lorsqu'il en sortit toute une liasse.

— Oh, mon Dieu... Par où faut-il commencer ?

— Je vous expliquerai au fur et à mesure... Hé là, vous tous, vous n'avez rien de mieux à faire que de nous regarder comme des bêtes curieuses ? protesta Caine en fronçant des sourcils faussement sévères.

— On se distrait comme on peut, rétorqua Daniel en choisissant un fauteuil confortable. Il n'y aurait pas moyen de boire quelque chose pendant qu'ils sont occupés avec leur fatras juridique ?

Serena se percha sur l'accoudoir de son fauteuil.

— Patience. La commande est déjà passée.

Attentive aux explications de Caine, Darcy remplit formulaire après formulaire. Au moment de noter son adresse, elle hésita un instant puis finit par inscrire celle de l'hôtel.

— Avec les papiers que je viens de vous donner, vous pourrez obtenir un duplicata de votre permis de conduire ainsi que de nouvelles cartes de crédit. Vous n'avez pas précisé le nom et l'adresse de votre banque, en revanche.

— De ma banque ?

— Le montant de vos gains sera viré directement sur votre compte. Le chèque que Mac vous remettra officiellement demain n'aura de valeur que symbolique. Il s'agira essentiellement d'une opération publicitaire destinée à promouvoir l'image du Comanche. Souhaitez-vous déposer l'argent dans votre banque du Kansas ?

— Oh non, surtout pas.

Elle tomba dans un silence angoissé que Caine finit par interrompre patiemment.

— Et où aimeriez-vous que le virement soit effectué, Darcy ?

— Je ne sais pas. N'y aurait-il pas moyen de laisser

l'argent dans la banque où il se trouve déjà ? Ici, dans le Nevada, je veux dire ?

— Aucun problème. Vous n'ignorez pas, n'est-ce pas, que le Trésor public sera le premier à prélever sa part du gâteau ?

Darcy acquiesça d'un signe de tête et signa son dernier formulaire. Du coin de l'œil, elle vit Mac se lever pour ouvrir la porte. Un serveur entra avec du champagne sur une table roulante.

Mac était vêtu d'un pantalon noir et d'une chemise blanche. Comme tous les vêtements qu'il portait, ceux-ci étaient taillés dans une matière fluide que l'on devinait agréable au toucher. Les doigts de Darcy la démangeaient tant elle aurait aimé y porter la main.

— Il vous faudra un conseiller financier.

— Euh… Pardon ?

Consciente que ses joues pâles s'empourpraient traîtreusement, elle bannit Mac de ses pensées.

— Excusez-moi. Je suis désolée.

— C'est une somme conséquente qui vous sera remise demain matin, Darcy. Et ce ne serait pas très raisonnable de laisser traîner cet argent sur un compte de dépôt.

— Mais vous, vous ne pouvez pas me conseiller ?

— Pas dans le détail, non. Vous aurez besoin d'un spécialiste. Si vous le souhaitez, je peux vous indiquer quelques noms.

— Oh oui, volontiers, je vous remercie.

— Eh bien, c'est à peu près tout ce que nous avions à régler ensemble. Nous vous ouvrirons un compte ici, l'argent sera transféré et vous serez presque deux fois millionnaire.

— Tout simplement ?

— Tout simplement, oui.

Darcy eut un soudain éblouissement. Désespérément,

elle chercha Mac des yeux dans l'espoir qu'il l'aiderait à trouver les mots qui lui faisaient défaut. Mais il se contentait de soutenir calmement son regard avec une expression indéchiffrable.

Ce fut Serena qui prit sur elle de rompre le silence.

— Il me semble que ça se fête, non ? Mac, ouvre donc le champagne. Darcy, la première coupe est pour vous.

— Du champagne ! Mais il est à peine midi ! Vous êtes tellement merveilleux avec moi, tous…

Darcy tressaillit lorsque le bouchon sauta. Justin prit le verre plein que lui tendit son fils et le lui apporta lui-même.

— Je n'ai encore jamais perdu une somme pareille avec autant de plaisir. Je souhaite que cet argent vous apporte beaucoup de joie, Darcy.

Il se pencha pour lui presser un baiser paternel sur la joue. Un tel poids pesait sur sa poitrine qu'elle avait de la peine à respirer.

— Merci, chuchota-t-elle.

— Mes félicitations, dit Caine en prenant une de ses mains entre les siennes.

Tout le monde l'embrassa ou la serra dans ses bras. A l'exception de Mac qui se contenta d'une caresse légère sur sa joue.

Puis tous levèrent leurs coupes et se mirent à parler en même temps. Il y eut un débat animé pour déterminer où se déroulerait le dîner de famille improvisé autour duquel ils devaient se retrouver ce soir-là. Darcy découvrit avec stupéfaction que pour les MacGregor il allait de soi qu'elle participerait au dîner en question. Serena lui passa un bras autour des épaules tout en expliquant à Caine qu'il était hors de question qu'elle se contente d'une pizza pour une occasion aussi exceptionnelle.

Darcy, elle, était incapable de prononcer un mot. Une

émotion de plus en plus forte montait inexorablement pour lui étreindre le cœur, lui nouer la gorge et lui brûler les paupières. Lorsque sa respiration devint heurtée, elle renonça à lutter.

— Excusez-moi, réussit-elle à murmurer avant de se précipiter dans l'escalier.

Consciente que le son des rires et des conversations s'était suspendu dans son dos, elle courut s'enfermer dans la salle de bains, se roula en boule sur le carrelage et sanglota comme une enfant.

6.

Le silence était retombé dans la suite lorsque Darcy sortit de la salle de bains. Ainsi, ils avaient jugé préférable de la laisser seule. Partagée entre la honte et le soulagement, elle se promit de se répandre en excuses pour son comportement infantile. Mais elle n'était pas mécontente de bénéficier d'un moment de solitude pour se ressaisir avant de s'expliquer sur l'incident.

Avisant les sacs, les cartons et les paquets qui jonchaient encore le sol, elle entreprit machinalement de ranger ses achats. Elle était en train de déballer un chemisier lorsque des pas résonnèrent dans l'escalier. Serrant le vêtement contre sa poitrine, Darcy se figea en voyant Mac s'immobiliser en haut des marches.

— Darcy ? Ça va ?

— Oh, je suis désolée — vraiment désolée.... Je croyais que vous étiez tous partis.

— Je suis resté, répondit-il simplement.

Il jeta un coup d'œil au chemisier qu'elle tenait entre ses doigts crispés.

— Sympa, cette couleur.

— C'est votre mère qui l'a choisi.

Soudain consciente du ridicule de son attitude, Darcy se détourna pour suspendre le vêtement dans la penderie.

— Je suis désolée de vous avoir laissés en plan comme ça. C'était terriblement grossier de ma part. Je présenterai mes excuses à votre famille.

— Vous n'avez pas à vous excuser.

Darcy enfila le chemisier sur le cintre et, pour se donner une contenance, prit le temps d'ajuster la couture des épaules au millimètre près.

— Vous avez dû me trouver très impolie. Mais j'étais sous le coup d'une émotion si violente que…

Elle se retourna pour prendre un pantalon et mit un soin maniaque à aligner les deux ourlets avant de les fixer avec une pince.

— Personne ne vous en a voulu, Darcy. Il s'agit d'une énorme somme d'argent. Votre vie entière s'en trouvera bouleversée.

— A cause de l'argent ?

Déconcertée, elle jeta un regard hésitant à Mac.

— Oui, l'argent, bien sûr, murmura-t-elle. Il joue aussi un rôle, je suppose.

Mac parut intrigué.

— Et quoi d'autre ?

Elle se pencha pour ramasser une boîte à chaussures, puis se ravisa et se dirigea vers la fenêtre. Jamais elle ne se lasserait de cette ville clinquante, excessive et monstrueuse qui s'étalait à ses pieds tel un inépuisable banquet de fantaisie.

— Votre famille est, comment dire ?… tellement belle. J'imagine que vous ne vous en rendez pas compte car cela va de soi pour vous. Comme elle a toujours été là, et qu'elle a formé votre vision du monde, vous n'imaginez même pas quelle impression elle peut donner de l'extérieur.

Elle regarda clignoter les enseignes du casino qui appelaient ses officiants, les invitant à venir tenter leur chance. Avec un léger sourire, Darcy songea à son récent tête-à-tête avec la machine à sous. Gagner n'était pas si compliqué, au fond. Le plus difficile était de ne pas gaspiller ses gains.

— Observer a toujours été mon truc. Ça paraît présomptueux de dire cela, mais je crois que j'observe avec un certain talent. C'est pour ça que je veux écrire. Pour transmettre ce que je perçois.

Les bras croisés, elle se frotta les épaules avant de s'obliger à tourner les yeux vers Mac.

— J'ai observé votre famille.

« Elle est si délicieusement jolie, songea-t-il. Et tellement perdue. »

— Et qu'as-tu vu, Darcy ? Tu veux bien que je te tutoie, n'est-ce pas ?

Elle rougit légèrement.

— Bien sûr. J'ai vu votre... ton père caresser les cheveux de ta mère lorsqu'ils étaient assis dans le bar à cocktails, hier soir.

L'expression de Mac se fit perplexe.

— Et tu as trouvé ça à ce point remarquable ?

— Tu es habitué à les voir se toucher tout le temps, donc tu n'as aucune raison de prêter attention à ces détails. D'autant plus que leurs gestes n'ont rien d'ostentatoire. Ils ne se caressent pas démonstrativement ; ils se rapprochent spontanément, par affection. Ton père a passé le bras autour des épaules de ta mère, et elle s'est appuyée contre lui comme...

Les paupières mi-closes, Darcy bougea son corps doucement, comme si elle cherchait à illustrer les sensations qu'elle voulait décrire.

— ... oui, comme si elle avait sa place contre son flanc. Une place destinée à elle seule.

Fermant les yeux, elle posa la main sur son cœur et revit la scène.

— Et pendant que ton père me parlait, il jouait avec

les cheveux de sa femme, les roulait doucement entre ses doigts. C'était très émouvant à regarder. Ta mère avait conscience de son geste, car il y avait une lumière très particulière dans ses yeux.

Soulevant les paupières, Darcy sourit.

— Cette forme de communication très charnelle n'existait pas chez mes parents. Je crois qu'ils s'aimaient, mais ils n'avaient pas cette aisance, cette fluidité dans le contact. Ils étaient comme murés dans leur propre rigidité.

Elle soupira, secoua la tête.

— Ce n'est pas clair du tout, ce que je te raconte, si ?

Mac réfléchit à ses parents, les vit tels qu'il les avait toujours connus, unis par une tendresse sincère. A la lumière de la description de Darcy, il voyait des aspects d'eux qu'il n'avait jamais analysés. Parce que la complicité amoureuse entre Justin et Serena était aussi naturelle pour lui que l'air qu'il respirait.

— Si... Si, c'est très clair, au contraire.

— Et ce n'est pas seulement l'amour entre tes parents qui me frappe. C'est tout le fonctionnement de ta famille. Là encore, tu en fais partie, donc, pour toi, c'est du quotidien banal. Mais j'ai aimé la façon dont vous êtes venus vous rassembler spontanément ici ; j'ai vu la joie de ton grand-père lorsqu'il a serré ta mère dans ses bras. On sent un lien tellement fort entre eux, comme si, pendant un instant, elle avait été le centre de son univers, et vice versa. Puis, plus tard, ta mère s'est assise sur le bras de son fauteuil et ton grand-père lui a tapoté le genou. C'était tellement tendre... Même le débat entre ta mère et ton oncle, au sujet du restaurant, m'a touchée. Ils n'étaient pas du même avis, mais ils pouvaient en rire et exprimer librement leurs différences d'opinion. Et tous autant qu'ils sont, ils se touchent, se regardent, se comprennent et s'adorent, sans être fusionnels pour autant.

— C'est vrai qu'on s'adore, dans l'ensemble.

De nouveau, les yeux de Darcy débordaient de larmes.

— Pourquoi cette émotion ? demanda-t-il doucement.

— Vous avez tous été tellement merveilleux avec moi. Je vous coûte de l'argent, pourtant. Beaucoup d'argent, même. Mais tout le monde boit du champagne à ma santé, rit de mon bonheur et se réjouit pour moi. Ta mère m'a même passé le bras autour de la taille.

La voix de Darcy se brisa et elle dut lutter contre les larmes pour poursuivre.

— Je sais que ça va te paraître ridicule, mais si je ne m'étais pas enfuie pour m'enfermer dans la salle de bains, je me serais cramponnée à elle de toutes mes forces. Et elle m'aurait prise pour une folle.

Mac sentit quelque chose se déchirer en lui, à hauteur de la poitrine. *Solitaire ?* avait-il pensé. C'était pire que cela même : elle avait passé son enfance murée dans un désert affectif absolu.

— Pourquoi « une folle » ? Elle t'aurait prise simplement pour quelqu'un qui a envie qu'on la serre dans ses bras. C'est un besoin naturel, non ?

L'attirant contre lui, il la sentit trembler.

— Tu peux y aller : cramponne-toi, agrippe-toi, serre-moi très fort, si tu veux.

Raffermissant son étreinte, il sentit la caresse de ses cheveux contre sa joue. Il perçut son hésitation, les émotions conflictuelles qui la maintenaient comme paralysée. Puis, tout doucement, les bras de Darcy vinrent se loger autour de sa taille et elle se raccrocha à lui avec un long, long soupir de satisfaction.

— Ça se fait bien, chez nous, de s'agripper à l'autre de temps en temps. Tu l'as noté toi-même : on se touche sans problème chez les Blade-MacGregor.

C'était si bon de se blottir contre ce torse solide, d'entendre les battements réguliers de son cœur, de respirer la chaleur de sa peau. Fermant les yeux, Darcy fit le plein de sensations réconfortantes en se concentrant sur le va-et-vient apaisant de la main de Mac dans son dos.

— C'est juste que… que c'est tellement nouveau pour moi Si étranger aussi. Et toi plus encore que tout le reste.

Mac ferma les yeux à son tour. La voix de Darcy était rauque et douce. Intime. Et ses cheveux avaient la douceur odorante d'une étendue d'herbe fraîche. Il se dit que c'était simplement de l'affection qu'il ressentait. Juste une tendresse émue pour cette forme si menue, si fragile qui s'abandonnait entre ses bras.

« De l'amitié, Mac. Rien que de l'amitié. »

Mais lorsqu'elle tourna la tête et que son souffle léger glissa sur sa peau, le désir monta d'un coup, impérieux et immédiat.

Conscient du danger, il desserra son étreinte.

— Voilà. Ça va mieux, maintenant ? s'enquit-il d'un ton rassurant en essayant de l'écarter de lui.

Mais Darcy ne lâcha pas prise. Elle se raccrocha plus fort, au contraire. Emu malgré lui, il pressa ses lèvres contre ses tempes. S'attarda un instant. Elle était douce et fragile comme une enfant. Et plus excitante que la plus fatale des femmes qu'il ait jamais connues.

— Mmm…, murmura-t-elle en s'agrippant de plus belle.

La robe bain de soleil jaune avait deux brides fines qui se croisaient dans le dos. Lorsqu'il passa les mains dessous, elle s'étira sous la caresse comme une chatte langoureuse.

La réaction de Darcy lui procura comme un électrochoc.

Ce fut la seule excuse qu'il put invoquer lorsque ses

lèvres glissèrent le long de sa joue, finirent par trouver les siennes.

Sans douceur aucune, il s'empara de sa bouche, l'envahit sans retenue. Debout dans la lumière du soleil qui inondait la pièce, elle était douce, dorée, consentante.

Le baiser de Mac exigeait une capitulation totale. Darcy la lui accorda sans même une hésitation. Ses lèvres s'ouvrirent sous les siennes comme si elle avait passé sa vie entière à attendre cet instant.

Son esprit cessa de fabriquer des pensées structurées. Il n'était plus qu'une sphère en expansion lente, qui s'étirait en aveugle, se dilatait et se contractait au rythme du plaisir. La force de Mac, la puissance de son étreinte constituaient une réponse — la réponse — à sa propre fragilité. Se savoir impuissante, livrée pieds et poings liés à son pouvoir la faisait frissonner et jubiler à la fois.

« Cette fois, j'y suis. C'est mon lieu, mon havre, mon seul domicile fixe », comprit-elle fiévreusement. Ici, dans les bras de Mac et nulle part ailleurs. En elle, le désir montait comme une explosion de lumière qui mettait ses nerfs à vif, faisait battre son cœur comme un tambour, précipitait les pulsations dans ses artères.

Avec un murmure d'abandon, elle ajusta son corps au sien. S'offrit.

— Oh oui, chuchota-t-elle.

Les mains de Mac glissèrent d'un seul mouvement jusqu'au bas de son dos et il la souleva contre lui. Il cueillit dans sa bouche le gémissement qui monta à ses lèvres, avala goulûment ses soupirs, ses petits cris. Il n'avait plus en tête qu'une vision tenace, obsédante de leurs corps enchevêtrés. Il se vit en elle, enfoui au plus profond, la prenant debout, poussant au creux de sa chair consentante jusqu'à ce que le désir explose, déferle comme un raz-de-marée, pour ne laisser derrière lui que les eaux étales qui suivent la jouissance.

Mac se ressaisit in extremis au moment où il agrippait les brides de sa robe à deux mains dans le seul but de les arracher. Ouvrant les yeux en sursaut, il vit Darcy, son visage comme extasié, son regard aveugle, ses joues encore maculées par les larmes.

Horrifié par ce qu'il s'apprêtait à faire, il la repoussa presque brutalement. Et jura avec force lorsqu'une expression égarée se peignit sur ses traits. Darcy plaqua les deux mains sur son cœur, comme pour l'empêcher de s'échapper de sa poitrine.

— Tu es beaucoup trop confiante, bon sang ! Tu vois bien qu'on peut te faire n'importe quoi !

Il la cinglait de ces mots comme il aurait voulu se cingler lui-même.

— C'est un miracle que tu aies survécu ne serait-ce qu'une journée toute seule !

Darcy ne répondit pas tout de suite. Son sang brûlait comme de la lave. Elle porta une main tremblante à ses lèvres gonflées, mouillées de plaisir et de baisers.

— Je sais que tu ne me feras jamais aucun mal, Mac.

Jamais aucun mal ? Alors qu'il avait été à deux doigts de lui arracher ses vêtements, de les mettre en lambeaux et de la prendre à la hussarde contre un mur, sans se soucier de son innocence ?

— Tu es à Vegas ici, pas à Disneyland ! Non seulement tu ne sais rien de moi mais tu ne connais pas les règles qui régissent le monde auquel j'appartiens. Alors écoute-moi bien, O.K. ? Ce n'est même pas la peine d'y penser. On ne parie pas contre le casino, Darcy. Car la maison à *toujours* l'avantage.

Darcy ne parvenait pas à reprendre son souffle.

— Tu dis ça, mais je suis venue sans rien et j'ai gagné quand même, protesta-t-elle.

Le regard de Mac étincela.

— Passe quelques semaines ici et tu verras ce qu'il adviendra de tes gains. Je récupérerai jusqu'au dernier cent et même au-delà. Alors sers-toi de ton intelligence, fillette.

Il lui attrapa la nuque d'une main presque brutale. Il voulait voir disparaître ce regard trop confiant qu'elle dardait sur lui. Si seulement elle pouvait le considérer avec de la peur dans les yeux, il résisterait à la tentation de se jeter sur elle en abusant sans scrupule de la haute idée qu'elle s'obstinait à garder de lui.

— Sauve-toi d'ici, Darcy Wallace. Avant qu'il ne soit trop tard. Prends ton argent et achète-toi une maison à la campagne avec une jolie barrière de bois blanc, une pelouse bien nette et des géraniums en pots. Cette ville est trop dangereuse pour toi.

Elle faillit frissonner sous la menace. Mais montrer sa peur équivaudrait à lui donner raison. Alors elle garda la tête haute.

— Cette ville me plaît telle qu'elle est. Et je n'aime pas les géraniums en pots.

Les lèvres de Mac se plissèrent en un rictus cynique.

— Tu ne sais rien du monde auquel j'appartiens, Darcy.

— Je sais que je suis avec toi. Ça me suffit.

Mac eut un rire désabusé.

— Et tu veux faire joujou avec un type comme moi, petite Darcy du Kansas ? Laisse-moi rire. Dès que le jeu se corsera un peu, tu ramasseras tes cartes et tu disparaîtras en courant.

— Tu ne me fais pas peur.

Crispant la main dans sa nuque, il la fit se dresser sur la

pointe des pieds. Puisqu'elle s'obstinait à ne pas le craindre, il saurait la faire trembler pour son bien.

— Darcy, tu vas te décider à ouvrir les yeux et à considérer la situation avec un minimum de réalisme ? Tu es tellement effarouchée que tu n'as même pas osé dire non à cette espèce de mufle qui veut t'épouser dans le Kansas. Même maintenant, tu trembles encore à l'idée qu'il puisse te retrouver. Si bien que tout le casino est sur le pied de guerre pour essayer de protéger ton secret. Tu es partie de ton Trader's Corner au milieu de la nuit, comme une voleuse, au lieu d'envoyer promener ce pompeux imbécile comme il le mérite. Et tu crois qu'arrivée ici, tu peux te permettre de t'amuser avec les gros parieurs ?

Avec un rire bref, il lui lâcha les épaules et se détourna pour quitter la suite.

— Arrête de rêver, O.K. ?

Ses mots tombèrent comme une gifle humiliante. Darcy vacilla sous le choc mais ne plia pas l'échine.

— Tu as raison.

Sidéré, Mac s'immobilisa sur la première marche et tourna la tête. Elle était restée debout devant la fenêtre, les bras frileusement repliés autour d'elle mais le regard empreint d'une détermination surprenante.

Il dut se faire violence pour ne pas revenir sur ses pas, la serrer contre lui et la bercer longuement dans ses bras. Et pas seulement pour réconforter Darcy, comprit-il, saisi de panique. Mais surtout parce qu'il en avait besoin, *lui*.

Darcy se redressa.

— Je veux m'amuser avec les flambeurs, Mac. On s'y prend comment, alors ?

Les images qui se bousculèrent dans sa tête étaient si violemment érotiques qu'il dut se retenir à la rampe.

— Pardon ?

— Comment procède-t-on pour informer les médias ?

Suffit-il que tu leur donnes mon nom ? Ou faut-il publier un communiqué ? Organiser une conférence de presse ?

En proie à un désagréable mélange de honte et d'irritation, Mac se passa la main sur la figure.

— Darcy, rien ne sert de précipiter les choses.

Elle releva fièrement le menton.

— Pourquoi attendre ? Tu m'as dit que ce n'était qu'une question d'heures avant que l'information ne transpire, de toute façon. Je me sentirai plus forte si l'initiative vient de moi. Et je peux difficilement attendre de toi que tu me témoignes un minimum de respect si je continue à me terrer comme une souris au fond de son trou.

— Ce n'est pas de moi qu'il s'agit en l'occurrence. Il est grand temps que tu commences à penser non seulement *par* toi-même mais *pour* toi-même.

— Si je prends cette décision, c'est pour moi, Mac.

Au moment précis où elle prononça ces mots, Darcy sut qu'ils étaient vrais. Et elle sentit un grand calme s'installer en elle.

— C'est une façon de prendre position et de faire face, plutôt que d'être traquée et poursuivie. Je ne suis peut-être pas une grosse joueuse, Mac. Mais je veux me servir au mieux des cartes que j'ai en main.

Avant de se donner le temps de changer d'avis, Darcy décrocha le téléphone à côté du lit.

— Tu appelles la presse ou je m'en charge ?

Il attendit un instant sans réagir, persuadé qu'elle ferait machine arrière. Mais elle soutint son regard sans broncher. Sans rien dire, il lui prit le combiné des mains et composa un numéro interne.

— Ici Blade. Je veux que vous m'organisiez une conférence de presse. A 13 heures. Dans la salle Nevada.

— Bon sang, je m'en veux. Je l'ai acculée à prendre cette décision.

Debout derrière l'entrée de service de la suite Nevada, Mac enfonça nerveusement les mains dans ses poches. A quelques pas de lui, Caine donnait ses ultimes instructions à une Darcy livide au visage crispé par la tension.

Serena tapota le bras de son fils d'un geste rassurant.

— De toute façon, elle savait que l'épreuve était imminente. Et tu as fait le nécessaire pour couvrir son anonymat aussi longtemps qu'elle en a eu besoin. Si tu n'étais pas intervenu pour garder les médias à distance, ils l'auraient dévorée toute crue. Là, elle a eu le temps de surmonter le choc. Et avec ça, elle bénéficie du soutien d'un des meilleurs avocats du pays ! Les conditions sont optimales, Mac.

Il fronça les sourcils de plus belle.

— Elle n'est pas prête.

— Je crois que tu la sous-estimes.

— Tu ne l'as pas vue, il y a une heure.

— C'est un fait.

Serena aurait aimé être cachée dans quelque trou de souris pour assister à la conversation entre Darcy et son fils après leur départ de la suite. Mais elle résista stoïquement à la tentation de poser la moindre question.

— Je ne l'ai pas vue il y a une heure, mais je la vois maintenant. Et on sent qu'elle a surmonté quelque chose.

Passant le bras sous celui de son fils, Serena nota que Darcy avait enfilé une courte veste blanche sur sa robe jaune. C'était exactement la tenue qu'il lui fallait, décida-t-elle. Simple mais gaie. Et même si elle avait une petite mine, elle paraissait déterminée à faire face.

— Je suis sûre qu'elle va se surprendre elle-même.

« Et te surprendre toi par la même occasion », ajouta-t-elle à part soi.

Justin se glissa dans la pièce et passa un bras autour des épaules de Serena.

— Ça y est, Mac, tout est prêt. Les fauves sont un peu agités, en revanche. Tu veux que je fasse l'annonce pour toi ?

— Non, ça ira. Je m'en charge.

Il vit sa mère lever une main pour la poser sur celle de son mari. L'amour entre ses parents était tellement naturel qu'il n'aurait pas remarqué leur geste en temps ordinaire. Mais sa conversation avec Darcy lui avait ouvert les yeux.

Non seulement ses parents s'aimaient, mais ils avaient toujours inclus leurs enfants dans leur affection. Il caressa brièvement leurs deux mains jointes.

— Merci d'être là, tous les deux. Je n'ai pas toujours su vous apprécier autant que je l'aurais dû.

Sourcils froncés, Justin regarda son fils s'éloigner.

— Qu'est-ce qui lui prend, à ton avis ?

Serena eut un sourire ému.

— Je ne sais pas exactement, mais cela me paraît de bon augure. Viens, allons distraire Daniel pour que Darcy puisse passer tranquillement son épreuve du feu.

Darcy était terrifiée. Les recommandations que lui prodiguait Caine ne cessaient de se mélanger dans sa tête. Elle acquiesçait docilement, mais tout ce qu'il lui disait entrait par une oreille et ressortait par l'autre. Sa fierté seule l'obligeait à rester sur place. Mais elle n'avait qu'une envie : s'enfuir à toutes jambes et disparaître une bonne fois pour toutes.

Lorsque Mac s'approcha d'elle, son cœur battit si fort qu'elle crut suffoquer.

— Prête ?

Jugeant que vingt-trois ans de lâcheté lui suffisaient pour la vie, elle releva la tête.

— Prête.

— Je vais m'adresser aux journalistes maintenant et leur expliquer brièvement pourquoi je les ai convoqués. Ton tour viendra ensuite. Tu n'auras rien de compliqué à faire. Juste à répondre à leurs questions.

Il aurait pu tout aussi bien lui annoncer qu'elle devrait faire des claquettes tout en jonglant avec des torches enflammées. Mais elle hocha la tête.

— Ton oncle m'a expliqué ce qui allait se passer.

— Qu'avez-vous donc à la couver et à l'abreuver de recommandations, tous autant que vous êtes ? protesta Daniel de sa voix de stentor. Vous la prenez pour une godiche ou quoi ? Elle est parfaitement capable de se débrouiller. Pas vrai, jeune fille ?

Darcy se tourna vers le patriarche. Les yeux bleu vif rivés sur elle la mettaient au défi de faire front.

— Nous n'allons pas tarder à le savoir, répondit-elle d'un ton léger en s'approchant de la porte latérale pour jeter un coup d'œil dans la salle. Mon Dieu, comme ils sont nombreux ! Mais parler devant dix ou parler devant cent, quelle différence, au fond ?

— Si une question te met mal à l'aise, ne répond pas, lui recommanda Mac à voix basse avant de sortir.

La rumeur des voix enfla lorsqu'il grimpa sur le podium. Non sans envie, Darcy suivit Mac des yeux. Il n'était pas moins à l'aise en public, avec tous les regards rivés sur lui, que lorsqu'il évoluait en famille. Une fois face au micro, il s'exprima avec clarté, d'une voix enjouée, le visage détendu. Lorsqu'un éclat de rire s'éleva dans la salle, Darcy cligna des paupières.

Elle n'avait pas entendu les paroles de Mac, juste perçu la musique de son ton. « C'est tellement facile pour lui ! »

songea-t-elle. Il pouvait parler à une salle remplie d'inconnus en gardant la tête claire, sans rien perdre de ses facultés. L'océan de visages devant lui n'entamait en rien son assurance. Les questions qu'on lui posait n'avaient pas le pouvoir de le déstabiliser.

— C'est à vous, murmura Caine en lui posant une main protectrice dans le dos. Ça va aller ?

Elle prit une profonde inspiration.

— Il le faut.

Au premier pas qu'elle fit dans la salle, tous les regards convergèrent sur elle. Les flashes crépitèrent pendant que les photographes se précipitaient pour multiplier les prises de vue. Les cameramen criaient des ordres ; les questions fusèrent dès qu'elle se retrouva sur l'estrade, face au micro. Elle tressaillit lorsque Mac se pencha pour le régler à sa hauteur.

— Je… je suis Darcy Wallace, déclara-t-elle en se retenant de pouffer nerveusement lorsque le son de sa propre voix amplifiée lui revint en écho… Et j'ai touché le jackpot, acheva-t-elle, provoquant des rires amusés et même des applaudissements.

De nouveau, les questions déferlèrent en un tir si nourri qu'elle fut incapable de définir qui demandait quoi.

— D'où êtes-vous ?

— Quelles sont vos impressions ?

— Que faisiez-vous à Vegas ?

— Comment cela s'est-il passé lorsque…

Pourquoi ? Où ? Comment ? Darcy leva les mains en un geste instinctif de défense.

— Je suis désolée, mais…

Sa voix se mit à trembler. Mais lorsque Mac se rapprocha pour prendre la relève et tirer la « pauvre petite Darcy » de ce mauvais pas, elle secoua la tête.

Elle s'était promis de le faire et elle le ferait. A sa façon, mais sans se couvrir de ridicule pour autant.

— Je suis désolée, reprit-elle, mais c'est la première fois que je m'exprime devant la presse. Comme il m'est difficile de répondre à toutes vos questions à la fois, je crois que le plus simple serait que je vous relate ce qui s'est passé.

Ce serait plus facile, ainsi. Comme si elle racontait une histoire. Au fur et à mesure qu'elle avançait dans son récit, sa voix se raffermissait, les mots qu'elle avait eu tant de mal à trouver affluaient d'eux-mêmes.

— Quelle est la première chose que vous avez faite lorsque vous avez découvert que vous aviez gagné ?

— Une fois que je suis revenue à moi, vous voulez dire ?

De nouveau, des rires charmés s'élevèrent.

— M. Blade m'a donné une chambre. Que dis-je ? Une suite. Lorsque j'ai ouvert les yeux, j'ai cru que j'étais morte et que je venais de gagner un aller simple pour le paradis. L'hôtel Comanche est un endroit extraordinaire, avec une cheminée, un piano et de merveilleux bouquets dans chaque chambre. Le premier soir, je suis restée un peu hébétée, à regarder tout cela sans oser y toucher. Et puis le lendemain matin, lorsque j'ai repris mes esprits, je n'ai fait ni une ni deux : je me suis acheté une robe.

Au fond de la salle, Daniel hocha la tête avec satisfaction.

— Parfait. Elle s'en tire comme un chef ! J'étais sûr qu'elle saurait conquérir son public.

Serena rayonnait de fierté.

— Ils sont tous séduits, en effet. Elle a un charme fou et elle n'en a aucune conscience. C'est ce qui la rend irrésistible, d'ailleurs.

— Mac en tout cas n'y résiste pas. Tu veux que je te dise, Serena ? Il est fou amoureux d'elle, ce garçon.

Serena haussa les sourcils.

— Mmm… Tu t'avances un peu vite, non ?

— Mais regarde-le ! Il la couve des yeux comme s'il était prêt à la prendre dans ses bras pour l'emporter au loin à la première alerte. Il est mordu, crois-moi. Et tu sais que j'ai l'œil, dans ce domaine.

En l'occurrence, Daniel prêchait une convertie. Mais Serena n'était pas d'humeur à reconnaître qu'elle pensait exactement comme son père.

— N'exagérons rien, tout de même. Ils ne se connaissent que depuis quelques jours.

Daniel désigna Justin d'un mouvement du menton.

— Et de combien de temps as-tu eu besoin pour attirer l'attention de ce gaillard-là ?

Elle foudroya son père du regard.

— Un peu moins de temps qu'il ne m'en a fallu pour réaliser que tu avais manœuvré de façon éhontée pour nous jeter dans les bras l'un de l'autre !

— Ça fait trente ans que le mariage dure, non ? exulta Daniel. Non, non, inutile de me remercier, je l'ai fait de bon cœur. Quoi de plus naturel pour un père de famille que de veiller au bonheur de ses enfants ? Ils vont nous fabriquer des beaux bébés tous les deux, tu ne penses pas ?

Serena se contenta de soupirer.

— Essaye au moins d'y mettre un minimum de subtilité, d'accord ?

— La subtilité ? Mais quelle idée ! Tu sais que ça a toujours été mon point fort.

— Vous avez fait une superbe prestation. Bravo !

Dès que la porte se referma derrière elle, Caine l'embrassa pour la féliciter. Darcy poussa un soupir de soulagement.

— Finalement, ça a été moins dur que je ne le pensais. Et maintenant, c'est fini, terminé. Je vais être tranquille, désormais.

— Tranquille ? Je ne voudrais pas vous décourager, mais ce n'était qu'un début… Mac va se charger de les occuper pour le moment, expliqua Caine lorsque son neveu sortit pour donner des informations complémentaires à la presse.

Sous le choc, Darcy se mordilla la lèvre.

— Un début ? Mais que pourraient-ils vouloir apprendre d'autre à mon sujet ? Je leur ai absolument tout dit !

— Vous verrez qu'ils auront encore des milliers de questions à vous poser. Attendez-vous à être submergée par les appels. On vous réclamera des interviews, des séances de photos. Les différents titres se disputeront l'exclusivité de l'Histoire de la Vie de Darcy Wallace.

— L'histoire de ma vie !

Darcy ne put s'empêcher de rire.

— C'est à peine si j'en ai eu une, de vie, jusqu'à ce que j'arrive à Las Vegas.

— Justement. Les tabloïds joueront à fond sur le contraste. Alors ne vous étonnez pas si vous découvrez en première page d'un torchon quelconque que vous avez été guidée jusqu'à Las Vegas par les bons soins d'un groupe de médiums extraterrestres.

Comme elle éclatait de rire, Caine lui prit le bras et l'entraîna vers l'ascenseur de service.

— Je ne veux pas vous effrayer, Darcy. Mais je préfère que vous sachiez ce qui vous attend. Il n'y aura pas que les journalistes pour vous harceler. On va également vous proposer toutes sortes de formules miracle pour faire fructifier votre argent. Les conseillers financiers défileront en masse à votre porte. La demi-sœur de la cousine de votre voisine de classe en primaire se souviendra soudain de votre existence et vous parlera de l'indéfectible amitié qu'elle vous voue depuis le CE1.

Darcy sourit faiblement.

— Je vais avoir beaucoup d'amis, alors ?

— Autant qu'il y a de grains de sable dans le désert. Alors, si vous voulez continuer à respirer, je vous conseille de ne pas répondre au téléphone pendant quelques jours. Mieux même : arrangez-vous avec Mac pour qu'il fasse prendre vos appels à la réception en attendant que ça se calme un peu.

— Ce serait encore une façon de fuir, non ?

— Ce serait une façon de vous protéger, en l'occurrence. Et de garder la maîtrise de la situation. Si vous voulez donner une interview, prenez-en vous-même l'initiative. Et dès que vous saurez comment vous voulez utiliser votre argent, choisissez votre conseiller. Quoi que vous fassiez, faites-le à votre rythme.

— Il faut que je sois active et non passive, conclut pensivement Darcy lorsqu'ils s'immobilisèrent devant la porte de sa suite.

— Exactement. Devenez l'auteur de votre propre vie. Si vous avez des questions, des doutes, des inquiétudes, vous me trouverez ici jusqu'à demain soir. Ensuite, vous pourrez me joindre à Boston.

— Je ne sais pas comment vous remercier.

Caine serra la main qu'elle lui tendait.

— Amusez-vous, soyez heureuse, mordez la vie à pleines dents. Et n'oubliez pas l'émerveillement que vous avez ressenti en achetant votre première belle robe.

— Je ne me laisse pas monter la tête, autrement dit.

— Restez simple et tout ira bien, acquiesça Caine en lui posant un baiser sur la joue. A ce soir.

En pénétrant dans sa suite, Darcy vit la lumière clignoter sur son répondeur. Et le téléphone commença à sonner avant même qu'elle ait eu le temps d'écouter ses messages. Ainsi Caine ne s'était pas trompé : elle était momentanément devenue un individu riche et célèbre. Et il lui faudrait se battre pour préserver son intimité.

Suivant les conseils qui lui avaient été donnés, elle laissa le téléphone sonner puis se hâta de décrocher le combiné. Et hop ! C'était déjà un premier problème de réglé.

Mais Darcy avait des difficultés autrement plus lourdes à affronter. Des difficultés qui étaient sans rapport avec sa fortune nouvellement acquise. Elle était amoureuse et elle savait qu'il était inutile de remettre cette réalité en question. Qu'il ne servait à rien d'en débattre ou de la nier. S'il y avait un domaine dans lequel elle ne connaissait pas le doute, c'était celui de ses sentiments.

Souvent elle s'était interrogée sur la façon dont l'amour surgirait dans sa vie — sur l'angoisse et l'exaltation qui accompagneraient cette expérience déstabilisante entre toutes. Elle s'était demandé quel genre d'homme saurait la rendre désirante et éperdue, privée de ses repères et chavirée. De cet homme encore sans visage, elle avait beaucoup rêvé.

Mais son amour pour Mac n'avait rien d'une songerie langoureuse. C'était une réalité concrète, dérangeante. Et beaucoup plus charnelle que tout ce qu'elle avait pu imaginer.

Il ne lui suffisait pas de le regarder, de lui parler. Jamais elle n'aurait cru que le besoin de toucher serait aussi fort, aussi impérieux même. Elle voulait le goût de sa peau, la marque de ses baisers. Elle voulait trembler de désir et d'être désirée ; et se diluer dans le monde de sensation pure qu'elle avait pressenti lorsqu'ils s'étaient embrassés.

Mais elle n'aspirait pas qu'à ce tumulte des sens. Elle

voulait aussi se blottir contre lui et se sentir accueillie. Se savoir attendue, même. Echanger avec lui des regards qui en disaient autant que des paroles ; être comprise et le comprendre à demi-mot.

Etre aimée de Mac en retour, autrement dit.

Ce qui était loin d'être gagné d'avance.

Cela dit, il ressentait une attirance, au moins physique. Ce qui était déjà un petit miracle en soi. Le désir constituait une première étape. Il y avait une chance pour que l'amour s'ensuive. Une chance ténue, certes. Mais la probabilité n'était pas plus faible que celle de gagner plus d'un million de dollars en tirant sur un levier.

Réconfortée par cette pensée, Darcy se pelotonna sur le canapé et laissa libre cours à son imagination. Elle rêva de danseuses de music-hall. Il y en avait des dizaines, avec des jambes interminables, des poitrines magnifiques et des corps ardents moulés dans des costumes plus blancs que neige.

Elle se trouvait égarée sur la scène au milieu de cette gracieuse volière. Trop petite, trop menue, trop simplement vêtue. Un vilain canard entouré de cygnes.

Autour d'elle, les girls se mouvaient avec grâce pendant qu'elle se déplaçait lourdement, avec maladresse. Malgré tous ses efforts pour suivre le rythme et adopter leur gestuelle, elle se laissait distancer à chaque pas.

Debout au fond de la scène, Mac, habillé de noir, l'observait avec un petit sourire amusé aux lèvres. Tels de grands oiseaux blancs, les filles au corps de rêve tournoyaient autour de lui, s'appliquaient à le séduire. Et chacun de leurs gestes semblait dire : « Viens, nous sommes à prendre, tu n'as que l'embarras du choix. »

Lorsque ce fut son tour de s'immobiliser devant lui, il la dévisagea avec étonnement.

— Et toi, petite Darcy, d'où sors-tu ? Tu n'as pas ta place ici.

— Et de quel droit en déciderais-tu pour moi ?

Il se contenta de lui tapoter gentiment la joue en lui faisant signe de passer son chemin.

— Ce n'est pas un endroit pour toi, Darcy du Kansas. Tu n'as pas la moindre idée de ce que ce lieu représente ni du genre de pègre qui y sévit.

— Si, je le sais. Et je ne suis pas en sucre.

Brusquement, Mac et les danseuses disparurent. Sur scène, il n'y avait plus que Gerald qui la tirait avec impatience par la main. Il avait l'air plus contrarié, plus exaspéré que jamais.

— Ce n'est pas bientôt fini, ces caprices ? Tu sembles oublier qui tu es. Les petites écervelées comme toi ne font pas long feu dans un endroit comme Las Vegas. Jusqu'à quand vas-tu continuer à te couvrir de ridicule, ma pauvre fille ? Allez, viens, ma patience a des limites. Nous rentrons à la maison.

— Non, marmonna-t-elle tout haut au moment même où les images du rêve se dissipaient. Je ne rentrerai pas.

Ouvrant les yeux, elle trouva la pièce plongée dans la pénombre. Elle demeura allongée, immobile, incapable de se lever, le corps et l'humeur alourdis, clouée sur place par une tristesse insidieuse.

Dans un sursaut de révolte, Darcy agrippa un coussin et le serra contre sa poitrine.

— Je reste, décida-t-elle. Quoi qu'il arrive, je reste ici.

7.

Darcy avait déjà passé presque une semaine au Comanche. Et pourtant elle n'avait toujours pas fini d'explorer les richesses qu'offrait l'énorme complexe hôtelier. Naturellement, elle avait assisté à un des spectacles équestres qui se déroulaient chaque jour à l'auditorium. Elle avait vu des cavaliers émérites, vêtus d'authentiques costumes comanches, se livrer sur leurs chevaux rapides à des démonstrations époustouflantes.

Elle s'était promenée autour de la piscine extérieure en forme de C, avait écouté la musique des fontaines et trempé les doigts dans les eaux bleues d'un petit lagon artificiel entouré de palmiers.

Les bains à remous, le hammam et le salon de thé avaient déjà reçu plusieurs fois sa visite. Quant aux boutiques de la galerie marchande, elle en avait déjà écumé une bonne partie. Mais elle n'avait pas encore découvert les trois salles de théâtre ni osé s'aventurer dans le centre d'affaires. Pas plus qu'elle ne s'était risquée aux dîners dansants organisés presque tous les soirs dans un des restaurants ouverts toute la nuit.

Plus Darcy passait de temps au Comanche, plus les possibilités du lieu lui paraissaient démesurées. Inutile de préciser qu'elle ne connaissait pas un seul instant d'ennui.

Lorsque l'ascenseur s'immobilisa, elle sortit sur le grand toit en terrasse aménagé en jardin tropical. Entre palmiers et bougainvillées en fleur, elle vit scintiller les eaux turquoise de la piscine sous le clair soleil du matin. Des chaises longues et des parasols aux couleurs saphir et émeraude du Comanche attendaient les adorateurs du soleil comme les amateurs d'ombre.

Darcy n'eut aucun mal à repérer la silhouette massive de Daniel MacGregor assis à une table de verre, à l'ombre d'une treille. Dès qu'il la vit, le patriarche se leva cérémonieusement pour s'incliner devant elle. Et elle fut frappée une fois de plus par la puissance qui se dégageait de cet homme qui avait traversé le siècle, bâti des empires, élevé un président de la République et fondé une fascinante dynastie.

— Je vous suis vraiment très reconnaissante d'avoir accepté de me voir seul à seule, monsieur MacGregor.

Avec un clin d'œil amusé, il l'aida à s'asseoir.

— Je suis peut-être vieux mais je ne suis pas stupide. Quand une jolie fille me propose une entrevue en tête à tête, je me fais rarement prier.

Dès que Daniel eut repris sa place, un serveur se précipita pour apporter une cafetière et deux tasses.

— Vous voulez votre petit déjeuner, jeune fille ?

Elle sourit faiblement.

— Non, merci. Je suis un peu anxieuse. Je ne pourrais rien avaler.

— Si vous êtes angoissée, il faut manger. C'est le meilleur remède. Apportez donc des œufs brouillés et du bacon à cette petite. Elle a besoin de nourriture solide. Et ne lésinez pas sur les pommes de terre sautées, surtout. Quant à moi… eh bien, vous m'apporterez la même chose, tiens. Et le premier qui prononce le mot « cholestérol » aura droit à un coup de canne.

— Tout de suite, monsieur MacGregor.

Suivant des yeux le serveur qui s'éloignait au pas de course, Darcy constata une fois de plus que le vieil homme était obéi au doigt et à l'œil. « Tout de suite, monsieur MacGregor », était la réaction type qu'il semblait susciter autour de lui.

Daniel porta sa tasse à ses lèvres.

— Une fois que vous aurez pris votre petit déjeuner, vous vous sentirez déjà plus calme. Avec tout ce qui vous est arrivé en l'espace de quelques jours, la tête doit vous tourner un peu, je suppose. Mon petit-fils s'occupe bien de vous, au moins ?

— Oh oui, il a été merveilleux. Et vous tous également.

— Mais vous avez l'impression que ça tangue un peu sous vos pieds, c'est ça ?

Ainsi il comprenait ce qu'elle ressentait. Darcy laissa échapper un soupir de soulagement.

— Oui, c'est exactement cela, acquiesça-t-elle en laissant glisser un regard rêveur sur les splendeurs du décor. Je suis là, je me vois marcher, sourire, parler et découvrir mille merveilles. Mais par moments, je ne sais plus très bien si je suis moi ou quelqu'un d'autre. C'est comme si j'avais atterri au beau milieu d'un livre dont j'aurais oublié le début et dont je serais incapable de deviner la fin.

— Un conseil, Darcy : prenez le bouquin page après page. Et ne vous occupez pas trop de l'intrigue. Il sera toujours temps de découvrir le fin mot de l'histoire, lorsque vous arriverez au chapitre final.

Elle se mit à jouer distraitement avec une de ses longues boucles d'oreilles.

— C'est ce que je m'efforce de faire. Mais il faut quand même que je me soucie un peu des pages qui vont suivre. Je ne peux pas me contenter indéfiniment de me faire masser les pieds et de m'acheter des robes et des bijoux. L'argent est une responsabilité, n'est-ce pas ?

Comblé, Daniel se renversa contre son dossier. La petite était délicate d'aspect, mais elle avait un cerveau en parfait état de marche. Avec son intelligence vive et ses capacités d'adaptation, c'était exactement le genre de compagne qui convenait à son petit-fils.

— C'est tout à fait cela. Une responsabilité, oui.

Le sourire entendu de Daniel la déconcerta. Il avait l'air de savoir et de comprendre tant de choses qui échappaient au commun des mortels ! Et ses yeux bleus pétillaient de joie, comme s'il avait secrètement motif à se réjouir.

Troublée, Darcy finit sa tasse de café avant de s'apercevoir qu'elle avait oublié d'y mettre du sucre.

— J'avais encore des quantités de nouveaux messages sur ma boîte vocale, ce matin.

— Il fallait vous y attendre.

— Oui, je sais. Mac m'avait prévenue que cela arriverait. Mais je ne pensais tout de même pas qu'il y en aurait tant. Des reporters souhaitent s'entretenir avec moi ; des animateurs d'émissions télévisées m'invitent sur leurs plateaux pour participer à toutes sortes de débats. Et je n'ai rien fait d'héroïque, pour qu'on se soucie soudain de mon opinion ! Je n'ai pas sauvé de vie, ni inventé un remède miracle contre le rhume, ni mis au monde des quintuplés.

— Vous avez des antécédents de naissances multiples dans votre famille ? s'enquit Daniel, comme s'il s'agissait d'une information de haute importance.

Déroutée une fois de plus par ses étranges questions, elle secoua la tête.

— Pas que je sache, non.

— Dommage, murmura-t-il.

Il avait toujours rêvé qu'il y ait des jumeaux dans la famille.

Mais ce n'était pas encore le moment d'en parler à Darcy. Il avait promis à Serena de faire preuve de subtilité.

— Ce que vous avez vécu, Darcy, c'est la réalisation d'un fantasme que tout le monde a eu un jour ou l'autre dans sa vie : la richesse instantanée. Avec cela, vous êtes jeune, jolie, vous venez d'une petite ville du Midwest et vous n'aviez plus que quelques dollars en poche. C'est le genre d'histoire qui plaît au public. Car les gens peuvent s'identifier à vous facilement.

Elle hocha la tête.

— Oui, j'imagine qu'ils se mettent facilement à ma place. Si ça m'est arrivé à moi, ça peut arriver à n'importe qui.

Darcy s'interrompit lorsque le serveur pressé déposa deux énormes assiettes garnies devant eux. Daniel s'attaqua à ses œufs avec appétit.

— Mangez, ma fille, mangez. Vous avez besoin de protéines.

Docile, elle prit ses couverts.

— J'ignorais qu'on pouvait se faire apporter des repas au bord de la piscine.

Daniel sourit.

— En principe, on n'en sert pas. Seulement des rafraîchissements et des cocktails. Mais il faut bousculer un peu les habitudes, de temps en temps. Vous vouliez un endroit tranquille pour me parler et j'ai pensé que nous serions bien ici. Il n'y a jamais grand monde à la piscine avant 10 heures du matin. Alors que les restaurants doivent être bondés.

— Il y a six restaurants, commenta Darcy en picorant dans son assiette. J'ai vu ça dans le dépliant. Et quatre piscines. C'est hallucinant, non ?

— Les gens ne peuvent pas vivre que d'alcool et de roulette. Il faut bien qu'ils se restaurent de temps en temps.

Et certains clients aiment bien exhiber leur bronzage à la piscine lorsqu'ils ne sont pas au casino.

— Je n'en reviens pas, de cette immensité. C'est comme une ville dans la ville, avec des théâtres, des cinémas, des salons, un auditorium en plein air. Un vrai labyrinthe.

— Dont toutes les voies mènent au casino, compléta Daniel en lui décochant un clin d'œil. Et ce n'est pas un hasard si le bâtiment est conçu de cette façon. Car c'est le jeu qui fait vivre cette ville.

— C'est vrai. Et pourtant, il y a autre chose. Lorsqu'on monte ici, on voit le désert alentour. Et la vue est d'une beauté à couper le souffle.

— Eh oui… Voilà pourquoi il n'y a jamais de fenêtres dans une salle de casino. Tout ce qui pourrait distraire l'attention en est banni. Quoi qu'il en soit, il n'y a pas que les tables de jeu, dans la vie. Je vous conseille de nager, après le petit déjeuner. Moi, je fais mes longueurs tous les jours. Ça me conserve.

Il n'y avait pas que la natation qui conservait Daniel MacGregor. Ce qui maintenait cette extraordinaire jeunesse en lui, c'était son énergie phénoménale, son immense curiosité, son intérêt inentamé pour la vie. Et elle comptait précisément sur ses qualités pour le rallier à sa cause.

— Euh… monsieur MacGregor — votre fils, Caine, m'a donné une liste de noms. Des courtiers, des conseillers financiers, ce genre de personnes.

Daniel poussa un grognement. Et comme il n'y avait personne dans les environs pour le surveiller, il en profita pour saler ses pommes de terre.

— Il faut que vous protégiez votre capital, Darcy.

— Oui, justement. La majorité des appels que je reçois concernent mes finances. On m'offre même un voyage en avion pour Los Angeles ainsi qu'une nuit au Beverly Wilshire rien que pour que j'accepte un rendez-vous avec je ne sais quel gourou de la finance. Incroyable, n'est-ce pas ?

Sourcils froncés, Darcy beurra un toast.

— La plupart des gens qui m'ont appelée se sont déclarés très compétents, poursuivit-elle. J'ai noté leurs noms. Mais aucun d'entre eux ne figure sur la liste que Caine m'a remise.

Daniel émit un son dédaigneux dans sa barbe blanche.

— Cela ne me surprend pas.

— J'ai les deux listes ici, monsieur MacGregor. Vous accepteriez d'y jeter un coup d'œil ? J'aimerais bien avoir votre avis.

— Voyons cela.

Daniel sortit ses lunettes de sa poche et parcourut des yeux la première liste : celle des conseillers en investissement qui avaient laissé un message sur son répondeur.

— Ha ! Des prédateurs ! Des vautours ! Des vampires assoiffés de sang ! vociféra-t-il. Surtout ne vous laissez pas approcher par ces hyènes, mon petit. Ils vous dépouilleraient jusqu'au dernier cent avant que vous ayez eu le temps de les voir venir.

Darcy hocha la tête.

— C'est ce que je me suis dit aussi. Voici les noms que m'a donnés votre fils.

Tambourinant des doigts sur la table, Daniel sourit avec fierté en découvrant la seconde liste.

— Caine est le digne fils de son père, ma foi. Tous ces gens sont fiables, Darcy. Je vous conseille de prendre rendez-vous avec quelques-unes de ces sociétés, puis de vous laisser guider par votre instinct.

Son instinct l'avait déjà guidée, en l'occurrence. Mais elle n'était pas encore tout à fait prête à formuler sa demande.

— Je n'ai jamais eu d'argent à placer. Tout ce dont j'ai jamais eu à me préoccuper, c'était de boucler mon budget chaque mois. Hier soir, j'ai essayé de me représenter à quoi correspondait un million de dollars. Et j'ai échoué.

Daniel se servit une seconde tasse de café. Anna le scalperait si elle le voyait absorber autant de caféine. Mais il était ravi de son incartade.

— Dites-moi ce que vous voulez obtenir de votre argent, Darcy.

Il ne lui demandait pas ce qu'elle voulait en *faire*, mais ce qu'elle voulait en *obtenir*. Darcy jugea la nuance intéressante.

— C'est du temps qu'il me faudrait avant tout. J'ai toujours rêvé d'en avoir pour écrire. Mais jusqu'à présent, j'ai dû me contenter de griffonner quelques heures ici et là à mes moments perdus. Et on ne devient pas écrivain sans écrire.

— Vous avez du talent ?

— Oui, je crois. Je ne suis pas très sûre de moi dans l'ensemble, mais quand j'ai un stylo à la main, je suis dans mon élément. Je sais que c'est ça et pas autre chose que j'ai à faire. Il me faudrait juste quelques semaines pour terminer le roman sur lequel je travaille.

— La somme que vous avez gagnée vous donnera nettement plus de marge que cela, observa Daniel.

Darcy sourit.

— Je sais. Mais j'ai l'intention de m'amuser un peu aussi. Je commence à me rendre compte que le plaisir ne tenait pas une grande place dans ma vie. Et je n'ai plus envie d'une existence sage, raisonnable et morose. On dit que l'argent ne fait pas le bonheur. C'est sans doute vrai, mais le fait de ne pas avoir à s'inquiéter du lendemain ouvre quand même quelques perspectives.

Avec un grand rire joyeux, Darcy se renversa contre son dossier.

— Je vais explorer le bonheur, monsieur MacGregor. N'est-ce pas une belle aventure ?

— C'est un choix qui me paraît avisé.

— Oui, je le crois aussi. Je veux être pleinement et consciemment heureuse. Ne pas gaspiller cette chance extraordinaire qui m'est donnée.

Daniel posa sa grande main sur la sienne.

— Vous avez donc été si malheureuse, Darcy ?

Elle haussa les épaules.

— D'une certaine façon, oui. Mais maintenant j'ai la possibilité de faire mes propres choix. Cela change beaucoup de choses. Alors je veux essayer de ne pas me tromper.

Il serra ses doigts entre les siens.

— Vous avez pris un bon départ.

— J'ai l'intention d'utiliser mon argent à bon escient. Et de commencer par en rendre une partie.

— A mon petit-fils ?

Riant doucement, elle posa les coudes sur la table.

— Au casino, vous voulez dire ? Oui, ça aussi. Ça fait partie des plaisirs de la vie, n'est-ce pas ? Mais je voudrais aussi faire un don. Pour la littérature. Aider des écrivains en difficulté, par exemple.

Il lui tapota la joue.

— C'est un projet qui vous ressemble. Je souscris à l'initiative.

— Je ne sais pas comment on procède, en revanche. Et j'ai pensé que vous pourriez peut-être me donner quelques indications ?

— Je vous aiderai avec le plus grand plaisir.

Le serveur s'approcha discrètement pour débarrasser la table. Mais Daniel leva une main impérieuse lorsqu'il voulut prendre l'assiette de Darcy.

— Non, non, laissez-la-lui, Andy. Cette jeune demoiselle a besoin de s'alimenter un peu plus sérieusement que cela.

Darcy et le dénommé Andy échangèrent un regard résigné.

— Bien, poursuivit Daniel lorsqu'il fut reparti. Donc vous aurez du temps pour écrire, du temps pour vivre et du temps pour vous amuser. Et vous allez partager un peu de votre bonne fortune avec de jeunes écrivains. Mais même une fois tout cela déduit, il vous restera une somme confortable. Que voulez-vous en tirer ?

Se mordant la lèvre, elle se pencha vers le vieil homme.

— Je voudrais en tirer plus, admit-elle à voix basse.

Daniel renversa la tête en arrière et laissa éclater un rire tonitruant.

— Ah, voilà une fille qui a la tête sur les épaules. Je le savais.

— Je dois vous paraître terriblement avide, mais…

— Vous me paraissez tout à fait sensée, au contraire. Pourquoi vouloir moins alors qu'il y a moyen d'avoir plus ? Vous avez envie que votre argent travaille pour vous. Ce serait idiot de laisser votre capital s'amenuiser alors qu'il peut faire des petits.

— Monsieur MacGregor…

Darcy prit une profonde inspiration et se jeta à l'eau.

— J'aimerais que vous preniez mon argent et que vous le fassiez travailler pour moi.

Il fixa sur elle un regard plus perçant que jamais.

— Ah oui ? Et pourquoi moi ?

— Parce que vous êtes le meilleur. Et que je n'ai pas envie de me contenter de moins.

Le visage toujours impassible, il la dévisagea avec une telle intensité que Darcy sentit le feu lui monter aux joues. Persuadée qu'elle était allée trop loin, elle ouvrait la bouche pour balbutier des paroles d'excuse lorsque les lèvres sévères s'entrouvrirent sur un large sourire.

— Mmm… Intéressant.

Les yeux étincelants, il tourna le pommeau de sa canne, le fit basculer et en sortit un gros cigare. Tirant un briquet de sa poche, il l'alluma d'un geste presque respectueux. Puis, fermant les yeux de plaisir, il aspira profondément la fumée.

— Je sais que c'est beaucoup vous demander, monsieur MacGregor, mais…

— Daniel, rectifia-t-il avec un large sourire. Puisque nous sommes désormais associés, vous et moi, il faut m'appeler par mon prénom.

Comme Darcy le regardait avec des yeux ronds, il pointa un doigt autoritaire sur son assiette toujours pleine.

— Mange, maintenant ! J'ai déjà quelques idées en ce qui concerne ton pécule. Mais dis-moi d'abord : le risque ne te fait pas peur ? Tu es une joueuse dans l'âme ?

La tête bourdonnante et le cœur débordant de joie, elle prit une tranche de bacon.

— Je l'ignorais jusqu'ici, mais je crois que j'en suis une, oui.

Mac était débordé. Les journalistes l'assiégeaient sans répit ; des photographes étaient postés en permanence aux abords du Comanche. Des hordes de reporters se battaient pour tenter d'obtenir de nouveaux scoops sur « l'étonnante Darcy Wallace ». Les journaux du matin s'en étaient donné à cœur joie, d'ailleurs. Tous titraient sur les aventures de Darcy : « Une bibliothécaire désargentée fait fortune avec trois dollars », « Les clés du paradis pour la jeune voyageuse arrivée à pied du Midwest », « Darcy joue et gagne »

En temps normal, tout ce tapage médiatique l'aurait amusé. Et il aurait certainement apprécié les retombées positives pour le Comanche de Vegas. Non seulement les réservations ne cessaient de pleuvoir mais on faisait la queue devant ses machines à sous. Tant que Darcy serait à la mode, les taux de fréquentation de son casino resteraient nettement plus élevés que la normale.

Le surcroît de travail ne l'inquiétait pas non plus. Mac était à l'aise dans les situations de stress ; quant à tenir les journalistes à distance, c'était un sport qu'il affectionnait. Il avait déjà recruté du personnel intérimaire, se préparait à passer plus de temps en salle et avait réussi à convaincre ses parents de rester quelques jours de plus pour l'aider.

Tout aurait donc pu être pour le mieux dans le meilleur des mondes.

Etre sur la brèche vingt-quatre heures sur vingt-quatre présentait d'autre part un avantage non négligeable : le distraire des exigences de sa libido. Car celle-ci le tourmentait avec insistance. Et cela pour quoi ? Pour un brin de fille haut comme trois pommes, avec de grands yeux candides et un sourire de lutin timide.

Chassant résolument son visage d'ange de ses pensées, Mac s'engouffra dans l'ascenseur. Les affaires de cœur ne figuraient pas à son programme. A fortiori avec une innocente venue du Midwest qui ne savait même pas faire la différence entre un brelan et une quinte flush royale.

Mac se considérait comme un homme éminemment civilisé, capable de gouverner ses instincts et de résister aux tentations de la chair, pour peu qu'il en décidât ainsi. Il ne jouait pas avec l'amour comme son frère Duncan. Sans être pour autant de l'avis de sa sœur Amelia qui considérait la passion amoureuse comme un sentiment parasite à éradiquer à tout prix. Mais de là à se stabiliser affectivement et à fonder une famille comme sa sœur Gwen, il y avait un pas qu'il n'était pas prêt à franchir.

Pour Mac, l'amour était une affaire très sérieuse, au fond. Il comptait s'y intéresser, mais plus tard, lorsqu'il aurait du temps à consacrer aux choses du cœur. Avant qu'il accepte de se lancer dans l'aventure du mariage, il voulait être certain de jouer gagnant. Le rapport de probabilité devrait être optimal.

Mac passa une main lasse sur ses paupières. En vérité, il voulait la même qualité de relation dans son couple que celle qui existait entre ses parents. Jusqu'à présent, il ne s'était jamais formulé les choses de façon aussi précise. Mais depuis que Darcy avait attiré son attention sur la complicité amoureuse entre Justin et Serena, il voyait plus clair dans ses propres objectifs. Le couple parental était pour lui le modèle à atteindre. Et il ne se contenterait pas de moins.

Telle était la raison pour laquelle il avait toujours évité de s'engager jusqu'à présent.

Il aimait l'amour et il aimait les femmes. Mais il fuyait les complications. Une histoire trop intense finissait immanquablement par engendrer de la souffrance d'un côté ou de l'autre. Or il avait toujours été attentif à ne pas blesser ses partenaires. Voilà pourquoi il veillait à ne jamais leur donner la moindre illusion.

Il allait sans dire qu'avec une fille fragile et naïve comme Darcy Wallace, il convenait de redoubler de précautions. Elle était beaucoup trop inexpérimentée et vulnérable pour un homme qui passait ses nuits dans l'univers frelaté des salles de jeu. Mac s'était donc astreint à maintenir avec Darcy une relation strictement amicale. Pour elle, il serait juste un soutien temporaire. Et dès qu'elle aurait recouvré son équilibre, il disparaîtrait de sa vie.

Il avait à peine posé un pied dans le jardin sur le toit

de l'hôtel que Darcy apparut à sa vue. Elle était assise à l'une des tables de verre sous la treille, ses grands yeux d'elfe intensément rivés sur le visage de son grand-père. Penchés l'un vers l'autre, ils se parlaient comme deux conspirateurs.

Que manigançaient-ils, tous les deux, pour avoir l'air de si bien se comprendre ? Connaissant Daniel, Mac craignait le pire.

Darcy avait l'air plus fragile que jamais, vêtue d'une robe de plage toute simple, ses deux mains fines aux doigts dépourvus de bagues sagement posées devant elle. Elle avait dégagé un pied d'une de ses sandales qui ne tenait plus que par une bride. La chaussure se balançait doucement au bout de ses doigts de pied aux ongles vernis.

Le temps d'un flash, il se vit embrasser un à un ces orteils adorables, remonter lentement le long du mollet jusqu'au creux du genou… Repoussant avec impatience cette vision lascive, Mac jura à voix basse. Désirer une femme avait toujours fait partie pour lui des expériences agréables de la vie. Mais avec Darcy du Kansas, ses pulsions sexuelles aggravées prenaient des allures de persécution.

Un reste d'irritation assombrissait son humeur lorsqu'il les rejoignit à leur table. Daniel se renversa contre son dossier et le considéra d'un œil radieux.

— Ah, voici mon petit-fils ! Déjà debout, mon garçon, après une nuit presque blanche ? Je te sers un café ?

— J'en prendrais bien une tasse, oui.

Mac connaissait trop bien son grand-père pour ne pas se douter de ce qu'il tramait. Son sourire rayonnant d'autosatisfaction ne lui disait d'ailleurs rien qui vaille.

— Qu'est-ce qui se passe ici ? Vous faites des messes basses, tous les deux ?

— Comment ça, des messes basses ? Je n'ai plus le droit de prendre tranquillement mon petit déjeuner en adorable compagnie féminine, maintenant ? En sachant que si tu n'étais pas aussi lent à la détente, mon cher garçon, tu serais déjà assis à ma place.

— J'ai un casino à gérer, figure-toi, rétorqua Mac sèchement en portant son attention sur Darcy… Bien dormi ?

— Oui, très bien, merci.

Elle tressaillit lorsque Daniel abattit son poing sur la table.

— C'est une façon de s'adresser à une jolie femme ? Tu devrais la complimenter sur sa mine et sur sa tenue ! Ou lui demander si elle accepterait de faire un tour en voiture dans les collines, au clair de lune, ce soir.

— Je travaille de nuit, au cas où tu l'aurais oublié.

— Un MacGregor se débrouille toujours pour trouver du temps libre lorsqu'il s'agit d'apporter plaisirs et distractions à une charmante jeune femme. Ça vous plairait, non, petite, de vous promener au clair de lune dans les collines ?

— Euh… oui, mais…

— Ah ! Tu vois ! Vas-tu te décider à te comporter en galant homme, ou couvriras-tu ton malheureux grand-père de honte ?

Jugeant que le moment était venu de passer à la contre-offensive, Mac prit le cigare qui se consumait dans le cendrier et l'examina d'un œil sombre en le faisant tourner entre ses doigts.

— Rassure-moi… Ce ne serait tout de même pas le tien, grand-père ?

Daniel détourna les yeux et examina ses ongles.

— Je ne sais pas de quoi tu parles. Maintenant, revenons à…

— Tu sais à quel point ma grand-mère serait déçue si elle apprenait que tu recommences à fumer dès qu'elle a le dos tourné ?

D'un geste lent, mesuré, Mac tapota la cendre.

— Je n'ose même pas imaginer sa réaction d'ailleurs.

Notant l'air contrit de Daniel, Darcy s'éclaircit la voix.

— Ce cigare est à moi, dit-elle sur une impulsion.

Les deux hommes lui lancèrent un regard sidéré.

— A toi ? s'enquit Mac d'une voix excessivement suave.

Elle haussa les épaules avec arrogance.

— Oui, pourquoi ? Cela pose un problème ?

Mac sourit.

— Mais pas du tout. Fais-toi plaisir, rétorqua-t-il en lui tendant le havane.

La lueur de défi dans les yeux de Mac ne lui laissait pas le choix. D'un geste qu'elle espéra naturel, elle le porta à ses lèvres et aspira une bouffée. Sa tête se mit à tourner, sa gorge se serra, mais elle réussit à camoufler sa toux.

— C'est très agréable, commenta-t-elle en s'étranglant à moitié.

Les yeux larmoyants, elle continua posément à fumer. Mac résista à la tentation de la prendre sur ses genoux et de poser les lèvres dans son cou.

— Oui, je vois. Un petit cognac te ferait plaisir, peut-être ? Les deux se marient si bien.

— Jamais avant l'heure du déjeuner, hoqueta-t-elle.

Elle toussa de nouveau — plus bruyamment, cette fois. Un premier haut-le-cœur menaçait dangereusement.

— Ton grand-père et moi discutions affaires, précisa-t-elle avec difficulté en essuyant ses larmes du revers de la main.

— Mais poursuivez, je vous en prie. Il ne faut pas vous gêner pour moi.

Mac prit une tranche de bacon dans son assiette et mordit dedans avec appétit. Darcy, elle, blêmissait à vue d'œil.

— Je te conseille de reposer ce cigare avant d'avoir un malaise.

— Je me sens parfaitement bien.

— Vous avez du courage, Darcy.

Daniel se leva, lui prit le menton et posa un baiser paternel sur sa joue.

— Je vais commencer à m'occuper de la petite affaire dont nous parlions tout à l'heure… Quant à toi, Robbie, veille à ne pas me faire honte, d'accord ?

— Qui est Robbie ? demanda Darcy, le regard dans le vague en tirant sur son havane.

— Moi. De temps à autre. Mais seulement pour mon grand-père.

Elle sourit rêveusement.

— C'est mignon.

— Tu vas te rendre malade, marmonna Mac en lui retirant le cigare. Je ne pensais pas que tu irais jusqu'à t'intoxiquer avec ce machin pour protéger ce vieux bandit.

Darcy sourit de plus belle. La tête lui tournait tellement qu'elle la laissa tomber en arrière.

— Je ne vois pas du tout ce que tu veux dire.

Avec un léger soupir, Mac prit son verre d'eau et le porta à ses lèvres.

— Tu pensais vraiment que je cafterais ? Allez, bois une gorgée. Tu es comme ivre.

Elle tourna la tête pour lui sourire.

— Au fond, ce n'est pas désagréable du tout, de fumer… Tu ne l'aurais pas dénoncé, tu dis ?

— Même si je l'avais fait, cela n'aurait rien changé. Ma grand-mère sait pertinemment qu'il cache des cigares sur lui et qu'il fume en cachette dès qu'elle n'est plus dans le secteur.

Darcy ferma rêveusement les yeux et sourit.

— J'aurais aimé avoir un grand-père comme lui. Je trouve que c'est l'homme le plus merveilleux du monde.

— Lui aussi, il a de l'affection pour toi. Ça va ? Tu penses pouvoir marcher droit ? Ou faut-il que je te jette dans la piscine ?

— Oh, mais je vais tout à fait bien. Il n'est pas exclu que je me mette à fumer le havane, d'ailleurs, murmura-t-elle en regardant le mégot se consumer dans le cendrier.

Portant son verre d'eau à ses lèvres pour apaiser sa gorge en feu, elle contempla le visage renfrogné de Mac.

— Ton grand-père n'aurait pas dû te taquiner comme ça, pour cette histoire de promenade au clair de lune.

Mac écrasa d'autorité ce qui restait du cigare.

— Il a décidé que tu étais faite pour moi.

Une agréable chaleur se répandit dans la poitrine de Darcy.

— Faite pour toi ? Vraiment ?

— Daniel MacGregor est un sentimental. Il ne jure que par la famille. Son plus grand désir est de voir tous ses petits-enfants mariés et occupés à assurer sa nombreuse descendance. Et plus il se mêle des histoires de cœur d'autrui, plus il est heureux. Il a déjà arrangé des rencontres pour ma sœur et pour deux de mes cousines.

— Ah oui ? Et qu'est-ce que ça a donné ?

— Dans ces trois cas particuliers, le hasard a voulu qu'il mise chaque fois sur le numéro gagnant. Le malheur, c'est qu'il se considère désormais comme infaillible. Et que rien ne l'arrêtera plus sur sa lancée.

Mac se tut un instant pour laisser courir sur elle un regard scrutateur.

— Et il s'est mis en tête que tu étais la compagne idéale pour moi.

Il aurait sans doute été plus avisé de ne rien laisser transparaître de la bouffée de joie que suscita l'explication laconique de Mac. Mais Darcy eut de la peine à réprimer un sourire.

— Je suis flattée.

Mac eut un petit rire.

— Tu peux l'être. Je suis l'aîné de ses petits-enfants, après tout. Et le cher grand-père a ses exigences. Il est très sélectif lorsqu'il se pique de trouver de nouveaux membres pour son clan.

— Mais toi, ça t'énerve qu'il se mêle ainsi de ta vie ?

— Un peu, oui. Même si je l'aime beaucoup, je n'ai aucune intention de me laisser manipuler. Je regrette s'il t'a fait monter ici en catimini pour te mettre des idées de mariage en tête. Mais il se trouve que je suis très attaché à mon célibat.

Darcy tressaillit.

— Je te demande pardon ?

Mac secoua la tête en souriant.

— Allons, Darcy... Tu fais semblant de ne pas comprendre parce que le vieux forban a dû te demander de tenir ta langue. Mais je connais mon grand-père par cœur. Lorsqu'on m'a dit que vous étiez ensemble ici, j'ai tout de suite compris qu'il essayait de te faire entrer dans son jeu.

Mortifiée, Darcy baissa le nez sur sa tasse de café. La douce chaleur qui l'avait envahie disparut. Ce fut comme si une pierre dure et froide se cristallisait dans sa poitrine.

— Et naturellement, une fille comme moi offre un terrain fertile à ce genre d'approche, selon toi ?

— Mon grand-père n'y peut rien. C'est plus fort que lui. Et le fait que tu sois une Wallace l'enchante, bien sûr. « Du bon sang écossais », déclama Mac en imitant l'accent traînant de son grand-père. Il considère que tu as été taillée sur mesure pour porter mes enfants.

— Et comme tu n'es pas intéressé, tu as jugé plus charitable de venir tuer dans l'œuf les germes d'espoir qui pourraient se développer dans mon pauvre esprit crédule.

— C'est à peu près cela, oui, admit-il, soudain conscient de l'ironie grinçante dans sa voix. Darcy…

— Espèce de présomptueux personnage ! Comment peut-on être imbu de soi-même à ce point ?

Elle se leva d'un bond si brusque que la table se souleva dans le mouvement. Un verre se renversa et se brisa avec fracas sur le carrelage. Mais Darcy n'en avait cure. Les poings serrés, le regard étincelant de rage, elle le toisa.

— Tu me prends vraiment pour une lamentable idiote, n'est-ce pas ? Tu crois qu'avec le petit pois que j'ai dans le cerveau, je suis tombée dans le panneau la tête la première ? Et que j'ai déjà commandé la robe et le bouquet ?

Sidéré par la violence de sa réaction, Mac se leva à son tour.

— Darcy… Ce n'est absolument pas ce que je voulais dire.

— Ah non ! Ne me fais pas *en plus* l'insulte de nier l'évidence ! Tu crois que je ne m'en rends pas compte lorsqu'on me considère comme une péquenaude semi-primitive tout droit sortie de ses champs de maïs ? Tu n'es pas le premier à le penser, mais je jure que tu seras le dernier. Je suis tout à fait lucide en ce qui te concerne. Tu pensais que je ne m'étais pas aperçue que tu ne voulais pas de moi ?

— Je n'ai jamais affirmé que…

— Je suis parfaitement consciente que je ne suis pas ton type, Mac Blade !

Furieuse, elle poussa sa chaise qui heurta la table avec fracas. Le second verre d'eau suivit le même chemin que le premier.

— Tout le monde sait que tu préfères les danseuses de music-hall avec des seins comme des obus, des jambes de déesse et une chevelure qui descend jusqu'aux reins !

— *Quoi ?* Mais d'où sors-tu ce portrait-type ?

Tout droit de son rêve de la veille. Mais elle aurait préféré mourir plutôt que de le lui avouer.

— Je n'ai aucune illusion en ce qui te concerne. J'aurais accepté de coucher avec toi, c'est vrai. Mais je ne m'attendais certainement pas à ce que tu me traînes devant l'autel dans la foulée ! Si le mariage avait été le grand rêve de ma vie, je serais restée à Trader's Corner !

De sa vie, Mac ne s'était senti aussi ridicule.

— Avant que tu casses encore quelque chose, laisse-moi te présenter mes excuses.

Il posa la main sur le dos de la chaise avant qu'elle puisse la propulser une seconde fois contre la table.

— Je ne voulais pas que mon grand-père te mette dans une situation inconfortable, c'est tout.

— Tu t'en es chargé à sa place.

L'humiliation fit monter le sang aux joues de Darcy.

— Cela va sans doute te surprendre, mais c'est *moi* qui ai prié Daniel de m'accorder une entrevue. Et je peux t'assurer — au risque de porter un coup fatal à ton ego surdimensionné — que tu n'avais strictement rien à voir dans l'histoire. Nous avons parlé affaires, Daniel et moi, précisa-t-elle avec hauteur.

Mac fronça les sourcils.

— Affaires ? Comment cela ?

— Je ne vois pas en quoi cela te concerne, rétorqua-t-elle froidement. Mais comme je ne voudrais pas que tu ennuies Daniel avec cette histoire, je vais te le dire quand même. Je lui ai demandé d'être mon conseiller financier.

Intrigué, Mac glissa les mains dans ses poches.

— Tu veux qu'il se charge de placer ton argent ?

— Il y a une contre-indication ?

— Non.

Espérant l'amadouer un peu, il lui sourit et inclina la tête.

— Tu n'aurais pas pu faire meilleur choix.

— Exactement.

Et lui n'aurait pas pu commettre une bourde plus monumentale, de toute évidence.

— Darcy…

— Je ne veux pas de tes excuses, l'interrompit-elle d'une voix glaciale. Et j'ai encore moins envie d'entendre tes explications minables.

Glissant la bride de son sac sur une épaule, elle le salua d'un regard noir.

— Tu mettras les deux verres sur ma facture.

Mac ne put s'empêcher de faire la grimace en la regardant s'éloigner entre les palmiers. Pour commencer, il allait devoir faire amende honorable, après la stupide erreur qu'il avait commise.

Mais ce n'était pas là le pire.

Car sous le déferlement de colère, il avait discerné une Darcy impétueuse et fière qui le fascinait plus encore que tout ce qu'elle avait montré d'elle jusqu'ici.

8.

Pendant deux jours, Darcy ne s'occupa que d'écriture. Pour la première fois en vingt-trois années d'existence, elle pouvait faire ce qu'elle voulait, quand elle le voulait et comme elle le voulait. Rester penchée sur son écran jusqu'à 3 heures du matin et dormir jusqu'à midi, pourquoi pas ? Et qu'est-ce qui l'empêchait de dîner à minuit, s'il lui en prenait l'envie ?

Même si elle était dans une fureur noire, elle réalisa avec une sorte d'exultation sauvage que c'était enfin *sa* vie qu'elle vivait.

Daniel lui manquerait, en revanche. Il était reparti la veille en lui promettant de la tenir au courant des placements réalisés. Il lui avait également déclaré que sa maison de Hyannis lui était ouverte. Elle pouvait passer aussi souvent qu'elle en aurait envie. Darcy s'était engagée à lui rendre visite. Et elle avait l'intention de tenir sa promesse. Elle s'était prise d'une affection sans partage pour les MacGregor au grand complet. A en juger par ceux qu'elle avait rencontrés, c'étaient tous des gens merveilleux.

A une exception près, toutefois.

Un des descendants du clan était arrogant, désagréable et insultant. Et si le descendant en question croyait pouvoir se racheter avec des fleurs, il se trompait. Fronçant dédaigneusement les narines, Darcy se pencha sur le bouquet composé de trois douzaines de roses d'un blanc pur qu'elle avait placé en évidence sur la table du salon. Elle n'avait encore jamais vu de fleurs aussi belles. Et Mac devait s'en douter, le rustre. Mais il était hors de question qu'elle se laisse impressionner pour autant.

Elle n'avait pas réagi pour le remercier, malgré le mot d'excuse qui accompagnait le bouquet. Il y avait eu un nouvel arrivage de fleurs le lendemain matin : un gardénia, cette fois. Avec un petit mot sur une carte de visite, la priant de l'appeler dès qu'elle aurait un moment. Mais là encore, elle s'était abstenue de répondre. Tout comme elle avait laissé Mac tambouriner vainement à sa porte la veille au soir.

Ce matin, le nouveau bouquet était composé d'hibiscus et de fleurs exotiques au parfum envoûtant. Le mot d'accompagnement, lui, s'était fait plus impérieux :

« Bon sang, Darcy. Ouvre ta porte ! »

Avec un petit rire sans joie, elle se concentra de nouveau sur l'écran de son ordinateur. Il était hors de question qu'elle lui ouvre quoi que ce soit — ni sa porte ni son cœur. Qu'elle ait pu tomber amoureuse de lui n'était pas seulement humiliant. Il s'agissait également du cas de figure le plus banal, le plus éculé que l'on puisse imaginer. Un scénario à peine digne du plus lamentable roman de gare !

« Femme seule et pitoyable rencontre bel homme riche et brillant et tombe à ses pieds. »

Mortifiée, Darcy serra les dents. Elle avait réussi à se ressaisir, en tout cas. Et même si Mac lui envoyait des champs entiers de fleurs et des kilos de messages, elle maintiendrait ses positions.

Elle savait exactement ce qu'elle voulait, désormais. Dès qu'elle aurait terminé le premier jet de son roman, elle deviendrait propriétaire immobilière. C'était une maison qu'il lui fallait. Une grande maison ocre qui ouvrirait sur le désert et sur le cirque majestueux des montagnes.

Mac ne jouait évidemment aucun rôle dans la décision qu'elle avait prise de s'établir dans le Nevada. Vegas, tout simplement, lui allait comme un gant. Elle aimait les vents chauds, les étendues de désert, le mouvement et la frénésie du Strip où s'alignaient les plus fabuleux casinos. Las Vegas était une des villes dont la croissance de population était la plus rapide de tous les Etats-Unis. Et la qualité de vie avait la réputation d'y être excellente.

Voilà ce qu'elle avait lu dans le petit guide mis à sa disposition par le Comanche. Alors pourquoi irait-elle chercher ailleurs des avantages qui s'offraient sur place ?

Lorsque le téléphone sonna, Darcy se contenta de gratifier l'appareil d'un regard noir. Si Mac pensait qu'elle mourait d'envie d'entendre le son de sa voix, il faudrait qu'il se rende à l'évidence : la « petite Darcy du Kansas » était parfaitement capable de se débrouiller sans lui.

Le front buté, les mâchoires crispées, Darcy s'attela de nouveau à son récit et oublia résolument le monde extérieur.

Mac marchait de long en large dans son bureau pendant que Serena, installée à sa table de travail, examinait le planning des réservations pour les deux prochains mois.

— Eh bien… ça se présente plutôt favorablement, dans l'ensemble. Tu vas finir par afficher complet toute l'année, si ça continue.

— Mmm…, acquiesça Mac, sans avoir entendu un traître mot de ce que disait sa mère.

Il était incapable de se concentrer depuis son altercation

avec Darcy sur la terrasse. Ce qui achevait de le mettre hors de lui.

Qu'avait-il fait de si impardonnable, après tout ? Il avait juste voulu la mettre en garde contre les petites manies de son grand-père. Il ne l'avait pas fait pour lui mais pour *elle*, pour lui épargner une déception éventuelle. Et même s'il avait manqué de tact, il lui avait tout de même exprimé ses regrets à plusieurs reprises.

Mais Mademoiselle n'avait même pas daigné accepter ses excuses. Et elle s'obstinait à jouer la femme invisible depuis deux jours.

Le pire, c'est qu'il avait été à deux doigts d'utiliser son passe et de s'introduire dans sa suite de force. Une intrusion qui eût été impardonnable, compte tenu des responsabilités qu'il occupait au Comanche. Mais il y avait tout de même de quoi se taper la tête contre les murs ! Il jura intérieurement. Bon sang ! Que pouvait-elle bien fabriquer, enfermée du matin au soir dans ses appartements ? Elle n'avait pas pris un seul repas en dehors de sa chambre depuis le mémorable petit déjeuner sur le toit. Pas plus qu'elle n'était apparue au casino.

Madame boudait, autrement dit.

A vingt-trois ans, elle avait pourtant passé l'âge des caprices. Cette façon de se retrancher dans un silence renfrogné manquait tellement d'élégance !

— Ça m'apprendra à vouloir rendre service aux gens, marmonna-t-il.

— Pardon ?

Serena lui jeta un regard de biais puis secoua la tête. Depuis une heure qu'elle était censée travailler avec Mac, elle avait quasiment renoncé à obtenir son attention.

— Qu'est-ce qui ne va pas, Mac ?

— Rien. Tout va bien, au contraire. Comme tu peux le constater, les affaires ont rarement aussi bien marché…

Tu veux voir le calendrier des spectacles prévus pour cet été ?

Haussant un sourcil ironique, Serena agita le listing qu'elle avait à la main.

— C'est ce que je suis en train d'étudier.

— Ah oui, O.K.

Serena soupira ostensiblement. Mais Mac avait déjà oublié sa présence, de toute évidence. Debout devant la fenêtre, il scrutait l'horizon d'un œil sombre. Laissant ses documents de côté, elle se renversa contre son dossier.

— Ecoute, Mac… Autant me confier tout de suite ce que tu ressasses depuis deux jours de cet air lugubre. De toute façon, je ne te lâcherai pas avant de t'avoir extorqué des aveux complets.

Mac pivota pour lui faire face. Une lueur de révolte étincela au fond de ses yeux bleus.

— Qui aurait cru qu'elle pourrait être aussi tête de mule ! C'est hallucinant, non ? Si elle est capable d'être contrariante à ce point, comment se fait-il qu'elle se soit tant laissé dominer jusqu'à présent ?

Serena toussota. Il était rarissime que Mac s'énerve ainsi. Surtout à cause d'une femme. Voilà qui dissipait jusqu'à ses derniers doutes au sujet des sentiments de son fils.

— J'imagine que tu veux parler de Darcy ?

— Evidemment que je parle de Darcy ! Ça fait deux jours qu'elle reste enfermée jour et nuit dans sa suite. J'aimerais quand même bien savoir ce qu'elle trafique !

— Elle écrit.

— Comment ça, « elle écrit » ?

— Son livre, précisa Serena patiemment. Elle voudrait boucler le dernier chapitre avant de se mettre à la recherche d'un agent littéraire.

Un éclair d'étonnement traversa le regard de Mac.

— Comment sais-tu tout ça ?

— Parce qu'elle me l'a dit. Nous avons pris le thé ensemble dans sa suite, hier après-midi.

Mac dut faire un effort sur lui-même pour ne pas rester bouche bée, comme un idiot.

— Parce qu'elle t'a laissée entrer ?

— Bien sûr qu'elle m'a laissée entrer ! Je l'ai convaincue de s'accorder une courte pause. C'est une fille très disciplinée, très volontaire aussi. Et talentueuse, avec cela.

— Talentueuse ?

— J'ai réussi à obtenir qu'elle me fasse lire un extrait du manuscrit qu'elle a terminé l'année dernière. Et j'ai été très impressionnée par la qualité de son travail. C'est à la fois bien écrit et passionnant. Cela te surprend ?

— Non.

Mac réalisa que cela ne le surprenait pas du tout, même.

— Donc elle travaille ?

— C'est exact.

— Cela n'excuse pas son impolitesse.

— Impolie ? *Darcy ?*

— Son silence boudeur commence à me courir sur les nerfs, marmonna-t-il.

— Elle refuse de te parler ? Qu'est-ce que tu lui as fait ?

Avec un soupir d'impatience, Mac foudroya sa mère du regard.

— C'est quand même incroyable ! Tu ne sais rien de ce qui s'est passé ! Qu'est-ce qui te fait penser que je suis en tort ?

Serena se leva et lui posa affectueusement la main sur la joue.

— Tu sais quelle affection j'ai pour toi, Mac. Mais tu es et tu restes un homme. Alors, quelle maladresse as-tu commise pour la mettre en colère ?

Mac haussa les épaules.

— J'ai simplement tenté de lui expliquer le fonctionnement de Daniel. Il faut dire que je les ai surpris là-haut, près de la piscine, penchés l'un vers l'autre, à chuchoter comme deux vieux complices mijotant un grand coup. Et lorsque je les ai rejoints, grand-père a commencé à me faire la morale pour que j'emmène Darcy faire un tour dans le désert au clair de lune. Tu connais sa technique.

Serena soupira bruyamment. Oui, elle connaissait par cœur les « subtiles » manœuvres de son père.

— Je vois. Et comment lui as-tu décrit les petites manies de Daniel, au juste ?

— Je lui ai parlé de son obsession par rapport à la lignée et de son souhait de voir le monde peuplé d'une ribambelle de petits MacGregor. J'ai expliqué à Darcy qu'elle avait l'honneur d'être LA candidate choisie à mon intention. Et je lui ai présenté mes excuses pour le comportement de mon grand-père en lui précisant que je n'avais pas l'intention de me marier. Cela m'aurait ennuyé qu'elle le prenne trop au sérieux.

Serena recula d'un pas pour le dévisager avec consternation.

— Et dire que je te considérais comme quelqu'un de supérieurement intelligent, mon fils !

— Tout ce que je voulais, c'était la protéger d'une déception éventuelle. J'étais convaincu que grand-père avait manigancé un rendez-vous pour lui mettre des idées de mariage en tête. Je pouvais difficilement deviner que c'était elle qui avait proposé de le voir pour affaires ! Je reconnais que j'ai mis les pieds dans le plat.

— Pour mettre les pieds dans le plat, tu as mis les pieds dans le plat, oui.

Exaspéré, Mac enfonça les mains dans ses poches.

— Bon, d'accord. Admettons. Mais tout le monde a le

droit de se tromper, non ? Je lui ai présenté mes excuses, je lui ai envoyé des fleurs, j'ai essayé — en vain — de la joindre au téléphone et j'ai même cogné à sa porte. Je ne vois vraiment pas ce que je peux faire de plus. Me jeter à ses pieds, peut-être ?

— Cela te ferait sans doute le plus grand bien.

— C'est ça, bien sûr ! vociféra-t-il, le regard sombre.

Avec un léger rire, Serena prit le visage de son fils entre ses paumes.

— Pourquoi cette petite brouille te préoccupe-t-elle à ce point ? Tu as des sentiments pour elle ?

— Je me soucie de son sort, oui. Elle est arrivée ici en titubant de faim et de fatigue, comme… comme une espèce de réfugiée, bon sang ! Il faut bien que quelqu'un s'occupe d'elle.

Serena garda les yeux rivés aux siens.

— Donc ce que tu ressens pour elle est de nature… fraternelle ?

Il hésita juste une seconde de trop.

— En principe, oui.

— Mais en réalité ?

— Je ne sais pas.

Le cœur débordant de tendresse maternelle, Serena caressa les cheveux d'un noir de jais de son fils.

— Tu devrais peut-être essayer de trouver la réponse ?

— Ah oui ? Et comment ? Elle ne m'adresse plus la parole.

— Avec du sang Blade et du sang MacGregor dans les veines, ce n'est pas une porte fermée qui devrait t'arrêter.

Serena sourit et lui posa un baiser sonore sur la joue.

— Si les paris sont ouverts, je mise sur toi, Mac.

Les yeux clos, Darcy imagina la scène qu'elle voulait écrire. Ses deux personnages principaux, malgré le danger qui les environnait, étaient sur le point de céder à leur attirance mutuelle. Ils avaient résisté longtemps, mais la pulsion qui les poussait l'un vers l'autre était devenue plus forte que tout ce qui les avait séparés jusqu'à présent.

C'était maintenant. Maintenant ou jamais.

La maison où ils avaient trouvé refuge était glaciale. Et le feu qui brûlait dans l'âtre n'avait pas encore chassé l'humidité de la pièce. A travers le carreau, l'éclat bleuâtre d'une lune d'hiver conférait à la scène un léger halo de mystère.

Ce serait lui qui ferait le premier geste. En lui effleurant la joue du dos de la main, peut-être ? Elle sentirait sa respiration se bloquer puis un long soupir glisserait sur ses lèvres. Lorsqu'il l'attirerait contre lui, percevrait-elle, malgré leurs épais vêtements, la chaleur de son corps ? Et quelles seraient les dernières pensées qui lui traverseraient l'esprit avant que leurs bouches ne se joignent ?

Les yeux clos, toujours, Darcy laissa monter les mots qui couleraient bientôt sur la page. La sonnerie du téléphone la surprit non pas dans une suite de luxe à Las Vegas, mais devant la cheminée d'un chalet isolé en pleine montagne.

Tressaillant violemment, elle décrocha sans réfléchir.

— Allô !

— Bonjour, Darcy.

La voix masculine était grave, irritée et tristement familière.

— Gerald ?

— Qui d'autre, à ton avis ?

Le ventre noué par la tension, elle oublia la scène d'amour passionnée, ses personnages, le chalet perdu dans la neige.

— Comment vas-tu ? s'enquit-elle nerveusement.

— Comment voudrais-tu que j'aille ? Tu m'as mis dans une situation on ne peut plus gênante.

— Je suis désolée.

Les mots d'excuse lui avaient échappé par automatisme. A l'autre bout du fil, Gerald soupira avec impatience.

— Je ne sais vraiment pas ce qui t'a pris de te comporter de cette manière. Tu vas d'ailleurs me fournir des explications sur-le-champ. Donne-moi le numéro de ta chambre.

— Le numéro de ma chambre ?

La nervosité de Darcy se mua instantanément en panique.

— Où es-tu ?

— Dans le hall d'entrée de cet endroit ridicule où tu as choisi de venir te compromettre. Ce lieu est pire qu'inacceptable, ce qui ne me surprend pas, compte tenu de ton attitude irréfléchie de ces dernières semaines. Mais nous allons mettre cela au clair tout de suite. Ton numéro de chambre, Darcy ?

Elle porta la main à son cœur battant. Laisser Gerald entrer ici ? Dans son refuge ? Non. Pour rien au monde, elle ne le laisserait envahir son sanctuaire.

— Ecoute, je vais descendre plutôt. Je te retrouve à côté de la fontaine. A gauche de la réception, tu la vois ?

— C'est difficile de voir autre chose. Ne traîne pas.

— Non, non. J'arrive tout de suite.

Reposant le combiné, Darcy se leva lentement. Comme la tentation était forte de céder à cette présence impérieuse, de se résigner à se laisser dominer une fois de plus. Résolument, elle redressa la taille, rejeta les épaules en arrière. Gerald n'avait aucun droit sur sa personne. S'il avait eu tant de pouvoir jusqu'ici, c'était uniquement parce qu'elle avait accepté son emprise sur elle. Il ne tenait qu'à elle de se montrer ferme. Autant il jouissait d'une sorte de toute-puissance à Trader's Corner, autant il était dépourvu de toute espèce d'autorité à Las Vegas.

Pourtant la main de Darcy tremblait lorsqu'elle monta dans l'ascenseur et appuya sur le bouton du rez-de-chaussée.

Le hall d'entrée était plein, comme d'habitude, envahi par des hordes de touristes qui venaient en famille jeter des pièces de monnaie dans la fontaine, ou assister à un spectacle donné dans l'amphithéâtre en plein air.

Gerald était assis dans un fauteuil au dos droit, à côté du bassin à poissons. Son costume sombre était impeccable, son beau visage sévère trahissait un vague écœurement tandis qu'il suivait les allées et venues autour de lui d'un regard teinté de dérision.

Il avait de l'allure, songea Darcy. Mais tout dans son attitude indiquait le mépris, la rigidité, la froideur. C'était le côté glacial de sa nature qui l'avait toujours effrayée chez lui.

A son approche il tourna la tête. Son regard désapprobateur se posa brièvement sur le short tout simple et le large T-shirt qu'elle avait revêtus pour écrire.

Gerald se leva, attentif comme toujours à garder ses excellentes manières.

— J'imagine que tu peux m'expliquer le sens de cette mascarade.

Il lui indiqua le fauteuil en face du sien. Un geste qui à lui seul résumait leurs rapports.

Cette fois, elle resta debout.

— J'ai décidé de vivre ici, Gerald.

— Ne sois pas absurde.

Lui saisissant le bras, il la fit asseoir de force.

— As-tu idée, au moins, de la situation embarrassante dans laquelle tu m'as placé ? Te sauver comme ça en pleine nuit…

— Je ne me suis pas sauvée.

Mais c'était faux, et ils le savaient l'un et l'autre. Gerald haussa les sourcils, comme s'il avait affaire à une enfant fautive.

— Tu es partie sans prévenir personne. C'est un comportement irresponsable, comme toute ton attitude capricieuse de ces derniers mois. Mais on ne voyage pas comme ça, sans projet préétabli, en se contentant d'aller droit devant soi. Qu'espérais-tu obtenir par cette fugue stupide ?

Tout, songea-t-elle. La liberté. L'aventure. La vie. Croisant les doigts, elle posa les mains sur ses genoux.

— Il ne s'agissait pas d'un simple voyage mais d'un départ définitif. Rien ne me retient plus à Trader's Corner.

— Inutile d'aggraver ton cas, Darcy. As-tu pensé aux répercussions de ton geste, au moins ? As-tu songé, ne serait-ce qu'un instant, à l'embarras que j'ai pu ressentir en découvrant que ma fiancée était partie sans rien me dire ?

— Je ne suis pas ta fiancée. J'avais rompu nos fiançailles bien avant mon départ.

Gerald soutint son regard sans broncher.

— Tu n'as pas besoin de me rappeler cet épisode peu glorieux, Darcy. J'ai été très patient avec toi en te laissant tout le temps nécessaire pour t'apercevoir de ton erreur. Et voilà comment je suis récompensé ! *Las Vegas*, grands dieux... Tu pouvais difficilement tomber plus bas, ma pauvre fille. Inutile de préciser que les rumeurs les plus douteuses courent sur ton compte à Trader's Corner. Et ma réputation en a souffert. Ton nom est étalé dans tous les journaux. Et tout ça pour un exploit plus que discutable.

— J'ai investi trois dollars et cela m'a rapporté presque deux millions en l'espace de moins d'une heure. Ce genre de miracle n'arrive pas tous les jours.

— Gagner de l'argent au jeu ! Il n'y a pas de quoi se vanter, crois-moi ! Mais bon... Ce qui est fait est fait. Je me chargerai des journalistes. L'intérêt suscité par cette affaire retombera rapidement, par chance. Il suffira de mettre l'accent sur l'aspect anecdotique de l'histoire et d'en gommer le côté sordide.

— Sordide ? J'ai mis de l'argent dans une machine et j'ai touché le jackpot. Je ne vois pas ce que ça a de si dégradant.

Gerald la gratifia d'un regard las.

— Je sais que c'est trop te demander que de mesurer l'incongruité de ta situation actuelle, Darcy. Tu ne vois même pas dans quel univers de perdition tu es venue te fourrer. Seule ton innocence, d'ailleurs, pouvait encore te racheter à mes yeux. Je passerai donc l'éponge une fois de plus. Nous ferons transférer l'argent sur…

La gorge nouée par l'angoisse, Darcy secoua la tête.

— Non.

— Darcy, pour l'amour du ciel, tu ne vas pas recommencer à faire de l'opposition systématique ! Tu peux difficilement laisser cette somme dans le Nevada. Mon courtier placera ton petit capital et tu toucheras une allocation mensuelle.

Une allocation mensuelle. Comme si elle était une mineure sous tutelle qu'il fallait protéger contre elle-même !

— Mon argent est déjà placé. M. MacGregor — Daniel MacGregor — va gérer mon portefeuille de titres.

— Quoi ?

Gerald se pétrifia un instant sous le choc. Il lui agrippa la main avec force.

— Ne me dis pas que tu as remis près de deux millions de dollars entre les mains d'un parfait inconnu !

— Daniel est tout sauf un inconnu. Et il lui reste un peu moins d'un million à investir, en vérité. L'Etat a prélevé sa part. Et j'ai également besoin d'argent pour vivre, bien sûr.

— Bon sang, mais comment as-tu pu te comporter de façon aussi crédule, ma pauvre Darcy ? vociféra Gerald.

Une telle animosité transparaissait dans son attitude qu'elle eut un mouvement de recul.

— Enfin, réfléchis, bon sang. Même une simple d'esprit

serait capable de voir clair dans le jeu de ces gens. MacGregor est apparenté aux propriétaires de la chaîne des Comanche. Il a des capitaux engagés, dans l'affaire. Et toi, comme une pauvre sotte, tu lui rends l'argent que tu leur as pris. Autant te dire que tu n'en reverras pas la couleur.

— Je ne suis pas stupide, protesta Darcy calmement. Et Daniel MacGregor n'est pas un voleur.

— Bon. Fields, mon avocat, se chargera de récupérer tout ce qui n'a pas encore été investi. Il va falloir agir vite — très vite — en revanche.

Sourcils froncés, Gerald s'interrompit pour consulter sa montre.

— Je vais être obligé d'appeler Fields à son domicile. C'est gênant mais inévitable. Monte faire tes bagages. Pendant ce temps, je me charge de réparer tes bêtises. Plus vite nous serons rentrés, plus vite je pourrai prendre les dispositions nécessaires.

— Tu es venu pour l'argent ou tu es venu pour moi, Gerald ?

Renonçant à dégager sa main prisonnière, Darcy la laissa reposer passivement dans celle de son ex-fiancé. Elle savait qu'elle n'aurait pas l'avantage si elle se mesurait à lui physiquement. Elle investirait donc toute son énergie — et sa colère — dans l'affrontement verbal.

— Ton fonctionnement, je le connais, Gerald. En temps normal, tu te serais contenté de prendre ton téléphone pour m'ordonner de rentrer à la maison dare-dare. En aucun cas, tu n'aurais pris la peine de chambouler ton précieux emploi du temps pour venir me chercher en personne. Tu as toujours été persuadé qu'il te suffisait de siffler pour que je revienne docilement, la queue entre les jambes.

— Darcy, je n'ai pas de temps à perdre avec tes impertinences. Je te donne une demi-heure pour faire tes valises et enfiler une tenue convenable pour voyager.

— Je n'ai pas l'intention de bouger d'ici.

Le visage convulsé par la fureur, Gerald la tira brutalement sur ses pieds.

— Fais ce que je te dis. Immédiatement, tu m'entends ? Je ne tolérerai pas que tu fasses une scène en public.

— Dans ce cas, je te conseille de quitter rapidement les lieux. Car tu vas y avoir droit.

Alors qu'elle se préparait au pire, Darcy sentit une main rassurante se poser sur son épaule. Avant même qu'il n'élève la voix, elle sut que Mac se tenait derrière elle.

— Que se passe-t-il, ici ? Il y a un problème ?

Incapable d'affronter le regard de Mac, elle répondit aussi fermement que possible :

— Non, tout va bien... Gerald, je te présente Mac Blade, le directeur du Comanche. Gerald s'apprêtait à partir.

— Au revoir, Gerald, déclara Mac avec une froideur que l'on sentait explosive. Je crois que cette jeune femme apprécierait que vous lui rendiez sa main.

— Monsieur Blade, il s'agit d'une conversation de nature privée entre Darcy et moi. Je vous prierai d'avoir la correction de ne pas intervenir.

Mac se planta devant lui.

— Je n'ai pas encore *commencé* à intervenir. Mais ce n'est sûrement pas l'envie qui m'en manque.

— Mac, arrête, s'il te plaît.

Plus en colère qu'effrayée, à présent, Darcy se plaça entre les deux hommes.

— Je suis parfaitement capable de régler ce différend moi-même.

Gerald la toisa avec dégoût.

— Ne me dis pas que tu as poussé l'inconscience jusqu'à partager le lit de... de cet individu, Darcy ? Que crois-tu qu'un homme comme lui puisse vouloir d'une fille comme toi à part récupérer son argent et s'offrir un peu de sexe gratuit en guise de bonus ?

Darcy sentit comme un courant d'énergie bruisser derrière elle. Consciente que Mac se préparait à frapper, elle tendit les mains en arrière pour lui maintenir les bras.

— S'il te plaît, non… ça ne servirait à rien.

Sous ses doigts, ses muscles tressaillirent, tendus comme des cordes de violon.

— S'il te plaît, Mac…

Elle ignora les curieux autour d'eux, très occupés à faire semblant de ne pas s'intéresser à la scène. Le fait de sentir le torse de Mac, solide comme un roc dans son dos, lui donnait de l'assurance, bien sûr. Mais il n'y avait pas que cela. Elle se découvrait capable, pour la première fois, de tenir tête à son ex-fiancé.

— Gerald, ce que je fais ou ne fais pas, seule ou en compagnie, ne regarde que moi. Je n'ai pas de comptes à te rendre. Je regrette d'avoir accepté ta demande en mariage, à l'époque. C'était une erreur que je me suis efforcée de rectifier très vite, mais tu as toujours refusé de m'écouter. C'est la seule faute que j'aie jamais commise envers toi. Pour le reste, je n'ai strictement rien à me reprocher en ce qui te concerne.

Tout en s'accordant une courte pause pour reprendre sa respiration, Darcy nota la crispation des mâchoires de Gerald, la lueur de haine dans son regard. « Il a envie de me frapper », réalisa-elle soudain. Et elle n'en fut pas autrement surprise. Si elle n'avait pas trouvé le courage de s'enfuir, il aurait fini par recourir à la violence physique. Tôt ou tard, il aurait éprouvé le besoin d'aller au-delà de la simple intimidation verbale.

Cette certitude lui donna toute la conviction nécessaire pour trancher de façon définitive :

— Si tu m'as toujours manipulée à ton gré, c'est parce

que j'offrais un terrain propice. Tu m'as choisie, dans un premier temps, parce que j'étais jeune, timide et craintive. Puis tu t'es accroché parce que tu ne supportais pas qu'un être aussi insignifiant que moi te résiste. Sans parler du désagrément d'avoir à justifier la rupture de tes fiançailles auprès de tes amis et voisins.

Un muscle tressaillit à l'angle de la mâchoire de Gerald.

— Je ne supporterai pas une seconde de plus que tu déballes ainsi notre intimité devant témoins, Darcy.

— Personne ne te retient. Tu es venu jusqu'ici parce que la « moins-que-rien » que je suis à tes yeux se retrouve soudain en possession d'une somme d'argent non négligeable et qu'il serait tout de même dommage de la laisser filer... D'autre part, il y a la presse. Je suis sûre que quelques reporters entreprenants sont déjà allés fourrer leur nez à Trader's Corner. Et il ne leur faudra pas deux heures pour apprendre que nous avons été fiancés. Je suis consciente que c'est ennuyeux pour toi mais personne n'y peut rien.

De nouveau, elle dut s'interrompre pour reprendre son souffle.

— Pour finir, je vais être très claire, Gerald : tu ne mettras jamais la main ni sur moi ni sur mon argent. Et je ne reviendrai pas à Trader's Corner. Ni aujourd'hui, ni demain, ni jamais. Je ne ressens aucune sympathie pour toi aujourd'hui. Et je m'aperçois que je n'en ai même jamais eu auparavant.

Reculant d'un pas, Gerald la considéra avec une froideur teintée de dédain.

— J'ai l'impression d'être en face d'une étrangère. Tu révèles enfin ta vraie personnalité, Darcy. Et elle ne ressemble en rien à celle que je croyais connaître.

— Je considère cela comme un très beau compliment. Le seul, d'ailleurs, que j'aie jamais reçu de toi. Accepte ta défaite, Gerald, conclut-elle calmement. Et retourne chez toi.

Il les enveloppa, Mac et elle, d'un même regard méprisant.

— Finalement, vous vous valez, tous les deux. Et vous êtes aussi bien assortis au décor l'un que l'autre. Si tu mentionnes mon nom à la presse, je n'hésiterai pas à porter plainte.

— Tu n'as aucune inquiétude à avoir, murmura Darcy en suivant des yeux la haute silhouette courroucée qui s'éloignait à grands pas. Ton nom, je crois que je l'oublie déjà.

— Bravo. Tu l'as envoyé balader avec brio. Une vraie championne.

Incapable de résister à la tentation, Mac pencha la tête et posa un baiser dans ses cheveux. Darcy ferma les yeux.

— Une championne, pas vraiment, mais c'est fait, en tout cas. Il ne reviendra plus et c'est tout ce que je demande. Merci de m'avoir proposé ton aide.

— Apparemment, tu t'en passes très bien.

Comme il la sentait trembler contre lui, cependant, il resserra la pression de ses bras.

— Je te raccompagne jusqu'à ta suite.

— Je connais le chemin, merci.

— Darcy…

Il la fit pivoter vers lui.

— Tu ne m'as pas accordé la satisfaction de le jeter moi-même dehors. Tu me dois bien ça.

Les jambes flageolantes, Darcy sourit faiblement.

— Bon, d'accord. Je paye toujours mes dettes.

Il garda le bras passé autour de ses épaules en l'entraînant vers l'ascenseur.

— Tu as reçu mes fleurs ? demanda-t-il pour lui changer les idées.

— Oui, elles sont très belles. Merci.

— J'ai appris par ma mère que tu avais passé ces deux derniers jours à écrire ?

Elle acquiesça d'un signe de tête.

— Donc si tu t'enfermais dans un silence obstiné, c'était uniquement parce que tu étais en pleine création ? Pas parce que tu avais un reste de rancœur contre moi ?

Avec un léger haussement d'épaules, elle détourna les yeux.

— Je ne suis pas rancunière. Pas en temps ordinaire, du moins.

— Mais tu as fait une exception pour moi ?

— Apparemment.

— Mmm... Alors je te laisse le choix : soit tu me pardonnes d'avoir été « présomptueux, pédant et imbu de ma personne », soit tu me forces à courir après Gerald pour lui mettre mon poing dans la figure.

— Tu ne ferais pas une chose pareille ! se récria-t-elle.

Mac sourit sombrement.

— Oh ! que si.

Les portes de l'ascenseur s'écartèrent, mais Darcy ne bougea pas. Le regard rivé sur ses traits, elle secoua la tête, partagée entre la surprise et l'indignation.

— Tu en serais capable ! Mais ça ne résoudrait rien.

— Peut-être. Mais c'est une technique de défoulement imparable... Alors ? Ta décision ? Tu me laisses entrer ou je pars sur les traces de ce brave Gerald ?

Darcy dut faire un louable effort sur elle-même pour ne pas sourire de plaisir.

— Bon, allez, entre un moment. De toute façon, je suis trop perturbée par ce qui vient de se passer pour me remettre tout de suite à écrire.

Le regard de Mac se posa sur l'écran de l'ordinateur resté allumé sur le bureau.

— Ton livre avance, alors ?

— A grands pas.

— Ma mère m'a dit que tu l'avais autorisée à en lire quelques pages ?

— Ta mère est très persuasive. Tu veux boire quelque chose ?

— Rien pour le moment. Et moi ? Tu me laisseras voir quelques fragments ?

Elle secoua la tête.

— Pas question. Lorsqu'il sera publié, tu pourras lire le roman de bout en bout.

Détournant les yeux de l'écran, il scruta les traits de Darcy. Elle avait retrouvé ses couleurs, constata-t-il avec soulagement. Elle lui avait paru un peu trop menue, un peu trop fragile lorsqu'il l'avait trouvée crânement dressée face au sinistre Gerald Peterson.

— Moi aussi, je peux être très persuasif. C'est une qualité héréditaire, dans la famille. Mais tu es encore un peu secouée, donc j'attendrai une occasion plus favorable.

Croisant les bras sur sa poitrine, elle serra ses coudes.

— J'ai eu très peur quand il m'a appelée.

— Mais tu es descendue lui parler quand même.

— Fuir n'aurait servi à rien. Il fallait que je règle cette histoire une fois pour toutes.

— Tu aurais pu m'appeler. Rien ne t'obligeait à affronter ce type toute seule.

— C'était important pour moi de me prouver que je pouvais lui parler sans me laisser dominer. Avec le recul, je comprends à quel point j'ai été stupide de me laisser toujours intimider à ce point par cet homme. Je ne m'étais jamais rendu compte combien il était minable, au fond.

Il lui avait fallu s'éloigner pour s'apercevoir que Gerald n'était qu'un tyran de pacotille.

— Quoi qu'il en soit, même si j'ai été stupide de quitter

Trader's Corner en secret, comme si j'avais la Mafia aux trousses, je ne regrette pas d'être ici et de t'avoir rencontré. Et j'apprécie que tu te sois retenu de le frapper, malgré son attitude insultante à ton égard, ajouta-t-elle en se tordant les mains.

Mac garda les yeux rivés aux siens.

— Si je l'avais frappé, je ne l'aurais pas fait pour moi.

Darcy sentit les larmes lui monter aux yeux.

— Lorsque tu es arrivé, je me suis sentie tellement plus forte, admit-elle doucement. J'ai su que je m'en sortirais face à lui, que je n'avais plus aucune raison d'avoir peur. Lui, il a tout de suite pensé que toi et moi, nous avions…

Le feu aux joues, elle laissa sa phrase en suspens.

— Et j'étais contente qu'il tire cette conclusion. Car je n'ai jamais voulu qu'il me touche.

Mac s'avança vers elle. Et songea — trop tard — qu'il aurait été plus avisé de garder ses distances.

— Ça va lui donner matière à réfléchir, en effet. Tant mieux. Ça me console presque de ne pas avoir pu lui coller un bon direct du droit.

La chaleur qui se répandait dans la poitrine de Darcy était si douce qu'elle en aurait ronronné de plaisir.

— Je suis contente que tu sois venu me soutenir, Mac.

— Moi aussi. Alors nous sommes de nouveau amis ?

Il lui effleura la joue. Avec le dos de la main. Sa respiration se bloqua un instant au niveau de sa gorge avant de frissonner sur ses lèvres.

— C'est amis que tu veux que nous soyons ? s'enquit-elle dans un souffle.

Les yeux de Darcy étaient immenses. Assombris par une émotion secrète.

— Pas seulement, chuchota-t-il en se penchant sur ses lèvres.

Darcy eut la réponse à la question qu'elle s'était posée

juste avant l'arrivée de Gerald. Elle savait maintenant ce que ressentirait son personnage féminin à l'orée d'un baiser qui l'amènerait loin, très loin, sur les chemins de l'abandon. Il n'y aurait pas de pensées structurées, rien qu'un kaléidoscope d'images fractionnées, sans motifs ni figures. Se dressant sur la pointe des pieds, elle se pressa contre Mac, s'accrocha à ses épaules et s'immergea dans les couleurs, les images, le tourbillon.

La bouche de Darcy était si avide, si douce. Si généreuse aussi. Elle donnait, donnait sans retenue et, pourtant, il voulait plus encore. Son corps souple ployait, prêt à se rendre. Mais il aspirait à un abandon toujours plus grand.

Le désir qu'il ressentait était si violent, si primitif, qu'il dut lutter pour détacher ses lèvres des siennes.

— Darcy…

Se jurant qu'il n'irait pas plus loin, il tenta de l'éloigner. Mais elle se raccrochait à son cou, refusait de détacher son corps du sien.

— S'il te plaît, murmura-t-elle d'une voix rauque, presque tremblante. Touche-moi. Caresse-moi.

La prière chuchotée était aussi troublante, aussi sensuelle que le crissement d'une soie sombre sous des mains que le désir rendait fébriles. Le sang de Mac rugissait à ses oreilles et la tension dans ses reins se faisait presque lancinante.

— Te caresser, te toucher ne sera pas assez.

— Tu peux avoir plus. Prends ce que tu veux prendre.

Darcy songea qu'aimer était comme un torrent. L'élan qui la jetait vers lui était si fort qu'elle aurait pu se noyer, succomber, disparaître.

— Fais-moi l'amour, Mac.

Le son de sa propre voix lui parut lointain, presque improbable tandis qu'elle couvrait son visage de baisers implorants.

— Partage mon lit.

C'était une exigence autant qu'une offre. Et tout en lui s'émerveillait de l'une comme de l'autre.

— J'ai envie de toi, chuchota-t-il en pressant les lèvres contre l'arc fragile de son cou. C'est de la folie comme je te désire.

— Quelle importance, si c'est de la folie. ? Je n'ai pas envie d'être raisonnable. Une fois… une seule fois… fais-moi l'amour.

Comment résister ? Il se pencha pour la soulever contre lui et vit l'or pur de ses yeux luire comme du métal fondu. Dans ses bras, elle pesait à peine plus lourd qu'un enfant. Ce constat le terrifia.

— Je ne te ferai pas mal, Darcy.

— C'est sans importance.

Sans importance ? Certainement pas pour lui, en tout cas. Il lui mordilla amoureusement le cou, lui arrachant un soupir de délice tandis qu'il négociait les marches qui menaient à la chambre.

— La première fois que je t'ai montée dans mes bras jusqu'ici, je me posais plein de questions à ton sujet. « Qui est-elle ? D'où vient-elle ? Que vais-je faire d'elle ? »

Il la posa sur le lit, lui caressa doucement les épaules et les seins.

— Je ne connais toujours pas la réponse à cette dernière question.

Le regard noyé dans le sien, elle porta la main à sa joue.

— Lorsque j'ai repris connaissance et que je t'ai vu, j'ai pensé que je rêvais. Tout était si incroyablement beau… La chambre, le décor, toi. Maintenant encore, il m'arrive d'avoir des moments de doute. Et je suis obligée de me pincer pour m'assurer que tout est réel.

Tournant la tête, il enfouit les lèvres au creux de sa paume.

— Je suis un homme réel qui veut te faire l'amour, Darcy. Mais je m'arrêterai si tu me le demandes.

De nouveau, il prit sa bouche, l'envahit. S'y perdit corps et âme.

— Mais j'aimerais autant que tu ne me le demandes pas, ajouta-t-il dans un souffle.

Comment le pourrait-elle ? Et pourquoi le ferait-elle alors que la musique du sang dans ses veines se déchaînait comme une symphonie triomphale ? Tous ce qu'elle découvrait de l'amour était pure merveille : la caresse de la soie dans son dos ; les mains de Mac glissant sur son corps, allumant partout des incandescences sur leur passage ; sa bouche assoiffée puisant à la sienne, comme s'il en tirait quelque substance essentielle à sa survie.

Personne avant Mac ne lui avait donné ainsi le sentiment d'être précieuse, indispensable, désirée. Sous ses caresses, elle se sentait belle — plus belle que n'importe quelle danseuse de music-hall au monde. Et lorsque ses paumes se refermèrent sur ses seins, elle ferma les yeux et son esprit se vida de toute pensée hormis celle d'un acquiescement infini.

Elle était si sensuelle, si réactive que Mac en arrivait à oublier qu'il n'y avait jamais eu d'autre homme avant lui. Le corps de Darcy s'arc-boutait, s'offrait, l'invitait à faire d'elle tout ce qui lui passerait par la tête. « Doucement », se dit-il en son for intérieur. Lentement, avec tendresse, il l'aida à ôter son T-shirt et découvrit ses épaules rondes, la perfection de sa taille, cette délicatesse de miniature qui le touchait tant chez elle.

Ses sursauts, les vibrations de ses muscles étaient comme

des centaines, des milliers de petits miracles qui l'émouvaient, l'excitaient, le rendaient fou de joie.

D'une main hésitante, Darcy défit un premier bouton de la chemise de Mac. Puis un second. Un troisième... Elle voulait le toucher, le voir. Savoir. Elle gémit, le souffle coupé par le spectacle de sa main si blanche sur sa chair bistre. Sentir le jeu de ses muscles sous ses doigts éveilla en elle une ferveur possessive. Elle aurait voulu le caresser ainsi jusqu'à l'oubli, jusqu'au vertige. Fascinée, elle se souleva pour presser ses lèvres entrouvertes sur la nudité d'une épaule, savourant doucement sa chair couleur cuivre. Elle absorba sa saveur, fit sienne son odeur, investigua la texture de sa peau.

Réprimant un élan de possession presque animal, Mac captura son visage entre ses paumes et prit le temps de la dévorer des yeux avant de reprendre sa bouche. Sans cesser de l'embrasser, il la souleva pour dégrafer son soutien-gorge. Puis il la recoucha sur le dos et festoya au banquet de ses seins érigés.

Les poings de Darcy se refermèrent sur la soie du couvre-lit. S'agrippèrent. Tout se liquéfiait en elle, comme si une lave chaude coulait dans ses veines. Avec un gémissement de désir, elle noua les jambes autour de ses hanches, ondula sous lui.

— Darcy...

Ses mouvements désordonnés sous lui induisaient une frénésie à peine contrôlable. Ils roulèrent ensemble, d'un côté puis de l'autre du matelas, entraînant avec eux le couvre-lit qui s'entortilla autour de leurs corps mêlés. Les dégageant comme il le put, Mac acheva de la déshabiller. Elle ne portait plus sur elle qu'un minuscule triangle de dentelle couleur prune.

— Tu as la pureté des elfes, chuchota-t-il contre ses

lèvres. Tu devrais être en train de danser dans les clairières sous la lune pâle.

Effleurant les taches de rousseur sur son ventre, il constata en riant que certaines d'entre elles formaient le tracé d'une étoile.

— J'aurais dû m'en douter. Le signe de la chance est sur toi. Si j'avais vu cela avant que tu pénètres dans le casino, je ne t'aurais jamais laissée en tête à tête avec une machine à sous. Et surtout pas la plus grosse !

Le rire qui jaillit des lèvres de Darcy se pétrifia lorsqu'il glissa une main sous la dentelle. L'intensité de la sensation la laissa d'abord muette. Puis elle se laissa porter par le mouvement que Mac imprimait. Un gémissement monta qui culmina en un cri de saisissement et de jouissance mêlés.

— Oh, Mac…

Elle était sans force, anéantie, transfigurée.

Prête.

Le cœur de Mac fit un bond presque douloureux dans sa poitrine lorsqu'elle ouvrit les yeux, lui livrant le noir miroir de ses pupilles dilatées, l'or liquide de ses iris.

— Mac, je n'ai jamais…

— Je sais.

Darcy se tendit vers lui lorsqu'il vint en elle. Il rencontra à la fois sa résistance et son consentement.

— Là… mon amour, chuchota-t-il éperdument en entrelaçant ses doigts aux siens.

Elle se sentit à la fois soulevée vers un nouveau sommet et crucifiée par une souffrance fulgurante. Mais la douleur était si intimement liée au plaisir qu'il lui fut impossible de distinguer l'une de l'autre.

— Oh, Mac…

Débordée par un élan de joie, Darcy lui offrit ses lèvres.

Déjà, elle s'ouvrait à lui, l'accueillait. Sa chair de femme s'étirait pour le recevoir, l'enserrer en elle.

Et il n'y eut plus, soudain, que le plaisir.

Leurs mouvements se fondirent, se conjuguèrent, trouvèrent leur aboutissement dans une longue vague déferlante qui demeura suspendue, comme pour culminer à tout jamais.

Puis la houle retomba, laissant derrière elle un glissement doux, le silence, un relent d'éternité.

9.

Dans la tiédeur de l'atmosphère flottait une odeur de musc et d'amour mêlée au parfum dépaysant des fleurs tropicales. Le soleil entrait à flots par la fenêtre, caressant son visage. Les yeux clos, Darcy aurait pu se croire au cœur sauvage de la jungle, nue et libre, avec son amant toujours en elle.

Son amant. Elle laissa ces deux mots voluptueux dérouler dans son esprit leurs circonvolutions enivrantes. Puis, tournant à peine la tête, elle posa les lèvres dans le cou de Mac. Lorsqu'il voulut se dégager, elle resserra la pression de ses bras autour de sa taille.

— Tu es obligé de bouger ? protesta-t-elle dans un murmure.

Mac avait de la peine à émerger à la conscience. Darcy était aussi fermement ancrée dans son esprit qu'il était lui-même encore ancré en elle.

— Tu es si menue, Darcy du Kansas.

— Je fais de la musculation maintenant, s'insurgea-t-elle. Je commence à avoir de bons biceps. Regarde !

Avec un sourire, Mac se souleva pour tâter un bras mince.

— Mmm… Impressionnant.

Elle se mit à rire.

— Bon, d'accord, ce n'est qu'un début. Mais dans quelques semaines, personne ne pourra plus me dire que j'ai des bras comme des allumettes.

— Tu n'as pas des bras comme des allumettes, murmura-t-il en caressant la chair si douce au creux de son coude. Ils sont fins. Gracieux.

Elle scruta son visage. Avec quelle concentration il laissait glisser l'index de son poignet vers son épaule ! Se rendait-il compte que son corps s'émouvait déjà de cette caresse innocente ? Le cœur battant, elle contempla son profil magnifique, comme sculpté dans le cuivre. Et songea avec exaltation que, pour quelque temps au moins, il lui appartenait de le toucher, de le regarder, de le couvrir de baisers à sa guise.

Etait-ce parce qu'elle l'aimait que l'amour avec lui avait été comme la révélation d'un mystère ? Que chacun de leurs gestes avait été revêtu d'un tel éclat ? Pour elle, Mac n'était pas seulement le premier, mais le seul avec qui une telle intimité paraissait concevable.

Mais avait-elle été la seule à recevoir ? Ou avait-elle donné aussi un peu en retour ? Elle effleura sa bouche d'un doigt hésitant.

— Je voudrais te demander quelque chose, Mac.

— Mmm… ?

Darcy eut un sourire un peu contraint.

— Ça va sans doute te paraître idiot comme question mais… mais j'ai besoin de savoir.

Mac tourna la tête pour plonger son regard dans le sien. Il redoutait l'interrogation fatidique : « Qu'est-ce que tu ressens pour moi ? Quels sont tes projets par rapport à nous ? Où cette histoire nous mènera-t-elle ? » Il n'aurait guère d'autre réponse à lui fournir que l'aveu de sa propre ignorance.

— Dis-moi, Darcy.

— Est-ce que je… est-ce que ça a été bien pour toi aussi ? s'enquit-elle en rougissant.

La tension de Mac retomba.

— Darcy…

Saisi par un élan de tendresse, il se pencha pour lui donner un long baiser brûlant.

— A ton avis ?

Elle souleva ses paupières qu'appesantissaient déjà les premières langueurs d'un désir renaissant.

— Je ne sais pas. J'ai très vite perdu la faculté de réfléchir et d'analyser, admit-elle gravement. J'avais imaginé que chaque instant resterait gravé avec précision dans ma mémoire. Mais ça s'est très vite mélangé dans ma tête. Même la spectatrice que je suis a perdu ses facultés d'observation.

Mac se rendit compte qu'il ne parvenait à détacher sa bouche de la sienne plus de quelques secondes d'affilée.

— Mmm… Il y a parfois des positions plus intéressantes dans la vie que celle de spectateur, non ?

Elle inclina rêveusement la tête en signe d'adhésion.

— Quand tu m'embrasses, c'est comme si ça créait une brèche par laquelle mes pensées prennent la fuite. Et quand tu me touches, c'est… c'est tellement brûlant.

Lorsque ses mains recommencèrent à s'animer, à glisser le long de ses flancs et dans son dos, Mac émit un grognement. Il cueillit le léger cri de surprise sur ses lèvres lorsqu'il recommença à durcir en elle.

— Tu n'es pas obligée de décortiquer et d'étudier, chuchota-t-il d'une voix brûlante. Laisse-toi juste emporter.

La respiration de Darcy se fit bruyante, irrégulière, se brisant à chaque poussée — lente, longue, irrésistible… Elle culmina en un gémissement et un frisson qui se répercutèrent en lui comme un électrochoc. Il s'agrippa à ses hanches, les souleva pour mieux s'enfouir en elle.

— Encore, Darcy… Donne-moi plus cette fois…

Précipitant le va-et-vient puissant de ses reins, il l'entraîna avec lui jusqu'à ce qu'elle crie son nom en mêlant son plaisir au sien.

Lorsque le devoir appela Mac et l'arracha de ses bras, Darcy découvrit son reflet dans le miroir ovale au-dessus de sa tête. Sidérée, elle écarquilla les yeux pour mieux contempler cette étrangère nue dont le corps abandonné dans le désordre des draps paraissait presque lascif.

Etait-ce bien elle, Darcy Wallace ? La fille toujours dévouée, la bibliothécaire consciencieuse, la créature soumise qui s'effarouchait d'un rien ?

Une chose était certaine : la nouvelle Darcy qui avait affronté les objectifs des photographes, envoyé promener Gerald Peterson et s'était jetée au cou de Mac en le suppliant de lui faire l'amour lui plaisait infiniment plus que l'ancienne. Ainsi reflétée, elle se trouva féminine, épanouie. Et comblée, tellement comblée…

Se mordillant la lèvre, elle se demanda si elle oserait jeter un coup d'œil au miroir au-dessus d'eux la prochaine fois qu'elle ferait l'amour avec Mac.

La prochaine fois.

Submergée par un fol élan de joie, elle serra amoureusement un de ses oreillers contre sa poitrine et se laissa rouler d'un bord à l'autre du matelas. Mac la désirait. Pour quelle raison, peu importe. Tout ce qu'elle demandait, c'était que le miracle se prolonge. Or, le baiser qu'il lui avait prodigué avant de partir avait été chargé de promesses. Et il lui avait proposé de le retrouver tard ce soir-là, pour un souper à deux dans son bureau.

Mac la désirait.

Etait-ce si naïf d'espérer que cet état de fait puisse perdurer ? D'imaginer qu'à force d'avoir envie d'elle, il finirait peut-être aussi par l'aimer ? Se pelotonnant sur elle-même avec l'oreiller toujours pressé contre sa poitrine, Darcy ferma les yeux. Pourquoi, après tout, ne pas prendre le risque d'espérer ?

Oser un pari sur l'avenir ?

Car Mac avait eu raison, l'autre matin, près de la piscine, même si elle lui était tombée dessus toutes griffes dehors. Elle avait été d'autant plus furieuse, en vérité, qu'il avait deviné juste. Elle rêvait effectivement de mariage, de famille, de stabilité. Et cet amour débordant qu'elle éprouvait, elle voulait lui donner forme et réalité.

Une fois dans sa vie, d'autre part, elle désirait être aimée en retour. Pas d'un amour tiède dicté par le sens du devoir. Pas avec l'amicale indulgence que donne la simple affection. Elle voulait la passion aveugle et le danger. Elle voulait connaître la frénésie d'un désir insatiable, s'abîmer dans les gouffres et trembler de vertige sur d'inaccessibles à-pics.

Que ce genre d'amour-là puisse faire mal, elle en avait clairement conscience. Mais elle était prête à lâcher la sécurité pour l'aventure. Avec Mac Blade, elle ferait le grand saut sans hésiter.

En sachant toutefois qu'il lui faudrait conquérir son cœur au préalable. Par quel procédé miracle, elle n'en avait aucune idée. Les paupières lourdes, Darcy soupira et se pelotonna sous le drap où l'odeur de son amant flottait encore.

Elle trouverait une solution, se promit-elle juste avant de sombrer dans le sommeil. De toute façon, pour gagner, il fallait jouer. Et elle était dans une période faste.

Darcy portait la veste noire de soirée qu'elle avait achetée le premier jour dans la boutique de l'hôtel. Et, dessous, une courte robe rouge baiser.

La veste lui donnait de l'assurance. La robe lui procurait un sentiment excitant de frivolité et d'audace.

Ce soir, elle avait décidé de refaire une tentative au black-jack. Si elle devait s'installer à Las Vegas — et ce serait assurément le cas — et vivre une histoire d'amour avec un directeur de casino — la plus longue possible, de préférence —, la première chose à faire était d'améliorer ses compétences au jeu.

Les machines à sous ne requéraient aucune aptitude particulière. Elle l'avait elle-même prouvé. La roulette lui paraissait un peu répétitive ; les jeux de dés trop compliqués. Alors pourquoi pas les cartes ?

Darcy commença par faire un petit tour d'approche. Elle aimait les bruits du casino, les rires rauques, les cris excités, les brusques montées de tension. Presque toutes les tables étaient occupées, ce soir-là, et les cartes tombaient sans répit sur le tapis vert. Elle se préparait à choisir une case, après avoir décidé qu'elle jouerait jusqu'à cent dollars, lorsqu'elle croisa Serena.

— Darcy ! Je suis ravie que tu mettes un peu le nez hors de ta chambre. Même les grands écrivains ne peuvent pas rester penchés sur leur copie vingt-quatre heures sur vingt-quatre !

La mère de Mac examina sa tenue d'un regard connaisseur.

— Que d'élégance, dis-moi. Tu fêtes quelque chose ?

— Eh bien… euh…

Darcy sentit une rougeur immédiate lui empourprer les joues. Elle pouvait difficilement avouer à Serena qu'elle célébrait un événement d'importance : un après-midi entier à rouler passionnément entre les draps avec son fils.

— En fait, j'avais simplement envie de me faire belle. C'est dommage d'acheter des robes et de les laisser dans le placard. Je passe déjà mes journées en short.

— Je sais ce que c'est. Rien n'est plus salutaire pour le moral que d'enfiler une superbe robe. Et celle-ci entre dans cette catégorie.

— Merci… Vous ne trouvez pas qu'elle est un peu trop… rouge ?

— Ni trop rouge ni trop rien du tout. Tu as l'intention de tenter ta chance au black-jack ?

Darcy se mordit la lèvre.

— J'hésitais, en fait. Cela m'ennuie de me joindre à une table où tout le monde maîtrise parfaitement la technique. C'est toujours gênant d'être novice.

— Ça dépend. Si tu vas là où les mises plafonnent à cinq ou dix dollars, la plupart des gens se montreront patients et seront même prêts à te conseiller gentiment.

— Vous avez été croupière, n'est-ce pas ?

— J'ai été derrière pas mal de tables de black-jack, en effet. Et je me défendais plutôt bien.

— Vous accepteriez de m'apprendre ?

— A distribuer les cartes ? A compter les points ?

Darcy éclata de rire.

— Non, à jouer. Et à gagner.

Un sourire se dessina au coin des lèvres de Serena.

— O.K. Trouve-nous une table dans le bar à côté. Je te rejoins dans une minute.

— Bon. Maintenant, tu fais un split.

Le regard grave, Darcy suivit les instructions et soupira ostensiblement.

Serena rit doucement et distribua deux nouvelles cartes.

— A toi de jouer. Qu'est-ce que tu fais ?

Darcy essuya ses paumes moites sur ses genoux et compta soigneusement les pistaches qui leur tenaient lieu de jetons.

— Je pioche encore, annonça-t-elle.

Elle fit la moue lorsque Serena retourna un roi qui la foudroya d'un regard d'acier.

— Et zut ! C'est fichu pour cette main-là.

Serena ramassa les pistaches, puis retourna la carte qu'elle avait gardée face cachée.

— Vingt-quatre pour le croupier.

— Donc je gagne. Et comme j'ai doublé ma mise, je ramasse deux fois le nombre de pistaches investies. Impeccable !

Serena la considéra avec satisfaction.

— Bravo. Ça commence à rentrer. Maintenant, si tu veux avoir l'avantage sur la maison, je te conseille de miser le tout sur la main suivante.

Darcy fit la moue.

— Vingt pistaches sur une seule main ? C'est osé, non ?

— Deux mille, rectifia Serena, les yeux pétillants. Aurais-je oublié de préciser que chaque pistache a une valeur de cent dollars ?

— Grands dieux. Quand je pense que j'en ai croqué au moins une dizaine. Bon, allez, je joue le tout pour le tout.

— Ce jeu est-il ouvert, mesdames ?

Serena tendit les lèvres à son mari.

— Si tu as de quoi miser gros, l'ami, il y aura toujours une place pour un flambeur à notre table.

Avec un clin d'œil pour Darcy, Justin chipa un bol de cacahuètes sur la table voisine.

— Je crois que j'ai les moyens de me lancer.

— Et c'est parti ! Mille dollars la cacahuète, annonça triomphalement Serena. Nous avons un gros parieur. Le jeu se corse.

Ravie, elle se frotta les mains, battit les cartes et demanda à Darcy de couper.

— Et maintenant, prenez vos paris !

Lorsque Mac les retrouva une demi-heure plus tard, Darcy et son père étaient assis côte à côte, comme deux vieux camarades de jeux. Pliée de rire, Darcy entassait tant bien que mal un lot de cacahuètes sur sa pile de pistaches.

— Je croyais qu'on ne piochait pas lorsque le croupier montre un deux, dit la jeune femme.

— Mon père est un compteur de cartes, expliqua Mac en tirant une chaise pour s'asseoir entre ses parents. C'est une race de joueurs que nous n'apprécions pas beaucoup, dans cet établissement. Nous leur demandons poliment de reprendre leur argent et d'aller compter ailleurs.

— Mon fils, souviens-toi que je t'ai appris à compter les cartes au black-jack avant même d'enlever les petites roues de ta première bicyclette.

Mac eut un large sourire.

— Exact. C'est d'ailleurs pour ça que je repère les compteurs de cartes de loin.

Serena caressa la joue de Justin.

— Ton père est et reste imbattable, Mac. Le jour où il a parié avec moi une promenade de nuit sur le pont du paquebot où nous nous sommes rencontrés, il avait compté les cartes.

Cette évocation fit soupirer Darcy.

— C'est furieusement romantique, non ?

Justin échangea un long regard avec sa femme.

— Serena était furieuse tout court, à l'époque. Elle n'était pas tentée du tout par une flânerie main dans la main sous les étoiles. Mais j'ai réussi à la faire changer d'avis.

— Je te trouvais suffisant, inquiétant et d'une impudence rare, observa Serena en portant son verre de vin à ses lèvres. Et mon opinion n'a pas changé. J'ai juste appris à aimer tes défauts.

Mac secoua la tête.

— Dites, vous deux, vous êtes là pour flirter ou pour jouer aux cartes ?

— Oh, mais ils sont parfaitement capables de combiner les deux activités, précisa Darcy. Je les ai vus à l'œuvre.

— Et l'analyse a été instructive ?

Plus encore que la question, ce fut le regard qu'il laissa glisser sur elle qui troubla violemment Darcy.

— J'ai appris deux ou trois petites choses. Première leçon : pour gagner, il faut parier, rétorqua-t-elle d'une voix douce comme du velours.

— C'est un bon début… J'ai deux heures de libres, justement.

Même si l'information semblait avoir une portée générale, les yeux de Mac étaient rivés sur Darcy. Il lui tendit la main.

— Allez, viens. On sort d'ici.

— Sortir d'ici ?

— Il n'y a pas que le Comanche à Vegas… A demain, vous deux, dit-il en saluant ses parents.

— Bonne soirée, lança Darcy par-dessus son épaule alors que Mac l'entraînait déjà hors du bar.

Justin tira sur son cigare et échangea un regard avec son épouse.

— Tu penses ce que je pense ?

Les yeux de Serena scintillèrent.

— Je te l'avais bien dit, non ?

Au moment où elle franchissait les portes du Comanche, Darcy réalisa qu'elle n'avait encore jamais quitté le grand complexe hôtelier après la tombée de la nuit. Elle s'immobilisa un instant entre les eaux couleur saphir d'une fontaine et l'immense statue de guerrier indien dorée à l'or fin.

Les lumières étaient éblouissantes, la circulation compliquée, incessante. En regardant autour d'elle, Darcy fut frappée par le côté féminin de Vegas. Entre musique de bastringue et chant de sirènes, la ville roulait furieusement des hanches, étalant son côté toc et son charme de séductrice résolument décomplexée.

— J'en ai la tête qui tourne, déclara-t-elle en riant.

— Et il n'y a pas que le Strip, à Vegas. Avant, la ville ne vivait que de ses casinos. Mais depuis quelque temps, les activités se diversifient. D'autres distractions prennent de l'ampleur : numéros de cirque, spectacles de qualité, parcs à thème, attractions pour les enfants.

Se retournant vers le Comanche, Mac désigna l'arche immense.

— Nous avons agrandi il y a cinq ans, et construit mille chambres supplémentaires. Si nous en ajoutions mille de plus, nous les remplirions de même.

— C'est tellement énorme. La responsabilité doit être écrasante, non ?

— Stimulante, plutôt… Tout comme toi, d'ailleurs.

Mac recula d'un pas et lui prit la main pour la regarder. Dans le bar, il n'avait vu que son visage. Quelque chose dans ses grands yeux dorés capturait immanquablement son attention. Mais à présent qu'il découvrait sa tenue, il était sous le charme.

— J'aurais dû prendre plus de deux heures de liberté. Pour passer une nuit entière à aller de boîte de nuit en boîte de nuit.

— Deux heures, c'est déjà royal, même sans boîte de nuit. Où allons-nous, au fait ?

— Le délai est un peu court pour la balade en voiture dans les collines. Mais nous pouvons parcourir une partie de la ville à pied.

Il l'emmena à Freemont, la rue couverte surmontée d'un dôme. Au-dessus de leur tête tourbillonnaient de grands cercles de lumière. Et le claquement omniprésent des machines à sous contribuait à créer une atmosphère de fête foraine. La tête levée, Darcy admirait les trucages visuels, écoutait la musique et découvrait le plaisir innocent de marcher main dans la main avec Mac au milieu de la foule.

Il lui acheta une glace et de la barbe à papa. Et la fit rire aux éclats en lui racontant des bêtises. Elle avait l'impression d'avoir quinze ans et de découvrir enfin ce qu'elle n'avait jamais connu : l'insouciance, la jeunesse, la vie.

Mac l'entraîna au sommet de la stratosphère.

— Des montagnes russes ? s'écria Darcy lorsqu'il lui fit signe de monter avec lui dans un des véhicules immobilisés sur les rails. Mais c'est la première fois que je monte là-dedans ! Tu es sûr qu'on ne risque rien ?

— Il paraît que la majorité des gens finissent par redescendre entiers. J'en conclus que le rapport de probabilités est favorable.

Mac rit de son expression terrifiée et en tira lâchement avantage comme il en avait eu l'intention depuis le début. Lorsqu'elle se cramponna à lui dans la montée, il lui annonça la couleur :

— J'ai envie de t'embrasser.

— C'est permis. Mais tu aurais pu le faire aussi bien sur la terre ferme.

Elle leva son visage vers lui, mais il se contenta de le saisir entre ses paumes.

— Pas encore. Dans un moment.

Rassurée par l'allure paisible à laquelle s'élevait le véhicule, Darcy sourit.

— Finalement, ça va. Je pensais que ce serait beaucoup plus rapide que ça.

A ce moment précis, ils amorcèrent la descente et ce fut la plongée en chute libre.

— Maintenant, déclara Mac en cueillant ses lèvres avec avidité.

Darcy avait le souffle coupé. Même crier aurait requis trop de forces. Ils tombaient dans le vide, s'élevaient, replongeaient au cœur du néant. Et pas un instant, Mac ne cessa de l'embrasser.

Il y avait les cris, la vitesse, le pointillé de lumières. Et puis le baiser de Mac, comme un ancrage au sein du chaos. Prise en étau entre peur et désir, elle s'agrippa à lui comme à une planche de salut.

Et lui donna exactement ce qu'il avait espéré obtenir : un abandon éperdu.

Darcy renversa la tête contre son épaule lorsqu'ils s'immobilisèrent enfin.

— C'est terrifiant. Je n'ai encore jamais eu aussi peur de ma vie. On peut refaire un tour ?

Mac lui décocha un large sourire.

— Sans problème.

Lorsqu'ils se retrouvèrent dans la rue, une demi-heure plus tard, elle riait comme en état d'ivresse.

— J'ai la tête qui tourne tellement qu'il me faudra des heures avant de pouvoir marcher de nouveau en ligne droite.

Il glissa un bras autour de sa taille.

— Parfait. Tu vas être obligée de t'appuyer sur moi. Cela faisait partie intégrante de mon plan machiavélique, d'ailleurs. Te voici à ma merci, Darcy du Kansas.

Riant aux éclats, elle renversa la tête en arrière, pour

regarder un feu d'artifice exploser dans le ciel. De grandes fusées de lumière jaillissaient pour retomber en parapluie de couleurs éblouissantes.

— C'est comme s'il pleuvait des joyaux, à Vegas, commenta-t-elle rêveusement. Il n'y a rien qui soit trop haut ou trop grand ou trop rapide. L'impossible est un concept qui n'a pas cours, dans cette ville.

Nouant les bras autour de son cou, elle l'embrassa, tous ses sens en éveil.

— Je veux vivre à cent à l'heure, Mac. Rattraper les années perdues. J'ai envie de *tout* essayer.

Glissant les bras sous sa veste, il eut le plaisir de découvrir que sa robe rouge laissait son dos entièrement nu jusqu'à la taille.

— Il nous reste encore un peu de temps. De quoi aurais-tu envie ?

Les yeux de Darcy scintillèrent.

— Eh bien... je n'ai jamais vu de danseuses exotiques.

— Et quel serait ton second choix ?

— Mmm... J'ai entendu parler de clubs où les femmes dansent en se déshabillant.

— Une boîte de strip-tease, tu veux dire ? Il est hors de question que je t'emmène dans un lieu pareil.

— J'ai déjà vu des filles nues !

— J'ai dit non.

Elle haussa les épaules avec une royale désinvolture.

— Bon, très bien, comme tu voudras. J'irai toute seule, un de ces jours.

Mac s'immobilisa net et lui jeta un regard menaçant. Mais elle se contenta de sourire joyeusement et poursuivit son chemin. « Elle bluffe. Je suis sûr qu'elle bluffe. »

Mais comme elle bluffait vraiment très bien, il s'inclina quand même. Au cas où.

— Pas plus de dix minutes, alors, marmonna-t-il. Et tu ne prononces pas un mot tant que nous sommes à l'intérieur.

— La grande brune était incroyablement souple, commenta Darcy, surexcitée, en pénétrant dans le bureau de Mac. Et tu as remarqué celle qui avait un petit drapeau sur le…

— Inutile d'entrer dans les détails. Je vois de qui tu parles, coupa-t-il en secouant la tête.

La personnalité de Darcy était infiniment plus complexe qu'il ne l'avait cru au premier abord. En dépit de son éducation très stricte, elle n'avait pas été le moins du monde embarrassée par le spectacle auquel ils avaient assisté.

— La façon dont elles s'enroulent à moitié nues autour de ce poteau est fascinante. Elles doivent s'exercer pendant des heures. Et quel contrôle musculaire !

— Je t'en ficherais, moi, du contrôle musculaire ! marmonna-t-il. Quand je pense que je me suis laissé convaincre de t'emmener voir des effeuilleuses dans un cabaret louche !

— J'avoue que je ne m'attendais pas à ça, commenta Darcy, pensive.

— A l'évidence, oui.

— Je ne parle pas des stripteaseuses, je parle de toi !

— Comment ça, de moi ? s'enquit Mac, sourcils froncés, en passant derrière sa table de travail, l'œil déjà rivé sur les écrans de contrôle.

— Je n'aurais jamais cru que sous tes airs de citadin aguerri qui a tout vu, tout vécu, tu es au fond un grand puritain.

Il secoua la tête en riant.

— Puritain, je ne sais pas. Mais je pensais en tout cas que tu l'étais, toi… Tu as faim, femme dépravée ?

— Pas vraiment, non.

Trop excitée pour s'asseoir, Darcy arpentait le bureau de long en large.

— Aujourd'hui a été la journée la plus belle, la plus riche en expériences de toute ma vie. Et pourtant, les expériences, je les collectionne, depuis quelque temps.

Mac la regarda aller et venir, avec sa robe courte qui tourbillonnait autour de ses jolies jambes nerveuses, sa veste ornée de strass et de paillettes qui brillait sous les néons. Mais c'était son visage — toujours son visage — qui retenait son attention, faisait vibrer en lui ces émotions singulières sur lesquelles il hésitait à mettre un nom.

— Champagne, alors ?

— Ah, pour du champagne, j'ai toujours une petite place.

Sans cesser de l'observer, Mac sortit une bouteille du bar. Il émanait d'elle un rayonnement comme il n'en avait encore jamais observé chez aucune autre femme. Tout en elle vibrait d'une énergie jeune et fraîche, d'une joie pure et sans mélange.

Sa présence le charmait, le bouleversait et le décontenançait à la fois. Dormir dans le lit de Darcy, marcher avec elle dans les rues, partager l'espace privé de son bureau avait quelque chose de simple, d'évident. « Attention quand même de ne pas en faire une habitude, mon vieux », se dit-il prudemment. Mais comment aurait-il pu détacher les yeux de son visage alors qu'elle dégageait un tel éclat ?

— J'aime te voir heureuse.

— Dans ce cas, tu as dû passer une bonne soirée, toi aussi. Car je n'ai jamais été aussi heureuse de ma vie.

Elle accepta la coupe qu'il lui tendait et fit tourner le liquide pétillant dans le verre avant d'y porter les lèvres.

— Je peux rester un moment avec toi pour regarder les joueurs dans la salle ?

Mac fut surpris par la timidité avec laquelle elle posa la question. Ne se rendait-elle pas compte à quel point il était fasciné — subjugué même ?

— Tu peux rester tant que tu veux.

— Qu'est-ce qui attire ton attention lorsque tu observes ta clientèle à l'écran ? Tout ce que je vois, ce sont des individus anonymes qui vont et viennent.

— J'observe la gestuelle, les expressions, les mimiques. L'attitude. Même sans ouvrir la bouche, les gens révèlent pas mal de choses sur eux.

Elle fronça les sourcils.

— Donne-moi un exemple.

— Toi, tu te tords les mains lorsque tu es anxieuse. Ça t'évite de te ronger les ongles. Lorsque tu te concentres, tu penches la tête sur la gauche.

— Ah oui. Et toi, tu fourres tes mains dans tes poches, quand tu es énervé. Ça t'évite de frapper.

Amusé, il haussa les sourcils.

— En effet.

— C'est facile de repérer les tics, les émotions, lorsqu'on a affaire à un nombre restreint de personnes proches. Mais lorsqu'on doit surveiller une salle pleine d'inconnus, ça doit être nettement plus compliqué, non ?

— On s'habitue vite à repérer certains signes. Et puis je ne suis là qu'en renfort. La première ligne de défense, c'est le croupier qui a été formé, lui aussi, pour repérer et prévenir les problèmes.

Mac la rejoignit pour lui poser la main sur l'épaule et ils regardèrent l'écran ensemble.

— Ensuite, il y a la sécurité. Les physionomistes à l'entrée. Les chefs de table et les chefs de partie. Et l'œil invisible dans le ciel.

— Ici, tu veux dire ?

— Non. Nous avons un système de vidésurveillance. Une salle de contrôle avec des centaines d'écrans comme celui-ci. Jour et nuit, une équipe observe le casino sous tous les angles. Ils sont en liaison radio avec le personnel en salle. Ils repérent immédiatement les tricheurs.

Darcy ouvrit de grands yeux.

— Parce qu'il y a des gens qui réussissent à tricher, malgré tout ?

— Certains ont une grande dextérité, en fait. Le vieux truc, c'est de glisser des cartes dans sa manche et d'opérer une rapide substitution. D'autres s'arrangent pour placer un miroir sous le sabot pour voir les cartes qui vont sortir. Ça, ce sont les méthodes classiques. Mais de nos jours, ça se corse avec l'électronique et la miniaturisation. Il est déjà arrivé que l'on pince des joueurs équipés d'une minicaméra, filmant le jeu de la partie adverse.

Darcy était fascinée. Elle savait d'ores et déjà dans quel univers elle situerait son prochain roman.

— Et comment faites-vous, lorsque vous prenez un tricheur la main dans le sac ?

— On le met à la porte. Et on fait en sorte qu'il ne revienne plus. Nos physionomistes les repèrent, même s'ils tentent de modifier leur apparence.

L'expression de Mac s'était durcie. Darcy frissonna. Elle n'aurait pas voulu être à la place de l'escroc qui aurait le malheur de tomber entre ses mains.

— La transparence est la règle dans les Comanches. Nous respectons scrupuleusement la loi. Gagner de l'argent n'est pas difficile, dans nos établissements. Si la maison fait des bénéfices, ce n'est pas parce que nous flouons nos clients, mais tout simplement parce que les gens sont rarement assez raisonnables pour repartir avec leurs gains.

Darcy hocha la tête.

— Tu veux dire que les joueurs les remettent en jeu jusqu'à ce qu'ils finissent par les perdre. Ils ne savent pas s'arrêter à temps, c'est ça ?

— Oui, c'est tout un art de savoir abandonner la partie au bon moment. Seuls quelques joueurs vraiment chevronnés maîtrisent le processus. Les autres pèchent par excès d'enthousiasme.

— Mais perdre ou gagner n'est pas si important que ça, au fond, si ? Dans la mesure où on s'amuse ?

— Tant qu'on sait ce qu'on fait…

Mac l'attira vers lui. Et elle vit dans ses yeux qu'il n'était plus question entre eux de tables de jeu ni de roulette.

— C'est justement le danger qui est attirant, murmura-t-elle. Sans parler de l'irrésistible attrait du péché.

Le regard de Mac erra sur son visage, s'attarda sur ses lèvres, puis glissa plus bas encore.

— Enlève ta veste, Darcy.

— Dans ton bureau ?

Ses yeux revinrent plonger dans les siens. Et son sourire se fit redoutable.

— Je t'ai désirée ici le premier jour où tu es venue. Maintenant, je veux te faire l'amour sur place. Enlève ta veste.

Comme hypnotisée par l'autorité sensuelle qui émanait de lui, elle retira le vêtement en question et le posa sur le bras du fauteuil. Réalisant qu'elle se tordait les mains, elle se hâta de les détacher l'une de l'autre.

Mac eut un redoutable sourire de prédateur.

— Ta nervosité ne me gêne pas. Elle me plaît, au contraire. C'est excitant de savoir que tu as un peu peur mais que tu céderas dès que je te toucherai.

Il joua un instant avec les brides de sa robe.

— Qu'est-ce que tu portes là-dessous, Darcy ?

Son cœur battit plus vite.

— Pas grand-chose.

Les yeux bleus de Mac étincelèrent, comme deux lames d'acier captant la lumière.

— Je n'ai pas l'intention d'être doux et patient, cette fois. Tu prends le risque ?

Elle fit oui de la tête.

Avant qu'elle ait pu prononcer un mot, Mac l'attira contre lui et s'empara avidement de sa bouche. Il mit dans son baiser une passion si brûlante et si désespérée qu'elle n'eut plus qu'une obsession : lui donner tout ce qu'elle avait et même au-delà.

Darcy n'en lâcha pas moins une exclamation de surprise lorsque Mac se laissa tomber sur la moquette en l'entraînant avec lui. Aussitôt, ses mains coururent sur elle, la soumirent corps et âme à leur magie.

L'image des montagnes russes s'imposa à l'esprit de Darcy et ne la quitta plus. Ce soir, l'amour avec Mac était aussi vertigineux qu'un parcours échevelé sur les rails. Gagnée par une même frénésie, un même besoin d'aller vite, elle s'acharna sur sa chemise pour sentir la nudité de sa peau sous ses doigts.

Elle gémit lorsqu'il lui retira sa robe et le son enchanta Mac, faisant rugir le sang à ses tempes. Il cueillit ses seins entre ses lèvres et elle le serra contre elle éperdument, le suppliant de prendre plus, d'aller plus loin. Avec la langue, avec les dents, il cueillit, lécha, mordit, comme s'il pouvait la marquer de son sceau et l'incorporer en lui pour la faire sienne à jamais.

Il descendit le long de son ventre, sentit les trémulations légères, les frémissements de sa peau, entendit avec délectation ses petits sanglots de plaisir. Le souffle lourd, il lui écarta les jambes, l'embrassa au plus intime de sa chair, la pénétra de sa langue.

Un cri monta de la gorge de Darcy sans qu'elle puisse

le réprimer. Un feu liquide se répandit en elle, si intense, si brûlant qu'elle sentit sa conscience se diluer inexorablement. Alors même que tout en elle se défaisait, la jouissance la traversa comme un éclair — une lame de plaisir incandescent qui la projeta très haut puis l'aspira si bas qu'elle perdit pied et se laissa sombrer jusque dans les profondeurs insondables. Jetant un bras en travers de son visage, elle s'abandonna, impuissante, à la houle qui l'entraînait vers le fond.

Mac la vit inerte, comme absente, tandis qu'il achevait de se déshabiller en quelques mouvements rapides. Sa peau luisait doucement, ses lèvres étaient humides, gonflées de ses baisers. Lorsqu'il la souleva, sa tête retomba sans force.

Il repartit à l'assaut de sa bouche.

— Reste avec moi, murmura-t-il en couvrant son cou, ses épaules de baisers.

La faisant basculer sur lui, il la plaça de manière à ce qu'elle le prenne en elle. Et il sentit se refermer sur lui l'étau glorieux de sa chair offerte.

Des lèvres de Darcy monta un long gémissement entrecoupé. Il vit l'éclat du plaisir renaissant éclairer son visage, illuminer ses yeux obscurcis qui s'ouvrirent pour se fixer sur lui.

— Prends tout ce que tu veux, chuchota-t-il.

Lorsque les paumes de Mac se refermèrent sur ses seins, elle gémit, ferma les yeux et commença à se mouvoir sur lui. Animée par une énergie nerveuse, elle laissa monter en elle un mouvement puissant, animal. Et, le corps arqué, triomphant, dansa l'amour et la nuit.

Tout en elle était lumière, éclat, brillance, comme cet univers étincelant dans lequel elle vivait désormais. Un univers où rien n'était ni trop haut, ni trop grand, ni trop rapide, ni trop fou.

Mac l'accompagnait de ses mains qui broyaient ses hanches

et elle eut un rire de triomphe, en sentant qu'elle portait son plaisir en même temps que le sien, qu'elle l'entraînait avec elle, le tirait toujours plus loin, toujours plus haut.

« Reste avec moi », lui avait-il dit. Et elle le garda avec elle, le prit sur les ailes de sa folie pour l'emporter dans la démesure d'une jouissance qui n'en finissait plus.

10.

Le téléphone réveilla Darcy peu après 9 heures du matin. Elle ouvrit un œil hagard et hésita à laisser sonner. Il était 4 heures passées lorsqu'elle s'était endormie enfin dans les bras de Mac, la joue contre son épaule, leurs jambes étroitement mêlées. Notant cependant qu'elle était seule dans le grand lit, elle en conclut qu'il avait trouvé l'énergie nécessaire pour se lever. Et pour déployer son activité habituelle en dépit du manque de sommeil.

Et s'il était capable de fonctionner ainsi elle pouvait apprendre aussi.

Bâillant à s'en décrocher la mâchoire, elle saisit le combiné, marmonna un « Allô ! » ensommeillé et enfouit de nouveau la tête dans l'oreiller.

Un quart d'heure plus tard, Darcy était assise toute droite dans son lit, le regard fixe et le cœur battant.

Et si ce n'était qu'un rêve ? Se pouvait-il *réellement* qu'un éditeur de New York l'ait appelée, elle, Darcy Wallace, pour lui demander de lui soumettre son travail ?

Elle pressa la main sur son cœur et le sentit battre à un rythme rapide mais régulier. Non, elle ne rêvait pas. Elle n'avait même jamais été aussi réveillée.

Nouant les bras autour de ses genoux repliés, elle secoua la tête. En vérité, cet appel n'avait rien de très surprenant.

Son aventure à Las Vegas avait eu un écho national. Et comme elle avait confié aux reporters qu'elle écrivait, l'éditeur espérait sans doute tirer profit de la popularité dont elle jouissait en ce moment.

Darcy laissa reposer son front sur ses genoux. Pendant quelques mois au moins, le nom de « Darcy Wallace » sur la jaquette d'un livre constituerait un bon argument de vente. L'éditeur tablait non pas sur son talent d'écrivain, mais sur sa notoriété éphémère.

Avec un léger soupir, elle se mordilla la lèvre. Ce n'était pas sur des critères aussi superficiels qu'elle avait espéré se faire publier.

Mais était-ce une raison pour renoncer ?

Relevant la tête, elle serra les poings. Il s'agissait malgré tout d'une ouverture, non ? D'une chance qui lui était donnée de soumettre son roman à des gens dont c'était le métier de lire et de juger. A elle ensuite de prouver qu'elle était un écrivain au sens fort du terme.

Elle enverrait son premier roman ainsi que les deux premiers chapitres du second. Et ses textes parleraient pour eux-mêmes. Repoussant les draps, elle courut enfiler un peignoir et descendit peaufiner ses deux premiers chapitres et les transformer en purs joyaux.

Deux heures durant, Darcy travailla d'arrache-pied. Sans rien dire à personne — pas même à Mac. Elle avait peur de se porter malheur si elle divulguait sa grande nouvelle.

Et tant pis si elle se comportait comme une idiote superstitieuse ! Elle avait besoin, pour l'instant, de garder ce secret pour elle seule. Pendant qu'elle imprimait ses pages, elle sortit sa liste d'agents littéraires d'un tiroir et, la tête entre les mains, parcourut ces noms inconnus qui ne lui disaient rien. S'en remettant à la chance une fois de plus, elle ferma les yeux et pointa une adresse au hasard.

Vingt minutes plus tard, elle avait eu un agent littéraire

au téléphone. Tout était réglé : elle s'était engagée à lire son manuscrit et à négocier si l'éditeur lui faisait une proposition.

Le cœur battant, Darcy rédigea une lettre d'accompagnement et se hâta d'appeler la réception pour demander qu'on vienne lui prendre son courrier avant qu'elle ne change d'avis.

Ces ultimes minutes d'attente furent les plus difficiles. Saisie de panique, Darcy serra le manuscrit contre sa poitrine. Et si sa décision était prématurée ? N'était-il pas suicidaire de soumettre quoi que ce soit à la lecture avant d'avoir écrit la ligne finale de son second roman ? Et comment pouvait-elle confier à des inconnus ce travail sur lequel elle avait sué sang et eau ?

Se traitant de lâche, elle remit stoïquement son enveloppe au chasseur.

— Est-ce que ce paquet partira aujourd'hui ?

Avec un hochement de tête, l'employé vérifia la destination.

— Tout à fait, mademoiselle. Il sera à New York dès demain matin.

— Demain matin…

Ses jambes se dérobèrent mais elle sourit vaillamment.

— C'est parfait, merci, murmura-t-elle en lui glissant un pourboire.

Restée seule, elle s'effondra dans le fauteuil le plus proche et posa la tête sur les genoux. Cette fois, il n'y avait plus de retour en arrière possible.

Elle avait franchi le pas. Il y avait des années qu'elle vivait avec ce seul but en tête : devenir écrivain. Mais pour cela, il ne suffisait pas d'écrire. Sans la rencontre avec des lecteurs, elle ne saurait jamais ce que valaient *vraiment* ses textes.

Et cette épreuve, elle n'avait cessé de la différer jusqu'à présent. Mais aujourd'hui, il n'y avait plus personne pour lui dire que cela ne servait à rien de se monter la tête, personne pour lui dire d'être raisonnable et d'accepter ses propres limites.

Elle n'avait plus d'excuses pour se montrer lâche.

Darcy se leva et prit deux inspirations profondes. Les dés étaient joués, de toute façon. Et il n'y avait plus rien qu'elle puisse faire à part attendre. Elle commençait juste à recouvrer son calme lorsque le téléphone sonna, provoquant une nouvelle montée d'adrénaline. Et si c'était l'éditeur qui la rappelait pour lui annoncer qu'il avait changé d'avis ?

— Allô ! murmura-t-elle faiblement.

— Bonjour, ma belle.

— Daniel ! s'écria-t-elle dans un sanglot. Dieu merci, c'est vous.

— Que se passe-t-il, fillette ?

Elle rit nerveusement.

— Rien. Rien du tout. Je me sens merveilleusement bien, en fait. Comment allez-vous ?

— Je me porte comme un charme, répondit Daniel de sa voix sonore. Mais j'ai une mauvaise nouvelle : j'ai perdu l'intégralité de ton argent lors d'une malencontreuse opération de rachat d'entreprise.

Elle cligna des paupières si vite que la pièce se mit à tourner autour d'elle.

— Vous voulez dire… jusqu'au dernier centime ?

Le rire tonitruant de Daniel éclata, si puissant qu'elle dut écarter le combiné de son oreille.

— C'est une blague, voyons !

Elle porta la main à sa poitrine pour contenir les battements de son cœur.

— Ah…

— Tu as eu peur, hein ? En fait, je voulais te prévenir que nous avions déjà réalisé une jolie plus-value, toi et moi.

— Ah oui ?

— Ça n'a pas l'air de te surprendre beaucoup. Tu as des nerfs en acier, Darcy.

Elle rit doucement.

— En acier, non. Mais des nerfs, oui.

— Tu ne les maîtrises pas si mal que ça, Darcy. J'ai donc joué en Bourse. Et non sans succès, ma foi. Tu peux aller t'acheter une babiole.

Elle s'humecta les lèvres.

— Quel genre de babiole ? Une petite ou une grosse ?

De nouveau, Daniel éclata de rire.

— Excellente question ! Cinquante en quelques jours, qu'est-ce que tu en dis ?

— Génial ! J'ai justement repéré une paire de boucles d'oreilles à cinquante dollars dont je meurs d'envie.

— Cinquante *mille* dollars, ma belle.

Darcy ferma les yeux.

— C'est encore une plaisanterie, n'est-ce pas ?

— Achète-la, ta babiole. Faire de l'argent, c'est bien ; en tirer du plaisir, c'est mieux. Et maintenant, dis-moi : quand pouvons-nous compter sur ta visite ? Anna a hâte de faire ta connaissance.

Darcy eut une pensée pour son éditeur de New York. Elle croisa les doigts.

— Il se pourrait que je fasse un saut dans l'Est dans quelques semaines.

— Parfait. Alors prévois un séjour ici à ton retour. Je te présenterai le reste de la famille. A condition que je parvienne à rassemble mes troupes, cela dit. Les enfants, c'est toujours difficile à réunir. Ma pauvre épouse en est malade de voir ses petits éparpillés comme ils le sont.

— Je vous promets que je viendrai, en tout cas. Vous me manquez terriblement.

— Tu es une bonne fille, Darcy.

— Euh… Daniel ?

Elle hésita, se demandant comment formuler sa demande. La question devait être posée avec tact, certes. Mais elle tenait à aborder le sujet avec son vieil ami.

— Oui ?

— Mac m'a laissé entendre que… Enfin, selon lui, vous vous seriez mis en tête qu'il pourrait y avoir un avenir pour lui et moi… ensemble. Et il pense que vous avez tenté de poser quelques jalons dans ce sens.

Daniel rugit comme un vieux lion offusqué.

— Des jalons ? J'ai une tête à poser des jalons, moi ? Non mais quelle idée ! Ce garçon mériterait une bonne claque. Comme si j'avais l'habitude de me mêler des affaires de ma famille ! Je ne t'ai pas jetée dans ses bras, si ?

— Non, bien sûr. Mais…

— Cela dit, ces jeunes gens auraient grand besoin qu'on les secoue. Je n'en reviens pas qu'ils soient aussi longs à la détente, ces garçons, de nos jours. Mac va quand même sur ses trente ans, que diable ! Il serait temps qu'il pense à faire quelque chose de sa vie, non ? Et quel mal y aurait-il à le bousculer un peu alors que tu es la compagne idéale pour lui ?

— Vous trouvez ? demanda Darcy rêveusement.

Daniel poussa un grognement.

— Je trouve, oui. Et j'ai du nez pour ce genre de choses. Je ne connais même personne qui m'arrive à la cheville dans ce domaine.

Le ton de Daniel se modifia, sa voix se fit douce comme du velours :

— D'ailleurs, que penses-tu de Mac, Darcy ? Il est plutôt beau garçon, non ?

— Il est magnifique.

— Il vient d'une lignée irréprochable et il a une solide intelligence. Même s'il joue parfois aux durs, c'est un cœur tendre, dans le fond. Avec un sens aigu des responsabilités. Il est stable dans ses affections et il a le respect de la famille. Je ne vois pas ce qu'une épouse pourrait vouloir de mieux.

— En effet. Elle serait comblée avec un homme comme lui.

Daniel l'interrompit avec impatience.

— Comment ça, « elle » ? C'est de toi qu'il est question en ce moment, Darcy. Et il ne te laisse pas indifférente, ce garçon, je crois ? L'étincelle est là ?

Fermant les yeux, elle songea au feu d'artifice qu'elle avait vu se déployer la veille au-dessus du ciel de Las Vegas. « L'étincelle » en question avait déjà atteint les proportions d'un spectacle pyrotechnique d'envergure.

— Je l'aime à la folie, Daniel.

— A la bonne heure !

L'exclamation triomphante à l'autre bout du fil lui fit regretter aussitôt sa confidence.

— S'il vous plaît, promettez-moi de n'en rien dire à personne. J'avais besoin d'en parler à quelqu'un, mais je ne veux surtout pas qu'il le sache.

— C'est pourtant le premier intéressé ! bougonna Daniel.

— Je sais. Mais il ne faudrait pas qu'il prenne peur, vous comprenez ? précisa-t-elle à voix basse.

— Mmm… Donc tu adoptes un profil bas, tu attends qu'il te courtise dans les règles de l'art, et tu le laisses dans l'illusion que l'initiative vient de lui ?

Darcy fit la grimace.

— Je ne pensais pas à une stratégie aussi retorse !

— Que reproches-tu aux stratégies retorses, fillette ? Ce sont les plus efficaces, non ? Tant que le but est noble…

Un sourire hésitant se dessina sur les lèvres de Darcy.

— Mac est plein de sollicitude envers moi. Mais son « sens aigu des responsabilités » pèse un peu trop lourd dans notre relation. Alors j'attends qu'il cesse de se sentir responsable et on verra après s'il y a moyen d'arriver à quelque chose.

— N'attends pas trop longtemps quand même, grogna Daniel.

Elle sourit.

— Avec un peu de chance, ce ne sera pas très long. Je vais commencer par lui montrer que je ne suis pas qu'une pauvre innocente égarée dans un monde cruel, mais une grande fille débrouillarde capable d'organiser ma vie.

Darcy n'alla pas s'acheter une « babiole ». Elle avait des projets infiniment plus ambitieux en tête. Afin de faciliter ses déplacements, elle loua une voiture. Pour l'achat d'un nouveau véhicule, elle préférait attendre encore un peu. Le temps de déterminer si son futur mode de vie s'accorderait plutôt avec un cabriolet sport qu'avec une sage berline.

Armée de cartes et de plans, elle entreprit de se familiariser avec la ville. Avec l'*autre* Las Vegas, plus précisément. Le Las Vegas qui se trouvait à distance des casinos et des distractions pour touristes. Elle visita des centres commerciaux, entra dans des épiceries de quartier, parcourut des rues paisibles, avec des maisons, des jardins, des écoles et des églises. Elle repéra également quelques demeures plus isolées, ouvrant sur la calme magnificence du désert et sur les blocs de roche tourmentés qui formaient les montagnes au-delà.

Là, son cœur se mit à battre plus vite. Elle voyait déjà une vie se dessiner pour elle. Une vie qui lui ressemblerait.

Il était 7 heures passées lorsqu'elle regagna enfin le Comanche. Lessivée, Darcy se dirigea droit vers l'ascenseur. Elle n'avait qu'une envie : s'affaler sur le canapé et prendre un repos bien mérité. A force d'arpenter la ville, elle avait dû parcourir une vingtaine de kilomètres à pied. Et si elle n'avait pas acheté la moindre babiole, un rendez-vous était fixé le lendemain avec une agence immobilière.

Dès que les portes de l'ascenseur s'écartèrent, elle vit Mac, sourcils froncés, qui l'attendait de pied ferme.

— Ah, te voilà enfin ! Je me demandais où tu étais passée !

— Je suis désolée. J'étais juste partie explorer un peu la périphérie de Las Vegas.

Jetant son sac sur un fauteuil, elle se tourna dans l'intention de sourire à Mac. Mais il l'attira avec force contre lui et sa bouche se trouva sollicitée pour d'autres activités que le sourire.

Mac était conscient de l'absurdité de sa réaction. Le soulagement qu'il ressentait était totalement disproportionné. Il faisait encore grand jour et elle s'était juste absentée quelques heures.

— Tu n'aurais pas dû partir comme ça, toute seule, murmura-t-il contre ses lèvres. Imagine que tu te sois perdue.

Darcy réprima un soupir. Encore son « sens aigu des responsabilités » ! Quand cesserait-il enfin de voir en elle une malheureuse brebis égarée susceptible de se faire dévorer par le grand méchant loup chaque fois qu'elle faisait un pas toute seule hors de la bergerie ?

— Je me suis acheté un plan, Mac. Ça n'a pas été difficile de me repérer.

Darcy voulut enchaîner sur la maison de rêve qu'elle devait visiter le lendemain matin. Mais au dernier moment, elle tint sa langue. Tout comme l'appel de New York, cette nouvelle devait rester confidentielle. Elle avait un jardin secret à construire.

— Tu as pris le soleil, en tout cas, commenta-t-il en lui effleurant le bout du nez.

Elle fronça les narines.

— Il faut que je pense à m'acheter un chapeau si je ne veux pas me transformer en une immense tache de rousseur ambulante. J'imagine que le soleil d'ici doit être redoutable pour la peau. Mais j'adore cette chaleur sèche !

— Il faut être prudent, boire beaucoup. On se déshydrate facilement à Vegas.

— C'est vrai. J'ai vu plein de touristes avec des sacs à dos et des gourdes accrochées à la ceinture. Les gens se promènent en ville, habillés en randonneurs ou en explorateurs, raconta-t-elle avec enthousiasme. Partout, des constructions démesurées s'élèvent. D'en bas, on voit les ouvriers s'activer à des hauteurs invraisemblables. Et il y a même des machines à sous dans les épiceries de quartier.

— Tu es allée dans une épicerie !

— Je voulais me faire une idée de la façon dont les gens vivent.

— J'aurais pu te servir de guide si j'avais su que tu avais envie de t'échapper un peu du Strip.

— J'essaye de ne pas trop te détourner de ton travail.

— Ce soir, en tout cas, je suis libre comme l'air. Mes parents m'ont jeté dehors.

Avec un large sourire, Darcy lui noua les bras autour du cou.

— J'adore tes parents.

— Moi aussi.

Il lui offrit sa main tendue.

— Tu viens ? Allons voir le clair de lune.

Vue de loin, Vegas scintillait, comme un drôle de mirage dans le désert. Un désert qui s'étendait à l'infini, à peine altéré par le ruban de la route. Au-dessus de leurs têtes, le ciel était immense, profond comme la mer, transparent comme une eau claire.

Dans les collines au loin, on entendait l'appel mélancolique d'un coyote. Assis côte à côte dans la voiture décapotable de Mac, ils n'avaient qu'à renverser la tête en arrière pour se remplir les yeux de la vision du ciel étoilé. Un vent léger dansait sur le sable tandis qu'ils s'abandonnaient à leur contemplation tranquille.

— Quand je pense à toutes ces fourmis humaines là-bas, qui s'agitent devant des machines à sous, murmura rêveusement Darcy en désignant les formes et les lumières de Las Vegas. Quel contraste avec le grand silence d'ici !

Mac imagina Darcy dans son Kansas natal, à l'abri des vents arides du désert, loin du clinquant et des artifices de Vegas.

— La verdure ne te manque pas ? Et les grands champs fertiles ?

Elle secoua la tête sans une hésitation.

— Non. J'aime les harmonies d'ici. Tous ces ocres, ces terre de Sienne, ces rouges et ces verts épars. Mais toi non plus, tu n'es pas originaire d'ici. Tu as vécu toute ton enfance à Atlantic City, n'est-ce pas ?

— En fait, j'ai été élevé dans le New Jersey. Au début, mes parents avaient aménagé une suite dans le Comanche d'Atlantic City. Mais ils ont voulu nous assurer une vie « normale », à distance respectable des tables de jeu et des machines à sous. Cela dit, nous passions quand même pas mal de temps au casino, mon frère Duncan et moi. Notre grand truc, c'était de grimper dans une espèce de renfoncement au-dessus des tables de jeu qui servait de poste d'observation. C'était de là qu'on surveillait la salle, avant l'introduction des écrans vidéo. Ma mère m'aurait assassiné si elle avait su que j'entraînais mon petit frère là-haut.

— J'imagine que c'était dangereux ?

— Bien sûr. C'est ce qui faisait tout le charme de l'aventure.

Pour la plus grande joie de Darcy, Mac se mit à jouer distraitement avec une mèche de ses cheveux.

— On raconte qu'un soir, l'un des agents de sécurité chargé de la surveillance est tombé de son perchoir et s'est étalé la tête la première sur une table de craps.

— Ouille ! Il a été gravement blessé ?

— La rumeur ne le dit pas. Elle précise, en revanche, qu'un des joueurs aurait misé aussitôt cinq dollars sur sa peau. Il en faut beaucoup pour arrêter le jeu dans un casino.

Riant doucement, Darcy abandonna la tête contre son épaule.

— Et pourquoi as-tu choisi de venir travailler ici au lieu de rester à Atlantic City ?

— Parce que Vegas est le haut lieu du hasard. C'est un endroit unique, incomparable. Et tant qu'à diriger un casino, autant viser le sommet.

Le cœur de Darcy tressaillit dans sa poitrine. Mac visait-il le « sommet » dans tous les domaines ? Lorsqu'il déciderait de se marier, choisirait-il forcément la plus grande, la plus belle, la plus éblouissante ?

Elle refusa résolument de s'attarder sur cette question.

— Et tes frère et sœurs ? Ils ont tous choisi de rester dans l'univers des jeux de hasard, eux aussi ?

— Duncan, oui. Il a pris la direction d'un bateau à aubes sur le Mississippi. C'est exactement ce qu'il lui faut. Il navigue sur le fleuve, dirige son casino de main de maître, et s'exerce à son sport favori : la séduction.

— Vous vous entendez bien, tous les deux ?

Mac sourit.

— Oui. Nous sommes tous très proches ; et l'éloignement géographique n'y change rien. Gwen est médecin et vit à Boston où j'ai également d'autres cousins. Elle est mariée et mère de famille depuis quelques mois.

— D'un garçon ? D'une fille ?

— Une petite Anna, comme ma grand-mère. Je dois avoir une collection de deux à trois cents photos si ça t'intéresse de voir un nourrisson sous toutes les coutures.

— Tu peux me confier toute la série d'albums : j'adore les photos de bébés. Et tu as encore une autre sœur, n'est-ce pas ? La benjamine ?

— Mel, oui. Une fille redoutable. Elle a un regard d'ange et le direct du droit d'un boxeur professionnel.

— Je suppose que les deux ont dû lui être utiles pour se protéger de ses grands frères. Vous lui meniez la vie dure ?

Mac sourit.

— Pas plus que la tradition ne l'exige. D'autre part, c'est moi qui lui ai appris la boxe. C'est grâce à mes efforts pédagogiques qu'elle frappe comme une brute.

— Je parie que tous les enfants Blade sont beaux comme des dieux.

Il rit doucement.

— Ils sont pas mal dans l'ensemble, oui.

Tournant la tête, elle suivit du bout du doigt le tracé de ses lèvres.

— Et je suis sûre qu'ils ont de la classe, de l'allure et que rien n'entame leur assurance. J'ai toujours admiré les gens qui s'affirment et savent rester eux-mêmes en toute circonstance.

— Je croyais que le terme pour qualifier ce genre d'attitude était « arrogance » ? la taquina Mac.

Elle sourit.

— L'arrogance n'est pas forcément un défaut. Vous vous disputiez souvent ?

— Autant qu'il est humainement possible de le faire.

— Chez nous, il n'y avait jamais un mot prononcé plus haut que l'autre. Mes parents faisaient toujours appel à ma raison. C'était implacable. Dans une dispute, au moins, on a une chance de s'en sortir en criant plus fort que l'autre.

— Il me semble que tu as commencé à rattraper le temps perdu, non ? Tu t'es débrouillée comme une pro pour me faire une scène, l'autre fois, sur le toit.

— C'est la chance du débutant. Mais attends que j'améliore ma pratique. Je crois que je vais devenir une vraie terreur.

Elle sourit en frottant doucement ses lèvres contre les siennes.

— Et j'apprendrai également la boxe, au cas où mes arguments ne seraient pas assez frappants.

Mac l'embrassa pour ces bonnes paroles. Très vite le baiser prit son élan, trouva son souffle, gagna en ampleur. D'un même mouvement, ils changèrent de position pour se serrer l'un contre l'autre. Un désir si violent envahit Mac qu'il se cabra, effaré par le despotisme de sa propre libido.

— Je ne devrais pas avoir envie de toi à ce point. Ce n'est pas humain, bon sang.

Il écarta le visage de Darcy du sien dans l'espoir de se

ressaisir. Mais il ne vit que l'or sombre de ses yeux et son propre reflet noyé dans leurs profondeurs.

— C'est trop. C'est beaucoup trop…

— Prends tout ce que tu veux, murmura-t-elle, se souvenant de ses paroles du soir précédent.

— J'ai essayé. Mais c'est sans fin. Je suis insatiable avec toi.

Son aveu éveilla en elle un élan sauvage où l'excitation, le triomphe, l'amour se mêlaient à parts égales. S'agenouillant devant lui sur le siège avant, elle déboutonna sa robe.

— Essaye encore, chuchota-t-elle.

« Je n'aurais jamais dû la toucher. A présent que j'ai commencé, je ne peux plus la lâcher. Plus ça va, plus j'ai envie d'elle. »

Inlassablement, ce même refrain tournait dans les pensées de Mac tandis qu'il conduisait en silence sur la longue route droite qui les ramenait à Las Vegas. Et pendant qu'il ressassait ces pensées lugubres, Darcy dormait comme un ange, la tête sur son épaule.

Une demi-heure auparavant, il l'avait prise sur le siège avant de sa voiture comme un adolescent incapable de maîtriser ses instincts. Aveuglé par le désir, il s'était enfoui en elle comme si elle constituait son unique terre d'asile. Et le pire, c'est qu'il n'avait qu'une envie : recommencer.

Toutes les règles qu'il s'était fixées, il les avait transgressées. Alors qu'il savait pertinemment à quoi il s'exposait.

Darcy était seule et innocente. Et elle lui vouait une confiance sans bornes.

A présent, il était pris dans une situation impossible, un enchaînement infernal où les liens entre eux se resserraient inexorablement.

Les mâchoires de Mac se crispèrent. Il ne pouvait pas continuer comme ça. Il devait s'effacer, laisser à Darcy la latitude nécessaire pour déployer ses ailes. Personne, jamais, ne lui avait donné la possibilité de s'épanouir librement, de tester ses limites, de devenir elle-même. Et à présent qu'elle avait enfin les moyens d'acquérir son indépendance, c'était lui, son « mentor », qui la freinait dans son élan. De quel droit la prendrait-il au piège alors qu'elle sortait à peine de vingt-trois années d'emprisonnement ?

La garder pour lui serait facile — beaucoup trop facile, même. Darcy était persuadée qu'elle l'aimait. Et il pouvait faire en sorte de prolonger l'illusion. Mais jusqu'à quand ? Tôt ou tard, le rayonnement de Darcy se ternirait, gommé par un trop-plein de strass, de paillettes et de néons clignotants. Tôt ou tard, elle perdrait son enthousiasme, sa fraîcheur, sa fascination émerveillée.

Si, égoïstement, il gardait cette fleur des champs pour lui, elle finirait par se faner, puis se désagréger. Et c'était un pari qu'il refusait de prendre.

Non seulement il tenait à elle, mais il ne voulait que son bien. Or il n'y avait qu'une solution décente possible, en l'occurrence : le renoncement. Il devait l'éloigner à tout prix de l'univers corrosif qui était le sien.

Et le pire, c'est qu'il lui faudrait agir sans attendre. Pour elle. Mais également pour lui-même.

Mac jura entre ses dents. Aucune fille, jamais, ne s'était glissée ainsi dans ses pensées sans y avoir été conviée, à toute heure du jour et de la nuit. L'image de Darcy le hantait. Même absente, elle était constamment là, constamment présente. Et loin de s'en irriter, il avait tendance à se complaire dans cette situation. Il redoutait le moment où le souvenir de Darcy finirait par perdre de son intensité. D'avance, il s'insurgeait contre l'inéluctable oubli qui l'éloignerait peu à peu de lui.

Quant à imaginer qu'il disparaîtrait de même de ses pensées à elle… Mac serra les poings. Mais peut-être garderait-elle une petite place, au fond de sa mémoire, pour l'homme qui avait été son premier amant ?

Oui, de temps en temps, le souvenir de Mac Blade reviendrait effleurer Darcy lorsqu'elle mènerait une existence calme et ensoleillée dans une jolie maison d'un quartier tranquille. Des enfants joueraient autour d'elle. Il y aurait un chien endormi dans l'herbe à ses pieds. Un mari qui rentrerait tous les jours de son travail à une heure décente.

Les mains de Mac se crispèrent sur le volant. Cet homme-là, ce mari, saurait-il l'apprécier à sa juste valeur ? Aimerait-il suffisamment sa fraîcheur, sa beauté intérieure, sa grâce et sa légèreté ?

Il jura tout bas.

— Bien sûr que oui, espèce d'idiot.

Pourquoi serait-il le seul à voir les qualités uniques qui faisaient de Darcy le joyau qu'elle était ?

De nouveau il visualisa la jolie maison, la pelouse verte, les enfants blonds. Oui, c'était là qu'elle avait sa place. Dans un monde propre, calme et protégé où elle se réfugierait d'elle-même dès qu'il aurait rassemblé le courage nécessaire pour rompre leurs liens. Des liens qui avaient poussé sur un douteux terreau fait de gratitude, de dépaysement et d'attirance physique.

De quel droit chercherait-il à la retenir alors qu'il ne pouvait que la corrompre ?

Tout en conduisant le long du Strip, il vit le jeu des lumières sur le visage endormi de Darcy.

Un visage d'ange sous les néons du vice.

Mac se jura qu'il la tirerait de là. Quoi qu'il arrive, il la délivrerait de Las Vegas et de lui-même.

Mais pas ce soir. Pas tout de suite.

11.

La maison était grande et semblait née du désert, avec ses rondeurs, ses courbes, ses couleurs ocres qui s'inscrivaient tout naturellement dans le paysage. Darcy en tomba amoureuse au premier regard.

De grands palmiers lui offraient leur ombre et leur fraîcheur. Des cactées aux formes étranges poussaient tout autour de la grande terrasse. Avec ses décrochements, ses niveaux multiples, ses lignes de toit entrecoupées, c'était une demeure de rêve, conçue par un architecte manifestement amoureux de sa région. Il y avait même une tour pour laquelle Darcy se prit d'un enthousiasme immédiat. Non seulement, la tour appelait quantité d'images romantiques tout droit surgies de ses rêveries de petite fille. Mais Darcy y voyait également le lieu idéal pour écrire.

Avant même de franchir la porte d'entrée, elle sut que son choix était fait. Ce fut à peine si elle entendit le flot d'explications de l'employée de l'agence immobilière :

« Trois ans seulement… Maison d'architecte… Famille repartie vivre dans l'est du pays… Vient juste d'être mise en vente… »

Darcy se contentait de hocher la tête et d'émettre les « Mmm… » et les « Ah oui ? » qui lui paraissaient de circonstance. Elle nota le motif d'étoiles sur la vitre de la porte d'entrée. Et songea que les étoiles ne lui avaient jamais été aussi favorables que depuis qu'elle avait largué les amarres et rompu avec son passé.

Dans le vestibule, le carrelage était clair, couleur sable. Levant les yeux vers le plafond, elle se réjouit de découvrir une verrière. Une ouverture sur le ciel ! C'était exactement ce dont elle rêvait. La maison comportait des patios, des escaliers inattendus, d'autres terrasses encore. Si bien qu'intérieurs et extérieurs se succédaient et finissaient par se confondre. Darcy décida de ne garder que les bois blonds, les murs aux couleurs claires. Il n'y aurait rien de sombre chez elle. Tout ne serait que clarté et lumière.

A l'arrière scintillaient les eaux bleues d'une piscine. Que pouvait-elle rêver de mieux ? La cuisine était spacieuse, moderne, avec un très joli coin repas aménagé dans le renfoncement d'une baie vitrée courbe. Dans le salon, une cheminée avait été prévue pour combattre la fraîcheur occasionnelle des nuits d'hiver dans le désert.

Darcy se promit de ne mettre que très peu de meubles. De garder l'impression d'espace, de sobriété épurée. C'était un lieu où elle aurait plaisir à recevoir. Elle organiserait de joyeux et bruyants barbecues entre copains mais aussi des petits dîners intimes.

La chambre de bonne et la buanderie occupaient à elles seules la surface de son ancien appartement dans le Kansas. Non seulement Darcy en avait conscience, mais elle se promit de ne jamais oublier que l'opulence est un privilège. Même si la vie l'avait beaucoup gâtée depuis son arrivée à Las Vegas, elle garderait ses capacités d'émerveillement intactes.

Elle visita les quatre chambres à coucher, examina attentivement la vue de chacune d'entre elles, aima les sols en pin clair et adora les carreaux en céramique de couleur vive dans les salles de bains.

Quant à la chambre à coucher principale, c'était purement et simplement une merveille. Darcy se rendit compte qu'elle ouvrait des yeux comme des soucoupes, mais tant pis. C'était un espace sur deux niveaux, avec une terrasse privée, une cheminée, un immense dressing et une salle de bains de grand luxe avec une baignoire à remous qui valait celle du Comanche.

Au premier coup d'œil, sa décision fut prise. Elle mettrait d'immenses fougères dans de grandes bassines en cuivre. Et chaque bain se transformerait en une aventure au cœur de la jungle.

Pour finir, Darcy examina la tour. C'était là qu'elle viendrait tous les jours pour écrire, face au désert. Elle n'installerait pas un bureau, mais un grand plan de travail, d'un bleu intense, avec de larges tiroirs. Et il y aurait de vastes bibliothèques de bois blanc pour ses livres et ses trésors.

— C'est un endroit qui offre tous les avantages, commenta la jeune femme de l'agence. Le quartier est tranquille et vous trouverez des commerces à proximité. Et néanmoins, la maison est juste assez isolée pour que vous puissiez vous sentir seule au monde dans le désert.

— Ecoutez, madame Bairne…

— Appelez-moi Marion, l'interrompit l'agente immobilière avec un sourire encourageant.

— … je vous remercie, Marion, d'avoir pris le temps d'une visite détaillée.

— Mais c'est avec le plus grand plaisir. Vous estimez peut-être que la maison est un peu grande pour vous. Vous m'avez dit que vous étiez célibataire, n'est-ce pas ?

— Oui, je suis célibataire.

— N'oubliez pas qu'une maison vide paraît toujours plus grande qu'elle ne l'est réellement. Mais une fois meublée, vous verrez que ça donne un espace tout à fait cohérent.

Darcy avait déjà meublé la maison en pensée. De fond en comble. Et, cohérent ou non, l'espace lui convenait à merveille.

— Je la prends.

Le sourire de Marion Bairne s'élargit.

— Excellente initiative. Je suis ravie que vous soyez décidée à faire une proposition. Si vous le désirez, nous pouvons remplir les formulaires dans la cuisine. Et je verrai les propriétaires cet après-midi même.

— J'ai dit que je la prenais. Au prix où elle est mise en vente.

Marion Bairne marqua une hésitation.

— Ecoutez-moi, Darcy... Ce n'est pas vraiment à moi de vous dire cela, mais j'ai cru comprendre que c'était votre premier achat immobilier. Il est habituel pour l'acheteur, dans ce genre de transaction, de tenter de faire baisser le prix fixé au départ. Négocier fait partie du jeu.

Avec un léger sourire, Darcy s'approcha de la fenêtre et contempla les étendues de désert au-delà de la piscine aux eaux limpides.

— Oui, je sais que cela se passe généralement ainsi. Mais si les actuels propriétaires veulent en tirer ce prix-là, pourquoi ne pas leur donner satisfaction puisque de mon côté j'ai exactement ce que je désire ?

Acheter une maison, finalement, n'avait rien de compliqué. Quelques papiers à remplir, un chèque à signer et l'affaire était réglée. Après avoir écouté les explications sur les crédits, les assurances et les hypothèques, Darcy décida de faire simple et de payer cash.

Une fois la date de la vente fixée, elle regagna sa voiture de location et retourna au Comanche sur un petit nuage.

Dans trente jours, elle aurait sa maison. Son lieu à elle. Son paradis privé.

De retour dans sa suite, elle se jeta sur son téléphone. Elle savait qu'elle aurait dû appeler Caine, bien sûr, et lui demander de l'assister dans la transaction ou de lui indiquer un notaire sur place. Elle devait souscrire une assurance, visiter des magasins de meubles et commencer à choisir sa vaisselle et son linge de maison.

Sans compter qu'elle s'était promis de commander au plus vite des stores vénitiens de bois clair.

Mais avant tout, elle voulait partager sa grande nouvelle avec Mac.

— Bonjour, Deb. Puis-je parler à M. Blade, s'il vous plaît ? demanda-t-elle à l'assistante. C'est de la part de Darcy Wallace.

— Ah, bonjour, mademoiselle Wallace. Je suis désolée, M. Blade est en réunion. Souhaitez-vous lui laisser un message ?

— Un message ? Euh… non, ce ne sera pas nécessaire. Si vous pouviez juste lui demander de me rappeler ?

Déçue, Darcy reposa le combiné. Elle avait fomenté le projet d'arracher Mac à son casino, de l'emmener jusqu'à la maison sans rien lui dire, puis de lui annoncer sa grande nouvelle. Enfin… Ce n'était que partie remise. Ils avaient encore tout l'après-midi et toute la soirée devant eux.

En attendant que Mac se manifeste, Darcy s'attela à son livre et travailla d'arrache-pied. Mais lorsqu'elle leva le nez deux heures plus tard, il n'avait toujours pas donné de nouvelles. Résistant à la tentation de lui passer un second coup de fil, elle se fit un café, puis consacra l'heure qui suivit au remaniement de son avant-dernier chapitre.

Lorsque le téléphone sonna, elle se jeta sur le combiné.

— Darcy ? Deb m'a dit que tu cherchais à me joindre ?

En songeant à la surprise qu'elle s'apprêtait à lui faire, Darcy sentit monter une nouvelle bouffée d'excitation.

— Oh, Mac… Je me demandais si tu pouvais me consacrer une petite heure. Je voudrais te montrer quelque chose.

Il y eut un drôle de silence à l'autre bout du fil. Puis la voix de Mac, étrangement neutre et distante :

— Je suis désolé, mais je suis un peu charrette en ce moment. Je ne pourrai pas te voir aujourd'hui.

— Oh, c'est dommage ! Tu es débordé à ce point ?

— Assez, oui. Si tu as un problème, je peux t'envoyer le directeur de l'hôtel.

— Non, non, tout va bien. Ça peut attendre. Tu crois que tu auras le temps demain ?

— Je verrai. Je te tiendrai au courant.

— D'accord.

— Bon, il faut que je te laisse. A plus tard.

Songeuse, Darcy demeura un instant figée, le combiné à la main. Sourcils froncés, elle finit par raccrocher. Rêvait-elle ou avait-elle perçu une nuance d'irritation dans sa voix ?

Mais non. Mac était surchargé de travail, tout bêtement, et il n'avait pas eu le temps de s'attarder au téléphone. Pourquoi tout de suite imaginer le pire ? Elle se faisait tout un monde pour pas grand-chose.

Il lui avait consacré sa soirée de la veille, après tout. Et ils avaient fait l'amour sous les étoiles. Avec passion. On ne pouvait pas désirer quelqu'un éperdument un jour pour le repousser le lendemain comme on chasse un vulgaire moucheron.

« Ah non ? Tu crois ça, toi ? Ne sois pas naïve, Darcy Wallace. Non seulement c'est possible, mais ce sont des choses qui arrivent tout le temps. »

— C'est vrai, murmura-t-elle tout haut. Ce sont des choses qui arrivent. Mais pas avec quelqu'un comme Mac. Ce n'est pas son genre. Daniel l'a dit lui-même : il est stable dans ses affections.

Mac était occupé, tout simplement. Depuis deux semaines qu'elle séjournait au Comanche, elle avait monopolisé une part importante de son temps. Alors qu'il avait d'énormes responsabilités à assumer. Une fois qu'il aurait rattrapé son retard, il redeviendrait plus disponible.

Pourquoi perdre un temps précieux à imaginer des scénarios-catastrophes, alors qu'elle avait un livre à écrire ? Tant mieux si sa soirée promettait d'être solitaire : elle aurait la nuit devant elle pour avancer dans son roman.

Pendant six heures d'affilée, Darcy but café sur café et laissa courir les doigts sur son clavier. Lorsqu'elle sortit de son état de transe à l'issue de ce gymkhana, elle découvrit avec stupéfaction qu'elle venait de boucler le dernier chapitre. Victoire sur toute la ligne : son roman était terminé !

Pour célébrer l'événement, elle sortit une bouteille de champagne du minibar, batailla un peu pour l'ouvrir, puis, avec une exclamation de triomphe, réussit à faire sauter le bouchon. Elle se servit un verre, posa la bouteille à côté d'elle sur le bureau et entama un long travail de relecture, en alternant le champagne et le café pour se tenir éveillée.

A bout de forces, elle finit par s'effondrer tout habillée sur son lit et plongea dans un sommeil agité, peuplé de rêves étranges.

Dans le premier, elle se trouvait dans la tour de sa nouvelle maison. Seule. Sur son plan de travail trônait un énorme ordinateur et elle était entourée de montagnes de papier. De l'autre côté de la vitre se déroulaient toutes sortes de scènes joyeuses auxquelles elle assistait comme dans un film tourné en accéléré. Des couples s'embrassaient, des enfants jouaient, des gens dansaient et faisaient la fête.

Le son était étouffé par la vitre. De temps en temps, elle frappait du poing pour se faire entendre, mais personne ne lui prêtait la moindre attention. Elle était invisible, inaudible — comme inexistante.

Puis le décor bascula et elle se retrouva assise à une table de black-jack. Mais elle avait beau faire, pas moyen de compter ses cartes. Impassible dans un smoking noir, Serena la regardait sans broncher. « Passe ou pioche, Darcy. Il faut choisir. »

« Tu vois bien qu'elle ne sait pas jouer », disait Mac en lui tapotant l'épaule d'un geste paternel comme s'il avait affaire à une petite fille perdue. « Tu n'as rien compris aux règles, fillette. Il ne faut jamais miser gros, si tu n'as pas les moyens de perdre. D'ailleurs tu sais bien que le casino a toujours l'avantage. »

Dans la troisième scène de ce rêve décousu, elle était à pied dans le désert. Mais elle avait beau marcher, marcher, Las Vegas restait à distance, telle une chimère inaccessible. Mac passait en voiture, cheveux au vent et lui adressait un sourire indifférent : « Ce n'est pas la bonne direction, Darcy. Oublie Vegas et va tenter ta chance ailleurs. »

— Non ! Je suis ici chez moi !

Ce fut son propre cri de fureur qui la réveilla en sursaut. Assise dans son lit, elle respirait par à-coups, folle de colère et le cœur battant.

— Plus de champagne pour toi avant d'aller dormir, Darcy Wallace ! marmonna-t-elle en se frottant le visage comme pour effacer les traces du cauchemar.

Notant qu'il était déjà 9 heures du matin, elle prit son téléphone. Serena répondit dès la seconde sonnerie.

— Bonjour, c'est Darcy. Je n'appelle pas trop tôt, j'espère ?

— Pas du tout. Nous attaquons juste notre première tasse de café, Justin et moi.

— Vous avez des projets pour aujourd'hui ?

— Pas encore, non. Mais je suis ouverte à toute proposition.

Darcy se tordait nerveusement les mains pendant que Serena parcourait les pièces du rez-de-chaussée.

— J'imagine que j'aurais dû en visiter d'autres avant de me décider. Mais j'avais une image très précise en tête. Et dès que je suis arrivée ici, j'ai su que ce n'était pas la peine d'aller voir ailleurs.

Serena se retourna lentement pour lui faire face.

— On frappe souvent juste du premier coup, Darcy. Et il me semble que c'est le cas pour cette maison. Elle est très aérée, très lumineuse — ouverte sur un monde minéral, fait de pierre et de sable. Et je trouve qu'elle te convient à la perfection.

— Vraiment ? Vous le pensez sincèrement ?

Submergée par un élan de joie, Darcy tourbillonna sur place dans le salon.

— J'avais peur de votre réaction. Je craignais que vous ne me trouviez terriblement capricieuse et légère.

— Acheter un endroit où vivre n'a rien d'un caprice. C'est une envie parfaitement légitime. Et puisque tu as les moyens de la satisfaire, il me semble que tu ne peux que te féliciter d'avoir eu la main aussi heureuse.

Darcy contempla ses paumes retournées en souriant.

— La main heureuse, oui. J'aime bien cette expression ! Merci d'être venue, Serena. Je mourais d'envie de montrer ma maison pour avoir un avis. Hier, après avoir signé le contrat, je me suis précipitée au Comanche pour aller chercher Mac et le ramener ici. Mais il était surchargé de travail et il n'a pas pu se libérer. C'est dommage.

Sourcils froncés, Serena suivit Darcy au premier étage. Pour autant qu'elle pût en juger, son fils n'avait pas été spécialement débordé la veille.

— Tu lui as annoncé que tu avais acheté une maison et il n'a même pas pris le temps de se déplacer jusqu'ici ?

— Non, je voulais lui faire la surprise. J'ai juste dit que j'avais quelque chose à lui montrer. C'est sans doute idiot, mais j'avais envie qu'il soit le premier à la voir. Vous ne le répéterez pas à Mac, n'est-ce pas ? supplia Darcy en rougissant.

— Ne t'inquiète pas, ça reste entre nous. Pourquoi as-tu acheté une maison ici, à Las Vegas, Darcy ?

La jeune femme s'avança sur l'une des terrasses en hauteur. D'un geste large du bras, elle désigna la vue.

— A cause de ça. Je ne saurais pas vraiment expliquer à quoi ça tient. Certains succombent à l'attrait de l'océan, d'autres tombent amoureux des montagnes ou d'une ville particulière. Moi, c'est le désert. Je l'ignorais avant d'arriver ici, mais dès que j'ai vu cette immensité vide sous ce ciel d'un bleu électrique, j'ai su que j'étais chez moi.

— Et Vegas ?

Darcy se retourna, les yeux étincelants.

— La ville qui ne dort jamais ? J'adore le Strip. Sa folie, sa démesure. Vegas est un vaste pied de nez à la sombre Décence et à l'austère Raison, ces deux tristes reines qui ont gouverné mon enfance. Il y a un je-ne-sais-quoi dans l'air qui fait que tout devient possible. Même le bonheur.

— Le bonheur, je suis contente que tu l'aies trouvé, déclara gravement Serena en lui passant la main dans les cheveux. Mais si tu as choisi de poser tes valises à Vegas, ce n'est pas tout à fait sans rapport avec Mac, n'est-ce pas ?

Comme Darcy ne répondait pas, Serena sourit doucement.

— Je ne suis pas aveugle, tu sais. Je vois bien ce que tu éprouves pour lui.

— C'est plus fort que moi. Je ne peux pas m'empêcher d'être amoureuse.

— Comment s'empêcherait-on d'être amoureuse, en effet ? Mais la maison lui est-elle destinée, Darcy ?

La jeune femme secoua gravement la tête.

— Non. Enfin… ce n'est pas dans cette optique que je l'ai achetée, en tout cas. J'ai d'abord pensé à moi. Je ne prends pas mes décisions en fonction de Mac car je sais qu'il tient à sa liberté. Mais je ne veux pas non plus couper les ponts sous prétexte qu'il y a peu d'espoir. Je sais qu'il n'a pas envie de se lier mais je ne vais pas non plus me soustraire à la relation. Il faut toujours tenter sa chance, non ? Si je perds, j'aurai au moins la consolation d'avoir essayé. Je ne veux plus rester assise, le nez collé contre la vitre, à regarder les autres s'amuser.

— C'est la bonne attitude, Darcy.

Les traits de la jeune femme s'illuminèrent.

— Je ne sais pas si je devrais le dire, mais je suis aussi tombée amoureuse de la famille de Mac.

— Oh, ma chérie.

Serena l'entoura de ses bras et frotta sa joue contre la sienne. En se rappelant que Justin et elle avaient fait du bon travail en tant que parents. Ils n'avaient pas élevé des imbéciles, après tout. Mac finirait par ouvrir les yeux.

— Tu me montres la piscine, Darcy ?

Elle battit des mains.

— Vous allez voir, elle est magnifique… Et je me demandais si vous accepteriez de m'aider à choisir les meubles ?

— Ah, quand même ! J'ai cru que tu ne te déciderais jamais à poser la question !

Mac faisait des efforts démesurés pour maintenir une activité constante. Tant qu'il avait l'esprit occupé, il parvenait à oublier Darcy, parfois jusqu'à cinq minutes d'affilée. Du temps et de l'espace. Voilà ce qu'il leur fallait à l'un comme à l'autre. Afin de prendre la distance nécessaire pour analyser leur relation.

Résultat : Darcy lui manquait tellement qu'il en aurait hurlé d'exaspération, d'ennui. De solitude.

Arpentant son bureau comme un lion en cage, Mac renonça à faire semblant de travailler. Darcy ne l'avait plus rappelé après le mémorable coup de fil où il avait réussi l'exploit de se montrer froid et distant. Et il n'avait pas la moindre idée de ce qu'elle devenait. D'après les maigres renseignements qu'il avait réussi à glaner auprès du personnel, elle passait beaucoup de temps à l'extérieur de l'hôtel. Mais personne n'avait pu lui préciser où elle se rendait.

Une chose était certaine : elle était parfaitement capable de se distraire sans lui. Las Vegas semblait lui offrir mille occasions de déployer ses petites ailes de fée et de vivre pleinement sa liberté nouvellement acquise.

Alors qu'avec lui, ces mêmes ailes seraient restées atrophiées. Il s'était raconté des histoires en pensant pouvoir jouer un rôle de mentor désintéressé. S'il s'était tant occupé d'elle, c'était uniquement parce qu'il la désirait de façon quasi maladive.

Un état de choses qui n'avait pas changé, entre parenthèses.

Mac repoussa avec impatience une chaise qui lui barrait

le chemin. Darcy lui était tombée dans les bras comme un oiseau blessé tombé du nid. Et au lieu de la protéger et de la guider, il avait tiré avantage de sa faiblesse.

Le pire, c'est qu'il était cruellement tenté de persister dans ses erreurs. De la garder pour lui et de ne plus la lâcher. En la laissant dans l'illusion qu'elle l'aimait.

Darcy n'avait aucune expérience de l'amour. Aucun homme ne l'avait touchée avant qu'elle ne se donne à lui. Elle était passée directement d'un monde étriqué, régi par une morale très stricte, à un univers coloré, étourdissant, où toutes les fantaisies semblaient permises. Il ne tenait qu'à lui de la maintenir dans cet état d'éblouissement. De l'entraîner dans un tourbillon d'expériences. Et de l'attacher égoïstement à sa personne.

Ce serait si simple. Et si méprisable, aussi.

Mac serra les poings. Il l'aimait trop pour accepter de la mettre en cage en rognant ses jolies ailes de papillon. Il ne voulait pas voir son innocence se ternir. Elle était si jeune encore ! Alors que Darcy était à l'orée de sa vie, il avait déjà une existence toute tracée devant lui.

Il en était là de ses réflexions lorsque la porte s'ouvrit à la volée. Darcy fit irruption dans son bureau, pâle comme un linge, les yeux écarquillés.

— Mac, je suis désolée, je sais que tu es très occupé et que je ne devrais pas te déranger mais… mais…

— Que se passe-t-il ? Il est arrivé quelque chose ? Tu es blessée ?

Effaré, il se précipita pour la saisir par les épaules. Elle s'agrippa aux pans de sa chemise.

— Non, non, tout va bien. J'ai vendu mon livre… Tu te rends compte ? Oh, mon Dieu, j'ai le vertige.

— *Vendu ton livre ?* Respire plus lentement… Voilà. Prends des inspirations profondes… Parfait. Je croyais que ton roman n'était pas encore terminé ?

— Il s'agit de mon premier manuscrit, en fait. Mais ils ont également accepté de publier le second. Avant même de le lire ! Tu imagines ? C'est de la folie !

Incapable de garder ses distances plus longtemps, Darcy posa la joue contre la poitrine de Mac.

— Accorde-moi juste une minute… Je suis tellement heureuse que je n'arrive plus à penser. Oh, Mac…

Rejetant la tête en arrière, elle se mit à rire.

— C'est aussi excitant que de faire l'amour. Il me faudrait peut-être une cigarette.

— A mon avis, c'est plutôt d'une chaise que tu as besoin.

— Oh, non. Surtout pas. Je ne tiendrais pas en place. Mes deux romans vont être publiés, tu te rends compte ? J'ai encore défié la loi des probabilités !

— Qui a acheté les droits de tes romans, Darcy ? Et quand ?

Elle secoua la tête, rit de plus belle, puis prit une profonde inspiration pour tenter de recouvrer son sérieux.

— Je vais essayer de me calmer et de te raconter toute l'histoire. Il y a quelques jours, j'ai reçu un coup de fil d'un éditeur, à New York : Eminence Publishing. Il m'avait vue aux actualités et m'a proposé de lui envoyer quelques-uns de mes textes.

Mac était sidéré. Comment Darcy, qui ne cachait jamais rien à personne, avait-elle pu garder un secret pareil ?

— Il y a quelques jours, déjà ? Et tu ne m'en as rien dit ?

— Je ne voulais pas que ça se sache. Pas avant d'avoir la réponse.

Darcy pressa les doigts sur ses paupières pour contenir les larmes de joie qui montaient irrépressiblement.

— Et pour avoir une réponse, j'ai eu une réponse… Bon, il ne faut pas que je pleure, murmura-t-elle en s'essuyant les yeux. Pas tout de suite, en tout cas. Le jour même où j'ai eu l'éditeur, j'ai pris un agent. Je savais que c'était dans un but purement commercial qu'on avait demandé à voir mon manuscrit. Mais j'ai quand même voulu mettre toutes les chances de mon côté. Donc je me suis assuré les services d'un agent au cas où il y aurait quelque chose à négocier.

Mac fronça les sourcils d'un air désapprobateur.

— Et tu as choisi un agent comme ça ? Au hasard ? Par téléphone ?

Darcy soupira.

— Oui, je sais, c'était un peu risqué. Mais il fallait que je me décide sans attendre. L'agent — qui est en fait une agente — m'a appelée ce matin pour m'annoncer que l'éditeur avait proposé d'acheter les droits. Pour une somme tout à fait convenable. Et elle m'a conseillé de refuser.

Terrassée rétrospectivement par la décision qu'elle avait dû prendre, Darcy pressa la main sur son estomac.

— Tu te rends compte ? On m'offrait la possibilité d'être publiée, moi, Darcy Wallace. Un rêve que je caresse en secret depuis des années ! Et cette femme me prie gentiment de dire non !

— Et pour quelle raison ?

— C'est ce que j'ai demandé, bien sûr. Et Kelly— l'agente — m'a répondu que j'avais un style très personnel et que mon intrigue était bien construite. Elle estimait donc que je pouvais obtenir plus. Si Eminence Publishing refusait, elle se faisait fort d'en tirer un meilleur prix ailleurs. Elle croit réellement en moi, Mac ! J'étais sidérée. Alors, je lui ai laissé carte blanche et l'éditeur a fini par acheter les droits pour les deux romans… Bon, je crois que je vais m'asseoir un petit moment, tout compte fait.

Elle tomba plus qu'elle ne s'assit sur la chaise. Mac s'accroupit devant elle.

— Je suis vraiment très heureux pour toi. Et très fier.

— Je pensais que cela resterait un rêve irréalisable, admit-elle en essuyant ses joues humides de larmes. Personne autour de moi n'y croyait. « Sois raisonnable, Darcy », me répétaient mes parents. « Garde les pieds sur terre, ma chérie. C'est une vocation exigeante où seuls les meilleurs réussissent. » Alors je me suis toujours efforcée d'être réaliste. Et de ne rien espérer. J'étais convaincue de ne pas être à la hauteur.

— Tu es sacrément à la hauteur, Darcy. Et sur tous les plans.

Elle secoua tristement la tête.

— Pas sur tous les plans, non. A l'école, je me suis accrochée pour me classer parmi les premiers. Mes deux parents étaient enseignants et je savais à quel point mes performances scolaires comptaient pour eux. Mais j'avais beau déployer des efforts démesurés, je ramenais des notes correctes — jamais brillantes. Chaque fois, c'était le même petit soupir désolé lorsque je leur apportais mes carnets à signer. Ils me disaient que c'était pas mal, qu'il n'y avait rien à redire. Mais que si *seulement* je consentais à y mettre un peu du mien, j'obtiendrais des résultats brillants. Malheureusement, ce n'était pas le cas. J'étais déjà au maximum et je le savais. C'était dur d'être condamnée à les décevoir.

— Tes parents ont été profondément injustes avec toi. Ils te demandaient d'être un prolongement idéalisé d'eux-mêmes au lieu de respecter tes qualités propres.

Darcy haussa les épaules.

— Ce n'était pas de la méchanceté délibérée. Juste un manque d'imagination de leur part, sans doute. Au début, je leur montrais ce que j'écrivais. J'espérais que, pour une fois, ils seraient surpris, impressionnés, voire enthousiastes.

Mais très clairement, ma prose ne les intéressait pas. Alors j'ai cessé de rechercher leur approbation.

Elle s'essuya le visage avec les mains.

— Quoi qu'il en soit, je n'ai jamais trouvé le courage d'envoyer mon premier roman à un éditeur. Je crois que j'avais besoin qu'on me dise que j'avais mes chances, que je n'étais pas vouée à l'échec. Et vous avez été tellement formidables, ta famille et toi…

— Tiens, dit Mac en sortant son mouchoir.

Elle renifla, se tapota les yeux et les joues.

— Je ne suis pas triste, tu sais. Juste folle de joie. Il s'est passé tant de choses en si peu de temps. Je suis désolée d'avoir déboulé dans ton bureau sans m'annoncer, mais il fallait que je partage la nouvelle avec quelqu'un, sous peine d'exploser !

— Je suis heureux que tu sois venue me trouver, déclara Mac gravement. Des nouvelles comme celle-là, on ne peut pas les garder pour soi.

Il cueillit son visage entre ses paumes et, après une brève lutte interne, posa un baiser léger sur son front plutôt que sur ses lèvres.

— Il faut que nous fêtions ça, déclara-t-il avec une gaieté forcée en se redressant. Nous boirons du champagne et tu me parleras de tes projets.

— Mes projets ?

— J'imagine que tu vas passer quelques jours à New York. Rencontrer ton éditeur, ton agente.

— Oui, bien sûr. La semaine prochaine, en principe. J'ai prévu de faire un saut dans l'Est.

La semaine suivante, déjà. Mac dévora des yeux son fin visage maculé de larmes. Il éprouvait une souffrance presque paralysante à l'idée de la perdre. Mais plus il attendrait, plus la rupture serait cruelle.

— Tu vas nous manquer, Darcy du Kansas. J'espère que

tu nous donneras des nouvelles de temps en temps, une fois que tu seras installée dans ta nouvelle vie.

— Installée dans ma nouvelle vie ? Mais je reviens ici !

— Ici ?

Il haussa un sourcil amusé.

— Darcy, tu sais que c'est un plaisir de t'avoir au Comanche, mais nous ne pouvons pas te garder indéfiniment dans une suite réservée aux flambeurs. Une chose est certaine, c'est que tu n'entres pas dans cette catégorie. Cela dit, nous continuerons à t'héberger avec le plus grand plaisir jusqu'à ton départ pour New York.

Horrifiée, Darcy se mordit la lèvre. Depuis deux semaines, elle abusait de l'hospitalité de Mac en occupant une suite de luxe à ses frais.

— Je suis désolée, j'aurais dû y penser plus tôt. Je prendrai une chambre à mon retour, en attendant de…

— Darcy, tu n'auras plus aucune raison de revenir à Las Vegas, une fois que tu auras signé avec ton éditeur.

Son cœur tressaillit douloureusement dans sa poitrine.

— Mais, Mac ! C'est ici que j'habite, désormais !

— Sois raisonnable. Tu ne peux pas passer le reste de tes jours au Comanche.

Mac avait cessé de sourire. Il n'avait plus qu'une envie : en finir au plus vite pour ne plus voir la douloureuse stupéfaction qui altérait les traits de Darcy.

— Il est temps pour toi de construire une nouvelle vie, enchaîna-t-il doucement. Et ce n'est pas ici que tu pourras le faire. Avec l'argent que tu as touché et ta carrière d'écrivain qui se dessine, tu as tous les atouts en main, désormais.

Elle le regarda droit dans les yeux.

— Tu es en train de rompre, n'est-ce pas ? Il ne s'agit

pas seulement de me jeter hors de ton hôtel. Tu me jettes hors de ta vie.

— Personne ne te jette hors de quoi que ce soit.

— Ah bon ?

Elle émit un rire sans joie.

— Aie au moins le courage d'être franc, Mac. Tu me prends vraiment pour une attardée mentale, n'est-ce pas ? Cela fait plusieurs jours maintenant que tu m'évites. Tu m'as à peine touchée depuis que je suis entrée dans cette pièce. Et maintenant, tu me tapotes gentiment la joue en me recommandant d'aller vivre une bonne petite vie ailleurs. Le plus loin possible de ta personne, de préférence.

— J'ai envie que tu sois heureuse, Darcy. Sincèrement.

— Heureuse, oui. Mais à condition que je le sois ailleurs qu'ici. Malheureusement pour toi, c'est à Vegas que j'ai envie de m'installer. J'ai acheté une maison à quelques kilomètres d'ici. Et j'ai la ferme intention d'y vivre.

Mac s'était préparé mentalement à affronter une scène, des larmes, des récriminations. Mais il ne s'était certainement pas attendu à une nouvelle de ce genre.

— Tu as acheté quoi ?

— Une maison.

— Tu es folle, ou quoi ? Une maison ? Ici ? Mais qu'avais-tu en tête ?

— Mon bonheur, Mac. Mon avenir.

— On n'acquiert pas une propriété immobilière comme on achète un sandwich au bar du coin, bon sang ! Tu ne peux quand même pas passer ton temps à faire n'importe quoi !

— Garde tes jugements insultants pour toi. Il s'agissait d'un acte mûrement réfléchi, en l'occurrence.

— Mais c'est absurde, Darcy ! Tu aurais dû m'en parler

d'abord. Je ne t'aurais jamais laissée faire une chose pareille !

Elle lui jeta un regard étincelant de défi.

— Ah non ? Parce que tu es le maître de toute la ville ainsi que de ses environs maintenant ? Tu peux me forcer à quitter le Comanche, mais tu ne peux pas m'empêcher de rester dans le secteur. J'aime Vegas et je m'y installe. Point final.

— Mais *réfléchis*, Darcy. La vraie vie, c'est autre chose qu'une joyeuse balade sur le Strip !

— Vegas ne se résume pas à ses casinos, Mac. C'est une ville en pleine expansion qui offre quantité d'avantages pratiques. Le logement y est accessible, on y trouve des commerces, des emplois et une vie communautaire comme n'importe où ailleurs. Las Vegas est la ville du futur par excellence. Investir dans l'immobilier ici est un choix on ne peut plus raisonnable.

— Raisonnable, c'est ça ! Il n'y a rien de plus raisonnable que de choisir la capitale de la débauche pour en faire son *« home, sweet home »*. Tu sais ce qui prolifère ici, Darcy ? Les prêteurs à gages, les prostituées, les entraîneuses de tous bords. Et je ne te parle pas de la Mafia, du blanchiment de l'argent, de l'alcoolisme, de la toxicomanie et du jeu.

Elle le regarda froidement.

— Je suis tout à fait consciente de ces réalités, Mac. Je sais que les gens d'ici ne sont pas tous des enfants de chœur. Et il se trouve qu'en tant qu'écrivain, je suis justement passionnée par cet univers. Cela te pose un problème ?

— Tu ne sais pas ce que tu dis, Darcy.

— Tu te trompes. Je sais ce que je dis et je sais aussi ce que je fais en choisissant ce lieu comme port d'attache. Le désert nourrit mon inspiration. Quant aux comportements humains que j'observe à Vegas, ils m'apportent un matériau passionnant. Contrairement à ce que tu penses, je n'ai pas acheté cette maison dans l'idée de me cramponner à toi. Je l'ai choisie pour moi et rien que pour moi. Alors, sois sans crainte. La ville est assez grande pour que je puisse y vivre sans être dans tes jambes. Tu ne seras pas incommodé par ma présence, Mac Blade.

En deux pas, Darcy avait atteint la porte.

— Hé, une seconde ! Laisse-moi t'expliquer. Je…

Il lui posa la main sur l'épaule pour la retenir. Mais elle lui imposa silence d'un seul regard.

— Laisse tomber, Mac. Inutile de te confondre en explications embarrassées. Je n'ai pas l'intention de te faire une scène. Tu as droit à ma reconnaissance, et je ne l'oublierai pas. D'autre part, j'ai l'intention de maintenir des liens d'amitié avec ta famille et je n'ai pas envie de les mettre dans une position difficile. Mais tu as été blessant et cruel, précisa-t-elle calmement. Alors que rien ne t'y obligeait.

Le laissant pétrifié sur place, Darcy sortit et ferma doucement la porte derrière elle.

12.

— Donc nous sommes d'accord ? reprit patiemment Justin en faisant mine de ne pas remarquer l'état de distraction de son fils. Nous accordons une remise de dette à Harisuki et à Tanaka. Et nous prenons leurs chambres et leurs repas à notre charge. Ainsi, ils reviendront et dépenseront leurs prochains millions ici et non pas dans le casino d'en face.

Justin se renversa contre le dossier de son fauteuil et alluma un cigare.

— Tu t'es occupé de réserver une limousine pour eux, demain matin, au fait ?

Il attendit une fraction de seconde.

— Mac ?

— Ah, pardon. La limousine, tu dis ? Oui, oui, j'ai fait le nécessaire.

— Bien. Maintenant que nous avons réglé cette question, nous allons pouvoir parler de tes soucis personnels.

— Mes soucis personnels ? Je n'en ai aucun, en l'occurrence. Tu veux une bière ?

Justin inclina la tête en signe d'assentiment.

— Tu as toujours été très indépendant, Mac. C'est la croix et la bannière pour t'arracher un mot d'explication lorsque quelque chose te ronge. Ta détermination à vouloir résoudre toutes tes difficultés par toi-même est aussi admirable qu'énervante… Mais dans ce cas précis, je sais exactement ce qui te tourmente. Le problème est âgé de vingt-trois ans, a un visage d'ange et a plus de chance au jeu que tous les flambeurs de Vegas réunis, déclara Justin en acceptant sa bière.

Mac haussa les épaules.

— Si c'est de Darcy que tu veux parler, elle a vendu les droits pour son roman. Pour *deux* romans, même.

— Il me semble que c'est plutôt une bonne nouvelle, non ? C'est pour ça que tu affiches cet air lugubre ?

— Non. Je suis ravi. Pour Darcy, c'est une consécration. Je crois que je n'avais pas mesuré à quel point l'écriture comptait pour elle. Apparemment, elle fait un beau départ dans sa carrière.

— C'est ça qui te chiffonne ? Tu t'imagines qu'elle n'aura plus besoin de toi ?

Mac fit les cent pas dans son bureau.

— Le fait qu'elle n'ait plus besoin de moi me paraît très positif, au contraire. Son séjour au Comanche n'était qu'une étape sur son parcours, une halte reconstituante, disons.

Justin tira pensivement sur son cigare.

— Tu es amoureux d'elle, Mac ?

— Là n'est pas la question.

— Comment ça ? C'est une question qui me paraît cruciale, au contraire !

— Je ne suis pas l'homme qu'il lui faut. Et elle n'est pas faite pour vivre dans un endroit comme Vegas, rétorqua Mac en s'immobilisant face à la fenêtre pour contempler les néons scintillants et les fontaines multicolores devant la façade de l'hôtel. Dès que sa première excitation sera retombée, Darcy s'en rendra compte par elle-même. Elle n'a pas les pieds sur terre, en ce moment.

— Et qu'est-ce qui te fait penser que tu n'es pas l'homme

qui lui convient ? Quand je vous vois tous les deux, vous me paraissez très complémentaires.

Mac enfonça les poings dans ses poches.

— Je dirige un casino, papa ! Pas une librairie papeterie ! A l'heure où les honnêtes gens dorment sur leurs deux oreilles, je déambule dans des salles enfumées, entouré de joueurs compulsifs, de noctambules à la dérive et d'allumeuses de luxe. Darcy est issue d'un milieu plus conventionnel que le nôtre. Elle a eu une éducation très répressive et s'est toujours conformée aux diktats formulés par ses parents. Elle commence tout juste à vivre un peu. Ce n'est vraiment pas le moment de lui mettre des freins.

— Je suis d'accord avec toi. Mais pourquoi constituerais-tu forcément un obstacle à son épanouissement ? Il me semble que tu as une vue un peu manichéenne de la situation, Mac. Ce n'est pas parce que tu tiens un casino que tu es un monstre cynique baignant dans le vice et la corruption. Tu as un métier passionnant, des responsabilités importantes et tu les assumes avec une intégrité et un sérieux que pourraient t'envier bien des chefs d'entreprise. Quant à Darcy, c'est une jeune femme pleine de spontanéité et de joie de vivre qui promet de devenir un écrivain célèbre. Je ne vois aucune incompatibilité majeure là-dedans !

Mac soupira avec impatience.

— Tu en parles comme si nous nous fréquentions depuis dix ans ! Darcy est arrivée ici il y a quelques semaines à peine, papa. Et son existence a été bouleversée de fond en comble. Comment veux-tu qu'elle soit lucide sur ses sentiments ?

— A mon avis, tu la sous-estimes. Mais même à supposer que tu aies raison, que fais-tu de tes sentiments à toi ? Ils ne comptent pas ?

— Je me suis déjà suffisamment laissé déborder par ma

libido comme ça. Lorsque Darcy est arrivée ici, elle était encore innocente, bon sang !

Le regard assombri par la culpabilité, Mac se détourna de la fenêtre pour lui faire face.

— Aujourd'hui, elle l'a perdue, son innocence ! Je m'étais pourtant promis de ne pas la toucher. Mais je n'ai rien maîtrisé. Même un gamin de dix-huit ans aurait eu un comportement plus responsable que le mien.

Justin fronça les sourcils.

— Tu ne crois pas que tu en rajoutes un peu, Mac ? Darcy est jeune, belle et amoureuse. Et toi tu es un homme, pas son confesseur attitré ! Tu es en train de t'empêcher de vivre une histoire qui te rend heureux parce que tu t'imagines être nocif pour Darcy. Mais c'est à elle d'en juger, non ? De quel droit déciderais-tu à sa place ce qui est bon pour elle ou non ?

Avec un second soupir encore plus exaspéré que le premier, Mac recommença à arpenter la pièce.

— En temps normal, je ne me le permettrais pas, bien sûr. Mais Darcy est complètement aveuglée, en ce moment. Vous ne voyez pas qu'elle se croit en plein conte de fées ? Ce n'est pas Vegas qu'elle voit, mais une heureuse chimère, avec des gondoles qui passent devant le palais des Doges, la tour Eiffel et la statue de la Liberté enfin réunies ! Du coup, elle s'est acheté un logement sur place. C'est de la folie furieuse, bon sang.

— Pourquoi ? La maison qu'elle a trouvée a un charme fou.

Mac demeura un instant bouche bée.

— Parce que tu es au courant ?

— Darcy l'a montrée à ta mère le lendemain du jour où elle a signé le compromis. J'ai eu l'occasion de la visiter moi-même. Elle est très originale. Très attachante. Je ne pense pas qu'elle regrettera son achat.

— Quoi qu'il en soit, c'est absurde de vouloir se fixer définitivement dans une ville que l'on connaît à peine ! Darcy ne vit pas dans la réalité. Elle plane à quinze mille !

Justin secoua la tête.

— Tu te trompes, Mac. Darcy sait parfaitement ce qu'elle veut. Et elle est très cohérente dans ses choix. Si toi, tu ne veux pas d'elle, en revanche, c'est une autre paire de manches.

— Si je ne veux pas d'elle ? murmura-t-il tout bas. J'ai envie d'elle. Sans arrêt. C'est une obsession. Je ne me reconnais pas.

— Désirer, c'est facile. J'ai eu envie de ta mère dès le premier regard que j'ai posé sur elle. Ça, c'était aussi simple que de respirer. Aimer est infiniment plus terrifiant, en revanche. Je ne suis même pas encore certain d'avoir complètement surmonté ma peur.

Sidéré, Mac se laissa tomber dans un fauteuil face à son père.

— Attends… Tu me fais marcher ou quoi ? Quand je vous vois tous les deux, maman et toi, j'ai toujours l'impression qu'aimer, ça va tout seul, pour vous deux, au contraire ! Vous êtes tellement… tellement *assortis*, elle et toi, qu'on n'imagine même pas que vous ayez jamais pu vivre séparés.

Justin se pencha pour poser la main sur son genou.

— Ton problème ne se situerait-il pas de ce côté-là, Mac ?

— Je ne sais pas… Dans notre famille, le mariage défie les statistiques. Il n'y a ni divorce, ni couples bancals.

Mac contempla pensivement l'alliance au doigt de son père. Ses parents étaient mariés depuis trente ans. Et leur amour n'avait pas pris une seule ride.

Le regard vert de Justin se fit étrangement perçant.

— A tes yeux, ta mère et moi, ça va de soi. Parce que

nous sommes tes parents et que tu nous as toujours connus ensemble. Mais, au départ, nous formions un couple complètement improbable, Serena et moi. D'un côté, un métis parti de rien qui s'était enrichi au poker après avoir traîné dans la rue une bonne partie de son adolescence ; de l'autre, une jeune femme de la meilleure société, brillante, cultivée, bardée de diplômes. Qui aurait pu penser, a priori, que ça fonctionnerait entre nous ?

— Mais vous aviez des intérêts communs. Et vous vous dirigiez vers le même but.

Justin secoua la tête.

— C'était loin d'être aussi évident que ça, crois-moi. Entre nous, il y avait plus de différences que de similitudes. Notre chemin, nous l'avons tracé ensemble. Et il était creusé d'ornières.

— Tu essayes de me faire comprendre que j'ai commis une erreur en repoussant Darcy, murmura Mac en se passant la main sur les paupières. Tu as peut-être raison. Je ne sais plus.

— Tu veux des garanties ? Des certitudes ? Une recette miracle ? Ça n'existe pas, fiston. L'amour est un jeu risqué où on navigue au jugé en jouant une carte après l'autre, sans appliquer de règle prédéfinie. Personne ne peut te fournir les rapports de probabilités à l'avance. C'est Darcy que tu veux, Mac ?

— Oui.

— Tu es amoureux d'elle ?

Les mâchoires crispées, Mac inclina la tête. Jamais vérité n'avait été aussi difficile à admettre.

— Oui, je suis amoureux d'elle. Et oui, ça me terrifie.

Justin sourit.

— Je sais ce que c'est. Et qu'est-ce que tu comptes faire ?

— Tenter le tout pour le tout et essayer de la récupérer.

— Tu as l'air de penser que ce n'est pas gagné d'avance ? Tu as gravement compromis la situation ?

Mac scruta la pointe de ses chaussures d'un œil sombre.

— Disons que je l'ai plus ou moins mise à la porte.

— Il va falloir que tu joues serré, si tu veux qu'elle t'ouvre encore la sienne, murmura pensivement Justin.

— Tu as raison. Je vais descendre lui parler tout de suite. La pauvre, elle doit être enfermée dans sa suite, à ressasser notre rupture, au lieu de fêter son double contrat comme elle le devrait.

— Mmm… Tu crois ? murmura Justin, les yeux rivés sur l'écran vidéo.

— J'ai repéré des boucles d'oreilles avec des petites étoiles en diamant, dans la bijouterie au rez-de-chaussée. Ce serait une bonne idée, non ?

Sourcils froncés, Mac tenta de combattre une sensation de nervosité comme il n'en avait encore jamais éprouvé.

— Tu crois que ce serait excessif de lui offrir les boucles d'oreilles et un grand bouquet de roses rouges en plus ?

Justin réprima un sourire.

— Je n'aurais pas peur d'en faire trop à ta place. Mais tu ne trouveras pas Darcy dans sa chambre.

— Mmm… ?

— Vois par toi-même. L'écran numéro 3. La deuxième table en partant de la gauche.

Pressé de passer à l'action, Mac regarda distraitement l'écran en question. Puis il plissa les yeux en se demandant s'il rêvait. Quoi ? Sa pauvre petite fée blessée avait enfilé sa robe rouge, sexy en diable. Perchée sur des talons hauts, elle riait aux éclats en soufflant sur ses dés.

— Bon sang ! Qu'est-ce qu'elle fabrique ?

— Elle mise sur le huit… Ha ! Un cinq et un trois ! La voilà qui gagne. Cette Darcy a une chance insolente, commenta Justin avec un large sourire en entendant claquer la porte derrière Mac.

— Allez-y, poupée ! Continuez ! Vous êtes en veine comme ce n'est pas permis !

Darcy souriait aux anges. L'homme qui l'encourageait ainsi avait l'âge d'être son père. Elle ne s'offusqua même pas lorsqu'il lui donna une petite tape amicale sur le derrière.

Se penchant sur la table, elle lança ses dés. Des cris et des applaudissements s'élevèrent. L'argent et les jetons changèrent de mains si vite qu'elle n'eut pas le temps de suivre le mouvement.

— Sept !

Ramassant ses jetons, elle les répartit au hasard.

— Voilà. Je mise ça sur le point.

— C'est parti, belle blonde. Faites rouler les dés ! lança un parieur en jetant un billet de cent dollars sur la table.

Elle s'exécuta, plissa des yeux pour voir le résultat à travers les volutes de fumée. Un trois et un quatre. Extraordinaire. Comment avait-elle pu croire un seul instant que le craps était un jeu compliqué ?

Un spectateur dans la foule compacte autour d'elle lui tendit un verre de champagne. Surexcitée, Darcy leva les bras au ciel et esquissa un pas de danse.

— Mmm… Merci, ça va me porter chance ! s'exclama-t-elle en buvant une gorgée.

Puis elle tendit le verre à l'homme qui lui avait tapoté les fesses.

— Tenez-moi ça deux secondes, O.K. ?

Elle allait reprendre les dés lorsque Mac se fraya un chemin dans la foule. La première chose qu'il vit fut la robe rouge qui lui moulait les fesses. Il lui attrapa le coude alors qu'elle finissait son lancer.

— Qu'est-ce que tu fabriques au juste ?

Ivre de chance et de victoire, Darcy redressa la tête.

— Ce que je fabrique ? Je gagne de l'argent sur ton dos. Alors écarte-toi, que je puisse continuer à vider tes caisses. Ton casino en prend pour son grade.

Il lui saisit le poignet avant qu'elle puisse rejouer.

— Encaisse tes gains. J'ai à te parler.

— Tu veux rire ? Pas question que j'arrête avec la chance que j'ai !

— Hé, l'ami ! Vous n'allez quand même pas l'empêcher de jouer alors qu'elle gagne coup sur coup !

Mac tourna la tête et réussit à glacer d'un seul regard le joueur enthousiaste assis à l'autre bout de la table.

— Remettez-lui son dû, ordonna-t-il au croupier avant d'entraîner Darcy avec lui, malgré les vigoureuses protestations de ses nouveaux groupies.

— Mais fiche-moi la paix, à la fin ! Tu n'as pas le droit de m'empêcher de jouer, protesta-t-elle.

— Je fais ce que je veux. Le casino m'appartient.

Dégageant son bras prisonnier, Darcy lui jeta un regard noir.

— Très bien. J'irai poursuivre ma soirée ailleurs. Et je ferai savoir à la concurrence que la direction du Comanche ne recule devant aucune pratique déloyale pour éloigner ses clients trop chanceux.

— Darcy, montons dans ta suite. Il faut que je te parle.

Elle le repoussa si énergiquement que de nombreuses têtes se tournèrent dans leur direction.

— Ecoute, Mac, je t'ai promis que je ne te ferais pas

de scène, mais si tu continues à me provoquer comme ça, je reviens sur mes engagements. Tu peux me chasser de *ton* hôtel et me jeter à la porte de *ton* casino. Mais ce n'est pas à toi de décréter ce que je dois et ce que je ne dois pas faire. C'est clair ?

Mac s'arma de patience.

— Je te demande simplement de m'accorder un moment. J'ai des choses à te dire en privé.

— Je n'ai pas envie de les entendre.

— Eh bien tant pis pour toi. Tu les entendras quand même.

Se penchant pour lui prendre la taille, Mac la balança sans façon sur une épaule. Il avait déjà fait dix pas lorsque Darcy, revenue du choc initial, trouva enfin la présence d'esprit de se débattre.

— Lâche-moi ! Tu es fou à lier !

— Aux grands maux les grands remèdes, maugréa-t-il, indifférent aux réactions stupéfaites des clients et du personnel.

— Je n'ai plus rien à te dire, Mac Blade ! Mes bagages sont faits et je pars demain matin. Descends-moi de là ou je hurle.

Il pénétra dans la cabine d'ascenseur avant de la reposer sur ses pieds.

— Je ne me comporterais pas ainsi avec toi si tu étais raisonnable, Darcy. Mais…

Il s'interrompit lorsque le poing de la jeune femme lui percuta l'estomac.

— Pas terrible… pas terrible du tout, même, commenta-t-il avec un soupir découragé. Il va falloir que nous travaillions ta technique.

Consciente que le recours à la violence ne servirait qu'à la ridiculiser, Darcy se croisa les bras sur la poitrine et s'enferma dans un silence orageux. Lorsque les portes de l'ascenseur s'ouvrirent, elle sortit la tête haute en regardant droit devant elle.

— Je sais que c'est *ton* casino et *ton* hôtel. Mais il n'en reste pas moins que, jusqu'à demain matin, il s'agit de *ma* suite, Mac. Et je n'ai pas souvenir de t'y avoir convié.

— Darcy ! Je voudrais clarifier une fois pour toutes la…

— La situation entre nous est déjà on ne peut plus *claire*.

— Si tu pouvais arrêter de me contredire chaque fois que j'ouvre la bouche ! Tu ne comprends donc pas que… ?

Elle repoussa violemment la main qu'il tentait de poser sur son épaule.

— Comment ça, « je ne comprends pas » ? Je comprends parfaitement bien, au contraire. Arrête de me prendre pour une idiote écervelée.

— Je ne t'ai jamais prise pour une idiote !

— Juste une écervelée, alors. Quoi qu'il en soit, je n'ai pas besoin d'un doctorat pour *comprendre* que tu t'es lassé de moi et que tu n'as pas trouvé d'autre solution pour me le faire savoir que de me repousser d'un geste irrité comme si j'étais une gamine de trois ans qui te collait aux basques.

Désespérant de réussir à se faire entendre, Mac se passa la main dans les cheveux.

— Darcy ! Tu veux bien *essayer* de m'écouter une minute ? Je sais que j'ai été maladroit et que j'ai tout gâché. Mais laisse-moi au moins m'expliquer, bon sang !

Elle lui tourna ostensiblement le dos pour se planter devant la fenêtre.

— Il n'y a rien à expliquer. Tu n'as plus envie de moi, c'est tout. C'est comme ça et personne n'y peut rien. Inutile de te fatiguer à te justifier. Si tu as peur que je me jette du cinquantième étage, je te rassure tout de suite : je suis jeune, je suis riche et je débute dans un métier qui me passionne. Quant aux hommes… le monde en est plein.

— Comment ça, le monde en est plein ?

Elle lui jeta un regard noir par-dessus son épaule.

— Tu es le premier, c'est vrai. Ça ne veut pas dire que tu seras le dernier.

La remarque atteignit Mac en pleine poitrine. C'était précisément pour lui donner la possibilité de rencontrer d'autres hommes qu'il avait tenu à lui rendre sa liberté. Mais entendre cette déclaration d'indépendance de la bouche de Darcy, voir ses yeux briller d'un éclat sensuel et la trouver si follement désirable le mit en rage.

— Fais attention à ce que tu dis, Darcy. Tu t'aventures en terrain miné.

— Et alors ? Toute ma vie, j'ai été prudente, mesurée. Aujourd'hui j'ai découvert le plaisir de foncer sans regarder où je mets les pieds. Et jusqu'à maintenant, ça m'a plutôt bien réussi. Si je dois me casser la figure, ça ne regarde que moi, de toute façon.

Saisi de panique, Mac comprit qu'il pouvait la perdre. Qu'elle était parfaitement capable de le planter là et d'aller vivre ses expériences ailleurs.

— Tu m'aimes, Darcy, et tu le sais !

— Parce que j'ai couché avec toi ? Sérieusement, Mac… Tu me prends pour une héroïne de roman à l'eau de rose ?

Chargé de dérision, le ton était convaincant à souhait. S'il ne l'avait pas vue se tordre les mains, il se serait laissé bluffer.

— Tu n'aurais pas couché avec moi si tu n'avais pas été amoureuse. Si je te tenais dans mes bras maintenant, si je posais mes lèvres sur les tiennes, ton corps me le dirait, même si tu n'as jamais prononcé les mots.

Les dernières défenses de Darcy s'écroulèrent. Vaincue, elle détourna les yeux.

— Tu le savais, murmura-t-elle. Et tu t'en es servi contre moi.

— C'est possible. Et je m'en suis voulu. J'ai commis pas mal d'erreurs avec toi.

— Tu es en colère ou tu te sens coupable, Mac ? Tu m'as fait mal en me rejetant comme tu l'as fait.

— C'était pour ton bien. Enfin… je pensais que c'était pour ton bien.

Elle émit un petit rire étranglé.

— Pour mon bien ? Je te remercie de ta considération.

— Darcy…

Il voulut s'approcher, la prendre dans ses bras, mais elle se recroquevilla sur elle-même, comme si elle ne pouvait supporter son contact. Blessé, il laissa retomber ses bras.

— Très bien. Je ne te toucherai pas. Mais regarde-moi, au moins.

— Qu'est-ce que tu attends encore de moi, Mac ? demanda-t-elle d'une voix lasse. Ma bénédiction ? Que je te dise que ce n'est pas grave, que tout va bien, que je ne t'en veux pas ?

Elle laissa échapper un bref sanglot.

— J'essaye de ne pas te tenir rigueur de ton comportement, mais j'ai du mal à le comprendre. Rien ne t'obligeait à m'aimer en retour. Mais pourquoi cette cruauté gratuite ?

— Si je n'avais écouté que mes sentiments, nous ne tiendrions pas cette conversation en ce moment. Et ce n'est pas le lieu, d'ailleurs… Montre-moi ta maison, Darcy, demanda-t-il brusquement.

— Quoi ?

— J'aimerais que nous allions chez toi. Maintenant.

Elle se passa la main sur les paupières.

— Il est tard. Je suis fatiguée. Et je n'ai pas les clés.

— Tu connais le nom de l'agence ? Tu dois bien avoir une carte de visite quelque part.

— Là, sur le bureau. Mais…

Sans écouter ses protestations, Mac attrapa le téléphone d'autorité et composa le numéro. Moins de deux minutes plus tard, il appelait Marion Bairne par son prénom et notait son adresse privée.

— Elle accepte de nous remettre les clés, annonça-t-il en raccrochant. Nous ferons un crochet par chez elle.

— Tu es très convaincant lorsque tu as une idée en tête, Mac… Mais à quoi bon ?

— Prends le risque. Fonce sans regarder où tu mets les pieds. Qu'as-tu à perdre ? Tu veux une veste ?

Darcy refusa. Et se laissa conduire en silence. En songeant que cette ultime explication leur permettrait peut-être de se séparer, non pas en amis, mais au moins sur une note de respect mutuel.

Mac récupéra les clés et trouva la maison sans difficulté. Il contempla le bâtiment ocre dont l'étonnante silhouette se découpait sur fond de lune décroissante.

— J'aurais dû m'en douter. Tu as acheté un château.

Darcy faillit sourire.

— C'est ce que j'ai pensé en la voyant. Tu comprends pourquoi le choix s'est imposé de lui-même…

— Invite-moi à entrer.

— C'est toi qui as les clés, dit-elle d'une voix lasse en ouvrant sa portière.

Il la rejoignit et lui tendit le trousseau.

— Invite-moi chez toi, Darcy.

Haussant les épaules, elle résista à la tentation de lui arracher les clés des mains. Puisqu'il faisait des efforts méritoires pour rendre la rupture moins douloureuse, elle pouvait coopérer un peu.

— Il y a une alarme ? s'enquit Mac, sourcils froncés, en constatant l'isolement des lieux.

— Oui. Je connais le code.

Darcy ouvrit la porte et déconnecta le système de sécurité avant d'allumer. Mac ne dit rien. Il parcourut méthodiquement le rez-de-chaussée, exactement comme l'avait fait sa mère. Mais pour Darcy, son silence fut plus difficile à endurer que celui de Serena.

— C'est grand, commenta-t-il, enfin.

— C'est vrai. En séjournant au Comanche, j'ai découvert que j'appréciais d'avoir de l'espace.

Elle mettrait des plantes sur les terrasses, songea Mac. Des quantités de plantes qu'elle soignerait avec amour. A l'intérieur, elle choisirait la clarté, des couleurs douces. Etrangement, il n'avait aucune difficulté à imaginer la façon dont elle aménagerait les lieux. Comment pouvait-on connaître quelqu'un aussi intimement au bout de quelques semaines à peine ?

Il mit l'éclairage extérieur, vit la piscine et les paisibles étendues de sable, comme une mer immobile qui s'étirait vers l'horizon des montagnes. La vue lui fit comme un électrochoc. Enfin, il comprenait ce qui avait motivé le choix de Darcy. Il sentit la calme puissance qui émanait du paysage, tellement à l'opposé de l'ambiance survoltée du Strip.

Le désert.

Il avait occulté le désert. Et la fascination qu'il exerçait sur elle. Comment avait-il pu décréter de façon aussi arbitraire qu'elle n'avait pas sa place ici, dans ce coin du Nevada ?

— Cette maison, ce paysage… c'est exactement ce qu'il te faut, n'est-ce pas ?

Elle inclina la tête.

— J'ai trouvé mon port d'attache, oui.

— Et il y a la tour. C'est là que tu te boucleras des journées entières pour écrire.

Darcy sentit comme une pointe aiguë lui traverser le cœur. Ainsi il savait. Comment pouvait-il être aussi proche et en même temps si lointain ?

— Oui. La tour sera effectivement mon lieu de travail. Je compte m'attaquer à mon troisième roman bientôt. L'action se déroulera ici, à Vegas.

— Nous devions fêter ton contrat avec l'éditeur. Et nous ne l'avons pas fait.

Il se retourna et la vit debout, plantée au milieu de la pièce vide, en train de se tordre les mains.

— C'est ma faute, Darcy. Entièrement ma faute. Je veux que tu saches à quel point je me réjouis pour toi et comme je suis désolé d'avoir gâché ton plaisir.

Darcy soupira. Que Mac se sente coupable n'avait rien pour la surprendre.

— Ça ne fait rien, murmura-t-elle.

— Si. Cela fait beaucoup, au contraire. J'aimerais t'expliquer la façon dont j'ai vécu les choses afin que tu comprennes pourquoi j'ai réagi comme je l'ai fait… Tu m'es tombée dans les bras — littéralement — la première fois que je t'ai vue. Tu étais affamée, perdue, au bout du rouleau, totalement vulnérable et irrésistiblement attirante. J'ai eu envie de toi, trop tôt, trop vite, trop fort. Normalement, je résiste bien à la tentation. Mais avec toi, je n'ai pas pu.

Elle haussa les épaules.

— Tu ne m'as pas forcé la main. C'était une attirance mutuelle.

— Oui, mais les jeux n'étaient pas égaux.

Il fit un pas dans sa direction.

— Lorsque nous avons fait l'amour ensemble, je savais que tu méritais plus et mieux que cela. Mais je n'avais pas l'intention de te donner autre chose que quelques moments de plaisir et d'insouciance.

— Je sais. Tu m'avais dit avant même que nous soyons amants que tu ne voulais pas de relation sérieuse. Je ne suis pas tombée dans ton lit en aveugle. Mais j'étais prête à prendre un pari sur l'avenir.

Mac marqua une pause.

— Un pari ? *Quel* pari ? Celui que tu réussirais à me faire changer d'avis ? s'enquit-il, stupéfait.

— Et alors ? Je savais que mes chances étaient faibles. Mais elles ne paraissaient pas inexistantes pour autant. Ton grand-père considère que nous sommes admirablement assortis. Et ta mère partage son avis.

Il faillit s'étrangler.

— Parce que tu as abordé le sujet avec ma mère ?

— J'ai beaucoup d'affection pour ta mère, s'emporta Darcy. Quel mal y a-t-il à confier ses sentiments à quelqu'un que l'on apprécie ?

Mac leva la main d'un geste apaisant.

— Ce n'est pas ce que je voulais dire. D'ailleurs, nous nous écartons du sujet… Pour en revenir à mon histoire, voici comment je voyais les choses : il me semblait qu'il te fallait un peu de temps pour toi. J'estimais que ton petit séjour à Vegas te permettrait de t'habituer à ton nouveau mode de vie. Ce serait pour toi une sorte de halte festive que tu mettrais à profit pour explorer les différents jeux de hasard, te faire dorloter dans les salons de beauté, t'offrir quelques bricoles — découvrir ta sexualité.

— Et toi, tu te posais en mentor et en Pygmalion, c'est ça ? Tu te rends compte à quel point tu es insultant avec moi, Mac ?

Il soupira.

— Je ne cherche pas à t'insulter. J'essaye de t'exposer

le point de vue que *j'avais*. Et je reconnais que je me trompais.

— Ah oui ? Pour l'instant, tu ne m'as pas encore dit une seule fois que tu étais dans ton tort. Il serait peut-être temps que tu commences.

Mac enfonça les mains dans ses poches.

— Tu sais que tu peux être désagréable et sarcastique, parfois ? Tu ne m'avais encore jamais montré cet aspect de ta personnalité.

— Je l'avais mis en réserve... Résumons-nous : la gentille souris des champs rencontre le rat rusé des villes qui l'initie aux premiers rudiments du péché. Puis le rat se hâte de claquer la porte au nez de la pauvre petite, de crainte qu'elle ne finisse de ternir le clair miroir de son âme si pure.

Il leva les yeux au ciel.

— Résolument sarcastique, en effet. Tu étais seule, anxieuse, dépassée par les événements.

— Et tu m'as charitablement lancé une bouée.

— Tais-toi.

Perdant patience, il lui agrippa les bras.

— Personne ne t'avait jamais laissé le choix. En rien. Tu me l'as dit toi-même. Personne ne t'accordait une chance, ne te donnait la possibilité de t'épanouir... Mais enfin, Darcy, regarde comme tu prends de l'assurance depuis que tu as ce choix, cette chance, cette liberté ! Tu resplendis, bon sang ! J'ai pensé que je n'avais pas le *droit* de te garder pour moi. Tu n'as jamais connu d'autre homme, Darcy ! Et moi, je t'aurais enfermée dans un hôtel, bouclée dans un casino ?

Elle secoua la tête.

— Alors, par égard pour ma liberté, tu as décidé à ma place de ce qui serait bon pour moi. Comme tous les autres avant toi, tu agissais « pour mon bien ».

— Je sais. Je regrette.

— Moi aussi, déclara-t-elle en le repoussant. Ça y est, cette fois ? La conversation est terminée ?

— Pas encore.

Avec un soupir exaspéré, elle se détourna pour s'avancer vers les portes-fenêtres ouvertes, ses talons hauts résonnant sur le carrelage.

— Et tu en as pour combien de temps encore ? Nous nous sommes déjà expliqués, Mac.

— Pas jusqu'au bout.

— Honnêtement, je ne vois pas l'intérêt d'insister davantage, murmura-t-elle en se mordillant la lèvre. D'ailleurs, pourquoi cette soudaine lubie de vouloir visiter ma maison ? On est censés être de bons camarades, c'est ça ? Que faisons-nous ici, Mac ?

— Je voulais que la discussion se déroule ici, car nous sommes sur ton territoire. Pas sur le mien. L'avantage de la maison joue donc en ta faveur.

— L'avantage de la maison ? Je ne comprends absolument pas où tu veux en venir.

— Mon père m'a dit quelque chose ce soir à quoi je n'avais encore jamais réfléchi. Il affirme que désirer est facile et qu'aimer est terrifiant.

Il riva son regard au sien.

— Tu me terrifies, Darcy. Quand je te regarde, je suis mort de peur.

Effarée, elle replia les bras sur sa poitrine.

— Arrête ce jeu, Mac. Ce n'est pas juste.

— J'ai essayé d'être juste. Et tout ce que j'ai réussi à faire, c'est te blesser et me rendre malheureux. Alors je change de tactique. Et comme la maison a l'avantage, je joue pour gagner.

Comme elle reculait d'un pas, il s'avança à son tour.

— Non, Darcy, inutile de fuir, je ne te lâcherai plus, cette fois. J'étais prêt à te laisser partir, tu sais. Mais tu n'as pas eu l'air d'apprécier que je te rende ta liberté.

Il s'approcha jusqu'à la toucher et fit glisser les paumes de ses épaules à ses poignets, en un lent mouvement de va-et-vient.

— Tu trembles ?

Il effleura la commissure de ses lèvres.

— J'en conclus que tu m'aimes encore.

Le souffle de Darcy se suspendit quelque part au milieu de sa poitrine.

— Je ne veux pas de ta pitié. Je refuse…

Le baiser qui lui imposa silence fut aussi soudain que passionné. Son cœur malmené battit un galop effréné.

— Tu crois que c'est de la commisération, ça ? Ça te fait l'effet d'être un acte de pure charité ? s'enquit-il d'une voix rauque tandis que son souffle glissait sur sa bouche.

De nouveau, il l'embrassa. Passionnément. Avec une faim insatiable.

— Tu sais que cette petite robe rouge me rend fou ? J'aurais pu tuer tous les hommes qui se pressaient autour de toi à cette table de craps. Je t'en achèterai au moins une douzaine d'autres comme celle-ci.

— Mac, tu délires ! Qu'essayes-tu de me dire, à la fin ?

— Que je t'aime.

Cette fois, son cœur fit un seul bond joyeux dans sa poitrine.

— Tu m'aimes ?

— J'aime tout chez toi.

Il lui prit les mains, les dénoua, porta chacun de ses doigts à ses lèvres.

— Et je te demande de m'accorder une seconde chance.

Les lèvres de Darcy tremblèrent, puis s'incurvèrent en une timide ébauche de sourire.

— Tu tombes bien. Il se trouve que je suis une fervente adepte des secondes chances.

Il l'embrassa encore. Avec une tendresse infinie, cette fois.

— Tu me feras une place chez toi, Darcy ?

— Ici ?

Elle flottait sur un nuage de pure langueur. Les ailes largement déployées, elle dérivait doucement dans l'azur du ciel.

— Tu veux vraiment habiter dans cette maison avec moi, Mac ?

— J'imagine que tu préfères élever nos enfants ici que dans une suite du Comanche.

— Nos enfants ?

Elle darda sur lui un regard ébloui.

— Ça a l'air de t'étonner ? Tu veux pourtant des enfants, n'est-ce pas ?

Il sourit lorsqu'elle hocha vigoureusement la tête en signe d'acquiescement.

— J'aime les grandes familles, Darcy. Mais comme je suis un incorrigible conservateur, il faudra que tu m'épouses si tu veux que nous nous aimions et que nous nous multipliions.

— Mac…

Ce fut tout ce qu'elle parvint à prononcer : la seule syllabe de son prénom.

— Tu es prête à prendre le risque, mon amour ? chuchota-t-il en lui saisissant les deux mains pour les poser contre sa poitrine. Tu veux bien parier sur nous ?

Bouleversée, elle perçut les battements du cœur de Mac sous ses paumes. Et constata qu'ils n'étaient guère plus réguliers que les siens.

Un grand rire heureux monta soudain du tréfonds de son être.

— Pari tenu. Il se trouve que je suis en pleine période de chance en ce moment, déclara-t-elle, aux anges.

Mac la souleva dans ses bras et la fit virevolter avec lui dans la maison vide.

— C'est ce qui se dit, oui. Tu sais quoi, Darcy de Vegas ? Je suis sûr désormais que Las Vegas est bel et bien ta ville.

— Mmm... C'est ce qu'on appelle une prise de conscience tardive, Mac Blade ! Mais mieux vaut tard que jamais.

Il se pencha sur ses lèvres.

— Et tu sais quoi d'autre, encore ?

— Dis-moi !

Il lui adressa un clin d'œil.

— Surtout ne le lui répète pas, mais je finis même par croire que mon vieux forban de grand-père a un don très particulier pour les choses de l'amour.

Composé et édité par les
éditions Harlequin
Achevé d'imprimer en mai 2008

BUSSIÈRE
GROUPE CPI

à Saint-Amand-Montrond (Cher)
Dépôt légal : juin 2008
N° d'imprimeur : 80720 — N° d'éditeur : 13601

Imprimé en France